Heinrich Steinfest

Sprung ins Leere

Heinrich Steinfest

Sprung ins Leere

Roman

PIPER

Mehr über unsere Autorinnen, Autoren und Bücher:
www.piper.de/literatur

Von Heinrich Steinfest liegen im Piper Verlag vor:
Markus-Cheng-Reihe:
Cheng – Sein erster Fall · Ein sturer Hund – Chengs zweiter Fall · Ein dickes Fell – Chengs dritter Fall · Batmans Schönheit – Sein vierter Fall · Der schlaflose Cheng – Sein fünfter Fall · Die Möbel des Teufels – Frau Wolf und Cheng ermitteln · Gemälde eines Mordes – Frau Wolf und Cheng ermitteln

Tortengräber · Der Mann, der den Flug der Kugel kreuzte · Nervöse Fische · Der Umfang der Hölle · Die feine Nase der Lilli Steinbeck · Mariaschwarz · Gewitter über Pluto · Die Haischwimmerin · Wo die Löwen weinen · Der Allesforscher · Das grüne Rollo · Das Leben und Sterben der Flugzeuge · Die Büglerin · Der Chauffeur · Amsterdamer Novelle · Der betrunkene Berg · Gebrauchsanweisung für Österreich · Gebrauchsanweisung fürs Scheitern

Unser Versprechen für mehr Nachhaltigkeit
• Klimaneutrales Produkt
• FSC®-zertifiziertes Papier
• Hergestellt in Deutschland

FSC www.fsc.org MIX Papier | Fördert gute Waldnutzung FSC® C014496

ISBN 978-3-492-07215-1

Gesetzt aus der Adobe Garamond
Satz: Eberl & Koesel Studio, Kempten
Druck und Bindung: GGP Media GmbH, Pößneck
Printed in Germany

Der japanische Schriftsteller Umeo Susa, 1944–2025, Autor des Kurzgeschichtenbandes *An der Bar mit Brendan*:

Unglücklicherweise genügt es nicht, Alkoholiker zu sein, um berühmt zu werden.

Brendan Behan, 1923–1964, in einem Interview im Jahre 1964 auf die Frage des Reporters, ob er sich vollständig von seinem Unfall kürzlich in Dublin erholt habe:

No, as a matter of fact I died.

Dieser Roman ist ein Produkt der Fantasie, die Figuren sind frei erfunden, soweit etwas frei erfunden sein kann, das in einer Geschichte lebt und dort sich selbst durchaus als real wahrnimmt. Und nicht etwa glaubt, bloß aus einem Traum zu stammen.

Die Schauplätze entstammen unserer Welt, das wunderbare Kunsthistorische Museum in Wien, Wuppertal mit seiner märchenhaften Schwebebahn, Japan mit dem Ort Magome und der sonderbaren Vulkaninsel Aogashima, nicht zuletzt der Semmering und das dort stehende Looshaus.

Manche Kunstwerke im Roman existieren wirklich, andere sind Teil der Erfindung, aber alle sind sie miteinander verwoben. Wie auch die Zeit, diese eigentliche Hauptfigur des Sprungs ins Leere.

Die Geschichte spielt im Jahre 2025.

Und dass George Clooney und Kim Novak demnächst in stummen Nebenrollen in einem Film mit dem Titel *Woman at the Bath* zu sehen sein werden, gehört zwar ebenfalls zur Erfindung, darf einen aber trotzdem freuen.

I

1

Ein Mann springt in die Leere.

Eine Frau springt ins Leere.

Die Frau allerdings drei Jahre vor dem Mann.

Bloß, dass der Sprung des Mannes zu einem der ikonischen Kunstwerke einer ganzen Epoche führte.

Und die Frau?

Es geht hier gar nicht darum, dass der Sprung der Frau schlichtweg aufgrund ihres Geschlechts verschwiegen oder verdrängt wurde und also die Kunstwelt praktisch drei Jahre darauf gewartet hatte, bis endlich auch ein Mann auf die Idee kam, in die Leere beziehungsweise ins Leere zu springen. Nein, es schien einfach Pech gewesen zu sein. Vielleicht aber hatte die Frau auch gar nicht vorgehabt, mit diesem speziellen Sprung berühmt zu werden, so wie der Mann mit seinem Sprung dann berühmt wurde. Das war schwer zu sagen.

Klara Ingold konnte es im Moment nicht beurteilen. Sie war auf dieses Foto gestoßen, als sie nach München gefahren war, um die Sachen zu begutachten, die ihre Großmutter bei ihrem Verschwinden vor achtundsechzig Jahren zurückgelassen hatte. Ein paar Malereien, einige Zeichnungen und Aquarelle, diverse Fotos und Fotomontagen, ein paar kleine Objekte aus Papier und Stoff, dazu Habseligkeiten und einen Haufen Bücher. Das alles zusammengedrängt im hintersten Winkel des Lagerbereichs einer Münchner Gerüstbaufirma. Eine Firma, die nach sechseinhalb Jahrzehnten auf diesen hinter Planen versteckten Nachlass jener Frau gestoßen war, die anscheinend im Nachbarhaus ihr Atelier gehabt hatte. Wie auch immer ihre Sachen in dieses Lager geraten waren.

Denn das konnte der Gerüstbauer, der dieses Geschäft vor

zwanzig Jahren von seinem Vater übernommen hatte, nicht sagen. Es gab schlichtweg keine Unterlagen dazu. Allerdings war es ihm nicht nur gelungen, den Namen der ehemaligen Besitzerin all der Gegenstände zu eruieren, Helga Blume, sondern auch deren Nachfahrin ausfindig zu machen. Blumes Tochter, die in Wien lebende Britta Ingold, die sich jedoch vollkommen desinteressiert an den Sachen ihrer Mutter zeigte. Eine Mutter, die verschwunden war, als sie selbst, Britta, noch keine zwei Jahre alt gewesen und in der Folge zunächst bei ihrem Vater, dann aber bald bei ihren Großeltern väterlicherseits aufgewachsen war. Später hatte sie das Allgäu verlassen und war von Kempten nach Wien gegangen, der Heimat ihrer so gut wie nie gesehenen Mutter. Wo sie studierte und viele Jahre ein ziemlich wildes Leben führte – die späten Siebziger und die frühen Achtzigerjahre –, zudem fest entschlossen war, eines ganz sicher nicht zu tun, nämlich ein Kind in die Welt zu setzen, so wie sie selbst in die Welt gesetzt und dann von ihrer Mutter verlassen worden war. Eine Mutter, die sie bewusst nie erlebt hatte. Ihr Fehlen, ihre Abwesenheit aber sehr wohl. Was auch immer aus dieser Frau geworden war, die heute vierundneunzig Jahre alt wäre, allerdings bereits vor langer Zeit für tot erklärt worden war.

Britta hatte versprochen, kein Kind in die Welt zu setzen. Tat sie dann aber doch, nachdem sie einen Herrn Ingold geheiratet hatte, wobei sie genau genommen auch nie hatte heiraten wollen. Aber manches geschieht gegen jegliche Überzeugung, manches geschieht mit der Wucht einer Erfindung, die zwar nicht von einem selbst stammt, deren Auswirkungen man aber trotzdem zu spüren bekommt. Britta heiratete Herrn Ingold, einen nicht mehr ganz jungen Unternehmer, und bekam, als sie dann selbst nicht mehr ganz jung war, eine Tochter: Klara. Das war 1994.

Einmal sagte Britta, es sei völlig absurd und unnötig gewesen, so spät noch Mutter zu werden, nachdem sie genau das doch so lange unterbunden hatte. Dennoch müsse sie zugeben, dass es letztlich das Beste gewesen war, was ihr in ihrem blödsinnigen Leben zugestoßen sei. Die Mutterschaft sei dummer Kitsch. Aber sie sei diesem Kitsch vollkommen verfallen.

Wozu ihre Tochter Klara, eine nun einunddreißigjährige Frau, meinte, für sie sei es ein Segen gewesen, dass ihre Mutter so ganz und gar dem Kitsch der Mutterschaft erlegen war. Das habe ihr selbst nämlich zu einer durchaus glücklichen Kindheit verholfen. Zu einer Einzelkindschaft, in der sich Mutter und Tochter als Gefährtinnen und nicht als Konkurrentinnen gegenüberstanden. Wozu auch, so hart das klingen mochte, der frühe Tod des Herrn Ingold beitrug, der nur wenige Jahre nach Klaras Geburt sich in eine noch wesentlich jüngere Frau verliebte, mit dieser jungen Frau in den Urlaub fuhr und aus diesem Urlaub nicht wieder lebend zurückkehrte. Er war da schon einiges über sechzig gewesen und hätte etwas mehr Rücksicht auf sein angegriffenes Herz nehmen sollen, anstatt auf Teufel komm raus einen Gewaltmarsch durch die Tiroler Bergwelt zu absolvieren. Der Teufel kam auch wirklich heraus, sprang gewissermaßen aus Herrn Ingolds Herzen.

Es war nicht so, dass Klara sagen konnte, ihr sei der Vater nicht abgegangen. Nicht speziell dieser eine kaum gesehene, sondern ganz grundsätzlich einer, während die Liebhaber ihrer Mutter immer nur etwas Ephemeres an sich gehabt hatten, so schnell, wie sie kamen und gingen. Viel wichtiger war das innige Verhältnis zur Mutter gewesen, die zwar die Wildheit ihrer frühen Jahre nicht völlig aufgegeben hatte, aber in Bezug auf das Kind stets etwas geboten hatte, was man schlicht als Präsenz bezeichnen könnte. Sie war einfach da gewesen. Präsenz allein macht es natürlich nicht aus, ist aber eine gute Basis. Auch dann, wenn die Kinder ihre Ruhe haben wollen und es sinnvollerweise um eine *zurückhaltende* Präsenz geht, da zu sein und doch nicht da zu sein.

Der entscheidende Beitrag des verstorbenen Herrn Ingold war sicherlich gewesen, seiner Frau ein mittelgroßes Unternehmen hinterlassen zu haben. »Irgendwas mit Metall«, pflegte Britta kokett zu sagen, wenn man sie nach der Art der Firma fragte. Die Geschäftsleitung hatte sie einem alten, nie erhörten Verehrer übertragen, während sie selbst nur an den diversen Gewinnausschüttungen interessiert war.

Sie sagte einmal, es sei völlig ungerecht, dass sie, anstatt an einer Supermarktkasse zu stehen oder alten Leuten den Hintern auszuwischen oder sich wenigstens mit Gewalt in eine Spitzenposition gekämpft zu haben, einfach nur die Hand aufhalte. Das sei im Grunde unwürdig, aber sie sei nicht bereit, dieses Unwürdige ausgleichen zu wollen, indem sie den Spott auf die Spitze treibe und irgendeinem Wohltätigkeitsverein vorstehe oder junge Künstler vor dem Verhungern bewahre. Stattdessen ein wildes Leben, aber auch eine kitschige Mutterschaft.

Und Verdrängung. Zu dieser bekannte sie sich in einer ähnlichen Weise wie zur Unwürdigkeit ihres aus purem und nicht einmal selbst verwaltetem Erbe resultierenden Privilegs. Sie wollte rein gar nichts über das Zeug erfahren, das da achtundsechzig Jahre nach dem Verschwinden ihrer Mutter im Lager eines Münchner Gerüstbauers aufgetaucht war. Sie verspüre keinerlei Bedürfnis, sagte sie, zu erfahren, wer ihre Mutter überhaupt gewesen war.

»Von mir aus«, sagte sie, »können die das Ganze zur Müllverbrennung bringen.«

Nun war es aber ganz sicher nicht die Aufgabe der Münchner Firma, auch noch die Entsorgung dieses Nachlasses zu übernehmen, der da jahrzehntelang unbezahlt in einer vergessenen Ecke des Betriebsgeländes gelagert worden war.

Doch ohnehin war es so, dass Brittas Tochter Klara die Dinge völlig anders sah. Für sie war es ein Geschenk, diese Möglichkeit, etwas über ihre unbekannte Großmutter zu erfahren, noch dazu – wie sich jetzt herausstellte, weil zuvor nie darüber gesprochen worden war –, dass es sich bei ihr um eine Künstlerin gehandelt hatte.

Aus diesem Grund war Klara nach München gereist, hatte sich in einem kleinen Hotel nahe dem Viktualienmarkt für einige Tage einquartiert und damit begonnen, in der einst dunklen, nun von mehreren aufgestellten Leuchten erhellten Ecke der weitläufigen, tief in das Gebäudeinnere vorstoßenden Anlage aus Lagerräumen den Nachlass ihrer Großmutter zu sichten. Zu sortieren und für den Transport nach Wien vorzubereiten.

Der Besitzer der Gerüstfirma erklärte ihr, dass dieser Bereich des Areals in den späten Sechzigerjahren, als sein Großvater das Unternehmen führte, verschlossen und seither nur im Zuge irgendwelcher Inspektionen betreten worden sei, ohne dass man unter all dem hier abgelegten Schrott die mit Planen zugedeckten Kunstwerke der Helga Blume entdeckt habe. Was eben jetzt erst geschah, nachdem er selbst und seine Mitarbeiter begonnen hatten, in einer Weise, die etwas von Stadtarchäologie besaß, den vergessenen Teil des Gebäudes *freizulegen*. Er benutzte wirklich diese Worte: Archäologie und freilegen. Und ergänzte, dass es sein Großvater gewesen sein musste, der hier einst diesen Lagerplatz für Blumes Werke zur Verfügung gestellt hatte.

Was also, wenn man das Verschwinden Helga Blumes bedachte, um das Jahr 1957 gewesen sein dürfte.

Klara selbst bezeichnete sich als »gewesene Kunstgeschichtlerin«, was bedeutete, dass sie nach der Matura ein Kunstgeschichtestudium begonnen hatte, und zwar mit dem Hinweis, in die Kunst verliebt zu sein, gerade auch in die Vorstellung der Herstellung von Kunst, aber genau zu wissen, dass sie über keinerlei eigene kreative Energie verfügte. Nicht die Energie, die nötig wäre, etwas Originales und Originelles zu schaffen, sondern nur etwas Nachgemachtes, etwas Kopiertes, etwas ganz und gar Überflüssiges. Das hatte sie von ihrer Mutter, diese Einsicht in ein Unvermögen (auch wenn Brittas Einsicht in das Unvermögen der Mutterschaft sich dann als falsch herausgestellt hatte).

Um nun aber bei der Kunst bleiben zu können, bei einer unerwiderten Liebe, hatte sich Klara für die Theorie entschieden. Sich allerdings nach zwei Semestern eingestehen müssen, wie wenig sie das befriedigte und wie sehr ihr die Kunstgeschichte gleichzeitig zu nahe und zu fern zur Kunst stand. Die Wissenschaft besaß für sie eine ungemeine Anmaßung, indem sie das Unerklärliche zu erklären versuchte und unter einem Schwall von Begrifflichkeiten und Analysen ihre Impotenz verbarg. Wie jemand, der aus seiner Unfähigkeit zu zaubern sich entschlossen hatte, den Zauber zu entzaubern.

Abgesehen davon fand sie, dass es sich bei den meisten ihrer Kommilitonen und erst recht bei der Professorenschaft um schlichtweg unsympathische Menschen handelte. Unsympathische Menschen gab es sicherlich auch woanders, aber dieser Hang, sich ausgerechnet bei den wunderbarsten Schöpfungen menschlicher Schaffenskraft zu bedienen, eine Form von Plünderung zu betreiben, führe, so Klara, zu einer beschämenden Intensivierung des Unsympathischen. Und das Schlimmste dabei sei sicher der Beruf des Kurators. Kuratoren seien Leute, die in Wirklichkeit einen einzigen Gegenstand ausstellten, nämlich sich selbst.

Das war natürlich alles vollkommen übertrieben, aber dennoch nicht ohne Wahrheit. Und führte letztlich dazu, dass Klara ihr Studium aufgab und den wohl konsequentesten Weg überhaupt ging, indem sie sich einfach für einen Job als Museumsaufseherin bewarb und diesen auch erhielt. Und zwar in *dem* Museum überhaupt, dem Kunsthistorischen Museum in Wien. Nicht, weil sie die Alten Meister über die Moderne stellte, nicht einmal über die noch zwischen Ewigkeitsanspruch und völligem Verwelken schwankende zeitgenössische Kunst, aber sie bevorzugte das gedämpfte Licht, welches mit den Alten Meistern einherging. Sie war keine Anhängerin weißer Wände, wie man sie der Moderne und der Avantgarde aufzwang. Klara meinte, dass nichts so sehr von der Kunst ablenke wie der weiße Raum (auch wenn ja allgemein genau das Gegenteil behauptet wird). Der weiße Raum, sagte sie, sei das schwarze Loch der Kunst, das alles verschluckt.

Sie war also Museumsaufseherin geworden, und da hatte ihre sie liebende Mutter auch noch so sehr den Kopf schütteln können. Wie sie ja auch den Kopf schüttelte, als ihre Tochter sich auf den Weg nach München machte.

»Was erwartest du dir davon?«, hatte sie gefragt. »Antworten auf nie gestellte Fragen. Woher du kommst? Wer du bist? Diesen ganzen Quatsch der Herkunft. Und was aus deiner Großmutter in Wirklichkeit geworden ist. Wohin sie verschwand? Und warum überhaupt?«

»Ach, eigentlich«, sagte Klara, »erwarte ich mir nur ein paar interessante Bilder. Vielleicht ist es ja eine echte Entdeckung.«

»Meine Güte, kehrst du jetzt zur Kunstgeschichte zurück?«, spottete Britta. Ihr Grinsen war wie ein Biskuit, das in schwarzen Kaffee getaucht wird.

»Betrachtungsgeschichte«, hatte Klara korrigiert. »Und simple, reine, pure Neugierde. Zudem ein guter Grund, nach München zu fahren.«

»Was soll das denn bringen?«, fragte Britta. »Diese Stadt, die davon lebt, sich selbst zu überschätzen.«

»In der du immerhin deine ersten Lebensjahre zugebracht hast.«

»Eine Erinnerung, von der man nicht einmal sagen kann, sie stecke in einem Nebel«, meinte die Mutter und ergänzte: »Die ersten Lebensjahre eines Menschen sind von demselben Phänomen wie München bestimmt: Selbstüberschätzung.«

»Und du leidest unter deinem Zynismus«, sagte Klara.

»Nein, ich liebe ihn, und er hält mich am Leben.«

»Ja, aber wie ein Vampir.«

»Ach, du hältst mich also für untot, du Schlawiner«, sagte Britta und lachte. Das Biskuit tauchte wieder aus dem Kaffee hoch. Erstaunlich intakt.

»Schlawi(e)nerin muss es heißen«, verbesserte Klara ihre Mutter.

Das war ein alter, wirklich sehr alter Scherz zwischen ihnen beiden. Ein Kinderschmäh, der die wundersame Wirkung besaß, noch immer, nun zwischen der Einunddreißigjährigen und ihrer inzwischen siebzigjährigen Mutter, zu einer Umarmung zu führen.

Und da stand Klara also vor der von Scheinwerfern beleuchteten Ansammlung aneinandergelehnter Leinwände, gerahmter Zeichnungen, der Objekte und Fotografien, die ihre Großmutter geschaffen hatte, dazu Stühle, Bücher, Platten, Kartons voller Geschirr, alte Vasen, alte Lampen, diverse Haushaltsgeräte aus den späten 1950er-Jahren, darunter ein wirklich wunderschöner weinroter Miele-Staubsauger, der aussah wie ein Vehikel aus einem Jules-Verne-Roman, auch ein nicht minder eleganter Bartisch aus gelbem, polsterartigem Stoff, an dem man sich auch mit noch so spitzen Knien nicht hätte verletzen können.

Die Malereien und Zeichnungen erschienen Klara eher mittelmäßig, eine Mischung aus kubistischen und abstrakten Elementen, von einer erdigen Farbigkeit, Nachkriegsmoderne halt, als die deutschen Künstler einiges aufzuholen hatten. Viel interessanter war das Konvolut an experimentellen Fotografien, die fast alle auf ihrer Vorderseite signiert und datiert waren, vor allem aber mit einem Titel versehen, der mit schwarzem Filzstift geschrieben eine Prominenz besaß, die ihn zu einem Teil der Fotografie werden ließ. Etwa ein Bild – alle Fotos waren schwarz-weiß –, auf dem man ein paar sich beschnüffelnde Hunde sah, die so aufgenommen waren, als wären sie aus dem Blickwinkel eines Kindes betrachtet worden, das kaum größer als diese Hunde sein konnte. Und darunter, beziehungsweise darüber stand geschrieben: *Vier Damen erklären einander den Biedermeier.*

Eine beeindruckende Handschrift, fand Klara. Eine Schrift, die den großen Vorteil besaß, zugleich eigenwillig und höchst grafisch zu sein, und dennoch leserlich, während ja in der Regel entweder das eine oder das andere der Fall war und man sich zwischen Kinderhandschrift und Hieroglyphen entscheiden musste.

Klara fühlte sich bei dieser Handschrift an jene von Joseph Beuys erinnert, etwa: *Wer nicht denken will fliegt raus*, nur dass Helgas Schrift noch ein wenig eigenwilliger und noch ein wenig leserlicher war.

Während die Malereien und Zeichnungen mit einer gewissen Verbissenheit die Moderne verarbeiteten und dabei etwas entstand, was Klara als einen »abstrakten Waldboden« definierte, besaßen diese Fotos samt ihrer Titel weniger eine Verbissenheit als eine Bissigkeit, und zwar eine humorvolle und philosophisch-anspielungsreiche.

Und dann fiel ihr Blick auf diese eine bestimmte Fotografie, von der sie natürlich sofort dachte, es handle sich um eine Hommage an jenes berühmt gewordene Foto des französischen Künstlers Yves Klein, das von den beiden Fotografen Harry Shunk und János Kender aufgenommen worden war. Aber selbstverständlich als eine Arbeit Yves Kleins galt, diesem Hauptvertreter des *Nouveau Réalisme*, der auf dem Foto, die Arme ikarusartig ausgebreitet, sich von der Mauer oder dem Dach eines Hauses in die Tiefe stürzt.

Freilich kein Hochhaus, aber ein paar Meter sind es wohl

schon, zudem springt er mit Brust und Kopf voran, unter ihm der Beton der Rue Gentil Bernard. Sodass für den Betrachter der Eindruck entsteht, dass sich der Künstler bei seiner Landung entweder heftige Verletzungen zuziehen müsste oder aber es irgendwie schafft, tatsächlich ins Fliegen oder Schweben zu gelangen. Oder sich in Luft auflöst.

Angeblich aber war es so, dass, als dieses Foto entstand, ein Dutzend Judokämpfer – Yves Klein war ein fanatischer Judoka – unten auf der Straße eine Matte oder ein Sicherheitstuch hielten, in dem Klein wohlbehalten und unverletzt landen konnte. Diese Judokas und diese Matte wurden dann aus dem Foto herausretuschiert, weshalb nur noch die leere Straße und ein im Hintergrund vorbeiziehender Radfahrer zu sehen sind. Die Montage würde später unter dem Titel *Le Saut Dans Le Vide*, auf Deutsch *Sprung in die Leere,* weltberühmt werden.

Die Aufnahme war im Oktober 1960 entstanden und am Sonntag des 27. Novembers 1960 in einer nur für einen einzigen Tag konzipierten Zeitung namens *Dimanche* erschienen, dort unter dem Titel *Der Maler des Raumes stürzt sich in die Leere*.

Oktober und November 1960 also, dachte Klara.

Obwohl es eigentlich so klar und eindeutig war – allerdings auch so unglaublich –, brauchte Klara eine Weile, um zu verstehen, dass es sich bei dem Foto ihrer Großmutter, das sie soeben in der Hand hielt, nie und nimmer um eine Anlehnung an jenes berühmte Yves-Klein-Bild handeln konnte. Ganz sicher nicht, war diese Frau doch im September des Jahres 1957 verschwunden und nie wieder aufgetaucht.

Und da stand es ja, das Entstehungsdatum dieses Bildes: 3. September 1957. Dazu die Signatur *Helga Blume* und der Titel *Sprung ins Leere.* Das war also ein kleiner Unterschied, nicht »in die Leere«, sondern »ins Leere«. Und auf dem Foto war natürlich kein Mann, sondern eine Frau zu sehen, die mit ausgebreiteten Armen von der Brüstung eines im ersten Stock gelegenen Balkons springt, unter ihr eine menschenleere Straße, keine Judokas, die eine Matte halten, auch sonst keine sichtbare Konstruktion, in der sie wohlbehalten landen könnte. Sie trägt einen Rock, den es nach oben weht, eine helle Bluse, die den Eindruck des Flügelschlags verstärkt, und ihr dunkles Haar ist zu einem Zopf gebunden, der sich in einem hübschen Bogen himmelwärts schwingt. Es ist jedoch die absolut gleiche Haltung, die gleiche »fliegende Pose« wie auf dem Klein-Foto. Und auch wenn es ein anderes Haus ist sowie eine andere Straße, in München möglicherweise, und der Radfahrer im Hintergrund fehlt, so ist die Anmutung dieser Umgebung von frappierender Ähnlichkeit. Zudem: So wie man vielleicht sagen kann, dass Yves Klein auch im Sprung ein ausgesprochen gut aussehender Mann gewesen war, war diese Frau bei *ihrem* Sprung eine ausgesprochen gut aussehende Frau. Aber eben drei Jahre früher, wenn das hier keine Fälschung war.

Eine Fälschung? Also in dem Sinne, dass jemand dieses Bild vordatiert hatte. Was dann hätte bedeuten müssen, dass das Foto in Wirklichkeit einige Zeit nach dem Entstehen von Yves Kleins Bild von 1960 hergestellt worden war, dann aber vordatiert wurde, um schließlich in diese spätestens seit Ende des Jahres 1957 bestehende Ansammlung aus Kunstwerken und Habseligkeiten eingeschleust zu werden. Somit erst nachträglich unter die festen Kunststoffplanen gelangt war (Planen, wie man sie vielleicht auch verwendet hatte, um eine vom Balkon springende Aktionskünstlerin aufzufangen).

Doch ein derartiges Manöver war nur schwer vorstellbar.

In jedem Fall musste es sich um eine Fotomontage handeln, wie es im Falle des Bildes von Yves Klein eine Fotomontage war. Oder? Wer auch immer dieses Bild fotografiert haben mochte. Denn darauf bestand selbst auf der Rückseite des Abzugs keinerlei Hinweis. Und es wäre auch wirklich zu viel des Guten gewesen, wären da etwa die Namen der beiden Fotografen Shunk und Kender gestanden.

Klara war schlichtweg betört. Betört von der Vorstellung, dass ihre Großmutter drei Jahre vor Yves Klein den Sprung in die Leere beziehungsweise ins Leere gewagt hatte. Und dass es beinahe so aussah, als hätte der hübsche Franzose ihre Großmutter kopiert, was gewiss nicht der Fall war. Sosehr man Derartiges etwa von

Picasso kannte, dessen Konkurrenten ihre Bilder verhängten, wenn er sie besuchte, auch wenn er selbst nicht von kopieren, sondern kokett von stehlen sprach und es verstand, aus fremdem Gold eigene Diamanten herzustellen. Picasso, der so alt wurde wie Helga Blume jetzt sein mochte, vierundneunzig, während Yves Klein keine zwei Jahre nach seinem »Sprung« im Alter von vierunddreißig Jahren an einem Herzinfarkt gestorben war. Höchstwahrscheinlich als eine Folge der Vergiftungen, die er sich bei der Arbeit an seinen monumentalen Schwammbildern zugezogen hatte. Bilder in dem für Klein typischen, von ihm selbst entwickelten und patentierten Blau. Kleins Organe seien danach, so seine Witwe Rotraut Klein-Moquay, als rede sie von Objekten, »wie aus ganz dünnem Glas« gewesen.

Natürlich fiel es Klara auf, wie sehr das Foto ihrer Großmutter in einem zeitlichen Zusammenhang mit deren Verschwinden zu stehen schien. Als sei's ein Requiem, ein Abschiedsbrief, eine Vorahnung.

Vielleicht aber war die Verbindung noch viel unmittelbarer. Was, wenn es sich gar nicht um eine Fotomontage handelte?

Nicht, dass Klara sich vorstellte, ihre Großmutter sei durch diesen Sprung vom Balkon in eine Art von Zeitloch gefallen, in ein Paralleluniversum oder Zwischenreich, aber doch, dass sie ohne Sicherung gesprungen war, nicht wie Klein in eine Matte oder ein Tuch hinein, sondern …

Wie sondern?

Wollte sich Klara ernsthaft ausmalen, dass ihre Großmutter in ihrer Kunst so radikal realistisch gewesen war wie manche späteren Aktionskünstler? Und sie als Folge dieses Sprungs auf dem Boden der Straße gelandet war, sich verletzt hatte, leicht oder schwer oder auch lebensgefährlich, oder aber – wie das vielleicht Judokas tun würden – in einer Weise abgerollt war, die ihr eine heftige Verletzung erspart hatte. Sie aber gerade dieses Überlebthaben zum Anlass nahm, aus dem Leben zu verschwinden. Trotz zweijähriger Tochter, so schwer etwas Derartiges zu begreifen war.

Hier war einiges nicht zu verstehen. Aber es reizte Klara, es reizte sie ganz ungemein.

Sie packte alles in Kisten und Kartons und ließ es von einer Spedition abholen und nach Wien bringen. Auch dort würden die Sachen in ein Lager kommen, allerdings eines, das sich weit weniger eignete, die nächsten achtundsechzig Jahre in Vergessenheit zu geraten.

Das Foto *Sprung ins Leere* hingegen – signiert, datiert, betitelt – tat sie in ihre Tasche. Sie war fest entschlossen, diesem Bildnis auf die Spur zu kommen. Und damit eben auch ihrer Großmutter, ihrer so lange verschwiegenen und verdrängten Großmutter. Auf die Spur, vielleicht sogar auf die Schliche.

Wollte sie die Kunstgeschichte umschreiben?

Irgendeine Geschichte auf jeden Fall.

Das Atelier freilich, das einst im Nachbarhaus der Gerüstbaufirma gewesen war, existierte nicht mehr, das Atelier und das Haus nicht. Es gelang Klara ebenso wenig, die Straße zu entdecken, in der das Foto aufgenommen worden war. Sie zog zahlreiche Kreise um das Areal der Lagerhalle und des Neubaus, wo einst das Atelier gewesen war, aber keine dieser Straßen erinnerte an jene auf der Fotografie ihrer Großmutter.

Sie sprach noch einmal mit dem Besitzer der Firma und fragte ihn nach seinem Großvater, wollte wissen, ob dieser hochbetagt am Leben sei.

»Sie haben Glück«, meinte der, »er lebt tatsächlich noch. Wenngleich schon einige Zeit in einer anderen Welt.«

Der Firmenchef erklärte, dass sein Großvater jetzt siebenundneunzig sei, allerdings schwer dement, und seit Jahren in einem Pflegeheim am Rande Münchens wohne. Er erkenne niemanden mehr aus seiner Familie, sei aber ein freundlicher, zufrieden wirkender Mann von erstaunlicher Mobilität. Was auch dazu führe, dass er immer wieder das Gelände des Pflegeheims verlasse, marschierend wie ein junger Gott, wie es die Pflegerinnen liebevoll ausdrückten, um sich dann in der Gegend um den Perlacher Forst heillos zu verirren und von dem einen oder anderen Anrainer zurück ins Heim gebracht zu werden.

Klara ließ sich die Adresse geben, bestellte ein Taxi und fuhr zu jenem Pflegeheim, in dem der alte Herr Urban drauf und dran war, hundert zu werden. Und sie hatte tatsächlich Glück, nicht nur weil der Mann noch lebte, sondern auch weil er sich im Zuge eines kleinen Geburtstagsfestes für einen anderen Heimbewohner im Haus und nicht drüben im Forst aufhielt.

Natürlich wurde ihr gleich gesagt, dass der alte Herr kaum zu einem normalen Gespräch in der Lage sei. Doch Klara setzte sich zu Herrn Urban, der in einem tiefen Fauteuil saß und der, so klein und rosinenhaft runzelig, vor dem Hintergrund des dunklen Stoffs schwer auszumachen war. Eigentlich nur seine leuchtenden, geradezu strahlenden Augen. Als schaue er aus einer anderen Sphäre herüber, einer Sphäre, in der alles zu größter Klarheit und Brillanz reifte.

Während Klara noch sagte, wer sie sei und mit einfachen Worten zu beschreiben versuchte, wieso sie ihn aufsuchte, sprach er aus einem Mund, der schmal und dunkel, geradezu unsichtbar, unter dem freundlich glänzenden Augenpaar stand. Er sagte: »Helga!«

Er hatte es mit erstaunlich kräftiger Stimme ausgerufen, sodass sich mehrere Leute im Raum zu ihnen hindrehten. Als hätte er »Feuer!« gerufen.

Und ein Feuer schien es durchaus, das in ihn gefahren war. Denn obgleich Klara jetzt darlegte, nicht Helga, sondern Klara zu sein, die Enkelin der Frau Blume, sprach Urban sie weiterhin mit Helga an. Und entschuldigte sich. Es tue ihm wirklich leid, aber er habe es einfach nicht übers Herz gebracht.

»Was hast du nicht übers Herz gebracht?«, ging Klara zum Du über. Denn das hatte sie nun begriffen, wie sehr die Ähnlichkeit, die zwischen ihr und ihrer Großmutter bestand, als diese jung gewesen war, dazu führte, dass der verwirrte Herr Urban sie für Helga Blume hielt.

Wenn behauptet worden war, der alte Mann könne sich kaum noch verständlich artikulieren, dann stimmte das nicht. Zumindest nicht im Moment. In einem Moment, da er meinte, die jugendliche Helga Blume vor sich zu haben. Welcher er nun – mit einer Stimme zwischen Wiedersehensfreude und Selbstvorwurf – erklärte, nicht getan zu haben, worum sie ihn so eindringlich gebeten habe. Nämlich ihre Kunstwerke zu zerstören. Alles, vor allem die Fotografien, zu vernichten, alles dem Feuer zu opfern. Stattdessen habe er die Sachen in eine entlegene Ecke eines der Lagerräume geschafft, gut verpackt, gut verborgen unter Planen, umgeben von altem Plunder, der dort abgestellt worden sei wie Müll, der in der Zeit verloren geht.

So drückte er es aus: in der Zeit verloren geht.

Und indem er das sagte, schien es, er gehe selbst in der Zeit verloren, fiel zurück in ein stummes Lächeln, kein Mundlächeln, sondern ein Augenlächeln, erhob sich mit juveniler Flinkheit aus der Tiefe des Sessels, setzte sich eine eigentümliche Brille auf, die etwas von einer goldbeschichteten Blindenbrille an sich hatte, und eilte hinüber zu der Geburtstagsgesellschaft, ohne dass er Klara, die für einen Moment Helga gewesen war, noch einmal beachtete.

Klara hätte ihm gerne das Foto der 1957 vom Balkon springenden Helga Blume gezeigt, aber da war nichts zu machen, er verschwand in der Feiergesellschaft in einer ähnlichen Weise, wie er des Öfteren aus seinem Zimmer und dem Heim zu verschwinden pflegte. Aber immerhin, sie wusste nun, was für einem *kafkaesken* Umstand es zu verdanken war – man könnte auch sagen *brodesken* –, dass sie dieses eine Foto in ihren Händen halten konnte, anstatt bloß auf einen Haufen Asche gestoßen zu sein.

Mit besagtem Foto in der Tasche kehrte Klara nach Wien zurück, wo ja immerhin ein Beruf wartete, ein Museum, das Leute wie sie benötigte. Was wäre ein Museum ohne Aufseher und Aufseherinnen? Auch wenn der Begriff doch sehr an ein Gefängnis erinnerte. Mit dem Unterschied, dass hier die Gefangenen, also die Gemälde und Skulpturen, vor den Besuchern geschützt werden mussten.

Wobei die Bilder nicht etwa den Status von Kleinkriminellen und Straßendealern und Verkehrssündern besaßen, natürlich nicht, sondern den Rang wahrhafter Großverbrecher: Bosse, Paten, Superschurken, Gentlemangauner, Millionenbetrüger. Und darum war es auch nötig, dass eine ständige Präsenz, ja eine würdevolle Präsenz der Aufseher gegeben war. Die gleichsam als ein bewegliches Ornament den Wert der ausgestellten Werke betonten, den »kriminellen« Wert. Und sich nicht etwa von den Besuchern allein dadurch unterschieden, dass sie langsamer gingen, selten oder nie ein Gemälde ansahen, sich beim Abwechseln verschwörerische Blicke zuwarfen und die Macht besaßen, zur Ordnung zu rufen. Sie waren in einer fast schon mystischen Weise Teil der Objekte, die sie bewachten. Und das spürte ein jeder Besucher, wie merkwürdig und unpassend es nämlich ist, sich in einem Museumsraum aufzuhalten, in dem gerade *kein* Aufseher oder *keine* Aufseherin zu sehen sind.

Zurück nach Wien also, zurück ins Museum. Nach drei Tagen Urlaub in München.

Im Gepäck einen Schatz. Und ein Rätsel.

2

»Sex mit mir ist eine Katastrophe.«

Das war der erste Satz in einem Roman, einem nie veröffentlichten Roman, der den Titel *Erkenntnisse eines kopflosen Mannes* trug.

»Mein Gott, was für ein beschissener Anfang!«

Der Mann, der auf solche Weise schimpfte, trug den Namen Georg Salzer. Die Seite, ein bedrucktes Blatt Papier, war ihm aus irgendeinem halb vergessenen Schreibtischfach, das er versehentlich geöffnet hatte, entgegengeflattert. Und anstatt das Blatt rasch zurückzulegen, war er so unvernünftig gewesen, es mit großer Selbstverachtung zu lesen.

Wie hatte er einst gesagt?

Auf die erste Seite komme es an. Die erste Seite sei alles. Das ganze Gelingen und das ganze Scheitern. Wenn die erste Seite auf zwei linken Beinen stehe, dann würde die Geschichte, gleich, wie viele Hunderte von Seiten noch folgen mochten, immer auf zwei linken Beinen durch die Gegend marschieren, beziehungsweise wackeln. Das sei das Drama. Weshalb es klug wäre, nach einer ersten Seite den Umstand zweier linker Beine einzusehen und nicht so töricht zu sein, sich quasi auf diesen zwei linken Beinen noch ein paar Hundert Seiten fortzubewegen.

»Faktum ist«, sagte er, »dass mir nie eine erste Seite gelungen ist, die nicht auf zwei linken Beinen gestanden hätte. Oder von mir aus auf zwei rechten, was ja genauso ein Unglück ist. – Was daraus folgt, ist klar.«

Er hatte das so oft von sich gegeben, dass es etwas von einer chronischen Krankheit besaß. Nicht einer, die einen umbringt, aber halt doch ein Leben lang zu einem Unwohlsein, einem Schmerz und einer Wut gegen das Schicksal führt. Auch noch, als er längst mit dem Unsinn der Schreiberei aufgehört hatte. Er, der zuerst als Wissenschaftler, dann als Literat, schließlich als Biograf eines Industriellen und zuletzt als Verfasser von Trauerreden gearbeitet hatte. Zwar war er in diesen fünfzehn Jahren seiner Schreibarbeit immer wieder über diese verfluchte erste Seite hinausgekommen, notgedrungen, um dann aber am Ende auch immer wieder feststellen zu müssen, wie unsinnig sein Unterfangen gewesen war. Mitunter die Unsinnigkeit einer kurzen Abhandlung in Kauf nehmend, dann wieder die erschöpfende Tortur eines ganzen Romans. Und bei alldem hatte er sich auf zwei linken Beinen durch die Seiten seiner Fiktionen gekämpft. Wobei nach seinem Ermessen alles Fiktion war, auch die Wissenschaft, auch der Journalismus, und die Trauerrede sowieso. Die Trauerrede war eigentlich der Höhepunkt des Fiktiven. Glücklicherweise selten länger als eine kurze Kurzgeschichte. Was aber das Scheitern auf der ersten Seite nicht weniger schlimm machte.

Seine letzte Trauerrede hatte er zur Verwirrung der Trauergäste mit dem Satz beendet: »Ich schreibe nie wieder ein Wort, jawohl. Vor allem keine erste Seite. Und auch keinen ersten Satz. Einen ersten Satz schon gar nicht. Keinen einzigen Funken.«

Das war bei aller Verwirrung als ein Gleichnis in Bezug auf den Verstorbenen ausgelegt worden, der, vom Diesseits befreit, somit keine Wörter und Sätze mehr zu schreiben brauchte. Immerhin war der Mann Gebrauchtwagenhändler gewesen und hatte sicherlich den einen oder anderen Satz, vor allem aber die eine oder andere Zahl zu Papier gebracht. Zuletzt auch diverse Briefe an seine Kläger, bevor er sich eine Pistole in den Mund gesteckt hatte.

Jedenfalls hatte Georg Salzer damals Mitte der 1990er-Jahre, knapp dreißigjährig, beschlossen, endlich mit dem Schreiben aufzuhören, endlich den Kampf gegen das Unglück einer ersten Seite, die alles Nachkommende verdarb, zu beenden und seinem Leben eine andere, neue Gestalt zu verleihen.

Freilich war eine Mail oder die in das Smartphone hineingetrommelte kurze Nachricht nicht mit einem Text zu vergleichen, bei dem das Scheitern einer ersten Seite sich auf den folgenden

Seiten gleich dem Fallen von Dominosteinen auswirkte. Doch Salzer würde sich auch in diesen Jahren allgemeiner Schreibwut stark zurückhalten, nicht zuletzt mit dem Argument, er halte es für dubios, ausgerechnet ein Gerät, welches für das Sprechen und Zuhören entwickelt worden war, für eine Art von Schnellschreiben zu missbrauchen. Dabei war er nicht jemand, der die neue Technik leugnete, er hasste sie. Sie nutzend, hasste er sie. Was bedeutete, dass er sich all diese Geräte anschaffte, ja, dass er, als man in der Mitte der 2020er-Jahre angelangt war, sagen konnte, er habe jede Generation von Rechenmaschinen und missbrauchten Telefonen mitgemacht.

Er war übrigens nie verheiratet gewesen. Dabei war er ein Mann, der gefiel, auch jetzt, mit seinen neunundfünfzig Jahren. Vielleicht waren es auch bloß achtundfünfzig. Die Zeit war merkwürdig verschwommen. Viele Menschen waren sich nicht ganz sicher, ob sie ein Jahr älter oder jünger waren als in ihrer Vorstellung. Natürlich, man konnte nachschauen, in Ausweisen, auf Dokumenten, auf dem Impfzeugnis, das man ja dank Handy stets bei sich trug. Und doch, viele kamen ins Grübeln, sobald ihr genaues Alter zur Sprache kam. Jemand sagte einmal, es stecke eine gewisse Demenz in der gesamten Gesellschaft, bei alt wie bei jung. Eine gewisse Unschärfe. Eine »falsche Brille«.

Georg trug auch tatsächlich eine Brille. Ein massives, schwarzes Gestell, von dem gerne behauptet wurde, Architekten trügen eines, oder früher Existenzialisten, oder Leute, die den Sinn einer Brille auch darin sahen, hinter ihr Schutz zu finden, ohne dass es eine Sonnenbrille sein musste. Vielmehr etwas, mit dem man nicht nur besser sah, sondern das Gesehene dank der Brille ein Stück weit auf Distanz halten konnte.

Er drückte es tatsächlich so aus: »Zwischen mir und den anderen sind ein paar Dioptrien. Und das ist gut so.«

Das war sicherlich übertrieben, aber in dieser Übertreibung steckte Georgs Wesen wie eine gedachte Skulptur in einem Steinblock, die herauszuschlagen ein bestimmter Bildhauer für nicht mehr nötig hielt.

Wie hatte man ihn sich vorzustellen, jenen Georg Salzer? Jetzt, Mitte eines Jahrzehnts, das zwar bereits das zweite dieses Jahrhunderts war, sich aber noch so welpenhaft schusselig anfühlte, als sei es erst jüngst aus der Asche und dem Schatten der vorausgegangenen Epoche hervorgetreten. Das zwanzigste Jahrhundert war schrecklich und monströs gewesen, aber ebenso voller ungemeiner Einsichten in das Leben. Das einundzwanzigste schien sich dagegen noch immer vom Mutterkuchen des zwanzigsten zu ernähren und darauf stolz zu sein, Dinge hervorzubringen, die alle etwas von einem Staubsaugerroboter besaßen.

Und in diesem Jetzt befand sich Georg Salzer. Er war eher groß als klein, aber eine Größe, die vernünftig anmutete und bei der man nicht gleich überlegte, wie denn wohl die Eltern dieser Person ausgesehen hatten. Seine Gestalt verriet den einstigen Sportler gleichermaßen wie den späteren Verächter des Sports, dabei war er nicht fett, überhaupt nicht, aber es war etwas Träges und Zur-Ruhe-Gekommenes in seinen Bewegungen. Überhaupt war er ein Mann, der im Sitzen viel besser als im Stehen aussah, und im Stehen besser als im Gehen. Und der, Gott weiß, warum, auch besser im Freien als im Geschlossenen wirkte, was absolut nicht für jeden gilt – manche Menschen erinnern, sobald sie ins Freie gelangen, augenblicklich an die Verfallsprozesse, die die Natur nicht ganz unwesentlich mitbestimmen. Georg hingegen blühte im wahrsten Sinne im Freien auf, und das wusste er, auch wenn dieses Freie zumeist die Stadt war. Darum gehörte er zu denen, die man stets in den Gastgärten der Cafés und Restaurants anzutreffen pflegte, häufig in den Außenlokalen des sogenannten MuseumsQuartiers. Und fast immer allein. Er war gerne alleine, aber gerne alleine unter Leuten.

Viele, die ihn grüßten, hätten nicht sagen können, wer er eigentlich war. Und die, die es wussten, wussten es nur sehr ungenau. Was die Leute sagen konnten, war, dass dieser Mann in seinen Dreißigern damit begonnen hatte, zusammen mit einem Konditormeister, den er noch aus der Schule kannte, eine kleine Kette spezieller Konditoreien zu eröffnen, die den Namen *Annes Liebe* trugen. Wobei sich aufgrund der klanglichen Ähnlichkeit bei nicht wenigen Kunden wissentlich oder unwissentlich der Name *Alles Liebe* durchgesetzt hatte.

Wie auch immer man es aussprach, und wer auch immer jene Anne gewesen war, in diesen ungewöhnlich modern eingerichteten Läden wurde bereits in den 1990ern eine große Palette an veganen Süßwaren angeboten, zudem eine Reihe von Kreationen, die diverse österreichische Künstler zitierte, etwa ein von Valie Export inspiriertes Marzipantörtchen, das eine Chimäre aus Hund und Mann darstellte. Am berühmtesten freilich die vielfarbig spiralige Hundertwasserschnitte. Für die hatte Hundertwasser noch selbst seine Erlaubnis gegeben, dennoch war es nach dessen Tod zu einem Prozess mit dem Verwalter des Hundertwasser'schen Erbes gekommen. Ein endloser Prozess, der geradezu symbolisch das Unglück in diese eigentlich so erfolgreiche Geschichte einer Konditoreikette brachte, auch wenn das wirkliche Unglück ein anderes war.

Georgs als Konditormeister so genialer Geschäftspartner hatte sich bedauerlicherweise als Besucher von Casinos, Wettbüros und Pokerrunden als weit weniger genial herausgestellt. Raffiniert eigentlich nur dann, wenn er in ruinöser Weise in die Kasse seines und Georgs Unternehmens griff. Er nahm sich schließlich 2011 in größter Not das Leben. Georg wiederum musste froh sein, dass er den Verkauf der bei allem äußeren Erfolg in Wirklichkeit stark verschuldeten Kette so weit über die Bühne brachte, um aus der ganzen Geschichte mit einem winzig kleinen Vermögen auszusteigen. Ein Vermögen, das es ihm bei einiger Bescheidenheit ermöglichen sollte, sich nach Schriftstellerei und Konditoreikette kein drittes und letztes Betätigungsfeld suchen zu müssen. Denn er hatte stark seinen kommenden Fünfziger gespürt und hätte kaum sagen können, was er noch großartig in Angriff nehmen sollte. Er selbst drückte es so aus: »Mit fünfzig ist alles vorbei, egal, wie sehr man uns neuerdings einzureden versucht, dass es dann erst so richtig losgeht, weil die Kinder groß sind und man genug gespart hat und es jetzt auch Kosmetikserien für Senioren gibt und die Haut so schön straff ist und der Lack auf dem Porsche jung und frisch und so weiter und so fort. In Wirklichkeit heißt fünfzig sein, dem Tod ins Gesicht zu sehen, selbst wenn das noch dreißig Jahre dauert. Muss man halt dreißig Jahre und mit relativ straffer oder gestraffter Haut dem Tod ins Gesicht sehen und kennt dieses Gesicht halt ganz gut, wenn es dann so weit ist.«

Aber seine Rechnung ging nicht auf. Das Vermögen erwies sich als zu gering, oder Georgs Bescheidenheit war nicht bescheiden genug, jedenfalls stand er, als sein achtundfünfzigster oder neunundfünfzigster Geburtstag sich wie eine dieser Wellen näherte, auf denen manche zu reiten verstehen, die meisten aber eher untergehen, vollkommen ohne jegliche Reserven da. Und war somit doch gezwungen, für die paar Jahre, die ihm bis zur Pension blieben, eine Arbeit zu finden. Eine Pension, die ein wenig an eine der Konditoreikreationen seines ehemaligen Geschäftspartners erinnerte: ein rosafarbenes Küchlein mit dem ironischen Namen *petit malheur*, also *Kleines Unglück*.

Zuerst einmal gab er sein Appartement auf und zog als Untermieter in die wirklich winzige Kammer einer Dachgeschosswohnung, die von einem verrückten dicken Mann und seiner verrückten alten Mutter bewohnt wurde. Ihnen gehörte das ganze Haus. Sie hätten es sicher nicht nötig gehabt, auch dieses Zimmer als Zimmerchen in der letzten Ecke eines ehemaligen Ateliers zu vermieten. Räume, durch dessen stark verdreckte, nie gereinigte Glasfenster das Licht sickerte wie Tröpfchen verzweifelter Milch. Doch die beiden waren unheimliche Sparmeister, in deren Wohnung, die nicht unbedingt die sauberste auf der Welt war, sich Berge alter Zeitungen, Kartons und Trödelware stapelten. Weder lasen die beiden in diesen Zeitungen, noch trieben sie mit den Altwaren Handel, sie waren einfach Sammler an sich, verschroben, missmutig, dunkel wie das Zeug, das überall herumstand. Und doch, Georg zog dort ein, in dieses Zimmerchen, das von allerlei Schmutz zu befreien ihn einige Mühe kostete. Denn obgleich er meinte, bereits seit einiger Zeit dem Tod ins Auge zu sehen, wollte er dennoch nicht wie in einer Grabkammer hausen.

Eine bedeutende Ironie ergab sich nun daraus, dass Georg die Vermieter darum kannte, weil sich im Erdgeschoss dieses Hauses eine Filiale jener Konditoreikette befand, die er einst besessen hatte. Obwohl der Verkauf der Kette schon ein Jahrzehnt zurücklag, bemerkte Georg erst bei seinem Einzug in die neue Wohnung, dass die Kette zwischenzeitlich den Namen geändert hatte. Das zwischen Hellblau und Altrosa changierende Leuchtschild mit den Lettern über der Eingangstüre offenbarte es. Man war von *Annes Liebe* tatsächlich zu *Alles Liebe* gewechselt, hatte also im Grunde einen »Fehler«, ein Missverständnis institutionalisiert.

Er wusste nicht, wieso er das tat, aber als er vor dem Haus stand, in dem er nun wohnen würde, trat er in den kleinen Konditoreiladen, dessen Tische im Inneren wie auch draußen auf der Straße alle besetzt waren, und stellte sich an die Verkaufstheke. Er blickte ein wenig verträumt in die Vitrine, wo neben den vielen ihm bekannten Kreationen ebenso Neues und Aktuelles ausgestellt war. Und auch der vegane Anteil hatte weiter zugenommen. – Mein Gott, die Hundertwasserschnitte! Hätten er und sein Kompagnon doch einfach darauf verzichtet, dieses Ding in die Welt zu setzen.

»Herr Salzer?«

Er blickte auf und schaute in das Gesicht einer Frau. Er hätte nicht sagen können, wer sie war, wusste aber natürlich, dass sie hier als Verkäuferin arbeitete, sie stand ja hinter der Theke, trug allerdings keinerlei Uniform. Nur eine weiße Schürze mit dem Emblem der Kette, einem in sich verschlungenen L. Uniformen hatte Georg schon zu seiner Zeit abgelehnt, und dabei war es offensichtlich geblieben.

»Sie erinnern sich nicht, oder?«, sagte die Verkäuferin, eine von dreien, die hier abwechselnd die Laufkundschaft sowie die Sitzengebliebenen bedienten.

»Tut mir leid …«, meinte Georg und empfand einen gewissen Schrecken bei der Vorstellung einer verdrängten Intimität. Dabei war es ganz sicher nicht so gewesen, dass er auch nur einer seiner Angestellten Avancen gemacht hätte, so dumm und dreist war er nicht gewesen. Und wäre auch echter Zuneigung ausgewichen – an die er sowieso nie geglaubt, sondern sie für ein Konstrukt der Neuzeit gehalten hatte.

Er sagte also, es tue ihm leid, sich nicht erinnern zu können.

»Macht ja nichts«, sagte die Frau, die etwas älter als ihre Kolleginnen war und deren Schönheit hinter einem Zug von Strenge weniger verschüttet wirkte als wie etwas, das anderswo lebte, in Australien oder so. Sie fragte: »Was darf ich Ihnen denn geben?«

»Ehrlich gesagt, ich wollte nur mal schauen … Also, mir wäre eher nach einer Zigarette.«

Er wollte sich schon für seine Bemerkung entschuldigen, schließlich war das hier keine Trafik, doch die Frau meinte: »Gerne. Ich wollte ohnehin eine Pause machen. Gehen wir nach hinten?«

Sie gab einer ihrer Kolleginnen ein Zeichen, indem sie mit Daumen und Zeigefinger die ikonische Gestalt zur dünnen Röhre gedrehten Papiers in der Luft nachzeichnete. Derart geschickt, dass man hätte meinen können, wenn schon nicht die Marke, so doch den Umstand eines orangefarbenen Filters auf dieser Luftzeichnung feststellen zu können.

Georg nickte, trat an der Theke vorbei und folgte der Frau durch einen rückwärtigen Raum hinaus auf einen Lichthof, der äußerst schmal war, aber viele Stockwerke nach oben führte und im graublauen Quadrat des Himmels endete.

Die Frau holte eine Packung aus ihrer Schürze, rüttelte sie etwas, sodass ein paar von den Zigaretten vorrutschten, und hielt sie Georg entgegen. Er zog eine heraus und sagte: »Danke, Frau …«

»Sylvia«, sagte sie und meinte, dass, auch wenn die Nachnamen der Angestellten außen auf den Hemden und Blusen klebten, man doch eigentlich vor allem aus seinem Vornamen bestehe. Nicht wahr?

»Es tut mir wirklich leid«, sagte Georg, »dass ich mich nicht an Sie erinnere. Das ist wirklich dumm.« Dabei versuchte er, einen Nachnamen irgendwo auf der Brust der Frau auszumachen, vergeblich.

»Übertreiben Sie nicht«, sagte die Frau, die Sylvia war. »Sie waren der Chef von *Annes Liebe*, ich eins von den Mädels hinter

Bergen von Süßgebäck. Dass die neuen Besitzer jetzt aber aus der *Anne* was anderes gemacht haben, ist lächerlich.«

»Ich mochte Anne auch lieber«, sagte Georg.

Sylvia gab ihm Feuer. Dabei hielt er die Zigarette so tief in die Flamme, als versuchte er, sich im Feuer wie in einem kleinen Spiegel zu betrachten. Als sei ihm mit einem Mal der Sitz seines Haars wichtig. Sein Haar, das früher blond gewesen war, nun aber zwischen hellbraunen und grauen Tönen wechselte, und das am Hinterkopf lichte Stellen offenbarte, nach vorne hin jedoch eine geschwungene Linie über die Stirn zog, die man schon hässlicher gesehen hatte.

Auch Sylvia zündete sich jetzt ihre Zigarette an.

Sie kamen ins Gespräch. Und Georg war so offen, davon zu berichten, wieso er heute in den Laden gekommen war. Weil dieser sich in dem Haus befand, in dem er demnächst wohnen würde. Billig wohnen würde, da er sich ein teures Wohnen nicht mehr leisten konnte. Sich eigentlich gar nichts mehr leisten konnte. Und darum auch auf der Suche nach einem Job war, ohne die geringste Vorstellung zu haben, was für einer das sein könnte.

Sylvia hatte nach Jahren hinter den Theken der verschiedenen Konditoreifilialen die Personalleitung bei *Alles Liebe* übernommen. Die Reduktion auf ihren Vornamen zuvor war eine Mischung aus Reminiszenz und Sarkasmus gewesen, sie war für alle Frau Martinek (und ganz sicher nicht Frau Sylvia). Wenn sie heute im Laden stand, dann nur wegen einer Personalnot an diesem Tag.

»Die da drinnen sind beide neu eingeschult«, sagte sie, »und ich wollte das Boot nicht sinken lassen.«

Und dann erklärte sie: »Ich weiß nicht, ob ich Sie damit jetzt kränke, aber wenn Sie schon mal in diesem Haus wohnen werden … Könnten Sie sich vorstellen, bei uns im Laden als Verkäufer zu arbeiten?«

»Sie scherzen, oder? Wollen Sie mein *petit malheur* vergrößern?«

Sie wusste ja, worauf er anspielte, und erklärte, nein, sie bräuchte dringend jemanden, der all die frischen *kleinen Unglücke* verkaufe. »Oder schmerzt Sie die Vorstellung? Immerhin waren Sie einmal Besitzer dieser Kette.«

Er lachte ungläubig und meinte: »Trauen Sie mir das echt zu?« Und fügte an, eingedenk eines früheren Bildes, das sich auf zwei linke Füße bezogen hatte: »Vielleicht stellt sich heraus, dass ich zwei linke Hände habe.«

Frau Martinek schüttelte den Kopf und sagte: »Die Art, wie Sie Ihre Zigarette halten – und Sie halten sie ja in der Rechten –, zeigt mir, dass Sie maximal zwei rechte Hände haben, aber gewiss nicht zwei linke.«

»Sie wissen aber schon, wie alt ich bin.«

»Nein, weiß ich nicht, aber ich finde, dass Sie einfach gut in diesen Laden passen.«

»Nächstes Jahr sechzig«, gab er dennoch eine Antwort, auch wenn er unsicher war, ob das nicht erst übernächstes Jahr der Fall war.

»Nun, wie heißt es doch«, meinte die Personalchefin schulterzuckend, »die Frauen, mit denen Sie da zusammenarbeiten, könnten Ihre Töchter sein. Sehen Sie es familiär.«

Er fragte sich, was es bloß war, was diese Frau derart antrieb, ihm diesen Job geben zu wollen. Etwas Heiliges oder etwas Teuflisches?

Wie auch immer, es geschah. Praktisch mit seinem Einzug in dieses Haus und in seine neue Wohnung begann er auch, für *Alles Liebe* als Verkäufer zu arbeiten. Wobei er selten nach vorne zu den Tischen geschickt wurde, um die sitzenden Kunden zu bedienen. Er blieb der Mann, der hinter der Vitrine stand, obgleich manche Kundschaft glaubte, hier würde der Chef des Hauses mal aushelfen, oder zumindest der Architekt von nebenan. Wozu auch sicher beitrug, dass Georg stets in einem seiner sehr gut sitzenden Anzüge hinter der Verkaufstheke zu sehen war, nicht selten mit Krawatte, oder aber das reinweiße oder vanillegraue, aber niemals irgendwie gestreifte oder gar gemusterte Hemd mit dem obersten Knopf geöffnet hatte, sodass sich der untere Teil seines Halses wie bei einem Gemäldeausschnitt offenbarte.

Die Süßwaren wurden im Übrigen angeliefert. Georg brauchte

also nicht, so wenig wie schon zu seinen Eigentümerzeiten, zum Konditormeister zu werden. Es genügte, den Überblick darüber zu bewahren, was hier was war, was welchen Preis hatte, worin eine ordentliche Verpackung bestand, wie die Kaffeemaschine zu bedienen war – die aussah wie eine zu Chrom verdichtete Elefantenherde – und welche von den Kundinnen und Kunden man so zu behandeln hatte, als erkläre man einem Monster, wie adrett es ist.

Dieser Laden und damit auch die neue Wohnadresse Georgs befanden sich in einer Straße hinter jenem MuseumsQuartier, wo Georg die letzten Jahre so gerne in einem der Cafés oder Restaurants gesessen hatte. Und des besseren Aussehens wegen gerne im Außenbereich.

Selbiges Quartier mit mehreren Museen und dem riesigen Innenhof samt seiner bunten Sitz- und Liegeformen, die aussahen wie aus dem Kindertraum eines Styroporproduzenten, befand sich auf dem Gelände der ehemaligen Hofstallungen. Dort, wo einst »des Kaisers seine Pferde wohnten«, während das Areal heutzutage vor allem die Bilder aus dem Besitz eines einstigen Augenarztes beherbergte. Von der kaiserlichen Tiersammlung zur bürgerlichen Kunstsammlung. Man konnte nicht sagen, dass alles auf der Welt schlechter geworden war.

In diesen Museen war Georg allerdings noch nie gewesen, nicht einmal, um sich die zu touristischen Ikonen aufgestiegenen Gemälde von Schiele und Klimt anzusehen. Schiele hielt er für einen überschätzten Verrenkungskünstler im Sinne des chinesischen Staatszirkus und Klimt für einen verirrten Goldschmied (was nicht für die Zeichnungen galt, die Georg insgesamt als die Fälschungen mehrerer Generationen einer Fälscherfamilie interpretierte und damit wohl nicht ganz unrecht hatte). Was aber nicht hieß, dass er aller Kunst mit Verachtung begegnete, wie er ja dem eigenen Schreiben mit Verachtung begegnet war. Ganz im Gegenteil. Denn er pflegte so gut wie jede mittägliche Pause im nordöstlich des Quartiers gelegenen Kunsthistorischen Museum zuzubringen. Jenem gewaltigen Ringstraßenbau, der bei allem übermächtigen Prunk und geradezu den Betrachter erschlagenden

Gemäldereichtum etwas erstaunlich Gemütliches und Heimeliges an sich hatte. Georg sagte gerne, es handle sich eigentlich um eine Parkanlage mit bequemen Bänken allerorts.

Diesen Park suchte er also regelmäßig auf, wobei er die meisten Kunstwerke eher im Rahmen ihrer Gesamtheit wahrnahm, oder als eine Reihe, eine Allee, einen bewachsenen Gang. Allerdings gab es ein Gemälde, vor dem er durchaus zu stehen kam. Ja, das sein eigentliches Ziel war. Wie man etwa über einen Friedhof marschierend endlich vor ein bestimmtes Grab tritt und innehält, darin sich ein geliebter Mensch befindet. Oder halt jemand Berühmtes. Warum es nun aber ausgerechnet dieses spezielle Gemälde war, auf das er sich regelmäßig zubewegte, davor stand und es lange und eindringlich betrachtete und nach und nach immer mehr Details erkannte und verinnerlichte, hätte er nicht sagen können. Es war ein tolles Bild, keine Frage. Aber welches Bild in diesen hohen Hallen wäre kein tolles gewesen? Wie man auch in einem Park oder Wald kaum sagen würde: »Ach was, großteils sind das ziemlich banale Bäume«.

Bei diesem einen Gemälde, das ihn scheinbar grundlos begeisterte und das er zum Ziel und Umkehrpunkt seiner Wanderungen machte, handelte es sich um das Bild eines Waldes. Gemäß seinem Titel um einen »großen Wald«. Ein Gemälde von der Länge eines recht langen liegenden Mannes und der Höhe eines recht kleinen stehenden Mannes, wobei diese beiden Männer, stehend und liegend, auch Frauen hätten sein können. Allerdings war der Maler ein Mann gewesen, Jacob van Ruisdael, ein angeblich eheloser Niederländer, dessen Tod 1682 in Amsterdam etwas im Unklaren blieb. Er wurde jedenfalls in Haarlem begraben, sofern die Dinge so geschehen waren, wie sie niedergeschrieben wurden. Und der dank seiner Landschaftsgemälde von großem handwerklichem Geschick, viel Stimmung und einiger Bedeutungsschwere in die Kunstgeschichte eingegangen war. Wieso er aber ebenso in das Hirn und das Ritual Georgs eingegangen war, blieb rätselhaft. Man hätte Georg schon zwingen müssen, sich irgendeinen Grund auszudenken.

Ungehindert gelangte er dorthin, wo das Bild hing, und blieb vor diesem auch recht ungestört, da es nicht zu den magnetischen Anziehungspunkten wie etwa dem im gleichen Saal ausgestellten Vermeer und den in der Nähe befindlichen Bruegels gehörte.

Dort, vor dem großen Wald, stand er dann also, zehn Minuten mindestens, gleichermaßen konzentriert wie verträumt, nicht zuletzt über die drei in diesem Gemälde dargestellten winzigen Personen nachdenkend, und ging danach wieder durch die Hallen und das monumentale Stiegenhaus zurück zum Ausgang. Hinaus und hinüber zu einer Liebe, die einst Annes war. Und die auf eine angestellte und verkäuferische Weise auch die seine geworden war.

Es mochte nun bereits einige Wochen her sein, seitdem er in der Konditorei angefangen hatte und viele Stockwerke darüber in ein verzwergtes Untermietzimmer gezogen war. Wieder war Mittag, wieder nutzte er seine Pause, um vor van Ruisdaels *Der große Wald* zu treten und ihn, den Wald, zu betrachten. Diesmal aber … er bemerkte etwas. Etwas Neues in diesem Bild, das er doch fast täglich sah und studierte, vor allem die drei kleinen Figuren, die da unter hohen Bäumen waren: etwas mehr im Vordergrund der eine einsame Mann, ein Wanderer mit Hut und Stock und einem Bündel, vielleicht erschöpft, vielleicht sinnierend. Während weiter hinten ein Paar durch den Wald spaziert, vielleicht ins Gespräch vertieft, vielleicht schweigend nebeneinander herschreitend, auf einem Weg, der im vorderen Bildteil in der Furt eines seichten Baches verschwindet und am untersten Bildrand wieder ein Stück aus diesem Bach herausführt. Daneben, am linken Bildrand, ein Baumstumpf, der wohl als das dient, was man in der Kunst als Repoussoir bezeichnet: der Hinweis, dass letztlich alles, was ein Ende hat, dieses Ende auch erlebt, gleich ob Pflanze oder Mensch.

Hinter dem Baumstumpf wiederum tat sich der westliche Abschnitt des Waldes auf, sehr viel dunkler als der dominante rechte Bildteil, fast schwarz. Und in diesem schwärzlichen Dunkel einer von Büschen und Bäumen eingesegneten Nacht bei Tage meinte Georg für einen Moment eine Figur zu erkennen, eine vierte Person auf diesem Bild. Eher ein Mann als eine Frau, jedenfalls jemand, der zwischen zwei Stämmen hervorlugte, während bei diesem Gemälde offiziell immer nur von drei Figuren gesprochen wurde. Und auch er selbst, Georg, hatte nie mehr als diese drei Figuren wahrgenommen.

Indem er nun einen kleinen Schritt seitwärtstrat, um diese vierte Figur besser zu erkennen, verlor er sie aus dem Auge. Und schwenkte darum rasch zurück in die alte Position. Da war er wieder, der Mann im Wald, wenn auch sehr, sehr vage. Eine Gestalt, die sich hinter dem ansteigenden Waldboden und zwischen zwei Stämmen als teeriger Fleck abzeichnete. Und dessen Blick – gemäß einer häufig praktizierten künstlerischen Strategie – aus dem Bild heraus auf den Betrachter gerichtet schien. Um diesem quasi mitzuteilen: *Du*, mein Lieber, bist es, der hier beobachtet wird. *Du* bist das Bild!

Doch mit einem Mal, vielleicht auch nur, indem Georg unwillkürlich um eine Winzigkeit seine Stellung veränderte, verschwand der Mann wieder. Tauchte vollkommen zurück in die Schwärze, aus der er gekommen war.

Natürlich, Figuren auf einem Gemälde kamen oder gingen nicht, wie es ihnen passte und wie es vielleicht Geister oder Gespenster oder Parlamentarier zu tun pflegten, sondern sie waren gemalt. Simple Farbe auf simpler Leinwand, vollkommen an die Materie gebunden. Allerdings geschah es nicht selten, dass wegen der Spiegelungen gerade auf der Oberfläche alter Gemälde – schließlich auch dies ein Ausdruck der Materie – manche dieser in dunkle Ecken gemalten Figuren mal sichtbar, mal unsichtbar waren, beziehungsweise schwer erkennbar.

Doch sosehr sich Georg auch bemühte, es gelang ihm an diesem Tag nicht noch einmal, in genau jene Position zu geraten, die ihn diese Figur wahrnehmen ließ. Während er umgekehrt davon ausgehen musste, dass das für die Figur selbst *nicht* galt. Die also dort im dunklen Wald versteckt ihn, Georg, der bestens beleuchtet im Saal XII des Kunsthistorischen Museums stand, sehr wohl die ganze Zeit über im Blick behielt.

Was nun leider schlecht ging, war, ganz nahe an das Gemälde heranzutreten, um in einem Abstand von wenigen Zentimetern besagte Stelle zu untersuchen, als würde man der Figur in den

Wald hinein folgen. Erstens war da eine oberschenkelhohe Barriere, über die sich Georg hätte beugen müssen. Und außerdem wäre ein Alarm losgegangen, hätte er es getan. Das war ja gar nicht so selten zu hören, wenn irgendwelche unverschämten Touristen sich nicht an die Abstandsregeln zu den Kunstwerken hielten und dabei eine markante, schrille Folge von Warntönen auslösten. Um dann auch noch von einem der wachhabenden Museumsangestellten gemaßregelt zu werden. Wenn nicht gar eine Durchsage in mehreren Sprachen erfolgte und all die Aufmerksamkeit von den Bildern weg zu dem im wahrsten Sinne *Angreifer* überging.

Etwas, worauf Georg unbedingt verzichten wollte. Das war ihm seit seiner Kindheit und Jugend zuwider, in irgendeine Maßregelung zu geraten, sich von irgendeinem Kontrollorgan oder Lautsprecher anschnauzen lassen zu müssen. Er hielt Regeln oft genau darum ein, nicht weil er an ihre Sinnhaftigkeit glaubte, sondern um jeglicher Zurechtweisung zu entgehen.

Also unterließ er eine solche Annäherung, griff allerdings nach seinem ungeliebten Smartphone, um die eingebaute Kamera zu nutzen (man stelle sich vor, man hätte etwa irgendwann um 1970 den Leuten erklärt, dass die Menschen der nahen Zukunft mit ihren überallhin mitgeschleppten Telefonapparaten Fotos machen würden. – Und warum nicht mit ihren tragbaren Kaffeemaschinen? Was hätte man gelacht und den Kopf geschüttelt und die nahe Zukunft für eine Parodie der Vergangenheit gehalten).

Mithilfe der eingebauten Kamera holte Georg das Gemälde näher an sich heran und schoss mehrere Fotos aus verschiedenen Positionen. Fotos, die er sich später am Abend eingehend ansah, nachdem er als Letzter die Konditorei zugesperrt hatte und nach oben in seine kleine Wohnung gegangen war.

Natürlich hoffte er, auf diesen Fotos die Figur wiederzuentdecken. Aber die Hoffnung zerschlug sich. Auf keinem der Bilder, wie sehr er sie auch auseinanderzog, war so etwas wie eine aus dem Dunkel herausblickende Gestalt zu erkennen. Kein Mann, keine Frau. Kein Mysterium. Sondern gemalter Wald, sonst nichts.

Es versteht sich, dass Georg in den folgenden Tagen immer wieder vor das Gemälde trat und versuchte, die Figur ausfindig zu machen. Was ihm aber nicht mehr gelang.

War halt bloße Einbildung gewesen, sagte er sich. Wobei eine innere Stimme erwiderte, na ja, vielleicht bestehe die Einbildung darin, die vierte Person einfach nicht mehr erkennen zu wollen. Sie zu verdrängen. Weil das dann doch besser zusammenpassen würde mit dem Umstand, dass absolut nirgendwo etwas von einer solchen vierten Person geschrieben stand. Und somit der Anblick von nur drei Figuren auf diesem Gemälde die eigene geistige Gesundheit bestätigen würde.

Das mochte einige Tage so gehen, das Hin und Herr betreffs der Frage, was denn nun eigentlich die Einbildung sei. Nur drei Personen zu sehen, also eingebildet gesund zu sein, oder doch vier, und somit ein bisschen krank im Kopf, aber dadurch auch imstande, die Wahrheit erkennen zu können so in der Art eines Kaisers ohne Kleider.

Und dann ... Beinahe hätte er es doch getan, war mit zwei Schritten dicht an die Barriere getreten und befand sich wie auf einer Schanze, die ihn ganz nahe an das Bild bringen würde, sodass er mit der Nase an die Oberfläche der mit Ölfarbe besetzten Leinwand stoßen und in das Gemälde tauchen würde, hinein in die Landschaft, auf der Suche nach der vierten Person.

Aber er spürte in diesem Moment einen Blick auf sich, einen Blick voller Autorität, einen Blick voll bremsender Energie.

3

Klara war eine dieser dünnen Personen, die dennoch etwas Kräftiges an sich haben, etwas Athletisches. Dabei war sie alles andere als sportlich. Ihre Kondition war wie ein schwacher Regen, der an schwülen Tagen alles nur noch schlimmer machte. Und doch hielten viele sie für sportlich. Ein Kollege etwa war überzeugt – vielleicht auch, weil sie recht groß war –, dass sie einmal Stabhochspringerin gewesen war. Es gefiel ihr, ihn in dem Glauben zu lassen, dabei war gerade Stabhochsprung für sie ein Symbol für die Dummheit allen Sports. Da hätte sie Olivenweitspucken für genauso berechtigt gehalten, eine olympische Disziplin zu sein.

Der schwarze Hosenanzug mit dem taillierten Oberteil und den oben engen, unten aber weiten Hosenbeinen, den sie als Aufseherin trug, verlieh ihrer schlank-athletischen Gestalt eine Dominanz im Raum. Ohnehin war dieses Kleidungsstück, diese bürgerliche Uniform einer Aufseherin ihr Lieblingsstück, weshalb sie auf diese Weise, diese Hosenanzugsweise, auch privat am liebsten unterwegs war.

Sie besaß halblanges blondes Haar, das ein Gesicht umrahmte, in dessen Schönheit eine gewisse Strenge einsaß, eine Disziplin der Form. Keine wilde Schönheit wie bei ihrer wilden Mutter, von der einige früher gemeint hatten, sie hätte Uschi Obermaier ähnlich gesehen, die ja wiederum Brigitte Bardot ähnlich gesehen hatte, sondern eine gewisse Kantigkeit, die bei aller wohlgeformten Anordnung der Gesichtsteile unbewusst daran erinnerte, das hinter einer Gesichtshaut auch immer ein Gesichtsknochen steckt. Das klingt jetzt nach Totenkopf, aber das war es nicht, sie war nicht das Pin-up-Girl moderner Piraten, doch ihre Schönheit hatte nun mal auch etwas Abweisendes, eine Härte. Wozu ihre Augenfarbe, die zwischen dem Blau eines kalten Sees und dem

Grün durchsichtig grüner Steine changierte, einen wesentlichen Beitrag lieferte und außerdem …

Nein, das stimmt nicht ganz. Das ist ein Irrtum. Sie liebte durchaus den Sport, nicht den Sport in der Betrachtung, sondern tatsächlich. Joggen zu gehen zeitig in der Früh, jeden Morgen kurz vor fünf Uhr aufzustehen und dann bis sechs Uhr viele Runden in einem nahe gelegenen Park zu drehen. So wie sie sich nach ihrer Arbeit im Museum gerne auf ihr Rad setzte und hoch zum Wilhelminenberg fuhr. Dabei gelang es ihr mit großer Konsequenz trotz unterschiedlicher Fahrtwege stets irgendwann am Konrad-Lorenz-Institut für Vergleichende Verhaltensforschung vorbeizukommen. *Lorenz,* so hatte eine Katze in ihrer Kindheit geheißen, ihr absoluter Lieblingskater, dem sie damals auch ein Höchstmaß an Intelligenz zugestanden hatte. Der Lorenz, hatte sie gesagt, sei genau das, was sie sich vorstelle, wenn ihre Mama von einer »Intelligenzbestie« spreche.

Daneben ging sie regelmäßig zum Schwimmen, meistens ins Kongressbad, und trainierte zu Hause jene Gymnastik, die dem Begriff der Verbiegung huldigt, aber im besten Fall dazu führt, ein Leben lang Gegenstände vom Boden aufheben zu können, ohne darum wie ein menschgewordener Brückeneinsturz auszusehen.

Sie besaß somit eine ausgezeichnete Kondition. Um beim Bild zu bleiben: Ihre Kondition war wie ein kräftiger, erlösender Regen, der an Gewittertagen die schwüle Stickigkeit aus der Luft presste.

Hingegen stimmte es vollkommen, dass man ihrer Mutter in jüngeren Jahren gerne eine Ähnlichkeit mit der 68er-Ikone Uschi Obermaier nachgesagt hatte. Und dass die Feststellung einer schlank-athletischen Gestalt, hinter der aber null Kondition steckt, ganz gut zu ihr, der siebzigjährigen Britta Ingold gepasst hätte anstatt zu deren Tochter.

Was ebenfalls stimmte, war der schwarze Hosenanzug, der Klara so gut stand, ihr eine sehr dominante Eleganz verlieh. Und ebenso richtig war, dass sie diese Hosenanzüge auch privat am liebsten trug, sogar noch im Hochsommer, wenn die meisten Frauen froh waren über ihre leichten Sommerkleider, froh, keine

Männer sein zu müssen, die entweder in schweißtreibenden langen Hosen dasaßen oder aber in kurzen Hosen. – Von wie vielen Männer in kurzen Hosen konnte man sagen, sie würden darin gut aussehen?

Ja, sie war dünn und groß gewachsen, hatte blondes, halblanges Haar, das sie gerne zu einem Zopf zusammenband, und ihr Gesicht mutete »bei aller Schönheit streng und ein wenig kantig« an. Allerdings war es nicht so, dass ihre Augen durch den Wechsel von kaltem Grün und kaltem Blau bestachen. Klaras wirkliche Augenfarbe war Braun, helles Braun, ein Braun ohne Umstände. Ein Braun vertrockneter Blätter, auf denen jedoch morgendlicher Tau liegt und ihnen zu einem Glanz verhilft. Eine Augenfarbe, die ihrem schlanken, von einer vornehmen Strenge bestimmten Gesicht so etwas wie einen feinen Nebel verlieh, wie wenn man sich sagt, aha, jetzt werden die Tage wieder kürzer.

Klara lebte schon lange nicht mehr bei ihrer Mutter, in deren Döblinger Haus, sondern hatte sich im Bezirk Hernals in eine kleine, im obersten Stockwerk gelegene Altbauwohnung eingemietet. So gut sie sich mit ihrer Mutter auch verstand, war sie doch von gänzlich anderem Naturell. Es widerstrebte ihr vollkommen, einfach »die Hand aufzuhalten«, wie Britta es ja selbst bezeichnete. In einer Villa hocken, sich von einem ehemaligen Verehrer das »irgendwie mit Metall« arbeitende Unternehmen leiten zu lassen und sich vom eigenen Zynismus zu ernähren.

Klara bevorzugte es, sich mit ihrem mittelmäßigen Gehalt eine mittelmäßige Wohnung leisten zu können. Eine größere Wohnung hätte sie nicht glücklicher gemacht. Vor allem hätte es sie nicht glücklicher gemacht, eine größere Wohnung mit einem Partner oder einer Partnerin zu teilen. Das war der Punkt, den sowieso keiner verstand, auch ihre Mutter nicht. Klaras in keiner Weise vorhandenes Bedürfnis, sich an jemanden zu binden, sich in jemandem zu vergessen oder auch nur mal wilden oder halt halbwilden oder auch bloß deprimierenden Sex für eine Nacht zu haben.

Es war aber nicht so, dass sie sich eine Enttäuschung ersparen wollte, sondern es spielte sich in dieser Hinsicht schlichtweg nichts bei ihr ab. Da war kein Kribbeln, da war kein Erröten, da war kein Feuer, nicht mal ein Feuerchen, keine Glut und kein Zittern. Nicht einmal die Hoffnung auf Dinge wie steuerliche Vorteile oder die Gewissheit, sich den mitleidigen Blick der Unter-die-Haube-Gekommenen ersparen zu können. Kein Kribbeln, nie, auch nicht vor Jahren, als es hieß, sie werde jetzt zur Frau. Zur Frau schon, das mochte gestimmt haben, aber eben nicht zu einem in den Sex und in das Bedürfnis nach Zweisamkeit verstrickten Menschen. Es hatte bei ihr keinerlei Enttäuschung oder Trauma bedurft, um sich diese Regung abzugewöhnen. Sie musste sich nichts ausreden, im Gegenteil, eher hätte sie sich etwas einreden müssen. Dass es nämlich dazugehöre, sich zu verlieben, eins mit jemandem sein zu wollen oder zumindest eine Rolle zu erfüllen.

Sie war absolut und durch und durch die Frau, die sie war, aber eben ohne das Bedürfnis, in sexueller Hinsicht mit einem anderen Menschen oder Tier oder Geistwesen oder wem auch immer zu verschmelzen. Sowenig sie sich nach der Zugehörigkeit zu einer Gruppe sehnte. Das wäre ihr dann fast schon wieder wie eine gelebte Sexualität erschienen, sich zu solidarisieren, vereinen, aufzugehen, sich zu versammeln.

Sie war asexuell, das schon, aber nicht *aromantisch*, was ja bedeutet hätte, frei von romantischen Anwandlungen und Anziehungen zu sein, entsinnlicht. Das war bei ihr aber nicht der Fall, wobei sich ihre romantischen Gefühle in erster Linie auf die Objekte der Kunst bezogen. Nicht jeder Kunst, natürlich nicht, doch es waren nun mal bestimmte Kunstwerke, die bei Klara ein leidenschaftliches, romantisches, durchaus zu so etwas wie »Lust« führendes Gefühl erzeugten. Eine Erregung. Eine maßgebliche Erregung.

Diese Bilder und Objekte wirkten ganz unmittelbar auf Klara. Es war dabei gänzlich gleichgültig, wer sie geschaffen hatte, wann sie entstanden waren und welche Bedeutung sie innerhalb der Kunstgeschichte besaßen, oder auch nur, welchen Titel sie trugen. Das wusste Klara alles, selbstverständlich, aber sie vergaß es im Moment der Betrachtung. Diese Werke waren, um es in dieser schlichten, aber treffenden Art zu sagen, einfach *sexy*. Und wenn Klara sie sah, wurde sie schwach, wie sie niemals schwach geworden wäre bei einem Mann oder einer Frau oder jemandem, der zwischen den Geschlechtern und Auffassungen und Praktiken driftete.

Das Erstaunliche war nun, dass sich diese ihre romantischen Gefühle für bestimmte Gemälde – und einige hingen schließlich auch in jenem Museum, in dem sie arbeitete – in erster Linie aus der Betrachtung einer Reproduktion ergaben. Die Originale waren ja zumeist in einem öffentlichen Raum ausgestellt und schwerlich ohne den musealen Kontext zu erleben, was zu einem Verlust an Intimität führt, auch wenn noch so oft von der Aura des Originals gesprochen wird. Doch abgesehen davon, dass man ja nicht ständig der Originale ansichtig werden kann, empfand Klara in der Reproduktion eine viel größere Vertraulichkeit zwischen sich und dem Objekt. Die Originale waren Gefangene. Die Reproduktionen hingegen frei. Frei, überall hinzugelangen, wo Sehnsucht nach ihnen bestand. Auf diese Weise war jede Reproduktion ein Original für sich. Und besaß eine Aura, die sich aus dem verliebten Blick des Betrachters ergab.

Wenn es nun also so war, dass Klara ihre Liebe zu den Objekten sehr viel stärker in der Beschaulichkeit empfand, die sich aus der Betrachtung einer Reproduktion ergab, schritt sie dennoch nicht völlig gefühllos durch die hohen Räume des Kunsthistorischen Museums, wie das ja bei einigen ihrer Kollegen und Kolleginnen der Fall war. Umso mehr, als die meisten von ihnen nicht gerade aus einer Begeisterung für die Kunst heraus diesen Beruf ergriffen hatten. – Seien wir ehrlich, das gilt für die meisten Berufe: Deutschlehrer, die lieber Schriftsteller wären, Physiklehrer, die lieber in einem Teilchenbeschleuniger arbeiten würden, Leute, die gerne Heilige wären, es aber bloß an den Schreibtisch einer Umweltschutzorganisation geschafft haben. Politiker, die in Wirklichkeit davon geträumt haben, als Dirigenten oder Priester von oben her zu leiten und zu sprechen, Kriminelle, die gerne als *Tatort*-Darsteller zum Film gegangen wären. All die Leute, die viel lieber eine akademische Karriere begonnen hätten und in einer gottverdammten Lehre gelandet waren, all die Akademiker, die ihr Bedürfnis nach einem vernünftigen Handwerk hatten unterdrücken müssen.

Klarerweise gehörte es zur Professionalität der Museumsaufseher, den französischen Barock vom italienischen unterscheiden zu können, und jemanden, der nach Bruegel fragte, nicht zu Bosch zu schicken, nur weil der auch Niederländer gewesen war. Viele von ihnen kannten das Museum in- und auswendig, zudem herrschte hier im Kunsthistorischen nicht dieselbe insgeheime Verachtung für die ausgestellten Objekte wie das in vielen modernen Museen der Fall war (und Hand aufs Herz, auch als noch so aufgeklärter Mensch, es macht keinen Spaß, eine Badewanne von Joseph Beuys zu bewachen).

Klaras Liebe oder Ablehnung galt nicht einer bestimmten Epoche oder einem bestimmten Künstler, sondern immer nur einem einzelnen Gemälde. Und natürlich vermied sie die schreckliche Übertreibung, die immer – egal, ob das Objekt ein Mensch oder ein Bild ist – darin besteht, eine Sache über alle anderen zu stellen.

Es war jetzt früher Sommer, und naturgemäß war das Museum voll mit Touristen, wobei das eigentlich für das ganze Jahr galt, aber in der Ferienzeit waren es noch ein wenig mehr. Und diese von all der sommerlichen Wärme enthemmten Menschen machten sich nicht extra für das Museum zurecht wie vielleicht für ein klassisches Konzert oder einen Besuch beim Bürgermeister, sondern kamen in derselben Kleidung herein, in der sie auch die Vergnügungsparks, Einkaufsmeilen und all die Park- und Schlossanlagen aufsuchten oder in den Gastgärten saßen. Viel nackte Haut, aber nicht ganz so schön wie bei Caravaggio oder Guido Reni. Dazu natürlich die Gerüche, die diese nackte Haut bei höheren Temperaturen verströmte. Und selbstverständlich die Handys.

Wogegen ebenfalls nichts getan werden konnte, war das Herumlümmeln der Besucher. Was durchaus verständlich war. Die ungemein weichen Polsterbänke im Kunsthistorischen Museum mit ihren Rückenlehnen waren nun mal so viel angenehmer als die harten, rückenfreien Bänke in anderen Museen, die ganz offensichtlich konzipiert waren, die Leute nicht länger aufzunehmen als nötig. Anders hier, was aber mitunter den Eindruck erweckte, dieses Haus würde einen Haufen vom Sommer und der Hitze betäubter Italiener beherbergen. Natürlich waren es nicht nur Italiener, die das Museum aufsuchten, sondern Menschen von überall auf der Welt, aber intern sprachen die Aufseher gerne von den »Italienern«, wenn sie die Heerscharen der Touristen meinten, die die Räume frequentierten. Und damit meinten sie dann auch die Leute aus den Bundesländern, aus Tirol oder der Steiermark oder Kärnten und so weiter. Im Unterschied zu den *richtigen* Einheimischen, den Wiener Besuchern, die es natürlich schon auch gab und von denen einige Stammgäste waren.

Die Stammgäste verstanden es als Einzige, so etwas wie Würde unter das Publikum zu bringen und auch im Sommer dem Prinzip »kurze Hosen« zu widerstehen. Einige von ihnen waren Klara, die auch eine begeisterte Cineastin war, auf eine Weise vertraut – und es waren keineswegs nur ältere Personen oder die Kopisten –, wie man es von Filmschauspielern kennt, die zwar nicht berühmt genug sind, dass man um ihre Namen weiß, man sie aber doch immer wieder erkennt. Keine reinen Statisten, sondern eben einprägsame Charaktere in Nebenrollen.

Da war etwa ein Mann, so auf die sechzig zugehend, sehr gut aussehend, markant. Markant allerdings auch die Spuren, die das Leben gleich einem scharfen Gerät in sein Gesicht und seine Körperhaltung geschlagen hatte. Mittlere Größe, dunkles Brillengestell, ein Fleck von Licht auf der Hinterseite des Kopfs, dabei äußerst akkurat, immer mit Anzug und Krawatte, höherer Beamter wohl, Jurist wahrscheinlich, vielleicht drüben im nahe gelegenen Bundeskanzleramt tätig. Jedenfalls kam er fast jeden Tag vorbei, offensichtlich seine Mittagspause und den Umstand einer Jahreskarte nutzend, somit auf ein Mittagessen verzichtend (und das sah man ihm an, dass er wohl eine Form von Intervallfasten betrieb, 16 : 8-Methode). Statt dieses Mittagessens schritt er durch das Museum, blieb hier und da stehen, um kurz ein Bild zu betrachten, aber letztlich hatte er immer dasselbe Ziel, ein Landschaftsgemälde von Jacob van Ruisdael mit dem Titel *Der große Wald.* Vor diesem stand er mit jener Konzentration und Hingabe, die auch etwas Vampirisches an sich hatte, als versuchte er, eine Kraft aus diesem Bild zu saugen. Er gehörte zu jenen Besuchern, die die Aufseher als Gegenstück zu den »Italienern« und den Schulklassen und jenen Wienern, die vielleicht ein einziges Mal in ihrem Leben ins Museum gingen, als die »Regers« bezeichneten. Was eine Anspielung auf die Hauptfigur in Thomas Bernhards Roman *Alte Meister* war, darin ein Mann namens Reger Tag für Tag im Kunsthistorischen Museum sitzt, und zwar stets vor Tintorettos *Weißbärtigem Mann.* Dort sitzt er und tut das, was man tut, wenn man eine Bernhard'sche Figur ist: unzufrieden sein und schimpfen. Schimpfen und unzufrieden sein. Aber wie!

Klara besaß ein gewisses Geschick darin, genau dann den Saal, in dem *Der große Wald* hing, kontrollierend aufzusuchen, wenn sich dieser »Mittagsmann« dort aufhielt. Nicht, dass er sie je bemerkt hätte, dazu war er viel zu sehr in das Bild vertieft.

Sie fragte sich oft, ob es Liebe war, so wie sie selbst Liebe für manche Kunstwerke empfand. Liebe und Lust. Oder war es eine Form von Suche? Suchte er etwas in diesem Bild? Ein Gemälde, das irgendwann zwischen 1655 und 1660 entstanden war und in der Tat einen großen Wald zeigte, in dem drei Personen zu erkennen waren. Recht winzig, als dienten sie allein dazu, die Macht der Bäume zu betonen. Großer Wald und kleine Menschen. Und dazu ein Himmel, der hell und leuchtend den Hintergrund bestimmte, als noch keine Kondensstreifen ihn durchkreuzten.

War es Sentimentalität, die den Mittagsmann vor dieses Bild trieb? Zwanghaftigkeit? Eine dumme Wette? Ein heiliges Versprechen? Ein simpler Parameter in seinem Intervallfasten? Vielleicht wusste er selbst es nicht und war schlichtweg in der Routine gefangen, seiner Mittagsroutine, die ihn davon abhielt, mit Kollegen und Kolleginnen in der Kantine zu hocken.

Und auch heute stand er dort, als einziger Besucher. Klara sah nur den Rücken des Mittagsmanns. Seinen Rücken in einem grünlich grauen Businessanzug. Sie fand, dass er noch ein wenig schlanker wirkte als üblich, so als würde der große Wald – wenn man genau hinter dem Mann stand – ihn, den Mann, ein wenig zusammenpressen, ihn von zwei Seiten bedrängen und dabei schmäler erscheinen lassen, als er war.

Er stand jetzt so nahe an der Barriere, die ihn und das Bild trennte, als wollte er im nächsten Moment mit seinem Gesicht voran in die verbotene Zone eindringen. Klara war bereits am Sprung, um zu verhindern …

Er bremste sich ein.

Oder war es nicht vielmehr so, dass *sie ihn* eingebremst hatte? Jedenfalls war er für einen Moment erstarrt. Schließlich drehte er sich um und bewegte sich wieder ein Stück von dem Gemälde weg. Was so aussah, als steige er aus der Mitte des Bildes, also aus dem Wald.

Klara wandte sich rasch zur Seite. Aber ihrer beider Blicke trafen sich. Es entstand eine kurze Spannung. Es blitzte. Und nein, nicht in dem Sinne, wie man sagt, zwischen zwei Leuten funkt es. Es war eher ein kleines, böses Unwetter. Feindschaft hätte es aber auch nicht getroffen. Es war etwas anderes.

Zudem fand Klara in diesem kurzen Moment der Spannung, dass das Gesicht des Mannes, den sie bisher immer nur aus einer etwas größeren Entfernung und eigentlich stets von hinten oder von der Seite gesehen hatte, dass dieses Gesicht sie an das von Yves Klein erinnerte, der mit einem Mal so bedeutsam für sie geworden war. So wie Herr Klein vielleicht ausgesehen hätte, wäre er nicht mit vierunddreißig Jahren gestorben, sondern mindestens bis in sein fünftes Jahrzehnt vorgestoßen.

Das war natürlich eine lächerliche Einbildung von ihr, eine solche Ähnlichkeit festzustellen. Und sicherlich allein den jüngsten Geschehnissen zu verdanken.

Und während der Mittagsmann nun den Saal verließ und Klara soeben an Jacobus Vrels *Frau am Fenster* vorbeiging, sagte sie ja auch zu sich selbst: »Wie dumm von mir.«

4

Am Abend dieses Tages saß Klara zusammen mit ihrer Mutter auf der steinernen Terrasse, die auf die Rückseite der Villa führte und die man durch hohe Flügeltüren betrat. Flügeltüren, die Klara in ihrer Kindheit stets als unnatürlich erschienen waren. Dabei sind Flügeltüren klarerweise per se »künstlich«, aber das Kind, das Klara war, meinte etwas gegen die Natur Gerichtetes in diesen Türen zu erkennen, eine widernatürliche Übertreibung, als existiere auch für Türen so etwas wie eine natürliche Größe, die zu überschreiten einem Frevel gleichkam.

Derartige Überschreitungen gab es freilich viele in diesem Haus, aber bei den Türen hatte Klara sie besonders stark wahrgenommen. Das empfand sie später übrigens auch im Bereich der Kunst, weshalb sie gar keine Freundin von Fresken war. Fresken waren ja auch tatsächlich eher der Versuch, von der Erde wegzukommen und den Himmel anzusteuern. Dann schon lieber ein Porträt von Rembrandt, ein Apfel von Cézanne, ein Weinglas von Renoir, ein Urinal von Duchamp.

Wobei das wohl monumentalste »Gemälde« in diesem Zusammenhang der Übertreibung ausgerechnet von jenem Yves Klein stammte, der bereits als Neunzehnjähriger die Idee gehabt hatte, den Himmel über Nizza zu signieren. Also nicht etwa auf einer riesigen Leinwand diesen Himmel nachzumalen, sondern so zu tun, als würde er den realen Himmel – der wohl an diesem Tag besonders hübsch und besonders blau anzuschauen war – an irgendeinem unterem Rand signieren, wodurch er ihn zu seinem Kunstwerk machte. Das war auch der Grund, weshalb er die Vögel zu hassen begann, die da gänzlich schamlos über den wunderbaren, wolkenlosen Himmel flogen, »weil sie versuchten, Löcher in das schönste und größte meiner Werke zu bohren«.

Was aber – und das dachte Klara tatsächlich, als sie auf dem Weg zu ihrer Mutter war –, was aber, wenn ihre Großmutter noch vor Yves Klein auf diese Idee gekommen war? Also eben nicht nur vor ihm ins Leere gesprungen war, sondern es auch vor ihm unternommen hatte, etwas besonders Großes zu signieren, vielleicht sogar etwas noch Größeres als den Himmel über Nizza. Etwa den Mond. Der Mond über München eignete sich besonders gut für eine Signatur. Rechts oder links unten, vielleicht sogar über die gesamte Länge der Sinus Roris, der Bucht des Taues, also circa zweihundert Kilometer, mit viel weißer Farbe auf die dunkelgraue Basaltfläche gesetzt, sodass man die Signatur gut mit einem Fernglas sehen konnte. Wenn man sie sehen wollte.

Sie lachte, während sie das dachte. Wobei ihr einfiel, dass Yves Klein drei Jahre vor ihrer Großmutter geboren wurde, Helga somit bereits im Alter von sechzehn die Idee eines signierten Mondes gehabt haben musste, um Yves Kleins signiertem Himmel zuvorgekommen zu sein.

Sie saß also mit ihrer Mutter auf der steinernen Terrasse, mit Blick auf die Wiese und die diese Wiese im Halbrund umgebenden Bäume. Es hatte kurz zuvor geregnet, nun aber brach die Sonne durch, Dampf stieg auf, und die feuchten Blätter glänzten im Licht wie verschwitzte kleine grüne Männchen. Die beiden Frauen saßen auf gepolsterten Gartensesseln, die Mutter mit einem Glas Rotwein in der Hand, Klara mit einem Campari Soda, ihr Lieblingsgetränk, auch wegen der Farbe, die sie weniger an jene Schildläuse denken ließ, mit denen früher diese Farbe hergestellt wurde, als an verflüssigten Lippenstift. Das sagte sie auch gerne: Ich trinke Lippenstift.

Was sie jetzt aber sagte, war: »Mama, du wirst nicht glauben, was ich da in München unter den Sachen von der Oma gefunden habe.«

»Muss ich das wissen?«, fragte Britta und verdrehte die Augen.

»O ja doch«, antwortete Klara, griff in ihre Tasche, zog die Fotografie heraus und legte sie vor ihre Mutter auf den mit einem weißen Tuch bedeckten Tisch, der klein und rund ebenfalls recht mondhaft zwischen ihnen stand.

Britta betrachtete das Bild und fragte im Ton der Verachtung, den sie so gut beherrschte: »Soll das Helga sein?«

»Natürlich. Das Foto ist entstanden, kurz bevor sie verschwand.«

»Gut und schön. Und was soll es darstellen? Eine Frau, die also aus dem Fenster springt. Wozu? Weil sie zu fliegen versucht? Darauf hofft, dass irgendjemand sie auffängt, auch wenn da keiner steht, der das tun könnte?«

»Also genau genommen ist es die Brüstung des Balkons, von dem sie springt.«

»Verzeih, wenn ich das sage«, meinte Britta, »aber wenn sie hier andeutet, sich umbringen zu wollen, ist das nicht hoch genug. Falls es ihr darum ging, in den Tod zu springen.«

»*Ins Leere* muss nicht heißen in den Tod«, sagte Klara, »abgesehen davon, dass das ein Kunstwerk ist, wie du gut weißt. Wahrscheinlich eine Montage, aber eben kein Dokument der Wirklichkeit.«

»Doch wofür steht das Bild?«

»Für die Schönheit«, sagte Klara. »Schau doch! Wie anmutig das aussieht, wie sie hier einen Raum schafft, einen Raum, den sie beherrscht. Den sie im Jahre 1957 als Künstlerin beherrscht, bevor sie dann als die wirkliche Person, die sie war, verschwunden ist.«

»Wie du es sagst«, meinte die Mutter, »klingt es, als hätte ihr Verschwinden mit ihrer sogenannten Kunst zu tun. Aber Hand aufs Herz, sie ist einfach abgehauen, so simpel ist das. Hat ihren Mann und ihr zweijähriges Kind stehen gelassen und sich davongemacht.«

Klara aber erinnerte daran, dass damals auch ein Verbrechen nicht ausgeschlossen wurde.

»Mein Gott, wenn Leute verschwinden«, sagte Britta, »so ganz ohne Abschiedsbrief, und es hinbekommen, vollkommen abzutauchen und vollkommen wegzutauchen, dann wird halt auch an Entführung und Mord gedacht. Aber einen echten Hinweis dafür gab es nicht. Man hat sie letztlich für tot erklärt, weil das nun mal die bürokratisch richtige Lösung war. Und irgendwie auch für meinen Vater.«

Ja, Brittas Vater, Klaras Großvater, Rudolf, der 1928 geboren wurde und der, kurz bevor das Jahrhundert, in dem er gelebt hatte, zu Ende ging, starb. Da war Klara keine sechs Jahre alt gewesen und hatte ihn bloß ein- oder zweimal gesehen. Sie konnte sich kaum an ihn erinnern, eigentlich nur an seinen Geruch, der ihr als die Geruchsnote *alter Mann* vorgekommen war, auch wenn es eher die Geruchsnote *kranker Mann* gewesen war: leicht süßlich, tropisch, feuchte Erde, überreife Erdbeeren – meine Güte, vielleicht war es einfach nur sein Rasierwasser gewesen. Jedenfalls war er ein Leben lang kein sehr glücklicher Mensch gewesen, der zuerst seine Frau verloren hatte und dann auch sein Kind. Er war als Heizungsmonteur nach Essen gegangen, was hätte er da mit einem zweijährigen Kind anfangen sollen, das ihm genau genommen ziemlich fremd war? Und auch wenn man das so nicht sagt, aber letztlich war die Kleine ja einfach Helgas Kind gewesen, und Helga war nun fort. Weshalb er das Mädchen zu seinen Eltern brachte, die Mutter eine Grundschullehrerin, der Vater ein kleiner Beamter, mit einem Häuschen am Rande von Kempten, die das Kind mit Fürsorge behandelten. Britta sagte später dazu »kalte Fürsorge«. Und fügte an: »Die beiden waren Mumien, katholische Mumien. Trotzdem hätte es schlimmer kommen können. Ich sag mal so, ich bin halbwegs gerade gewachsen und nicht etwa unter irgendeinem Terror ganz schief geworden.«

Über die verschwundene Mutter wurde nie ein Wort verloren, erst recht nicht, wenn Brittas Vater aus Essen zu Besuch kam, und in Essen beziehungsweise in Bottrop würde er den Rest seines Lebens bleiben. Sogar ein zweites Mal heiraten, kurz nachdem Helga amtlich für tot erklärt worden war. »Eine Frau aus Russland«, wie die Großeltern, bei denen Britta da in Kempten aufwuchs, es despektierlich ausdrückten und dabei den Namen der Frau vermieden. Eine Frau, die auch niemals dabei war, wenn Rudolf seine Tochter besuchte.

»Okay, und was willst du mit dem Foto? Soll das der Beginn einer Retrospektive über deine Großmutter sein?«, fragte Britta und erklärte, dass auch dieser Umstand einer Kunst schaffenden Frau bei ihren Großeltern nie zur Sprache gekommen war.

»Aber doch wohl, dass sie ein Atelier hatte, oder? Wo sie mit dem Opa zusammengelebt hat und wo du auf die Welt gekommen bist.«

»Mein Gott, Atelier ist ein großes Wort. Das war ein Dachboden in den Fünfzigerjahren in München. Da hat man wahrscheinlich noch den Krieg gespürt. Helga hatte ja auch nicht etwa Kunst studiert.«

»Ich gestehe, ihre Bilder sind mittelmäßig«, sagte Klara, »aber die Fotos sind wirklich klasse, ungewöhnlich für die Zeit. Sie hat viel mit Schrift gearbeitet, was dann später alle gemacht haben. Sie aber früher.«

»Magritte noch früher«, sagte Britta, die auch ein wenig Ahnung hatte.

»Das schon«, meinte Klara, »aber sie ist früher als alle anderen vom Balkon ins Leere gesprungen.«

»Wie meinst du das?«

»Du weißt doch, wer Yves Klein ist, oder?«

Wie gesagt, Britta war durchaus gebildet, wobei sie aber nie ein Bedürfnis nach Bildung besessen hatte, sondern quasi die Bildung nicht hatte vermeiden können. Wie man Radfahren lernt und Schwimmen, ohne darum ein begeisterter Radfahrer oder Schwimmer zu werden. Faktum war, sie wusste etwas mit dem Namen Yves Klein anzufangen.

»Der mit den blauen Bildern«, sagte sie.

»Richtig«, antwortete Klara, »das ist aber auch der, der 1960, zwei Jahre vor seinem Tod, aber erst drei Jahre nach Omas *Sprung ins Leere* ebenfalls in die Leere sprang.«

Klara öffnete ihren Laptop und rief jenes berühmte Yves-Klein-Bild auf. Dann schob sie das Gerät zu ihrer Mutter hinüber und wiederholte: »1960!«

»Na und?«

»Was heißt, na und? Siehst du denn nicht die Ähnlichkeit? Was sag ich, Ähnlichkeit. Es ist eine Anlehnung.«

»Also, Schatz, das muss ich dir doch nicht sagen, dass so was in der Kunst schon mal vorkommt, dass Leute, die sich nicht kennen, was Verwandtes machen. Nicht nur in der Kunst, leider.«

»Ja, aber deine Mutter kam drei Jahre vor Yves Klein auf diese Idee.«

»Hat ihr anscheinend nicht viel genützt. Also, ich meine, bekannt wurde sie ja nicht damit, hab ich recht?«

»Genau das ist bedauerlich, wenn man bedenkt, wie früh sie dran war.«

»Du glaubst aber nicht, dass der Yves Klein von ihr … abgeschrieben hat. Beziehungsweise abfotografiert.«

»Das sag ich nicht. Natürlich nicht. Wobei, fesch wäre es schon.«

»Fesch also«, wiederholte Britta und grinste. Ihr Grinsen hatte stets etwas Gewalttätiges. Wie man sagt, damit könnte man Eisen verbiegen. An diesem Grinsen waren einige ihrer vielen Liebhaber zerbrochen. Nicht aber der, den sie gerade hatte und an dem so gut wie alles abprallte, ein fünfzehn Jahre jüngerer Mann. Doch Britta hatte erklärt: »Alt genug.« Zudem war der Mann bereits vier Mal geschieden. Was wiederum Klara dazu verführt hatte, zu sagen: »Wirklich, Mama, ich glaube, das ist der Grund, dass er dir so gut gefällt.«

Und genau dieser Mann stand mit einem Mal im Rücken seiner Lebensgefährtin, die er aber ganz sicher nicht heiraten würde, weil er nämlich geschworen hatte, sich nicht auch noch ein fünftes Mal scheiden zu lassen. Alexander Falk, weißes Hemd, Krawatte, das Jackett über die Schulter geworfen, Chief Financial Officer, auch nicht gerade der Ärmste unter der Sonne, hatte Britta an der Schulter gefasst, beugte sich über sie, küsste ihre Wange, streckte sich wieder zu voller Größe und grüßte wie beiläufig Klara. Dann sah er das Foto und fragte: »Wer springt da?«

»Klaras Großmutter«, antwortete Britta und konnte solcherart vermeiden, von ihrer eigenen Mutter zu sprechen.

»Das war 1957«, beeilte sich Klara zu erklären und berichtete von der wunderbaren Serie beschrifteter Fotografien und Fotomontagen, die aus Helgas Blumes Münchner Atelier stammten.

Dabei sah sie ihre Mutter scharf an und betonte das Wort *Atelier*, als hauche sie glitzernde Flocken aus.

»Also«, sagte Alexander, »mag ja sein, dass das Atelier in München war, aber aufgenommen wurde das Bild dort nicht. Das ist in Wuppertal.«

»Wie bitte?« Klara richtete sich auf, reckte ihr Kinn. Es sah aus wie eine Miniatur der ikarusartigen Haltung auf dem Foto.

»Wuppertal«, wiederholte Alexander. »Eine Straße in Wuppertal. Da bin ich ziemlich sicher.«

Er erzählte, Mitte der 2000er-Jahre an der Bergischen Universität Wuppertal als Gastprofessor unterrichtet und geforscht zu haben. Er war in diesen Jahren mit einer Wuppertalerin verheiratet gewesen. Keine gute Ehe, aber gute Jahre am Europäischen Institut für Internationale Wirtschaftsbeziehungen.

»Das Bild wurde 1957 aufgenommen«, erinnerte Britta und klopfte mit dem Finger auf die Fotografie.

»Na ja, da mag heutzutage etwas mehr Verkehr herrschen, aber die Häuser … das sind die gleichen.«

»So ein Gedächtnis hast du, echt? Wann warst du denn in Wuppertal? Vor fast zwanzig Jahren? Bist du ein Elefant?«, spottete Britta und grinste.

Er grinste zurück, ebenfalls in der Art des Eisenbiegens, und erzählte, er sei so gut wie täglich mit dem Rad durch diese Straße gefahren, wenn er von seiner Wohnung zum Institut geradelt war.

»Du warst mit dem Rad unterwegs? Das glaub ich dir nicht.«

»Ich schon!«, erklärte Klara. Sie war völlig hingerissen von dem Glück, das sich in diesem Moment auftat. Derart rasch einen Hinweis auf den Ort zu erhalten, an dem ihre Großmutter vom Balkon ins Leere gesprungen war.

Sie fragte Alexander, ob er sich noch an den Namen der Straße erinnern könne.

»Tut mir leid«, sagte er, »ich denke, das wusste ich auch damals nicht. War halt eine Straße zwischen A und B, aber ich kann dir auf einer Karte zeigen, wo sie ungefähr liegen müsste. Wenn das so wichtig ist.«

»Es ist wichtig«, versicherte Klara und klärte Alexander über die Bedeutung dieses Fotos auf.

»Stimmt«, sagte er, »es kam mir gleich irgendwie bekannt vor, also nicht nur die Straße, sondern das Motiv. – Und du sagst wirklich, drei Jahre?«

»Drei Jahre«, bestätigte Klara, holte sich ihren Laptop zurück, rief auf Google Maps die Karte von Wuppertal auf und bat Alexander, sich auf die Suche nach der Straße zu machen.

Er schenkte sich ein Glas Weißwein ein, setzte sich und fing an, im Zusammenspiel von Daumen und Zeigefinger über das Touchpad und solcherart über die Stadt zu gleiten, in der er zwei Professorenjahre und zwei Ehejahre verbracht hatte.

»So ein Unsinn, Alexander!«, sagte Britta. »Hättest du nur mal deinen Mund gehalten.«

»Ja, das war sicher ein Fehler«, meinte er völlig ernst. Setzte aber die Suche nach dem Weg von damals fort – dem zwischen seiner Wohnung und dem Institut, zwischen einer von Unzufriedenheit erfüllten Ehefrau und seiner damaligen, schon etwas zufriedeneren Assistentin. Beziehungsweise zwischen dem kleinen Wuppertal und dem großen Europa.

Das Europäische Institut für Internationale Wirtschaftsbeziehungen war 2003 von Potsdam nach Wuppertal gezogen. Alexander Falk hatte zu dieser Zeit noch in Frankfurt Wirtschaftspolitik unterrichtet und war dann eingeladen worden, eine Gastprofessur zu übernehmen. Wozu es freilich gar nicht nötig gewesen wäre, nach Wuppertal zu ziehen. Aber er hatte sich soeben von seiner Frankfurter Frau getrennt und war in Wuppertal mit einer geradezu »ökonomischen Geschwindigkeit« in seine nächste Ehe geraten. Seine neue Wuppertaler Frau besaß ein Haus im Norden der Stadt, in einer Ortslage mit dem Namen *Hölle*. Auch wenn diese Bezeichnung bei der Bevölkerung kaum mehr gebräuchlich war, und noch weniger das auf früheren Stadtplänen auffindbare *In der Hölle*, so fand Alexander – auch er ein begeisterter Zyniker – es nicht uncharmant, in eine Gegend mit einem solchen Namen zu ziehen. Auch wenn sich dann die Hölle als komfortable Wohngegend erwies.

Das Institutsgebäude wiederum stand auf dem Gelände des Campus Freudenberg, also im Süden der Stadt, auf der anderen Seite der Wupper, sodass der Herr Professor, wenn er mit dem Rad in die Arbeit oder von der Arbeit zurück *in die Hölle* unterwegs war, täglich zweimal durch das sogenannte Luisenviertel fuhr, benannt nach der Luisenstraße, was sich wiederum auf Luise von Preußen bezog, die zu ihrer Zeit richtiggehend überhäuft wurde mit ihr gewidmeten Straßen und Plätzen.

Dieser Teil der Stadt galt als die Altstadt, auch wenn dies eigentlich einem anderen Areal zustand, selbiges aber durch Luftangriffe zerstört worden war, weshalb das Luisenviertel mit seinen klassizistischen Bauten die Rolle, Altstadt zu sein, übernommen hatte. Und das war freilich auch in den 1950er-Jahren schon so gewesen.

»Es ist sogar die Luisenstraße«, sagte Alexander zur eigenen Überraschung, »das hatte ich so gar nicht in Erinnerung. Aber es stimmt, es ist der gleiche Anblick wie auf der Fotografie. Dieselben Häuser, natürlich, die standen ja 1957 schon da und 1900 auch schon, und die stehen immer noch dort, zumindest wenn man Google Maps glauben darf. Auf dem Bild aus den Fünfzigern waren dort keine Autos, jetzt schon. Und da ist ein Laden, den es früher nicht gab, also, ich glaube, auch zu meiner Zeit nicht. Aber sonst …«

Es stimmte. Da konnte kein Zweifel bestehen. Es war die gleiche Stelle wie auf dem Foto, vor allem natürlich ein und derselbe Balkon, der einzige weit und breit, der bei Google Streetview hübsch begrünt und hübsch beblümt in Grün und Rosa erstrahlte. Während er auf dem Foto von Helga Blume in kontrastreichem Schwarz-Weiß erschien und gänzlich ohne Bepflanzung auskam, aber von absolut identischer Gestalt aus dem logischerweise gleichen Haus ragte. Allerdings war dieses Haus in den 1950ern noch vom Krieg gezeichnet und unrenoviert gewesen.

»Irre!«, meinte Klara.

»Ein Balkon halt«, zuckte Alexander mit den Schultern. »Aber wenn ich dir damit eine Freude machen konnte … ist ohnehin das erste Mal, oder?«

Man konnte nicht sagen, dass die beiden sich mochten, Brittas Tochter und Brittas Liebhaber, aber dass er ihr nun einen derartigen Hinweis hatte geben können, das war ein echtes Geschenk.

»Und was wirst du mit diesem Wissen anfangen?«, fragte er.

»Ich werde nach Wuppertal reisen.«

»Mein Gott, du warst doch grad in München«, meinte Britta. »Du steigerst dich in was rein.«

Als hätte das jetzt irgendeine Relevanz, sagte Alexander zu Klara: »Du weißt, dass sie dort diese Schwebebahn haben.«

»Natürlich«, antwortete Klara und erzählte, einen Film darüber gesehen zu haben, als sie klein war. Und dass sie lange davon geschwärmt und sich oft gewünscht habe, einmal mit dieser Bahn zu fahren.

»Ich hatte als Kind den Eindruck«, sagte Klara, »Wuppertal liege in der Zukunft. So was Tolles wie eine Schwebebahn! Weil diese Konstruktion aber auch schon irgendwie alt wirkte, dachte ich mir, es ist quasi eine Zukunft, die in der Vergangenheit liegt. So oder so ähnlich. Hab's dann natürlich vergessen, wie man seine Kinderträume vergisst. Aber nun weiß ich, dass es einen Sinn hatte.«

»Gütiger!«, seufzte Britta. »Jetzt werd nicht noch religiös.«

»Wenn Schicksal eine Religion ist, bin ich religiös«, meinte Klara und lächelte dabei, als wüsste sie selbst nicht, ob sie es wirklich so meinte, ob sie sich verhöhnte oder aber tiefernst eine Behauptung aufstellte. Ein Lächeln als Bindeglied zwischen den Widersprüchen.

Und natürlich die Gewissheit, diesmal ganz sicher nach Wuppertal zu fahren und es nicht etwa wieder zu vergessen wie zuletzt in der Kindheit.

5

Klara hatte Wochenenddienst. Was bedeutete, dass sie Samstag und Sonntag für die Museumsaufsicht eingeteilt war. Montag und Dienstag würde sie dann freihaben und wollte diese Zeit nutzen, um ihre Suche nach der Wahrheit fortzusetzen. Die Wahrheit über einen Sprung ins Leere.

Am Sonntag schloss das Museum um sechs Uhr. Sie würde direkt danach zum Hauptbahnhof fahren, gegen acht in den Schlafwagenzug steigen und bis nach Bonn fahren. Wenn sie dort um sechs in der Früh ankam, musste sie umsteigen und sollte in einer guten Dreiviertelstunde Wuppertal erreichen, diese größte Stadt des sogenannten Bergischen Landes. Die Schwebebahnstadt, in der sich die Zukunft als etwas Vergangenes zeigte. Als hätte Fritz Lang seinen Film *Metropolis* in die Provinz verlegt.

Klara hatte bereits ein Hotelzimmer gebucht, würde frühmorgens ihren Koffer dort abliefern, irgendwo in der Nähe frühstücken und sich dann in die Luisenstraße begeben. Zusammen mit der Fotografie sowie dem Vorhaben, sich jene Wohnung anzusehen, die zu diesem Balkon gehörte, der auf dem Bild ihrer Großmutter zu erkennen war. Wobei es ihr im Vorfeld nicht gelungen war, die Namen der derzeitigen Bewohner ausfindig zu machen. Das würde vor Ort geschehen. Mit Anläuten und Lästigsein und Charme und der Hoffnung, dass man sie nicht für eine Trickbetrügerin hielt.

Aber vor allem in der Hoffnung, dass die derzeitigen Bewohner etwas über die Verhältnisse berichten konnten, die in den Fünfzigerjahren des vorigen Jahrhunderts in dieser Wohnung vorgeherrscht hatten. Wobei sich Klara durchaus der Möglichkeit bewusst war, dass ihre Großmutter niemals wirklich von diesem Balkon gesprungen war, sondern – anders als Yves Klein – ihren Sprung an einem ganz anderen Ort vorgenommen hatte, etwa doch in München, vielleicht ein Trampolin in ihrem Atelier benutzend, und dann sich selbst in das Bild einer Wuppertaler Straße eingefügt hatte.

Doch wenn das so war, warum dann bitte schön ausgerechnet Wuppertal? Warum die Luisenstraße und warum dieser Balkon?

Darum ihre geplante Fahrt, sosehr ihre Mutter das für gänzlich unnötig hielt. Hysterisch, wie sie sagte.

»Nein, Mama, durchgeknallt«, hatte Klara belustigt geantwortet, obwohl dieses Wort so gar nicht zu ihr passte. Das Wort nicht und auch nicht, durchgeknallt zu sein.

Noch aber war Sonntag. Sonntag im Kunsthistorischen. Die üblichen Massen von »Italienern«. Keine Stammgäste. Welcher Stammgast hätte sich das auch angetan, das Wochenende zu nutzen? Wobei Klara selbst unter der Woche ihren Mittagsmann nicht noch einmal gesehen hatte, irgendwie hatte sie ihn verpasst, war entweder zu früh oder zu spät in den Raum mit Jacob van Ruisdaels *Großem Wald* gelangt. Wollte sie nicht annehmen, dass dieser Blick zwischen ihr und dem Mann ihn derart verschreckt hatte, dass er für seine Arbeitspause entweder doch wieder zum traditionellen Mittagessen zurückgekehrt war oder zu einem anderen Gemälde gewechselt hatte.

Im Moment jedoch befand sich Klara im Bruegel-Saal, am Sonntag natürlich der schlimmste Saal von allen. Die Leute liebten die »Wimmelbilder« dieses niederländischen Renaissancemalers. – Das war gewiss eine andere Liebe als die, die Klara meinte. Es war eine Liebe ohne Liebe, denn das gibt es ja auch, eine Liebe, die allein aus Gliedmaßen besteht, aber ohne wirkliches Herz ist, wer oder was auch immer dann das Blut durch den Körper pumpt. Ein Herzersatz. Aus Plastik oder Titan oder Kupfer.

Klara stand soeben im Bereich der berühmten *Bauernhochzeit* und gab acht, dass die Leute nicht versuchten, irgendwie in diese Hochzeit hineinzudringen und sich praktisch unter die Hochzeitsgäste zu mischen.

Die *Bauernhochzeit* mit ihren scheinbar so vergnügten Akteuren. Ein Gemälde, entstanden um 1568, das erstaunlicherweise anders als ähnliche Bilder aus dieser Zeit völlig ohne kotzende oder in irgendeiner Ecke ihre Fäkalien verteilende Personen oder sichtbar besinnungslos Besoffene auskam, geradezu sauber und anständig anmutete. Verdächtig sauber. Es waren merkwürdige Details, die andeuteten, dass vielleicht doch nicht alles so lustig war, wie es schien. Und Klara kannte die Theorien über dieses Bild, das einige für ein »sakrales Rätselbild« hielten, andere sogar eine apokalyptische Prognose nahelegten.

Soeben streckte ein Kind seinen Arm aus.

Nicht auf dem Gemälde, denn dort sitzt das Kind vorne auf dem Boden und schleckt seinen Suppenteller aus, nein, es war ein Kind im Saal, das zwischen seinen Eltern stand und soeben mit der Hand auf eine bestimmte Stelle im rechten unteren Teil des Bildes wies und dabei etwas in einer Sprache rief, die Klara nicht verstand und die ihr auch eher wie eine erfundene Sprache vorkam. Aber es war eine hörbare Begeisterung in dieser Kinderstimme, und Klara wusste auch sofort, was das Kind in etwa sagte: »Schaut doch! Ein dritter Fuß!«

Und es stimmte, da war ein dritter Fuß im Bild. Dort, wo eigentlich nur zwei hätten sein dürfen. Man konnte es deutlich erkennen, wenn man genau hinsah: Zwei Männer tragen, gestützt von quer daruntergeführten Holzstangen, eine umgelegte Scheunentüre, auf der gefüllte Teller mit Brei aufgereiht sind. Die Position des vorderen Trägers bringt es mit sich, dass beim Blick auf seinen Körper dieser von der Traglast teilweise verdeckt wird. Zweigeteilt. Oberhalb sein Rumpf, unterhalb der waagrecht gesetzten Scheunentüre seine Füße. Aber nicht zwei, sondern drei. Ein linker und zwei rechte. Wobei die Schuhe, in denen zwei der Füße stecken, in ihrer Klobigkeit tatsächlich zu dem Mann passen, offensichtlich ein Wanderarbeiter, was durch einen im Hut steckenden Holzlöffel symbolisiert wird. Beim dritten Schuh hingegen – der hintere der beiden rechten – handelt es sich um einen sehr viel schmaleren, eine gewisse Eleganz verratenden Schnabelschuh, der eher zu einer schlankeren, vor allem aber höhergestellten Person passt. Allerdings legt die Körper- und Ganghaltung des Mannes nahe, dass der Fuß mit dem Schnabelschuh jener ist, der korrekterweise zu ihm gehört, während der andere rechte Fuß zu weit vorne zu stehen scheint, um anatomisch noch möglich zu sein.

Ein Mann, drei Füße also. Das klingt auffällig, war es aber nicht. Wenige Leute erkannten diese Absurdität, es waren eher die Kinder, die Kinder, nicht die Jugendlichen. Jugendliche waren in der Regel blind, blind vor Langeweile, die sie in diesen Räumen und Sälen wie betäubender Rauch überfiel. Auch waren die »drei Füße« erstaunlicherweise kaum ein Thema in der Interpretationsgeschichte dieses Bildes, ebenso wenig der Umstand, dass die Stangen der Träger, die quer unter der Scheunentüre verliefen, viel zu weit links positioniert waren. Eigentlich hätte die Türe mit den Suppentellern augenblicklich umkippen müssen, abgesehen davon, dass man den Eindruck bekommen konnte, der vordere Träger befinde sich in massiver Vorwärtsbewegung, im Voranschreiten, während der hintere wirkte, als würde er soeben anhalten, ja geradezu gegensteuern.

Waren das alles Fehler? Ungeschicklichkeiten eines überschätzten Künstlers? Schlampereien eines Mannes, der es eilig gehabt hatte? Oder Absicht? Das hatte sich Klara oft gefragt und wusste auch um die Anschauung, dass sich solcherart Bruegel praktisch im Bild verewigt hatte, er somit der eigentliche Besitzer des zweiten rechten Fußes war.

Wäre dann aber nicht eher jener Schnabelschuh infrage gekommen?[1] Auch wenn Bruegel als »Bauernbruegel« in die Geschichte eingegangen war, ein Bauer war er nicht gewesen.

---

1 Es gibt allerdings auch die Auffassung, der Schnabelschuh sei gar kein Schnabelschuh, sondern dieser Eindruck ergebe sich allein aus dem Schatten des Fußes, der ihn schlanker und eben spitzer erscheinen lasse. Allerdings ist diese These so wenig haltbar wie jene, dass es sich bei dem »überflüssigen« dritten Bein des vorderen Trägers einfach um das linke Bein jenes Mannes handelt, der zwischen den beiden Trägern auf einer Bank sitzend zu sehen ist. Und der in umgewandter Haltung nach den Tellern greift, um diese weiterzureichen. Was anatomisch gar nicht möglich ist, jedoch zeigt, zu welchen gewagten Thesen dieses Rätsel manche Betrachter anregt. Jemand meinte einmal, dass es Bruegel einfach Freude bereitet habe, der Nachwelt ein »unnötiges Bein« zu bescheren und damit Verwirrung zu stiften. Allerdings nicht damit hatte rechnen können, wie wenigen Leuten das überhaupt auffiel.

Allerdings gefiel Klara am besten die Vorstellung eines ungewollten, *echten* Fehlers, denn sie sagte gerne, Fehler seien mitunter etwas, was die Anwesenheit Gottes verrate. Indem Gott auf eine gewisse Weise den Künstler ablenke, damit dieser einen Fehler begehe, absichtslos, unwissend. Ein Fehler, der in Wirklichkeit eine Signatur Gottes darstelle. Ein dritter Fuß, der eben *nicht* auf die Person des Künstlers anspiele und ebenso wenig symbolisch auf den Untergang der Menschheit oder auch nur auf das Unglück der Eheschließung (wie dies vielleicht bei der Darstellung der demnächst aus dem Gleichgewicht geratenden Scheunentüre der Fall war), sondern direkt vom Schöpfer stamme.

Ihre Mutter hätte gefragt: »Ach ja, und das gilt also bloß für die Kunst, oder was? Oder auch dafür, wenn jemand den Fehler begeht, die falsche Autobahnauffahrt hochzufahren, und ungebremst in einen Wagen mit einer vierköpfigen Familie kracht?«

Klara, alles andere als eine überzeugte Katholikin, hätte geantwortet, wie so oft halb scherzhaft, halb ernst: »Wenn ein Fehler von Gott stammt, dann wird er raffiniert und ästhetisch sein. Geisterfahrer sind nicht ästhetisch. Und schon gar nicht raffiniert.«

Kurz vor Schließung des Museums bewegte sich Klara durch die Säle und Kabinette der ersten Ebene, um all jene Besucher zu ermahnen, die sich trotz der mehrfachen Durchsagen, sich zum Ausgang zu begeben, weiterhin in den Räumen der Gemäldegalerie aufhielten. Denn die gab es immer, Leute, die gerade dann, wenn etwas zusperrte, die allergrößte Lust des Bleibens empfanden. Die sich möglicherweise stundenlang recht lustlos an der vielen alten Kunst vorbeibewegt hatten, kaum etwas wirklich betrachtend, um dann mit dem allergrößten leidenschaftlichen Interesse vor einem Bildwerk stehen zu bleiben und gänzlich taub ob irgendwelcher mehrsprachig erfolgender Durchsagen zu sein.

Klara konnte dann schon mal recht bestimmt werden. Sie erkannte sofort jene Leute, bei denen freundliches Bitten eher zur Sturheit führte.

Nachdem sie aber auch den letzten Besucher aus dem »italienischen Bereich« verscheucht hatte, begab sie sich hinüber zur niederländischen, flämischen und deutschen Malerei und kam dabei klarerweise auch in jenen Saal, in dem zurzeit Jacob van Ruisdaels *Der große Wald* ausgestellt war. Für einen Moment meinte sie, jemanden gesehen zu haben, der soeben den Saal verlassen und in das benachbarte Kabinett gewechselt hatte, dorthin, wo die magischen Blumenbilder des Jan van Huysum hingen. Ein Mann, dessen schlanker Körper in einem eng ansitzenden, graugrünen Anzug steckte. Man hätte meinen können, auch er sei eine Pflanze.

Sonntagabend war nun wirklich nicht die Zeit, die typisch für den Mittagsmann gewesen wäre. Aber noch viel unwahrscheinlicher war, dass einer der Touristen hier mit einem solchen Anzug durch das Museum schritt. Klara folgte dem Entschwindenden hinüber zu Huysums Blumen, aber da war dieser bereits ins nächste Kabinett getreten und befand sich beim Eintritt in den Saal mit den riesenhaften Rubensbildern, um schnellen Schrittes auf die Kuppelhalle und damit auf das Stiegenhaus zuzueilen.

Natürlich war es nicht an Klara, hier einem Mann hinterherzulaufen, der ja auch ohne weitere Aufforderung offenkundig dabei war, die Gemäldegalerie zu verlassen. Doch es blieb ein merkwürdiges Gefühl zurück, das in erster Linie aus der Frage resultierte, ob sich Klara den Mittagsmann zu dieser unmittäglichen Stunde bloß eingebildet hatte. Wobei sie keinerlei Grund hatte, sich einen Mann herbeizufantasieren, für den sie ja nicht etwa schwärmte oder ähnlich Unsinniges empfand, sondern allein seine Ähnlichkeit mit Yves Klein bemerkt hatte (der freilich um einiges kleiner gewesen war). Und selbst diese Ähnlichkeit stand schließlich im Verdacht einer Einbildung.

Sie sagte sich: Dreh nicht durch!

Ja, so sprach sie manchmal mit sich. Sie beendete ihre Kontrolle und stieg nach erledigter Arbeit hinunter zu den Personalräumen des Museums. Die »Schreckenskammer«, wie die Angestellten diesen Bereich nannten. Umzuziehen brauchte sie sich aber nicht, sondern blieb natürlich in ihrem perfekten schwarzen Hosenanzug, verließ – einen kleinen Rollkoffer hinter sich herziehend – das Museum und nahm die U-Bahn zum Hauptbahnhof.

Wenig später betrat sie den Nightjet Richtung Amsterdam, zog in ihr Schlafabteil ein, verschloss hinter sich die Türe und schenkte sich einen mitgebrachten Campari Soda ein.

Sie liebte es, mit dem Schlafwagen zu fahren, so selten das leider vorkam. Aber sie fand, dass dies am ehesten herankam an das kindliche Bedürfnis, einmal durch das Weltall zu reisen.

Und kein Ort, an dem sie besser geschlafen und besser geträumt hätte als im Weltall.

Als sie vor dem Zubettgehen noch einmal kurz nach draußen trat, um die Toilette aufzusuchen, meinte sie am Ende des Gangs etwas Graugrünes vorbeihuschen zu sehen – eine Farbe, wie wenn ein vom Schmelzwasser gespeister Fluss an Beton erinnert –, nahm dies allerdings nur noch als einen farblichen Ausdruck ihrer Schläfrigkeit wahr. Und sagte zu sich: Bitte spinn nicht!

6

Entgegen dem allgemeinen und statistisch absolut berechtigten Verdacht, dass jeder Zug, auch ein für Amsterdam bestimmter österreichischer Nachtzug, sobald er nach Deutschland kommt, in irgendeine Form von Schwierigkeit gerät, erreichte Klara Ingold genau um die auf dem Fahrplan angekündigte frühe Morgenstunde zuerst Bonn und nach dem Umsteigen auch noch Wuppertal.

Die Stadt befand sich im Glanz eines anbrechenden, wolkenlosen Sommertages, freundlich eingebettet zwischen Hochfläche und Hügelland. Eine Menge enger steiler Straßen, zahlreiche Treppen, viel Grün in diesem »Tal der Wupper«, ein Ort mit einer insgesamt märchenhaften Anmutung.

So empfand es Klara beim Hereinfahren mit dem Zug, wobei sie da bereits die seit 1901 bestehende Schwebebahn sehen konnte, die diesen kinderbuchartigen Eindruck noch verstärkte. Ein die Stadt in seiner Länge durchquerendes historisches Tragegerüst, das zum Großteil dem Lauf des Flusses folgte, allerdings auf seinen letzten Kilometern Richtung Vohwinkel wie ein Bandwurm durch die Häuserschluchten führte und aussah, als sei es aus Restbeständen des Eiffelturms zusammengesetzt worden. Und zwar am ehesten von einem Mann, der – ebenfalls im Jahre 1901 – einen Holzbaukasten namens *Matador* erfunden hatte.

Auf dieses massiv-grazile Tragwerk blickte Klara dann auch vom Fenster ihres Hotels, das gleich neben dem Bahnhof lag. Man hatte sie trotz der frühen Stunde bereits in ihr Zimmer gelassen, wo sie ihren Koffer abstellte, kurz unter die Dusche ging und danach ein wenig Bemalung in ihrem Gesicht vornahm – vernünftigerweise Friedensbemalung, also nicht daherkam wie Nina Hagen oder einst die unglaubliche Ivana Trump. In der Folge schlüpfte sie in einen frischen dunkelblauen Hosenanzug, zudem in elegante Sandaletten, verließ das Hotel und machte sich auf den kurzen Weg ins Luisenviertel. Ein Katzensprung, wie man so sagt, wobei Klara von ihrer Erscheinung her – im Falle einer zoomorphen Verzauberung – keine Katze, sondern vielmehr ein Kranich gewesen wäre (in der Tat das Tier, dessen Bewegungen sie seit ihrer Kindheit, als sie das erste Mal einen Kranich im Tiergarten Schönbrunn gesehen hatte, als etwas empfunden hatte, das von ihr selbst hätte stammen können).

Ein Kranichsprung im dunkelblauen Hosenanzug.

Nahe der Sophienkirche setzte sich Klara in ein Straßenkaffee und bestellte einen Espresso, das Einzige, was sie in der Früh vertrug. Sie war wirklich keine große Esserin am Morgen. Dabei waren es nicht die Speisen, vor denen ihr ekelte, sondern die Mengen, diese Anhäufungen eben auch auf den Frühstückstischen etwa der Hotels, wenn die Leute die Buffets leer pflückten. Die Mengen an Essen nahmen ihr den Appetit.

Wie wunderbar hingegen, allein diese kleine Schale Espresso vor sich zu haben, dessen cremige Oberfläche im einfallenden Sonnenlicht etwas von der Marsoberfläche besaß. So ein sonniger Marstag, an dem es nur ganz leicht windete.

In diesem Café blieb sie eine Stunde. Sie wollte nicht zu früh dort anläuten, wo die Wohnung war, die zu dem Balkon gehörte. Darauf vertrauend, dass ihr überhaupt jemand öffnete.

Als Klara die Stelle erreichte, die sie bislang nur von einem umherkreisenden Street-View-Bild im Internet kannte, entdeckte sie sofort den Balkon und damit auch die liebevolle Begrünung dieses Balkons. Während ja auf dem Foto ihrer vom Balkon springenden Großmutter rein gar keine Bepflanzung und Schmückung zu sehen gewesen war. Sondern allein die Schönheit einer schmiedeeisernen Brüstung über den Pilastern des Hauseingangs.

Ein Eingang, vor dem sie nun stand, direkt darüber der Balkon dieses weiß getünchten, klassizistischen, viergeschossigen Hauses, dessen Gegensprechanlage drei Parteien verriet. Allerdings handelte es sich im Erdgeschoss um einen derzeit geschlossenen Antiquitätenladen, der seitlich über einen eigenen Eingang verfügte.

Klara betätigte also den mittleren Knopf, auf dem der Name *Salewski* stand. Einmal. Ein weiteres Mal.

»Ja?«

Die Stimme kam aber nicht aus der Gegensprechanlage, sondern von oberhalb.

Klara trat drei Schritte zurück auf die Straße und sah nach oben, dorthin, wo in einer Lücke der grün-weiß-rosafarbenen Bepflanzung der Kopf einer Frau sichtbar wurde, die sich etwas über die Brüstung beugte und herunterblickte.

»Entschuldigen Sie«, sagte Klara mit in den Nacken gelegtem Kopf, »ich würde Sie gerne sprechen. Und nein, ich will Ihnen nichts verkaufen.«

»Nun, ich Ihnen auch nicht«, erwiderte die Frau.

Klara gefiel eine solche Schlagfertigkeit. Sie musste kurz auf die andere Gehwegseite ausweichen, da soeben ein Auto durch die schwach befahrene, enge Straße fuhr, dann erklärte sie, extra aus Wien gekommen zu sein, um sie, die Bewohnerin dieses Hauses, dieser Wohnung zu sprechen. Denn eigentlich …

»Das klingt jetzt komisch«, sagte Klara, »aber eigentlich handelt es sich um den Balkon, auf dem Sie gerade stehen.«

»Ich verkaufe auch den Balkon nicht«, erklärte die Frau.

»Natürlich«, sagte Klara. »Ich bin wegen meiner Großmutter hier. Ich glaube, dass sie vor achtundsechzig Jahren auf genau diesem Balkon stand und von diesem Balkon … Also, ich würde Ihnen gerne ein Foto zeigen, auf dem meine Großmutter auf diesem Balkon zu sehen ist. Im Jahre 1957.«

»1957?« Aus der Stimme der Frau brach eine plötzliche Erregung.

»Ja genau«, antwortete Klara.

»Gut, kommen Sie«, sagte die Frau und trat zurück ins Innere ihrer Wohnung.

Kurz darauf ertönte das Surren einer zur Öffnung bereitwilligen Türe. Klara stieß sie auf und trat in das Haus.

Ein Gefühl der Erinnerung umgab sie. Eine Erinnerung, die

gar nicht zu ihr selbst gehörte, in die sie aber auf gewisse Weise *hineingelassen* wurde.

Sie betrat den Vorraum der Wohnung, verbeugte sich leicht und stellte sich mit ihrem Namen vor.

»Salewski«, nannte die Wohnungsbesitzerin auch den ihren, »Emma Salewski.«

Das mochte ein Name polnischen Ursprungs sein. Die Sprache der Frau Salewski war es nicht. Und ebenso wenig war ein ostbergischer oder westfälischer Dialekt herauszuhören. Sie sprach Hochdeutsch, aber ein Hochdeutsch nicht ohne musikalischen Klang. Etwas von Brahms eventuell. Ein vornehmer Klang, aber nicht neureich, mehr der Geruch von altem Geld.

Frau Salewski führte Klara durch die Wohnung, die das alte Geld widerspiegelte: helles Parkett, weiße Wände (zu viel Weiß für Klaras Geschmack), ein paar wirklich schöne alte und auch schöne neue Gemälde an den Wänden, aber keine extreme Aufschneiderei à la *Und hier mein Lüpertz*. Eine Vornehmheit, die weder auf den Zufall eines Lottogewinns noch die kriegerische List einer Unternehmensgründung verwies. Gewiss, von irgendwoher musste das Geld wohl kommen, um sich so eine Wohnung und eine solche Ausstattung leisten zu können. Zumindest von etwas, wie Klaras Mutter es kannte und nannte: vom Aufhalten der Hände.

Frau Salewski, sehr hager, sehr heller Teint, weißblondes, zu einem strengen Knoten gebundenes Haar, ein dünnes Seidenkleid tragend, bat Klara in das Wohnzimmer, welches hinaus auf den Balkon führte, der ja wohl das Objekt der Begierde war.

Klara fragte, ob sie denn nicht ihre Schuhe ausziehen solle.

»Meine Güte, nein«, sagte Frau Salewski, »das sind wunderschöne Sandaletten, Frau Ingold, die Sie da tragen. Das wäre ein Sakrileg, die auszuziehen und stattdessen etwas zu tragen wie … zum Beispiel Hausschuhe von Aldi.«

In diesem Moment kam aus einem der nach hinten führenden Zimmer ein vielleicht sechzehnjähriges Mädchen in einem kunstvoll zerfetzten Leibchen, auf dem nichts anderes als das Wort *Pain* stand, und murmelte etwas von wegen, dass Aldi-Hausschlappen besser seien als diese Gucci-Sandaletten, an denen Blut klebe. Im Arm hatte sie einen mit Stickern vollgeklebten Laptop, der aussah wie eine zum Schulheft zusammengepresste Müllhalde. Und auf dem Weg zur Schule schien sie wohl auch.

»Meine Schuhe sind nicht von Gucci«, wollte Klara noch sagen, aber klar, irgendein Blut klebte schon an ihnen. Doch galt das nicht auch für Hausschuhe, die von Aldi kamen? Die wurden doch auch nicht im Himmel hergestellt, oder?

Bevor Klara etwas sagen konnte, war das Mädchen schon bei der Türe draußen und ließ eine Geruchsmischung aus Kaugummi, Nikotin und diesem giftig-süßlichen Gestank von Klebstoff auf Kuverts zurück. Als sei sie auf ihre jungen Tage der Idee revolutionären Briefeschreibens verfallen.

»Meine Enkelin«, kommentierte Frau Salewski mit einem Seufzen, das nicht ohne Freude ob dieses Kindes war, das da im Eiltempo ewigen Zuspätkommens den *Pain* durch die Gegend trug.

»Sie ist gerade nicht so glücklich mit ihren Eltern, darum lebt sie jetzt bei mir. Das ist ohnehin eine viel zu große Wohnung.«

Und wie zum Beweis bat sie Klara ein weiteres Mal, in das ausladende Wohnzimmer einzutreten, dessen geöffnete Flügeltüren – allerdings bescheidene Flügeltüren im Vergleich zu den *widernatürlichen* Flügeltüren in der Jugendstilvilla von Klaras Mutter – auf den Balkon hinausführten.

Und genau auf diesen Balkon begab man sich nun. Kein großer Balkon, auf dem schließlich in erster Linie die Natur herrschte und den beiden Menschen wenig Platz ließ.

Von dem Balkon aus sah man schräg hinüber zu einem zwischen zwei Gebäuden aufragenden Baum. – So ein Baum war auch auf Yves Kleins *Sprung in die Leere* zu sehen, mit dem Unterschied, dass auf dessen Bild auf der gegenüberliegenden Straßenseite keinerlei Gebäude standen.

Frau Salewski erklärte, diese Wohnung von ihrem lange verstorbenen Vater geerbt zu haben, da war sie neunundzwanzig gewesen, als er starb.

»Er hat sich genau davor immer gefürchtet«, sagte Frau Salewski,

»nämlich in das falsche Flugzeug zu steigen. Dabei ist der Flieger gar nicht wirklich abgestürzt, sondern es gab bloß eine Notlandung. Dennoch, mein Vater erlitt einen Infarkt. Was für eine Ironie! Er hätte sein schon immer irgendwie erwartetes Flugzeugunglück völlig unverletzt überleben können, und dann macht sein Herz nicht mit.«

Sie habe damals in Frankfurt gelebt, sei dann aber mit ihrem damaligen Mann und der vierjährigen Tochter hierher nach Wuppertal gezogen, in diese Wohnung.

»Mein erster Mann, der Vater unserer Tochter«, sagte sie, »lebt in der Zwischenzeit … aber warum erzähle ich Ihnen das? Kommen Sie, gehen wir wieder hinein und setzen uns.«

Dabei wies sie mit einer eleganten Geste auf die eleganten Möbel des Wohnzimmers. Alte Gemälde in schweren Rahmen an den stechend weißen Wänden, aber gänzlich moderne Möbel.

Die beiden Frauen nahmen auf den gegenüberliegenden Seiten einer Sofalandschaft Platz, zwischen ihnen ein schwarzer Couchtisch, der aussah, als habe sich der Monolith aus Kubricks *2001: Odyssee im Weltraum* entschieden, es auch mal kleiner zu versuchen und eine ruhige bürgerliche Existenz zu führen.

Über diesen Tisch hinweg meinte Frau Salewski: »Sie sagten, es gebe ein Foto, auf dem man Ihre Großmutter auf diesem Balkon sieht.«

Klara nickte und war dabei, in ihre Tasche zu greifen.

»Sie sagten 1957, nicht wahr?«

»Ja.«

»Es ist die Zahl«, erklärte Frau Salewski, »die mich erschreckt hat, wissen Sie. Ich bin ja in dieser Wohnung aufgewachsen. 1957, da war ich fünf Jahre alt. Das war das Jahr … es war der 21. September 1957, als meine Mutter mich in der Früh in den Kindergarten brachte. Und das war dann das letzte Mal, dass ich sie sah.«

»Weil sie starb?« In Klaras Stimme war ein Schlucken.

»Sie ist verschwunden«, sagte Frau Salewski, »sie hat mich zum Kindergarten gebracht und wollte dann zu ihrer Arbeit gehen. Wo sie aber niemals angekommen ist. Sie ist verschwunden, wie man sagt, dass jemand vom Erdboden verschluckt wird. Kein Zeichen, keine Spur, keine Nachricht, nichts. – Und jetzt kommen Sie, Frau Ingold – wie viele Jahre ist das her? – und erzählen mir, dass Ihre Großmutter ausgerechnet im Jahr 1957 auf diesem Balkon stand. Sie verstehen, was das bei mir auslöst.«

»Das ist noch nicht alles«, sagte Klara und legte das Foto, das sie im Münchner Nachlass von Helga Blume entdeckt hatte, vor Frau Salewski auf den mattschwarzen Couchtisch.

Frau Salewski griff nach ihrer Brille, setzte sie auf und beugte sich über das Bild, blickte dann aber über den oberen Brillenrand hinweg, als würde sie die Brille bloß als eine zu überwindende Barriere und Richtschnur zur Justierung ihres Blicks benötigen. Auf diese Weise betrachtete sie die Fotografie.

»Meine Güte«, sagte sie, offenkundig ebenfalls in Kunstdingen bewandert, »das ist ja wie bei dem Bild von diesem Franzosen.«

»Yves Klein. Nur, dass seines erst 1960 entstanden ist.«

»1960?«

»Das Foto meiner Großmutter«, erklärte Klara, »wurde drei Jahre früher gemacht.« Dabei fasste sie ein wenig über den Tisch und tippte mit dem Finger auf die Stelle, wo Signatur und Entstehungsdatum notiert waren: 3. September 1957.

Frau Salewski schüttelte irritiert den Kopf. »Das ist etwas, das ich nicht verstehe.«

»Meine Großmutter hieß Helga Blume. Kommt Ihnen der Name bekannt vor?«

»Nein, gar nicht.«

»Also, ich denke, sie war mit dieser Idee des In-die-Leere-Springens einfach etwas früher dran als Monsieur Klein, bloß ist sie trotzdem nicht berühmt geworden. Das soll bei Künstlern und Künstlerinnen schon mal vorkommen, dass sie zu früh dran sind und trotzdem zu spät kommen. Oder gar nicht. Die Frage ist aber: Warum dieser Balkon? Warum Wuppertal? Sie hat zu dieser Zeit schließlich in München gelebt und gearbeitet. Vor allem aber …«

Klara stockte kurz. In ihren Augen war ein Glanz wie von Fieber. Dann sagte sie: »Auch meine Großmutter verschwand in diesem Jahr. Ende September 1957, kurz nachdem dieses Foto entstanden ist. Auch sie war plötzlich fort, ohne Ankündigung, ohne Nachricht, ohne irgendeine Spur zu hinterlassen. Wie Sie sagen: vom Erdboden verschluckt. Und meine Mutter, die war da erst zwei Jahre alt.«

Der Glanz von Fieber, jetzt lag er auch in den Augen der Emma Salewski.

Dabei war Frau Salewski eine durchaus nüchterne Person, keine Frage, doch sie benötigte einen Moment, um sich diese Nüchternheit zurückzuerobern. Dann meinte sie: »Das heißt, meine Mutter und Ihre Großmutter haben sich vermutlich gekannt.«

»Nun, es könnte einfach auch so sein, dass meine Großmutter diese Straße hier, dieses Haus und diesen Balkon aufnahm und dann ein manipuliertes Bild von sich selbst in Flughaltung in das Wuppertaler Straßenbild hineinmontiert hat. Möglich. Und doch bleibt die Frage, wieso ausgerechnet dieser Balkon. Und wie es sein kann, dass beide Frauen im September des Jahres 1957 verschwunden sind. Als Zufall taugt das nicht, oder?«

»Leidlich«, meinte Frau Salewski.

»Hatte Ihre Mutter«, wollte Klara wissen, »denn auch mit Kunst zu tun? War sie Künstlerin?«

»Nein, gar nicht. Polizistin. Damals gab es noch die WKP, die Weibliche Kriminalpolizei als eigene Abteilung. Die waren in erster Linie mit Jugendschutz und Jugendkriminalität beschäftigt, zudem mit der Betreuung von Opfern und Zeugen.«

Kurz nach dem Krieg, so Frau Salewski, habe ihre Mutter noch als Krankenschwester gearbeitet. Konnte dann aber, weil ein sozialer Beruf Grundbedingung für die Einstellung in die WKP war, wechseln.

»Eine Polizistin und eine Künstlerin«, resümierte Klara im Ton der Nachdenklichkeit, als ergebe sich bereits aus dieser Kombination eine Form von Antwort. Wenn man nur wusste, dies richtig zu deuten.

Sie fragte, wie Frau Salewskis Vater sich das Verschwinden seiner Frau erklärt hatte.

»Gar nicht«, antwortete Frau Salewski, »er hat nie darüber geredet. Er hat sich in seine Arbeit gestürzt, er war Architekt, hat nicht noch einmal geheiratet, er war einfach nur ein fleißiger, verbitterter Mann, der sich vor dem Fliegen gefürchtet hat.«

Klara erzählte, dass es ihrem Großvater wohl ähnlich ergangen sei. Ratlosigkeit, Verbitterung und Verdrängung, auch wenn er sich später noch einmal in eine Ehe gewagt hatte, was dann ja wohl als Höhepunkt der Verdrängung gelten konnte.

Und dann berichtete sie davon, wie ihr das Foto ihrer vom Balkon springenden Großmutter überhaupt in die Hände gefallen war.

»Das war wirklich reines Glück«, sagte sie, »dass man Großmutters Sachen nach so langer Zeit in diesem Lager entdeckt hat und dass ich dann nach München gefahren bin. Meine Mutter hätte das alles einfach entsorgen lassen, ohne auch nur einen Blick darauf zu werfen.«

»Sie kann wohl nicht verzeihen.«

»Haben Sie es Ihrer Mutter verziehen? Sie waren fünf. Wie kann man das aushalten?«

»Ich war mir sicher«, sagte Frau Salewski, »dass es einen guten Grund für all das gibt. Und habe völlig ausgeschlossen, dass man ihr etwas angetan und sie irgendwo vergraben hat. Dieser Verdacht bestand natürlich. Doch als Kind war ich überzeugt, sie würde leben und dass ihr Fortgehen einen tieferen Sinn und Nutzen besitzt. Und sicher nicht, weil sie mit einem anderen Mann abgehauen ist, wie das viele gemeint haben. – Na ja, später war ich mir da nicht mehr so sicher. Aber da war ich schon darüber hinweg. Wenn man sagen kann, man sei über so was hinweg. Sind Sie darüber hinweg? Wohl nicht, sonst würden Sie kaum hier sitzen.«

Mein Gott, sagte Klara, bei ihr zu Hause sei so gut wie nie über diese Frau, ihre *unsichtbare* Großmutter, gesprochen worden. »Ich wusste ja nicht einmal, dass sie Künstlerin war, damals in den 1950er-Jahren.«

»Ach, und Sie denken jetzt, dass Sie das von ihr haben? Die Liebe zur Kunst. Sie lieben die Kunst, nicht wahr?«

»Wie können Sie das wissen?«

»Na, ich habe doch gesehen, wie Sie die Bilder in meiner Wohnung angesehen haben. Und schließlich haben Sie in München sofort die Parallele zwischen Ihrer Großmutter und diesem Franzosen erkannt.«

»Es stimmt, ich habe Kunstgeschichte studiert«, sagte Klara, »aber das ist es gar nicht. Ich meine, egal ob es Glück oder Zufall oder doch Bestimmung war, wenn man so ein Foto findet, dann will man wissen, was dahintersteckt. Und ja, natürlich, sie ist meine Großmutter. Auch wenn meine eigene Mutter diese Frau richtiggehend leugnet, ich will das nicht. Ich will mich auskennen.«

»Ich glaube«, sagte Frau Salewski, »ich mache uns jetzt einen Kaffee.«

Dabei sah sie auf die Uhr und meinte: »Und einen Cognac. Auch wenn elf am Vormittag keine Cognaczeit ist. Heute aber schon. Oder?«

»Heute schon.«

Und so saßen sie bald bei Kaffee und Cognac in einer hellen, geräumigen Küche, die nach hinten auf einen weiteren Balkon von der gleichen Größe führte, darunter ein kleiner Garten. Sie saßen nebeneinander und betrachteten die Familienfotos aus den 1930er- bis 1960er-Jahren, die in schweren Alben abgelegt waren: Bilder von Frau Salewskis Eltern und Großeltern, sie selbst als kleines Kind, Geburtstage, Urlaube, Feste, schönes Schwarz-Weiß, Farbfotos von erschöpfter Strahlkraft.

Natürlich hofften die beiden, unter diesen Fotos etwas zu entdecken, was auf eine Verbindung zwischen Helga Blume und Frau Salewskis Mutter Lilo Wagner hinwies. Helga und Lilo. Künstlerin und Polizistin. – Frau Salewski hatte auch nach der Scheidung den Namen ihres Mannes behalten, der schon lange woanders lebte, aber wo und wie, davon war dann nicht mehr die Rede, überhaupt kein Wort über diesen Mann.

Aber doch über ihren Vater, den Architekten, der sich so vor dem Fliegen fürchtete, es aber ab den 1970er-Jahren aus beruflichen Gründen des Öfteren tun musste und dann 1981 das eine Mal zu viel.

»Er war immer für mich da«, sagte Frau Salewski, damit einen wesentlichen Unterschied zum Schicksal von Klaras Mutter festhaltend. »Er hatte nicht unweit von hier sein Büro, halb bin ich in diesem Büro aufgewachsen. Und schließlich selbst Architektin geworden, aber keine sehr erfolgreiche. Ein Wohnhaus, das war's, sonst nur Um- und Anbauten. Und viele Entwürfe, zahllose Entwürfe.«

Dabei lächelte sie auf eine Weise, in der zwar ihre Enttäuschung steckte, aber auch eine Form von Fröhlichkeit. So eine kecke Fröhlichkeit, wie wenn man eine Flasche nicht aufkriegt und sich schließlich denkt, dass Trinken gar nicht so wichtig ist, so wichtig es auch sein mag.

Sie blätterten die dicken Alben durch, fanden aber rein gar nichts, was eine Verbindung zwischen Helga Blume und Lilo Wagner hätte herstellen können. Allerdings konnte man auf einigen Fotos das Haus sehen, wie es wohl in den späten 1950er-Jahren ausgesehen hatte. Das Haus und den Balkon. Und in der Tat, wenn man diese Bilder mit dem in München aufgefundenen *Sprung ins Leere* verglich, bestätigte sich der damalige Zustand des Gebäudes, der noch von der Nachkriegszeit bestimmt war.

»Mir fällt gerade ein«, sagte Frau Salewski, während sie ihren Cognac gleich einem Brennglas ins Licht hielt, »dass es noch eine Schachtel mit alten Fotografien gibt, die von meinem Vater stammt. Das ist ewig her. Ich hatte die nach seinem Tod in seinem Büro gefunden, Architekturbilder, ganz ungeordnet, wild gemischt, ein paar Schnappschüsse mit Kollegen, Ausstellungsbesuche, so was, ich habe mir das nie genau angesehen. Ich denke aber, wenn wir schon einmal dabei sind, sollten wir die vielleicht auch durchschauen. Wer weiß.«

Sie schien zu überlegen, wo sie diese Schachtel überhaupt untergebracht hatte. Das war ja alles über vierzig Jahre her.

»Ich muss in den Keller«, sagte sie und erhob sich. »Bleiben Sie ruhig hier. Schenken Sie sich noch ein Glas ein, bitte. Ich schaue, ob ich den Karton finden kann.«

Und sie fand ihn. Aber es dauerte. Offensichtlich war es kein so kleiner Keller, zudem einer, der ebenfalls über ein paar dunkle Ecken verfügte, die das Schattenreich des Vergessenwerdens bildeten.

»Der Karton«, erklärte sie, als sie zurückkam, »war unter einem Taucheranzug meines Vaters. Wieso auch immer man einen uralten Taucheranzug aufbewahrt. Dieser Keller gehört wirklich einmal ausgemistet.«

Sagte sie, platzierte die von vier Jahrzehnten Kellerdasein etwas angegriffene Schachtel aus einst harter, zwischenzeitlich weicher Pappe auf dem Küchentisch und hob den Deckel herunter.

Das Behältnis war bis oben mit schwarz-weißen Fotografien gefüllt, gänzlich ungeordnet. In der Tat eine Menge Architekturbilder. Fotos von Gebäuden und Modellen und Skizzen, dazwischen aber auch Gruppenbilder: Männer in dunklen Anzügen und mit schmalen Krawatten, viele Brillen, einige Pfeifen oder lässig zwischen den Fingern hervorstehende Zigaretten. Auch ein Foto, auf dem einige dieser Herren zusammen mit einer einzigen Dame schön aufgereiht auf der Plattform eines Sprungturms stehen.

»Mein Vater«, sagte Frau Salewski dazu, »hat einmal ein Freibad in der Schweiz entworfen und gebaut.«

Die beiden Frauen nahmen die Fotos eines nach dem anderen aus der Schachtel, betrachteten sie kurz und legten sie in Stapeln zur Seite. Sie spürten wohl, dass in dieser Schachtel, unter all den Fotos, etwas verborgen war, das ihnen weiterhelfen würde.

»Schauen Sie«, sagte Emma Salewski mit einem Mal und schob ein Schwarz-Weiß-Bild zu Klara hin. »Das könnte doch Ihre Großmutter sein, oder? Zusammen mit meiner Mutter.«

Gar so viele Fotos, die ihre Großmutter zeigten – zuletzt ebenjenes Bild, als Helga Blume wunderhübsch von einem Balkon abhebt –, hatte Klara ja noch nicht zu Gesicht bekommen, aber sie sagte sofort: »Absolut. Das muss sie sein. Das ist sie. Sie und Lilo, nicht wahr?«

»Ja«, sagte Emma Salewski, nahm das Bild und hielt es in die Höhe.

Was so wirkte, als sollten auch jene, die hinter ihnen, hinter ihr und Klara, standen, das Bild sehen können. Aber da war natürlich niemand, wollte man nicht ein unsichtbares Publikum vermuten.

Doch hätte es ein solches unsichtbares Publikum gegeben, was hätte es auf dem Foto zu sehen bekommen?

Da waren also zwei Frauen, Lilo Wagner und Helga Blume, Frauen um die dreißig. Es muss Sommer sein auf dem Foto, beide tragen leichte, kurzärmelige Kleider, weite Röcke, aber mit schmaler Taille. Helga sehr schlank, Lilo eine Spur kräftiger und größer. Helga hat ihr mutmaßlich hellbraunes, mit dunklen Strähnen durchsetztes Haar im Audrey-Hepburn-Stil hochgesteckt, während Lilo auf ihrem mittellang geschnittenen, schwarzen Haar einen runden, hohen Hut mit kurzer, schräg abwärtsführender Krempe trägt. Um den Hals haben beide einfache Perlenketten. Und beide tragen elegante, bis unter den Ellbogen führende Handschuhe. Lilo hält einen Sonnenschirm aus Bambus und Seidentuch über ihre rechte Schulter, sodass er beide Frauen beschirmt. Es ist ein Lächeln in ihren Gesichtern. Aber kein Lächeln wie von zu viel Glück, sondern eher so, wie man lächelt, wenn man sagen will, es könnte schlimmer sein, als es jetzt ist. So, als wollte man jemanden, der dieses Foto einmal betrachten wird, zwar nicht anlügen, aber doch trösten.

Die beiden stehen ein Stück vor einer aus waagrechten Latten zusammengesetzten dunklen Holzwand, an deren linkem Rand ein Plakat zu erkennen ist.

Klara griff in ihre Tasche und zog eine kleine Lupe hervor.

»Sieh an, Sie sind aber gut vorbereitet«, meinte Frau Salewski.

»Mag sein«, sagte Klara, »dass ein Mensch mit einer Lupe so wirkt, als sei er aus dem 19. Jahrhundert herübergefallen, aber glauben Sie mir, gerade weil ich die Kunst liebe, weiß ich, wie praktisch es ist, eine Lupe zur Hand zu haben.«

Und diese Lupe hielt sie nun vor ihr rechtes Auge und betrachtete jenes Detail auf dem Foto, ein Plakat auf einer Holzwand.

»Das ist Japanisch«, sagte sie über die senkrecht von oben nach unten führende Schrift auf dem Plakat. Ein Filmplakat, auf dem eine blonde Frau zu sehen war. Eine gemalte blonde Frau, eine westliche Frau, welcher der Künstler aber einen gewissen asiatischen Touch verliehen hatte. Jedenfalls sah man diese Frau am Bettrand sitzend, die Hände weit ausgestreckt, die Lider gesenkt, den Kopf seitlich in den Nacken gelegt, wie sie sich morgendlich reckt.

»Schauen Sie«, sagte Klara und reichte Frau Salewski die Lupe.

Die nahm das Instrument, studierte das Detail und meinte: »Das ist die Bardot.«

Zudem stellte sie fest, dass sich zwischen all den japanischen Schriftzeichen – wie mit der Hand geschrieben, aber doch auf das Plakat gedruckt – einige englische Wörter befanden: *A Very Private Affair*.

Was dann also der englische Titel des Films sein musste.

Klara, obgleich Filmliebhaberin, runzelte die Stirn. »Nie gehört.«

Frau Salewski jedoch meinte sich dunkel zu erinnern. »Ich glaube, da spielt die Bardot praktisch sich selbst als Filmstar.«

»Können wir ja nachschauen«, meinte Klara, nahm ihr heiliges Smartphone zur Hand und gab *A very private affair* ins Suchprogramm ein. Als Erstes erhielt sie den englischen Wikipedia-Eintrag, wechselte aber auf die deutsche Seite und erklärte: »Bei uns ist der unter *Privatleben* gelaufen.«

Sie überflog den Text und meinte, Frau Salewski habe recht, Brigitte Bardot spiele darin – unter der Regie von Louis Malle – quasi sich selbst: eine superberühmte, in ihrer Berühmtheit todunglückliche, von Paparazzi verfolgte Filmschauspielerin.

»Mit Marcello Mastroianni«, sagte Klara, den Namen des italienischen Schauspielers übertrieben betont aussprechend, als presse sie seinen Namen aus einem Stück Zitrone heraus.

Dann aber zeigte sie mit dem Finger auf eine Stelle des Eintrags und blies hörbar durch die Nase.

»Was ist denn los?«, fragte Frau Salewski.

»Ich dachte eigentlich«, sagte Klara, »dass dieses Foto meine Großmutter und Ihre Mutter zeigt, bevor sie beide 1957 verschwunden sind. Aber das kann nicht sein. Der Film – hier steht es – kam 1962 in die Kinos.«

»Sicher?«

»Ganz sicher.«

»Mein Gott«, sagte Frau Salewski und meinte, wenn dies das japanische Plakat des französischen Films sei – und nicht etwa hübsch gerahmt in einer Ausstellung über Plakate, sondern wirklich diesen Film bewerbend –, es ja nur bedeuten konnte, dass das Foto in Japan aufgenommen worden war.

Frau Salewski drehte das Bild um. Doch die gelbliche Rückseite war vollkommen leer.

Nein, ganz leer doch nicht.

Emma Salewski hielt sich nochmals die Lupe vors Auge und entdeckte am rechten unteren Rand eine Beschriftung, die mit spitzem, hartem Bleistift in das glatte Fotopapier mehr geritzt als geschrieben worden war und wohl schon bei ihrem Entstehen dünn und blass gewesen war und in den vergangenen Jahrzehnten nicht gerade an Stärke gewonnen hatte. Und doch konnte man erkennen, wie hier nebeneinander zwei Schriftzeichen standen, geradezu durchsichtig, wie etwas, das aus der Vergangenheit in die Gegenwart leuchtet. Schwach, aber doch. Eine Hintergrundstrahlung

Frau Salewski zeigte es Klara, die nun meinte, die beiden Zeichen würden ihr eher Chinesisch als Japanisch erscheinen. Nur, dass sie weder das eine noch das andere beherrsche.

»Ich leider auch nicht«, meinte Frau Salewski, »aber ich kenne jemanden.«

Sie sagte, sie sei mit dem Japan- und Korea-Beauftragten der Bergischen Universität befreundet. Ein Mann, der gewiss bereit wäre, ihnen zu helfen.

»Ich schlage vor«, sagte Emma Salewski, während sie auf ihre Armbanduhr sah, »ich versuche für heute Nachmittag oder Abend ein Treffen mit ihm zu vereinbaren. Und dann schauen wir, was er uns zu diesen Schriftzeichen sagen kann. Beziehungsweise über das Foto. Und das Plakat auf diesem Foto.«

Sie versuchte, ihn sofort zu erreichen, was aber nicht gelang, offensichtlich hielt er soeben einen Vortrag in seinem Lehrgebiet, der Theoretischen Physik.

»Ich probiere es später noch einmal«, sagte Frau Salewski und meinte, sie müsse nun leider los, ein Arzttermin warte, hernach Yoga mit ihren Freundinnen.

»Eigentlich ist es mehr Tratsch als Yoga«, sagte sie, bat Klara um ihre Handynummer und versprach, sie anzurufen, sobald sie einen Termin mit dem Theoretischen Physiker vereinbart hatte.

»Es wird Sie freuen zu hören«, sagte sie, »dass der Mann Österreicher ist. Peter Berger. Er wird uns gerne behilflich sein.«

Emma Salewski begab sich nun zu Arzt und Tratsch-Yoga, während Klara durch Wuppertal spazierte, durch diese »Großstadt im Grünen«, die sie sicherlich war, von Klara jedoch eher als eine »Kleinstadt im Grünen« empfunden wurde. Was ihr allerdings bei vielen größeren Orten in Deutschland so vorkam, etwas Kleinstädtisches im Großstädtischen, etwas Märklinhaftes und Modellbauartiges zumindest an den mit viel Grün durchsetzten Orten.

Das ganze Land wie aus einem Schulbuch für Grundschüler. Selbst Frankfurt mit seinen Hochhaustürmen wie aus einem Bastelbogen. Und Stuttgart als eine Kombination aus *Bob der Baumeister* und einer *Gebrauchsanweisung fürs Scheitern*. Berlin als ein Haufen Brettspielfiguren in *Wir bauen ein Dorf*.

(Da fragte sich natürlich, aus welcher Art von Buch dann die Orte und Städte in Österreich stammten. Aus einer romantischen Schauergeschichte?)

7

Peter Berger war ein Mann um die sechzig, der etwas Zerrüttetes an sich hatte. Als sei irgendeine Sache in der theoretischen Physik seines eigenen Lebens schiefgelaufen, obgleich er ja ein erfolgreicher Wissenschaftler und oft berufener Lehrer war, dem außerdem eine ganz besondere Ehre zuteilgeworden war. Auf Vorschlag eines japanischen Astronomen hatte die Internationale Astronomische Union einen Asteroiden des äußeren Hauptgürtels nach ihm benannt.

So flog also ein zur Eos-Familie gehörender Brocken von etwa dreieinhalb Kilometern Durchmesser zwischen den Bahnen von Mars und Jupiter dahin und hieß *Peterberger*. Sodass nicht wenige, die davon wussten, mitunter das Gefühl hatten, ein Teil des Herrn Professors – ein Teil seines Geistes – befinde sich dort oben im kalten, dunklen All. Kein Wunder also, dass dieser Mann einen etwas verlebten, von den Anstrengungen *wahrhaftiger* Weltraumreisen bestimmten Eindruck machte.

Was auch Klara so empfand – natürlich hatte sie den Mann zuvor gegoogelt und damit ebenso den Asteroiden –, als sie sich jetzt zu ihm und Emma Salewski an den Tisch des italienischen Restaurants setzte, in dem man sich verabredet hatte.

Auf dem Tisch stand eine geöffnete Flasche Rotwein, und vor Berger lag die Fotografie, die in dem so lange unter einem Taucheranzug verborgenen Karton entdeckt worden war.

Emma Salewski machte Klara und Berger miteinander bekannt und meinte dann: »Peter weiß, worum es geht. Um die Verbindung Ihrer Großmutter zu meiner Mutter.«

»Ja«, sagte Berger, »das ist schon eine erstaunliche Geschichte. Wie hier ausgerechnet ein Balkon das alles in Gang gesetzt hat. Auch wenn ich noch nicht ganz begriffen habe, wozu es gut sein soll, von einem Balkon zu springen, wenn man sich nicht umbringen möchte.«

»Aus einem ästhetischen Grund«, sagte Klara und holte die vermutliche Fotomontage von 1957 aus ihrer Tasche, die ja Berger noch gar nicht gesehen hatte und nur aus Emma Salewskis Beschreibung kannte.

»Aha«, meinte er. »Ja, was soll ich sagen? Kunst ist mir ehrlich gesagt immer ein wenig unheimlich gewesen. Ich kann da zwischen Originalität und Scharlatanerie kaum unterscheiden.«

»Und in der Physik kann man das?«, fragte Klara.

»Na ja, der Laie wahrscheinlich nicht. Für den Laien ist letztlich alles eine einzige schwer zu differenzierende Sauce. Weshalb es Ehrentitel und Preise gibt, damit die Laien wenigstens unterscheiden können zwischen jemandem mit und jemandem ohne Auszeichnung. Mit oder ohne Lehrstuhl.«

»Mit oder ohne Asteroid«, entschlüpfte es Klara.

Peter Bergers ohnehin recht finsteres Gesicht verfinsterte sich weiter. Man konnte fast meinen, mit der Benennung dieses Asteroiden sei irgendein Unglück in sein Leben gekommen. Er griff nach der Weinflasche und schenkte sich und den beiden Frauen ein.

Zu dritt stieß man an. Es war ein Geräusch, wie wenn drei winzige, auf gläsernen Motorrädern daherkommende Luftprinzessinnen an einer Kreuzung zusammenprallen.

»Also«, sagte Berger, »ich habe mir das angesehen. Bei den beiden Zeichen hinten auf dem Foto handelt es sich um zwei Kanji, also sogenannte Han-Zeichen, Logogramme, Schriftzeichen, die einen chinesischen Ursprung besitzen.«

Ganz so dumm war es also nicht gewesen, als Klara von chinesischen Zeichen gesprochen hatte.

Der Herr Professor kam ein wenig ins Dozieren, was aber mehr als legitim war, immerhin war er eine echte Hilfe, und immerhin würde er den Wein und später das Essen bezahlen. Da konnte man ihm schon ein wenig zuhören, wenn er jetzt den Unterschied zwischen den verschiedenen japanischen Schriften erklärte. Beziehungsweise sprach er von den innerhalb der Kanji-Schrift allein in Japan entstandenen *Wasei kanjis*.

Er holte weit aus, redete auch über die Vereinfachungen der Schrift in China wie in Japan, die sich nach und nach ergeben hatten, kam letztlich aber wieder zum eigentlichen Punkt zurück, indem er erklärte, dass gemäß der Tradition die Namen der meisten japanischen Städte in Kanji geschrieben würden, auch wenn es eine Tendenz gebe, manche Städte komplett oder teilweise in Hiragana oder Katakana zu notieren, vor allem im Falle fusionierter Orte.

Das gelte nun aber nicht für die beiden Zeichen, die da vor langer Zeit mit einem Bleistift auf die Rückseite dieser Fotografie gekratzt worden seien. Dabei handle es sich zweifelsfrei um Kanji-Zeichen. Zwei Zeichen, die den Namen einer Ortschaft ergeben würden.

»Magome«, sagte Berger, »der alte Ort Magome, eine Poststation der Meiji-Periode.«

Offenkundig hatte er bereits am Nachmittag von Frau Salewski mittels Bild oder Scan eine Kopie der Vorder- und Rückseite der Fotografie erhalten und war also bestens vorbereitet.

Das erste Zeichen, so Berger, stehe der japanischen Lesung, also der Kun-Lesung gemäß, für das Wort »Pferd«, das zweite für »Korb« oder »Käfig«, woraus sich dann wohl so etwas wie ein Pferdestall ergebe, was ja zu einer Poststation ganz gut passe. Umso mehr, als in der alternativen Schreibweise dieses Orts, nämlich *Magome-juku*, das dritte Kanji-Zeichen für das Wort »Unterkunft« stehe.

In der japanischen Aussprache werde somit aus *Magome* ein Ort namens *Umakago*, denn das sei wichtig zu begreifen, Altjapanisch und Altchinesisch hätten rein gar nichts miteinander zu tun, seien nicht einmal verwandt, somit sei die Kun-Lesung eigentlich wie die Übersetzung eines chinesischen Wortes ins Japanische. Allerdings werde dieser Ort nicht nach der Kun-Lesung *Umakago*, sondern nach der sinojapanischen On-Lesung *Magome* ausgesprochen.

»Mit schwirrt ein wenig der Kopf«, meinte Klara. »Was ist unter einer On-Lesung zu verstehen?«

»Sie müssen wissen«, sagte Berger, »dass die Japaner, als da im

5. Jahrhundert die Kanji-Zeichen in ihr Land gelangten, selbst noch keine eigene Schrift besaßen. Das hören sie zwar nicht gerne, ist aber trotzdem so. Also nutzten sie zunächst einmal diese Kanji, um ihrer Sprache ein *Bild* zu geben. Dabei haben sie allerdings versucht, durch ihr eigenes phonologisches Inventar die chinesische Aussprache zu imitieren, und das ist halt ein Problem, wenn man so verschieden redet.«

»Magome also«, sagte Klara.

»Genau.« Berger nickte und referierte weiter. Magome sei eine der Stationen an der alten Fernstraße, der Nakasendō, die während der Edo-Zeit die Orte Kyōto und Edo, das heutige Tokyo, miteinander verbunden habe. Es sei eine von elf Poststationen während der Meiji-Periode gewesen, die mit dem Tod des Kaisers 1912 endete. Ein überaus prosperierender Ort. Was sich änderte, als die zentrale Eisenbahnlinie fertiggestellt wurde und Magome seine Bedeutung verlor.

»Allerdings«, sagte Berger, »hat man den Ort in den letzten Jahrzehnten zu einer touristischen Attraktion gemacht, die alten Häuser renoviert, den historischen Postweg, die Pflasterwege hergerichtet, die ganze Strecke zwischen Magome und Tsumago. Die kann man in ein paar Stunden zu Fuß bewältigen.«

Er erklärte, dass in der Zeit, als dieses Foto entstanden sein musste, der Ort noch recht armselig gewesen war.

»Emma«, sagte er, »hat mich auf das Plakat auf dem Foto aufmerksam gemacht. Ein dummer Film übrigens, wie ich mich erinnere, ganz sicher nicht der beste von Louis Malle. *Fahrstuhl zum Schafott*, der war klasse. Miles Davis, ach! – Jedenfalls war Magome in den 1960ern, als dieser Film herauskam, ziemlich verarmt und verlassen und stand ganz sicher in keinem Führer für Reisende aus Europa.«

Die Holzlatten, die man da sehe, sagte er, seien übrigens typisch für die Fassaden alter Häuser. Er bezweifle jedoch schwer, dass es in Magome je ein Kino gab, erst recht nicht in der Zeit der Fotoaufnahme, aber möglicherweise im benachbarten Nakatsugawa, zu dem Magome heute gehöre, praktisch deren Sehenswürdigkeit sei.

»Ich vermute mal«, sagte er, »dass das Brigitte-Bardot-Poster im damals heruntergekommenen Magome Werbung für einen Kinobesuch im nahen Nakatsugawa machte. Und die beiden Damen auf dem Foto sehen doch auch so aus, als hätten sie sich für einen Kinobesuch hergerichtet. Was auch immer sie Anfang der 1960er-Jahre ausgerechnet dort zu finden hofften.«

Dabei sah er Emma an und meinte: »Deine Mutter, sagtest du. Deine verschwundene Mutter.«

»Meine verschwundene Mutter und Frau Ingolds verschwundene Großmutter. Richtig.«

»Tolle Geschichte, auch das mit dem Bild, das angeblich wie das von Yves Klein aussieht.«

»Nicht angeblich«, sagte Klara und schob das Foto näher zu Berger hin.

Dieser nickte, meinte aber: »Wer sagt uns denn, dass das Bild Ihrer Großmutter nicht ebenso wie das von Yves Klein eine Fotomontage ist? Deutlicher gesagt, dass alles eine Lüge darstellt.«

»Vielleicht ist das ganze Universum eine Lüge«, meinte Klara.

»Da machen Sie es sich aber zu einfach«, meinte Berger, der Professor für Theoretische Physik.

Glücklicherweise kam endlich der Kellner, ein *wirklicher* Italiener und nicht nur ein Museumsbesucher irgendwo auf der Welt, und nahm die Bestellung auf.

Das dauerte eine ganze Weile, weil Berger nicht umhinkonnte, auf Italienisch zu parlieren und dabei natürlich nicht nur über die angebotenen Speisen und das Kochen sprach, sondern den Kellner auch Privates fragte, ohne aber eine Antwort abzuwarten, sondern wie ein Wasserfall redete, während der Kellner eigentlich immer nur ein »sì« von sich gab. So, als sei er selbst des Italienischen gar nicht mächtig, sondern bloß freundlich und geduldig und in der Hoffnung, dass der Gast irgendwann wieder ins Deutsche wechseln würde. Als dann Berger endlich für alle bestellte – er ließ es sich dabei nicht nehmen, Klara und Emma zu beraten, als wüsste er besser als der Kellner, was man hier essen sollte und was lieber nicht –, war die Frage nach der Verlogenheit des Universums wieder vergessen, und der Physiker verfiel mit einem Mal in einen merkwürdig melancholischen Zustand.

Eine Weile schwieg er dunkel, und Emma übernahm für ihn das Reden. Dann kam die Vorspeise.

Als der Professor wieder zu sprechen anfing, formulierte er einen Zweifel. Natürlich habe er die beiden Kanji-Zeichen nicht sofort mit dem Namen des Ortes Magome verbunden, sondern als Erstes ihre ins Japanische übersetzte Bedeutung von Pferd und Käfig erkannt. Vielleicht war hier einfach nur von einem Pferdestall die Rede und nicht von dem Ort? Und natürlich könnte es sich bei der Bretterwand im Hintergrund der beiden fotografierten Frauen allein um das Äußere eines Pferdestalls handeln und gar nicht um die Fassade eines alten Hauses in Magome.

»Na, vielleicht ein Pferdestall in dem Ort, der Pferdestall heißt«, meinte Klara.

Aber das konnte Berger nicht amüsieren. Er schien frustriert angesichts seines Zweifels. Fand allerdings nach zwei weiteren Gläsern Wein wieder zurück ins glückliche Leben und hielt ohne jeden Anlass, aber mit einiger Leidenschaft einen schwer verständlichen Vortrag über ein bislang nur vermutetes Teilchen. Wobei einiges dafür sprach, dass man dieses Teilchen in Zukunft entdecken würde, weil man es nun mal vorausgesagt hatte. Vergleichbar dem einen oder anderen Krieg, der nur darum stattgefunden hatte, weil er zuvor ausgedacht worden war.

Realität war die Erfüllung einer Prognose. Und dort, wo das nicht der Fall war, sprach man von einem Wunder.

»Der Mann ist ein echtes Genie«, sagte Emma Salewski später, als man sich bereits von ihm verabschiedet hatte und die beiden Frauen durch das nächtliche Wuppertal spazierten.

»Ein Genie, das gerne redet.«

»Die Anzahl stiller Genies hält sich in Grenzen«, meinte Emma Salewski. »Aber schon gut, dass er so schnell wusste, welcher Ortsname da hinten auf dem Foto steht. Auch wenn sich jetzt die Frage stellt, was wir damit anfangen sollen.«

»Wenn ich es geschafft habe, bis nach Wuppertal zu kommen«, erklärte Klara, »dann schaffe ich es auch bis nach Japan.«

»Sie wollen ernsthaft nach Magome fahren?«

»Ich sehe keine andere Möglichkeit, um bei meiner Suche nach einer Antwort weiterzukommen. Nicht sofort, aber so bald wie möglich.«

»Und was, wenn damit wirklich bloß irgendein Pferdestall gemeint war?«

»Unsinn«, sagte Klara. »Es muss sich um diesen Ort handeln. Allerdings bräuchte ich unbedingt eine Kopie Ihres Fotos.«

»Sie kriegen das Original«, sagte Emma Salewski und reichte es Klara, »wenn Sie wirklich nach Japan wollen, nehmen Sie es mit.«

Und das ausgerechnet ihr, Klara, der Freundin der Reproduktionen.

Sie ließ sich das Bild geben und fügte es zu dem Foto ihrer Großmutter, hinein in jene Tasche, in der neben diversen Utensilien des Alltags und mehreren Kunstpostkarten geliebter Gemälde auch eine Lupe lagerte.

Und nun also zwei Fotos und der unbedingte Wille, sich im Dienste der Erkenntnis auf die andere Seite des Globus zu begeben.

8

Als sie am nächsten Tag in ihrem Hotelbett erwachte, griff sie sofort zu ihrem Smartphone und sah sich eine Weile die Bilder an, die man zu jener ehemaligen Poststation Magome aufrufen konnte und die in der Tat einen historischen und touristischen Flecken präsentierten. *33 eindrucksvolle Orte, die du in Japan besuchen musst.* Genau!

Allerdings entdeckte Klara rein gar keine Abbildungen, die Magome zeigten, bevor es der Renovierung anheimgefallen war, wie es also ausgesehen hatte, als sich Helga Blume und Lilo Wagner – fünf Jahre nach ihrem Verschwinden, wenn alle Rechnungen stimmten – an diesem Ort aufgehalten hatten. Zwei europäische Frauen. Die eine Anfang, die andere Mitte dreißig, sichtlich Freundinnen, im Schatten eines japanischen Sonnenschirms.

Klara hatte sich für ein Mittagessen mit Emma Salewski verabredet. Noch in der Nacht zuvor, bei der Verabschiedung, war man zum Duwort gewechselt, und Emma hatte Klara versprochen, ihr am nächsten Tag etwas bringen zu wollen, was einst ihrer Mutter gehört hatte und praktisch das Einzige von Bedeutung war, was sie von diesem so früh verlorenen Menschen besaß.

Am späteren Abend plante Klara dann wieder nach Bonn zu fahren, um kurz nach elf erneut in jenen nun aus Amsterdam heimkehrenden Nachtzug zu steigen, der knapp nach neun Uhr morgens in Wien ankommen würde. Das sollte reichen, um rechtzeitig im Kunsthistorischen Museum zu sein, das Punkt zehn Uhr seine Pforten öffnete. Wobei Klara noch am Vormittag im Büro des Direktoriums vorsprechen und um einen schnellstmöglichen Termin für einen einwöchigen Urlaub anfragen wollte. Was in solcher Kurzfristigkeit gerade im Sommer, wenn naturgemäß Angestellte mit Familie und schulpflichtigen Kindern ihre Ferienzeiten wahrnahmen, schwierig sein würde. Immerhin konnte sie argumentieren, wegen einer überaus wichtigen Familienangelegenheit vorstellig zu werden. »Ein Notfall! Es handelt sich um meine vierundneunzigjährige Großmutter. Sie braucht mich.«

Woraufhin der Personalchef entgegnen würde: »Im Ernst? Sie haben eine vierundneunzigjährige Großmutter, die in Japan lebt?«

Das sei eine lange Geschichte, würde Klara antworten, aber darauf hinweisen, dass ihre Großmutter eine prophetische Künstlerin in den späten 1950er-Jahren gewesen sei. Und gleichfalls würde sie die sechsundneunzigjährige Freundin ihrer Großmutter erwähnen und dass diese beiden hochbetagten Damen ihre Hilfe benötigten.

Der Personalchef, ein Mann, der nicht ohne eine gewisse geheime Begeisterung für Klara Ingold war, aber erstens verheiratet, zweitens überaus korrekt und kontrolliert, zudem ahnungslos, was Klaras asexuelle beziehungsweise romantische Orientierung betraf, dieser Mann also würde fragen, ob Klara ihn auf den Arm nehmen wolle.

»Damit scherzt man nicht«, würde Klara antworten und es auch genau so meinen, denn die Vorstellung, beide Frauen könnten noch leben, wären aber aus irgendeinem mysteriösen oder schrecklichen Grund gezwungen, sich fern der Heimat und fern ihrer Familien aufzuhalten, war ungemein stark in ihr. So gewagt es war, sich die beiden Frauen lebend vorzustellen. Aber doch sehr viel besser, als sie sich tot zu denken, oder?

»Ich habe Sie noch nie um etwas gebeten«, würde sie zu ihm sagen und darauf verweisen, sich Jahr für Jahr bei der Einteilung der Urlaubszeiten als alleinstehende Person stets ganz hinten angestellt zu haben. Aber nun wäre Eile angesagt. Sie könne nicht warten, würde sie sagen, bis die beiden alten Frauen hundert wären. Die zwei bräuchten sie *jetzt*. Jetzt und sofort.

Ihr Treffen mit Emma sollte um ein Uhr in einem Restaurant nicht unweit der Luisenstraße stattfinden, denn Klara wollte noch einmal in der Umgebung sein, in der ihre Großmutter zum *Sprung ins Leere* angesetzt hatte.

Zeit genug, sich nach dem Frühstück der kindlichen Freude hinzugeben, mit der Schwebebahn zu fahren. Eben nicht, um irgendwo hinzukommen, sondern um gewissermaßen die gesamte Strecke *auszukosten.* Weshalb Klara plante, sich zuerst hinüber zur Schwebebahnstation am Hauptbahnhof zu begeben und mit einem der Wagen, die ja nicht wirklich schwebten, sondern hingen, zur Endstelle des im Südwesten gelegenen, von der SPD dominierten Stadtteils Vohwinkel zu fahren. Von dort würde sie in umgekehrter Richtung den anderen Endpunkt, den im Nordosten sich ausbreitenden, neuerdings ebenfalls von der SPD angeführten Stadtbezirk Oberbarmen ansteuern. Wobei Klara nicht umhinkam, beim Namen dieses Stadtbezirks immer das Wort *Erbarmen* zu lesen. – Man kann vielleicht sagen, dass es genau das war, was die gesamte SPD eben nicht nur in Wuppertal, sondern in ganz Deutschland sich in dieser Phase ihrer Existenz sehnlichst wünschte: Erbarmen.

Von dieser Endstelle würde sie dann wieder zurück zum Hauptbahnhof *schweben* und, falls noch genügend Zeit war – und aus dem diffusen Gefühl der Dankbarkeit heraus –, mit dem Bus hinauf zum Campus Freudenberg fahren, um sich das Europäische Institut für Internationale Wirtschaftsbeziehungen anzusehen. Welches nun nicht gerade eine architektonische Meisterleistung darstellte, sondern den Reiz einer Badeanstalt für rheumatische Erkrankungen besaß. Aber es drängte sie, diesen Ort aufzusuchen. Denn dies alles wäre nie und nimmer in Gang gesetzt worden, wäre nicht der Geliebte ihrer Mutter, der einst an dieser Uni gelehrt hatte, gleich einem schicksalfördernden Erzengel im einzig richtigen Moment auf der Bildfläche erschienen.

Zuerst aber ging Klara unter die Dusche und schlüpfte in der Folge in ihren schwarzen Hosenanzug. Sie fuhr mit dem Lift in die Lounge hinunter, holte sich einen Espresso, der wie eine Kette hintereinander herabsinkender Satelliten aus der Maschine tröpfelte, wich dann aber dem Frühstücksraum aus und nahm in der hinteren Ecke des modern gestalteten Barbereichs Platz. Dort saß sie alleine und in einem milden Licht, nippte an der *Marsoberfläche* und schaute auf ihr Smartphone.

Sie gab sich für einen Moment ihrer romantischen Liebe hin, indem sie das Foto eines bestimmten Gemäldes aufrief. Keines von den wirklich berühmten, aber eines, mit dem sie eine ganz spezielle Beziehung verband. Um im Jargon der Liebe zu bleiben, könnte man sagen, es war ihre *erste* Liebe gewesen. Klara hatte ein Jahr vor der sogenannten Matura – dem Abschluss schulischer Tristesse, eigentlich eine Prüfung im Durchhalten – ihre romantische Neigung für die Kunst entdeckt und darum auch den Irrtum begangen, Kunstgeschichte zu studieren.

Und obgleich später die Moderne und die Avantgarde ihr Thema sein würden, damals mit siebzehn waren es allein die Alten Meister, für die sie sich begeisterte. Wobei sie das Internet nicht nur nach den bedeutenden Werken in den Museen dieser Welt durchsuchte, sondern sich auch in den Auktionskatalogen umsah. Und dabei entdeckte sie ein Gemälde, das ihr erstmals das Gefühl gab, von der Leidenschaft zur Liebe zu gelangen. Das Gemälde eines niederländischen Meisters des 17. Jahrhunderts, das mit den Initialen *IS* versehen war. Weshalb es im Verdacht stand, von dem vor allem für seine Porträts bekannten Isaack Luttichuys zu stammen. Das Bild trug den Titel *Stillleben mit Zitrone* und wurde vom Auktionshaus Lempertz zur Versteigerung angeboten, wobei der Schätzpreis vernünftige 7.000 bis 9.000 Euro betrug. Eine Vernunft, die wohl auch der unsicheren Zuordnung zu verdanken war.

Klara war augenblicklich von diesem Bild verzaubert gewesen. Der Maler des Stilllebens hatte es zuwege gebracht, mittels dunklem Hintergrund, dem gedämpften Silber eines umgestoßenen Kelches, dem verschwiegenen Weiß eines gebauschten Tuchs, dem zurückhaltenden, geradezu geflüsterten Glanz eines aufrechten wie eines gefallenen Trinkglases sowie mithilfe eines Tabletts, das praktisch allein aus einem Lichtreflex bestand, eine Umgebung zu schaffen, die nichts anderem diente, als das Wunder einer

Zitrone in den Mittelpunkt der Betrachtung und damit der Welt zu rücken.

Das Gelb dieser Frucht erstrahlte, ohne aber etwa aus dem Bild herauszufallen, vielmehr war die Frucht in einer perfekten Weise in dieser Umgebung der Artefakte aufgehoben. Und man konnte deutlich sehen, wie tot diese Gegenstände waren und wie lebendig die Zitrone, die mit ihrem Dreiviertelschatten etwas von einem Planeten besaß. Und in keiner Weise wie auf vielen anderen Stillleben dieser Zeit spiralig geschält zum Ornament wurde. Dieses Gemälde war ein Porträt, nicht nur einfach das Porträt einer natürlichen Frucht und ihrer markanten Farbe, sondern auch das Porträt einer Seele. Einer Seele, wie sie in vielen, in fast allen Dingen steckt, und von der es die Aufgabe der Kunst ist, sie sichtbar zu machen.

Entgegen ihrer späteren Vorliebe für Reproduktionen hatte Klara den massiven Drang verspürt, dieses Gemälde besitzen zu wollen, obgleich sie eine perfekte Abbildung in einem Katalog ihr Eigen nannte. Was erstens dazu führte, dass sie einen Tag lang die Schule schwänzte, um nach Köln zu fahren und sich das Original anzusehen, und zweitens, dass sie überlegte, woher sie das Geld bekommen könnte, um mitzusteigern. Beziehungsweise wen sie bitten könnte, der alt genug war, dies für sie zu tun. Ihre Mutter wollte sie nicht fragen. Man hielt die eigene Mutter aus der ersten Liebe heraus. Auch wenn diese dem Gemälde einer Zitrone galt.

Allerdings vertraute sich Klara einem soeben von ihrer Mutter abservierten Ex-Geliebten an, ein Mann, der Berufsspieler war und es durchaus nett fand, ausgerechnet von der Tochter seiner Verflossenen um einen Kredit und um Hilfe gebeten zu werden. Und der ihr auch tatsächlich versprach, wenn nötig bis zu 20.000 Euro mitzubieten. Wobei er von 20.000 Meilen sprach, wohl auf den Jules-Verne-Roman anspielend, warum auch immer. Danach würde man noch sehen, sagte er, wie sie ihre Schuld begleichen könne. – Sie ahnte Schlimmes, aber sie war schon damals der Überzeugung, dass der Sinn der meisten Dinge im Leben darin bestand, dass es kein Zurück gab.

Ein Zurück gab es auch nicht, aber da waren noch andere

Leute, für die es ebenfalls kein Zurück gab. Und zwar alle jene, die am 14. Mai 2011 – *The Crying of Lot 1083* – in Köln persönlich, übers Telefon oder mittels Auftrag mitboten, was letztlich dazu führte, dass die *20.000 Meilen* bei Weitem nicht ausreichten und es tiefer und tiefer respektive höher und höher ging und das *Stillleben mit Zitrone* schließlich bei knapp 80.000 Euro seinen Zuschlag fand.

Vielleicht war es die Schönheit des Gemäldes, vielleicht doch die Annahme, es sei ein echter Luttichuys, vielleicht hatte jemand etwas nachgeholfen, wie auch immer, das Bild fand zu diesem hohen Preis seinen neuen Besitzer, welcher also nicht Klara Ingold hieß, so hübsch ihr Name auch war.

So wenig das Bild etwas dafür konnte – eher mag man sich vorstellen, wie gerne es in den Besitz einer obsessiven Siebzehnjährigen gelangt wäre –, Klara nahm es ihm übel und würde es eine ganze Weile nicht mehr betrachten.

Aber gut, das war lange her. Und nun saß Klara in dieser Ecke einer Hotelbar, trank ihren Espresso und blickte mit einem Lächeln und einem ungemein warmen Gefühl auf dieses Meisterwerk, das einer Zitrone huldigte. Und zu dem wahrlich der Name der Epoche passte, in der es entstanden war: das Goldene Zeitalter.

Nachdem Klara das ihr so vertraute Gemälde ausgiebig betrachtet hatte, wechselte sie notgedrungen in profanere Gefilde, auf die Webseite der Wuppertaler Schwebebahn. Dort registrierte sie sich und orderte ein Onlineticket, das es ihr ermöglichen würde, vierundzwanzig Stunden lang die Schwebebahn und die Busse dieser Stadt zu benutzen.

Und so kam es, dass sie eine Stunde später an der Station des Hauptbahnhofs in einen der in Babyblau gehaltenen, erstaunlicherweise von keinerlei Komplettwerbung verunstalteten Gelenktriebwagen einstieg, in Richtung Vohwinkel. – Das mit der Werbung stimmte nicht ganz, denn auf der Unterseite gab es die sehr wohl, aber die wurde dann bloß von den in der Wupper dahintreibenden Rückenschwimmern gesehen.

Es war eine günstige Zeit, wie es schien, der Wagen nicht sehr voll, und Klara fand einen Platz im hinteren Bereich mit Panoramablick.

Und so ging es also entlang des Flusses, entlang der Linie, die sich aus der Tallage der Stadt ergab, an einer einzigen, durchlaufenden Schiene hängend, ein Umstand, dessen Klara sich durchaus bewusst war und der ihr ein Gefühl von Ewigkeit verlieh. Die endlose Schleife eines Wuppertaler Universums. Von der Bremsenergierückgewinnung und dem Drehstromantrieb der neuesten Fahrzeuggeneration merkte sie freilich nichts, vielmehr sah sie zum Fenster hinaus und erlebte die Stadt wie bei einer Geisterbahnfahrt. Aber eine Geisterbahn, die sich mit sechzig Stundenkilometern durchs Märchenland bewegte, sosehr man davon ausgehen musste, dass nicht hinter allen Häuserfassaden, die da vorbeizogen, sich allein Märchenhaftes abspielte und der Begriff der Geisterbahn doch noch zu seinem Recht kam.

Klara jedenfalls genoss die Fahrt, umso mehr, als sie ja ohne Ziel war, sondern die Ewigkeit schmecken konnte. Eine Ewigkeit, die auf Höhe der Sonnborner Hauptkirche vom dunkelgrün glitzernden Band der Wupper abzweigte und – nicht mehr getragen von schräg gestellten Stützen, sondern von einem portalartigen Tragwerk – als ansteigende Landstrecke weitergeführt wurde. Dabei auch eine Autobahn überquerte beziehungsweise ihrerseits von einer Bahnbrücke überquert wurde, um schließlich in die Endstation Vohwinkel einzufahren.

Dort stieg Klara aus und sah dem Wagen zu, wie er in einer hübschen Kehrschleife auf die gegenüberliegende Seite gelangte, neue Passagiere aufnahm und seine Fahrt zu dem am anderen Ende der Strecke gelegenen *Erbarmen* fortsetzte. Wohin eine Bahn später auch Klara aufbrach.

Von ihrem neuen Platz blickte sie auf die südliche Straßenseite, dann auf die südliche Uferseite, fuhr wie geplant über den Hauptbahnhof hinaus und erreichte vorbei an Loher Brücke und Adlerbrücke den Bahnhof Oberbarmen. Dort stieg sie aus – wie um die Ewigkeit pausieren zu lassen – und spazierte ein wenig in der Gegend umher. Nicht gerade der schönste Stadtteil der Welt, zudem mit dem vielleicht hässlichsten aller Berliner Plätze, reich bestückt mit Wettbüros und Spielhallen und in irgendeine Sucht verliebte Menschen.

Klara absolvierte ihre kleine Oberbarmer Runde, bevor sie wieder zur Schwebebahn zurückkehrte, zurück in die Ewigkeit, die sie bis zum Hauptbahnhof bringen sollte.

Sie war jetzt eigentümlich müde, ein wenig erschlagen von der Schwüle, die mit einer wolkigen Bedeckung und einem flachen Wind über die Stadt gekommen war. Ihre Stirn lehnte gegen die Fensterscheibe, während unter ihr die Wupper soeben die Farbe wechselte, sich in das Dunkelgrün etwas Betongraues mischte und …

Bluggffff!!

Ein heftiger Schlag. Etwas Großes, Schweres war seitlich in die Spitze des Triebwagens geschossen, hatte den Vorderteil knapp hinter dem Führerstand durchstoßen und dabei auch das darüberliegende, massive Fahrgestell geradezu abrasiert.

So schnell alles ging, meinte Klara dennoch zu erkennen, dass es das Teil eines Flugzeugs war, vielleicht auch nur, weil sie dachte, das Logo der Lufthansa erkannt zu haben.

Drrruffs!

Ein zweiter Treffer auf Höhe des dahinterliegenden Drehgestells. Das Fragment schlitzte mit der Leichtigkeit, die man Messern nachsagt, die durch Butter gehen, den oberen Bereich der Aluminiumverkleidung auf. Und mit der Plötzlichkeit, mit der hier ein Knall auf den anderen gefolgt war, neigte sich das ganze Vehikel ansatzlos vornüber und geriet mit dem vorderen Teil des Gelenkwagens in eine massive Schräglage.

Da nützte auch das ausgeklügelte Sicherungssystem nichts, das mögliche Unfälle zu verhindern wusste. Mit herbeischießenden Flugzeugteilen war einfach nicht zu rechnen gewesen.

Manches Unglück kam in einer Weise in die Welt, die zuvor als *Wunder* definiert worden war.

Ein schreckliches Wunder. Klara verlor allen Halt, rutschte über die Kante des Vordersitzes, versuchte noch, sich irgendwo festzuhalten, aber es ging viel zu rasch, und die Kraft, die sie vom

Boden und aus dem Sitz hob, war gewaltig. Sie flog nach vorn und stürzte abwärts. Dabei breitete sie ihre Arme aus, und für den Bruchteil einer Sekunde – ein aus der Zeit winzig klein herausgehobener, kieselartiger Moment – fühlte sie sich an die Flughaltung erinnert, die ihre Großmutter beim Sprung ins Leere angenommen hatte.

Klara allerdings stürzte geradewegs auf die Stelle zu, wo ein mächtiges Stück Metall in der Fahrerkabine feststeckte. Sie würde also nicht etwa durch die weggebrochene Frontscheibe ins Freie fallen, hinunter in die Wupper, was nicht viel schlimmer gewesen wäre, als von einem Zehnmeterturm zu springen. Nein, sie würde auf dem spitz und scharf ins Wageninnere ragenden Teil eines Kranichs aufprallen.

Da spürte sie die Hand. Die Hand, die sie fest im Flug packte und nicht wieder losließ, sodass sie, statt weiter zu fallen, hin- und herschwingend an dieser Hand hing. An dieser Hand und an diesem Arm und damit eben auch an dem Mann, der sie festhielt, während er selbst sich mit dem anderen Arm an einer waagrechten, in solcher Schräglage freilich senkrechten Haltestange klammerte und sich mit seinen Füßen in der Manier eines Kletterkünstlers gegen eine Scheibe abstützte.

Wie war es möglich, dass sie ihn zuvor nicht bemerkt hatte? Er trug einen graugrünen, eng anliegenden Herrenanzug. Als hätte sich irgendein Superheld endlich entschlossen, seine lächerliche pyjamaartige Bekleidung samt Cape abzulegen und sich einen elegant-bürgerlichen Anstrich zu verleihen.

Sie konnte sein Gesicht nicht erkennen, zu verschwommen war ihr Blick, aber die markante Farbe des Anzugs fuhr heftig in ihr tränennasses Augenpaar.

Er hielt sie fest, was sich so anspürte, als wäre er imstande, sie auch noch tausend Jahre auf diese Weise zu halten.

Dann aber ein Ruck!

Klara schreckte hoch. Und im Hochschrecken öffnete sie die Augen. Ein ziemlich beleibter Kerl hatte sich vor ihr auf den Sitz fallen lassen und dabei eine heftige Erschütterung bewirkt, die

Klara aus dem Schlaf und aus dem Traum geholt hatte. Eine Erschütterung, zu der ein dicker Mann imstande war und nicht etwa ein Flugzeug der Lufthansa, dessen Einzelteile in einen Gelenktriebwagen der Generation 15 der Wuppertaler Schwebebahn gekracht waren.

Klara erhob sich rasch und schaffte es gerade noch, auszusteigen. Sie befand sich bereits an der Station Pestalozzistraße, drei Stationen nach dem Hauptbahnhof, unterließ es aber, die Seite zu wechseln und nochmals in die Schwebebahn einzusteigen, sowenig diese Bahn etwas für ihren Traum konnte.

Ein Traum, der ihr peinlich war. Nicht nur wegen dieser actionhaften Ausformung. Meine Güte, Teile einer Lufthansamaschine schlagen in die Wuppertaler Schwebebahn ein! Während sie selbst gezwungen ist, sich von einem Mann retten zu lassen, der da in heldisch-souveräner Art sie packt und dann einfach nicht mehr loslässt. Und sie nicht einmal mehr dazu kommt, irgendwo an der Seite Halt zu finden und ihm zu sagen: »Sie dürfen mich jetzt wirklich loslassen.«

Peinlich auch, dass es sich bei dem Retter in ihrem Traum erneut um jenen Mann aus dem Museum, jenen *Mittagsmann*, gehandelt hatte. So schien es zumindest. Er folgte ihr auch noch in ihre Träume.

Ihr fiel ein, wie sie am Morgen, während sie bei einem Espresso ihr Zitronen-Bild betrachtet hatte, einmal kurz hochgesehen hatte und ihr Blick dabei hinüber in den offenen, gut besuchten Frühstücksraum gefallen und es ihr erneut so vorgekommen war, als würde da ein Mann in einem graugrünem Anzug vorbeilaufen.

Und warum ausgerechnet Teile eines Flugzeuges?

Schon möglich, dass Emma Salewskis Bericht über den bei einer Notlandung umgekommenen Vater eine Rolle spielte. Träume waren wie Müllverbrennungsanlagen alles Erlebten, Gehofften und Gefürchteten.

Flugzeuge und graugrüne oder grüngraue Anzüge. *Sonderbarer* Müll.

Klara trat also aus dem Stationsgebäude der Schwebebahn, befragte ihr Smartphone nach einem alternativen Weg zum Campus Freudenberg und marschierte durch eine grässliche Bahnunterführung hinüber zu einer Busstation. Mit dem Bus fuhr sie bis zur Historischen Stadthalle, wo sie die Linie wechselte und hinauf nach Freudenberg gelangte.

Als sie ausstieg, waren es nur noch wenige Schritte, um jenes Europäische Institut mit dem Aussehen einer Badeanstalt zu erreichen. Verblüffenderweise lag tatsächlich so etwas wie Schwefelgeruch in der Luft. Ein Geruch, der sich kaum eignete, den Druck aus Klaras Kopf zu nehmen. Zusätzlich begann es auch noch zu regnen, so ein Saunaregen, wenn Wasser auf warmen Stein tropft und man das Gefühl hat, direkt unter einem sehr stark schwitzenden Mann zu stehen.

Es war aber niemand zu sehen. Bloß ein paar Vögel zogen über das Europäische Institut, dessen Fassade von blassem Gelb war, die Fensterverkleidungen jedoch in diesem für Schwimmbäder typischen dunklen Ultramarinblau.

Klara wich dem Regen aus und begab sich in den Eingangsbereich. Auch hier kein Mensch, kein Geräusch. Es war, als sei sogar die Luft am Nachdenken.

Was tue ich hier bloß?, fragte sie sich und sank in ein weinrotes Ledersofa, das in der kleinen Halle den Besuchern Platz bot. So wie Klara gekleidet war, konnte man sie gut und gern für einen »Termin« halten. Aber da kam niemand, der sie *wahrnahm*.

Damit das nun aber alles irgendwie einen Sinn erhielt, hier so zu sitzen – immerhin regnete es nicht herein –, griff sie nach ihrem Smartphone, machte ein Foto des Raums und schickte das Bild als Whatsapp-Nachricht an den Partner ihrer Mutter, Alexander Falk. Unter das Foto schrieb sie den recht banalen, zugleich aber doch auch ein wenig dramatischen Satz: *I saw it.*

So saß sie also in diesem bequemen Möbel, in dieser Stille europäischer Nachdenklichkeit und wäre nach einigen Minuten beinahe wieder eingenickt.

Doch das Geräusch, mit dem ihr Smartphone den Eingang

einer Nachricht signalisierte, holte sie zurück. Alexander Falk hatte ihr eine Antwort geschickt. Er schrieb: *I saw it first.*

Kaum anzunehmen, dass Falk wusste, dass genau so eine Modefirma hieß, I SAW IT FIRST, ein angeblich ultimativer »one-stop-shop for the stylish generation of authentic fashion-lovers who deserve to see it first and wear it first«.

Und kaum anzunehmen, dass Klara wusste, dass genau so, also *I Saw It*, ein japanisches »one-shot manga« betitelt war, welches die autobiografische Geschichte eines Überlebenden des Atombombenabwurfs von Hiroshima erzählt.

Klara erhob sich aus dem roten Ledersofa und trat aus der europäischen Stille hinaus in die Wuppertaler Stille, die nun allerdings von einigen vorbeifahrenden, laut hupenden Wagen unterbrochen wurde. Eine Hochzeitsgesellschaft. Dicke, fette schwarze Autos, die gleich dekorierten Schwertwalen vorbeizogen. Darüber ein Himmel, der passend zum Schwefelgeruch nun wirklich einen kränklich gelben Farbton angenommen hatte. Klara kramte in ihrer Tasche und zog eine Packung Paracetamol hervor. Sie schluckte eine Tablette und begab sich zu der Haltestelle des Busses, der sie zurück ins Zentrum bringen würde.

Das Schöne war, dass praktisch in dem Moment, da die Tablette zu wirken begann – und als habe eben auch die Natur eine Dosis Paracetamol eingenommen –, der Himmel sich lockerte, die Bedeckung sich nach Westen verzog und eine erleichternde Klarheit hervortrat. Ein Sonnenschein, dem es an Giftigkeit fehlte. Allerdings kräftig genug, dass Klara, als sie dann gegen ein Uhr in dem kleinen Straßenlokal, das unweit des Balkons in der Luisenstraße lag, ihren Blazer auszog, unter dem eine weiße Bluse zum Vorschein kam. Bei ihr war das fast schon so etwas wie Nacktheit.

»Und wie war dein Vormittag?«, fragte Emma.

Klara erzählte von ihrer Fahrt mit der Schwebebahn. Verlor jedoch kein Wort über ihren Traum. Berichtete hingegen von ihrem sinnlosen, aber symbolisch gerechtfertigten Besuch auf dem Campus Freudenberg. Dort habe sie eine Kopfwehtablette eingenommen und eine hysterisch hupende Hochzeitsgesellschaft vorbeifahren sehen.

»Es gibt diese Momente im Leben«, sagte sie, »da kommt man sich vor, als sei man längst tot und würde bloß aus reiner Gewohnheit über die Erde wandeln.«

»Jetzt lebst du aber wieder, oder?«, fragte Emma, nahm die Flasche Weißwein und schenkte Klara und sich ein.

»Ja, vollkommen«, meinte Klara mit einem Lächeln, in dem ihre Traurigkeit bloß noch die Eckfahnen eines umgrenzten Felds bildete. Auf ihrer Bluse zitterten die Schatten von Blättern eines nahen Baums.

Die beiden Frauen stießen mit ihren Gläsern an und nahmen einen guten Schluck vom halbwegs guten Wein.

Nachdem Emma das Glas wieder abgestellt hatte, meinte sie: »Ich hatte dir ja versprochen, etwas von meiner Mutter mitzubringen. Genauer gesagt, das Einzige, was ich von ihr besitze und das ich dir mitgeben möchte.«

Und indem sie das sagte, griff sie in ihre Tasche und zog ein längliches, rotsamtenes Schmucketui aus ihrer Tasche.

Klara rechnete damit, dass sich darin etwas wie eine goldene Kette befand, und geriet augenblicklich in eine Abwehrhaltung. Es widerstrebte ihr, fremden Schmuck anzunehmen oder ihn zu tragen, Schmuck, der irgendwann, und mochte es noch so lange zurückliegen, auf dem Körper von jemand anderem gewesen war. Darum hatte sie es auch stets abgelehnt, wenn ihre Mutter ihr etwas von ihren sündhaft teuren Klunkern angeboten hatte. Schmuck, das sei nichts für sie, hatte sie dann gesagt. Aber das war es eigentlich nicht.

Und tatsächlich, als Emma das Oberteil des Etuis öffnete, war da sofort der Schimmer von Gold zu erkennen. Aber es war keine Kette, es war keine Brosche, kein Ring.

Klara kam näher.

»Okay, not bad!«, sagte sie.

Es waren drei Gegenstände, die hier nebeneinander in eine schwarze Schaumeinlage eingebettet lagen, aus der sie golden hervorstachen und weder eine unkenntliche noch abstrakte Form besaßen. Nein, sie waren deutlich – aus Gold oder zumindest vergoldet – als das zu erkennen, was sie waren: eine Patrone links, eine Damenuhr ohne Armband in der Mitte und ein Füller auf der rechten Seite. Wobei es sich bei der Patrone nicht um eine Tintenpatrone, sondern um eine Gewehrpatrone handelte. Die Uhr war tatsächlich aus Gold und der Füller mit einer Walzgoldkappe versehen, während sein Griffteil mit einer goldenen Lasur überzogen schien, was auch für die Messinghülse der Patrone galt. Uhr und Füller stammten unverkennbar aus den 1950er-Jahren, der Füller von Pelikan, die Damenuhr mit Handaufzug eine Dugena, wie man auf dem Zifferblatt leicht verschwommen lesen konnte. Und dass die Patrone mit ihrem für einen Laien zeitlosen Aussehen wohl ebenfalls aus dieser Zeit stammte, davon war auszugehen.

»Ich habe das nie ganz verstanden«, sagte Emma, »und mein Vater hat es mir auch nicht erklären können oder wollen, was das zu bedeuten hat: eine solche Kombination aus einer Uhr ohne Armband, einem Füller und einer Patrone, die keine Tintenpatrone ist, was logischer wäre. Na ja, eine vergoldete Gewehrpatrone, was man sich bei einer Polizistin immerhin als ein Andenken vorstellen kann. Aber wie gesagt, alle drei zusammen haben für mich keinen Sinn ergeben.«

»Und jetzt ergeben sie einen?«, fragte Klara.

»Nun, nachdem ich weiß, dass deine Großmutter eine Künstlerin war und, wie es scheint, eine in ihrer Zeit recht progressive … ich meine, wenn man im Dienst der Kunst von einem Balkon springt, dann ist das wohl progressiv. Was ich glaube, ist, dass, so wie dieser Inhalt angeordnet ist, es sich schlichtweg um ein Kunstwerk handelt, das deine Großmutter meiner Mutter geschenkt hat. Als Schmuckschachtel konnte ich es mir nicht erklären, als Kunstschachtel schon.«

Klara nickte und zog das Etui näher zu sich her. Es war eine wirklich hübsche Anordnung, die viele Assoziationen weckte. Wie hier die Zeit in der Mitte stand – auch wenn diese Zeit im Moment eingefroren war – und wie sich eine Spannung aus dem Verhältnis einer Patrone, die nicht dem Schreiben, sondern dem

Schießen diente, zu einem Füllfederhalter ergab, bei dem es genau umgekehrt war.

»Wenn du mich fragst«, sagte Klara, »wie ich das kunsthistorisch einordne – und auch wegen dieser gewissen Beziehung zum Werk Yves Kleins, der ebenfalls mit Gold und mit *Objets trouvés* gearbeitet hat –, würde ich sagen, das ist eine Arbeit im Sinne des *Nouveau Réalisme*, bloß dass dessen Manifest erst 1960 verkündet wurde. Aber dass meine Großmutter ein wenig früher bei allem dran war, das kennen wir ja schon. Die brauchte halt kein Manifest.«

»Du gibst mir also recht«, sagte Emma, »auch wenn leider nirgends eine Signatur oder Initialen zu finden sind.«

»Sehr recht gebe ich dir.«

»Und genau darum«, erklärte Emma, »will ich, dass du das mitnimmst. Vielleicht wirst du es in irgendeiner Weise brauchen, wenn du in Japan bist.«

»Du meinst im Ernst«, fragte Klara, »ich kann eine Patrone, auch wenn es eine Kunstpatrone ist, in ein Flugzeug schmuggeln?«

»Stimmt, das hatte ich nicht bedacht. Trotzdem, nimm das zu dir, bitte. Ich fühle, dass es richtig so ist. Dabei halte ich als Architektin eigentlich wenig von Instinkt. Diesmal aber schon.«

»Vielleicht bist du einfach froh, es los zu sein«, wagte Klara zu sagen.

»Könnte auch sein. Behältst du es trotzdem?«

»In Ordnung«, sagte Klara, zog das Etui ganz zu sich und strich mit ihrer Hand über die drei Objekte. Sie spürte die leichte Unregelmäßigkeit der goldenen Lackierung auf der Patrone, das etwas aufgeraute Glas der Uhr, deren stillstehende Zeiger wie hinter einem leichten, lichten Nebel standen, sowie die vollkommene Glätte der Walzgoldkappe des Pelikan-Füllers.

»Hast du je versucht«, fragte Klara, »die Uhr in Gang zu setzen oder mit dem Füller zu schreiben?«

»Fehlt nur noch«, erwiderte Emma, »dass du mich fragst, ob ich versucht habe, die Patrone abzufeuern. – Nein, auch wenn mir der Kunstcharakter nicht so richtig bewusst war, aber dass diese Dinger nicht ihre übliche Funktion besitzen, war mir schon klar.«

»Wann hat dir dein Vater das gegeben?«

»Gegeben eigentlich nicht. Ich habe es entdeckt, als ich vielleicht achtzehn war. Er sagte nur, es habe meiner Mutter gehört und er könne auch nicht sagen, was es zu bedeuten habe.«

Klara zeigte sich verwundert darüber, dass Emmas Vater nie eine Bemerkung über Helga Blume gemacht hatte. Er müsse doch von ihr gewusst haben.

»Nein, kein Wort von ihm«, sagte Emma. Und nach einer kurzen Pause: »Denkst du, die beiden Frauen waren mehr als nur gute Freundinnen? Ende der 1950er-Jahre. Nicht gerade die Hochblüte aufgeklärter Gesinnung.«

»Ja«, sagte Klara, »das kam mir auch in den Sinn. Aber deshalb das eigene Kind zu verlassen? Zwei schlechte Mütter auf einmal! Ich weiß nicht, das kommt mir zu abwegig vor.«

»Es wäre zumindest eine bittere Wahrheit. Nicht der Lesbianismus, sondern aus diesem Grund die Kinder verlassen zu haben.«

»Lesbianismus«, lachte Klara, »mein Gott, was für ein Wort! Verzeih, aber das klingt für mich wie Kannibalismus.«

»Hör auf zu lachen«, sagte Emma, lachte aber ebenfalls, »ich bin eine alte Frau und rede halt noch so, wie's im Duden steht. Aber wenn schon, würde ich sagen, es klingt eher wie Liberalismus.«

»Du, das erinnert mich daran, dass ich heute statt Oberbarmen ständig *Erbarmen* gelesen habe.«

Und so erzählte sie nun doch ein klein wenig von ihren Eindrücken diese Stadt betreffend. Auch davon, wie sie in Oberbarmen in eine Spielhalle von ausgesuchter Hässlichkeit geriet, wo man ihr allerdings einen unglaublich guten Espresso servierte. Geradezu verrückt. Als wär's so eine Sendung mit versteckter Kamera gewesen.

Über ihren bösen Schwebebahntraum verlor sie allerdings auch diesmal kein Wort.

Nach dem Mittagessen lud Emma Klara zu sich in die Luisenstraße ein, wo die beiden Frauen noch eine ganze Weile auf dem Balkon standen. Klara machte mehrere Fotos mit ihrem Handy. Sie wollte vorbereitet sein, falls es in irgendeiner Weise nötig sein würde, zu beweisen, auf diesem Balkon gestanden zu haben, achtundsechzig Jahre nach der ins Leere springenden Helga Blume.

Am späteren Nachmittag kehrte Klara dann in ihr Hotel zurück, wo sie auf ein Abendessen verzichtete, einmal am Tag zu essen hielt sie für absolut ausreichend, die »Mehrfachfresserei« empfand sie als den Versuch, eine gesamtgesellschaftliche Depression abzuwehren. Aber sie begab sich nochmals in die Bar, um einen Campari Soda zu ordern. Dabei ertappte sie sich, wie sie Ausschau hielt nach etwas vorbeiflitzend Graugrünem oder Grüngrauem. Vor allem auch, weil hinter der Glasfront der Bar mehrere grüne Sträucher zur Mimese einluden.

Jedoch war da nirgends auch nur die Andeutung eines Mittagsmannes.

Glücklicherweise, dachte sie. Aber ganz stimmte das nicht.

Ein paar Stunden später stand sie am Bahnsteig in Bonn. Sie war offensichtlich der einzige Mensch, der um diese Zeit Bonn verließ. Ein Ort, von dem sie eigentlich gedacht hatte, für ihn gelte das, was man üblicherweise von Bielefeld behauptete, dass es nämlich gar nicht existiere. Das erschien ihr im Falle von Bonn viel plausibler.

So stand sie einsam und trotz der nächtlichen Wärme ein wenig frierend auf diesem Bahnsteig und wartete auf einen – nun auch im Einklang mit der Tradition – verspäteten, aus Amsterdam kommenden, nach Wien strebenden Nachtzug, in dem sie auch diesmal ein eigenes Schlafwagenabteil hatte reservieren lassen.

Zwanzig Minuten nach der angekündigten Zeit kam der Zug. Klara stieg ein und begab sich in ihr Abteil, von keinerlei Schaffner versorgt oder auch nur kontrolliert. Obgleich noch nicht Mitternacht, schien alles hier in tiefem Schlaf, und man konnte nur hoffen, dass das für den Lokführer nicht ebenso galt.

Klara zog sich bis auf ihre Unterwäsche aus (ausnahmslos Sportunterwäsche, in der sie ebenso ausnahmslos zu schlafen pflegte) und setzte sich auf die Kante des Betts, hinter ihr das wandfüllende Bild einer vermutlich österreichischen Bergkulisse. Sie holte das rotsamtene Etui aus ihrer Tasche und öffnete es.

Der grelle Schein der Deckenbeleuchtung brachte es mit sich, dass nicht nur das Gold ein wenig goldener leuchtete, sondern auch die Struktur der schwarz glitzernden Schaumstoffeinlage deutlicher zu sehen war. Nach einiger Betrachtung der drei Gegenstände fiel Klara auf, dass zwischen der Patrone und der Uhr, wo es etwas mehr Abstand als zwischen der Uhr und dem waagrecht liegenden Pelikan-Füller gab, eine sehr kleine Einbuchtung zu erkennen war.

Diese war ihr zuvor überhaupt nicht aufgefallen, und auch Emma hatte darüber keinerlei Bemerkung verloren. Eine Einkerbung nicht größer als eine Bleistiftspitze. Klara führte ihren Blick ganz nahe heran. Sie dachte zunächst, dass es sich einfach um eine minimale Verletzung im Schaumstoff handelte, wie wenn jemand ein winziges Stück unabsichtlich herauszupft. Eine simple Spur des Gebrauchs. Aber als sie jetzt nach ihrer Lupe griff und damit ihren Blick verschärfte, erkannte sie eine vollkommene Regelmäßigkeit dieser Vertiefung, wie sie eben nur dazu dienen konnte, einen konkreten Gegenstand passgenau aufzunehmen. Einen Gegenstand, der hier fehlte.

Einen Gegenstand von der Form einer medizinischen Kapsel oder eben einer Hülle in Form einer medizinischen Kapsel, nur noch kleiner – keinen halben Zentimeter Länge, drei Millimeter, nicht mehr.

Okay, sagte sich Klara, da fehlt also etwas. Und in ihrer Fantasie war dieser fehlende Gegenstand doch von großer Bedeutung, nicht nur in dem Sinne, dass er ein Kunstwerk komplettierte, sondern zudem in der Lage war, eine Antwort zu geben. Eine Antwort auf eine Frage, die sie noch gar nicht gestellt hatte, die aber letztlich auf die Bedeutung des Verhältnisses zwischen Helga Blume und Lilo Wagner hinauslief.

Klara war jetzt wirklich zufrieden mit sich. Zufrieden, dieses kleine, aber wohl bedeutungsvolle Detail einer Lücke erkannt zu haben. So rätselhaft das auch sein mochte, es tat gut, wenn das

Rätsel eine wahrnehmbare Gestalt erhielt und nicht nur einfach aus einem *Ich kenne mich nicht aus* besteht.

Die Magie der Lücken.

Das dachte sie wirklich. Schloss das Etui, platzierte es zusammen mit der Lupe zwischen einer Packung Binden und einem kleinen Notizheft in ihrer Handtasche, legte sich neben die österreichische Bergkette auf ihr Bett, deckte sich zu und geriet mit dem guten alten Klang befahrener Schienen in einen Schlaf, dem sie am nächsten Morgen die Note Eins geben würde.

9

Während Klara schlief, erreichte der Zug Österreich. Und indem er durch die österreichische Landschaft mehr glitt als fuhr – das mag lächerliche Einbildung dessen sein, der hier *nicht* schlief, aber es schien ein Schnurren in dieser Bewegung zu sein –, holte er die in Deutschland eingefahrene Verspätung auf und kam zur angekündigten Zeit am Wiener Hauptbahnhof an.

So schaffte Klara es zur rechten Zeit ins Kunsthistorische Museum, wo sie den Vormittag über bei den Ägyptern beschäftigt war, also in der Ägyptisch-Orientalischen Sammlung. Als sie, wie das üblich war, nach einiger Zeit mit einem Kollegen den Überwachungsbereich tauschte – damit man nicht gänzlich blöd wurde und sich vorkam, als würde man in einer großen Gefängniszelle panthergleich hin- und hermarschieren –, da meinte der Kollege: »Gott, sind heute wieder viele Italiener in Ägypten.«

Kurz vor der Mittagspause fragte Klara über Funk um einen Termin im Personalbüro an.

»Wie schön, dass Sie vorbeischauen«, sagte Dr. Eppinger, der Personalchef, der Klara persönlich empfing und ihr höflich einen Platz anbot.

Er schien Zeit zu haben und begann augenblicklich über sein Lieblingsthema »Die Kunst der Gesundheit« zu sprechen, ein Projekt zur betrieblichen Gesundheitsförderung. Er wusste ja um Klaras konsequentes tägliches Lauftraining. Er selbst war begeisterter Marathonläufer mit einer Bestzeit knapp unter drei Stunden und konnte nicht ahnen, dass Klara bei aller Leidenschaft fürs Laufen den Lauf*sport* selbst hasste. Gegen andere oder nur gegen sich selbst und also gegen die Zeit zu laufen. Weil aller Sport, der in Konkurrenz zu anderen oder zu sich selbst geschah, eine sexuelle Komponente darstellte, die mit jeder Steigerung perverser wurde.

Klara hörte sich eine Weile die Bedeutung der Fitness gerade für den in seinem Beruf *aufgehenden* Menschen an – was vor allem bei den männlichen Aufsehern ein Witz war, sowohl die Fitness als auch die Leidenschaft im Beruf –, bevor sie die Frage nach ihrer derzeitigen Marathonzeit unbeantwortet ließ und von ihrer in Japan lebenden vierundneunzigjährigen Großmutter sprach, Helga Blume, bei der es sich um eine visionäre Künstlerin der Nachkriegsjahre handelte.

»Helga Blume? Tut mir leid, der Name ist mir noch nie untergekommen.«

Ihre Großmutter, erklärte Klara, sei damals wohl in einer Beziehung zu den Künstlern des *Nouveau Réalisme* gestanden.

»Habe ich das richtig verstanden«, fragte Dr. Eppinger, »sie lebt in Japan?«

»Lebt in Japan und benötigt meine Hilfe«, erklärte Klara und erwähnte noch einmal das hohe Alter, auch der Frau, mit der ihre Großmutter in Japan zusammenlebte, jene Lilo Wagner. Sechsundneunzig Jahre!

Klara hatte nicht einmal das Gefühl, an dieser Stelle zu lügen oder eine erfundene Geschichte aufzutischen, sondern aus dem bisher Feststehenden einen logischen Schluss zu ziehen, den sie hier vortrug.

»Und das bedeutet was?«, wollte Dr. Eppinger wissen.

»Dass ich raschest einen unbezahlten Urlaub beantrage, um nach Japan zu reisen. Zumindest eine Woche.«

»Wie? Morgen schon?«

»Das wäre gut.«

»Das war ein Scherz, Frau Ingold. Sie wissen doch, wie eng getaktet bei uns im Sommer gearbeitet wird.«

»Für eine Woche finden Sie jemanden«, erklärte Klara.

»Sie meinen einen Studenten? Ich bitte Sie. Muss ich Ihnen unsere Qualitätsstandards erklären?«

»Nein, aber ich sage Ihnen doch, es ist ein Notfall.«

»Inwiefern ist es ein Notfall?«

Jetzt hätte Klara von einer schweren Krankheit ihrer Großmutter sprechen können, was nicht nur darum gewagt gewesen wäre, weil sie schließlich gar nicht wusste, ob sie überhaupt noch lebte, sondern erst recht, *wenn* sie noch lebte. Man täuschte bei geliebten oder geschätzten Menschen keine Krankheit oder Schwäche vor. Das hätte bedeutet, das Schicksal auf eine fatale Weise herauszufordern.

»Es ist wirklich etwas Persönliches«, wich Klara der Frage aus. »Ich wäre nicht hier und würde Sie anbetteln, wenn es nicht wichtig wäre. Andererseits will ich nicht einfach kündigen.«

»Was soll das denn heißen?« Dr. Eppinger schüttelte den Kopf. »Drohen Sie mir bitte nicht mit Kündigung.«

Wobei er natürlich ganz gut wusste, dass Klara aus einem recht vermögenden Elternhaus oder besser gesagt Mutterhaus stammte. Was er nicht wusste, war, dass sich Klara niemals in die finanzielle Obhut ihrer Mutter geflüchtet hätte. Dabei war es nicht einmal Stolz oder eine ideologische Haltung oder die Angst um die eigene Unabhängigkeit, sondern einfach ein Gefühl der Vernunft. Wie man sagt: *Iss nicht so schnell.*

»Aber genau das«, meinte Klara, »ist es doch. Ich drohe Ihnen nicht, sondern ich bitte Sie um einen Gefallen. Und ich würde sogar ...«

Jetzt lächelte sie sehr zart und überzeugend. »... vor Ihnen auf die Knie fallen. Aber das werden Sie doch nicht wollen, oder?«

Dr. Eppinger war klug genug, jetzt nicht zu sagen, was er eigentlich gerne wollte, sondern erklärte: »Gut. Ich schau mir das mal an, was wir da tun können. Nach der Mittagszeit, in Ordnung?«

»Sehr in Ordnung.«

Ihre halbstündige Mittagspause nahm Klara zusammen mit einer Kollegin an der Rückseite eines sogenannten Würstelstands ein, der sich schräg gegenüber dem Museum in einem überdachten Straßenbahnbereich befand und von dem aus man auch auf das pathetische Gebäude des Parlaments sehen konnte. Klara wäre niemals auf die Idee gekommen, hier eine Wurst zu verzehren, aber sie mochte den Ort, und sosehr zwar der Konsum von Alkohol während der Arbeitszeit untersagt war – und dazu zählte nicht ganz unbegründet auch die Mittagspause –, hielt der Betreiber des Kiosks stets ein kleines Fläschchen Campari Soda für Klara bereit. 0,098 Liter flüssiger Lippenstift, eine alkoholische Miniatur. Eine Miniatur, die Klara so etwas wie einen Energieschub verlieh, viel mehr als die Semmel, die sie ebenfalls verzehrte, weniger aus Appetit, eher um einen knurrenden Magen zu verhindern (wobei gesagt werden muss, dass sie sich keineswegs wie ein Spatz ernährte, ein Campari-Spatz, sondern an den Abenden, nach ihrer obligaten Radtour, ordentlich zulangen konnte).

»Du warst in Wuppertal?«, fragte die Kollegin.

»Woher weißt du das?«

»Geh, Klara, bitte, wir sind in Wien, da halten sich nicht mal die Priester und Ärzte an die Schweigepflicht.«

Eigentlich hatte Klara niemandem davon erzählt, wo sie ihren Montag und ihren Dienstag verbringen wollte. Aber die Kollegin hatte schon recht, die Stadt Wien war von einer großen Durchlässigkeit, in der es nicht einmal nützte, den Mund zu halten. Irgendwie wurde alles hörbar. Hier brauchte es keine NSA. So gut wie alles sickerte in authentischer, zumeist aber überhöhter Weise durch das fadenscheinige Gewebe der Neugierde und Indiskretion.

Die Kollegin insistierte darauf, wissen zu wollen, wieso ausgerechnet Wuppertal.

»Die haben dort eine Schwebebahn«, erklärte Klara.

»Das ist nicht dein Ernst, oder? Du bist doch keiner von diesen kindischen Eisenbahnnerds.«

»Und wenn doch?«

»Aber geh, Schatzi, sei ehrlich, es geht um einen Typen dort, nicht wahr?«

»Genau genommen«, sagte Klara, »geht es um meine Großmutter.«

»Die lebt in Wuppertal?«

»Nein, in Japan.«

»Muss ich das verstehen?«

»Nein«, sagte Klara und nahm einen letzten Schluck aus dem kleinen Campari-Fläschchen, das wie ein Glöcklein an ihrer Hand baumelte. Ein Anblick, der sie für einen Moment unangenehm berührte, weil er sie daran erinnerte, wie sie da kürzlich in einem Traum mitten am Tag an der rettenden Hand eines Mannes gehangen und ebenfalls wie ein Glöcklein hin und her gebaumelt war.

Rasch trank sie aus.

Als sie an diesem Nachmittag turnusgemäß von den Ägyptern hinauf zu den Alten Meistern wechselte, eine Weile die Sonderausstellung betreute, dann in den Sälen der italienischen, spanischen und französischen Malerei Aufsicht hatte, um schließlich wieder hinüber zu den Niederländern zu gehen, kam sie natürlich auch in jenen Saal, in dem van Ruisdaels *Großer Wald* hing. Sie hatte nicht erwartet – umso mehr, als die Mittagszeit ja lange vorbei war –, auf den Mittagsmann zu treffen. Aber da stand er. Während sich eine ganze Touristengruppe vor Vermeers *Die Malkunst* versammelt hatte, befand sich der Mittagsmann in seiner üblichen, sehr geraden, sehr konzentrierten Haltung allein vor dem Ruisdael-Bild. Sodass er praktisch – direkt von hinten gesehen – die Mitte dieses Gemäldes bildete.

Und das war ja auch der Fall, dass Klara ihn von hinten betrachtete, sich genau in einer Linie mit ihm befand. Ihn quasi abdeckte, in etwa wie auf einem Bild von Magritte, wenn ein Apfel vor dem Gesicht eines Mannes schwebt.

Heute trug der Mittagsmann einen dunkelblauen Anzug, bildete aber auch damit einen harmonischen Teil des Bildes. Wobei nicht zuletzt seine Schlankheit eine Rolle spielte. Er hätte einfach nicht breiter sein dürfen, sonst hätte er nicht in das Bild gepasst, hätte zu viel Raum des Waldes in Anspruch genommen. Was er aber nicht tat, er passte. Er passte ausgezeichnet.

Und dann drehte er sich um, der Mittagsmann. Sehr plötzlich. Wandte sich um und sah sie an.

Sie war wie erstarrt, hatte den Moment versäumt, zur Seite zu sehen oder sich gemäß ihrer Funktion in diesem Raum nach rechts oder links zu bewegen. Stattdessen blickte sie direkt in sein Gesicht und er in das ihre.

Das Erstaunliche war dabei, dass der Mittagsmann auch in

dieser neuen Position noch immer als ein Teil des *Großen Waldes* wirkte und also einen gemalten Eindruck machte. Auch und vor allem sein Gesicht, als hätte Jacob van Ruisdael nicht nur Landschaften und in diese Landschaften gesetzt kleine Figuren geschaffen, sondern auch das Porträt eines Mannes vor dem Hintergrund eines Waldes. Was natürlich eine spezielle Leistung darstellte, irgendwann zwischen 1655 und 1660 einen Mann aus der Mitte der 2020er-Jahre gemalt zu haben.

Man hätte sagen können, dass der Mittagsmann ein *altes* Gesicht besaß, nicht nur, weil er die fünfzig hinter sich gelassen hatte, sondern der Farbauftrag an die dreihundertsiebzig Jahre zurücklag. Was ihm nicht zuletzt den Reiz einer großen Epoche der Malerei verlieh.

Als Klara dieses Gesicht kürzlich zum ersten Mal wahrgenommen hatte, war ihr ja der Gedanke gekommen, so hätte Yves Klein aussehen können, wäre er nicht in seinen Dreißigern gestorben. Dieser Eindruck war jetzt aber vorbei. Es bestand keinerlei Assoziation zu irgendeinem anderen Gesicht. Dieses Gesicht war wie eine soeben entdeckte Landschaft, in der sich Schönheit und Zerstörung weniger die Waage hielten, als sich inspirierten.

Es war nun nicht der Fall, dass der Mittagsmann lächelte, besser gesagt, er lächelte schon, aber allein mit seinen Augen. Vielleicht sagte er sogar etwas aus seinem geschlossenen Mund.

Dann drehte er sich zur Seite, stieg wieder einmal aus dem *Großen Wald* heraus und verließ den Saal.

Das alles hatte nur wenige Sekunden gedauert.

Mannomann, dachte sich Klara, habe ich so was wirklich nötig?

Sie atmete kurz durch, als würde sie zu irgendeiner gymnastischen Übung ansetzen, löste sich endlich aus ihrer Starre und bewegte sich hinüber zu einem italienischen Pärchen, das seine Hände nach dem heiligen Thiemo ausstreckte, dessen Marter der Rembrandt-Schüler Christoph Paudiß auf ein hochformatiges Altarbild gebannt hatte. Wobei es Klara so vorkam, als hätten die beiden im Sinn, ihre Finger in die deutlich klaffende Wunde des gepeinigten Heiligen zu legen.

Dabei waren sie noch gar nicht so weit vorgedrungen, um einen Alarm auszulösen oder gar jenen Mitarbeiter auf den Plan zu rufen, der vor den Überwachungskameras saß und in der Lage war, eine warnende Lautsprecherdurchsage in mehreren Sprachen – darunter natürlich auch Italienisch – durch den Saal zu jagen.

Nein, Klara erkannte die Bewegung des Pärchens im Ansatz, bevor die beiden ihre Arme wirklich ausgestreckt und nahe an das Bild – also die Wunde – herangeführt hatten.

»Don't touch, please.«

So, wie sie *please* sagte, hörte es sich an, als stamme sie aus der Familie jenes kampflustigen Königsgeiers, dessen altmeisterliche Darstellung gleichfalls in diesem Saal hing.

Das Pärchen zuckte zusammen und wechselte rasch Platz und Bild.

Kurz vor Schließung des Museums wurde Klara über Funk gebeten, sich nach erledigter Arbeit im Büro von Dr. Eppinger zu melden.

Während sie einen letzten Rundgang durch die endlich leeren Säle absolvierte, kam ihr auf Höhe eines ihrer bevorzugten Gemälde, nämlich Caravaggios *David mit dem Haupt des Goliath*, der Personalchef bereits entgegen, sah kurz auf den auf Augenhöhe des Betrachters befindlichen Kopf des Geköpften, blieb dann vor Klara stehen und meinte: »Also, ich habe das für Sie hinbekommen, liebe Frau Ingold. Eine Vertretung. Nicht schon morgen, natürlich nicht. Aber ab kommendem Montag.«

Und dann sagte er, er gebe ihr eine Woche, als ginge es darum, einen Fall zu lösen. Aber darum ging es ja auch. »Eine Woche und nicht länger. Können wir uns darauf einigen?«

»Japan liegt nicht gerade um die Ecke«, wandte Klara ein.

»Noch einmal, Frau Ingold, können wir uns darauf einigen?«

»Ja natürlich. Ich danke Ihnen«, sagte Klara.

»Gut«, erklärte Dr. Eppinger fest und wandte sich um. Dabei blickte er noch einmal auf das Caravaggio-Gemälde. Nicht, dass er es noch nie gesehen hatte, aber etwas schien ihn zu verunsichern. Es war ein Stirnrunzeln nicht in seinem Gesicht, sondern in der Art und Weise, wie er sich – übrigens gelernter Jurist[2] – jetzt von der Darstellung eines geköpften Riesen wegbewegte.

Dann kam ein Mittwoch und dann ein Donnerstag, der *lange* Tag des Museums, an dem Klara Dienst bis neun Uhr abends hatte. Den Mittagsmann hatte sie aber weder zu Mittag noch zu einer anderen Zeit erneut gesehen. Doch das sollte sich ändern. Freilich anders als gedacht.

Am Freitag hatte sie frei, bevor sie am Wochenende wieder durcharbeiten würde. Sie nutzte den Vormittag, um ihre Reise vorzubereiten und für Montag einen Flug mit durchschnittlicher Beinfreiheit von 79 cm zu buchen – sie lächelte bei der Vorstellung jener 79 cm, die gewissermaßen einen mehrstündigen Spielraum für ihre in diesem Fall ungünstig langen Beine bilden würden.

Dienstag in der Früh würde sie in Tokyo landen, sich aber nicht lange in der Metropole aufhalten, sondern mit einem Mietwagen die Fahrt von gut vier Stunden in die ehemalige Poststation in der Präfektur Gifu in Angriff nehmen. Was sich auch nicht dramatischer anhörte, als von Wien nach Spittal an der Drau zu fahren. Wobei ihr einfiel, dass in Japan Linksverkehr galt. Aber gut, den hatte es in Wien bis ins Jahre 1938 und in Spittal an der Drau bis 1935 ebenfalls gegeben. Obgleich ihr das wiederum wenig nützte. Was ihr nützen würde, war, dass sie sich vor wenigen Jahren auf einer Irlandreise zwei Wochen lang auf den Linksverkehr

2 Was bedeutet das, wenn wir sagen, jemand sei Jurist? Wollen wir ihn dadurch kleiner machen, dümmer, intriganter? Wollen wir damit sagen, hier sei jemand, der letztlich ohne Leidenschaft für irgendetwas ein Studienfach gewählt hatte, das, wenn es einem schon keine Freude am Leben garantierte, zumindest große Karrierechancen einräumte? – Natürlich, der blasse, charakterlose, wegen seines Titels zwar mit einer Aura ausgestattete, im Grunde aber gesichtslose Jurist ist ein Klischee, geschaffen von Nichtjuristen und Leuten, die sich über die Zusammensetzung von Aufsichtsräten und Vorständen und Parlamenten wundern. Aber wenn man in einer Erzählung sagt, jemand sei ein Jurist, dann ist das wie in einer Kindergeschichte, wo erzählt wird, jemand sei ein Hase. Oder ein Wildschwein. Oder ein Scheinriese. Man weiß einfach sofort, wovon die Rede ist.

hatte einstellen müssen und das gar nicht so schlecht hinbekommen hatte. Sie war zwar keine Meisterin im Autofahren, aber sie besaß genügend ruhiges Blut, um sich mit der eigenen Unvollkommenheit zu arrangieren.

Außerdem hatte sie für drei Übernachtungen in einem traditionell eingerichteten Hotel in Nakatsugawa reserviert, in einem sogenannten Ryokan, einem Reisegasthaus, von dem es in einer deutschsprachigen Bewerbung hieß, es liege »nur 40 m^2 (!) von der restaurierten Poststation Magome-Juku entfernt«. Die »40 m^2« erschienen Klara wie ein Verwandter der »79 cm«, die ihr die Fluggesellschaft für ihre Beine versprach. Was sie weniger begeisterte, war der Hinweis auf die Nutzung von Gemeinschaftsbädern und Gemeinschaftstoiletten. Und doch, die Einrichtung der Herberge, auch wenn sie nur einen Stern trug, vor allem die Lage des Hauses direkt in Magome und diverse Kommentare, die von einem geradezu mirakulös guten Essen berichteten, hatten sie überzeugt. Genau genommen auch der günstige Preis, denn das alles zusammen, diese eine veranschlagte Woche, die Flugreise, das Mietauto, das war schließlich nicht umsonst. Und eine Ahnung sagte ihr, dass die Sache vielleicht noch etwas teurer werden würde, als sie jetzt schon war. Es war eine Erfahrung, die sie recht früh in ihrem Leben dank eines *Stilllebens mit Zitrone* gemacht hatte, wie sehr die Dinge dazu neigten, im Preis zu steigen. Schnäppchen waren eine Illusion, vergleichbar der Schattenwissenschaft in Platons Höhlengleichnis. Schnäppchen waren Schatten auf der Höhlenwand, draußen in der prallen Sonne stellten sie sich als Preiserhöhungen, Schulden, kein Glück im Lotto, schleichender Ruin und grinsende Profiteure heraus.

Am Nachmittag dieses Tages suchte sie ihre Mutter in deren für eine einzelne Frau viel zu großen Villa auf. Vielleicht einer der Gründe für die vielen Liebhaber im Laufe der Zeit, die nicht nur das Bett mit Britta Ingold teilten, sondern neben einem regelmäßig erscheinenden Gärtner und einer Haushaltshilfe dieses Anwesen in gewisser Weise *bevölkerten* und seine Größe unter dem Strich etwas sinnvoller wirken ließen.

Als nun Klara an diesem heißen, sonnigen Tag auf die von Bäumen glücklich eingeschattete Terrasse trat, saß da neben ihrer Mutter Alexander Falk. Natürlich wollten die beiden wissen, wie es denn in Wuppertal gewesen sei.

Sie sagte es ihnen, erzählte von Emma Salewski, erzählte von der Fotografie, die Helga Blume mit Lilo Wagner zeigte, holte diese Fotografie aus ihrer Tasche und legte sie vor ihrer Mutter auf den Tisch.

»Siehst du das Plakat?«, fragte Klara und erklärte, dass es sich um ein japanisches Brigitte-Bardot-Plakat handle und dass die beiden Zeichen auf der Rückseite des Fotos zu der Vermutung Anlass gaben, dass sich die beiden Frauen um das Jahr 1962 in einem kleinen Ort namens Magome, einer ehemaligen Poststation, aufgehalten hatten.

»Was du nicht sagst«, meinte Britta, während ihr Blick über das Foto hinwegflog wie über ein verwüstetes Land.

»Du kannst mir nicht erzählen«, meinte Klara, »dass dich das kaltlässt.«

»Es lässt mich kalt«, sagte Britta.

Klara griff erneut in ihre Tasche und zog das rotsamtene Etui hervor, legte es zu der Fotografie auf den Tisch und öffnete es.

»Und was soll das jetzt wieder sein?«, fragte Britta.

Klara beschrieb, worum es sich höchstwahrscheinlich handelte. Um ein weiteres Kunstobjekt von Helga Blume, das sich jedoch im Besitz ihrer Freundin Lilo Wagner befunden habe und aus welchem Grund auch immer in Wuppertal zurückgelassen wurde.

Und dann zeigte Klara auf die eine kleine Einbuchtung in der schwarzen Schaumstoffeinlage, die winzige Lücke, die auf ein fehlendes Objekt verwies. Ein viertes Objekt neben Uhr, Füllfederhalter und Patrone.

»Wahnsinn!«, spottete Britta. »Du hast die Lücke für einen Vogelschiss gefunden.«

»Ein Vogelschiss hat nie so eine gleichmäßige Form«, blieb Klara völlig ernst, »nein, das ist eine präzise Kapselform.«

»Eine Kapsel, na toll! Da fehlt also eine Kapsel in einem vollkommen wertlosen Kunstobjekt. Denn ein Star ist unsere liebe

Mutter und Großmutter ja scheinbar auch in Japan nicht geworden. Das hättest du bereits herausgefunden, nicht wahr?«

»Schon richtig«, meinte Klara, erklärte aber, dass sie dennoch nach Japan fliegen wolle, um den Ort aufzusuchen, an dem dieses Foto mit einiger Wahrscheinlichkeit entstanden sei.

»Jetzt spinnst du echt«, sagte Britta.

»Also, ich finde es toll«, meinte Alexander Falk.

»Erinnerst du dich«, fragte Klara ihre Mutter, »wie ich als Kind so gerne gesagt habe, ich spinne ein Gespinst zu einem Gespenst?«

»Nein, ich erinnere mich nicht«, sagte Britta, aber da war ein Anflug in ihrem Gesicht, der das Gegenteil vermuten ließ.

»Jedenfalls fliege ich Montag.«

»Brauchst du Geld?«, fragte Britta. Das fragte sie gerne, obgleich sie die Antwort gut kannte.

Klara wiederum mochte die Frage, auch wenn sie diese auf die immer gleiche Weise beantwortete. »Danke, Mama, lieb von dir. Aber nicht nötig. Es sind ja nur ein paar Tage.«

»Und das soll reichen? Eine Woche?«

»Mein Chef hat mir nicht länger gegeben. Also werde ich alles Erkennen, alle Wahrheit, alles Geschehene in dieser einen Woche unterbringen müssen.«

»Größenwahnsinnig bist du gar nicht, mein Schatz«, sagte Britta und lachte. Aber es war ein gutes Lachen. Als würde sie ihrem Kind zärtlich über den Kopf streichen. Als sei sie, die wilde, zynische Britta Ingold, für einen Moment eine lachende Schutzmantelmadonna.

Auf dem Weg nach Hause machte sich Klara Gedanken über das Phänomen des Zufalls.

Doch letztlich war die Frage den Zufall betreffend ja nur, ob er jetzt blind war oder nicht. Aktiv war er unentwegt, der Zufall fiel wie Regen.

Und was, wenn es tatsächlich ein Regen war, der sehenden Auges fiel und dabei absichtsvoll die einen verschonte und die anderen traf? Und was heißt schon verschont werden? Kein Wachstum ohne Regen.

Blind oder nicht, sie war jedenfalls in einen ganz schön heftigen Niederschlag geraten. Durch den sie aber nicht ohne Lust am Nasswerden marschierte.

Der nächste Tag war ein Samstag, und Klara hatte ab Mittag Dienst. Gut möglich also, dass der Mittagsmann – der zwar an Sonntagen dem Museum fernblieb, nicht aber an Samstagen – bereits van Ruisdaels Wald besucht hatte, als Klara an der Reihe war, bei den Niederländern vorbeizusehen.

Doch da stand jemand anderer davor. Und in der Tat war dieses Bild ja nicht gleich einem Professoren- oder Chefarztparkplatz für den Mittagsmann reserviert. Nein, es war ein Kind, ein kleines Mädchen, das soeben das Gemälde betrachtete. Man hätte sagen können, ein Nachmittagskind, nachdem es bereits nach 15 Uhr war. Wobei die Kleine nicht etwa in Begleitung ihrer Eltern vor dieses Bild geraten war, sondern ganz alleine vor dem *Großen Wald* stand und ihn studierte. Von hinten gesehen – denn Klara kam aus dem Kabinett mit den Huysums und sah sie also von der Rückseite –, stand das Mädchen geradezu in Mittagsmannmanier genau in der Mitte des Bildes. Und obgleich das Kind natürlich aufgrund seiner geringen Größe weit weniger in die gemalte Landschaft hineinragte als der groß gewachsene Mann, schien es ebenfalls wahrhaftig tief drinnen in diesem Gemälde zu stecken. Man konnte meinen, das Mädchen stehe vor dem seichten Flusslauf im unteren Drittel des Bildes, ein Fluss, der an dieser Stelle eine Furt bildete, die hinüber auf den Weg führte, dort, wo zuerst ein sich ausruhender Wandersmann zu sehen war und weiter hinten das spazierende Paar.

Altmeisterlich gekleidet war die Kleine nicht, trug einen hellblauen Faltenrock, ein knallbuntes T-Shirt, einen mindestens ebenso knallbunten, mit Stickern übersäten Rucksack und goldene Turnschuhe mit einer LED-Leuchtsohle. Und sie hatte ein silbernes Stirntuch um das halblange, dichte schwarze Haar gebunden.

Klara meinte zu hören, dass das Mädchen im Flüsterton etwas sagte.

War das möglich, dass es, so fixiert und gebannt, wie es hier stand, mit dem *Großen Wald* redete? Oder mit jemandem, der sich in diesem großen Wald befand?

In diesem Moment erkannte Klara endlich auch das Tier.

Denn das Mädchen hatte eine Leine in der Hand, und am Ende dieser Leine befand sich ein Hund. Ein kleiner Hund zum kleinen Mädchen, wobei der Hund eine sehr ordentliche Haltung einnahm und ebenso gerade und direkt wie das Mädchen auf den gemalten Wald blickte, als versuche er festzustellen, wer es denn war, mit dem sich sein Frauchen unterhielt.

Aber, meine Güte, das war hier immerhin ein Museum, *das* Museum, und der Eintritt von Hunden natürlich strengstens verboten, eigentlich unmöglich. Wie war das Mädchen überhaupt mit dem kleinen Köter so weit gekommen? Vorbei an all den Kontrollen, all den Aufsehern, all den Besuchern, von denen sich einige sicherlich ebenfalls als Aufseher empfanden.

Sosehr es Klara drängte, den Anblick dieses Kindes und dieses Hundes *im* Bild zu genießen und auch herauszufinden, ob die Kleine Selbstgespräche führte oder tatsächlich in den Wald hineinredete, eilte sie nun auf die beiden zu, trat vor sie hin und wollte schon im schärfsten Ton, der ihr im Angesicht eines kleinen Mädchens und eines kleinen Hundes möglich war, erklären, dass die beiden augenblicklich …

Und dann sah sie den Hund von vorne. Es handelte sich um einen realistisch aussehenden japanischen Shiba aus Plüsch, gelbbraun mit einer weißen Bauchseite, weißen Pfoten und schwarzen Knopfaugen, die ja wirklich Knöpfe waren. Wobei das Fell in der Tat ungemein echt wirkte. Doch hätte Klara zuvor etwas weniger panisch reagiert und genauer hingeschaut, hätte sie vielleicht das kleine Stoffetikett erkannt, das aus einem Schlitz zwischen Hinterbein und dem hochgestellten, kurzen, eingedrehten Schwanz hervorlugte.

Ja, der Hund war ein Japaner, aber aus Stoff. Und das Mädchen eine Japanerin, aber nicht aus Stoff. Das war hier also keine Skulptur etwa von Jeff Koons, die ohne Klaras Wissen wieder mal von einem dieser Kuratoren als »Intervention« in das historische Ambiente gesetzt worden war.

Nein, das war ein richtiges Kind mit einem falschen Hund, wenn man das so sagen konnte.

Und in keinem Fall war es Kindern im Kunsthistorischen Museum verboten, ihre Stofftiere mitzubringen, umso mehr, als drüben im Geschwistergebäude, dem Naturhistorischen Museum, Plüschtiere in rauen Mengen verkauft wurden. Wer weiß, vielleicht stammte der Shiba sogar von dort.

Die kleine Japanerin sah jetzt mit großen Augen zu Klara hoch, auch sie mit Knopfaugen, aber ohne Knöpfe. Klara, die eben noch im Ansatz einer Strafpredigt gewesen war, schloss gleich wieder ihren Mund und schenkte dem Kind ein verzeihendes Lächeln.

Ein Kind, das nun auf Japanisch etwas zu Klara sagte und dabei mit ihrer freien Hand auf das Tier neben sich zeigte. Natürlich verstand Klara kein Wort, aber sie stellte sich vor, dass die Kleine soeben den Schrecken im Gesicht der Aufseherin erkannt hatte und sich zu rechtfertigen bemühte für den Hund neben sich. Sie beugte sich zu ihm hinunter, hob ihn auf und gab damit zu verstehen, dass sie begriffen hatte, dass man Hunde, auch wenn sie künstlich waren, in einem Museum nicht am Boden sitzen lassen oder gar durch die Gegend schleifen durfte, sondern sie gefälligst auf den Arm nehmen und durch die Säle tragen musste.

Und wahrscheinlich war das ja auch richtig, obwohl Klara nicht so recht wusste, wie die Regeln bezüglich der Mitnahme von Plüsch- und Kuscheltieren im Detail aussahen. Natürlich, für Taschen und eigentlich auch für Rucksäcke galt ein strenges Mitnahmeverbot, aber der Rucksack der Kleinen schien eher ein winziges Ornament an ihrem Körper, und auch das Plüschtier war schließlich kein riesiger Bär, sondern ein Shiba als Pekinese. Entweder hatte ihn keiner der Aufseher im Eingangsbereich überhaupt bemerkt, oder man hatte angesichts der geringen Bedrohungslage durch diesen Plüschhund ein Auge zugedrückt.

»Sā, Akiko!«, sagte eine weibliche Stimme von hinten, von dort, wo der Vermeer hing.

Klara sah hoch. Erkannte in wenigen Metern Entfernung ein japanisches Paar. Junge Eltern. Die Mutter wiederholte das

Gesagte, während der Vater mit einem Winken signalisierte, Akiko solle endlich kommen.

Aber die Kleine wandte sich noch einmal zu dem Gemälde hin und blickte angestrengt auf eine bestimmte Stelle. Klara folgte der Linie des Blicks und schätzte, dass das Mädchen einen Punkt im linken unteren Bereich des Bilds anvisierte, dort, wo der Wald besonders dunkel war. Und dann sagte die Kleine etwas, wieder auf Japanisch, von dem Klara nicht sagen konnte, ob es wie eine Verabschiedung oder eher wie eine Warnung klang. Vielleicht eine Verabschiedung, in der eine Warnung eingebettet war. Jedenfalls war es nun eindeutig, dass das Kind mit dem Bild redete.

Endlich drehte sich das Mädchen um, weg von dem Wald, nickte Klara freundlich zu und begab sich hinüber zu seinen Eltern. Mit denen zusammen es in den nächsten Saal wechselte. Den Hund im Arm.

10

Natürlich hatte die *Alles-Liebe*-Filiale, in der Georg arbeitete und die ihm zuliebe und eingedenk alter Zeiten viele Kunden als *Annes Liebe* bezeichneten, auch am Sonntag geöffnet. Denn gerade Törtchen, Pralinen und Gebäck schienen am Sonntag noch ein wenig besser zu schmecken, auch gab es in dieser Konditorei ein Marzipantörtchen, das einzig und allein an Sonntagen mit Blattgold verziert wurde, dadurch zwar nicht billiger wurde, aber dennoch großen Absatz fand.

Georg hatte in der Regel an den Samstagen frei und stand am Sonntag im Laden, um unter anderem auch diese eine vergoldete Süßigkeit zu verkaufen, die während der Woche einfach nur Marzipantörtchen hieß, jedoch an Sonntagen den mysteriösen und unerklärlichen Namen *Frage Bellini* trug. Was für das ungeübte Ohr irritierend klang, wenn etwa jemand zwei Stücke *Frage Bellini* bestellte, als wollte er eine Frage zweimal stellen. Egal, die Torte wurde an Sonntagen des Öfteren bestellt, bevor dann um vier am Nachmittag das Geschäft schloss.

Auch an diesem Sonntag. Eine halbe Stunde später verließ Georg den Laden. Er überlegte kurz und entschied, hinüber zum Kunsthistorischen Museum zu gehen, das er eigentlich an Sonntagen mied. Aber er hatte an den letzten Tagen keine Möglichkeit gehabt, zur üblichen Mittagszeit seinen *Großen Wald* aufzusuchen, und wollte nun nicht mehr auf den Montag warten. Das Museum hatte bis achtzehn Uhr geöffnet, der große Ansturm der Touristen war wohl schon vorüber, und ein kleiner Besuch und ein kurzer Blick würden sich somit ausgehen.

Es drängte ihn. Es drängte ihn in der Art von Hunger.

Als er die große Rampe hinaufging und den Eingang des Museums erreichte, meinte er weit vorne auf der sogenannten Ringstraße, jener zum Heldenplatz hin gelegenen Prachtstraße, eine Frau vorbeimarschieren zu sehen. Es waren eine Menge Leute unterwegs, Männer wie Frauen, die alle in der Hitze des Tages einen leicht verschwommenen Eindruck machten, ein wenig wie Kamele in Wüsten. Aber so weit entfernt er auch war, glaubte er an der Gestalt zu erkennen, dass es sich bei dieser Frau um jene Museumsaufseherin handelte, die er bemerkt hatte, als sie ihn bemerkt hatte. In dem Moment, als er so eindringlich und konzentriert und auf eine schon verdächtige Weise ausdauernd vor van Ruisdaels Waldbild gestanden hatte. Was ihr gutes Recht war, hinter ihm zu sein und achtzugeben. Sonst hätte es ja keiner Aufseher und Aufseherinnen bedurft. Denn abgesehen von der dämlichen Grapscherei von Leuten, die mit ihren Fingern die Konturen der porträtierten Gegenstände und Menschen nachzuzeichnen versuchten, bestand stets die Gefahr einer Attacke gegen die ausgestellte Kunst. So was zog ein paar verrückte Kunststudenten genauso an wie engagierte Umweltschützer, die klugerweise die Schmerzgrenze der bürgerlichen Gesellschaft erkannten – sind wir uns ehrlich, Autofahrer, die ihr Recht auf Freiheit in Anspruch nehmen und die Straßen der Städte und Orte in einen gefährlichen Dschungel des Willens verwandeln, kümmern uns weniger, als wenn sich jemand an einem Rembrandt festklebt oder einem Renoir einen tachistischen Anstrich verleiht.

Georg verstand also bestens, dass diese Frau, diese Aufseherin, ihn beobachtet hatte. Allerdings war da noch etwas anderes gewesen. Ihre Blicke waren sich auf eine Weise begegnet, die Georg nicht hatte einordnen können, nicht nur *ihren* Blick, auch seinen eigenen nicht. Es war etwas wie ein Einverständnis gewesen, kein Begehren, nicht das Verlangen einer jüngeren Frau nach einem älteren Mann oder das Verlangen eines älteren Manns nach einer jüngeren Frau. Es war eine Art von Versprechen gewesen, eines, das sie gab und das auch er gab, ohne dass er hätte sagen können, worin dieses Versprechen bestand. Aber es bestand. So wie die Natur und das Leben bestanden und man auch nicht sagen konnte, wieso eigentlich, außer man war religiös oder Wissenschaftler (dass Wissenschaft und Religion sich kritisch gegenüberstehen, war und ist ein Witz, sie sind in Wirklichkeit Freunde, Partner, Eheleute, die halt ein wenig streiten, aber doch ein optimistisches Paar abgeben. Jenseits dieser Partnerschaft stehen allein die Zweifler und Verzweifelten und die, die sich wundern).

Auch Georg wunderte sich, wunderte sich über sich selbst. Wunderte sich darüber, jetzt nicht einfach die Eingangstüre zum Museum zu öffnen, sondern auf der anderen Seite der Rampe hinunterzumarschieren, um sich rasch hinüber zur Ringstraße zu begeben und der Frau zu folgen, von der er meinte, es müsse sich um jene Aufseherin handeln, deren Blick in den seinen hineingefallen war und seiner in den ihren.

Offensichtlich war sie etwas früher aus ihrer Arbeit entlassen worden und ging nun in Richtung Parlament, hinüber zu einer der Haltestellen, die den Namen Volkstheater tragen, obwohl von dort aus jenes so benannte Theater überhaupt nicht zu sehen war. Aber vielleicht war das Theater des Volks gemeint, das sich an diesem Platz und Ort durchaus in einer exemplarischen Weise auszuleben verstand: eine merkwürdige Hektik, eine unglaubliche Wichtigtuerei, die aber in Form einer klischeehaften Langsamkeit absolviert wurde, also genau genommen das Flair von Zeitraffer in Gestalt von Zeitlupe. Wie in der Luft stehende und schwebende Kampfjets.

Die Frau wechselte die Straßenseite und stellte sich in den Schatten einer überdachten Haltestelle, hinter der sich der Volksgarten ausbreitete und die abfahrenden Straßenbahnen an dieser Stelle den Burgring verließen, um auf den Dr.-Karl-Renner-Ring abzubiegen.

Auch Georg überquerte auf Höhe der Bellariastraße den Burgring und trat in das Schattenreich der Haltestelle, nur wenige Meter von jener Frau entfernt, sie von der Seite betrachtend. Keine Frage, sie war es, eine zierliche Person, die auch hier, nach der Arbeit, in ihrem dunklen Hosenanzug stand, trotz der Hitze in ihrem Jackett, während er, Georg, seines über die rechte Schulter geworfen hatte. Sein weißes Hemd klebte am Rücken. Da nützte auch das Implantat nichts, ein Metallschaum, mit dem ihm seine verschlissenen Bandscheiben verkittet worden waren, ein mit hohen Reibungseigenschaften versehenes, poröses Tantal, wie es auch zur Herstellung von Superlegierungen für den Flugzeugbau verwendet wurde. Was Georg das Gefühl gab, sich nicht nur im Bereich seiner Zähne und mittels seiner Brille einem kybernetischen Organismus zu nähern. Aber auch Maschinen schwitzen, sagte er sich gerne.

Und was jetzt? Sollte er sie ansprechen? Wie sollte er sich vorstellen? Als der Mann vor dem Bild? Das wusste sie ja selbst, zumindest ging er davon aus, dass sie ihn erkennen würde. Aber wie peinlich wäre das. Sie würde weiß Gott was denken.

In diesem Moment bewegte sie den Kopf in seine Richtung. Er tat einen Schritt zurück, tiefer in den Schatten, um ihrem Blick auszuweichen. Zugleich aber vernahm er ein heftiges Geräusch, das von der Kreuzung her kam. Ein Schlittern und Knirschen, Metall auf Beton, Geschwindigkeit und Unglück, wie das meiste Unglück auf eine Geschwindigkeit zurückzuführen war.

Er sah das Motorrad, nein eigentlich einen Roller, eine moderne, große Vespa, ein klobiges rotes Ding mit Fahrer. Und wie diese beiden, Fahrer und Gerät, auf der breiten Straße des Burgrings mit hohem Tempo über die Straße schlitterten, sich drehten, dabei auf die Schienen der Straßenbahn gerieten und die Vespa mit einem Mal zurück in die Aufrechte gelangte und vom Boden abhob, ins Fliegen kam, direkt auf die Haltestelle zu, ohne die Möglichkeit irgendeiner Bremsung.

Das ging so schnell, wie solche Dinge schnell gehen. Dennoch begriff Georg im Sekundenbruchteil – gleich einem Beobachter, der gemütlich in einem Fauteuil sitzt und eine eingefrorene Welt betrachtet und überlegt, wie man diese Welt beim nächsten Mal hübscher und vernünftiger gestalten könnte – begriff er also, worin jenes Versprechen bestanden hatte, welches er und die junge Frau sich gegeben hatten.

Dieses Begreifen im Bruchteil einer Sekunde – eine Sekunde als der ausgedehnte Raum mit dem Potenzial zahlloser richtiger oder falscher Entscheidungen – ließ ihm noch genügend Zeit, zu tun, was er soeben als Versprechen erkannt hatte. Und so stürzte er auf die Frau zu, die vollkommen starr in Richtung der auf sie zufliegenden Vespa schaute. Georg erwischte die junge Frau an ihrer linken Flanke und stieß sie mit voller Wucht nach vorne und zur Seite, sodass sie beide zusammen auf der Straße und auf den Schienen landeten. Keinen Moment zu früh. Noch mitten im Fallen sah Georg, wie die rote Vespa, auf der noch immer der Fahrer mit seinem goldfarbenen Helm saß – beide so ungemein voluminös, Vehikel und Fahrer, Rot und Gold –, über ihnen hinweg in den Bereich der Haltestelle raste. Wäre die junge Frau noch dort gestanden, es hätte sie voll erwischt. So aber wurde die Vespa nicht etwa durch den Aufprall auf einen Menschen abgebremst, sondern flog in die aus mehreren Säulen bestehende massive Tragekonstruktion der Überdachung.

Den Fahrer hob es aus der Vespa, und während er nach rechts katapultiert wurde, schleuderte es das Motorrad zurück auf die Straße, sodass man sagen konnte, wäre die junge Frau von dem Roller getroffen worden, die Maschine hätte sie ein weiteres Mal erwischt.

Doch sie lag so gut wie unverletzt auf den Schienen, neben ihr Georg, der einen Moment fürchtete, die Frau könnte meinen, dass sein Eingreifen ein übertriebenes und unnötiges gewesen sei und er sie eher in Gefahr gebracht habe. Etwa durch eine einfahrende Straßenbahn.

Allerdings hatte der Fahrer der Linie D, noch bevor er die Station erreicht hatte, den über die Straße und die Schienen rutschenden Rollerfahrer erkannt, abgebremst und war weit vor der Station zum Halten gekommen.

»Sie? Echt?«, fragte die junge Frau.

Sie hatte sich zusammen mit Georg erhoben, einer den anderen an den Armen haltend. Die beiden verließen die Straße und traten in den vorderen Teil der Station.

Genau das hatte er erwartet, dass sie ihn augenblicklich erkennen würde.

Sie standen etwas abseits des Unfallorts, auf den viele Menschen zugelaufen kamen. Helfende und Zusehende.

»Warum haben Sie das getan?«, fragte die junge Frau.

»Ich stand direkt hinter Ihnen.«

»Und warum standen Sie direkt hinter mir?«

»Ein Zufall«, log er.

»Ganz sicher nicht«, sagte sie und erklärte: »Ich bin Klara, Klara Ingold.«

»Georg Salzer.«

»Sie haben mir gerade das Leben gerettet, oder?«

War das eine Frage oder eine Feststellung? Jedenfalls wiederholte Klara ihre Annahme, dass es ganz sicher kein Zufall gewesen sei.

»Mein Gott«, sagte er, »ich war halt spazieren, und da sah ich Sie. Stimmt, ich kenne Sie aus dem Museum.«

»Wo Sie fast täglich vor dem Ruisdael stehen.«

»Ich wollte Sie ansprechen«, gestand er. »Hatte aber befürchtet, Sie würden das als Zudringlichkeit auffassen.«

»Stattdessen haben Sie mich aus der Flugbahn eines herbeischießenden Motorrads befördert«, sagte sie, und es war ein Ausdruck in ihrem Gesicht, der zwischen Ironie und Dankbarkeit schwankte.

»Somit doch noch eine Zudringlichkeit«, räumte er ein.

»Geradezu eine Handgreiflichkeit«, meinte sie, sagte dann aber: »Ich danke Ihnen. Wahrscheinlich wäre ich jetzt tot, hätten Sie sich nicht von Ihrem großen Wald losgerissen, um mir zu folgen.«

Er wollte etwas erwidern, hielt sich dann aber zurück. Es stimmte, er war ihr gefolgt. Allerdings war er da nicht vor seinem Lieblingsgemälde gestanden. Und doch war es eine schöne Vorstellung, den Wald verlassen zu haben, um einen Menschen zu retten.

Dabei war er nicht der Typ, der ständig irgendwelche Leute rettete oder sich so etwas auch nur vornahm. Was hier geschehen war, besaß eine Bedeutung, die sich in keiner Weise aus einer Philanthropie speiste, die Georg gar nicht besaß. Schon gar nicht war er ein Held.

Eher, so hätte er es ausgedrückt, war er ein Gefangener der Umstände.

Und der Umstand wollte es, dass er zusammen mit Klara kurz

darauf in einem von den Rettungswagen versorgt wurde. Absolut nichts Schlimmes, er mit einer Schürfwunde am Arm, die er sich hätte ersparen können, hätte er nicht sein Sakko ausgezogen und die Ärmel seines weißen Hemds hochgekrempelt. Klara mit einer kleinen Risswunde an der Wange, die mit einer hübschen Reihe von Wundnähten behandelt wurde. Und beide erhielten sie eine Tetanusspritze, was auf eine gewisse Weise aussah, als würden sie sich gemeinsam tätowieren lassen.

Es gab noch einige Leichtverwundete, die von herumfliegenden Teilen der Vespa getroffen worden waren. Der Fahrer des Motorrads allerdings erlag noch auf dem Weg ins Krankenhaus seinen schweren Verletzungen.

Das war etwas, was Klara später immer wieder aussprach, ihre Vermutung, dass der Rollerfahrer, wäre er mit ihr, Klara, zusammengestoßen, möglicherweise den Unfall überlebt hätte, jedenfalls wäre er nicht mit jener ungebremsten Wucht gegen die Eisenpfeiler geprallt. Sie selbst hätte es wohl das Leben gekostet, nicht aber den Fahrer, der sein Unglück selbst zu verantworten hatte. Und dennoch empfand Klara so etwas wie Schuld. Was Georg für absurd hielt, und nicht nur, weil er seine Rettungstat zu verteidigen suchte.

Aber das würde eben erst später ein Thema sein. Jetzt durften die beiden nach ihrer Verarztung und einer kurzen Zeugenbefragung den Ort des Geschehens verlassen. Eine Polizistin, die offensichtlich Georg und Klara für ein Paar hielt, wenn auch ein altersmäßig ungleiches, meinte noch zu Klara: »Da haben Sie sich glücklicherweise den richtigen Mann ausgesucht.«

»Absolut«, sagte Klara nur und meinte zu Georg: »Ich glaube, ich brauche jetzt einen Drink. Ich hoffe, Sie auch.«

»Das ist eine wunderbare Idee«, antwortete Georg, der kein Trinker war, aber doch immer wieder, wenn schon nicht Erlösung, so doch Zuflucht im Alkohol fand.

Die ganze Sache hatte sich so lange hingezogen, dass die Bar, die Georg bevorzugt aufsuchte, bereits geöffnet hatte. Und er darum Klara vorschlug, dass man mit der U-Bahn, über die nämlich die Station Volkstheater ebenfalls verfügte, hoch zum Westbahnhof fuhr und von dort ein paar Schritte zu jenem Lokal spazierte, das im Stile der Zwanziger- und Dreißigerjahre eingerichtet war.

In besseren Zeiten, als Georg noch Besitzer einer Konditoreikette gewesen war, hatte er in dieser Bar seine eigene Flasche besessen, einen limitierten Whisky aus der 1993 geschlossenen Destillerie Rosebank, wobei Georg nicht hätte sagen können, ob ihn mehr der Name Rosebank so anzog oder doch der Umstand einer vor zweiunddreißig Jahren geschlossenen Brennerei.

Was Georg am Alkoholismus stets gestört hatte, war der Umstand gewesen, dass man, wenn man nicht vermögend war, eigentlich vom guten zum nicht so guten Whisky wechseln musste, um das nötige Quantum zu schaffen. Einige Zeit war er vermögend gewesen, und doch hatte er dieses Problem eines Ungleichgewichts – wie sehr die Menge die Qualität einschüchterte – bis heute erkannt.

Freilich war er noch immer ein respektierter Besucher dieser Bar, wo er zwar keine eigene Flasche mehr besaß, sich aber zuerst als Privatier, dann als Angestellter einer Konditorei hin und wieder ein Glas einschenken ließ.

Die beiden nahmen im angenehm klimatisierten Innenbereich Platz, der stark von bläulich grünen, dunkeltürkisen Farben, von Marmor und Samt und Messing bestimmt war, daneben aber auch Stühle, Bänke und Hocker in Pink und Rosa der petrolfarbenen Umgebung etwas Bonbonartiges verliehen.

Keine Frage, kaum jemand passte auf diese blütenförmig sich öffnenden, dunkeltürkisen Barhocker so gut wie Georg, der zwar keinen seiner grüngrauen oder graugrünen Anzüge trug, aber auch mit dem dunkelblauen, den er anhatte, sich perfekt einfügte.

Die Bar hatte gerade erst aufgesperrt, und sie waren die einzigen Gäste, allein betreut von einer Barkeeperin. Weder Klara noch Georg sehnten sich nach der Durchmischung eines Cocktails. Er bestellte sich einen Whisky, sie ließ sich einen Rum empfehlen und folgte der Empfehlung.

Die beiden sahen zu, wie die Barkeeperin einschenkte – in der distinguierten Manier einer Laborantin, die etwas Konzentriertes umfüllte – und nahmen dann die Gläser, um sich zuzuprosten und zu trinken.

Klara stellte das Glas zurück auf die bläulich schimmernde Marmortheke und fragte Georg, wieso er eigentlich so gerne vor diesem bestimmten Landschaftsgemälde stehe.

»Ich kann es Ihnen nicht sagen«, erklärte er, »es ist etwas Magisches darin. Und auch wenn das blöd klingt, aber es ist etwas, das allein für mich bestimmt scheint. Was gewiss Unsinn ist. Aber dieser Unsinn leitet mich Mittag für Mittag zu diesem Bild hin.«

»Es gibt schlimmere Einbildungen.«

»Aber eine Einbildung ist es nun mal«, sagte er und nahm einen zweiten Schluck, wie um Anlauf zu nehmen. Er überlegte, ob er ihr das wirklich sagen konnte. Sich wirklich auf solche Weise blamieren sollte. Tat es dann aber, indem er davon sprach, vor Kurzem eine vierte Person auf diesem offiziell mit drei Personen ausgestatteten Gemälde entdeckt zu haben.

»Wow!«, meinte Klara, die das Gemälde natürlich bestens kannte und wie alle anderen Kenner dieses Bildes noch nie eine vierte Person wahrgenommen hatte. Dann aber erklärte, dass er, Georg, wohl nicht der Einzige sei, der in diesem Bild mehr erblicke als den Umstand einer Landschaft und ihrer drei Besucher. Sie erzählte davon, wie sie am Vortag jene kleine Japanerin samt ihrem Stoffhund beobachtet und dabei den Eindruck gehabt hatte, das Kind würde mit dem Bild sprechen.

»Mit dem Bild oder mit jemandem *in* dem Bild?«, fragte Georg.

»Das kann ich Ihnen nicht genau sagen. Jedenfalls hat sie dabei so gewirkt … Ich dachte mir, sie könnte Ihre Tochter sein.«

»Eine Japanerin?« Er lachte.

»Im Sinne einer Seelenverwandtschaft.«

»Das ist doch alles verrückt«, sagte Georg und gestand, diese vierte Figur kein einziges Mal wieder entdeckt zu haben. Aber leider beschäftige es ihn. Dabei sei er im Grunde ein nüchterner Mensch.

»Ich auch. Im Grunde«, kommentierte Klara und berichtete von ihrer Reise, die sie am nächsten Tag ausgerechnet nach Japan führen würde. Was nichts mit dem kleinen Mädchen zu tun habe. Doch auch in ihrem Fall sei ein Kunstwerk, nein, seien zwei Kunstwerke – eine Fotografie und eine befüllte und doch mit einer Lücke ausgestattete Schatulle – die Auslöser dafür, sich auf die Suche nach ihrer verschollenen und möglicherweise in Japan lebenden Großmutter zu machen. Und dann erzählte sie von Helga und Lilo.

Jetzt war es Georg, der ein »Wow!« von sich gab. So als würden er und Klara sich vor lauter Begeisterung ob des Durchbrechens aller Nüchternheit gegenseitig bestätigen.

Irgendwann – ein paar Gläser waren dazugekommen – sagte Klara, sich unwohl zu fühlen bei dem Gedanken, die Reise am nächsten Tag allein antreten zu müssen.

Was sie eigentlich nicht ernst meinen konnte. Denn allein zu sein, war ihr mit Abstand das Liebste. Und sie war durchaus in der Lage, sich auch in fremden Gefilden angstfrei zu bewegen. Warum also sagte sie so etwas?

Wäre ihr Leben ein Roman gewesen, hätte Klara vielleicht behauptet, dass der Autor oder die Autorin dieses Romans es einfach entschieden hatten. Entschieden hatten, dass dieser Mann sie zuerst rettete, woraufhin sie im Zuge dieser Rettung irgendwie an ihn gebunden war. Und er an sie.

Vielleicht sagte Georg deshalb: »Verstehen Sie mich nicht falsch. Aber die Sache klingt irgendwie nicht koscher. Ich denke, was nicht koscher klingt, ist die Tatsache, dass Ihre Großmutter und diese Frau aus Wuppertal eines Tages einfach verschwinden und Jahre später auf einem Foto auftauchen, das die beiden in Japan zeigt. Zwei Frauen, die ihre kleinen Kinder zurückgelassen haben. Wenn diese beiden Frauen keine Monster waren, und das glaube ich einfach nicht, gab es für ihr Verschwinden einen Grund, der ganz sicher ein Wort nicht verdient, nämlich *harmlos.*«

»Was wollen Sie mir damit sagen?«

»Sie sollten nicht alleine fahren.«

Sie sah ihn auf eine Weise an, die ihr selbst fremd war, nämlich einigermaßen kokett, und wollte wissen, *wen* er sich denn als Begleitung vorstelle.

»Ich will nicht dauernd darauf herumreiten«, sagte er, »also Sie gerade gerettet zu haben. Aber es wäre absurd, es getan zu haben und Sie jetzt einfach dort in Japan in ein offenes Messer rennen zu lassen.«

Das war natürlich maßlos übertrieben, das Bild mit dem Messer, und doch begriff Klara die Wahrheit, die in Georgs Argumentation steckte. Konnte allerdings nicht ahnen, wie sehr tatsächlich auch ein Messer eine Rolle spielen würde.

»Sie wollen mich also begleiten«, sprach sie es aus.

»Ich denke, das muss ich.«

»Sie wissen aber schon, dass ich bereits morgen Mittag in den Flieger steige.«

»Das sagten Sie. Mal schauen, ob da noch ein Platz frei ist in diesem Flugzeug. Oder ich nehme halt das nächste.«

»Was arbeiten Sie denn?«, fragte sie. »Ich meine, können Sie einfach so los? Von einem Sonntag auf einen Montag?«

Er sagte, wo und was er arbeite, eben auch sonntags, fügte dann aber an: »Ich war mal Besitzer von diesem Laden. Das verschafft mir zwar keine Sonderrechte, aber ich glaube, ich kann meiner Chefin vermitteln, was ein Notfall ist.«

Notfall. Das war auch der Begriff, den sie selbst gegenüber Dr. Eppinger verwendet hatte. Und dabei ihre jetzt vierundneunzigjährige Großmutter ins Spiel brachte, so, als bestehe kein Zweifel daran, dass die alte Dame noch am Leben war. Aber halt in Not.

»Gut«, meinte Klara, »vielleicht kann ich mich später revanchieren, indem ich Ihnen helfe, doch noch die vierte Figur in van Ruisdaels *Großem Wald* zu finden. Jetzt aber erst einmal Japan.«

»Ja, Japan«, sagte Georg, wie man sagt: *Frage Bellini*, und gab der Barkeeperin ein Zeichen, indem er die Finger seiner rechten Hand zu einem Kelch formte, diesen in eine zweifache Drehung versetzte und damit die Bestellung einer letzten Runde anzeigte.

11

Sie hatte nicht ernsthaft damit gerechnet, dass er kommen würde.

Klara war wie immer zeitig aufgestanden. Zwar nicht mit Kopfschmerzen, aber doch mit diesem Gefühl irgendeiner Unordnung in der Magengegend: so ein Zustand verrückter Möbel, verrückt in beiderlei Sinne.

Dieser Verrücktheit begegnete sie, indem sie ihre Sportsachen anzog, nach draußen ging und im menschenleeren und vogelreichen Park ihre obligaten Laufrunden drehte.

Sie dachte an die Geschehnisse vom Vortag, die ihr völlig unwirklich erschienen: die Vespa und der Fahrer, die da auf sie zugeschossen waren, die Rettung durch einen Mann namens Georg Salzer und wie sie gemeinsam auf der Straße gelegen hatten und sie ihren Retter als den Mittagsmann erkannte hatte, danach der Besuch in der Bar und Georgs Angebot, sie nach Japan zu begleiten, schließlich spät in der Nacht die Nachricht, der Fahrer der Vespa sei seinen schweren inneren Verletzungen erlegen, sofort auch das Gefühl von Schuld. Das alles schien ihr jetzt, da sie auf den Wegen des von der nächtlichen Kühle noch frischen Parks dahinlief, wie bloß geträumt.

War es allerdings nicht. Dennoch erzählte sie ihrer Mutter, als diese eine Stunde später anrief – Klara saß gerade bei ihrem Espresso und spürte immerhin, wie die Möbel in ihrem Magen wieder so halbwegs zurechtgerückt wurden –, mit keinem Wort, was am Sonntagnachmittag geschehen war und dass unter anderen, schlechteren Umständen sie, Britta, heute wohl ein Begräbnis für ihre Tochter hätte organisieren müssen.

Als Klara nun im Wartebereich der Abflughalle jenes Flughafens saß, den man zwar zu Wien zählt, aber nicht mitten in die schöne Kaiserstadt gebaut hatte, sondern wie eine zu groß geratene Gokart-Bahn in die Einöde einer niederösterreichischen Ortschaft, da sah sie ihn, wie er die Halle hochmarschiert kam. Der Mittagsmann, Georg Salzer, wobei sie fand, dass er doch etwas weniger schlank und schmal wirkte als vor dem Hintergrund jenes niederländischen Waldes, der ihn praktisch von zwei Seiten leicht zusammenpresste, um ihn perfekt ins Bild zu fügen. Das war ihr gestern in der Bar nicht so stark aufgefallen, als dieser Mann neben ihr gesessen hatte, aber jetzt im Stehen und Gehen und im Auf-sie-Zukommen bemerkte sie eine Spur von Korpulenz in seiner Schlankheit. Und das erinnerte sie an eine Stelle aus Heimito von Doderers berühmtem Roman über eine Wiener Stiege, in welchem bei der Beschreibung einer bestimmten Frau von der »fragilen Schlankheit einer keineswegs Mageren« die Rede ist.

Diese Formulierung war ihr ganz wunderbar erschienen. Und sie passte auch bestens zu dem Eindruck, den sie gewann, als sich Georg ihr näherte, zu ihr heruntersah und mit der Andeutung eines keineswegs fragilen Lächelns meinte: »Sehen Sie, ich habe noch einen Platz ergattern können.«

»Und Ihre Chefin hat Ihnen das mit dem Notfall abgenommen?«

»Nein, nicht wirklich. Aber sie hat mir trotzdem eine Woche gegeben.«

»Ja, genau die eine habe ich auch gekriegt«, sagte Klara und gab Georg zu verstehen, sich doch neben sie auf den einen freien Platz zu setzen.

Was er auch tat.

»Übrigens«, sagte er, »ich hasse das Fliegen.«

Sie darauf: »Ich liebe es.«

»Das würde dann einen schönen Ausgleich darstellen, würden wir im Flieger nebeneinandersitzen«, meinte Georg. »Aber so viel Glück werden wir nicht haben.«

Nein, so viel Glück hatten sie nicht, wie sie beim Vergleich ihrer Economyclass-Tickets feststellten. Und als sie dann in den Airbus der finnischen Fluggesellschaft einstiegen, mit der sie zuerst zu einem Zwischenstopp nach Helsinki aufbrechen würden, nahm Klara im vorderen Bereich am linken Fensterplatz der siebenten Reihe Platz, während Georg ganz nach hinten musste, wo er auf einem der mittleren Plätze der vorletzten Reihe seinen Sitz vorfand. Ein schlimmer Platz zwischen zwei voluminösen Typen, die eigentlich aussahen, als würden sie derselben kriminellen Organisation angehören, weshalb es mysteriös schien, dass sie nicht direkt nebeneinandersaßen. Georg musste sich also zwischen die beiden Schlächter zwängen, die rein gar nichts taten, um ihm die Platznahme zu erleichtern. Mit ihren Armen und Füßen aus Beton.

Er bemerkte, dass die zwei irgendwelche Symbole auf ihre Handrücken tätowiert hatten. Großartig! Das war der Moment, da er alles bereute. Was tat er hier eigentlich? Eingeklemmt zwischen Exponenten der finnischen Mafia. Er griff nach oben und drehte am Gebläse, auf dass etwas Luft seine feuchte Stirn kühle.

Mit einem Mal stand da im Gang – wahrlich in der Art eines Engels – eine kleine, alte Japanerin, die sich ihre Chanel-Handtasche wie ein handliches schwarzes Wappen vor die Brust hielt. Und die in perfektem Deutsch, und zwar dem Deutsch einer Österreicherin, über den Kopf des einen Finnen hinweg Georg ansprach. Sie sagte ihm, sie hätte gerade mit der jungen Frau geredet, neben der sie eigentlich sitze, und es gehe natürlich gar nicht, dass sie beide, er und Klara, nicht zusammen fliegen könnten. Deshalb habe sie ihren Platz neben Klara frei gemacht.

»Wir können also gerne tauschen«, erklärte sie.

Das schienen auch die beiden Mafiatypen so zu sehen, denn ob sie nun verstanden hatten, was die kleine, alte Dame gesagt hatte, oder auch nicht, als sich Georg dankend erhob und sich die mit einem schwarzen Kostüm bekleidete, überaus elegante Greisin – die man eigentlich kaum von ihrer Chanel-Handtasche unterscheiden konnte – anschickte, auf Georgs Sitz Platz zu nehmen, zog der Mann am Gang seine Betonfüße ein, als seien sie aus leichtem Seidenpapier. Während der andere mit einer einladenden Geste von größter Freundlichkeit die Frau willkommen hieß. Beinahe schien es, als seien auch die beiden froh, Georg los zu sein. Wer saß in einem Flugzeug nicht auch lieber neben einem Engel? Finnische Mafia hin oder her. Das waren auch nur Leute mit einem Aberglauben. Hätten sie sich sonst tätowiert?

Gänzlich untätowiert, aber bei aller angeblicher Nüchternheit auch nicht gerade frei vom Aberglauben, bewegte sich Georg rasch nach vorne zur siebenten Reihe.

Es hatte bereits die obligatorische Pantomime des Flugpersonals begonnen, die wohl weniger dazu gedacht war, die Passagiere über ein richtiges Verhalten im Falle eines Unglücks zu instruieren, als dieses Unglück mittels eines kultischen Rituals abzuwehren. Jedenfalls erntete Georg einen strengen Blick der souverän einen Sicherheitsgurt in die Höhe haltenden Flugbegleiterin, als er sich da an einem am Gang sitzenden Passagier vorbeizwängte und sich neben Klara niederließ.

»Da sind Sie ja, fein!«, meinte Klara, konzentrierte sich dann aber wieder auf die Sicherheitsanweisungen der Flugbegleiterin. Sie gehörte zu jenen Menschen, die verstanden, dass die Wirkung eines Rituals mit den Ignoranten innerhalb einer Gemeinschaft – eines Stamms – bedeutend abnahm.

Und dann der Start. Der Fluggast rechts neben Georg vom Typ junger Geschäftsmann hatte entgegen der Anweisung, sämtliche elektronischen Geräte auszuschalten, soeben seinen Laptop hochgeklappt. Anstatt nun aber den triebhaften Ehrgeizling auf das Verbot der Nutzung elektronischer Geräte während des Startvorgangs freundlich oder unfreundlich hinzuweisen, griff Georg zur Seite, fasste nach dem Oberteil des Laptops und schlug ihn zu. Ihm war einfach danach.

Der junge Mann riss Mund und Augen auf, drehte sich zu Georg hin, streckte seine kleine Brust zu größtmöglicher Breite und holte zu einer Beschwerde aus. Aber dann sah er Georgs Blick. Und obwohl Georg sich kurz zuvor angesichts der finnischen Mafia höchst unwohl gefühlt hatte, verfügte er nun selbst über einen kriegerischen Ausdruck. Die Fähigkeit, seinem Augenpaar für einen Moment eine gewitterartige Stimmung zu verleihen, Gewitter wie in den Alpen, wie keiner es erleben möchte. Und genau dazu war er fähig, wenn jemand etwas tat, was Georgs Flugangst noch verstärkte.

Der junge Mann murmelte Unhörbares, ließ seinen Laptop aber geschlossen, lehnte sich zurück und ärgerte sich still.

Auch Georg lehnte sich zurück, schloss die Augen.

Dann stieg der Vogel in die Lüfte und erreichte schließlich die Flughöhe. Es kam zur Begradigung der Lage, die Abschnallzeichen leuchteten auf, die ersten Klogeher setzten sich in Bewegung, und endlich folgte die Verteilung des obligaten Menüs, irgendetwas Kleines mit irgendetwas Kleinem, verpackt gleich den Beweisstücken am Ort eines Kapitalverbrechens.

Georg bestellte sich einen Tomatensaft und einen Wodka, die er sich selbst zu einer Bloody Mary mischte.

»Ich dachte, Sie mögen keine Cocktails«, sagte Klara, die sich mit einem mittäglichen Fläschchen Sekt zufriedengab.

»Ich mag auch das Fliegen nicht«, sagte Georg, »und sitze trotzdem hier.«

»Ich habe Sie nicht gezwungen, oder?«

»Aber nein, verzeihen Sie, ich will nichts bereuen«, antwortete er und trank seine Bloody Mary, deren Name höchstwahrscheinlich auf eine englische Königin zurückging, die sich in blutiger Protestantenverfolgung gefallen hatte.

Klara liebte das Fliegen, sie liebte diese gewisse Spannung, die es nun mal mit sich brachte, in die Luft zu gehen. Das mochte das Normalste auf der Welt sein, doch für sie war es noch immer so, als würde sie eine Reise ins Weltall antreten. Wozu dann also keineswegs nötig war, Magnetschuhe der NASA zu tragen. Aber doch ein paar gleichermaßen schicke wie praktische und ultraleichte Sneakers, deren Khakifarbe unter dem Saum der schwarzen Anzughose deutlich hervorstach.

Klaras Flugbegeisterung war umso bemerkenswerter, als sie bei ihrem dritten oder vierten Flug – sie war damals acht gewesen und zusammen mit ihrer Mutter im Privatjet von deren damaligem Liebhaber auf dem Weg nach Innsbruck gewesen – in ein heftiges Unwetter geraten war, derart heftig, dass der Pilot gezwungen war hinunterzugehen, um irgendwo nahe Schladming eine Notlandung zu versuchen.

Die extremen Turbulenzen hatten die kleine Cessna – nein, es muss eine Piper gewesen sein, weil Klara noch gedacht hatte, was für ein lustiger Name für ein Flugzeug, *bei dem piept es wohl* –, die Turbulenzen hatten die kleine Piper also derart gebeutelt, dass Klara sich gefragt hatte, ob nun ihr kurzes Leben zu Ende gehen würde. Sie hatte sich, soweit es im angegurteten Zustand möglich war, an ihre Mutter geklammert, die auch in dieser Situation die gelassenste und zynischste Person gewesen war, die man sich denken konnte (Brittas Zynismus war darum ein anderer als jener der jungen oder alten Ehrgeizlinge, weil er auch und vor allem gegen sie selbst gerichtet war, sogar noch gegen ihr geliebtes Kind).

Klara hatte nicht einfach nur Angst und Panik verspürt, sondern auch eine erstaunliche Klarheit empfunden. Dabei hatte das Wort Klarheit damals noch gar nicht zu ihrem Wortschatz gehört.

In dieser Klarheit, in der Klara wie in einer ruhigen Blase inmitten wilden Geschütteltwerdens einsaß und an deren äußerer Schicht ihre Angst in Form von Tränen herunterperlte, überlegte sie mit inwendig kühlem Kopf, dass es einerseits ziemlich ungerecht wäre, jetzt und hier zu sterben, bevor es ihr noch vergönnt war, entscheidende Dinge des Lebens zu leben. Andererseits war dies natürlich ein Prinzip des Daseins, ungerecht zu sein. So hart das klingen mochte, aber wenn mal diejenigen, die in Privatjets unterwegs waren, Pech hatten, hatte das fast schon was von einem Ausgleich.

Stimmt, es war nicht ihre eigene Entscheidung gewesen, in diesem luxuriösen und nun von einem überraschenden Sturm durchgeschüttelten Vehikel zu sitzen. Aber gewehrt hatte sie sich auch nicht dagegen. Und überhaupt, was war das eigentlich, was ihr bei einem möglichen Tod alles entgehen würde? Erwachsen zu werden wie ihre Mutter, eine Ehe einzugehen, eine Scheidung vorzunehmen, dem Erfolg nachzujagen, eine Erbschaft zu erhoffen, Niederlagen zu erleiden, Jahr für Jahr auf die Ferien zu warten, zuerst auf die Schulferien, dann auf die Urlaube, auf Weihnachten zu warten, auf Ostern, auf die Lottozahlen, auf das Diplom, auf die große Liebe, immer diese Hoffnung, diese Sehnsucht. Vielleicht war der Tod gar nicht so schlimm wie alle dachten, vielleicht war der Tod genau das Gegenteil von Warterei.

Zugleich mit diesen Überlegungen, die ihr trotz der Tränen, trotz des Zitterns ein wissendes Lächeln ins Gesicht zauberten, spürte sie die Anwesenheit von etwas … nun, für das Kind, das sie war, klang der Begriff *Schutzengel* nicht so lächerlich wie für die meisten aufgeklärten wie auch nicht aufgeklärten Erwachsenen.

Mag sein, dass dieser Schutzengel rein gar nichts gegen den Ausgang der Ereignisse tun konnte, da hätte er schon früher eingreifen müssen, und doch hatte die Präsenz des Schutzengels, sowenig er wirklich helfen konnte, etwas, das Klara mit dem Leben versöhnte, auch wenn es bald zu Ende sein würde.

Kann gut sein, dass Klara das alles nicht mit denselben Worten gedacht hatte, mit denen sie sich jetzt an dieses Ereignis erinnerte, während sie da neben dem eine selbstgemischte blutige Maria trinkenden Mittagsmann saß, aber Tatsache war, dass sie in der damaligen Situation zum ersten Mal ihren Schutzengel gespürt hatte. Und auch nicht aufhörte, ihn immer wieder einmal zu registrieren, mitunter in Momenten der Verzweiflung oder drohender Gefahr oder vorübergegangener Gefahr. Manchmal aber auch in einer beliebigen Situation, die ohne jede Dramatik oder Sorge war, in der Klara dennoch meinte, es würde sich eine Hand auf ihre Schulter legen oder ein Finger über ihre Wange streichen. Was bei ihr die Vorstellung bewirkt hatte, dass vielleicht auch ihr Schutzengel sich hin und wieder in Not befand oder zumindest eine Not verspürte und dann jener Nähe bedurfte, die herzustellen eigentlich des Engels Aufgabe war. Wobei es dann *ihr* zustand, *ihn* zu trösten. Auf Schutzengeln lastete schließlich ein gewaltiger Druck.

Jedenfalls gelang es damals dem Piloten, den von heftigen Winden bedrängten Privatjet auf einen Acker nahe Schladming aufzusetzen, was dann in der Tat ein Abenteuer gewesen war. Denn es war nicht wirklich ein Acker gewesen, sondern eine recht holprige Kuhweide, auf der sich trotz Unwetter mehrere Tiere aufhielten. Kühe, die erstaunlich ungerührt gewesen waren. Nur die Kälber waren davongesprungen. Hingegen war eins der erwachsenen Tiere stur und unbewegt mitten auf der *gedachten* Landebahn stehen geblieben, sodass der Pilot die Piper noch einmal hatte anheben müssen, um erst kurz hinter der Kuh aufzusetzen. Glücklicherweise war es eine bei aller Holperigkeit sehr lang gestreckte Weide gewesen und der Pilot ein erfahrener Kapitän. Er bekam die Maschine zu halten, noch bevor sich die Weide in ein Bachbett hinabsenkte.

So lange das auch zurücklag, Klara konnte sich noch gut erinnern, wie man nach erfolgter Landung ausgestiegen war, wie weich der regennasse Boden gewesen war, wie ungemein dunkel der Himmel über ihnen, aus dem sie sich soeben gerettet hatten, wie merkwürdig silbrig die Piper glänzte, mit einer Art rotem Schimmer. Als hätte das Flugzeug ein wenig geblutet in diesem Kampf gegen die Elemente. Und da standen sie also, Britta und Klara, der Pilot und der Co-Pilot, sowie ein älteres Ehepaar, die Eltern des Mannes, dem diese Maschine gehörte und der in Innsbruck wartete. Sie standen da, umringt von Kühen, die sie mit einem Blick anstarrten, der als blöd gilt. Aber das dachten sich die Kühe von den sechs Personen vielleicht auch. Klara meinte sich jedoch zu erinnern, wie elegant und verwegen ihre Mutter gewirkt hatte, so als hätte sie selbst die Maschine heil heruntergebracht. Später, als Klara doch recht intensiv über ihren Schutzengel nachdachte, beziehungsweise darüber, ob man sich so was nur einbildete, wenn man genügend aufgeregt und ängstlich war, da überlegte sie auch, ob es nicht zu den Fähigkeiten von Schutzengeln gehörte, wenn schon nicht Menschen maßgeblich zu beeinflussen, dann vielleicht immerhin die Tiere. Dass also diese Kuh darum so bockig genau an dieser Stelle gestanden hatte, weil sich dort der Boden – zu weich, zu hart, eine Mulde, eine Metallstange im hohen Gras, eine Weltkriegsbombe im Erdreich, etwas in der Art – als höchst ungünstig für das Aufsetzen der Maschine herausgestellt hätte.

Britta Ingold trennte sich übrigens in der Folge von ihrem Partner, dem Besitzer der Piper, sowenig er etwas für den Vorfall konnte. Stattdessen begann sie eine Liaison mit dem Piloten. Wie sagte sie? Sie könne einem Mann, der sie an Steve McQueen erinnerte, beim besten Willen nicht widerstehen. Und wenn der ihr dann auch noch das Leben gerettet hatte …

Lange hielt auch diese Beziehung nicht. Aber das war schließlich nicht der Sinn der Sache gewesen, sich in Dauer zu ergehen.

Wie gesagt, dieses frühe Flugerlebnis hatte bei Klara nicht etwa zu einer Furcht vor dem Fliegen geführt, sondern eher ihre Begeisterung dafür verstärkt. Zudem war sie als Kind und Jugendliche oft mit ihrer Mutter, später alleine geflogen, allerdings nie wieder in einem Privatjet, erzählte aber gerne von der Kuhgeschichte. Ihre Mutter sagte dann meistens, sie könne sich überhaupt nicht an irgendwelche Kühe erinnern. Worauf Klara erwiderte: »Na, du kannst dich doch nicht einmal an den Piloten erinnern, oder?«

Kurz vor drei setzte der Airbus in Helsinki auf. Dort würden Klara und Georg beinahe drei Stunden Aufenthalt haben, bevor sie in eine Boeing der Japanischen Fluggesellschaft einsteigen konnten.

Solche Zwischenstopps waren Georg immer schon merkwürdig vorgekommen, weil es ihm weniger als eine Pause von der Flugangst erschien als vielmehr ein teuflisches Augenzwinkern, nämlich den ersten Flug überlebt zu haben, eingelullt vom Schicksal, um erst auf dem zweiten Flug, noch ferner der Heimat, vom Unglück überrascht zu werden. Soweit jemand überrascht sein konnte, der mit dem Schlimmsten rechnete.

Zugleich war diese Pause darum absurd, weil sowohl Klara als auch Georg zum ersten Mal in ihrem Leben in Finnland waren, wobei sie natürlich auf diesem Flughafen kaum etwas von dem finnischen Boden spürten, auf dem sie standen. Da passierte also nichts, was irgendwie an einen Film von Kaurismäki erinnerte. Am ehesten noch im Duty-free-Shop, wo ein finnischer Whisky angeboten wurde, der laut Werbung angeblich von fünf nackten Männern aus finnischem Roggen hergestellt wurde.

Georg genoss eine kleine Probe dieses Destillats, was in seinem Rachen tatsächlich das Gefühl auslöste, in einem irgendwie nackten Zustand in einen Haufen von Heu zu fallen. Es kratzte ein wenig, verschaffte ihm aber auch den Eindruck von Sommerliebe und dem illegalen Übernachten in Scheunen.

Jedenfalls begaben sich Georg und Klara um halb sechs Uhr abends in die Maschine der Japan Airlines, um in den finnischen Himmel hochzusteigen. Anders als zuvor die Finnair-Maschine war die Boeing nicht zur Gänze ausgebucht, und Klara und Georg durften von ihren weit auseinanderliegenden Economy-Plätzen auf zwei nebeneinanderliegende Sitze der mittleren Reihe wechseln.

Georg kam im Zuge dieses Sitzplatzwechsels nicht umhin, eine jener numerophobischen Überlegungen anzustellen, wie er sie – der angeblich so nüchterne Mensch – in angstbehafteten Momenten immer wieder mal vornahm. Denn noch im finnischen Airbus 319 war Georg sofort aufgefallen, dass die Quersumme der Typenbezeichnung die Zahl 13 ergab. Und da nützte es wenig, dass in diesem Flieger keine dreizehnte Reihe existierte. Ein profaner Verzicht, wenn Flugzeughersteller so ignorant waren, Quersummenproblematiken zu übersehen.

Wäre auch die Maschine der Japan Airlines ein solcher Airbus 319 gewesen, wäre dies hingegen kein schlechtes Omen gewesen, da in Japan die im Westen so verteufelte Zahl eher als Hinweis für ein Glück gilt. Aber es war ja kein Airbus, sondern eine Boeing 787, mit der sie nach Tokyo flogen.

So gerne Georg eine erneute Rechenübung unterlassen hätte, etwas zwang ihn, festzustellen, dass die Quersumme von 787 die Zahl 22 ergab. Was nicht so schlimm gewesen wäre, wären er und Klara nicht von ihren angestammten Plätzen ausgerechnet in die 22. Sitzreihe gewechselt. Ganz abgesehen davon, dass in dem Moment, als er Platz nahm und diese Übereinstimmung feststellte, irgendein verbauter, knochiger, junger Mann vorbeidrängte, dem die Sporthose und das Sportleibchen wie das Grabtuch eines Riesen vom mageren Körper hingen und auf dessen Leibchen die Rückennummer 22 prangte.

Dieses gleich dreifache Aufflammen der Zahl 22 beunruhigte Georg nicht zuletzt darum, weil dieses Flugzeug von einem 21. August in einen 22. August hineinfliegen würde.

Zugleich war er natürlich froh, neben Klara zu sitzen. Und auch sie war froh. Ihre Reise war eine gemeinsame, und würde irgendetwas schiefgehen, dann würden sie dieses Schiefgehen gemeinsam aushalten oder überwinden müssen.

Gleich nach dem Abendmenü – eine angeblich von einem Chefkoch entworfene Anordnung, die gut in eine Puppenküche gepasst hätte – studierten die beiden mittels Internetkarten die Gegend, in die sie reisen wollten, vom Größeren ins Kleinere gelangend. Also von Tokyo westwärts in das in der Präfektur Gifu gelegene Nakatsugawa und von dort weiter zu den historischen Häusern der einstigen Poststation Magome.

Natürlich hoffte Klara, in Magome genau die Stelle zu finden, an der ihre Großmutter und Lilo Wagner irgendwann im Jahre 1962 vor einer Holzwand gestanden hatten. Kaum vorstellbar, dass das Plakat von *A Very Private Affair* dort noch hing, das wäre dann wie ein Weltrekord unter Plakaten gewesen. Aber vielleicht war eben dennoch die Stelle zu erkennen. Und vielleicht war jemand aufzutreiben – damals jung, heute alt –, der sich an die beiden Frauen erinnern konnte. Einmal abgesehen von der theoretischen Möglichkeit, dass Helga und Lilo hochbetagt sich noch immer an diesem Ort befanden.

Und dann kam sie doch noch. Die kleine alte Japanerin mit ihrem Chanel-Täschchen und dem Idiom einer Wienerin.

»Ach, wie schön«, sagte sie, die gerade auf dem Weg zu den Toiletten schien und nun stehen blieb, »Sie zusammen zu sehen.«

Der Mann, der rechts neben Klara saß, offensichtlich ein japanischer Geschäftsmann – Georg saß zum Gang hin und war eingenickt –, erhob sich und bot der Dame den Platz an, wenn sie eine Weile hier sitzen und sich mit Klara unterhalten wolle. Er habe ohnehin vorgehabt, einen Geschäftspartner vorne in der Businessclass zu besuchen. Er sagte es auf Japanisch.

Die Chanel-Dame nickte, setzte sich zu Klara und wies mit einer zauberisch-dominant anmutenden Geste die vorbeilaufende Flugbegleiterin an, ihnen zwei Gläser Sekt zu bringen.

Wie sich zeigte, war sie halb Österreicherin, halb Japanerin, wobei sich eindeutig die Gene der japanischen Mutter durchgesetzt hatten. Wenn man nicht sagen wollte, der Stil von Chanel habe sich durchgesetzt. Sie erzählte, dass ihre Mutter, eine aus Kōbe stammende Sekretärin und Übersetzerin aus dem Deutschen, und ihr Vater, ein österreichischer Ingenieur und Geschäftsmann, der lange in Peking gelebt und als diplomatischer Vertreter nach Tokyo gezogen war – »ein Nazi in Japan«, wie sie unverblümt erklärte –, sich in den späten Dreißigerjahren kennengelernt und geheiratet hatten. Kurz darauf war sie auf die Welt gekommen. Ein Mischling. Nicht gerade das Beste, was einem in Japan zu dieser Zeit zustoßen konnte. Jedenfalls hatte die Familie den Krieg überlebt und war einige Jahre nach Kriegsende nach Wien umgezogen. Da war sie gerade zehn gewesen und nicht ganz unglücklich, in ein Land zu kommen, das sie ihres Vaters wegen – den sie damals abgöttisch zu lieben meinte – ihre österreichische Quelle nannte. Sie selbst sei danach nie wieder in Japan gewesen. Und jetzt, wo sie schon sehr deutlich ihr Ende spüre, wolle sie eben noch einmal in das Land, das ihr gewissermaßen das Leben geschenkt habe. Sie sagte, das Ende winke, dabei lachte sie auf eine sinnliche Weise, als rede sie von einem Liebhaber, der winke.

»Ich bin«, sagte sie, »ein österreichischer Baum mit einer japanischen Wurzel. Und jetzt grabe ich also ein bisschen die Erde um und schau mir meine Wurzel an.«

»Und wohin genau werden Sie gehen?«

Sie sei in Tokyo auf die Welt gekommen, habe aber ihre bewusst erlebten Jahre in Kōbe zugebracht, im Haus ihrer Großeltern, Großeltern, die alles andere als erfreut gewesen waren, eine Enkelin zu haben, die keine reinrassige Japanerin war, da hatten auch der Reichtum und die faschistische Haltung ihres Vaters, die durchaus jener der kaisertreuen Familie entsprach, nichts genützt.

»Das waren schreckliche Menschen«, sagte die alte Dame,

»aber an das Haus habe ich so schöne Erinnerungen, an das Haus und den Garten. Das ist es eigentlich, wieso ich mir diese Reise antue, denn ich reise überhaupt nicht gerne. Reisen Sie gerne, Frau …?«

»Ingold. Klara Ingold. Freut mich, Sie kennenzulernen.«

»Akiko Simony. Ganz meinerseits.«

»Ach, das ist witzig«, meinte Klara, »noch vorgestern bin ich einem kleinen japanischen Mädchen begegnet, das ebenfalls Akiko hieß.«

»Wirklich, wo denn?«

»Im Museum. Vor einem Wald. Also vor einem gemalten Wald«, sagte Klara und erzählte von ihrem Beruf.

»Aufseherin«, meinte Frau Simony erstaunt, »darauf wäre ich nicht gekommen.«

»Ja komisch, das sagen viele.«

»Aber ich will nicht behaupten«, meinte Frau Simony, »dass ich es mir nicht schön vorstelle, dass ein Gemälde von einer Frau wie Ihnen beschützt wird. Männer als Museumsaufseher haben immer etwas Brutales an sich. So, als würden sie die Bilder verachten, auf die sie da aufpassen müssen.«

Das war doch ziemlich übertrieben, fand Klara, zugleich fiel ihr erneut ein Satz von Heimito von Doderer ein, der einmal gemeint hatte, Übertreibungen seien ein Vergrößerungsglas des Geistes, durch welches man die objektive Glätte an der betrachteten Stelle wieder in ihre rauen Fasern auflöse. Und über Sinn und Nutzen von Lupen wusste Klara ja wahrlich Bescheid.

Nun wollte Frau Simony aber schon wissen, was es war, das Klara dazu brachte, nach Japan zu fliegen.

»Haben Sie Zeit?«, fragte Klara.

»Wie meinen Sie das?«, fragte Frau Simony.

»Na ja, es ist eine lange Geschichte.«

»O ja, ich denke, für eine gute Geschichte habe ich Zeit«, meinte die alte Dame lächelnd und winkte einer Flugbegleiterin, um noch einmal zwei Gläser Sekt zu bestellen.

Der eigentliche Platzinhaber des Sitzes, auf dem Frau Simony saß, tauchte so rasch nicht wieder auf. Er war wie eine dieser

Nebenfiguren in Filmen, die kurz ins Bild kommen, durchaus mit der Funktion, etwas Bestimmtes auszulösen oder zu verursachen, dann aber verschwunden bleiben, als hätten sie nie gelebt.

Irgendwann, während Klara redete und erzählte und dabei immer wieder tief in die Details eindrang – und sich auf diese Weise selbst darüber gewisser wurde, was da geschehen war und wie sehr die Dinge ineinandergriffen –, bemerkte sie, dass die kleine alte Dame eingeschlafen war. Allerdings erst nach dem dritten Glas Sekt. Es lag ein hübscher Schleier auf ihrem faltigen Gesicht. Eine japanisch-österreichische Madonna am Ende eines langen Lebens. Die Spuren dieses Lebens vermittelten den Eindruck einer hübschen Hölle, einer Hölle zwar, aber toll eingerichtet. Wobei das Augenpaar wie zu einem einzigen Strich verbunden schien, eine kleine Strecke in der Ewigkeit menschlicher Existenz.

Wobei die Art, wie sie im Schlaf noch immer ihr Chanel-Täschchen umfasst hielt, eine Vorstellung davon gab, dass sie wohl auch im Jenseits nicht ohne gewisse Accessoires würde auskommen wollen.

Klara unterbrach ihre Erzählung und ließ der kleinen alten Dame ihren Schlaf.

Da kam der Mann als Nebenfigur, dem dieser Platz eigentlich zustand, wieder zurück, gewahrte aber den Schlaf der Frau, verbeugte sich wie vor einer Gottheit und bewegte sich in den rückwärtigen Teil des Flugzeugs, wo es noch ein paar andere freie Plätze gab.

In dieser Boeing schien etwas wie eine andauernde Rochade stattzufinden.

Klara saß also zwischen dem schlafenden Georg und der schlafenden Frau Simony, gewissermaßen freundlich eingeklemmt, lehnte sich zurück und fügte sich ihre Earbuds in die Ohren, als handle es sich um zwei kleine, zur Putzsymbiose fähige Fischlein. Wie hießen die? Schiffshalter? Pilotfische? Anzügler?

In der Folge griff sie nach ihrem Smartphone und rief eins ihrer bevorzugten Beruhigungsvideos auf: ein Coffeeshop-Ambiente mit Jazzmusik und Regengeräuschen – wobei die Jazzmusik ironischerweise als »reibungslos« beschrieben wurde. Eigentlich handelte es sich um eine Bar, eine menschenleere Bar, die in dem Clip zu sehen war, sehr edel, eine lange Theke, dazu ordentlich gereihte Stühle, elegante Sitzmöbel, weiße Orchideen, warmes, weiches Licht aus unzähligen Hängelampen, ein Lampenschwarm, draußen eine vorweihnachtlich verschneite, nächtliche Straße, an den Fenstern der herunterfließende Regen. Regen, der in dem vier Stunden langen Video den Schnee völlig unangetastet ließ. Dazu die fortlaufende Jazzmusik und das in Schleifen sich wiederholende Regengeräusch. Das alles war künstlich zusammengesetzt zu einem sogenannten ASMR-Ambiente, *Autonomous Sensory Meridian Response*. Ein gänzlich erfundener Ort der Beruhigung. Eine Massage der Augen und des Gehörs. Reibungslos!

Klara kam es so vor, als würde neben dem Regengeplätscher und dem Barmusikgeplätscher nun auch das Schnarchgeräusch ihrer Nachbarin in ihr Gehör dringen. Ein Schnarchen, das sich ganz wunderbar einfügte, ein pulsierender Oberton, ähnlich dem Geräusch eines sich langsam drehenden Massagegeräts.

Klara strich mit ihrem Finger – als sei dies ein Teil ihrer Entspannung – über den Touchscreen und scrollte hinunter zur Kommentarleiste, wo als Erstes geschrieben stand: »Oh, this looks like a place that I would write my novels in.«

Natürlich waren unter den vielen Kommentaren nicht wenige zu finden, die von jenen notorischen Besserwissern stammten, die unsere schöne Welt ganz sicher ein wenig unglücklicher machen und von denen einer darauf hinwies, dass, sollte man mit dem Schreiben anfangen, die erste Regel sei: »Do not end a sentence with a preposition«, während in der letzten Replik jemand feststellte, dass dieses mithilfe von Greenscreens komponierte Ambiente in Wirklichkeit gar nicht existiere. Und darum »neither will your fucking novels«.

Aber konnte man das so sagen?

Wieso sollte es nicht möglich sein, in einem nicht existierenden Coffeeshop einen durchaus real existierenden Roman zu schreiben? War das nicht ohnehin eine oft gelebte Praxis, dass die

Menschen sich in erfundenen, erdachten, fantasierten Umgebungen befanden, dort aber recht reale Dinge taten?

Klara nickte ein. Und geriet zusammen mit dem Tröpfeln des Regens und dem smoothen Jazz in ein geträumtes Ambiente, ebenfalls eine Bar, aber gefüllt mit Menschen. Lauter bekannte Schauspieler von heute und gestern. Überraschenderweise saß Brigitte Bardot gleich zweimal an der Theke, einmal die BB von 1962 und dann die aktuelle, die langsam auf die neunzig zuging. Und auch Alain Delon meinte Klara zweimal zu sehen, ebenfalls den Delon aus dem Jahr 1962 sowie den, der ebenfalls gerade auf die neunzig zusteuerte, nur ein Jahr hinter der Bardot. Wobei sich Klara im Traum fragte, ob es denn so sei, dass man mit einer rechtsextremen Gesinnung besonders alt werden konnte, rechts sein und Franzose sein und Rotwein trinken, dann werde man alt. Oder aber man lebte in Japan und aß Fisch.

Irgendwann in diesem Traum krachte ein wunderschöner roter Sportwagen durch die hohe Außenscheibe der Bar, aber erstaunlich leise, das Splittern des Glases vermengte sich mit dem Regengeräusch, der Wagen schlitterte in die Mitte des Lokals und blieb dort stehen, ohne eine einzige Person getroffen zu haben. Man konnte sagen, dass dieser Wagen etwas zustande gebracht hatte, was so wenigen Menschen in U-Bahnen und Elefanten in Porzellanläden gelang, sich nämlich schmaler zu machen. Der Wagen, ein Alfa Romeo wohl, konnte das. Zudem schien keiner der Gäste den Vorfall überhaupt bemerkt zu haben. Nur Klara, die sich ein paar Glasscherben, weich wie Flocken, von ihrer Hose wischte.

Im Wischen erwachte sie. Frau Simony hatte sie mit einer Berührung an der Schulter geweckt. Es wurde ein frühes Frühstück serviert.

»Sie haben im Schlaf geredet, irgendwas von einem Alfa Romeo. Ich hatte mal einen. Ich habe das Auto geliebt, ich schwöre es und muss gestehen, es war das Auto eines Mannes, mit dem ich nur zusammen war, um mit diesem Auto zusammen sein zu können.«

Das erinnerte Klara doch sehr an ihre eigene Mutter, und sie lachte und erzählte von ihrem Traum, erzählte vom Charme eines campariroten Sportwagens, der es verstand, sich schmaler zu machen, als er war. Gleich einer Katze, die sich durch eine kleine Lücke im Zaun windet.

Auch Georg hatte geträumt, wovon er aber nichts erzählte. Er gab sich allein dem Geruch des Kaffees hin und fürchtete sich ein wenig vor der bevorstehenden Landung. In seinem Traum, so viel wusste er noch, hatte ein bereits seit Monaten immer wieder seine Träume durchkreuzendes Ereignis eine Rolle gespielt.

Für jemanden wie ihn, einen nüchternen und in aller Nüchternheit ungemein abergläubischen Menschen, keine gute Sache. Als wollten ihn seine Träume auf etwas Kommendes vorbereiten. Das gleichbleibende Element in diesen Träumen bestand darin, dass irgendwann in der Erzählung des Traums es geschah, dass jemand auf ihn schoss. Aus einer Pistole schoss. Das konnte eine Geliebte sein, seine Mutter, seine Großmutter, die Zahnärztin seiner Kindheit, die Angestellte einer *Alles-Liebe*-Filiale oder eine ihm auch völlig unbekannte Frau, aber es war eben immer eine Frau. Oder zumindest gefühlt eine Frau. Auch wenn es sichtlich ein Mann war, verbarg sich in ihm eine Frau. Und immer geschah es, dass die auf Georgs Körpermitte abgefeuerte Kugel in einer Packung Kaffee stecken blieb. Eine Packung, die er, Georg, soeben in der Hand hielt, und zwar genau auf Höhe der Flugkurve des Projektils. Es war eine klassische Packung eingeschweißten, vakuumverpackten, gemahlenen Kaffees, hart und dicht, zumeist von Eduscho, manchmal von Dallmayr, einmal von Omo, eigentlich ein Waschpulver, aber hier nun mal als Kaffee. Doch immer blieb die Kugel stecken und drang nie bis zu Georgs Bauch oder Brust durch. Was ja eigentlich ein gutes Zeichen war, Traum für Traum diese Attacke überlebt zu haben. Und trotzdem, wenn Georg erwachte und sich vor allem an diesen einen Umstand einer im Kaffee ermüdeten Pistolenkugel erinnern konnte, fühlte es sich für ihn an wie eine Drohung oder Warnung aus der Zukunft. Und vor allem wie etwas, was nicht ganz zufällig in seine Träume geraten war und mehr darstellte als bloß Ausdruck einer Urangst.

Als der Flieger auf dem Flughafen Tokyo Haneda aufsetzte, war es kurz vor neun in der Früh, und man befand sich – zumindest wenn man von aus Wien dachte, und welcher Wiener hätte nicht von Wien aus gedacht – sieben Stunden in der Zukunft, und zwar in einer, in der keine Sommerzeit existierte.

Georg, Klara und Frau Simony verließen gemeinsam den Flieger.

Als sie in die Empfangshalle traten, wartete eine große Gruppe von Menschen auf Frau Simony. Verwandte aus der Familie ihrer Mutter, sicher über ein Dutzend Leute, unter ihnen zwei alte Herren, Cousins, ganz vorne kleine Kinder mit österreichischen Wimpeln.

»Na, das muss jetzt wohl sein«, sagte Frau Simony, umarmte Klara, wünschte ihr das Beste für die Suche nach ihrer Großmutter und verschwand im Pulk einer Verwandtschaft, die sie nie zuvor gesehen hatte.

12

Klara folgte dem unverkennbaren Symbol eines gelb unterstrichenen weißen »E« auf grünem Grund, um die Papiere und Schlüssel für den kleinen Mazda abzuholen, den sie für eine Woche gemietet hatte. An der Theke unterschrieb sie mehrere Papiere, wobei nun auch Georg in den Vertrag als möglicher Fahrer einbezogen wurde. In der Folge führte eine junge Japanerin sie und Georg zu dem Wagen, der in einer Reihe anderer Mietautos wie einer von vielen weißen Welpen stand, die darum betteln, mitgenommen zu werden.

Im Angesicht des Wagens erklärte die Angestellte in einem hinreißend geflüsterten Englisch die interaktiven Funktionen dieses »little sports car« … sie verbesserte sich, dieses »sporty small car«, verwies auf die erweiterte Smartphone-Integration – *Android Auto* – sowie auf die Freisprecheinrichtung mit Sprachsteuerung und betonte den Nutzen des Spurhalteassistenten mit Lenkunterstützung.

Und dann sagte die junge Frau etwas auf Japanisch, was möglicherweise so etwas Ähnliches bedeutete wie *Gott schütze Sie.*

Es bestand überhaupt kein Zweifel darüber, dass es Klara war, die jetzt hinter dem Steuer Platz nahm, und Georg auf dem Beifahrersitz. Klara startete den Motor und verband ihr Smartphone mit dem Display des Wagens. Das war schon ein wenig so, als würde sie sich selbst an dieses Auto anschließen. Das Smartphone eines Menschen als ein zusätzliches Organ, das erst nach der Geburt dazukam. Bislang.

»Hey Google!«

Wirklich ungewohnt aber war das Lenkrad auf der rechten Seite. Dort zu sitzen, gab Klara im ersten Moment das schizophrene Gefühl, ein Beifahrer zu sein, der das Lenkrad zu sich herübergerissen hatte. Als wäre sie einer dieser Männer, die ihren Frauen beim Autofahren nicht zusehen können.

Sie fuhr los. Linksverkehr. Allerdings auch ein Verkehr, der den ungemeinen Vorteil besaß, von allen Beteiligten mit einer Gelassenheit und Ruhe und einer vernünftigen Geschwindigkeit praktiziert zu werden. Woran auch immer die japanische Gesellschaft kranken mochte, es war nicht jenes germanische Bedürfnis nach Freiheit, das sich ausgerechnet dadurch offenbarte, sein Gefährt militärisch-wild durch die Gegend zu hetzen und dabei alle anderen zu verachten, die das ebenfalls taten.

Vielleicht träumte Klara das ja nur, sowenig man beim Autofahren träumen sollte, aber dieser Verkehr schien wie Musik, durchaus ähnlich jenem *reibungslosen* Jazz.

Geführt von ihrem Navi, steuerte sie den Wagen über eine Stadtautobahn Richtung Yoyogi-Park, um dann auf die Koshu-Kaido-Avenue Richtung Westen abzubiegen. Es war noch früh am Tag, und die Reise nach Magome würde nicht mehr als fünf Autostunden in Anspruch nehmen.

»Das ist doch in Ordnung«, fragte sie Georg, »wenn wir zuvor noch ein Museum besuchen, oder?«

»Sicher, das ist das Mindeste, was wir tun können«, antwortete Georg. »Ich meine, wenn man unsere gemeinsame Geschichte bedenkt.«

»Wissen Sie eigentlich«, fragte Klara, während sie auf eine sanfte, fließende Weise einen kleinen, runden, schwarzen Toyota überholte – wie auf dem Fließband einer Schokoladenfabrik, wenn ein mit weißer Schokolade umhülltes Praliné an einem Trüffelkügelchen vorbeigleitet –, »dass ich Sie insgeheim immer als den Mittagsmann bezeichnet habe?«

»Woher sollte ich das wissen?«

»Stimmt.«

»Aber eine schöne Bezeichnung.«

»Ich hatte wohl geahnt«, meinte Klara, »dass Sie in meinem Leben noch eine gewisse Rolle spielen werden. Sowenig ich mir das gewünscht habe.«

Georg sagte, dass wahrscheinlich der Nicht-Wunsch – ein

Begriff wie aus einer Alice-im-Wunderland-Geschichte – so viel stärker ins Leben der Menschen eingreife als der Wunsch, der die Schwester oder der Bruder der Illusion sei.

»Und welcher Ihrer Nichtwünsche«, nahm Klara das Sprachspiel auf, »hat sich erfüllt?«

»Ich wollte nie jemandem das Leben retten, und ich wollte mich nie wieder von Wien fortbewegen – und jetzt sitze ich hier. Das ist gut und richtig so, basiert aber auf einem Nichtwunsch.«

»Sie sollten meine Mutter kennenlernen«, fand Klara, »sie würde Ihnen sicher gefallen. Ihr Nichtwunsch, glaube ich, waren schon immer die Männer. Sie hat sich nie gewünscht, mit einem zusammen zu sein, und hatte dann doch eine Menge Liebhaber.«

»Und Ihr Vater fand das in Ordnung?«

»Mein Vater starb in den Armen einer sehr viel jüngeren Frau.«

»Das war dann vielleicht doch ein Wunsch Ihrer Mutter, wenn ich das sagen darf.«

»Sie meinen seinen Tod? Na ja, das Herz hat es ihr nicht gerade gebrochen. Mir schon eher. Ich war da noch keine fünf und hab mir dann lange einen wunderbaren Vater zusammengeträumt. Was er wohl nicht war. Aber das ist die Macht der Toten, dass wir sie uns ausmalen können.«

»Wie auch der Verschwundenen«, erinnerte Georg daran, wieso sie diese Reise überhaupt unternahmen.

Bei dem Museum, das Klara ansteuerte, handelte es sich um das Tokyo Fuji Museum, das schon gar nicht mehr richtig in Tokyo lag, sondern in einem Vorort. Ein Museum, das immerhin einen Klimt besaß, drei Monets, Alfred Sisleys *Kühe auf der Weide*, wenngleich ohne Flugzeug, sowie einen Lucas Cranach. Und vor allem jene berühmte und auch im Kopf eines jeden Westlers und nicht nur in den Köpfen von Rilke, Debussy und allen Jugendstilkünstlern feststeckende *Große Welle von Kanagawa*, ein Farbholzschnitt von Katsushika Hokusai: die Welle aller Wellen, mit ihrem tentakelartig unheimlichen Schaumkamm (man konnte eigentlich kaum ins Meer gehen, ohne an diese Welle denken zu müssen, weil das ja der Sinn der Kunst ist, uns mittels Erfindung und Übertreibung daran zu erinnern, was wirklich *ist*).

Dennoch wollte Georg wissen, wieso Klara ausgerechnet dieses Museum ausgesucht hatte und nicht etwa das so viel bedeutendere National Art Center oder das National Museum of Modern Art.

»Das soll eine Überraschung sein«, sagte sie, auch wenn sie es letztlich selbst war, die in diesem Museum eine Überraschung erleben würde.

Nein, zwei Überraschungen.

Kurz vor dem Museum dirigierte die Frauenstimme aus dem Navigationsgerät (eine Stimme wie die von Oskar Werner, wäre der eine Frau gewesen) Klara auf einen kostenfreien Parkplatz, auf dem nur wenige Wagen standen. Klara und Georg verließen das Auto, dessen Karosserie im Vormittagslicht einen rosa Schimmer besaß, als würde durch das reine Weiß der Lackierung eine längst vergangene Kirschblüte hindurchschimmern, eine Frühlingserinnerung.

Sie stiegen die wenigen Meter hoch zu dem massiven, zweiteiligen Bau, der zu Beginn der 1980er-Jahre errichtet worden war und vor dem eine Gruppe von japanischen Touristen – quasi einheimische »Italiener« – auf den Einlass warteten. Es war kurz vor zehn, um Punkt zehn würden sich die Pforten öffnen.

Das hatte schon etwas Komisches für Klara, gewissermaßen einmal auf der anderen Seite zu stehen, nicht die Bewacherin, sondern die Besucherin zu sein. Wobei sie gut zwei Stunden für die Tour durch dieses Museum geplant und sich bereits so weit mit der Topografie des Gebäudes vertraut gemacht hatte, um sagen zu können, was wo hing. Zumindest in Bezug auf die permanente Sammlung des Hauses.

Als sie und Georg nun in die Dauerausstellung traten und damit in die Zeit zwischen dem sechzehnten und siebzehnten Jahrhundert, gelangten sie vor jenes Gemälde, das sich Klara als Überraschung ausgedacht hatte.

Dabei war es ein eher durchschnittlich zu nennendes Gemälde:

Die Bauernhochzeit. Und, nein, natürlich nicht die von Pieter Bruegel dem Älteren, jenem Bauernbruegel, denn die hing ja in Wien. Dieses Bild hier stammte von Pieter Bruegel dem Jüngeren, der das grandiose Gemälde seines Vaters auf eine ganz eigene Weise, recht ungelenk, fast comicartig, im Jahre 1630 auf die Leinwand gebracht hatte.

Es handelte sich um eine von angeblich fünf existierenden Kopien nach jenem Gemälde, das Klara so gut wie täglich zu sehen bekam. Diese *Hochzeit* war eine von zweien, bei denen Bruegel der Jüngere (im Leben war man gern der Jüngere, in der Kunst eigentlich nicht) das Motiv seines Vaters vom Innenraum ins Freie verlegt hatte, zudem war das Gemälde wesentlich kleiner als das väterliche Original.

»Sehen Sie es, an dieser Stelle fehlt das dritte Bein«, sagte Klara zu Georg, der natürlich das Bild im Wiener Kunsthistorischen Museum bestens kannte, wenngleich lange nicht so gut wie jenen großen Wald, in dem er sich so gerne verlor.

»Drittes Bein? Ich weiß nicht genau, was Sie meinen.«

»Ist Ihnen das nie ausgefallen?«, fragte Klara.

»Was aufgefallen?« Georg schüttelte den Kopf.

Also beschrieb sie ihm, was er drüben in Wien im Angesicht der berühmten *Bauernhochzeit* eigentlich hätte bemerken müssen. Nämlich ein drittes Bein unter dem umgelegten Scheunentor, das dem vorderen Träger zugeordnet werden musste. Und das sich einfach nicht erklären ließ, wollte man nicht einen absurden Irrtum des Malers oder eine absichtsvolle Schelmerei vermuten.

»Es ist wirklich erstaunlich«, meinte Klara, »wie wenig den Leuten dieses überflüssige Bein auffällt. Und der völlig unpassende Schnabelschuh auf dem einen der beiden rechten Füße, also auf dem richtigen Fuß. Richtiger Fuß, aber falscher Schuh. Die Leute sehen die Hochzeit, das Getümmel, das Bäuerliche, eigentlich immer auch die wunderbare Präzision des Gemalten, aber nicht die Präzision, mit der hier ein Fehler ins Bild gefügt wurde.«

Georg holte sich auf seinem Handy die Originalhochzeit praktisch ins Haus, vergrößerte den Ausschnitt, der das Problem der

Beinvielfalt zeigte, runzelte die Stirn und meinte: »Verdammt auch.«

»Nicht wahr«, sagte Klara und ging mit Georg näher heran an jene sehr frei übertragene Nachbildung der *Bauernhochzeit* durch Pieter Bruegel den Jüngeren, dieses so viel schwächer gemalte Bild. »Und was sagen Sie jetzt?«

»Da fehlt ein Fuß«, brachte Georg es auf den Punkt.

Richtig, da waren sie wieder, die beiden Träger, die auf unmögliche Weise die Scheunentüre mit gefüllten Tellern auf untergelegten Stangen transportierten, ohne dass die Türe umkippte, wie sie es hätte tun müssen. Und da war auch wieder der Schnabelschuh, hier noch deutlicher zu erkennen, allerdings hatte Bruegel der Jüngere auch den anderen Schuh des vorderen Trägers um einiges schmaler gestaltet und somit eine Übereinstimmung geschaffen. Der dritte Fuß fehlte auf diesem Bild. Hier fehlte das Rätsel, hier fehlte das Augenzwinkern des Künstlers, hier fehlte vielleicht sogar Gott. Und das machte dieses schlecht gemalte Bild einfach nicht besser, einen möglicherweise göttlichen Fuß getilgt zu haben.

Dennoch blieben Klara und Georg noch eine ganze Weile davor stehen.

Und Georg fiel eine weitere Veränderung auf. Er sagte, dass auf diesem Bild des jüngeren Bruegel zwar ebenfalls genau zehn Teller über die umgelegte Scheunentüre verteilt wären, diese aber alle mit einem gelblich braunen Brei gefüllt seien, während auf dem Original im Kunsthistorischen Museum sich unter den Tellern auch zwei mit einem reinweißen Inhalt befinden würden, Milch wohl oder Milchbrei.

War das auf eine Nachlässigkeit Bruegels des Jüngeren zurückzuführen, eine Ungenauigkeit, einen Mangel an weißer Farbe, oder hatte er auch an dieser Stelle etwas ausmerzen wollen? Das Weiß aus den Tellern.

Klara las einen kurzen Text vor, den das Museum in japanischer und englischer Sprache über das ausgestellte *Peasant Wedding Feast* publiziert hatte. Darin wurde erklärt, dass es sich bei dem Inhalt der Teller um »a kind of pudding on plates, a dessert referred to as ›vlaai‹ in Dutch and peculiar to Flanders« handeln würde.

»Vlaai?«, erkundigte sich Klara. »Wissen Sie, was das ist?«

»Keine Ahnung«, sagte Georg und befragte erneut sein Handy, und sein Handy wiederum das Internet, woraus sich die Antwort ergab, es handle sich bei »Vlaai« um ein für das belgische und niederländische Limburg typisches Gebäck, hergestellt aus flachem Hefeteig und angedicktem Fruchtkompott. In der Tat eine Speise, die gerne zu Feierlichkeiten wie Hochzeiten serviert werde.

Klara hatte über das in Wien ausgestellte Originalgemälde aus der Hand Bruegel des Älteren immer nur davon gelesen, es würde sich beim Tellerinhalt um so etwas wie Grütze oder Brei handeln. So wurde etwa in der offiziellen Bildbeschreibung des Kunsthistorischen Museums von einer »Breispeise« gesprochen.

»Ein Brei und ein Gebäck, das ist ja wohl ein Unterschied«, sagte sie. »So wie es ein Unterschied ist, ob ein Bein da ist oder nicht.«

»Absolut«, bestätigte Georg, dem es gefiel, wie sehr hier einigen Details eine derartige Bedeutung zukam. Man könne sich die Frage stellen, meinte er, ob das Fehlen der beiden Teller mit weißem Inhalt bei Bruegel dem Jüngeren eventuell als ein Hinweis zu verstehen sei, dass dort, wo bei seinem Vater die Teller noch mit Grütze oder Brei gefüllt waren, es bei ihm eben ein feiner Kuchen aus luftigem Hefeteig und Obstkompott sein sollte. Und somit Bruegel der Jüngere zwar mit Abstand das schlechtere Bild gemalt, jedoch die bessere Speise in die Teller der Hochzeitsgäste getan habe.

»Ja«, sagte Klara, »dann wäre er gewissermaßen der schlechtere Maler, aber in einem virtuellen Sinne der bessere Koch.«

Klara konnte nicht ahnen, wie sehr nur wenig später der Begriff des Kochs, besser gesagt der Köchin, zu einer erstaunlichen Wendung und zu einer Einsicht in die Notwendigkeit dieses Museumsbesuchs führen würde.

Endlich lösten sich die beiden von der *Bauernhochzeit* und dem fehlenden dritten Bein und gingen durch die Säle und Gänge, durchschritten die Epochen und Stile, wobei sich ein gewisser Abstand zwischen ihnen ergab, der etwas schnelleren, das Tempo der Aufseherin gewohnten Klara und dem langsameren, zum Verweilen neigenden Mittagsmann.

So kam es, dass Klara ohne Georg war – er war genau einen Saal hinter ihr – als sie dieses ihr so vertraute Gefühl der Erregung verspürte. Okay, dachte sie, nach Mittagsmann und Nachmittagsmädchen also eine Vormittagsfrau. Bei dieser Vormittagsfrau handelte es sich um eine traditionell gekleidete Japanerin, die in stiller Vergessenheit vor einem geradezu abstrakt anmutenden Wasserlilienbild von Monet stand, wobei sich eine erstaunliche Übereinstimmung der Pastelltöne auf dem Bild und der Pastelltöne auf der Kleidung der Frau ergab. Für einen Augenblick schien es so, als würde sich die Betrachterin im gemalten Wasser dieses Bildes spiegeln. Weshalb Klara, die schräg hinter der Vormittagsfrau stand, eine vage Andeutung von deren Gesicht in der Spiegelung zu erkennen meinte. – So schön dieses Gemälde von Monet auch war, entfaltete es für Klara seine ganze *Blüte* dadurch, von dieser Frau betrachtet zu werden.

Klara war für einen Moment ihrerseits vollkommen versunken in der Betrachtung einer Betrachterin, die nicht nur wie sie *vor* dem Bild stand, sondern auch *in* dem Bild.

Erregung!

Eine Erregung, aus der sich Klara wenig später löste, weil die Japanerin sich aus dem Bild löste und der Monet alleine zurückblieb. Die Wasserlilien schienen noch einen Moment im leicht bewegten Wasser zu schwingen, dann erstarrten sie zu reiner getrockneter Farbe und sinnlicher Gegenstandslosigkeit.

Nachdem Georg im letzten Saal der Dauerausstellung Klara eingeholt hatte, erklärte er, er würde gerne hinüber ins Museumsrestaurant gehen, er bräuchte dringend einen Kaffee. Er war ein Kaffeemensch, bei dem ein Mangel dieses Getränks zu Kopfschmerzen, aber auch zu Seelenschmerzen führte. Er hatte eine letzte Tasse im Flugzeug getrunken. Das war einfach viel zu lange her.

Also verließen die beiden den letzten Galerieraum in Richtung des Café-Restaurants, das den Namen *Seine* trug.

Anstatt nun aber an den cafégewordenen Fluss zu gelangen,

gerieten sie in die erste von vier Hallen, in denen nicht die permanente Sammlung, sondern die Retrospektive eines 1927 geborenen Malers und Bildhauers namens Hashimoto Sōseki gezeigt wurde, der noch immer malend unter den Lebenden weilte. Ein Künstler, der sich der japanischen Tradition wie einigen westlichen Einflüssen verpflichtet fühlte, gleichermaßen dem Gegenständlichen wie der Abstraktion.

In diesem ersten Saal, den Klara betrat, als hätte jemand sie gerufen – hinter ihr Georg, der eigentlich zu seinem Kaffee wollte, jedoch der Frau folgte, die einem Ruf folgte –, in diesem Saal also waren die frühen Werke Hashimotos aus den 1960er-Jahren ausgestellt. Dazwischen ein Holzschnitt von Hashiguchi Goyō (1880–1921), sein berühmtes Bild *Woman at the Bath* aus dem Jahre 1915, sowie ein Gemälde des amerikanischen Pop-Art-Künstlers Alex Katz, *Ada in a Pillbox Hat* aus dem Jahre 1961.

Hashiguchis Holzschnitt stand für Hashimotos Bemühen, die Tradition in die Moderne zu übertragen, während Alex Katz, mit dem sich Hashimoto bei einem New-York-Aufenthalt in den späten 1950er-Jahren angefreundet hatte, den westlichen Einfluss repräsentierte, wie auch umgekehrt Katz deutliche Anleihen beim japanischen Holzschnitt genommen hatte.

In diesem ersten Raum waren ausschließlich Bilder, die Frauen zeigten, ausgestellt, neben Katz' *Ada* und Goyōs sich im Bad reinigender Nackter eine Gruppe von Frauenporträts Hashimotos, die er zwischen 1959 und 1970 geschaffen hatte: Frauen in Kimonos, bestimmt von einer strengen Linienführung, in der sich bereits die späteren Abstraktionen ankündigten. Als sich dann die Linien von den Frauenfiguren lösten, um ein völlig eigenständiges Leben zu führen, aber in gewisser Weise noch immer den Geist der dargestellten Frauen in sich trugen.

Es waren starke, kräftige Farben, wie gebannt und geordnet von den sie umgebenden Konturen, die mitunter auch an eine Fesselung denken ließen. Kein Shibari im eigentlichen Sinn, also Bondage der japanischen Art, und doch etwas von einer Einengung und Disziplinierung.

Und dann sah Klara das Gemälde, dessentwegen sie wohl einer

Stimme – einer inneren Stimme, fremd und fern – in diesen Saal gefolgt war.

»O Mann!«

»Welcher Mann?«, wollte Georg wissen, der, ein paar Meter hinter ihr, sie wirklich falsch verstanden hatte.

»Sehen Sie das Bild«, sagte sie und zeigte auf das Porträt einer Frau in einem blauen Kimono. Allerdings eine westliche Frau. Daran bestand kein Zweifel, auch wenn man ihre Augen nicht sehen konnte, da diese hinter dunklen Brillen verborgen waren. Sie hatte den Kopf sehr gerade auf den Betrachter gerichtet, während ihre Hände in einer schmucklosen Schale rührten. Daneben auf dem Tisch waren rechts ein langes Messer, links ein toter Fisch abgebildet.

»Halten Sie mich für verrückt«, sagte Klara, »aber ich glaube, das ist meine Großmutter.«

»Wie, Ihre Großmutter war blind?«, fragte Georg, die Vergangenheitsform verwendend. Er glaubte ja nicht wirklich, dass diese Frau noch lebte. Aber in dem einen Punkt hatte er schon recht, ihre ganze Haltung, der nach oben gerichtete Kopf, als versuche sie sich auf ihr Gehör zu verlassen, die dunkle Brille, während der darunterliegende Körper, vor allem die Arme und Hände, wie losgelöst wirkten, das alles verlieh den Eindruck einer Blindheit.

»Ja, Sie haben recht«, meinte Klara, die näher an das Gemälde herangetreten war und auf das kleine Täfelchen blickte, auf dem das Entstehungsjahr des Bildes mit 1965 angegeben war. Und davor der Titel, zuerst auf Japanisch, dann auf Englisch: *The Blind Cook*.

»Die blinde Köchin«, übersetzte Klara den Titel in einem Tonfall größter Verwirrung. Dabei irritiert den Kopf schüttelnd.

Sie richtete sich wieder auf und trat einen Schritt zurück. Gleichzeitig zog sie jenes Foto aus ihrer Tasche, auf dem Helga Blume und Lilo Wagner vor einem Filmplakat des Jahres 1962 zu sehen sind. Ein Foto, das Klara, seitdem sie es erhalten hatte, stets bei sich zu tragen pflegte. Wie auch jenes Bild, auf dem man ihre Großmutter beim kunstvollen Sprung von einem Wuppertaler Balkon sieht.

Sie zeigte Georg das Helga-Lilo-Foto. Er hatte es zuvor nur einmal kurz gesehen, nun schaute er genauer hin und musste das Gleiche wie Klara konstatieren, nämlich die Ähnlichkeit der Frau auf dem Foto mit jener auf dem Gemälde, vor dem sie standen. Die Schlankheit des Gesichts, die schmale Nase mit der leichten Unregelmäßigkeit einer Neigung nach links, die etwas ausgeprägten Backenknochen, die Audrey-Hepburn-artige Erscheinung da wie dort, auf dem Bild wie auf dem Foto, auf beiden die markante Hochsteckfrisur, die ja durch die Hepburn berühmt geworden war, ein Stil, dem dann später Amy Winehouse zu neuer, wenn auch dunkler Blüte verholfen hatte.

Solche Frisuren hatten viele Frauen getragen, und doch, die Gesichtszüge der fotografierten wie der gemalten Frau wiesen eine beträchtliche Übereinstimmung auf. Nicht zuletzt war da ein Muttermal auf der linken Wange, weit außen, auf der Höhe des Ohrläppchens, welches ganz schwach, aber erkennbar auf der Fotografie zu sehen war und das wiederum Hashimoto Sōseki in Form eines sehr präzisen, kreisrunden dunklen Punkts auf die blasse Wange der gemalten Frau gesetzt hatte. An der gleichen Stelle wie auf dem Foto.

Und natürlich fiel auch die Nachbarschaft der Jahreszahlen auf: das wahrscheinlich 1962 oder ein Jahr später in Magome entstandene Foto – wie lange auch immer es gebraucht hatte, dass *A Very Private Affair* in Japan angelaufen war – sowie das auf 1965 datierte Gemälde. Da war also der Maler achtunddreißig gewesen und sein Modell vierunddreißig.

Wieso aber blind und wieso eine Köchin? Denn blind war Helga Blume auf dem Foto von 1962 ganz sicher nicht gewesen und auch nicht als Köchin erkennbar. Das schien sich in den drei Jahren zwischen Foto und Gemälde geändert zu haben. Zumindest wenn es sich tatsächlich um dieselbe Person handeln sollte.

»Was für ein Glück«, meinte Klara, »dass der Maler noch lebt. Stolzes Alter. Den finden wir leichter als meine Großmutter. Dann wäre der Maler der Umweg zum Modell.«

»Schauen wir mal«, sagte Georg, der wieder zurück in seinen

Zweifel fiel, »ob das wirklich Ihre Großmutter ist. Ähnlichkeiten kommen nun mal vor.«

»Wohl kaum«, meinte Klara, »wenn es sich um eine Frau aus dem Westen handelt, die in den frühen Sechzigern nach Japan ging.«

»Und ihre Blindheit?«

»Das werden wir noch sehen, ob das nicht einfach gestellt war. Jemand, der auf einem Gemälde ein Schwert trägt, muss auch nicht wirklich ein Krieger sein, oder?«

Und weil Klara ja dieser gewisse Audrey-Hepburn-Stil an ihrer Großmutter aufgefallen war, erwähnte sie jetzt Hepburns berühmten Film *Frühstück bei Tiffany*, in dem der amerikanische Schauspieler Mickey Rooney, ausgestattet mit einer pferdegebissartigen Zahnprothese, den Japaner Mr Yunioshi spielt, eine fürchterliche Karikatur, aber er ist nun mal ein Amerikaner, der einen Japaner spielt, wie auch Audrey Hepburn in dem Film *Warte, bis es dunkel wird* eine Blinde spielt, obwohl sie natürlich niemals davor oder danach blind gewesen ist.

Georg fand es erstaunlich, dass Klara auch diesen weniger bekannten Film der Hepburn kannte. Sie, die halb so alt war wie er. Aber Klara antwortete, sie sei schon immer ein Fan der alten Hepburn-Filme gewesen, überhaupt des akkuraten Stils dieser Frau.

»Das habe ich offensichtlich von meiner Großmutter«, sagte sie mit einem Lächeln, das etwas von einer Welle hatte, die für einen Moment einen kleinen Rand von Schaum auf dem Strand zurücklässt.

»Gut«, meinte Georg, »ich würde jetzt trotzdem gerne einen Kaffee trinken. Danach können wir uns die gesamte Ausstellung ansehen und uns ein Bild von Herrn Hashimoto machen. – Hat der nicht auch eine Krankheit erfunden?«

Das war eine gute Frage, inwieweit die Entdeckung und Benennung einer Krankheit überhaupt erst zu ihrer Existenz führte. Jedenfalls meinte Klara, richtig, es handle sich um eine Autoimmunerkrankung mit der Folge einer Entzündung der Schilddrüse, doch der Maler Hashimoto sei wohl kaum auch der »Erfinder« dieser Krankheit. Die sei gewiss vor 1927 entdeckt worden.

(Genau genommen fünfzehn Jahre vor Hashimotos Geburt, wie Klara später noch herausfinden würde. Ebenso wie den Umstand, dass der Maler Hashimoto tatsächlich aus der Familie des Arztes Hashimoto stammte.)

»Gehen Sie schon mal voraus«, sagte Klara und griff nach ihrem Handy, »ich mache noch einige Fotos.«

Eine Aufseherin – streng und gerade und mit der Ausstrahlung einer Onna-Bugeisha, eines weiblichen Samurai – befand sich in gebührendem Abstand zu ihnen und bemerkte ihr Interesse an diesem Bild. Was Klara das Gefühl gab, mitten in einem Spiegel zu stehen. Einem japanischen Spiegel.

Ein Spiegel, aus dem sich Georg jetzt löste und hinüber ins Café *Seine* ging. Vorher fragte er aber noch, was er Klara bestellen könne.

»Campari«, sagte sie und nahm die blinde Köchin ins fotografische Visier.

13

Das Café *Seine* war dominiert von der Farbe Weiß und hellen Beigetönen.

Das waren Georg nun etwas zu viele Milch- und Joghurtfarben, zudem war es draußen – im Garten *Monet* – angenehm warm, weshalb er ins Freie trat und auf der Terrasse an einem der hölzernen Tische Platz nahm.

Er bestellte für Klara einen Campari, für sich einen Cappuccino. Als die Getränke serviert wurden, wurde ihm allerdings statt des Kaffees irrtümlich eine Schale mit Matcha gebracht. Der Eindruck der Farben, wie hier die eine neben der anderen stand – das roteste Rot und das grünste Grün, das sich denken lässt –, war derart mächtig, dass Georg seine Sprache erst wiederfand, als die Servierkraft sich bereits entfernt hatte.

Er rief ihr hinterher und versuchte es nun mit einem Espresso. Was dann später kam – da war Klara bereits in den Monet-Garten getreten und hatte vor dem Rot ihres Campari Platz genommen –, war ein Cappuccino, der mit weißer Tasse, weißem Schaum und hellbraunem Rand die Farben dieses Lokals zu zitieren schien.

So saßen Klara und Georg bei Campari, Matcha und Kaffee im von weißen Leinenschirmen gedämpften Licht einer Monet gewidmeten japanischen Gartenterrasse. *Who's Afraid of Red, Green, White and a Narrow Border of Coffee-Brown.*

»Trinken Sie den Matcha nicht?«, fragte Klara.

»Den hatte ich gar nicht bestellt. Der ist mir wirklich zu grün.«

»Okay, den nehme ich. Wäre schad darum«, sagte Klara, nippte aber zuerst an ihrem Campari, bevor sie die Tasse mit dem schaumig geschlagenen Grüntee an ihre Lippen führte, das Rot vor dem Grün wählend, was durchaus ihre politische Haltung widerspiegelte.

Dann griff sie zu ihrem Handy und gab den Namen jenes Malers ein, von dem sie meinte, er habe vor genau sechzig Jahren ihre blinde Großmutter … nein ihre Großmutter als blinde Köchin porträtiert.

»Hier steht«, sagte sie, »dass er in den Sechzigerjahren zwischen New York und Kyōto pendelte, wo er an der Städtischen Kunsthochschule unterrichtet hat.«

Kyōto, so Klara, das sei immerhin die Stadt, wo die historische Fernstraße ihren Anfang nahm, in deren Verlauf Magome als eine der Poststationen fungiert habe.

»Na ja«, meinte Georg, der sich ein wenig auskannte, »aber Kyōto und Magome liegen doch nicht nebeneinander.«

»Das nicht. Da sind etwa drei Stunden dazwischen. Also mit einem Auto und nicht mit einem Pferd. Doch Mitte der Neunzigerjahre … hier steht, dass Hashimoto sich Mitte der Neunziger vollkommen aus der Öffentlichkeit zurückgezogen hat, um sich am Mount Nagiso in der Präfektur Nagano ein Atelier einzurichten. Wo er bis heute arbeitet.«

»Und das beweist was?«

»Geduld«, bat Klara, rief Google Maps auf und versuchte, die Entfernung zwischen diesem 1.680 Meter hohen, in den Kiso Mountains gelegenen Berg und Magome zu berechnen. Beging allerdings den Irrtum, als Ausgangspunkt nicht Magome, sondern Wien einzustellen und dazu auch noch den Fußweg. Was ihr rasch auffiel, nachdem ihr der Routenplaner eine Strecke anzeigte, die 12.155 Kilometer betrug und für die 2.362 Gehstunden veranschlagt wurden.

»Gott, bin ich blöd«, meinte Klara und erklärte Georg die Blödheit.

Worauf er völlig ernst meinte, dass die 2.362 Stunden sicher für jemanden gelten würden, der langsamer als sie wäre. Sie, Klara, würde wohl weit weniger als hundert Tage benötigen. Eher achtzig.

»Damit kommen andere um die ganze Welt«, sagte Klara, ersetzte das große Wien durch das kleine Magome und durfte feststellen, dass man mit dem Wagen in einer halben Stunde das Gebiet um den Berg Nagiso erreichen konnte.

»Also das«, meinte Klara, »finde ich jetzt ziemlich nahe.«

»Okay, eine halbe Stunde, das ist tatsächlich nicht weit, gebe ich zu. Aber wirklich beweisen tut es trotzdem nichts.«

»In jedem Fall«, meinte Klara, »können wir, wenn wir in Magome sind, auch versuchen, Herrn Hashimoto zu besuchen.«

»Wie alt soll der jetzt sein?«

»Achtundneunzig. Zwei Jahre älter als Lilo Wagner, vier Jahre älter als meine Großmutter.«

»Wenn die wirklich alle noch leben, wow!«

In diesem Moment spürte Klara einen Blick auf sich, als streife ein Insekt ihre Wange. Sie wandte sich zur Seite, und jetzt sah sie den Blick. Einen Blick aus wilden Augen. Der Mann, dem diese Augen gehörten, befand sich in Begleitung zweier Frauen an einem der Nachbartische und schaute in einer verbissen-begeisterten Weise zu Klara herüber.

Es war ein Japaner, ein bärtiger Mann um die fünfzig, mit gekräuselten, langen, dunklen Haaren, in denen ein paar graue Strähnen sehr attraktiv etwas andeuteten, was man als »Schlangen im Haar« bezeichnen konnte. In seinen Augen und seinem Blick steckte ein gewisser Wahnsinn. Die eine Frau an seiner Seite war eine junge Japanerin, sehr zart, sehr gerade, bewegungslos, die andere älter und Westlerin. Und zu dieser Westlerin sagte der Bärtige etwas, was diese dazu brachte, aufzustehen und zu Klara hinüberzugehen.

»Excuse me, may I speak to you?«, fragte sie in einem Ton und einer klanglichen Abgehobenheit, die sie augenblicklich als Britin auswiesen. Oder als jemand, der eine Britin kopierte – und zwar in einer Weise kopierte, dass man sagte konnte, hier habe jemand *nicht* vergessen, das »dritte Bein« einzufügen.

Jedenfalls stellte sich heraus, dass sie als Dolmetscherin für den bärtigen Mann arbeitete, bei dem es sich um niemand Geringeren als Takashi Itō handelte, einen der renommiertesten japanischen Filmregisseure.

Als Freundin von Arthouse-Filmen war Klara der Name natürlich ein Begriff, wobei die Dolmetscherin ohnehin so tat, als sei ein Nichtkennen dieses Namens unmöglich.

Wie sagte sie? »He's the brilliant version of what Woody Allen always wanted to be, a new Ingmar Bergman. But in an Eastern way.«

Es zeigte sich, dass die Dolmetscherin mindestens so gut Deutsch sprach wie Englisch und noch ein paar andere Sprachen dazu. Es gab Leute, die konnten Sprachen geradezu *fressen*. Sie war so eine. – Und es stimmte schon, sie war keine Britin. Sie war gewissermaßen ein personifiziertes drittes Bein.

Und weil sie begriffen hatte, dass Klara Österreicherin war und dass auch Georg Österreicher war, wechselte sie zum Deutschen, das sie mit einem Akzent sprach, der zwischen dem Französischen und dem Skandinavischen hin- und herschwang, als tausche sie beim Roulette ständig die Farbe. Aber die Zahlen waren eben Deutsch.

»Herr Itō«, wandte sich die Dolmetscherin an Klara, »möchte Sie gerne kennenlernen. Er bittet Sie an seinen Tisch.«

»Das ist doch ein Missverständnis, oder?«, meinte Klara, »Sosehr ich mich freuen würde.«

»Kein Missverständnis.«

»Was möchte er denn von mir?«

»Sie für eine Rolle in seinem neuen Film gewinnen.«

»Sie verarschen mich.«

»Nein, Frau …«

»Ingold. Und das ist Herr Salzer.«

»Frau Ingold, ich *verarsche* Sie nicht«, sagte die Dolmetscherin. Und wie sie das sagte, klang das Wort »verarschen«, als hätte sie dabei eine fast unsichtbar dünne und feine Scheibe Trüffel auf der Zunge.

»Herr Itō muss mich verwechseln«, erklärte Klara, »ich bin keine Schauspielerin.«

»Er hat Sie beobachtet«, sagte die Dolmetscherin, »als Sie drinnen eins der Gemälde betrachtet haben.«

»Sie wollen mir doch nicht sagen, Takashi Itō will mich für

einen Film engagieren, weil ich so hübsch vor einem Gemälde stand. Soll ich eine Stumme spielen?«

»Sie verkennen die Situation«, meinte die Dolmetscherin und erklärte, soeben mit Herrn Itō aus England zurückgekehrt zu sein, wo man sich mit Emma Watson und Lily Collins als mögliche Kandidatinnen für diese Rolle getroffen habe.

»Emma Watson aus *Harry Potter*?«

»Genau.«

»Aber Herr Itō meint jetzt nicht, ich könne besser vor einem Gemälde stehen als Emma Watson? Mal abgesehen davon, dass ich hörbar keine Britin bin.«

»Frau Watson würde die Rolle sehr gerne annehmen, und ich dachte eigentlich, dass das … wie sagt man, in trockenen Tüchern ist. Aber was soll man machen, Herr Itō ist ein Genie und folgt ganz seinem Genius. Als er Sie sah, war er überzeugt, dass Sie die Richtige sind. Aber gewiss nicht, weil er findet, sich die paar Millionen Dollar Gage ersparen zu müssen, die uns Frau Watson kosten würde.«

»Ich glaube noch immer, dass Sie mich verarschen.«

»Wären Sie trotzdem so freundlich, mitzukommen und Herrn Itō kennenzulernen? Er wird Sie sowieso nicht mehr loslassen. Wenn er sich einmal etwas eingeredet hat …«

Endlich wandte sich die Dolmetscherin auch zu Georg hin und erklärte ihm, selbstverständlich gleichfalls eingeladen zu sein, an Herrn Itōs Tisch Platz zu nehmen.

Klara schüttelte den Kopf. Nicht als Verneinung, sondern über sich selbst, indem sie Georg fragte: »Was meinen Sie, sollen wir das tun? Oder der freundlichen Dame sagen, sie möge bitte jemand anderen zum Narren halten?«

»Nein, nein, gehen wir hin«, meinte der schicksalsgläubige Georg, »für irgendetwas wird es schon gut sein.«

Beim Tisch des Regisseurs angekommen, hatte sich dieser bereits erhoben.

Die Dolmetscherin stellte Klara und Georg vor. Takashi Itō vollzog eine dieser ungemein geraden Verbeugungen, die einer ganzen

Kultur ihr Aussehen verleihen, im Frieden wie im Kampf. Auch Klara und Georg verbeugten sich und nahmen auf den Stühlen Platz, die ihnen Itō mit einer knappen Geste seiner ausgestreckten Hand anbot. So eine Qigong-Geste kunstvoll verwirbelter Luft.

Man setzte sich. Itō begann, auf Japanisch eine kleine Flut an Worten über den Tisch zu jagen. Eine kleine Flut, die ganz schön lange andauerte. Donner und Blitz, dazwischen aber ruhige Momente.

Er wäre übrigens bestens in der Lage gewesen, das Gesagte auch auf Englisch oder Französisch zu formulieren, er beherrschte diese Sprachen perfekt, so wie Klara und Georg in der Lage gewesen wären, zumindest sein Englisch zu verstehen. Aber Itō sah wenig Sinn darin, eine Dolmetscherin bei sich zu haben – und er hatte sie ständig bei sich, wie auch jene zarte, versteinerte Assistentin –, um sie dann arbeitslos zu machen. Zudem war es durchaus faszinierend, ihm in seiner Landessprache zuzuhören, in der sein Temperament und seine Leidenschaft als subtile Wucht nach außen drangen.

Nachdem er allerdings geendet hatte und die Dolmetscherin im Begriff war, das Gesagte ins Deutsche zu übersetzen, fragte Klara: »Ist das nur ein Klischee, oder werden Sie jetzt bloß die Hälfte von dem übersetzen, was Herr Itō uns erzählt hat?«

»Sie haben *Lost in Translation* gesehen, nicht wahr?«, vermutete die Dolmetscherin.

»Ja, natürlich.«

»Keine Angst, ich werde nichts auslassen.«

Und sie ließ auch nichts aus, indem sie nun wiedergab, Herr Itō plane die Produktion eines Thrillers über eine junge Engländerin, die sich in die Darstellung einer Frau auf einem Holzschnitt von Hashiguchi Goyō verliebt. Die Betrachterin begleitet ihren Mann zu einem Kongress nach Tokyo, als sie dieses Bild bei einem Museumsbesuch entdeckt und dem Gesehenen verfällt.

»Für die Rolle des Ehemanns«, erklärte die Dolmetscherin, »der um einiges älter als sie ist und der zu begreifen beginnt, dass er seine Frau unheimlicherweise an ein Bild verliert, hat Herr Itō bereits Ewan McGregor gewinnen können.«

»Ach ja!«, sagte Klara in höhnischem Ton. »Und Herr Itō meint also, ich … dabei habe ich es nicht einmal in ein Schülertheater geschafft … ich soll jetzt an der Seite von Ewan McGregor spielen. Ohne wenigstens die Mindestanforderung zu erfüllen, nämlich Engländerin zu sein. Vielleicht sollte man ihm das schonend beibringen.«

Die Dolmetscherin sagte etwas zu Itō. Er reagierte heftig und eindringlich, aber nicht ohne jene Pause langsam ausholender Worte.

»Herr Itō ist sich ganz sicher«, erklärte die Dolmetscherin, »dass Sie die richtige Person für diese Rolle sind. Und dass es vollkommen gleichgültig ist, ob Sie Engländerin sind und in einem Schülertheater mitgespielt haben oder nicht.«

»Das haben Sie ihm übersetzt?«

»Natürlich, ich erwähnte doch, dass ich nichts auslasse. – Herr Itō sagt, er hätte Sie, als er durch das Museum ging, beobachtet, wie Sie vor dem Monet standen, dem Bild mit den Wasserlilien. Und als Sie dort standen und *wie* Sie dort standen, standen und schauten und versunken waren, da wurde ihm klar, dass er die Rolle weder mit Emma Watson noch mit Lily Collins besetzen wird, und auch nicht mit Carey Mulligan, mit der er nächste Woche sprechen wollte. Sondern mit Ihnen. Er sagt, er glaube unbedingt an Fügung und dass es ganz sicher kein Zufall gewesen sei, Ihnen heute in diesem Museum zu begegnen. Er hat ja eine sehr konkrete Vorstellung, wie seine Hauptfigur aussehen muss, wie sich Violet bewegt, ihre Physiognomie, ihre Haltung, ihre Aura. Und natürlich, wie sie zu diesem geliebten Bild in Beziehung tritt.«

»Violet also.«

»Violet Cox.«

Klara hätte jetzt einwenden wollen, dass sie nicht allein auf den Monet, sondern auch auf die Person *vor* dem Monet geblickt hatte, genauer gesagt auf die Person *im* Bild. Aber möglicherweise war es ja genau das, was Itō so gefallen hatte. Und in dem einen Punkt hatte er schließlich vollkommen recht, wie sehr Klara ein Mensch mit der Fähigkeit war, sich in Bilder zu verlieben.

Klara wandte ein, dass der Regisseur in dem Moment, als er sie beobachtet hatte, noch gar nicht ihre Stimme habe hören können. Und die sei ja wohl nicht ohne Bedeutung. Und nicht zum ersten Mal fragte sie: »Oder ist diese Violet Cox stumm?«

»Nein, sie ist nicht stumm«, erklärte die Dolmetscherin ebenfalls nicht zum ersten Mal, richtete aber dennoch eine Frage an Itō.

Der strich mit dem Finger über die Tischplatte, als zeichne er dort die Figur der jungen Frau auf dem Bild von Hashiguchi Goyō nach, und gab, ohne hochzusehen, seinerseits versunken wirkend, eine Antwort.

»Herr Itō«, sagte die Dolmetscherin, »wusste, als er Sie sah, sofort, was Sie für eine Stimme haben und dass es die *richtige* Stimme ist. Violet Cox' Stimme.«

»How would you manage to sell me as an Englishwoman?«, wandte sich Klara direkt an Itō.

Der blieb aber stur und antwortete auf Japanisch.

»Eine Engländerin«, übersetzte die Dolmetscherin, »mit einem deutschen Akzent ist geradezu ideal. Herr Itō sagt, er wird ganz sicher darauf verzichten, Sie synchronisieren zu lassen. Zumindest nicht in der englischen Originalfassung.«

»Ja danke«, meinte Klara, »weil mein Japanisch ist wirklich nicht so gut.«

Dabei lächelte sie wie eine zerpflückte Rose.

»Please don't smile like that«, entfuhr es Itō nun auf Englisch, allerdings wechselte er für den Rest des Satzes dann wieder ins Japanische.

Dieses Lächeln, übersetzte ihn die Dolmetscherin, würde nicht zu Violet Cox passen. Und zu ihr, Klara Ingold, übrigens ebenso wenig.

Klara überlegte, dass sie bloß des Öfteren auf diese angeblich nicht zu ihr und nicht zu jener fiktiven Frau passende Weise würde lächeln müssen, um Herrn Itō davon zu überzeugen, nicht die richtige Person für die Rolle in seinem Film zu sein.

Tatsache war, dass das Lächeln, welches sich als Folge seiner Kritik auf ihrem Gesicht zeigte, ein ganz anderes war. Keineswegs ein Kleines-Mädchen- oder Devote-Dienerin-Lächeln, doch ohne das Verächtliche und Zerpflückte von zuvor.

Trotzdem wollte Klara wissen, wie sie sich die Figur der Violet Cox vorzustellen habe. Welches Bild genau es sei, in das sich Cox verliebe.

Wie sie erfuhr, handelte es sich um einen Holzschnitt, um genau jenen 1915 entstandenen Akt einer halb knienden jungen Frau, die einen kleinen blauen Lappen über einer Schale auswindet, ausgestellt im ersten Saal der Hashimoto-Retrospektive. In diesem für Hashiguchi so typischen zarten, blassen, den Körper auf eine einfache Linienführung reduzierenden Stil: *Woman at the Bath*. Und genau so würde auch der Film heißen: *Woman at the Bath*.

Genau darum war Itō heute auch in dieses Museum gekommen, um sich zusammen mit seiner Assistentin und seiner Dolmetscherin Hachiguchis ikonischen Holzschnitt einer sich waschenden Frau anzusehen. Wobei er später auch noch einen sehr vermögenden Industriellen im Museum treffen würde, der in seinen Film investierte. Geld war, so deprimierend das klang, die Blutbahn eines Films. Ein Gedicht war auch ohne Geld zu schreiben. Ein Film hingegen ernährte sich geradezu von Geld.

Dabei besaß Itō selbst ein Exemplar dieses Holzschnitts. Aber es war dieses Museum, in dem die Szene spielte, in welcher sich Cox in dieses Bild, in diese Frau auf dem Bild verlieben würde.

Die Figur der Violet Cox beschrieb Itō als eine »gebrochene Seele«, eine in ihrer Ehe und in ihrer Funktion an der Seite eines über zwanzig Jahre älteren erfolgreichen Wissenschaftlers sich verloren fühlende, traumatisierte Person.

Klara wollte schon betonen, weder eine gebrochene Seele noch eine traumatisierte Person zu sein und dass der Mann neben ihr zwar ebenfalls um einiges älter war als sie, aber weder erfolgreicher Wissenschaftler noch ihr Ehemann (wobei sie zwar wusste, dass Georg ein gescheiterter Konditoreikettenninhaber war, aber nicht, dass er auch ein gescheiterter Schriftsteller war, dies würde und sollte ein ewiges Geheimnis zwischen ihnen bleiben).

Aber klar, es handelte sich ja nicht darum, eine Biografie der

Klara Ingold zu verfilmen, sondern eine fiktive Person zu verkörpern, die aus dem Kopf des Regisseurs stammte, eine Spur jünger, als Klara wirklich war, wie wiederum McGregor einen eine Spur älteren Mann spielen würde, als es seinem tatsächlichen Alter entsprach. Aber natürlich von blendendem Aussehen. Auf so eine mastroiannische Art gealtert.

Dann sagte Itō etwas, das Klara doch interessant fand, er sagte, Cox sei eine »Alkoholikerin, die nicht einmal trinkt«.

Eine Frau, die bei aller theoretischen Trunksucht und Weltflucht der Erlösung des Rausches entbehre. Und, nein, sie sei kein dummes, kleines Mädchen und keine unterdrückte Frau, aber von einer tiefen Verzweiflung und dem Gefühl der Sinnlosigkeit erfüllt.

Sie verlässt heimlich den Kongresssaal in Tokyo, während ihr Mann noch eine epochale Rede hält (es scheint, dank ihm sei endlich der Krebs besiegt), läuft durch die Stadt, fährt herum und gelangt schließlich in dieses Museum, wo sie vor diesem bestimmten Bild zu stehen kommt. Und ihm verfällt. Der Einfachheit der Darstellung und unheimlichen Präzision, mit der hier Schönheit als etwas Außerweltliches erscheint.

Erzählte Itō. Übersetzte die Dolmetscherin.

Klara wandte ein, sie könne noch nicht erkennen, worin der Thriller bestehe.

»I want you to read the script«, sagte Itō kurz auf Englisch, bevor er sich erneut in seinem Japanisch an seine Übersetzerin richtete.

»Herr Itō«, sagte die Dolmetscherin, »möchte Sie zu sich einladen. Er besitzt eine Villa in Nishiizu mit mehreren Gästezimmern. Es gibt dort einen großen Garten, einen wunderbaren Blick aufs Meer, und Sie hätten Ruhe, das Drehbuch zu lesen. Es zu lesen und sich ganz mit der Figur der Violet Cox vertraut zu machen. Und mit dem Bild *Woman at the Bath.*«

Denn dort in der Villa hing Itōs Exemplar des berühmten Holzschnitts. Im zentralen Raum des Gebäudes. Einer in der Tat grandiosen Villa, die ein paar zu allem bereite Baumeister auf einem Felsen der Küste errichtet hatten, mit Blick auf die Suruga-Bucht.

»Es ist ein berühmtes Haus«, sagte die Dolmetscherin, »aber

ich will Ihnen gar nicht aufzählen, wer dort alles schon übernachtet und Drehbücher gelesen hat.«

»Ich habe eine ungefähre Vorstellung«, meinte Klara und blickte zu Georg, als könnte er ihr helfen. Aber es war nun mal keine Vespa, die da auf sie zugeflogen kam.

»Es wäre zumindest nicht das erste Mal, dass Herr Itō es verwirft, eine Rolle mit einem bekannten Star zu besetzen – so sehr die Produzenten natürlich darauf bestehen –, und stattdessen einen Laien engagiert.«

»Lassen Sie mich überlegen.«

»Was wollen Sie überlegen«, fragte die Dolmetscherin, »ob Sie die Chance annehmen wollen, an der Seite von Ewan McGregor zu spielen?«

»Obi-Wan Kenobi«, erwähnte Klara die Rolle, mit der so gut wie jeder McGregor verband.

»Ach«, sagte die Dolmetscherin, »ich fand ihn am besten in *The Ghost Writer*.«

»Udi Aren no yume to hanzai«, sagte Itō und meinte wohl den Film, in dem McGregor ihn am meisten beeindruckt hatte.

Klara sah erneut fragend zu Georg.

Georg kannte sich mit Architektur besser aus als mit Filmen. Er sagte, schon einmal von dieser Villa gelesen zu haben. »Das soll wirklich ein unglaubliches Gebäude sein.«

»Sie wollen es also sehen?«

Er nickte.

Klara wandte sich an die Dolmetscherin und erklärte ihr, aus persönlichen Gründen auf der Reise nach Magome zu sein, der historischen Poststation, und dort in der Nähe auch jenen Maler besuchen zu wollen, dem soeben in diesem Museum eine Retrospektive gewidmet sei. Ein Besuch, der ebenfalls persönliche Gründe hätte.

»Ich weiß nicht«, sagte Klara, »wie lange es dauert, bis ich erledigt habe, was zu erledigen ist, aber danach würden ich und Herr Salzer Herrn Itō besuchen. Wenn er dann überhaupt in seiner Villa ist.«

Die Dolmetscherin erklärte, Itō würde die nächsten Wochen in seinem Haus in Nishiizu zubringen, um dort an der Filmmusik für *Woman at the Bath* zu arbeiten. Er sei auch Komponist und pflege den Soundtrack noch vor dem Film fertigzustellen, um sich dann an der Musik entlang zu bewegen, der Musik die Bilder und Sequenzen des Films auf den Leib zu malen.

»Oder heißt es, auf den Leib schneidern?« Die Dolmetscherin zeigte sich einen Moment unsicher.

»Ja, schneidern«, sagte Klara, »aber malen klingt eigentlich viel schöner. Und passt in diesem Fall auch besser.«

Die Dolmetscherin versicherte, man würde gerne einen Wagen mit Chauffeur vorbeischicken, um sie und Georg in Magome abzuholen und nach Nishiizu zu bringen.

»Nicht nötig«, sagte Klara und erklärte ihre Zufriedenheit mit dem kleinen, sportlichen Mazda, den sie angemietet hatte.

»In Ordnung«, meinte die Dolmetscherin und beschrieb Klara die beste Route. Diese führe nach Shizuoka, von wo aus man mit der Fähre hinüber auf die Halbinsel Izu gelange. Vom Fährterminal sei es dann nur noch eine halbe Stunde hinunter nach Nishiizu. Dort liege unübersehbar in den Fels der Küste gefügt Itōs sogenanntes *House of Sins Forgiven.*

»Haus der vergebenen Sünden?«, wiederholte Klara nachdenklich den Namen der Villa.

Erhielt aber keinerlei Erklärung.

Vielmehr rührte sich nun zum ersten Mal Itōs Assistentin aus ihrer hübschen Versteinerung und flüsterte dem Regisseur etwas zu. Dieser nickte auf eine kurze, harte Weise, als stieße er mit seinem bebarteten Kinn ein kleines Loch in die warme Tokyoer Vorteluft.

»Wir müssen gehen«, sagte die Dolmetscherin, »Herr Itō hat hier im Haus noch einen Termin.«

Das Geld natürlich.

Man stand auf. Itō sah auf eine strenge Weise freundlich zu Klara und nannte sie Violet. Dabei kam ein Lächeln über seine Lippen wie Erde, aus der es keimt.

»You showed me what a miracle feels like«, sagte Klara. »I hope it won't be a bad miracle.«

»You are the miracle, Ingold-san«, erklärte der Regisseur von Filmen wie *Das Tal der Katzen* und dem Remake von Fritz Langs *Dr. Mabuse, der Spieler.*

Na ja, was sollte sie darauf noch sagen? Nichts. Sie verbeugte sich.

Verbeugungen von allen Seiten. Dann verließen der Regisseur und seine Assistentin die Terrasse.

Die Dolmetscherin blieb noch und gab Klara ihre Telefonnummer, eine Mailadresse sowie die genaue Adresse des *House of Sins Forgiven* am Rande der Stadt Nishiizu.

»Ich will Sie nicht drängen«, sagte sie, »aber warten Sie nicht zu lange mit Ihrem Besuch.«

»Sie meinen, weil Herrn Itō ständig neue Frauen für die Rolle der Violet Cox über den Weg laufen.«

»Nein, aber es eilt nun mal.«

Klara erklärte, dies würde davon abhängen, wie rasch sie und ihr Begleiter Hinweise auf den Verbleib ihrer Großmutter finden würden. Und berichtete nun doch in wenigen Worten davon, auf der Suche nach dem Verbleib zweier Frauen zu sein, die 1957 verschwunden und zumindest auf einem Foto von 1962 wieder aufgetaucht waren. In Magome.

»Das ist eine ungewöhnliche Geschichte«, kommentierte die Dolmetscherin und bot Klara ihre Hilfe an. »Rufen Sie mich an, wenn Sie jemanden brauchen, der Ihnen übersetzt. Und zwar jederzeit. Ich schlafe nie.«

»Sie meinen, Sie schlafen selten«, sagte Klara.

»Nein, ich schlafe nie«, insistierte die Dolmetscherin, was auch immer sie damit sagen wollte.

Dann fiel Klara ein, dass sie noch gar nicht den Namen der Dolmetscherin kannte, wie ja auch Itōs Assistentin namenlos geblieben war. Sie fragte nach.

»Mein Name tut nichts zur Sache«, sagte die Frau und blieb *die Dolmetscherin.*

Dann ging sie. Ohne Namen, aber sehr elegant. Diese etwa fünfzigjährige Frau in ihrem geschäftsmäßig dunkelgrauen Kostüm. Sie war von jener Molligkeit, die anders als Georgs an ein

Doderer-Zitat erinnernde »fragile Schlankheit eines keineswegs Mageren« rein gar nicht fragil wirkte, sondern gefestigt. Es war eine gepolsterte Schlankheit, aber keine weichen Polster, sondern Polster von der Art nackenschonender Kissen. Auch wenn diese Frau vorgab, niemals zu schlafen.

Klara und Georg besuchten noch einmal die Ausstellung jenes Malers, den sie am Fuße des Mount Nagiso aufspüren wollten. Ein weiterer Hinweis auf Klaras Großmutter ließ sich aber nicht mehr finden. Sondern allein Hashimotos Entwicklung vom Gegenständlichen zum Abstrakten, in den letzten Jahren dann aber wieder zurück zum Gegenständlichen. Beziehungsweise zur Landschaft als Gegenstand. Landschaft als gebändigte Fläche.

Mit dem Ausstellungskatalog in der Hand verließ man das Museum.

Draußen auf der Straße, am Weg zum Wagen, sagte Klara zu Georg: »Mir kommt das alles vor, als sei ich in einem Traum. Ewan McGregor! Emma Watson! Das ist doch unglaublich.«

»Also, wenn es ein Traum ist«, meinte Georg, »und ich ihn mit Ihnen zusammen träume, dann müsste demnächst jemand auf mich schießen und ich wie durch ein Wunder eine ziegelsteinartige Packung Kaffee in der Hand halten.«

»Kaffee?«

Er erklärte, wieso Kaffee.

»Ach«, sagte sie, »na, dann warten wir mal, ob jemand auf Sie schießt, damit wir sagen können, wir träumen das nur.«

So stiegen die beiden potenziell Träumenden in ihren kleinen, kirschblütenweißen, sportlichen Mietwagen.

Klara Ingold – vielleicht »demnächst im Kino« die Violet Cox in Takashi Itōs *Woman at the Bath* – startete den Wagen und stellte die Route nach Magome ein. Dann fuhren sie los.

Tokyo verschwand im Rückspiegel.

14

Sie erreichten Magome etwas später als geplant. Es war ein wunderbarer Abend. Über dem Kiso-Tal lag ein Schatten von Rot, als sie ihren Wagen auf einem Parkplatz des Busbahnhofs abstellten und mit ihrem Gepäck auf der alten, aber frisch renovierten Poststraße – ein Streifen hellen Steins flankiert von dunklem Kopfsteinpflaster – zu ihrem traditionellen Reisegasthaus hochmarschierten. Und zwar nicht alleine. Der Ort war voll mit Menschen, weit mehr, als trotz angekündigtem Tourismus zu erwarten gewesen waren.

Und sie würden auch gleich begreifen, wieso das der Fall war.

Vor allem mussten sie begreifen, dass ihre Reservierung zweier Zimmer zu einer Überbuchung geführt hatte. Ihre Zimmer waren längst von anderen Gästen besetzt, Gäste, die wie die meisten Besucher an diesen Tagen nicht der alten Poststraße, der historischen Gebäude und der lieblichen Umgebung wegen nach Magome gekommen waren, sondern um ein am Rande des Orts stattfindendes Sumō-Turnier zu besuchen.

Sumō, war es eine Sportart oder doch eine Religion? Oder vielleicht Sport inmitten einer Religion, wenn sehr runde, sehr dicke Männer sehr runde, sehr dicke Götter verkörperten, die für einen wirklich kurzen Augenblick wie Himmelskörper aufeinanderprallten.

Wie sich herausstellte, hatte es in diesem von Hitze pulloverartig zugestrickten Monat ein Trainingslager in Nakatsugawa gegeben, an dem auch eine Gruppe außerjapanischer sogenannter Amateur-Sumōtori teilgenommen hatte. Und zum Abschluss dieses Trainingslagers fand nun in Magome ein Turnier statt, bei dem die japanischen Profis der obersten Liga, darunter auch mehrere Mongolen, auf die internationalen Amateure trafen, was sicher eine ungleiche Sache war, aber auf das allergrößte Interesse beim Publikum stieß. Sichtlich auch bei all jenen Deutschen und Engländern und Neuseeländern und erstaunlich vielen Osteuropäern, die zusehen wollten, wie ihre Landsleute aus dem Dohyō, dem kreisrunden, aus gestampftem Lehm bestehenden Ring, hinausbugsiert und -geschleudert und -geworfen wurden.

Jedenfalls war eine Vielzahl von einheimischen und ausländischen Touristen nach Magome gekommen, und die wenigen Gästehäuser waren genauso ausgebucht wie sämtliche Hotels drüben in Nakatsugawa.

Auch die Chefin dieses Ryokans, eine freundliche, perfekt Englisch sprechende Person mittleren Alters, konnte sich den Irrtum nicht erklären. Bei ihr war keine Buchung eingegangen, die Zimmer waren seit Monaten als reserviert ausgewiesen.

Die Betreiberin des Ryokans zeigte sich untröstlich, aber sie konnte einfach nichts tun. In den verschiedenen, eher kleinen Räumen waren bereits mehr Leute, als eigentlich hineinpassten. Da bestand praktisch keine Lücke mehr, in die sie Klara und Georg hätte pressen können. Und das galt auch für alle anderen Gästehäuser, die infrage kamen.

Weil jedoch das Schicksal nicht nur ein sich freudvoll in Fehlern verlierendes Internet kannte, sondern auch die Möglichkeit von Telefonanrufen, die ausnahmsweise nicht zur falschen, sondern zur richtigen Zeit erfolgten, läutete in diesem Moment größter Ratlosigkeit Klaras Smartphone, und es meldete sich Herrn Itōs Dolmetscherin. Sie erkundigte sich, ob Klara – die potenzielle Violet Cox – gut in Magome angekommen sei.

»In Magome schon, nicht im Gästehaus«, sagte Klara und erklärte die Umstände.

Die Dolmetscherin bat Klara, sie möge das Smartphone an die Hotelchefin weiterreichen.

Das Gespräch, welches darauf zwischen der Hotelchefin und der Dolmetscherin stattfand, wurde natürlich auf Japanisch geführt (unter häufiger Verwendung des Wortes *hai*, das gerne nickend ausgesprochen wurde, wie eine von einem unwillkürlichen Muskel herbeigeführte Bewegung, wobei diese andauernde

Bejahung mitunter einfach nur bedeuten konnte: *Reden Sie weiter, ich höre zu*).

Aber was dabei auch immer gesagt und ausgetauscht wurde, es führte dazu, dass sich ein Platz für Georg und Klara fand, nicht direkt im Gästehaus, sondern auf der anderen Seite der so wunderschön restaurierten alten Fernstraße, in jenem Gebäude, in dem sich das zum Hotel gehörende Restaurant befand. Über diesem lagen Räume, die der Familie der Betreiberin gehörten. Dort übernachteten Verwandte und Freunde, die des Sumō-Turniers wegen gekommen waren. Und dort fand sich nun ein winziger Raum, der durch eine hauchdünne, mit Reispapier ausgestattete Schiebewand vom Rest abgetrennt war. Wobei diese Wand eher wie einer dieser Nebel war, die als ein dünnes Band einen Hügel heraufziehen und die eine Seite des Waldes von der anderen Seite des Waldes undeutlich trennen. Und die Laute und Stimmen, die von der einen zu der anderen Seite dringen, zwar verändern, aber gewiss nicht unhörbar machen.

In diesem Raum war gerade so viel Platz, dass auf dem mit Tatami-Matten ausgelegten Boden ein bereits ausgerollter Futon Platz fand, und zwar eher ein Futon für eine als für zwei Personen.

Georg erklärte sich sofort bereit, sich neben dem Futon einen Schlafplatz zu bereiten. Er argumentierte mit spöttischer Ironie, dass das für ihn, der als Kind von seinen sportverliebten Eltern zum Geräteturnen geschickt worden war, in etwa so sei, wie vom Stufenbarren oder sonst einem Gerät auf die Matte zu fallen und vor lauter Erschöpfung nicht mehr aufstehen zu können.

»Seien Sie nicht dumm«, sagte sie, »das geht sich schon aus für uns beide. So dünn, wie ich bin, und so halbwegs dünn, wie Sie sind.«

Merkwürdigerweise versetzte ihm das Wort *halbwegs* einen Stich.

Aber noch war an Schlafen nicht zu denken. Sondern an Essen. Was nach dem Schlafen die wahrscheinlich viertbeste und vierterfolgreichste Fluchtbewegung des Menschen darstellt (an erster Stelle vor Schlafen und Essen steht mit einiger Sicherheit der

Genuss von Alkohol sowie das Erleben von fiktiven Ereignissen mittels Literatur und Film, was nicht darum weniger wahr ist, weil der Alkohol und die Fiktion bei so vielen Menschen einen immensen geistigen Schaden anrichten. Flucht war Flucht, mitunter direkt in die Hölle hinein, damit aber auch in die Katharsis).

Was übrigens noch gesagt sein muss, war, dass die Dolmetscherin, nachdem sie die Besitzerin des Ryokan von der notwendigen Unterbringung von Klara und Georg überzeugt hatte – der Name Takashi Itō tat gewiss seine Wirkung, immerhin war der Mann bereits zweimal für den Auslandsoscar nominiert worden. Zudem war er wegen seines Epos *Shisha no uta*, der Familiensaga *Das Lied der Verstorbenen,* so etwas wie ein Nationalheld, der es fantastischerweise verstanden hatte, eine Kritik an der eigenen Kultur mit einer Idealisierung derselben zu verbinden. Jedenfalls kündigte die Dolmetscherin Klara gegenüber an, sie werde morgen früh nach Magome aufbrechen. Dies sei Wunsch ihres Vorgesetzten Itō. Ein Wunsch, dem sie gerne nachkomme, Klara zu helfen, so rasch als möglich auf die Spur ihrer Großmutter zu stoßen. Auf dass sie baldmöglichst nach Nishiizu reisen und sich das Drehbuch von *Woman at the Bath* ansehen könne.

Essen also.

Nachdem Klara und Georg ihr Gepäck so gut wie möglich in der Winzigkeit ihres Raums untergebracht hatten, begaben sie sich hinunter in das Restaurant – beide bekleidet mit einem von der Unterkunft bereitgestellten Yukata, einem leichten Sommer-Kimono. Ganz klar auch, dass ihre Schuhe draußen im Eingangsbereich blieben, während sie hier drinnen Hausschuhe trugen, rot-goldene Pantoffeln.

Dass diese eher einfach ausgestattete Herberge über eine famose Küche verfügte, hatte Klara ja bereits erwartet. Und es war schon angedeutet worden, dass, sowenig Klara untertags zu sich zu nehmen pflegte, sie gegen Abend der Hunger in der Art eines Dämons überfiel.

Ein Dämon, der seine Freude hatte beim Anblick der lang gestreckten Tischtafeln, auf denen die Speisen in Schalen und

Töpfen und Tellern in einer Weise aufgereiht standen, als handle es sich um die Palette eines malenden Gottes. Ein Gott, der den Dämon zu befrieden verstand.

Tempura natürlich, frittierte Garnelen, die mit Streifen von geröstetem Seetang auf graubraunen Nudeln auflagen, dazu Saucen, viel Eingelegtes, Feuertopfgerichte, in grünen Tee getauchter Reis, mariniertes Fleisch, gerollte Omeletts, Misosuppen, glänzendes Sushi – und mit der Dominanz einer körperlich gesehen vollständigen Erscheinung: Forellen in Salz, die Spezialität des Hauses.

Klara und Georg wurden an einen der Tische geführt, wo man sie bat, sich zu einer Gruppe bereits speisender Japaner zu setzen. Glücklicherweise nicht zu den Engländern, die gleich nebenan an einem Tisch saßen und sich aufführten, als seien sie die Freibeuter ihrer Majestät und hätten gerade eine Kaperfahrt erfolgreich absolviert.

Unter kurzen Verbeugungen nahmen Klara und Georg Platz auf den niedrigen Stühlen. Man bot ihnen gestenreich an, sich zu bedienen, ganz nach Lust und Laune nach dem Dargebotenen zu greifen, nach Schälchen und Tellern zu fassen, die laufend vom Personal erneuert wurden. Und nicht zuletzt mit ihren Stäbchen Teile aus der gesalzenen Forelle zu ziehen.

Es war offensichtlich so, dass sie an einem Tisch mit den Verwandten der Hotelchefin saßen und somit an einem Essenskreis teilnahmen. Sie waren Teil einer Werkstatt, deren Aufgabe nicht in der kollektiven Gestaltung, sondern im kollektiven Konsum der Gestaltung bestand.

»Die Forelle ist unglaublich«, urteilte Klara.

Georg aber hatte es nicht so mit Fisch, er hatte es eigentlich überhaupt nicht mit Tieren. Weder mit Haustieren noch mit denen, die man aß. Tiere waren ihm in jeder Hinsicht fremd. Er war kein Vegetarier im üblichen Sinn, sondern mied etwas, das zu essen ihm unheimlich erschien. »Ich würde ja auch keine Außerirdischen verspeisen, oder?«, sagte er gern. – Umso mehr mochte er die frittierten jungen Blätter, die serviert wurden, was für Blätter das auch immer waren. Von einem Teigmantel zart umhülltes Hellgrün, dessen Form Georg am ehesten an Ahorn erinnerte, Blätter, die er behutsam in eine Tentsuyu-Sauce tauchte.

Blätter, Nudeln, dick und dünn, Reis, getränkt und ungetränkt, Suppen heiß, Salate kalt, eingelegter Rettich, gelb wie Sonnenblumen. Georg kam auch ohne Tiere auf seine Kosten. Wobei er nur in dem einen Moment zögerlich wurde, als er mit seinen Stäbchen einen Pilz zwischen seine Lippen führte und sich daran erinnerte, dass man neuerdings die Pilze eher den Tieren als den Pflanzen zuordnete. Abgesehen davon konnte man Pilze wahrlich als horrible Lebewesen bezeichnen und ihre Fruchtkörper als raffinierte Verlockungen.

Doch den kurz gegarten, kleinen braunen Pilz, ein Buna-Shimeji, wie man Georg jetzt erklärte (ein Buchenrasling), während er das Stück aus Hut und Stiel noch immer zwischen den Lippen hatte und sich für einen Moment alle Aufmerksamkeit auf ihn richtete … ihn auszuspucken, war jetzt unmöglich. Also ließ er ihn in den Mund gleiten und biss in das Fleisch. Ein milder, nussiger Geschmack breitete sich aus, dazu eine leichte Süße wie von Anis. Und dennoch hatte Georg das Gefühl, in etwas noch immer irgendwie Lebendiges gebissen zu haben, weniger die Lebendigkeit von Fleisch als die eines Geistes.

Aber was für ein Geist? Es handelte sich wohl kaum um ein aus der Natur stammendes Exemplar, sondern um einen gezüchteten Pilz. Änderte dies etwas am Umstand eines Geistes? An der Form von Lebendigkeit? Oder war dieser gezüchtete Pilz eher mit einem Klonkrieger zu vergleichen? Dümmliches Kriegervolk. Gefährlich, aber ebenso rasch tot.

Das waren merkwürdige Gedanken. Aber er dachte sie und schluckte schließlich hinunter. Danach verspeiste er ein Stück Tofu. Gewissermaßen das Gegenteil aller Fleischlichkeit.

Zum Trinken gab es Wasser, Tee, Bier und Sake, der ja auch nicht ganz ohne den Einsatz von Pilzen zustande kam. Aber daran dachte Georg schon nicht mehr.

Faktum war, dass beide, die Allesesserin Klara und der Tiervermeider Georg, schon lange nicht mehr so gut gegessen hatten.

»Subarashī!«, kommentierte Klara das Essen mit einem Quäntchen Japanischkenntnissen. »Marvelous!«

Natürlich nutzte sie nach dem Essen die erstbeste Möglichkeit, mit der Hausherrin ins Gespräch zu kommen. Diese Frau, die gleichermaßen das Hotel beherrschte, wie sie die Küche beherrschte und genau genommen ihre gesamte Familie beherrschte, darunter einen dauerschweigenden Ehemann und mehrere Töchter und Enkel in verschiedenen Größen.

Die beiden Frauen waren in einen Extraraum gegangen und hatten an einem niedrigen Tisch kniend auf zwei Kissen Platz genommen. Auf dem Tisch stand grüner Tee. Dahinter befand sich ein Tokonoma, eine für traditionelle Räume typische Nische, ein Raum am Rande des Raums, der allein einem hochformatigen Rollbild sowie einem Ikebana-Arrangement diente. Das hatte bei aller kunstvoller Reduktion auch etwas Trostloses und Verlorenes.

Fand zumindest Klara, auch wenn sie es nie so ausgedrückt hätte, als sie sich am Rande des Raums niederließ.

Nachdem der Tee eingeschenkt war, erklärte Frau Hashi, sie halte Takashi Itōs Filme, in erster Linie natürlich *The Song of the Dead*, für große Meisterwerke, auch wenn nur ein Teil von ihnen in Japan spiele, aber Itō gelinge es, in allem und aus allem und eigentlich auch aus jedem Darsteller, und sei es George Clooney, das japanische Wesen herauszuarbeiten – so meinte Klara das in etwa zu verstehen. Jedenfalls versicherte Frau Hashi, ihr worin auch immer behilflich sein zu wollen.

Klara antwortete, dass das fabulöse Essen, in erster Linie diese in Salz eingelegte Forelle, schon einmal eine große Hilfe sei. Dann aber holte sie jenes Helga-Lilo-Foto aus dem Jahre 1962 aus der Tasche und legte es vor Frau Hashi auf den Tisch. Dabei verstand es Klara, eine ästhetische Einordnung des Fotos zwischen der schwarzen Teekanne und den schwarzen, inwendig weißen Tassen vorzunehmen, wozu glücklicherweise ein schwarz-weißes Bild viel besser passte. Und erklärte, was es mit diesem Bild auf sich habe und dass sie vermute, es sei hier in Magome aufgenommen worden. Zumindest suggeriere das die Notiz auf der Rückseite, die mit spitzem Bleistift vor über sechzig Jahren ins glatte Fotopapier geritzt worden war. Die beiden Schriftzeichen, die den Namen dieses Orts ergaben.

Frau Hashi betrachtete eingehend das Bild, nahm es vorsichtig hoch, um sich die Rückseite anzusehen, bevor sie es wieder exakt an die Stelle tat, an der Klara es abgelegt hatte.

Sie sagte: »That's Brigitte Bardot.«

Das klang sehr hübsch, wie sie den Namen der jetzt einundneunzigjährigen Französin aussprach, wohl in etwa so, wie sie meinte, dass der Regisseur Itō sogar in George Clooney ein japanisches Wesen offenbarte.

Aber um die Bardot ging es nur mittelbar. Die Frage, die sich stellte, betraf die beiden Frauen unter einem Schirm aus Seide.

Während Frau Hashi konzentriert auf das Bild blickte, fügte Klara auch noch ihr Smartphone in die Anordnung aus Teegeschirr und Schwarz-Weiß-Bild. Auf dem Bildschirm war eins der Fotos zu sehen, die Klara im Tokyo Fuji Museum von Hashimoto Sōsekis hochformatigem Gemälde *Die blinde Köchin* gemacht hatte.

Frau Hashi schwenkte ihren Blick zu dem Smartphone hinüber, wobei der porzellanene Schnabel der Teekanne einen länglichen Schatten über das Display zog, genau dort, wo ein feiner Riss das Schutzglas durchzog. Derart, dass die Risslinie im Schatten unsichtbar wurde.

Es war einer dieser vollkommen bedeutungslosen Zufälle – oder doch ein Zeichen, aber dann ein Zeichen wofür? –, wie exakt der Schatten die Linie abdeckte, dabei freilich den Blick auf das Foto erschwerte. Dennoch änderte Frau Hashi nicht die Position des Smartphones, sondern ließ sich von Klara erklären, was es mit dem Gemälde auf sich habe.

Frau Hashi kannte den Künstler, natürlich tat sie das. Jeder hier kannte ihn. Hashimoto war mehr ein Mythos als ein Maler. Dieser Einsiedler, den kaum jemand zu Gesicht bekam. Immerhin, es fuhren immer wieder Lkws über den Magome-Pass Richtung des Berges Nagiso, um die großformatigen Bilder des alten Herrn abzuholen. Von dem es hieß, er sei so stark gebückt, dass man kaum sein Gesicht sehen könne, mehr ein verkrüppelter

Zwerg als ein Mann, mehr ein Waldgeist als ein Mensch. Es schien jedenfalls rätselhaft, wie er mit seinem von schwerer Gicht und einer weit fortgeschrittenen Rückgratverkrümmung betroffenen Körper und ohne Assistenten derartige Bilder herstellen konnte, riesiges Zeug, das er in einer zum Atelier umgebauten Scheune anfertigte. Außer einem Kunsthändler empfing er niemanden, schon gar nicht Kunststudenten. Er nannte sich selbst den Buckligen und schien aus einer Verachtung für die Welt heraus ganz wunderbare Bilder zu malen.

Wahrscheinlich, so Frau Hashi, sei er mit einem Yōkai im Bunde, einer Art Dämon aus dem japanischen Volksglauben. Oder sogar selbst einer geworden, was ja schon mal vorkam, eine solche Verwandlung. Dabei verzog sie keine Miene, und es war völlig unmöglich, zu beurteilen, ob sie das jetzt tatsächlich ernst meinte oder in einem ironischen Sinn. (Wobei man vielleicht sagen kann, dass die meisten Künstler im Zuge ihrer unglaublichen Verbissenheit – indem sie sich tatsächlich in die Kunst, die sie schufen, *verbissen* – eine Verwandlung erlitten, eine Transformation, die sie weg vom Menschlichen hin zum Monströsen, wenn auch Herrlich-Monströsen, führte. Und sie dabei an jenen japanischen Fußdämon Ashiarai Yashiki erinnerten, der in den Häusern der Menschen erschien und sie dazu zwang, von ihnen gewaschen zu werden. Und es kaum als ein Zufall gelten konnte, dass dieser Fuß, dieser Künstlerfuß, lieber in herrschaftlichen Gebäuden und Villen auftauchte als in armseligen Mietwohnungen und Sozialbauten.)

Frau Hashi erklärte, dass sie selbst gar nicht aus Magome stamme und auch nicht aus Nakatsugawa, sondern aus Nagano. Ihr Mann sei hier geboren, die beiden Häuser stammten aus dem Besitz seiner Familie, seine Mutter lebe noch, eine heute achtzigjährige Frau, die ein siebzehnjähriges Mädchen gewesen sein dürfte, als dieses Foto entstand. So klein, wie die Ortschaft ist, müsste sie sich an die zwei Europäerinnen erinnern können, zumindest wenn die beiden nicht bloß für ein touristisches Foto vorbeigekommen waren. Was zu dieser vortouristischen Zeit kaum der Fall gewesen sein dürfte.

Allerdings, sagte Frau Hashi, sei ihre Schwiegermutter etwas verblödet, auch früher nicht richtig bei Verstand gewesen, was sich mit dem Alter natürlich verstärkt habe. Aber wer weiß, sie werde ihr auf jeden Fall das Foto zeigen. Dass es in Magome aufgenommen wurde, das wenigstens sei sicher, meinte Frau Hashi, das könne auch sie selbst sagen. Der Ort habe sich in keiner Weise verändert. Darin bestehe schließlich sein Reiz, sich *nicht* verändert zu haben. Weshalb sie versichern könne, dass sich das Gebäude, vor dem die beiden Frauen auf dem Foto stehen und an dessen Holzwand ein Filmplakat mit Brigitte Bardot klebt, ein Stück weiter oben auf der »Old Nakasendo«, der alten Fernstraße, befände. Etwas unterhalb des Bürgerhauses. Darin sei ein kleines Spirituosengeschäft untergebracht, wobei sie nicht wisse, ob das auch schon vor sechzig Jahren der Fall gewesen war. Eher nicht. Aber sie habe, nachdem sie ihrem Mann nach Magome gefolgt war und es übernommen hatte, dieses Gästehaus und dieses Restaurant zu führen, Magome in einer Weise kennengelernt, dass sie behaupten könne, sie kenne die Fassade eines jeden Hauses wie man eine bestimmte Tätowierung am Körper eines Menschen erkenne.

»Then I'm right here«, sagte Klara mit einem Lächeln, angesichts dessen Itō gerufen hätte: »Not so much!«

Frau Hashi aber erwiderte: »Absolutely.« Sie nahm das Foto, nur um es ein wenig seitlich zu positionieren, und erklärte, dass ihre Schwiegermutter schon schlafe, sie ihr aber morgen früh die Fotografie zeigen werde.

Klara zögerte einen Moment. Ihr war nicht wohl dabei, das Helga-Lilo-Bild zurückzulassen. Andererseits war offensichtlich, dass diesem Raum eine rituelle Bedeutung zukam, und sei diese auch noch so bürgerlich, somit das Foto zumindest für eine Nacht einen Teil der Komposition bilden würde. Ihr Smartphone holte sich Klara zurück, sosehr sie damit die faszinierende Konstellation eines Schnabelschattens, der den Riss auf einer Scheibe exakt abdeckt, zerstörte.

Sie verabschiedete sich von Frau Hashi und ging zu Georg zurück, der noch im Restaurant bei einer kleinen Schale Sake saß. Sie setzte sich zu ihm und berichtete ihm, was sie erfahren hatte.

»Unser Herr Hashimoto«, meinte Georg, »scheint ein ziemlicher Ungustl zu sein.«

Ungustl, das war ein nettes österreichisches Wort. Allerdings kaum geeignet, einen zu einer teuflischen Gestalt verwandelten Meister der Malerei zu bezeichnen, von dem übrigens – Klara hatte es recherchiert – zuletzt bei Sotheby's in London ein Frühwerk mit dem Titel *Frau mit Vogel und Fächer* für sechs Millionen Pfund versteigert worden war.

»Wir werden uns etwas einfallen lassen müssen, an den Ungustl heranzukommen«, sagte Klara.

Es war ein warmer Abend. Viele Menschen auf der Straße, der alten Fernstraße, die im Licht der Hauslaternen einen gelblichen Fluss bildete. Aus Lautsprechern drangen die Klänge traditioneller Musik, dazwischen auch Japan Pop und von fern etwas, das sich wie Falco anhörte, aber mit einer asiatisch klingenden Stimme. *Come and rock me Amadeus.* Und ebenfalls von fern einiges Gehämmer, das höchstwahrscheinlich von jenem Platz am Rande des Orts stammte, an dem die Tribünen für das Sumō-Turnier errichtet wurden. Tribünen um den inneren Kreis des Rings, darüber ein Shinto-Schrein-artiger Baldachin, der wie ein himmlischer Kasten von der Decke hing.

Klara und Georg bewegten sich auf der Old Nakasendo den Hügel aufwärts, in jene Richtung, die dann weiter zum Magome-Pass führte und von dort zu den Otaki-Metaki-Wasserfällen, bevor die Straße schließlich in Tsumago endete, der nächsten restaurierten Poststadt. Während eine Abzweigung auf Höhe des Flusses Araragi westwärts zum Berg Nagiso ging.

Die beiden spazierten den kurzen Weg hoch, um sich das Haus anzusehen, das von Frau Hashi mit größter Überzeugung als jenes identifiziert worden war, vor dem Helga Blume und Lilo Wagner sich vor über sechzig Jahren hatten aufnehmen lassen. Woran sich die Frage anschloss, wer eigentlich damals dieses Foto aufgenommen hatte. Wollte man nicht einen Selbstauslöser vermuten.

Und dann standen Klara und Georg vor dem kleinen Laden, durch dessen geöffnete Türen die dekorativen Kartons und mit

Schriftzeichen sich erklärenden wie schmückenden Sake-Flaschen herausleuchteten. Dazu eine Menge verschiedener Dosenbiere, die man in ihrer farbenfrohen Ausstattung für in zylindrische Formen gezwängte Pokémons hätte halten können. Es standen einige Fässer herum, Gläser, Schalen, Figuren, außen an der Fassade waren beschriftete Bögen angebracht, seitlich einige Getränkeautomaten aufgestellt. Von der Decke des Innenraums hingen schmale, beschriebene Streifen aus Papier, der Boden darunter war grau und fleckig. Insgesamt bestand der Eindruck eines zur Ruhe und zur Ordnung gekommenen Chaos. Und inmitten dieser geordneten Unbändigkeit der Ladenbesitzer mit roter Schürze.

Klara und Georg betraten das Innere, in dem sich bereits andere Kunden aufhielten und das reichhaltige Angebot studierten. Sie sahen sich um. Etwa in der Mitte des Ladens, über einem Kühlfach, in dem sich die bunten Dosen japanischer Biere drängten, hingen drei Plakate, die alle für die Marke *Kirin Beer* warben. Auf zweien waren gemalte junge Frauen in Kimonos abgebildet, die lächelnd Flaschen hielten. Das Poster ganz links hingegen … ja, darauf war Harrison Ford zu sehen, der eine Dose *Lager Beer* von Kirin in die Höhe hält, dazu sein typischer Blick mit der leicht in Falten gelegten Stirn, diese Mischung aus Verwegenheit und Lächerlichkeit. Wie Männer halt aussehen, die durchs Universum jagen.

Zwischen dem Harrison-Ford-Plakat und dem Poster einer jungen Frau zeigte sich ein sehr schmaler Schlitz. Keine fünf Zentimeter, und doch war zu erkennen, dass sich dahinter ein weiteres, älteres und überklebtes Plakat befand. Dieser schmale Streifen war wie eine Öffnung in der Zeit. Klara hatte in dem Spalt mit einem einzigen, präzisen Blick das markante Rot auf den Lippen der von einem Zeichner gemalten Brigitte Bardot erkannt (genau genommen handelte es sich um ein übermaltes Standfoto aus dem Film).

»Sehen Sie«, sagte sie und zeigte in Richtung des schmalen Streifens, der einen Teil der Lippen, ein wenig vom blonden Haar, Teile vom blauen Hemd und etwas vom nackten rechten Bein der Bardot freigab.

»Was soll ich sehen?«, fragte Georg.

Sie sagte es ihm. Jetzt erkannte er es, obwohl er ein zweifelndes Gesicht machte.

Klara griff vorsichtig nach den Plakaten, musste aber feststellen, wie fest sie verklebt waren. Der Schlitz in der Zeit, der tief in die Vergangenheit führte, würde sich kaum ohne grobe Gewalt und Zerstörung vergrößern lassen. Was nicht infrage kam. Der Ausschnitt musste genügen, ohnehin waren Bardots Lippen unverkennbar.

»Auf dem Foto Ihrer Großmutter«, wandte Georg ein, »war das Plakat aber außen an der Fassade.«

»Natürlich war es das«, sagte Klara, »und irgendwann ist es hereingewandert. Überklebte Geschichte. Faktum ist, dass wir richtig sind.«

Klara sprach den Ladenbesitzer an und zeigte ihm das Foto aus dem Jahre 1962. Er nickte und erklärte auf Englisch – das er in einer Weise sprach, als setze sich sein Vokabular vor allem aus den Namen schottischer Whiskydistillerien und irischer Stoutbier-Marken zusammen –, dass in der Tat auf diesem Foto sein Laden zu sehen sei. Die beiden Frauen darauf stammten jedoch von vor seiner Zeit. Er sei erst Mitte der Achtzigerjahre an diesen Ort gezogen, da habe der Laden noch leer gestanden, wie eigentlich alles, bevor die Wiederbelebung von Magome erfolgte.

Das erklärte auch, warum sich das Bardot-Poster im Inneren des Ladens befand und bloß noch als ein dünner Längsstreifen sichtbar war, während es zu Beginn der Sechzigerjahre an der hölzernen Fassade eines geschlossenen Ladens gehangen hatte. So eigentümlich es auch sein mochte, dass in dem damals heruntergekommenen Kaff für einen Film geworben wurde, der wohl nur in den größeren Städten gezeigt wurde. Erstaunlich war vor allem, dass dieses Plakat zwanzig Jahre lang Wind und Wetter, heißen Sommern und kalten Wintern getrotzt hatte und nicht den kurzlebigen Weg der meisten Papiere gegangen war. Zwanzig Jahre lange war es an dieser Fassade gehangen, bevor der neue Eigentümer des Ladens es ins Innere geholt hatte, wo es irgendwann eine Überklebung durch Harrison Ford erlitt. Der Ford über der

Bardot, das hatte etwas von einer Majestätsbeleidigung. Es hätte natürlich umgekehrt sein müssen. Auch konnte sich Herr Seto nicht daran erinnern, wie er vor nun vierzig Jahren – als Zwanzigjähriger, der eher zufällig nach Magome gelangt war, dann aber als Spirituosenhändler hängen blieb – dieses Filmplakat von draußen nach drinnen geholt und es schließlich überklebt hatte. Jedenfalls sagte er, er wäre ein großer Harrison-Ford-Fan, genauer gesagt ein Han-Solo-Fan, hätte aber nicht die geringste Ahnung, wer Brigitte Bardot sei.

Klara fragte ihn, ob er denn nie *Barbarella* gesehen habe.

Natürlich, aber das sei doch Jane Fonda gewesen – er sprach den Namen geradezu Deutsch aus –, die die Barbarella gespielt habe und genau durch diese Rolle einer hypersexuellen Astronautin in Japan berühmt geworden war.

Ein peinlicher Irrtum für Klara.[3] Aber Herr Seto lächelte gütig und machte auf eine Flasche Sake aufmerksam, die gerade erst angeliefert worden sei und zu dem Besten gehöre, was man auf dem freien Markt kaufen könne.

Es war aber eigentlich die Verpackung – eine Schachtel, die so ziemlich alle Farben dieser Welt vereinte, eine hochgiftige, zugleich hochattraktive Version all dieser versammelten Farben –, die Georg veranlasste, tatsächlich diesen Premium-Sake zu erwerben. Er war auf den Geschmack gekommen. Insgeheim sah er darin Aufgabe und Zweck dieser Reise, dieses Abenteuers. Er gestand dem Alkohol eine gewisse heilende Wirkung zu. Und das schien für diesen sogenannten Reiswein in besonderem Maße zu gelten. Eine Art von Geistheilung.

Somit um eine Flasche reicher, vor allem aber mit der Gewissheit, ganz sicher den richtigen Ort aufgesucht zu haben, kehrten Klara und Georg zurück zum Hotel der Frau Hashi, deren Schwie-

3 Dabei war es sogar so gewesen, dass die Bardot – wie übrigens auch Sophia Loren – gefragt worden war, ob sie die Rolle der Barbarella übernehmen wolle, dies aber ablehnte. Allerdings kaum aus dem Grund, damit gut siebenundfünfzig Jahre später eine Österreicherin unrecht und ein japanischer Spirituosenhändler recht haben würde. So hübsch die Vorstellung war, es könnte genau so gewesen sein.

germutter sich hoffentlich an zwei Europäerinnen würde erinnern können, die einst nach Magome gekommen waren.

Vorher jedoch Schlafen. Schlafen auf engstem Raum.

Die beiden, die gut dreißigjährige Frau und der fast sechzigjährige Mann, entkleideten sich bis auf die Unterwäsche und schlüpften unter die leichte Decke, wobei sie einige Mühe hatten, auf dem schmalen Futon nicht in Berührung zu kommen. Aber alleine waren sie ohnehin nicht. Die Nachbarschaft anderer war deutlich spür- und hörbar. Es war eher wie in einem Schlafsaal, hatte etwas von Ferienhort. Es war ja Sommer, ein kollektives Geschnarche, eine Wolke aus Geräuschen, die über dem gesamten Raum lag und mit Leichtigkeit die dünnen Papierwände durchdrang.

Klara schlief sofort ein, mit dem Rücken zu Georg, seitlich liegend, wie sie das gewohnt war, mit der linken Seite, der Herzseite zur Erde, was den bekannten Vorteil besaß, dass das Blut nicht bergauf gepumpt werden musste. Georg hingegen lag auf seiner rechten Flanke und wandte Klara den Rücken zu als Geste der Rücksichtnahme. Was ihm aber nicht guttat. Er war ebenfalls überzeugter Linksschläfer und kein guter Bergaufläufer, weshalb er sich nach einiger Zeit und einigem Geschnaufe mit großer Vorsicht umdrehte, um auf seiner Herzseite zu liegen. Dennoch fiel es ihm schwer, einzuschlafen. Er war ein klassischer Morgenmensch mit dem Problem, einen Jetlag kompensieren zu müssen. Er blickte in die Nacht gleich einem Kalb, das sich nicht auskennt, eigentlich ungemein müde, aber mit offenen Augen. Und mit diesen Augen und im leichten Schein des Mondlichts, das wie eine gekippte Fläche im Raum stand, nahm er Klaras Rücken wahr, der unter der Decke eine wunderhübsche Welle bildete.

Georg konnte nicht anders, als die Schönheit dieses Anblicks festzustellen, die leicht verhüllte Silhouette ihres Körpers.

Es drängte ihn, mit einem seiner Finger über die Wellenkante ihres Körpers zu streichen, wie um eine feine Vorzeichnung zu verstärken, deutlicher herauszuheben aus dem dämmrigen Hintergrund. War das Sex oder Kunst? Und war Kunst nicht die höchste Form von Sex?

Aber er war kein Künstler, bloß ein Betrachter, ein Mann aus dem Publikum, ein Spaziergänger in den Parkanlagen der Museen, der nur zu gut wusste, wie bitter es war, an und in der Realität zu scheitern. Als Schriftsteller wie auch als Mann, der mit Frauen zusammen gewesen war, aber ohne irgendeine Tiefe und einen Grund erlebt zu haben.

Er würde einen Teufel tun, diese junge Frau ungebeten zu berühren oder auch nur wenige Zentimeter über ihrem Körper eine imaginäre Linie zu ziehen, die dann wie ein unsichtbarer Schatten oder Widerhall im Raum schweben würde.

Und doch verlor er sich in diesem Anblick und war auf eine eigentümliche Weise zugleich zufrieden wie unzufrieden. Aber genau das hielt er sowieso für das grundlegende Prinzip menschlichen Daseins. Und das Ausbrechen aus diesem Prinzip – reines Glück oder reines Unglück – für eine Illusion, eine Verdrängungsgabe der eher einfachen Gemüter.

Was blieb, war die ungemeine Grazie des Anblicks und die Unmöglichkeit, diesen Anblick im wahrsten wie im übertragenen Sinne *festzuhalten*.

Endlich schlief er ein.

15

Als er aufwachte, und zwar von dem Stimmengewirr, das die ganze Etage erfüllte, fiel grelles Sonnenlicht in den kleinen Raum. Ganz ähnlich wie in der Nacht zuvor das Mondlicht. In der Art einer Falltüre.

Georg erkannte, dass der Platz auf dem Futon neben ihm leer war, nur eine längliche Mulde in der Bettdecke, dieser gespensterhafte Abdruck eines Menschen.

Er richtete sich auf und spürte augenblicklich den Schmerz in seinem Rücken, den ihm das ungewohnte Liegen auf dem traditionellen Auslegefuton beschert hatte. Wobei sein morgendlicher Rückenschmerz eine eigene Tradition bildete, die sich auf so gut wie jeder Unterlage durchsetzte.

Georg vollzog seine üblichen gequälten Dehnungsübungen, bevor er mit Handtuch und Badetasche und bekleidet mit seinem Yukata hinüber zu den Duschen und Waschbecken ging.

Wie viele Männer passen in einen Waschraum?

Das war genau die Frage, die sich Georg stellte, als er in den kleinen Bereich sah, in dem mehrere Männer auf hölzernen Schemeln saßen. Im Strahl ihrer Brausen ähnelten sie Leuten, die im Regen hockend auf einen Bus warten. Dabei unterhielten sie sich lautstark, lachten, gestikulierten, strichen mit den Seifen über ihre Körper.

Georg war schon klar, dass er warten musste, bis einer der Sitze frei wurde. Er hatte gelesen, dass man Duschen im Stehen hier keinesfalls tolerieren würde. Unter einer Dusche stehen, das taten nach Anschauung der Japaner wohl nur Affen oder Leute aus dem Westen, die sich keine Schemel leisten konnten.

Die Toilette aber war frei. Und das nutzte Georg, zog seine

Hausschuhe aus, um sie gegen die offenkundig zu diesem Zweck bereitgestellten Toilettenschuhe zu wechseln, und begab sich in eine Kabine, die eher einer Zeitmaschine glich. Und zwar einer, die aus der Zukunft kam.

Es war also entgegen Georgs Erwartung keines dieser in die Fliesen eingelassenen Steh- beziehungsweise Hockklos, bei denen einem schwindelig werden konnte, weil sie wie in den Boden waagrecht montierte Urinale aussahen. Nein, die kapselartig elegante Toilettenmuschel stand in vertrauter Weise von der Wand ab, während der ganze Raum in dem weißesten Weiß erstrahlte und Georg für einen Moment das Gefühl gab, sich nicht nur in einer Zeitmaschine, sondern auch in einer stark geschrumpften Zahnarztpraxis zu befinden. Rechts neben dem eigentlichen Toilettenkörper war eine Art von Steuerbord montiert, darauf mittels Schriftzeichen und Symbolen zwölf Funktionen angezeigt wurden. Zwölf, leider nicht dreizehn, er hatte nachgezählt. Mit ein wenig Fantasie waren Dinge wie Sprühwasserstöße, Wassertemperatur, Klobrillentemperatur, das Bidet vorn, das Bidet hinten und nicht zuletzt die Möglichkeit zum Einschalten eines Radiogeräts zu identifizieren.

Georg hob den Deckel an und setzte sich auf eine Brille, von der er nicht sagen konnte, ob ihre Wärme von einem Vorgänger oder der Heizung oder beiden stammte. Nachdem er den Knopf mit dem Lichtsymbol gedrückt hatte, begann die Toilette von innen zu leuchten. Zartes Blau, wie zu oft gespültes Polizeilicht.

Georg fühlte sich in diesem hypermodernen Raum wie in einem Teilchenbeschleuniger, bei dem er selbst den Beobachterstatus innehatte, sosehr seine eigene sogenannte Notdurft Grund für die ganze Beschleunigung war.

Und während er das tat, drückte er jenen Knopf, den er für das Radio hielt. Aber das war ein Irrtum. Kein schlimmer Irrtum, er flog nicht in die Luft, sondern löste ein künstliches Wasserrauschen aus, etwas, das in deutscher Übersetzung *Geräusch-Prinzessin* hieß. Eine Prinzessin, die den eigentlichen Lärm der Ausscheidung übertönen soll.

Georg fand dies äußerst angenehm. Ihn störten die eigenen

Geräusche. Natürlichkeit hin oder her, es hatte etwas Archaisches, war wie Kriegsgebrüll aus seinem Innersten, irgend so ein verfluchter, schwertschwingender Wikinger. Da war es gut, wenn dies von einem Rauschen übertönt wurde, vom Klang frischen Wassers, das die Berge und Täler hinabströmt, ebenfalls wild und mächtig, aber gänzlich ohne Wikinger.

In all der Wärme und dem sanften Toben fallenden Wassers wäre Georg beinahe eingenickt. Vernahm nun aber vor der Türe Stimmen, was ihm augenblicklich ein Gefühl der Scham bescherte. Als hätte er soeben eine kleine Überwachungskamera in einer Ecke des Plafonds entdeckt. Er beeilte sich, zu einem Ende zu kommen. Und war froh, den richtigen Knopf für die Spülung – und zwar für deren Forcierung, deren erhöhte Antriebskraft – gefunden zu haben.

Danach wusch er sich die Hände an einem seitlich angebrachten Waschtisch und verließ endlich den Toilettenraum, um in seine Hausschuhe zu wechseln und sich hinüber zu den Duschen zu begeben. Wo er eine ganze Weile im Regen zu sitzen kam. Bei aller sommerlicher Wärme, die von draußen in die Räume flutete, tat es dennoch gut, das heiße Wasser am Körper zu spüren. Und er fragte sich, wieso so viele Menschen des Westens beim Duschen standen. Man stand ja auch nicht beim Schlafen und Essen und Fernsehen. Warum war das Duschen im Sitzen in westlichen Ländern Ausdruck eines geriatrischen Jammers geworden?

Eine Stunde später begab er sich hinunter ins Restaurant. Er sah sich um, konnte aber nirgends Klara entdecken. Und verzichtete auf ein Frühstück, das auf die Ferne betrachtet etwas von der Vorzeichnung eines üppigen Mittagsmahls besaß. Bestellte sich bloß einen Kaffee.

Wie üblich in Japan erhielt er einen händisch übergossenen Filterkaffee, dazu Schaum aus Sojamilch.

Die Energie kam. Und fand ihren optischen Ausdruck in einem Band aus Feuchte, das sich auf seine Stirn legte. Wie Öl aus Motoren.

Nach dem Kaffee-Frühstück zog er sich um und trat nach

draußen auf die Straße, die bereits voll war von Touristen, die hinauf- und hinunterstrebten, einige jüngere auch mit T-Shirts, auf denen die Helden des Sumō-Ringens abgebildet waren.

Und dann sah er Klara. Sie stand mit der Hotelchefin und der bereits eingetroffenen Dolmetscherin zusammen. Letztere trug trotz der Wärme ihr übliches Geschäftskostüm, dazu allerdings Turnschuhe. Auch eine alte Frau war dabei. Die vier unterhielten sich. Georg querte die Straße und stieß zu ihnen.

Bei der alten Frau handelte es sich um die Schwiegermutter von Frau Hashi. Eine kleine, wackelige Person mit einer runden schwarzen Brille im dunklen Gesicht und einem hässlichen, knorrigen Lachen. Als lache ein vertrockneter Ast. Immerhin, die alte Dame schien sich durchaus an jene beiden Frauen aus dem Westen zu erinnern, die vor über sechzig Jahren in Magome gestrandet waren. Und hier gelebt hatten. Ohne Männer, ohne erkennbaren Grund, wieso sie sich ausgerechnet diese Ortschaft ausgesucht hatten. Sie hatten ein Haus am unteren Ende von Magome bewohnt. Ein Haus, das sich im Besitz eines der Reisbauern aus der Umgebung befunden hatte und von diesem an die beiden Europäerinnen vermietet worden war. Sowenig irgendjemand sagen konnte, wovon die zwei lebten und was sie taten, wenn sie mitunter für Tage oder auch Wochen den Ort verließen, aber stets zurückkehrten und für fast zwei Jahrzehnte in Magome blieben, bevor sie dann endgültig verschwanden.

Wann genau? Das könne sie nicht sagen, erklärte die alte Dame, deren Tochter das Gesagte ins Englische übersetzte. Das liege doch alles recht weit zurück. Jedenfalls sei sie froh gewesen, als die beiden fort waren. Zwei Frauen alleine in einem Haus, Europäerinnen! Was habe man davon halten sollen? Was solle man von Europa halten? Ein Kontinent, der wie eine kleine geschwollene Faust am Rande der Welt liege.

Das mit dem Rand war von Japan aus betrachtet nicht ganz unrichtig, dazu brauchte man sich nur japanische oder chinesische Weltkarten anzusehen. Auf denen lag Europa nicht nur am Rand, sondern sah auch aus wie eine verschrumpelte Knolle.

Die alte Frau lachte und ging zurück ins Haus. Sie wirkte sehr viel älter als die angeblichen achtzig Jahre. Und doch besaß ihre Gebeugtheit eine ungemeine Kraft. Sie mochte nicht mehr die Chefin in diesem Haus sein, aber sie schien die Person, die als ein lebendiges Ornament im Raum und im Weg stand und dadurch alle anderen sich verbeugend zum Ausweichen zwang. Wenn sie lachte, und sie lachte oft, auch ohne Anlass, war es ein Lachen wie aus einem tiefen Schlund.

Wie sich noch herausstellte, war das Haus, in dem Helga und Lilo gewohnt hatten, in den späten Siebzigerjahren abgebrannt. Die Dolmetscherin hatte sich in einem Bürgerbüro erkundigt, das nur wenige Meter vom Spirituosengeschäft des Herrn Seto entfernt lag, und erfahren, dass damals Brandstiftung verantwortlich gemacht worden war. Wobei die beiden Bewohnerinnen erst kurz zuvor ausgezogen waren und niemand bei diesem Feuer zu Schaden kam. Aber auch in den Annalen des Dorfes war nichts darüber zu erfahren, wieso die zwei so lange an diesem Ort gewesen waren und wohin es sie danach verschlagen hatte. Allerdings sagte die Dame aus dem Bürgerbüro, beide Frauen seien in den Sechzigern und Siebzigern des Öfteren nach Nagoya gefahren, um dort dem Maler Hashimoto Sōseki Modell zu stehen. Bevor dann Hashimoto seinen Lehrauftrag in Kyōto beendet und auch das Atelier in Nagoya aufgegeben hatte, um sich nicht unweit von Magome, nahe dem Berg Nagiso, von der Welt, wenn auch nicht von der Kunst zurückzuziehen. Was mit dem Verschwinden der beiden Europäerinnen zeitlich ziemlich exakt zusammenfalle.

Eigentlich, dachte sich Klara, sei ihre Großmutter ja Künstlerin gewesen und nicht Modell. Andererseits bestätigte das Gemälde *Die blinde Köchin* im Tokyo Fuji Museum vollends die These, dass sie diesem Maler einige Zeit Modell gestanden hatte, auch wenn Klara im Internet auf kein weiteres Bild gestoßen war, auf dem man Helga hätte erkennen können. Oder Lilo Wagner. Schon gar nicht auf jenen Bildern, auf denen alles Gegenständliche nur noch als ein fernes Glimmen zu erkennen war. Oder als die Wolke von etwas, das einst fest gewesen war. So hieß auch ein posthumes Porträt tatsächlich: *Jean-Paul Sartre as a cloud.*

Obgleich es dieses Haus nicht mehr gab, bestand Klara darauf, dass man sich zu dritt – sie und die Dolmetscherin und Georg – zu der Stelle begab, wo früher ihre Großmutter und ihre Großtante gewohnt hatten.

Großtante? – Ja, sie hatte Großtante gesagt und damit Lilo Wagner gemeint, die in keinem verwandtschaftlichen Verhältnis zu den Ingolds gestanden hatte. Und doch schien Klara dieser irrtümlich über die Lippen gerutschte Begriff genau der richtige. Weshalb sie ihn auch in Zukunft immer wieder verwenden würde, wenn sie von Lilo Wagner sprach. Ihre Großmutter und ihre Großtante.

Was nun aber nach Klaras Meinung nicht mehr funktionierte, war, dass die im Auftrag des Herrn Itō sie und Georg begleitende Dolmetscherin weiterhin namenlos blieb.

»Das geht so nicht«, meinte Klara, »seien Sie so gut und sagen Sie mir Ihren Namen.«

»Den richtigen?«

»Einen erfundenen oder einen richtigen, wie Sie mögen. Warum sollten nicht auch Dolmetscherinnen Künstlernamen besitzen? Bei einem Namen, denke ich, geht es nicht um Wahrheit, sondern um Wahrhaftigkeit. Die ist mitunter in der Erfindung eher gewährleistet.«

»Svea Castelbajac«, verriet die Dolmetscherin ihren Namen, allerdings nicht, ob der jetzt wahr oder wahrhaftig war.

Jedenfalls bestätigte dieser Name Klaras ersten Eindruck damals auf der Terrasse des Tokyo Fuji Museums, als Frau Castelbajac vom Englischen zum Deutschen wechselte. Wie sehr nämlich ihr Akzent als eine Mischung aus dem Skandinavischen und dem Französischen erschien. Svea war ein schwedischer Vorname, Castelbajac der Familienname eines alten französischen Adelsgeschlechts, freilich mit einem *de* geschrieben, auf das die Dolmetscherin verzichtete.

So marschierten die drei die alte Fernstraße abwärts und gerieten an das Ende von Magome, wo das Haus gewesen war, in dem Helga Blume und Lilo Wagner gelebt hatten. Jetzt befand sich an diesem leicht erhöhten Platz eine betonierte Fläche, an deren Ende ein mittelgroßes, historisch anmutendes, aber deutlich modernes

Lagerhaus stand, gegenüber davon ein Wohnhaus, das ebenfalls jüngeren Datums war. Ein Stück die Straße abwärts konnte man die hochragenden Tribünen sehen, an denen noch gehämmert und geschraubt wurde und wo am Nachmittag und Abend dieses Tages das Sumō-Turnier stattfinden sollte.

Frau Castelbajac sprach mit einigen der Bewohner aus den umliegenden Häusern, aber da war niemand, der sich an das Gebäude erinnern konnte, das hier gestanden hatte. Einzig ein älterer, nein ein wirklich alter Mann, der im Mund bloß noch zwei Zähne hatte, die wie das Vermächtnis eines unglücklich an den falschen Gegner geratenen Säbelzahntigers wirkten, sprach davon, dass hier einst zwei Schneefrauen gelebt hatten, zwei *Yuki Onna*.

Der Alte hatte sich dazwischengedrängt, als die Dolmetscherin zwei Ehepaare vor ihren Häusern befragte. Anscheinend der Großvater einer der Frauen. Wobei selbst die eigene Verwandtschaft den Alten kaum verstand. Es war Frau Castelbajac, die herausfand, was er meinte und dass er nicht – wie zunächst alle geglaubt hatten – von Yoko Ono sprach, sondern wirklich von Schneefrauen, Yuki Onnas, mystischen Figuren aus dem japanischen Volksglauben, groß gewachsen, mit schneeweißem Haar, die wie viele andere mystische Wesen für Gutes wie für Schlechtes standen, die Menschen warnen, sie aber auch verführen und töten konnten. – Natürlich war es die helle Haut der beiden Europäerinnen gewesen, zudem ihre Körpergröße, sicher auch ihr plötzliches und schwer begründbares Auftauchen im Dorf, was zu einer solchen Mythenbildung in auch damals bereits modernen Zeiten geführt hatte.

Wobei es wichtig war, zu wissen, dass Schneefrauen auch als Gestaltwandlerinnen auftreten konnten. Wieso also nicht als Europäerinnen? Wunderschön, hochgefährlich, unberechenbar, zudem mit der Fähigkeit ausgestattet, uns Sterbliche mittels Eisatem zu töten.

Wie sich noch herausstellen sollte, dürfte dieser Verdacht, bei den beiden Europäerinnen handle es sich um verwandelte Yuki Onnas, nicht zuletzt darin begründet gewesen sein, dass im zweiten Jahr ihres Auftauchens, an einem 22. September (Georg zuckte, als er die Zahl hörte) Schnee fiel. Am Ende des Sommers, und das, nachdem es am Tag zuvor noch zwanzig Grad gehabt hatte. An einem Ort mit Ozeanklima, der in sechshundert Metern Höhe lag und wo es selbst im Februar durchschnittlich zwei Schneetage gab, ganz sicher aber keine Schneestürme im September. Doch ein Sturm schien es gewesen zu sein, kurz, aber heftig, wie ein Ungeheuer, das sich in der Zeit geirrt hatte. Und danach waren ein paar Leute auf die Idee gekommen, es sich mystisch auszumalen, wenn man es sich schon nicht meteorologisch erklären konnte. Helga und Lilo, weißhäutig, groß gewachsen. Und als sie dann zwanzig Jahre später das Dorf verließen, taten sie das ganz in der Art der Yuki Onnas, die, durch die Luft schwebend, keinerlei Spuren hinterlassen.

»Ihre Großmutter scheint hier den Rang einer Hexe bekleidet zu haben«, meinte Frau Castelbajac.

»Na ja«, sagte Klara lächelnd, das sei vielleicht für einige an diesem Ort die einzige Erklärung dafür gewesen, sich die unaussprechliche Liebe zwischen zwei Frauen vorzustellen.

»Und woher wollen Sie das wissen?«, fragte die Dolmetscherin.

»Das ist nur so eine Idee.«

Sie kehrten zurück ins Zentrum von Magome, zurück in ihr Gästehaus, wo ein Mann wartete, den Frau Hashi herbestellt hatte. Ein Spediteur, von dem es hieß, er würde hin und wieder Bilder aus dem Atelier Hashimotos abholen. Offensichtlich stand er gegenüber Frau Hashi in irgendeiner Schuld, wobei es der Zufall wollte, dass er am Vortag die Ladung eines extrem guten Premium-Sake an Herrn Seto geliefert hatte und darum in Magome geblieben war, um das heutige Sumō-Turnier zu besuchen.

Er erklärte, noch kein einziges Mal den Maler Hashimoto gesehen zu haben, sondern immer nur dessen Kunsthändler, einen *Gaijin*, wahrscheinlich Engländer. Dieser Engländer warte stets in der mit einem gewaltigen, halbseitigen Glasdach versehenen Scheune – in der man, so drückte es der Spediteur aus, einen kleinen Godzilla hätte ausstellen können –, um die Abholung der in

Holzkisten verpackten, großformatigen Bilder zu überwachen. Wobei die Schwierigkeit in dem schmalen Weg bestehe, der von einem Parkplatz am Rande des Gebiets zu dem Atelier hoch führe, schmal und abschüssig, an manchen Stellen bloß freigelegtes Wurzelwerk, sodass die Kisten mit den Bildern von zwei Arbeitern zum Parkplatz getragen werden mussten.

Der Spediteur meinte, er würde sich dort oben immer unwohl fühlen, nicht nur wegen der Straße und des Wegs, der ganze Wald habe an dieser Stelle etwas Unheimliches. Und er sei im Grunde froh, weder den Maler noch dessen Bilder zu Gesicht zu bekommen. Auf solche Weise verpackte Gemälde hätten etwas von einer Waffenlieferung oder einem Giftstofftransport.

Waffen oder Giftstoffe! Was wahrscheinlich in den Augen einiger Leute die passenden Synonyme für moderne Kunst waren.

Immerhin, so der Spediteur, könnte man den richtigen Weg daran erkennen, dass in regelmäßiger Folge rosafarbene Bänder an den Baumstämmen angebracht seien. Dennoch würde er niemandem empfehlen, sich eine Wanderung an diesen Ort zuzumuten, wenn man dafür nicht in irgendeiner Weise bezahlt werde.

»In gewisser Weise werden wir dafür bezahlt«, meinte Klara.

Denn natürlich kann man jegliches Abenteuer als eine Form von Entlohnung ansehen. Gleich, wie viel Schmerz und Schweiß und möglicherweise auch Blut an dieser Entlohnung kleben.

Klara, Georg und Frau Castelbajac beschlossen, am folgenden Tag Hashimoto in seiner Atelierscheune aufzusuchen. Zu welchem Zweck man Frau Castelbajacs Wagen nehmen wollte, einen dunkelgrünen MGB GT aus Itōs Oldtimersammlung, mit dem kleinen Nachteil, dass die beiden rückwärtigen Notsitze, auf denen Georg Platz finden würde, wohl eher für Zwerge konzipiert worden waren. Aber lange sollte die Fahrt nicht dauern. Eine halbe Stunde, um den Parkplatz zu erreichen, von dem aus die Wanderwege in die stark bewaldete Bergwelt rund um den Berg Nagiso führten.

Sie planten, früh loszufahren, denn auch wenn das Gebiet nicht weit entfernt lag, ließen die Warnungen des Spediteurs eine gewisse Umständlichkeit des Unternehmens vermuten. Etwas, wofür man Zeit benötigen würde.

An diesem Nachmittag jedoch taten sie das, was alle taten, die nach Magome gekommen waren, nämlich das Turnier der Sumō-Ringer besuchen. Wobei weder Klara noch Georg die geringste Ahnung von diesem Sport hatten, der kein Sport war, sondern Ritual und Religion, sosehr man meinen konnte, das gelte doch ebenfalls für etwas wie den europäischen Fußball oder das Cricket des Commonwealth. Doch im Fußball und Cricket ergab sich die religiöse Hysterie weniger aus den Spielern und dem Spiel selbst. Nein, im Falle dieser Sportarten manifestierte sie sich im Publikum, das sich rauschhaft um sich selbst drehte und sich weniger im Spiel als in der Feindschaft zum Gegner wiederfand. Was vor allem im Fußball den Rang von Religionskriegen besaß. Also die blasphemischste Form alles Religiösen, den Schöpfer für jemanden zu halten, der einer Seite die Daumen drückt und der anderen nicht, beziehungsweise umgekehrt.

Im Sumō jedoch ging der religiöse Aspekt allein von den Kämpfern aus – beziehungsweise von den aufwendig gekleideten, priesterartigen Kampfrichtern –, und es erfolgte im Publikum bloß noch ein Widerhall dessen. Denn in der Tat, die früheste Erwähnung von Sumō verwies auf einen Kampf zwischen zwei Göttern, ein Kampf, bei dem die beiden um die Verteilung der japanischen Inseln gerungen hatten. Ganz ohne Publikum.

Anders als Klara und Georg war Frau Castelbajac im Laufe ihres Lebens in Japan zur Sumō-Kennerin geworden, und sie war es auch, die darauf bestand, das Turnier zu besuchen.

Es gelang ihr, für die restlos ausverkaufte Veranstaltung drei Karten zu besorgen, wobei auch hier mit Sicherheit Takashi Itōs guter Name und langer Arm seine Wirkung tat. Und diese drei Plätze lagen sogar in einer der ersten Tribünenreihen, wenngleich nicht direkt vor dem Podest des Rings, wo die Besucher mit ihren dünnen Polstern auf dem Boden saßen und dabei in die offensichtlich höchst verführerische Gefahr gerieten, unter einem vom Podest stürzenden, hundertsechzig Kilogramm schweren Kämpfer begraben zu werden.

Zusammen mit Hunderten anderer Besucher zogen Klara, Georg und Frau Castelbajac am späteren Nachmittag in Richtung des allein für zwei Turniertage errichteten Freiluftstadions.

Schon von fern war ein einladendes Getrommel zu hören. Es zeigte sich eine prächtige Atmosphäre mit all den bunten Flaggen und dem zentralen, wie aus der Erde hochgefahrenen Ringpodest. Für Klara besaß dieser Ort die Anmutung eines Hochzeitsfestes, wahrscheinlich wegen des riesigen, mit einem Satteldach versehenen, frei hängenden und mit bunten, dicken Kordeln geschmückten Baldachins direkt über der Ringkonstruktion.

Das Stadion füllte sich, und schließlich begann der zeremonielle Einzug der professionellen Sumōtori. Mit ihren schweren Prachtschürzen bekleidet bestiegen sie nacheinander und unter dem Klang geschlagener Hölzer das Podest, bildeten einen Kreis nach außen, dann einen nach innen und kehrten nach einer kurzen Bewegungsfolge ihrer Arme wieder zurück in einen westlichen und einen östlichen Gebäudeflügel. Danach folgte eine Vorführung, bei welcher der höchstrangige Ringer, ein sogenannter Yokozuna, einige Übungen darbot. Er war mit seiner Schürze und einem sehr dicken weißen Seil um die Hüfte bekleidet, ein Seil, das in seinem Rücken zu einer großen Schleife gebunden war. Was den Eindruck von Flügeln machte und den Fleischberg wie eine Elfe erscheinen ließ. Wenn er eines seiner mächtigen Beine anhob, und zwar zu erstaunlicher Höhe, und es danach mit großer Wucht in den Lehmboden stieß, führte dies zu einer hörbaren Entzückung des Publikums.

Frau Castelbajac saß in ihrem cremefarbenen Kostüm wie das Standbild aus einer Lagerfeld-Werbung zwischen Georg und Klara und erklärte den beiden die Vorgänge, die sich dort unten abspielten. Das Gespielte und die Bedeutung des Gespielten.

Der Yokozuna war nicht nur ein ungemein fetter, sondern auch ein extrem breiter Mann, um den herum sogar die Luft zu zittern schien. Seine Brüste sahen aus wie gefüllte Beutel, die unter die Achseln führten und es ihm unmöglich machten, seine Arme direkt gegen die eigenen Flanken zu pressen. Was ja auch gar nicht nötig war. Es wäre in seinem Fall unsinnig gewesen, sich schmaler zu machen anstatt breiter. Man kann sagen, dieser Mann war das Gegenteil von dem, was man ein kleines Schwarzes nannte.

Der Körper eines Sumō-Ringers benötigte einen weit nach unten verlagerten Schwerpunkt, woraus sich der Umstand gewaltiger Bäuche und ebenso gewaltiger Hüften und breiter Oberschenkel ergab, eine planetenartige Ausformung des Unterkörpers, etwas zugleich Steinernes wie Amöbales, wie ein sich selbst verformender Felsen. Was dann bei aller Standfestigkeit auch zu einer unerhörten Beweglichkeit führte. Rasende Felsen. Eine speckige Ummantelung, unter der eine ausgeprägte Muskulatur lauerte.

Diese Beweglichkeit brauchte oft nur Sekunden, um ein Ende des Kampfes herbeizuführen, indem der Gegner aus dem Ring oder zu Boden befördert wurde. Nicht mehr und nicht weniger. Kürzestdramatik. Und am Ende dieser kurzen Dramatik nichts, was an die Triumphgesten westlichen Sports erinnerte: keine gereckten Fäuste, kein Siegergebrüll, kein Veitstanz der Trainer, kein Anrennen an den Schiedsrichter, keine Beleidigungen und kein Beleidigtsein, sondern eine stumme, ausdruckslose Verbeugung, das Abtreten des Verlierers, während der Sieger in die Hocke ging und begleitet von der Geste einer dreifachen, sehr weichen Handbewegung vom üppig bekleideten Ringrichter einen Packen Kuverts entgegennahm.

»Liebesbriefe von Verehrerinnen?«, fragte Klara mit einem Grinsen, das ihr Takashi Itō sicherlich verboten hätte.

»Glauben Sie mir«, sagte Frau Castelbajac, »diese Männer können sich vor Verehrerinnen kaum retten. Kleine, zarte Frauen, die gerne mit so einem gewaltigen Mönch das Bett teilen würden. Viel lieber, als mit dem mickrigen Anzug- und Krawattenträger, den sie täglich erst spätabends zu Gesicht kriegen, wenn der vom Besäufnis mit seinen Chefs nach Hause kommt.«

Die Kuverts, erklärte sie, würden jedoch keine Liebesbriefe beinhalten, sondern Geld. Denn jeder einzelne Kampf könne gesponsert werden. Und das in Form eines diskreten, mit Geld gefüllten weißen Umschlags. Wenngleich etwas weniger diskret mittels der um die Ringfläche getragenen Werbebanner ebenjener Sponsoren. Eine Handhabung in der obersten Liga, die auch bei diesem Schauturnier zur Anwendung kam.

Die Kämpfe selbst begannen jeweils mit diversen Formen symbolträchtigen Aufwärmens, wenn die Sumōtori kurz in den Ring stiegen, sich mit einem kaum sichtbaren Nicken begrüßten, wieder dem Publikum zuwandten, in die Hände klatschten und abwechselnd ihre Beine eindrucksvoll anhoben, um sie in den Lehmboden zu stampfen. Donnernd.

Danach traten sie aus dem Kreis heraus und nahmen in ihren Ecken einen Schluck Wasser zu sich, der ihnen in einer Schöpfkelle gereicht wurde, zusammen mit einem steifen weißen Blatt, um sich den Mund abzutrocknen. Als Nächstes griffen sie in einen Korb mit Salz und warfen es in einem hohen Bogen in den Ring, was aussah wie eine Kurve aus gefrierendem Wasser. Erneut bezogen sie einander gegenüber Position und gingen in die Hocke. Sie rieben sich die Hände in einer Weise, als zerbröselten sie einen kleinen Wellensittich (in Wirklichkeit waren Büschel gemeint, wie man sie früher aus dem Gras gezogen hatte, um sich mittels Tau die Hände zu reinigen). Sie klatschten in die Hände, hoben ihre Arme mit nach oben gerichteten Handinnenflächen, wandten sie zur Erde, standen auf.

Während sie in ihre Ecken zurückkehrten, trugen kleine Männer große Banner um die Kampfzone. Erneut tauchten die beiden Ringer ihre Hände in das Salz, streuten es aus, traten in den Ring, klatschten in die Hände und testeten die Grundpositionen des Kampfes aus. Sich dabei taxierend, als versuchten sie, mit ihren Blicken schwächende Symbole ins Gesicht des Gegners zu zeichnen. Keine Wut, keine Aggression, aber dunkler Zauber. Schließlich kehrten sie wieder zurück in ihre Ecken, um sich mit einem dargereichten feuchten Tuch über Gesicht und Oberkörper zu wischen. Und das unter einem derart heftigen Applaus des Publikums, als sei diese Reinigung die eigentliche Sensation.

Zum dritten Mal wurde eine Handvoll Salz aufgenommen und bogenförmig in den Ring geworfen. Danach schlugen die beiden Ringer mit der flachen Hand gegen ihre Gürtel, was ein teppichklopfendes Geräusch ergab, und strichen die steifen Bänder, die von ihren breiten, seidenen Gürteln hingen, in die Falte ihrer Lenden. Solchermaßen gingen sie wieder in die Knie, erhoben sich aber gleich darauf, traten etwas zurück, dann wieder vor und tauchten schließlich ein letztes Mal in die vornübergebeugte Ausgangshaltung, um endlich den kleinen Abstand zwischen sich anfallartig zu überbrücken und mit aller Wucht aufeinanderzuprallen.

Jene steifen Bänder waren übrigens reine Dekoration. Sie schienen ständig im Weg, fielen mitunter im Kampf herunter, sodass der Ringrichter zusehen musste, sie wegzuschaffen, bevor einer der Kämpfer darauf ausrutschte. Diese Bänder waren sinnlos und umständlich, aber hübsch anzusehen, als sei's eine Balztracht.

Vieles in dieser Kultur wirkte bei aller Einfachheit sinnlos und umständlich und dabei ungemein dekorativ. Man nehme nur die Kleidung des Schiedsrichters, das schwere, panzerartige, bunt leuchtende Gewand mit Dolch und Sandalen und einem hölzernen Fächer. Ringrichter, zu deren Aufgaben es gehörte, die Ranglisten der Sumōtori kalligrafisch aufzuzeichnen. – Man stelle sich einen Fußballschiedsrichter vor, zu dessen edelsten Aufgaben es gehört, die erste Liga seines Landes in Schönschrift darzustellen.

So manches erschien als das pure, sich selbst genügende Ritual. Ordnung ohne den Zweck der Ordnung. Eine symbolische Form, die nicht nur ohne Funktion auskam, sondern auch ohne Moral. Was nicht hieß, dieses Volk sei ohne Moral, sondern nur, dass die Formen keinerlei Moral benötigten. Wie das etwa auch in der Natur der Fall war.

Dachte sich Klara, die übrigens von sich selbst behauptete, ohne wirkliche Moral zu sein. Ohne die Erfindung des Guten, wie sie sagte, das eine trickreiche Erfindung des Bösen sei, damit das Böse sich besser hervortun könne.

Sie sagte gerne, auch wenn das nur wenige verstanden: »Ich bin kein guter Mensch, darum aber ebenso wenig Teil des Bösen.«

Die meisten Kämpfe, die folgten, waren nicht nur von der erwarteten Kürze, sondern natürlich auch von der Dominanz der Profis bestimmt. Die westlichen Amateure, auch nicht gerade Leichtgewichtler, wurden aus dem Ring geschoben und gedrückt, als handle es sich bei ihnen um jene riesigen Amazonpakete, in denen zwei, drei Tintenpatronen mit viel Packpapier steckten. Kaum einer hielt sich – unter den Anfeuerungsrufen des Ringrichters, die die Kämpfer daran erinnern sollten, sich noch im Ring und nicht außerhalb davon zu befinden – länger als zehn Sekunden.

In einer der Begegnungen trat ein japanischer Kämpfer in den Ring, der von einer Hübschheit war, die Klara augenblicklich verzauberte. Und natürlich nicht nur sie. Freilich besaß auch dieser noch recht junge Sumōtori die ungemeine Fülle eines rundum massigen Körpers von walrossartiger Speckigkeit. Er war die Nummer sechs innerhalb des fünfthöchsten Ranges und hatte im letzten Jahr überraschend einen im zweithöchsten Rang befindlichen Ōzeki besiegt.

Klara hätte gesagt, er besitze das Gesicht eines Engels. Ein Antlitz von dominierender Weiblichkeit. Wobei die häufig niedergeschlagenen Lider seinen Augen die Grazie von etwas verliehen, was man als eine Spur im Schnee bezeichnen konnte. Zwei schmale Linien, die allein der Wind in die glatte Fläche geblasen hatte. Ein Hauch weggefegter Kristalle.

Dieser Gedanke, dieses Bild verlieh Klara ein ähnliches Gefühl, wie sie es empfand, wenn eine Person in perfekter Weise vor einem Gemälde zu stehen kam und zu einem erregenden Teil der Komposition wurde.

Und dieser schöne und in seiner Schönheit getragen und gelassen anmutende Sumōtori trat in diesem Moment gegen einen riesenhaften, an die zweihundert Kilo schweren aus Rumänien stammenden Norweger an. Ein weißer Riese, der nicht mehr lange Amateur sein würde, sondern im Jahr darauf in der japanischen Profiliga kämpfen sollte.

Dieser gewichtige Norweger krachte nun mit dem »japanischen Engel« in einer Weise zusammen, die fast augenblicklich zu einer Versteinerung führte, einer Pattstellung. Fast eine Minute lang fand kaum eine Änderung der Positionen statt, vielmehr waren die beiden Männer derart ineinander verkeilt, dass sie geradezu eine Kopie des Satteldaches bildeten, das über ihnen schwebte. Gleich den Flächen des Dachs hatten sie sich in einer stabilisierenden Mitte gefunden, einen First bildend. Wobei die für Schreine typische Asymmetrie der Dächer im Zuge des Größenunterschieds zwischen dem Norweger und dem Japaner ebenfalls gewahrt blieb.

Erst nach der gefühlten Ewigkeit dieser einen Minute begann sich die Stabilität des Firstes aufzulösen, eine minimale Verschiebung fand statt, ein Ächzen im Gebälk, ein Knirschen der Bretter … und dann glitten sie auseinander. Woraus sich augenblicklich eine Überlegenheit des norwegischen Herausforderers ergab, der den knapp hundertsiebzig Kilogramm schweren Engel gegen den Rand des Rings schob, wo sich dieser mit seinen Sohlen gegen eine Reihe niedriger Strohballen stemmte, die den Ring kreisrund begrenzten. Das gab dem Engel eine Weile Halt. Doch der Halt brach, indem der Norweger mit wuchtigen, schnellen Stößen beide Schulterpartien seines Gegners bearbeitete. Der hübsche Engel war jetzt nur noch eine Winzigkeit davon entfernt, über die Umrandung zu geraten.

Und in dieser Winzigkeit vollzog er, auf dem schmalen Streifen eines Strohballens balancierend, eine Kehrtwendung und drehte sich mit seinem Körper in den weißen Riesen hinein. Sodass dieser jetzt nicht mehr wirklich seinen Gegner stieß und drückte, sondern bloß noch die einsame Luft.

Wie eine Muschel in der offenen Schale seines Gegners stehend, streckte der Japaner sein linkes Bein waagrecht in die Höhe und ließ den Norweger über seine Schulter rutschen. Zusammen flogen sie über den Rand hinweg aus dem Ring. Der weiße Riese unten, der Engel oben, wie sich das für Engel gehört. Was bedeutete, dass der Norweger als Erster auf der Fläche außerhalb des Rings aufschlagen würde. Dergestalt verbunden, stürzten sie in die erste Reihe des begeisterten Publikums. Darunter Frauen von luzider Erscheinung.

Schweiß spritzte wie ein Bogen jenes Salzes, das eben noch in die Ringmitte geworfen worden war.

Und was war der Sinn des Ganzen? Kein Sinn, nur der Zauber vergeudeter Kraft. Und nachglühende Symbole.

Der Applaus brandete auf, eine Begeisterung, in der auch die Erleichterung der meisten Zuseher mitschwang, dass ein so hochrangiger japanischer Sumōtori nicht gegen einen europäischen Amateur verloren hatte, zumindest bis dieser rumänisch-norwegische Ringer im kommenden Jahr einen japanischen Kampfnamen erhalten und in einen japanischen Profistall überwechseln würde.

Klaras Erleichterung, und ganz sicher auch die Erleichterung Frau Castelbajacs, galt natürlich dem Umstand eines Engels inmitten dieses von Kraft und Masse und bärenartigem Geschick bestimmten Wettkampfs. Denn das war eigentlich die schwerste Aufgabe der Engel, die Verrücktheiten der Menschen teilen zu müssen. Nicht etwa geisterhaft herumzuschweben und sich mitzufreuen oder mitzuleiden mit irgendeinem Schutzbefohlenen, sondern tief drinzustecken in der menschlichen Komödie. Und sich vielleicht selbst zu fragen, wozu das denn eigentlich gut sei. Aber viele, die auf irgendeine Weise *entsendet* waren, fragten sich das. Soldaten, Handelsvertreter, Lobbyisten, Berichterstatter, Geheimagenten, die Überbringer schlechter Nachrichten, vielleicht sogar der Papst.

Großer Jubel also. Danach wurde wieder fleißig der Ringboden gekehrt.

Die letzten Kämpfe verliefen wieder nach dem Muster deutlicher Überlegenheit der Profis, wobei der im höchsten Rang stehende Yokozuna es mit einem Amerikaner zu tun bekam, der mit seinen zweihundertzehn Kilo noch mal dreißig Kilo schwerer war als der japanische Großmeister mongolischer Herkunft. Aber diese dreißig Kilo änderten nichts daran, dass der Yokozuna den Amerikaner unter Stößen, die etwas von vielen kleinen Ohrfeigen gegen die Brust besaßen, also Brustfeigen waren, geradezu zart aus dem Ring schob. Und dabei auch achtgab, dass sein Gegner nicht etwa vom Podest herunterfiel, sondern außerhalb des Rings wie eine rückwärtsfahrende, aber stark abgebremste Straßenbahn zu stehen kam.

Es war Georg, dem das Bild mit der Straßenbahn durch den Kopf ging, wobei er sich fragte, ob er jemals in seinem Leben eine rückwärtsfahrende Straßenbahn gesehen hatte.

Das Turnier endete mit einer finalen Zeremonie, bei der einer der Ringer einen schmalen hölzernen Bogen in der Hand hielt, diesen herumwirbelte und ihn schließlich in ausführlichen Bewegungen über den Boden gleiten ließ. Wobei erstaunlich viele Zuseher gleich nach dem Ende des letzten Kampfes das Stadion verließen. Eine Unhöflichkeit, die angesichts dieser aus lauter Höflichkeiten bestehenden Veranstaltung verblüffte. Als sei das Publikum seiner Götter müde.

Oder doch eher hungrig. Denn die Leute eilten in die Restaurants, beziehungsweise begaben sich viele hinüber nach Nakatsuwaga, deren einzige Sehenswürdigkeit wiederum Magome war, wie man sagen konnte, in einem bestimmten Gesicht sei das einzig Attraktive ein kleiner Schönheitsfleck. Der Großteil der Besucher freilich kehrte zurück in die gut neunzig Kilometer entfernte Millionenstadt Nagoya, wo die Restaurant- und Hoteldichte naturgemäß ungleich größer war.

Klara, Georg und Frau Castelbajac spazierten die alte Fernstraße hinauf zu Frau Hashis Haus, wo man im Restaurant erneut am Familientisch drei Plätze zugewiesen bekam.

Dort saßen die drei und griffen in der bekannten Manier nach Tellern und Schälchen. Die beiden Frauen lösten kleine Happen aus den Körpern der gesalzenen Forellen, während Georg an diesem Abend zwar die Pilze mied, aber mit Gemüse und Reis, mit Maki und Miso dennoch satt wurde. Wobei er schon merkte, wie wenig er dem grünen Tee und wie sehr er dem Sake zusprach. Etwas an diesem Getränk ließ ihn auf eine gute Weise aufhorchen. Es war beinahe wie das Gegenteil von Betrunkenheit. Eine große Klarheit, die aber besänftigte. Etwa mittels der Einsicht, wie bedeutungslos das Leben war, gerade aber dadurch einen Reiz besaß. Sinnlos schön und ebenso sinnlos schrecklich.

Der Reiz ging irgendwann über in Müdigkeit. Georg verabschiedete sich und begab sich nach oben. Er war der Erste, der sich schlafen legte. In den allein durch die papierenen Schiebetüren voneinander getrennten Räumen herrschte eine heilige Ruhe. Im hintersten und letzten und kleinsten Winkel fiel Georg erschöpft auf den ausgerollten Futon. Da war wieder jenes aus der Kindheit bekannte Gefühl, von einem Turngerät gestürzt und auf die Matte gefallen zu sein und einfach nicht mehr aufstehen zu wollen.

Tat er auch nicht. Ungewaschen, seinen Kimono bloß auf Brusthöhe öffnend, ein behaarter Ausschnitt glänzend im Dämmerlicht, blieb er liegen und schlief in der Geschwindigkeit eines Fingerschnippens ein.

16

Das passierte ihm immer wieder mal: Er träumte, und er wusste, dass er träumte. Was aber kaum etwas half. Denn gleichgültig, was in diesen Träumen geschah, es wurde dadurch nicht weniger real – nicht weniger erregend oder erschreckend –, indem noch mitten im Geschehen klar wurde, welchem Zustand zu verdanken war, dass es geschah. Sowenig es einem Menschen nutzte, zu erkennen, einer Verrücktheit seines Geistes zu erliegen. Einbildungen von höchster Wirkungskraft, die jede Realität in den Schatten stellten. Also wahrlich einen Schatten bildeten, der alles zu- und abdeckte. So wurde der erfundene Schatten spürbarer als die Wirklichkeit, die er einschattete.

In seinem Traum befand sich Georg – der nie in seinem Leben auf einen Berg geklettert war – in der Spalte einer senkrechten Felswand. Es war absolut nichts zu erkennen, derart umwehte ein Schneesturm diese Stelle. Georg konnte nur vermuten, beim Auf- oder Abstieg an diesem Hang nicht weitergekommen zu sein und Zuflucht in dieser stehgrabartigen Nische gefunden zu haben. Er spürte, wie der herbeigewehte Schnee an ihm kleben blieb und ihn einhüllte wie eine Decke. Er konnte sich kaum rühren. Er schaffte es nur, seinen linken Oberarm so weit abzuwinkeln, um sich ab und zu den Schnee aus dem Gesicht zu wischen, damit nicht auch Augen und Mund vollends unter einer Schneeschicht verschwanden.

Wenn er sich über das Gesicht fuhr, merkte er, dass viele kleine Eiszapfen von seinem Bart brachen (dabei hatte er nie in seinem Leben einen Bart getragen, in seinen Träumen jedoch schien er durchgehend ein Bartmann zu sein, was ja zum dummen und gefahrvollen Erklimmen von Felswänden auch besser passte: diese rohe und raue Bärtigkeit, ein viriles Ornament).

Da stand er wie eingefroren und spürte den ungemeinen Schmerz in seinen Gliedern, vor allem in seinen Fingern und Zehen und seiner Nasenspitze, die nicht ohne große Klage ihren Geist aufgaben.

Georg fragte sich, was er hier verloren hatte. Das Abenteuer in den Bergen? Bei minus dreißig Grad in einer Gegend, die auf Fotos und bei Schönwetter und vielleicht auch noch vom Flugzeug aus ganz nett anzusehen war. Welcher Teufel hatte ihm eingeredet, an diesem Felsen hochzuklettern? Weil er das aus Filmen und Büchern kannte und es in Filmen und Büchern so ungemein heroisch wirkte? Selbst noch das Sterben und der Tod.

Er dachte, was für ein großer Unterschied es sei, über einen Schmerz zu lesen, als ihn selbst leibhaftig zu erleben. Alles Heroische fiel dann ab, und es blieb nur noch die pure Verzweiflung. Und natürlich Wut. Wut über sich selbst.

Warum habe ich das getan? Weil mir langweilig war?

Es im Traum zu tun, fand er zusätzlich absurd.

Ich muss aufwachen, dachte er. Gelang aber nicht.

In diesem namenlosen Berg wie in einer Wunde steckend, sinnloserweise darauf hoffend, aufzuwachen, bemerkte Georg, wie sich von außen, von der Felswand her, etwas oder jemand näherte. Er vernahm das Geräusch, das entstand, wenn ein Haken ins Gestein geschlagen wird und ein durch einen Karabiner geführtes Seil sich am Metall reibt. Er vernahm dies so ungemein deutlich, trotz des tobenden Schneesturms. Und dann fühlte er, wie sich ein Körper neben den seinen drängte, hinein in die Felsnische. Ein zarter, feingliedriger Körper, das war selbst durch die Schneedecke, die ihn umgab, gut zu spüren. Eine Schneedecke, die rasch dahinschmolz, jetzt wo sein Körper und dieser andere Körper eng an eng den kleinen Raum füllten. Wofür eigentlich gar kein Platz war. Nicht für zwei. Und doch schien es, als hätte der Berg ein wenig ausgeatmet und dadurch diese Wunde im Gestein ein Stück auseinandergezogen.

Die Frau, denn es war eine Frau, stand mit dem Rücken zu Georg. Er konnte ihr Haar riechen, die Haut an ihrem Hals. So eine Mischung aus Nivea und etwas Verwegenem, also verwegener als Nivea. Obgleich ihm im Traum der Name dieser ikonischen Hautcreme nicht einfiel.

Bald meinte er, dass nicht nur aller Schnee zwischen ihnen beiden geschmolzen war, sondern auch *sein* Anorak und *ihr* Anorak sich aufgelöst hatten, allein noch dünnes Leinen sie voneinander trennte. Ein Leinen, das die Rückenpartie der Frau deutlich auf Georgs Rumpf zeichnete. Und umgekehrt, so als würden die topografischen Modelle zweier Landschaften den Abdruck der jeweils anderen bilden.

Kann man im Traum die Augen schließen?

Georg bemühte sich darum. Und ob er nun wirklich die Augen schloss oder eben allein das Bemühen träumte, es gelang: Er fiel. Rutschte abwärts wie durch einen Gang seiner selbst und war eine Sekunde später …

Es war Nacht. Er spürte aber gleich, dass sich nur punktuell etwas geändert hatte. Da war noch immer ein fremder Körper, gegen den er sich presste, hinein in die leicht geschwungene Rückseite. Und es war immer noch ein bloßes Laken, das wie eine durchscheinende Grenze ihn und diesen Körper trennte.

Einen kurzen Moment dachte er, dass er in eine andere, tiefere Traumebene geraten war und damit bloß aus der geträumten Felsspalte hinaus und in ein geträumtes Bett hinein, sich aber sonst nichts geändert hatte. Nichts an der Erregung und der Befremdlichkeit des Traums.

Dann jedoch gewahrte er das schräg in den Raum fallende Mondlicht und begriff endlich, erwacht zu sein. Nicht zu träumen. Nicht nach unten, sondern nach oben geraten zu sein, wirklich und wahrhaftig in diesem kleinen Zimmer in Magome zu liegen, direkt an der Frau, der er kürzlich das Leben gerettet hatte.

Offenkundig war es so, dass Klara, lange nachdem er eingeschlafen war, ins Zimmer gekommen und sich auf ihre Seite des Futons gelegt hatte. Irgendwann in der Nacht war er dann absichtslos an sie herangerückt. Ganz nahe. Wahrscheinlich bloß eine bessere Schlafposition suchend, sich ebenfalls auf die von ihm bevorzugte Herzseite legend, während er sich beim Einschlafen pro forma von der noch gar nicht anwesenden Klara weggedreht hatte.

Georg erschrak, und im Erschrecken löste er sich. Rückte von Klara ab.

Die daraufhin erwachte, oder halb erwachte, ein leises »Was?« in die Nacht zischte, das wie eine winzige Wolke im Mondlicht hochstieg. Dann war sie wieder eingeschlafen.

Georg fühlte sich ertappt. Aber was sollte er sagen? Es war ihm, solange er geträumt hatte, gut gegangen in ihrer Nähe. Daran konnten kein Schrecken und keine Peinlichkeit etwas ändern.

Er schimpfte sich, dabei blickte er zum Fenster hoch, an dessen linker Rahmenstrebe ein Stück des Mondes zu sehen war. – Es war natürlich Märchensprache, wenn man dachte, der Mond schaue einen an. Aber dieser Mond tat es. Es war ein Zwinkern in seiner rechten Gesichtshälfte. War aber wohl eher höhnisch gemeint.

In diesen Hohn eine Weile hineinstarrend, den Schmerz in seinem Rücken wie eine gerechte Strafe empfindend, schlief auch Georg wieder ein.

Als er gegen acht Uhr erwachte, tat er das in der erschlagenen Weise, die ihm so vertraut war. Er drehte sich um und musste feststellen, dass die Stelle auf dem Futon erneut leer war. Da klaffte bloß eine längliche Falte in jenem Laken, das nächtens zwei Körper verbunden hatte und nun wie das Resultat einer Häutung zurückgeblieben war.

Wahrscheinlich war Klara joggen gegangen, dachte sich Georg, der diese Sportlichkeit bereits bemerkt hatte. Etwas, was er schon vor Urzeiten hinter sich gelassen hatte.

Er stand langsam auf, dehnte sich halbherzig … in der Tat dachte er in diesem Moment das Wort *halbherzig* und stellte sich vor, mit nur einer Hälfte seines Herzens dabei zu sein, während er seinen Oberkörper nach vorn beugte und versuchte, mit seinen Fingerkuppen die hochgestellten Zehen zu erreichen. Ließ es aber im Zuge der Halbherzigkeit damit bewenden und umfasste die Außenseiten seiner Fußknöchel. In dieser Stellung verblieb er für zehn Sekunden, aus denen neun wurden, dann richtete er sich mit einem Stöhnen auf, erhob sich wie die von einem

Phönix hochgewirbelte Asche und begab sich hinüber zu den Duschen.

Willkommen unter sitzenden Männern, die im Regen auf einen Bus warten.

Er hatte anscheinend eine ganze Weile gewartet, denn nachdem er fertig geduscht und in einem kleinen Extraraum unter einem Rollbild sitzend eine Schale Filterkaffee getrunken und sich schließlich Wanderkleidung angezogen hatte, um nach draußen auf die Straße zu treten, standen dort bereits Klara und Frau Castelbajac, die sich im Gespräch mit jener älteren Dame aus dem Bürgerbüro befanden.

»Wo bleiben Sie denn so lange?«, meinte Klara.

Georg betrachtete seine Reisebegleiterin. Als suche er nach einer Spur, einem verräterischen Detail, das die Annäherung von letzter Nacht bestätigte. Aber da war nichts. Kein Mal und kein Merkmal. Keine Erinnerung.

»Sorry«, meinte er, und zwar durchaus erleichtert, »aber ich glaube, ich habe mich unter der Dusche verirrt.«

Verirrt war das völlig falsche Wort, aber Klara beließ es dabei. Man verabschiedete sich von der Dame aus dem Bürgerbüro und marschierte zu dritt hoch zum Busparkplatz, wo Frau Castelbajacs dunkelgrüner MGB GT parkte. Er wirkte im Licht der kräftigen Morgensonne wie frisch lackiert.

Natürlich hätte man auch das »sporty small car«, das gemietete *Android-Auto*, oder beide Wagen nehmen können, damit sich Georg nicht in den winzigen Rückbereich des britischen Sportwagens zwängen musste. Geschah aber trotzdem. Frau Castelbajac war in dieser ganzen Geschichte von der bloßen Dolmetscherin zur Leiterin einer Expedition übergewechselt. Mit der eindeutigen Aufgabe, Klaras Suche nach dem Verbleib ihrer Großmutter zu einem raschen Ende zu führen und sie in Itōs Küstenvilla zu bringen. Und Georg dazu, wenn das aus irgendwelchen Gründen nötig war.

Georg, der jetzt wie ein impfunwilliges Tier im Fond eingequetscht war, während vorne Klara und Frau Castelbajac saßen.

Die Dolmetscherin startete und fuhr los. Und es brauchte keine paar Meter, um festzustellen, dass sie das Klischee einer dieser Autofahrerinnen erfüllte, die schlecht fuhren, aber dies mit viel Selbstbewusstsein. Also weder langsam noch zögerlich, sondern bloß schlecht und mit einer gewissen Blindheit für Verkehrszeichen.

Doch es war nicht viel los auf der Straße, die über den Magome-Pass führte, hinaus aus der Präfektur Gifu, hinüber in die Präfektur Nagano, entlang der alten, auf diesem Abschnitt restaurierten Fernstraße, bevor man kurz nach der Überquerung des Flusses Araragi von der Straße 7 auf die Straße 256 abbog – und zwar auf Anweisung einer japanischen Frauenstimme aus dem Navigationsgerät. Anders als die weibliche Oskar-Werner-Stimme aus dem Mietwagen klang sie ausgesprochen streng. Eine Stimme wie eine Verbeugung, aber eine Verbeugung, die etwas einfordert: Respekt, Geld, ein Duell, Selbsterniedrigung, so was in der Art. Und die sich nun mehrfach meldete, und das, obgleich man auf der 256 blieb, bis man an deren Ende einen Parkplatz erreichte. Dort standen zwei Hütten und einige Hinweisschilder, von denen mehrere Wanderwege abzweigten.

Auf der Fläche parkte ein einziger Wagen. Eine vierköpfige Familie studierte eins der Schilder. Frau Castelbajac fuhr den dunkelgrünen MG so nahe an das Unterholz, als wollte sie ihn der Natur zurückgeben.

Als sie alle drei ausstiegen, meinte Georg leise zu Klara: »Wenn sie so übersetzt, wie sie fährt …«

Mehr sagte er nicht, sondern beugte sich zu seinen leichten Wanderschuhen, um sie etwas fester zu binden.

Natürlich befand sich an dieser Stelle noch keines der rosafarbenen Bänder, die zu Hashimoto Sōsekis Atelier und Wohnhaus hinleiteten, aber Frau Castelbajac wusste, welchen Weg man zu nehmen hatte. Ein Weg, der sich anfangs noch als eine breite, leicht ansteigende Forststraße erwies, die zu einem Knotenpunkt führte, von dem weitere, kleinere Pfade abzweigten. Auch hier aber keines der angekündigten Bänder.

Der Weg, den Castelbajac diesmal wählte, verlor nach einiger

Zeit seine Einfachheit, wurde schwierig, blieb trotzdem kultiviert, was bedeutete, dass Holzbretter über besonders unwegsame Stellen führten, mitunter auch Seile aufgespannt waren, an denen man sich hochziehen konnte. Dann wieder bestand der Steig aus aufgeschichteten Steinen oder aus in die Erde geschlagenen, allein aus dem Wurzelwerk gebildeten Stufen. Vor allem wurde es dunkel am Tage, nur wenig Sonnenlicht sickerte herab, derart bogen sich die Laubbäume über den Wegen zu einer geschlossenen Kuppel. Es war schwer vorstellbar, wie unter solchen Bedingungen in Kisten verpackte, monumentale Gemälde transportiert wurden. Vielleicht aber hatte der Spediteur die Größe der Kunstwerke etwas übertrieben, nicht hingegen, was diese gewisse Unheimlichkeit des Waldes betraf, der etwas Verschlingendes an sich hatte. Diese Unmäßigkeit der Natur, die einem in den stärker domestizierten Landschaften selten auffiel, siehe Golfplätze. Im wahrsten Sinne *erniedrigtes* Gras.

An einer Stelle des Waldes, an welcher der ohnehin schmale, nur mehr schwer erkennbare Weg sich in zwei noch schmalere aufteilte, war ein rosafarbenes Band an einem dünnen Stamm zu erkennen. Es wies auf den linken der beiden Pfade.

»Ich hatte schon geglaubt, wir würden niemals auf diese Bänder stoßen«, sagte Klara. Zugleich fasste sie nach dem seidenen Stoff, der erstaunlich geschmeidig zwischen ihren Fingern lag. Als hätte ihm die Witterung in keiner Weise zusetzen können, wollte man nicht annehmen, er sei erst jüngst an diesem Baumstamm befestigt worden.

Was für die folgenden Bänder, die hier in großen und dann wieder kleinen Abständen zu finden waren, nicht mehr galt. Fast konnte man den Eindruck bekommen, ihr Rosa verblasse mit der Annäherung ans Ziel. Und tatsächlich, nachdem man eine Stelle passiert hatte, auf deren Höhe ein tiefes Rinnsal in engen Kurven sich den Berg abwärtsschlängelte, war ein Seidentuch angebracht, das bloß noch einen letzten Schimmer von Rosa besaß. Rosa aus dem Jenseits. Und gleich hinter diesem letzten, fast weißen Band öffnete sich der Wald, und der Weg führte hinaus auf eine in den Berghang gefügte, ebene Lichtung.

Auf dieser Lichtung stand die hohe alte Scheune, deren aus Holzlatten gezimmerten Wände schwarz waren und es einer gewissen Position bedurfte, um aus dem Schwarz – wie man das von schwarzen Katzen kannte, die man im Sonnenlicht betrachtete – rotbraune Töne herausleuchten zu sehen. Wie passend dieser Vergleich war, wussten jene, die um den Namen dieser zum Atelier umgewandelten Scheune wussten, die Hashimoto *Goldene Katze* getauft hatte. Man brauchte nur den Sonnenuntergang abzuwarten, dann konnte man sehen, wie anstelle der rotbraunen Töne ein goldener Schimmer aus dem Schwarz der hölzernen Verkleidung brach. (Der eigentliche Grund für den Namen dieses Hauses bestand darin, dass im Eingangsbereich des Ateliers ein frühes Gemälde des Meisters hing, das den Titel *The Golden Cat* trug, ein Hauptwerk Hashimotos, eine goldene Katze vor schwarzem Hintergrund, in einer Weise abstrahiert, dass man hätte sagen können: ein stehendes Rechteck in Gold auf schwarzem Grund. Und doch sah jeder, der dieses Bild betrachtete, sofort die darin dargestellte Katze. *The most catlike rectangle I've ever seen*, hatte ein Kunstkritiker einmal geschrieben.)

Noch aber befanden sich die drei nicht im Eingangsbereich, sondern näherten sich dem Gebäude auf einem Weg aus hellen, vom Regen polierten Pflastersteinen.

Da kam mit einem Mal ein Hund um die Ecke geschossen. Festes, sesamfarbenes Fell, stabiler, muskulöser Körperbau. Ein Hund von mittlerer Größe, der wenige Meter vor den drei Besuchern seinen Lauf stoppte, mit nach oben gerollter Rute, mit Ohren, die wie kleine Zauberhütchen rechts und links wegstanden. Aus dem geöffneten Maul hing eine Zunge, die gut und gern als eins der rosafarbenen Seidenbänder hätte durchgehen können. Man sah seine scharfen Zähne. Aber er fletschte sie nicht. Seine Haltung blieb ohne Drohgebärde, war allein darauf ausgerichtet, im Weg zu stehen. Allerdings wirkte er auch nicht so, als warte er auf eine Streicheleinheit, auf *Trost von Fremden*. Er dominierte ganz einfach den Raum, und in seinem Blick stand ein Verzeihen dafür, was geschehen würde, sollte einer der drei Eindringlinge einen Schritt weiter gehen.

Es handelte sich um einen Kishu, einen japanischen Spitz, der heutzutage gerne für die Jagd auf Wildschweine eingesetzt wurde, früher auch Rotwild, ein echter Jäger, was bedeutete, dass in seinen Genen die letztendliche Konsequenz des Jagens, nämlich das Töten, stark verankert war. Zudem galt er als ein ausgesprochener Ein-Mann-Hund. Und er war außerhalb von Japan kaum zu sehen.

Frau Castelbajac wusste um die Eigenarten dieser Rasse und wusste, dass dieser Hund sich in keiner Weise würde bestechen lassen, nicht durch süße Worte oder süße Speisen oder sonst was Süßes.

»Ich denke«, sagte sie, »wir bleiben einfach mal stehen und warten ab. Gelassen, aber nicht *zu* gelassen. Der Hund soll nicht denken, er würde uns langweilen.«

Also verblieben sie im Zustand einer moderaten Anspannung und hofften, es würde etwas geschehen, was den Hund dazu brachte, den Weg freizugeben.

Und tatsächlich, es geschah. Und zwar indem aus der offenen Ateliertüre eine Katze herauskam, weder schwarz noch golden noch rotbraun, sondern eine weiße Katze mit Stummelschwanz. Nein, ganz weiß war sie doch nicht. Ein wenig Schwarz und ein heller Goldton hatten sich über das Gesicht, die Hinterbeine und das Relikt eines Schwanzes gelegt. Aber der Eindruck von Weiß dominierte.

Und diese dreifarbige Katze näherte sich dem Hund, strich einmal um ihn herum und … ja, man konnte sagen, die Katze holte ihn ab. Denn indem sie nach einigen Schleifen den Rückweg zum Haus antrat, ging der Kishu mit ihr mit.

Das war ungewöhnlich, wie Frau Castelbajac erklärte, weil Kishus als recht eigensinnig und dominant galten, gewiss keine Familienhunde waren und noch weniger Katzenhunde. Aber gut, es sollte ihnen recht sein, dass hier offenkundig die Katze das Sagen hatte. Was auch immer die Katze im Schilde führte, die drei Ankömmlinge durchzulassen. Jedenfalls war der Weg frei, sich weiter dem Gebäude zu nähern.

Eine kleine, seitliche Türe an der Vorderfront stand weit offen.

Es gab keinerlei Klingel oder Gegensprechanlage, und auf die Rufe Frau Castelbajacs meldete sich niemand.

»Ich finde, nachdem uns die Katze hat passieren lassen«, meinte Frau Castelbajac, »können wir auch mal reinschauen.«

Sie betraten einen kleinen Vorraum, der, ganz in Weiß, über nichts anderes verfügte als einen quadratischen, niedrigen Tisch, auf dem in einer Vase ein einziger Ast steckte. Keine Blüte, keine Blätter, nur ein trockener Ast, der im Licht, das aus einem Spot fiel, einen gedehnten Schatten warf. Einen tollen Schatten. Markanter als der Ast, der ihn warf.

Gegenüber dem markanten Schatten und dem Ast, der ihn verursachte, befand sich das berühmte Gemälde *Die goldene Katze*. Klara wusste um die Bedeutung dieses Bildes, über das sie einiges gelesen hatte: ein Schlüsselwerk. Ein Schlüsselwerk, das hier völlig ungesichert in einem offenen Raum hing. Auch wenn der Aspekt des Ungesichertseins so sicher nicht war.

Keine Frage, alle drei Personen, die im Moment dieses Bild betrachteten, waren verblüfft darüber, wie sehr ein aufrecht stehendes goldenes Viereck, das in keiner Weise auf etwas Gegenständliches anspielte, dennoch unverkennbar an eine Katze erinnerte.

Die drei brauchten eine ganze Weile, um sich von Hashimotos erstaunlichem Frühwerk zu lösen, bevor sie weitergingen und in einen riesigen Atelierraum gerieten.

Sieh an!

Man musste sich fragen, was für Riesenviecher diese Scheune einmal beherbergt hatte. Sie war an die zwanzig Meter hoch. Eine Dachseite war vollständig verglast. Das Licht flutete herein wie stark gewässerte Milch. Der ganze Raum hatte etwas Milchiges und Milchgeschäumtes mit seinen hohen, weiß getünchten Wänden und einem Boden aus cremefarbenem Kunststoff. Und das galt auch für die Bilder selbst, die tatsächlich mehrere Meter hoch waren, aber lange nicht so breit, eher riesigen Streifen glichen. Auch auf ihnen herrschte Weiß vor, allerdings Weiß in allen möglichen Tönungen: ein graues Weißes genauso wie ein lilafarbenes, ein Weiß bläulich wie Gletschereis und ein dunkel gesprenkeltes

Weiß wie Schnee in Berlin. Waschmaschinenweiß und das Weiß im Auge des Betrachters. Die Farbe war dick aufgetragen, erstarrte Strudel. Etwas Vertrautes war insofern zu erkennen, als die weißen Farbflüsse an verschneite Gebirge, sich türmende Wolkengebilde und schäumendes Wasser erinnerten. Naturgewalt in Weiß! Es war aber keine abstrahierte Natur, sondern eine Abstraktion, die der Natur selbst innewohnte.

Wenn man diese gewaltigen Bilder sah, fragte man sich, wie ein Achtundneunzigjähriger, der angeblich ohne jegliche Assistenten und Gehilfen arbeitete, solche großartigen Monster schaffen konnte. Immerhin, es standen mehrere ausziehbare Leitern im Raum, auch eine Hebebühne sowie lange Stangen, an die dicke Pinsel geheftet waren. Aber nirgends der Meister. Nur Hund und Katze, die es sich auf einem großen, runden Polster exakt in der Mitte des Raums gemütlich gemacht hatten und gänzlich desinteressiert schienen an den drei Besuchern. Beide Tiere wirkten so, als seien sie aus diesen Bildern herausgefallen, weiß und sesamfarben.

Klara sagte, es müsse sich um eine gänzlich neue Serie von Gemälden handeln, denn sie hätte nichts darüber im Internet gesehen. Die letzten ausgestellten Bilder seien durchgehend monochrome Variationen von Grün gewesen.

»Er geht anscheinend alle Farben durch«, meinte Frau Castelbajac.

»Somit dürfte er jetzt am Ende seines Zyklus angekommen sein«, meinte Klara eingedenk dieser gewissen Finalität von Weiß, wenn sich Rot, Grün und Blau zu einer lichten Einheit vermischten.

Während die drei durch den Raum gingen und an den gewaltigen, hellen Gemäldestreifen hochsahen, kamen sie zu einem winzigen Fenster. Es war, abgesehen von dem großen Glasdach, die einzige Sichtöffnung, eine auf Kopfhöhe angebrachte quadratische Scheibe von nicht mal einem Meter Länge und Breite, wie ein kleines Gemälde unter großen.

Durch dieses Fenster blickten sie hinaus auf eine etwas tiefer gelegene, natürliche Hangebene, auf der ein modernes kleines grünes Haus stand. Es war aber nicht wirklich grün, sondern setzte sich aus dünnen weißen Streben und lauter raumhohen Scheiben zusammen, in denen sich der umliegende Wald grün spiegelte. Ein zweistöckiger, gläserner Kubus. Der so wirkte, als hätte für seinen Bau kein einziger Baum weichen müssen, vielmehr schien er in eine *Baumlücke* gesetzt worden zu sein. Was auch für den kleinen Pool galt, ein Naturbecken, sowie eine schmale Terrasse, die Haus und Pool verband. Zwischen diesem Komplex und dem höher gelegenen Atelier führte ein einfacher Holzsteg über eine von niedrigem Gebüsch besetzte Fläche.

Was überraschte, war der Umstand, dass auf der Terrasse, die Klara wegen der seitlich wegstehenden Streben an die umgelegte Scheunentüre aus Bruegels *Bauernhochzeit* erinnerte, dass dort nicht etwa die ältliche Gestalt eines Meisters der modernen Malerei zu sehen war, sondern zwei Frauen in Bikinis, die mit Sonnenbrillen in Liegestühlen lagen. Auch auf die Entfernung war gut zu erkennen, dass es jüngere Frauen waren, groß gewachsen, von modelartiger Schlankheit und Ausstrahlung. Jede hatte neben sich auf einem kleinen Tischchen einen Cocktail stehen, dessen knalliges Rot wie ein Verbotsschild aus dem Bild der Umgebung herausleuchtete. Man hätte meinen können, auf das Standfoto aus einem James-Bond-Film zu schauen. Einem von den alten.

Im Unterschied zu der Bobtail-Katze und dem Kishu-Hund in der Mitte des Atelierraums sahen die beiden Frauen gar nicht so aus, als seien sie einem Gemälde Hashimotos entstiegen. Ihr Ursprung musste anderer Natur sein.

Georg, Klara und Frau Castelbajac verließen das Atelier an der Vorderseite, traten hinüber zur Seitenfront, stiegen auf steinernen Treppen abwärts und querten die wackeligen Balken, die zu Pool und Haus führten.

Natürlich wurden sie wahrgenommen. Die beiden Frauen auf der Terrasse schoben ihre Sonnenbrillen hoch … eine übliche Geste, die merkwürdig ist, weil man ja genau darum Sonnenbrillen trägt, um besser sehen zu können und nicht ins grelle Licht blinzeln zu müssen.

Sie blinzelten und riefen etwas auf Japanisch.

Frau Castelbajac meinte: »Die beiden wollen, dass wir uns zum Teufel scheren. Wir stünden auf Privatgrund.«

»Natürlich tun wir das«, meinte Klara, »wir können schließlich nicht drüberfliegen.«

»Soll ich das so übersetzen?«, fragte Frau Castelbajac.

»Ach ja, wieso nicht! Und dass wir Herrn Hashimoto sprechen wollen, sprechen müssen. Erwähnen Sie den Namen Helga Blume. Vielleicht bewirkt das etwas.«

Frau Castelbajac rief den beiden Frau etwas zu. Diese redeten sofort zurück, hörbar bemüht, die Fremden abzuweisen. Doch als die Dolmetscherin den Namen von Klaras Großmutter ins Wortgefecht warf, erhob sich eine der beiden Frauen mit einem hörbaren Seufzer von ihrem Liegestuhl.

Sie war wirklich ungemein groß gewachsen und schlank, und als genüge das nicht, schlüpfte sie in hohe Sandaletten, deren Stilettoabsätze den Grusel früherer Kriege hervorriefen. Bajonette.

Die Gesichtszüge dieser Frau besaßen jenen Reiz, der sich aus einer Mischung ergibt. In ihrem Fall, wenn sich die östliche und die westliche Sphäre in einer Weise begegnen wie Kontrahenten, die am Ende des Tages zur Freundschaft finden.

Hübsch, klug, elegant, allerdings mit einem Höchstmaß an Arroganz. Die Arroganz steckte in jeder Geste, jeder Bewegung wie eine delikate Schleife an einer verpackten Schatulle. Was auch für die andere Frau galt. Die beiden sahen aus wie Zwillingsschwestern. Und waren es auch. Man mochte sich nicht vorstellen, was in der zauberhaften Schatulle ihres Wesens für ein Grauen steckte.

Jedenfalls bewegte sich die junge Frau in wiegenden Schritten hinein ins Haus. Sie blieb eine Weile verschwunden und kehrte dann allein zurück, wortlos auf ihren Liegestuhl sinkend, mit leicht gekreuzten Beinen, als würde eine Gazelle Manets *Olympia* kopieren.

Frau Castelbajac fragte etwas, erhielt aber keine Antwort. Man wartete. Allein der Wind sprach. Beziehungsweise die Bäume und Sträucher, die von diesem Wind in Schwingung versetzt wurden.

Was auch für das Wasser in dem kleinen, von grob gehauenen Steinen umrandeten Naturbecken galt. Es sah aus, als zerkratze der Wind die Oberfläche wie mit scharfen Kufen.

Und dann kam er, der alte Mann und alte Maler, Hashimoto Sōseki, der Schöpfer goldener Katzen und blinder Köchinnen und monumentaler Abstraktionen – übrigens hatte er jüngst den Praemium Imperiale abgelehnt, praktisch der Nobelpreis der Künste, fünfzehn Millionen Yen, gestiftet vom japanischen Kaiserhaus. Hashimoto hatte seine Ablehnung mit keinem Wort begründet, sodass diverse Vermutungen kursierten, von denen die populärste auf einen früheren Spruch des Malers zurückging, dass einem wenige Dinge eine so reine, pure und ungetrübte Lust bescherten wie die, sich einer Auszeichnung zu verweigern. Gleich, aus welchen Gründen, und gleich, auf wie viel Geld und Ehre man damit verzichtete. Wobei aber diese Lust eine große Einschränkung und Peinlichkeit erfahren würde, wenn man seine Ablehnung durch fadenscheinige und kokett-ideologische Erklärungen schmückte. Oder den Preis in Ketten doch noch annahm, eine unwürdige, weinerliche Geste vollziehend (er spielte wohl auf Klaus Staeck an, der 1970 einen Preis in Handschellen entgegengenommen hatte).

Ein wenig hatten Klara, Georg und Frau Castelbajac angesichts der monumentalen Bilder drüben in der Scheune mit einem jünger anmutenden Achtundneunzigjährigen gerechnet. Doch der Mann, der jetzt mit nacktem Oberkörper erschien, mit einem Badetuch um Bauch und Hüften, war klein und gebückt und besaß die Haut einer Echse. Seine Brust war stark eingefallen, während sein Bauch als kleine, kompakte Kugel hervorragte, als handle es sich um einen Fenstergucker. Hashimoto trug eine Sonnenbrille, hinter der sein Gesicht größtenteils verschwand. Sein Mund war ein Strich aus dünnen Lippen, sein weißes Haar stand zu Berge wie Schnee ohne Schwerkraft. Sein Schritt wirkte müde und verloren. Seine dünnen Arme hingen an Schultern, die aussahen wie verformtes Wachs.

Hashimoto Sōseki blieb vor den drei Ankömmlingen stehen. Frau Castelbajac verbeugte sich, alle verbeugten sich. Frau Castelbajac sagte etwas auf Japanisch. Hashimoto antwortete jedoch auf Deutsch. Er sagte: »Helga also.« Und an Klara gerichtet: »Und Sie sind wirklich ihre Enkelin?«

Klara nickte und meinte, sie wäre nicht hier, wäre sie nicht *wirklich* die Enkelin.

»Mein Deutsch«, sagte Hashimoto, »habe ich von Ihrer Großmutter. Und sie von mir ihr Japanisch.«

»Sie lebt noch, nicht wahr?«

Anstatt zu antworten, bewegte sich Hashimoto an den dreien vorbei, entledigte sich im Gehen seines Badetuchs, das wie ein verstoßenes Gespenst zur Erde fiel, und trat gänzlich nackt auf kleinen Stufen ins dunkle Wasser des Naturbeckens. Er rief etwas zu den beiden Gazellen hinüber, die sich widerwillig erhoben und ins Haus gingen.

»Ich lasse uns Tee bringen«, sagte Hashimoto, der nun bis zur Brust im Wasser stand, sich mit dem Rücken anlehnte, seine Hände über den Beckenrand gebreitet hatte und erklärte, wenn man mit ihm reden wolle, müsse man zu ihm ins Wasser steigen.

Wie zu erkennen war, befand sich in dem Bassin auch ein Schwarm von Kois. Sie glitten und schwärmten um Hashimotos Körper. Als hätte er Futter an sich kleben, saugten sie an seiner alten Haut.

»Okay«, meinte Klara und begann sich ohne Umstände bis auf ihre Sportunterwäsche auszuziehen.

Georg kam nicht umhin, ihren zierlichen, hellen Körper zu bewundern, wobei im Zierlichen alles Weibliche und Ausdauernde kompakt und konzentriert steckte. Es war einer dieser Körper, denen man ansah, dass sie sich auch im Alter nicht großartig ändern würden und dass sie eigentlich immer schon so gewesen waren.

Klara stieg ins Wasser. Einige der Kois wandten sich ihr zu, umschwommen sie, streiften ihren Körper. Es kitzelte ein wenig.

Jetzt zog sich auch Georg aus, ohnehin froh, nach dem langen Marsch und der Hitze des Tages ins kühle Wasser zu kommen, auch wenn er angesichts der Kois einen deutlichen Ekel verspürte. Er mochte Tiere bekanntlich nicht, und Fische am wenigsten.

Aber das Wasser tat ihm gut, und wie er bald feststellte, waren die Kois an ihm nicht interessiert, sondern zufrieden mit einer jungen Frau und einem alten Mann.

Nur Frau Castelbajac blieb draußen. Es war ihr schon schwer genug gefallen, heute auf ein Kostüm zu verzichten und in Jeans und Turnschuhen und leichter Bluse auf Wanderung zu gehen. Immerhin, sie trat näher an den Beckenrand, sah jedoch mit einem gewissen Schauder in das Wasser hinein. (Das wusste natürlich niemand, aber sie gehörte zu den wenigen Menschen, die allen Ernstes einen Haiangriff erlebt und überlebt hatten, damals als Sechzehnjährige während eines Gastschuljahrs in Australien, in Perth, gar nicht im Meer, sondern im Fluss. Nahe der Mündung, wo Haie sich gar nicht aufhalten sollten. Aber was sollten Haie nicht alles unterlassen. Die Narbe, die auch dreißig Jahre später wie der Abdruck einer Dornenkrone ihren Oberschenkel zierte, zeugte davon. Sie war nie wieder in irgendein Wasser gestiegen, auch in keinen Pool, und die oft launig klingenden Nachrichten über Haie konnte sie gar nicht lustig finden. Und ganz sicher auch keine Kois an ihrem Körper.)

Die beiden Gazellen kamen wieder aus dem Haus und trugen auf Tabletts Teekannen und Schalen herbei, stellten sie neben dem Beckenrand ab und gossen ein. Sichtlich lustlos und dennoch formvollendet.

»Meine beiden Töchter«, sagte Hashimoto, »mein spätes Glück.«

Die beiden konnten kaum über zwanzig sein, sodass eher von einem sehr späten Glück die Rede sein musste.

»Sie leben in Paris und London«, erklärte Hashimoto, »und arbeiten dort als Fotomodelle. Ein dummer Beruf, doch was soll man tun, die Kinder machen, was sie wollen. Jetzt sind sie ein paar Tage bei mir und langweilen sich. Immerhin, Langeweile ist eine gute Übung, um das Universum zu begreifen und sich auf den Tod vorzubereiten.«

Georg fragte sich, mit welchen Schuhen die beiden Töchter des Meisters an diesen entlegenen Ort gewandert waren. Es gab sie ja, die Frauen, die mit Bleistiftabsätzen auch noch durch unwegsamstes Gelände marschierten.

»Ich kann Ihnen nicht sagen«, kam jetzt Hashimoto auf Klaras Frage zurück, »ob Ihre Großmutter noch lebt. Nachdem die beiden, Helga und Lilo, von Magome weggingen – wann war das, irgendwann Ende Achtzig – habe ich die beiden nur noch einmal gesehen. In den Jahren nach der Jahrtausendwende. Es war ein Zufall. Ich saß im Zug nach Tokyo. Eines todkranken Freundes wegen. So dümmlich das ist, wenn wir Menschen erst besuchen, wenn sie am Sterben sind. Oder schlimmer, um sie an ihren Gräbern zu besuchen und zu triumphieren, weil sie liegen und wir stehen.«

Jedenfalls sei er in diesem Zug Helga und Lilo ein letztes Mal begegnet. Und könne somit auch nicht sagen, ob die beiden, oder eine von den beiden, es ihm gleichtue und sich dem Tod verweigere. Dabei wollte er nie alt werden.

»Jetzt nagen nicht die Würmer an meinem toten Leib, sondern die Kois an meinem lebenden.«

»Meine Großmutter«, meinte Klara, »hat Ihnen doch Modell gestanden. *Die blinde Köchin*. Wieso blind?«

»Sie könnten auch fragen: wieso Köchin? Sie konnte ja gar nicht kochen. Sie war sehr modern und hielt kochende Frauen für ein Missverständnis. Aber ich wollte sie eben unbedingt mit einem Messer in der Hand porträtieren, ohne den Verdacht zu erwecken, ich meine damit eine Mörderin oder auch nur Messerschleiferin. Beziehungsweise musste ein Fisch mit aufs Bild. Aber sie begann damals bereits ihr Augenlicht zu verlieren und trug immer Sonnenbrillen. Die passten ihr besser als jeder anderen Person. Fast kommt mir vor, wenn ich Sonnenbrillen trage, dann, um mich an sie zu erinnern. Sie war mir mein liebstes Modell.«

Er erzählte, dass sie Mitte der 2000er-Jahre, als er sie ein letztes Mal in diesem Zug sah, bereits vollständig erblindet war. »Die schönste Blinde, der ich je begegnet bin.«

»Aber Sie wissen, dass Helga selbst Künstlerin war?«, sagte Klara. »Und zwar eine visionäre.«

Klara berichtete von ihrem Fund in München. Von einem Foto, das in Wuppertal aufgenommen worden war. Drei Jahre bevor ein kleiner Franzose und leidenschaftlicher Judoka auf die gleiche Idee kam und zu einem der bedeutendsten Künstler des zwanzigsten Jahrhunderts wurde.

Das mit dem Sprung schien Hashimoto neu. Allerdings wusste er, dass sie Malerin und Fotokünstlerin gewesen war, bevor sie nach Japan gezogen war. Doch hätte sie zu dieser Zeit ihre Kunst bereits verworfen gehabt.

»Helga«, erklärte Hashimoto, »hat nichts von den Sachen gehalten, die sie in Europa gemacht hat. Sie hielt insgesamt wenig vom Leben, lebte es aber dennoch.«

»Ich möchte gerne begreifen«, sagte Klara, »wieso Helga und Lilo überhaupt ihre Kinder, ihre Familien verlassen haben, von einem Tag auf den anderen – spurlos –, und nach Japan gingen.«

»Japan ist nicht spurlos«, meinte Hashimoto.

»Ja schon«, sagte Klara, aber um diese japanische Spur wisse sie erst seit wenigen Tagen.

Hashimoto nickte und sagte: »Es war eine Flucht.«

»Aber wieso?«

Hashimoto erzählte, wie er die beiden Frauen im Herbst 1960 kennenlernte. Seine Eltern – es waren keine Reisbauern gewesen, wie fälschlich behauptet, sondern beide Lehrer – waren kurz hintereinander noch jung gestorben und er, Hashimoto, war darum in den Besitz jenes Hauses gekommen, das seine Eltern von ihren Eltern, die tatsächlich Reisbauern gewesen waren, geerbt hatten. Beide Elternteile hatten übrigens Deutsch unterrichtet. Von ihnen hatte er diese Sprache gelernt, aber bloß die Basis, auf der dann die zwei Frauen aufbauten.

»Meine Eltern«, sagte Hashimoto, »hatten Helga und Lilo kurz zuvor dieses Haus vermietet. Ich war damals dreiunddreißig, pendelte zwischen New York, Nagoya und Kyōto, kam aber immer wieder nach Magome. Die beiden waren ein wenig jünger. Und ich wusste sofort, dass sie meine Modelle sein würden.«

Er sei zu dieser Zeit vom weiblichen Porträt besessen gewesen und ebenso besessen von der Vorstellung, wie sehr das Modell letztlich die Qualität der Arbeit bestimmte. Wie sehr der Geist des Modells in den Geist der Darstellung überging und der Maler selbst ein bloßes Werkzeug dieser Übertragung sei. Um die beiden als Modelle zu gewinnen, war er sofort bereit gewesen, auf eine Miete zu verzichten und ihnen Geld zu bezahlen, welches sie dringend benötigten. Und ebenso ihnen mit den Behörden zu helfen, keine Kleinigkeit zu dieser Zeit, auch wenn man in Magome wie in einer verschütteten Welt lebte. Vor allem aber ging er auf ihre Forderung ein, dass keine der auf diese Weise entstehenden Zeichnungen und Gemälde jemals an die Öffentlichkeit gelangen durften.

»Ihre Großmutter«, sagte er, »war sehr darauf bedacht, nicht im Geringsten aufzufallen. Auch nicht dadurch, auf einem Gemälde sichtbar zu werden. Also habe ich es ihr versprochen.«

»Und nicht gehalten«, stellte Klara fest. *»Die blinde Köchin.«*

»Ich habe mein Versprechen zwanzig Jahre gehalten. Beide Frauen gemalt, blind und nicht blind, nackt und angezogen, als Heilige und als Teufelinnen, mondän und bescheiden, aber nichts davon ausgestellt. Zwanzig Jahre lang. Und dann kam diese große Ausstellung in New York, im Guggenheim, eine erste echte Retrospektive, und ich konnte einfach nicht der Versuchung widerstehen, *Die blinde Köchin* nach New York zu schicken. Auch weil ich dachte, Helga würde nichts davon erfahren. Hat sie aber doch. Und das war wohl der Grund, dass die beiden nach zwanzig Jahren von Magome weggingen. Wo auch immer sie heute leben, wenn sie noch leben. Ich weiß es nicht.«

So viel aber könne er sagen, dass Helga und Lilo in den späten Fünfzigerjahren ihre Heimat verlassen hätten, um auf diese Weise ihre Familien zu schützen. Ihre Töchter, ihre Männer, ihre Eltern. Denn allein dies – das vollkommene Verschwinden – hätte ihnen ermöglicht, sich jeglicher Erpressung zu entziehen.

»Sie können nicht einer Person damit drohen«, sagte Hashimoto, »ihr Kind zu entführen, den Ehepartner zu Tode zu quälen, jeden in der Familie zu töten, einen totalen Schrecken zu verbreiten, wenn diese Person einfach nicht mehr da ist, um ihr zu drohen.«

Diese Person, sagte er, müsse auf eine Weise verschwunden sein, wahrhaftig untergetaucht, unsichtbar in einem neuen, anderen Leben, dass sie nicht nur nicht in der Lage sei, eine Drohung zu erhalten, sondern auch niemals erfahren würde, würde diese Drohung erfüllt werden. Damit wird die Drohung gleichermaßen sinnlos wie ihre Erfüllung, so völlig ohne Adressaten.

»Das war nicht unklug von Helga und Lilo«, sagte Hashimoto, »die zwei wollten niemals gefunden werden. Darum aber war es ein schlimmer Fehler, dieses eine Bild mit Helga als blinder Köchin auszustellen, das dann auch noch prominent auf dem Umschlag des Katalogs abgebildet war.«

»Und Sie können überhaupt nicht sagen, wer oder was das ist, wovor die beiden geflohen sind?«

Er schüttelte den Kopf und sagte: »Hätte ich auch nicht wissen wollen. Es nützt also nichts, mich zu foltern.«

Es war eine merkwürdige Vorstellung, diesen Mann aus Haut und Knochen und so unregelmäßig über den Körper verteiltem sehr altem Fleisch foltern zu wollen.

»Allerdings ...«, sagte er und zögerte einen Moment. Um dann zu erzählen, dass gleich im ersten Jahr seiner Begegnung mit Helga und Lilo die beiden ihm etwas gegeben hätten. Mit der Bitte, es zu verstecken, und zwar es mit der Fantasie eines Künstlers zu verstecken. Ihnen aber niemals den Ort zu nennen.

»Das ist eigentlich das Verrückteste, was ich in meinem Leben getan habe«, sagte er und berichtete, ihm sei damals gerade ein Zahnimplantat eingesetzt worden. Resultat einer Auseinandersetzung mit einer Studentin, die mit einer Bronzeskulptur nach ihm geworfen und ihm dabei einen Zahn aus dem Oberkiefer geschlagen hatte.

»Ich hatte mich für eine Zahnprothese aus Gold entschieden. Das war durchaus eine Phase, in der die Farbe Gold eine große Rolle für meine Arbeit spielte.«

Nachdem Helga und Lilo verlangt hatten, er möge ein Versteck finden ... Bei dem Objekt, das er von den beiden erhielt, um es zu verbergen, handelte es sich um eine winzige goldene Kapsel.

»So winzig«, sagte er, »da hätte nicht einmal ein Mikrofilm hineingepasst. Damals dachte man sofort an Mikrofilme, wenn etwas klein war. Jedenfalls überlegte ich mir, die Kapsel in die obere Schicht meines Goldzahns einfügen zu lassen, sie darin zu begraben. Und auf diese Weise auch in mir selbst zu begraben.«

»Wow!«, sagte Klara. »Das hätte meiner Großmutter sicher gefallen, hätte sie davon gewusst.«

»Wusste sie aber nicht. Das war schließlich der Sinn der Sache. Und als wir uns so viele Jahre später in diesem Zug nach Tokyo trafen, fiel kein Wort über die Kapsel. Nun aber kommen Sie und Ihre Freunde und wühlen in der Vergangenheit.«

Klara konnte selbst nicht sagen, warum sie das nun ausgerechnet fragte. Aber mit einem Mal wollte sie es wissen: »Ist die Sache mit dem Schneefall eigentlich wirklich geschehen?«

»Sie meinen den Schneesturm im September Neunzehnzweiundsechzig?«

»Den meine ich.«

»Ich war da nicht in Magome, nicht einmal in Nagoya, wo ich auch ein Atelier besaß, sondern bei meinen Studenten in Kyōto. Dort hat es jedenfalls nicht geschneit.«

Er sagte, die Leute würden fantasieren. Vielleicht waren es damals ein paar Flocken gewesen, die es von den Bergen der Präfektur Toyama in den Süden geweht hatte. Oder es war die Asche aus einem fernen Waldbrand. Die Bewohner von Magome seien einfach zufrieden damit gewesen, sich die Anwesenheit von Helga und Lilo auf diese mystische Weise erklären zu können.

»Yuki Onnas«, sagte Klara.

»Richtig.«

»Sie halten aber nichts von solchen Legenden.«

»Im Gegenteil«, sagte Hashimoto, »ich liebe sie. Sehen Sie mich an! Finden Sie nicht, dass ich wie ein Yōkai aussehe? Ein Maler-Dämon.«

»Stimmt. Unten in Magome werden Sie dafür gehalten.«

Hashimoto sagte, dass er wie die meisten Maler eine Art von Baku sei, eine Chimäre aus Künstler und Monster, mit der Fähigkeit, die Albträume der Menschen zu verschlingen. Denn das sei die heiligste Aufgabe jeglicher Kunst, die bösen Träume der Menschen zu verarbeiten, auch auf schönen Bildern.

»Also auch auf Bildern, die blinde Köchinnen und goldene Katzen zeigen.«

»Sie haben verstanden«, meinte der Maler, wobei er zugab, nie wieder an die Qualität dieser frühen Werke herangekommen zu sein und sich darum in die Monumentalität geflüchtet zu haben.

»Es sind halt größere Albträume, die ich heutzutage male, aber nicht die besseren. Daran erinnert mich jeden Tag, wenn ich ins Atelier trete, meine goldene Katze.«

Er machte eine kurze Pause, griff nach seiner Schale Tee, schlürfte ihn in einer Weise, die eher das Monster als den Künstler verriet, und fragte dann: »Und was tun wir jetzt?«

Klara machte ein Gesicht in Form einer stummen Bitte.

Hashimoto verstand. »Sie wollen den Zahn.«

»Ich will die Kapsel im Zahn.«

Denn natürlich hatte Klara sofort durchschaut, dass es sich bei dem winzigen Objekt, das Hashimoto vor fünfundsechzig Jahren in seinen Goldzahn hatte integrieren lassen, um jenes fehlende Teil im Schatullen-Kunstwerk der Helga Blume handelte.

Hashimoto erklärte, er gehöre zu den Leuten, die nicht an Zufälle glauben würden, sondern an Systeme, an Muster und an unauflösbare Vernetzungen.

»Ich halte es also nicht für einen Zufall, dass die Zementierung meiner goldenen Zahnkrone, die über sechs Jahrzehnte gehalten hat, sich ausgerechnet gestern gelöst hat.«

Er lächelte. Dabei konnte man die Lücke im vorderen Bereich seines Oberkiefers sehen.

Georg, der sich im Unterschied zu den meisten Menschen und aufgrund einiger Probleme mit seinen Zähnen gut mit der Nummerierung von Zähnen auskannte, stellte erleichtert fest, dass es sich bei der Lücke nicht um den links oben gelegenen Schneidezahn mit der Nummer zweiundzwanzig handelte. Zugleich jedoch wurde ihm klar, dass die vakante Stelle an der Position mit der Nummer dreizehn lag. – Dreizehn! Aber stimmt, man war ja in Japan. Er seufzte erleichtert.

»Und wer sind Sie?«, fragte Hashimoto an Georg gerichtet, als hätte er ihn erst im Zuge dieses Seufzers wahrgenommen.

»Ich bin ein Begleiter«, sagte Georg.

Hashimoto murmelte etwas auf Japanisch, was wahrscheinlich so etwas wie *na ja* oder *nun ja* bedeutete, und fügte eine Frage an, die eine Feststellung war.

»Was wäre die Erde ohne den Mond?«, übersetzte Frau Castelbajac und schlürfte ihrerseits den Tee, in dessen hellgelbem Wasser sich die Farbe der Bäume brach gleich den Strahlen einer grünen Sonne.

Hashimoto löste sich vom Beckenrand und bewegte sich zwischen Klara und Georg aus dem Wasser. Halb auf den Treppen des Bassins drehte er sich zu Klara um. An seinem Körper perlte das Wasser herab wie kleine durchsichtige Käfer. Man sah jetzt sein auffallend großes Geschlecht, das im Widerspruch zum Verfall des restlichen Körpers stand. Es war wie der Penis eines jüngeren Mannes, frei von Runzeln, der aber auch spürbar sinnlos zwischen den faltigen Oberschenkeln eines Mannes hing, der sich kaum noch an die Frauen in seinem Leben erinnern konnte. Auch nicht an die Frau, die vor fünfundzwanzig Jahren seine beiden Töchter geboren hatte.

»Ich hole Ihnen den Zahn«, sagte er zu Klara, »es ist Zeit, ihn loszuwerden, bevor ich selbst damit begraben werde.«

Sagte er, stieg ganz aus dem Wasser, ließ sich von einer seiner Töchter ein Badetuch um Bauch und Hüften binden und schlüpfte in seine Hausschuhe. Dann betrat er das Haus.

Eigentlich hätten alle drei, Klara, Georg und Frau Castelbajac, gerne das Innere dieses Glashauses gesehen, weil trotz der durchgehenden Scheiben man von außen nichts anderes erkennen konnte als die Spiegelung des Waldes. Als seien auch die Räume vollständig begrünt. Aber niemand bat sie, dem alten Maler zu folgen.

Klara und Georg verließen ebenfalls das Becken. Ignoriert von den zwei Mannequin-Töchtern Hashimotos, holten sie sich Badetücher von einem niedrigen Schemel, trockneten sich ab, blieben dann noch eine Weile in der Sonne stehen und schlüpften schließlich mit halb trockener Unterwäsche in ihre Kleidung und Schuhe.

In diesem Moment trat Hashimoto mit einem Kimono bekleidet aus seinem grünen Haus, in der Hand ein kleines schwarzes Lackkästchen, darauf Flecken von Gold, abstrahierte Schwalben wohl oder Wolkenfetzen, die wie abstrahierte Schwalben aussahen. Er reichte Klara die Box.

»Wenn Sie Ihre Großmutter finden«, erklärte er, »sagen Sie ihr, dass ich ihr mein bestes Bild verdanke.«

»Die blinde Köchin.«

»Nein, *Die goldene Katze.*«

»Das verstehe ich nicht.«

»Sagen Sie es ihr einfach. Bitte.«

»Gut, das werde ich tun«, versprach Klara, die das kleine Lackkästchen in ihrem Rucksack verstaute. Dann meinte sie: »Ich habe schon begriffen, dass Sie nicht wissen, wo ich Helga finde. Aber wo würden Sie suchen, wenn Sie raten müssten?«

»Eine Insel«, sagte Hashimoto, ohne lange nachzudenken. »Achten Sie darauf, wenn Sie von einer Insel erfahren. Mehr kann ich auch nicht sagen.«

»Eine Insel«, sagte Klara und verbeugte sich.

»Eine Insel«, wiederholte Hashimoto und verbeugte sich ebenfalls, sehr knapp.

Auch Georg und Frau Castelbajac verbeugten sich. Die Mannequin-Schwestern hingegen blieben in ihren Liegestühlen und hinter ihren Sonnenbrillen und sahen zum Himmel oder hatten die Augen geschlossen. – Sie mochten drüben in Paris und London noch weit berühmter sein als ihr Vater ... in der Tat waren sie nicht nur Models, sondern auch Key Influencer auf Instagram mit mehr als zwanzig Millionen »Verfolgern«. Dort bewarben sie ihre eigene Kosmetiklinie mit dem hübschen Namen *Swisters*, ein aus *Sisters* und dem Pflanzennamen *Wisteria*, dem ostasiatischen Blauregen, zusammengesetztes Wort. Doch hier vor Ort und in dieser Geschichte waren sie ganz einfach das allerbanalste Beispiel für Nebenfiguren.

Die drei Hauptfiguren Klara, Georg und Frau Castelbajac hingegen verließen den Ort, während der alte Maler seine riesige Sonnenbrille herunternahm und ihnen mit einem Gesichtsausdruck von unendlicher Müdigkeit hinterhersah. Bevor er aus seinem Kimono schlüpfte und sich zurück zu seinen Fischen begab, um ein wenig von seiner alten, sich schuppenden Haut loszuwerden.

Als sie am Eingang der Atelierscheune vorbeikamen, bat Klara um einen Moment. Sie trat in den Vorraum und stellte sich vor *Die goldene Katze*.

Hatte ihre Großmutter auch für das Katzenbild Modell gestanden? Schwer vorstellbar.

Klara betrachtete das Gemälde, wobei sie bemerkte, dass Georg hinter sie getreten war und das tat, was üblicherweise sie tat, nämlich einen Betrachter zu betrachten.

Es war ganz sicher Georg, nicht Frau Castelbajac. Klara spürte seinen Blick in der Art, wie man eine Stimme hört und in der Regel zwischen einer männlichen und einer weiblichen Stimme unterscheiden kann.

Gut, sie war also die Betrachterin und betrachtete das stehende goldene Viereck auf schwarzem Grund, das auch ohne Kenntnis des Titels so unverkennbar eine Katze darstellte. Was wirklich verblüffte. Wie diese Wirkung des Katzenhaften sich allein aus den Strukturen innerhalb des goldenen Areals ergab: eine gewisse Samtigkeit der Oberfläche, hellere und dunklere Stellen, aber nirgends etwas Gegenständliches wie ein Auge oder Ohr. Und doch hätte man die Katze beschreiben können, die hier gleichsam als ein Gespenst aus der Abstraktion herausleuchtete: die schlanke, edle Gestalt, die sitzende, aufrechte Haltung, der gestreckte Kopf, das markante Selbstbewusstsein ihres Wesens. Eine Siamkatze, gar keine Frage.

Klara griff in ihre Tasche und zog ihr Smartphone hervor, um mehrere Bilder des Gemäldes zu schießen. Für alle Fälle. Beziehungsweise für den Fall, dass ihre Großmutter sie fragen würde, was für eine goldene Katze es denn sei, die Hashimoto ihr angeblich verdanke.

Klara steckte das Handy wieder ein und drehte sich um. Da war aber niemand. Bloß noch die Aura eines Mannes, der jüngst hier gestanden hatte. Als sei's Rauch in der Luft.

Klara trat nach draußen, wo Georg und Frau Castelbajac warteten.

Zu dritt marschierten sie los. Gleich Kindern im Märchen, die hoffen, dass diesmal die Krümel *nicht* weggepickt wurden.

17

Am selben Abend, während Georg und Frau Castelbajac schon bei einer Flasche Sake saßen, die ihnen Herr Seto, der Spirituosenhändler und Harrison-Ford-Verehrer, gebracht hatte, war Klara alleine in jenen Ruheraum gegangen, in dem sie erstmals mit der Wirtin des Hauses, Frau Hashi, gewesen war. Dort saß sie in der traditionellen Haltung, kniend auf den Fersen, gegenüber der Nische mit dem Rollbild und dem ein wenig verzweifelt, aber *schön* verzweifelt anmutenden Blumenarrangement, und hatte vor sich auf der Matte die rotsamtene Schatulle abgelegt.

Zuvor war ihr von Frau Hashi ein sehr alter Hauskimono überreicht worden, leichte Seide, hellblaue Färbung, mit einem Aufdruck, der ihr im ersten Moment wie die Darstellung von Zugvögeln erschienen war. Genau betrachtet handelte es sich aber um Jagdflieger. Ein Hauskimono aus den 1940er-Jahren, der Frau Hashis Großmutter gehört hatte. Ein Familienerbstück. Eigentlich ein Museumsstück. Klara hätte gerne die freundliche Geste abgelehnt, diesen Kimono zu tragen und damit gewissermaßen den Zweiten Weltkrieg am Leib zu haben, genauer gesagt den Pazifikkrieg. Doch das war einfach unmöglich gewesen, zu bestimmt hatte Frau Hashi das gefaltete Kleidungsstück ihrem Gast angeboten und davon gesprochen, dass kein Kimono je über einen solchen, dem Körper schmeichelnden Stoff verfügt habe. Wobei es erstaunlich war, wie sehr die militärischen Objekte auf diesem Gewand – graue Luftschiffe mit den unverkennbaren roten Kreisen auf ihren Tragflächen – nach einem ersten Moment des Erkennens in die Anmutung dahinziehender großer Vögel zurückfielen. Wie aus einem Anime von Miyazaki.

Klara verdrängte den Umstand, letztlich in einer stoffgewordenen Kriegspropaganda eingehüllt zu sein. Während sie da auf dem

Boden saß, den Fersensitz einnehmend, rechte große Zehe über linker großer Zehe, die Knie geschlossen, neben sich eine Schale grüner Tee, direkt vor sich jene rotsamtene, längliche Schatulle, die sie in Wuppertal von Emma Salewski erhalten hatte und die aus Lilo Wagners Besitz stammte. Und von der sie annahm, es sei eine Konstruktion ihrer Großmutter.

Noch am Nachmittag nach ihrer Rückkehr vom Berg Nagiso war Klara auf Empfehlung Frau Hashis im Laden eines Schmuckhändlers und Goldschmieds gewesen und hatte ihm den Goldzahn, den ihr Hashimoto Sōseki in der kleinen bemalten Holzschachtel überreicht hatte, auf den Verkaufstresen gelegt. Frau Castelbajac war mitgekommen und hatte Klaras ungewöhnliches Anliegen erklärt, nämlich eine in diesem Goldzahn verborgene drei Millimeter große, gleichfalls goldene Kapsel herauszulösen.

Offensichtlich hatte der Goldschmied schon verrücktere Dinge machen müssen, verzog nur leicht sein Gesicht, vereinbarte einen Preis für seine Arbeit und begab sich in einen hinteren Teil seiner Werkstatt.

»Wir sollen in einer halben Stunde wieder zurück sein«, erklärte Frau Castelbajac, die mit Klara auf die Straße trat, wo sich die beiden am Rande einer alten Wassermühle auf eine Bank setzten.

In diesem Moment spazierte eine Truppe von Sumō-Ringern, die sich offenkundig noch im Dorf befanden, an ihnen vorbei. *Spazieren* ist das falsche Wort, sie bewegten sich in der Art von Bergen, die unter die Menschen geraten waren, als Geister versteht sich, also Berggeister. Unter ihnen auch jener Engel, der auf so wunderbare Weise, nämlich im allerletzten Moment – und kein Moment wäre faszinierender als der allerletzte –, gegen einen gigantischen Norweger rumänischer Abstammung obsiegt hatte.

Und nun … Für einen kurzen Augenblick begegneten sich sein und Klaras Blick. Mag sein, dass der gute Mann ein Faible für zarte Europäerinnen hatte oder auch nur ganz zufällig in ihre Richtung sah und dabei die warme Sonne seine Lippen zu einem unwillkürlichen Lächeln formte. Jedenfalls tat er es, und Klara lächelte zurück. Fast hätte man meinen können, irgendwo in der Luft zwischen ihnen gebe es einen Knall. Als hätte ein kleines

Insekt die Schallmauer durchbrochen. Kurz nur. Dann war die Sache auch schon wieder vorbei.

Nicht ganz.

Denn wenig später – Klara und Frau Castelbajac saßen noch immer auf der Bank – kam ein junger Mann zu ihnen, verbeugte sich und reichte Klara ein Kuvert. Dazu sagte er etwas auf Englisch. Also, eigentlich war es eine Mischung aus Japanisch und Englisch und hörte sich an wie ein Busunglück, bei dem alle wie durch ein Wunder unverletzt blieben.

Frau Castelbajac übersetzte es in aller Kürze. Sie erklärte, es handle sich um eine Einladung für das große Herbstturnier in Tokyo, das Aki-Basho, das am zweiten Sonntag im September beginnen würde, also in drei Wochen. Und es wäre Herrn Kakeya die allergrößte Ehre, wenn sie, Klara, bei diesem Turnier erscheinen und in einer der ersten Reihen, in unmittelbarer Nähe zum Dohyō, Platz nehmen würde.

»Erste Reihe«, sagte Frau Castelbajac, auch wenn das jetzt wohl kaum zur Übersetzung gehörte, »das hört sich an, als plane unser junger Gott nichts Geringeres, als auf Sie niederzustürzen.«

»Vielleicht will ich das ja auch«, meinte Klara kokett, nahm das Kuvert an und dankte. Denn so viel Japanisch beherrschte sie bereits.

Der junge Mann, Kakeyas Gehilfe oder Sekretär, ein Hauch von Mensch – gewissermaßen ein Seufzer nahe dem engelhaften Koloss –, verbeugte sich tief. Dann lief er los, um der Gruppe der *spazierenden* Sumōtori nachzukommen.

»Schade nur«, sagte Klara, »dass ich in drei Wochen wohl kaum noch in Japan sein werde.«

»Natürlich werden Sie das«, antwortete Frau Castelbajac ein wenig ärgerlich, »Sie vergessen, dass wir in drei Wochen bereits mitten in den Vorbereitungen zu *Woman at the Bath* sein sollen.«

Richtig, der Film, Klara hatte ihn beinahe vergessen. Sie hielt es eigentlich noch immer für einen Scherz. Allerdings wirkte Frau Castelbajac gänzlich scherzlos. Darum nickte Klara und sagte: »Wenn ich die Rolle überhaupt annehme.«

Nicht zum ersten Mal meinte Frau Castelbajac, schwerlich

glauben zu können, jemand würde ausschlagen, an der Seite von Ewan McGregor in einem Film mitzuspielen. »Und jetzt haben Sie auch noch dem hübschesten aller Sumōtori den Kopf verdreht. Wenn ich das Herrn Itō erzähle, wird er es möglicherweise in seinen Film einbauen.«

»Ach ja, seien Sie so gut«, sagte Klara. Es war natürlich ironisch gemeint. Aber sie spürte, dass auch alles Ironische an der Gewalt einer kommenden Wirklichkeit abprallen würde.

Endlich erhoben sich die beiden und kehrten zurück zu dem Schmuckgeschäft, in dem bereits der Besitzer mit einem geöffneten Goldzahn wartete. Es war ein Leichtes gewesen, das vergleichsweise weiche Gold zu zersägen. Der Goldschmied hatte den Zahn gespalten und aus dem oberen Bereich die winzige Kapsel herausgelöst. Wobei er nun erklärte, dass dieses Objekt zwar golden sei, aber gewiss nicht aus Gold, sondern einem sehr viel härteren Metall. Eher Wolfram mit einer Goldbeschichtung, die im Übrigen ohne jegliche Kratzspur geblieben sei. Die Kapsel habe sich wie ein Kern aus einem Apfelgehäuse entfernen lassen.

Er hatte das Objekt auf einem weißen Stück Seidenpapier platziert. Dort lag es und sah aus wie eine versteinerte Ur-Raupe.

»Wolfram?«, fragte Klara. »War das nicht das Zeug in unseren Glühlampen?«

»Richtig«, sagte die kundige Frau Castelbajac und erklärte, Wolfram sei wegen seines extrem hohen Schmelz- und Siedepunkts als Glühwendel in Glühlampen verwendet worden.

Glühwendel!? Was war das denn für ein Wort? So eines wie Wendeltreppe. Aber woher kam das Wort Wendeltreppe? Wenden? Sich winden?

Der Goldschmied sagte, er vermute eine winzige Höhlung innerhalb der Kapsel, die mit einer Flüssigkeit gefüllt sei. Zumindest habe er mit seinem Schallpegelmesser einen minimalen Pegelwert festgestellt, der sich beim Kippen der Kapsel ergeben habe und möglicherweise auf eine Flüssigkeit im Inneren der Kapsel zurückzuführen sei. Welche den Innenraum nicht vollkommen ausfülle und praktisch bei jeder Bewegung gegen die Innenwände der Kapsel schlage.

»Und das kann er messen, echt?«, wunderte sich Klara.

Letztlich, so meinte der Mann, müsse man eine Durchstrahlungsprüfung vornehmen, um wirklich sagen zu können, wie es im Inneren dieser Kapsel aussehe. Falls es sich aber um eine Giftkapsel handle, könne er sich kaum das Gebiss der Person vorstellen, für die diese Kapsel geschaffen worden sei.

»Gut«, sagte Klara, rollte die Kapsel in das weiße Seidenpapier und steckte sie ein. Frau Castelbajac bezahlte den Goldschmied. Dann verließen sie das Geschäft.

»Zufrieden?«, fragte die Dolmetscherin.

»Erst mal ja«, antwortete Klara.

Und jetzt kniete sie also hier, bekleidet mit Jagdfliegern, die sich wunderbar weich anfühlten, vor sich auf der Matte die *Wuppertaler Schatulle* und in ihrer Hand die winzig kleine goldene Kapsel aus Wolfram, die sich in keiner Weise öffnen ließ. Und die auch gänzlich ohne irgendeine sichtbare Linie war, die auf eine Verschraubung hätte schließen lassen. Wenn man sie sich aber ans Ohr hielt … nein, Klara konnte keinen kleinen Ozean rauschen hören. Und doch meinte sie, so unrealistisch das war, die Bewegung einer Flüssigkeit zu spüren.

Sie legte die Kapsel ab und öffnete die Schatulle, die sie selbstverständlich nicht im Handgepäck gehabt hatte, als man in den Flieger nach Tokyo gestiegen war, sondern gut verpackt in ihrem Koffer. Immerhin war darin eine Patrone, obgleich eine Kunst-Patrone. Aber wie sicher war das denn mit der Kunst?

Rechts neben der Patrone, genau in der Mitte der Einlage aus schwarzem Kunststoff, befand sich die goldene Dugena-Damenuhr, ausgestattet mit einem Handaufzug, der knapp sieben Jahrzehnte nicht mehr bedient worden war. Falls man diese Uhr überhaupt je aufgezogen hatte. Eingebettet in den rechten Abschnitt des Etuis lag der Pelikan-Füller mit Walzgoldkappe und einem mit einer Goldlasur überzogenen Griffteil. Alle drei Gegenstände hatte Klara den 1950er-Jahren zugeordnet, was durchaus berechtigt war, wenn man die Entstehung des Objekts mit spätestens 1957 annahm. Eine Arbeit im Stile des *Nouveau Réalisme*, wie Klara festgestellt hatte, obgleich das Manifest dieser Kunstrichtung wie auch Yves Kleins *Sprung in die Leere* erst 1960 entstanden waren.

Meine vorausschauende Großmutter, dachte Klara und beugte sich tief zu der Schatulle hinunter, als wär's eine Zeremonie, wobei sie passenderweise nicht nur ihre großen Zehen kreuzte, sondern auch ihre Hände nebeneinander auf der Matte auflegte, als begrüße sie einen Gegner beim Boden-Randori. Dabei führte sie jedoch ihre Augen nahe an jene minimale Stelle im schwarzen Einlegeschaum der Schatulle heran. Da war sie, die Lücke.

Klara griff neben sich, nahm die Kapsel und fügte sie vorsichtig in die winzige Aussparung genau zwischen Patrone und Uhr. – Perfekt! Sie passte haargenau. Keine Frage, die Schatulle war in diesem Moment wieder vollständig.

Und dann kam Leben in das ganze Objekt. Klara konnte es sehen. Der Sekundenzeiger der Uhr setzte sich in Bewegung, ohne dass Klara die kleine Schraube des Handaufzugs betätigt hätte. Die Kappe des Füllers fing an, sich um Korpus und Feder zu drehen, während die goldene Patrone in eine leichte Vibration geriet. Nicht, dass sie davonschoss, es war eher so wie bei der Aufnahme eines Flugs, wenn die Kamera auf gleicher Höhe bleibt und das Zittern eines beschleunigten Gegenstands filmt.

Es schien, als hätte das Einfügen der Kapsel in die schmale Vertiefung einen Mechanismus ausgelöst. Die so lange stillgestandene Zeit beschrieb wieder Sekunde für Sekunde einen Weg, der daraus resultierte, sich im Kreis zu drehen.

Das Ganze sah aus wie bei einer Spieldose, die von einem inneren Federwerk angetrieben wird: ein Ballett der Gegenstände, wobei einzig die kleine Kapsel regungslos blieb.

Aber wer weiß, dachte sich Klara, man konnte ja nicht sehen, in welche Wallungen die Flüssigkeit im Inneren der Kapsel vielleicht soeben geriet.

Ja, eine Spieldose! Eine Spieldose als frühes Erzeugnis der Objektkunst. Eine Spieldose, die zwar keine bekannte Melodie spielte, deren einzelne Teile jedoch hörbare Geräusche erzeugten. Geräusche, die ineinandergriffen wie die symmetrische Form eines sich wiederholenden Musters.

Und dann, ohne Vorwarnung und ohne Klaras Zutun, hob sich der Deckel der Schatulle an und kippte nach vorn. Mit einem Ton gleich einem Schlucken schloss sich das Behältnis. Ganz von selbst.

Ungelogen!

Klara nahm das Objekt und versuchte es wieder zu öffnen. Doch vergeblich. Der Verschluss – ein kleiner metallener Knopf – ließ sich zwar drücken, aber dies führte zu rein gar nichts. Vielmehr waren Ober- und Unterteil aus rotem Samt so fest verschlossen, dass kaum ein Umriss zu sehen war.

Klara fügte das solcherart hartnäckig verschlossene Behältnis an ihr Ohr. Stark gedämpft, aber doch, vernahm sie die Geräusche: dieses gewisse Ticktack der Uhr, das in das Ticktack des Füllers und in das Ticktack der Patrone überging. Einzig noch hörbar, wenn man sein Ohr dicht an die samtene Ummantelung anlegte und jeglicher Laut einen plüschigen Grundton erhielt.

Und jetzt? Was sollte sie damit anfangen? War es ein Spiel? Blieb es Kunst? Oder sollte sie Hammer und Meißel, Bohrmaschine und Kreissäge holen, um das Ding zu öffnen? Oder war das hier der Countdown zu etwas weit Üblerem als dem Ticken einer Uhr und dem Rotieren einer Füllfederkappe?

Klara legte das Objekt wieder auf der Matte ab und betrachtete es in einer Weise, als wollte sie es hypnotisieren. Aber es war wohl eher umgekehrt, dass die Schatulle Klara hypnotisierte, wie das Gegenstände manchmal mit Menschen tun. Schmuck vor allem. Das kennt jeder, der mal etwas länger auf einen Diamantring geblickt hat, oder auf das Preisschild unter dem Ring. Und eine Schatulle, vor allem eine geschlossene Schatulle, war der Inbegriff allen Schmucks. Die Hülle als ein Versprechen der Möglichkeiten. Darin sich ein Stück befand, das einmal einen großen Wert besaß und einmal nicht, aber im Zustand des Geschlossenseins eben *beides* war, wertvoll und wertlos.

Irgendwann schreckte Klara hoch, vielleicht auch nur, weil ihr der Fersensitz nun doch wehtat, diese Überlagerung ihrer beiden großen Zehen. Sie stand auf, nahm die Schatulle und entschied, vorerst darauf zu warten, dass das Behältnis von selbst aufging, nachdem es sich ja auch von selbst geschlossen hatte.

Sie brachte es nach oben, tat es in ihre Tasche, rieb sich das Gesicht mit kaltem Wasser ab – es war ein wenig Fieber in diesem Gesicht, aber wie Fieber von außen, fremdes Fieber –, dann begab sie sich nach unten zu Georg und Frau Castelbajac und forderte ihren Anteil am Premium-Sake ein.

Offensichtlich hatte Frau Castelbajac Georg bereits von jenem Ereignis des Nachmittags erzählt, als der junge Sumō-Ringer, der unter dem Kampfnamen Kakeya bekannt war, mit einigen seiner Kollegen vorbeigegangen war. Und wie sich sein Blick praktisch in Klaras Blick verfangen hatte, vielleicht auch umgekehrt. Jedenfalls hatte dies zu einer überraschenden Einladung zum großen Tokyoer Herbstturnier in drei Wochen geführt.

»Wahrscheinlich«, kommentierte Georg an Klara gerichtet, »meint dieser Kakeya, dass Sie ihm Glück bringen. Wo man hinsieht: Aberglaube.«

Ja, das sagte ausgerechnet er, der im Gebiss eines achtundneunzigjährigen Meisters moderner Malerei die Nummerierung einer Lücke festgestellt hatte und froh um eine Dreizehn war, die in diesem Land eher Gutes als Schlechtes bedeutete.

Sumō-Ringen, so Klara, sei nun nicht gerade die frauenfreundlichste aller Sportarten, wenn man bedenke, dass das Podest des Rings unter keinen Umständen von einer Frau betreten werden dürfe. Weil Frauen nämlich – so wollten es wohl die shintoistischen Regeln – aufgrund ihrer Monatsblutung theoretisch eine »Verschmutzung« der Kampffläche verursachten.

»Das Wesen der Tradition«, folgerte Klara, »trägt in sich immer auch eine ansteckende Krankheit. Dummheit, die mutiert. Und trotzdem ... Was soll ich machen, der Kerl ist ein Engel, und wenn ein Engel ruft ...«

»Sie wollen in drei Wochen wirklich nach Tokyo?«, fragte Georg verwundert, nicht zuletzt eingedenk des Umstands, dass Klara, wie auch er selbst, bloß eine Woche freibekommen hatten. – Fast hätte man es vergessen können, dass *er* Angestellter einer Konditoreikette war und *sie* Aufseherin in einem Bundesmuseum.

»Nein«, erklärte Klara, »nach Tokyo fahren wir bereits morgen.«

»Ach ja, und wieso?« Frau Castelbajac hatte wohl gehofft, dass nach diesem Besuch in Magome genügend Klarheit und auch akzeptierte Unklarheit bestehe – eine Großmutter, die einfach nicht mehr zu finden war, auch nicht unter der Erde –, um die Reise nach Nishiizu antreten zu können. Damit sich Klara mit der Rolle der Violet Cox vertraut machen könne.

Regisseur Itō hatte bereits mehrfach an diesem Tag Nachrichten an Frau Castelbajac geschickt mit der Frage nach dem Stand der Dinge. Er war ein Mann mit wenig Geduld. Er sagte selbst gerne, er sei nicht Zen-Meister, sondern Filmregisseur. Ein Regisseur, dem Produzenten im Nacken sitzen würden, die auch keine Zen-Meister seien.

Klara aber bestand darauf, weiter der Spur ihrer Großmutter zu folgen.

»Tokyo ist mitnichten eine Insel«, sagte Frau Castelbajac.

»Japan aber schon«, erwiderte Klara.

»Ehrlich, liebe Frau Ingold, ich hatte nicht den Eindruck, Hashimoto hätte die geringste Ahnung, wieso er das mit der Insel erwähnt hat. Und erst recht keine Ahnung, welche Insel gemeint sein soll. Das war wohl eher so dahingesagt. Am ehesten wollte er uns loswerden.«

Klara entgegnete, es stelle ganz einfach eine Spur dar, dass der alte Maler davon berichtet habe, Helga und Lilo das letzte Mal in einem Zug nach Tokyo gesehen zu haben.

»Meine Güte«, sagte Frau Castelbajac, »das ist ewig her.«

»Alles in dieser Geschichte ist ewig her«, meinte Klara. »Kein Wunder bei Personen, die seit fast hundert Jahren ihr Leben leben. Dennoch ist es ein Gebot der Vernunft, dem zu folgen, was ein letzter Hinweis ist.«

»Sie meinen ernsthaft, eine Zugreise von vor … wie vielen Jahren? … zwanzig Jahren sei ein letzter Hinweis? Da finde ich sogar die Insel noch besser.«

Aber Klara blieb stur. Sie habe sich entschieden, auf der gleichen Zugroute nach Tokyo zu fahren, auf der Hashimoto den beiden Frauen, seinen einstigen Modellen, ein letztes Mal begegnet sei. Und zwar nicht auf der Chūō-Hauptlinie, die direkt über das gebirgige Landesinnere von Nakatsugawa in die Hauptstadt führte, sondern – wie von Hashimoto beschrieben – auf der superschnellen Strecke des Tōkaidō-Shinkansen. In Nagoya startend entlang der Ostküste. Mit einem Nozomi, dem schnellsten aller Hochgeschwindigkeitszüge.

»Das wollte ich ohnehin immer schon einmal machen«, sagte Klara. Was aber eine Lüge war. Bis vor ein paar Stunden hatte sie keine Ahnung von einem Superexpress namens Nozomi gehabt. Doch sie sagte es eben und versicherte, die Reise auch ohne die anderen unternehmen zu wollen.

»Herr Itō köpft mich, wenn ich Sie alleine lasse«, behauptete Frau Castelbajac.

Georg brauchte ohnehin nichts zu sagen. Er war schließlich bloß ein »Mond«, ein Begleiter im Bannkreis einer Anziehungskraft. Und das galt ganz sicher auch für die Reise in einem irrsinnig schnellen Zug, der keine zwei Stunden für die Bewältigung dieser gut dreihundertvierzig Kilometer benötigte.

»Okay, wenn Sie darauf bestehen«, meinte Frau Castelbajac, »dann buche ich für morgen drei Tickets. Viel vertan ist ja nicht, noch einmal nach Tokyo zu reisen. Die Frage ist, was wir machen, wenn wir dort sind. Oder glauben Sie an das Wunder, im Zug auf Ihre Großmutter zu treffen?«

Anstatt eine Antwort abzuwarten, wollte Frau Castelbajac endlich wissen, ob die Kapsel aus Hashimotos Goldzahn in die winzige Einbuchtung der Schatulle gepasst habe.

»Ja, perfekt«, sagte Klara und erklärte, damit sei das Kunstwerk ihrer Großmutter wieder vollständig. Komplett. Vollendet.

Frau Castelbajac wandte ein, dass es sich kaum um bloße, pure Objektkunst handeln könne, wenn man bedachte, mit was für einem verrückten Aufwand die Kapsel so lange versteckt worden war und sich Helga Blume und Lilo Wagner vorsorglich geweigert hatten, den Ort des Verstecks zu kennen.

Georg meinte zwar, dass für die Kunst schon Verrückteres getan wurde. Aber in Wirklichkeit vermutete auch er, dass es mit diesem Ding mehr auf sich hatte.

Klara jedenfalls fand es zu früh, darüber zu reden. Von der irritierenden Eigendynamik eines Objekts zu sprechen, das sich nach einem Moment der Auferstehung und des Lebendigwerdens selbst verschlossen hatte.

Anstatt davon zu berichten, bestimmte sie: »Ich bin hungrig.«

»Gut. Gehen wir essen«, sagte Frau Castelbajac. Schickte Georg und Klara aber vor, da sie noch mit ihrem Auftraggeber telefonieren musste.

Der war auch gerade beim Essen. Und zwar noch immer in Tokyo. In irgendeinem Restaurant mit drei Michelin-Sternen, anscheinend zusammen mit George Clooney, den er für eine wirklich kleine Nebenrolle in *Woman at the Bath* gewinnen wollte. – Auch so ein Schachzug Itōs, einerseits eine gänzlich unbekannte, völlig schauspielunerfahrene Österreicherin für die Hauptrolle einsetzen zu wollen, um am Ende des Films mit Clooney in einer kleinen Nebenrolle zu überraschen.[4]

Itō verstand zwar nicht, wieso Klara ausgerechnet in diesen Zug steigen wollte, in dem ihre Großmutter vor so vielen Jahren gewesen war, fand es aber in Ordnung, weil auch eine Szene in *Woman at the Bath* in einem Shinkansen spielen sollte. Eine Actionszene, die einen Topos des Mainstream-Kinos anwandte: die Verfolgung im Zug. Angefangen bei Hitchcocks *Der unsichtbare Dritte* über *Mission: Impossible* mit dem unverwüstlichen Tom Cruise bis hin zu *The Commuter* mit dem irgendwie noch unverwüstlicheren Liam Neeson. Nicht zuletzt hatte Itō selbst einen Film gedreht, der aus einer einzigen Verfolgungsszene in einem Zug bestand, *Tsubame no owari*, zu Deutsch *Ende einer Schwalbe*.

Somit fand er es gar nicht so schlecht, wenn Klara diese Fahrt unternahm, gewissermaßen diesen Zustand von Reise und Geschwindigkeit und komfortablem Gefangensein verinnerlichte,

4 Wobei eine geheime Pointe darin bestand, dass Clooney – obgleich nicht in Tokyo, sondern in einem New Yorker Museum – in der Rolle eines Museumswärters auftritt. Also genau in jenem Beruf, den Klara Ingold ausübte, wenn sie Klara Ingold war und nicht etwa eine Engländerin namens Violet Cox.

bevor sie noch das Drehbuch einer Frau gelesen hatte, die sich in Liebe zu einem Bild wiederfand.

So kam es, dass die drei zeitig am nächsten Morgen mit ihren beiden Autos nach Nagoya fuhren. Zuvor hatte Klara Frau Hashi zwar den Hauskimono von deren Großmutter zurückgegeben, natürlich, dafür jedoch ein kleines, in Stoff eingewickeltes und mit einem lauchgrünen und lauchartigen Band verschnürtes Päckchen Sencha-Tee erhalten. Offensichtlich Tee für eine bestimmte Situation, denn Frau Hashi sagte: »Just in case.« Nur für den Fall oder nur für alle Fälle. Für etwas zwischen Krankheit und Tod oder wenigstens Kummer. Klara fand, dass dieses Päckchen ganz gut zum Schatullen-Objekt ihrer Großmutter passte, und verwahrte beides in ihrer Handtasche, in der sich immerhin auch eine Lupe für alle Fälle sowie zwei wegweisende Fotografien und einige Reproduktionen ihrer Liebe befanden.

In Nagoya gab Klara den Mietwagen zurück, während Frau Castelbajac den Datsun ihres Arbeitgebers im Parkhaus des Hauptbahnhofs abstellte, bevor man in den Nozomi einstieg, den Hochgeschwindigkeitszug, dessen Name für Wunsch oder Hoffnung stand, was ja für das deutschsprachige Verständnis nicht das Gleiche war. So war etwa Georg jemand, der sich schon einiges gewünscht, aber nur sehr weniges erhofft hatte. Er hielt Wünsche für einen Teil seines Aberglaubens, den Verzicht auf Hoffnung jedoch für einen Ausdruck einer vom Aberglauben befreiten Vernunft.

Georg hatte die Zeit bis zur Abfahrt genutzt, um am Bahnsteig nach vorne zu gehen und sich den Triebwagen der N700-Serie anzusehen, dessen Form ihn augenblicklich an den gestreckten Schnabel einer Ente erinnerte. Beziehungsweise in solcher Expressivität an den Schnabel einer Ente, die ein Mensch war. Das mochte aerodynamisch sinnvoll sein, wirkte aber comichaft (auch Klara sah die weiße Spitze des Zugs, fühlte sich aber eher an einen Schwan erinnert, was bei Weitem der bessere Vergleich war).

Frau Castelbajac allerdings hatte keine Zeit für *trainwatching*, sie telefonierte. Selbstverständlich mit Itō, der ihr Anweisungen gab, wohin sie Klara bringen sollte, nachdem sie in Tokyo angekommen waren.

Endlich stiegen die drei ein und betraten einen Waggon der ersten Klasse mit seinen bequemen Green-Car-Sitzen (das *green* war eher bräunlich), einer Beinfreiheit von japanischen Ausmaßen sowie Fußstützen, die man mit Schuhen nutzen konnte. Sobald umgedreht, aber auch ohne Schuhe, was einem das Gefühl gab, in der biedermeierlichen Wohnung einer freundlichen älteren Dame zu sitzen. Dazu passten auch die weißen Überzüge im Kopfbereich, die so sauber rochen, als seien sie von ebenjener freundlichen Dame frisch gewaschen worden (gewiss, auch freundliche ältere Männer konnten waschen, manche). Dazu große Fenster an jeder Sitzreihe. Und eine gut besuchte erste Klasse. Viele Passagiere, die ein offenkundig wirtschaftliches Interesse in diesen Zug gebracht hatte. Und natürlich trugen nicht wenige einen Mundschutz.

Ein Zug, der am Weg nach Tokyo nur zweimal halten würde und der dank Spitzengeschwindigkeiten von bis zu 285 Stundenkilometern genau zu Mittag die Hauptstadt erreichen sollte.

Der Shinkansen nahm nun Fahrt auf, glitt aus dem Bahnhof hinaus, ließ Nagoya hinter sich, raste in die Landschaft, während so gut wie niemand der Fahrgäste aus dem Fenster sah, sondern fast alle auf die kleinen Zauberspiegel in ihren Händen. Eine Person hatte eine Zeitung aufgeschlagen.

Klara erhob sich, um ein wenig durch den Zug zu spazieren und sich umzusehen. Georg und Castelbajac hingegen waren fast augenblicklich mit dem Erreichen der höchsten Fahrtgeschwindigkeit in ihren bequemen Sitzen eingeschlafen (Svea Castelbajac trug jetzt wieder ein Kostüm, sehr helles Rosa, ein Rosa, das an den Rändern der Ärmel kräftiger wurde, wie beim gefransten Blütenrand einer Rose; jedenfalls passten diese Frau und dieses Kostüm ganz wunderbar in das vornehme, auf eine noble Weise leicht verlebte Ambiente).

Als Klara ihren Sitz verließ und durch den Waggon spazierte, sah sie unter all den Menschen mit ihren Smartphones und ihren

Kopfhörern auch diesen einen Mann, einen Westler mit Anzug und Krawatte, aber ohne Maske, dafür mit einem weißen Einstecktuch, das wie ein kleiner Gletscher aus seiner Brusttasche herausstand. Ein Mann, der allen Ernstes eine Zeitung aufgeblättert hatte, in der er zu lesen schien. Und Klara dachte, als sie ihn sah, es müsse sich um einen Zeitreisenden handeln. Das war natürlich ironisch gemeint, aber indem ihr dieser Begriff *Zeitreisender* durch den Kopf ging, kam ihr auch noch etwas anderes in den Sinn. Sie erinnerte sich, dass sie, als sie das erste Mal den Inhalt der Schatulle damals in Wuppertal gesehen hatte, genau dieses Wort gedacht hatte, *Zeitreisender*, ihr aber nicht eingefallen war, wieso eigentlich.

Nun, es war der Anblick der Patrone gewesen, der goldenen Patrone. Und jetzt, da sie im Angesicht des Zeitungslesers den Begriff der Zeitreise dachte, wurde ihr bewusst, wieso sie der Anblick einer Patrone zu einem solchen Gedanken geführt hatte.

Cocteau!

Sie hatte den Namen laut ausgesprochen. Und meinte damit natürlich Jean Cocteau. Während ihres Kunstgeschichtestudiums hatte sie eine kleine Arbeit über seine Malerei geschrieben, eine Malerei, die ihr ziemlich flach und epigonal erschienen war und die auch kaum jemand interessiert hätte, wäre sie nicht von Cocteau gewesen. Seine Filme aber … sie liebte seine Filme. *Orphée* etwa, und noch mehr *Le Testament d'Orphée*.

In diesem Moment fiel ihr also ein, wie in diesem letzten seiner Filme Cocteau sich selbst spielt und als Dichter und Zeitreisender auftritt. Ein Reisender, der sich in der Raumzeit verirrt hat und in einem Kostüm Ludwigs XV. in die Jetztzeit gerät – *jetzt* ist 1959, und nicht 2209, wie er zuerst denkt. Er überbringt einem Professor, dessen Forschung sogenannten Zeitfalten gewidmet ist, eine Dose mit Patronen. Patronen, die der Professor in der Zukunft erfinden wird, dann aber nicht mehr in der Lage sein wird, seine Erfindung zu veröffentlichen. Patronen, die aus einer Pistole geschossen – schneller als das Licht – in der Lage sind, die Falten in der Zeit zu glätten. Und die der Professor dann auf Bitten des Dichters auf ihn, den Dichter, abfeuert, ihn tötet, ihn damit aber auch zu neuem Leben erweckt. Damit der Dichter wahrhaftig in die aktuelle Epoche eintreten kann und nicht mehr durch die Zeiten irren muss.

»Ich glätte eine Falte der Zeit«, sagt der Professor im Film. »Alles, was Sie erlebt haben, wird ausgelöscht wie Zahlen auf einer Tafel.«

Später einmal wird der Professor zur Verteidigung des ehemaligen Zeitreisenden anführen, dass dieser ein Dichter sei, somit unentbehrlich. »Obwohl ich nicht weiß, wofür.«

Als der Professor dem Dichter, noch bevor er ihn erschießt, eine Zigarette anbietet, nimmt der sie gerne an und erklärt, dass er selbst, um im Jahre 1770 rauchen zu können, die Zigarette habe erfinden müssen. Obgleich, so sagt er, man es damals für eine absurde Erfindung hielt, ohne Aussicht auf Erfolg.

Was für ein hübscher Gedanke, fand Klara, die soeben vor der Raucherkabine des Nozomi-Zugs zum Stehen gekommen war. Der Gedanke, als Zeitreisender in einer früheren Epoche etwas erfinden zu müssen, um es tun zu können, als es das noch nicht gab. Wein zu erfinden, als es nur Bier gab, Käse, als es nur Brot gab, den Frieden erleben, bevor man noch im Krieg sterben musste.

Und weil ihr diese Erinnerung an die Rauchszene in Cocteaus Film ausgerechnet in dem Moment kam, als sie vor dieser Raucherkabine stand, betrat sie den Raum, in dem sich gerade niemand aufhielt und der über ein sehr hübsches Panoramafenster verfügte.

Sie selbst, Klara, hatte nie wirklich geraucht, ein paar Zigaretten als Teenager, aber die Eleganz, mit der man rauchte – und noch der hässlichste Mensch sah besser aus, wenn er eine Zigarette in der Hand hielt –, war für sie im Widerspruch gestanden zum unangenehmen Geschmack. Als inhaliere man den Atem von etwas Totem. Sie hatte es sich beim besten Willen nicht angewöhnen können und brauchte später nicht zu jenen zu gehören, die sich unter dem Druck öffentlicher Demütigung davon verabschiedeten.

Und doch betrat sie diese enge, längliche Kabine mit ihrer

metallenen Theke und den kreisrunden Öffnungen, die als Aschenbecher dienten. Die Luft war erstaunlich gut. Aber auch kalt. Kalt wie in den Bergen. Als hätte es hier jüngst geschneit, jetzt im Sommer. Als wären die Letzten, die in diesem Raum geraucht hatten, Yuki Onnas gewesen.

Die Frau jedoch, die nun hinter Klara die schmale Raucherzone betrat …

Klara brauchte nur einen kurzen Moment, um sie wiederzuerkennen, so verblüffend ihr Erscheinen hier und jetzt auch sein mochte. Als Erstes fiel Klara allerdings die Handtasche der Frau auf, das schwarze Ledertäschchen mit dem unverkennbaren Chanel-Symbol, das die kleine alte Japanerin auf eine Weise vor ihre Brust hielt, wie sie es schon einmal getan hatte, gleich einem Schild oder Wappen. Damals im Flugzeug nach Helsinki, als sie so freundlich gewesen war, mit Georg ihren Platz zu tauschen, damit der sich neben Klara setzen konnte. Und sich die beiden dann im Flug nach Tokyo ihre Geschichten erzählt hatten.

Wie hatte sie geheißen? Ja, Simony, Akiko Simony. Die in der Empfangshalle in Tokyo auf die sie begrüßende japanische Verwandtschaft zumarschiert war.

Allerdings hatte Klara nicht wirklich gesehen, wie die alte Dame vom Kreis ihrer Familie aufgenommen worden war. Vielmehr war Klara da längst damit beschäftigt gewesen, zusammen mit Georg das Büro der Autovermietung zu finden.

Und hier stand sie also: Frau Simony. Und auch sie schien nicht zum Rauchen in diesen kleinen, engen Raum gekommen zu sein.

»Das ist jetzt aber kein Zufall«, sagte Klara.

»Nein, natürlich nicht«, antwortete die Chanel-Dame.

»Ich dachte«, sagte Klara, »Sie wären bei Ihren Leuten in Kōbe … Frau Simony, nicht wahr?«

Die vornehme alte Dame schenkte Klara einen mitleidigen Blick, wobei unklar war, ob dieser Blick ihrem erfundenen Nachnamen oder ihrer erfundenen Familie galt. Wohl beidem.

»Die Schatulle!!«, forderte die angebliche Frau Simony. »Sie haben sie doch sicher bei sich. Und bitte, kein Theater.«

»Theater?«

»Vorzugeben, nicht zu wissen, wovon ich spreche.«

»Sie haben im Flugzeug geschlafen, als ich von der Schatulle sprach.«

»Ich schlafe selten«, meinte Frau Simony kokett, »das Alter! Man ist dauernd müde, aber man schläft nicht. Auch wenn man so tut. – Jedenfalls scheinen Sie es tatsächlich geschafft zu haben, das fehlende Element aufzutreiben. Das ist schön. Aber sind wir ehrlich, Sie können damit nicht wirklich etwas anfangen. Also bitte!«

Frau Simony öffnete ihr Chanel-Täschchen und hielt es Klara entgegen. Mit ihren Augen vollzog die kleine Person eine optische Geste, die unverkennbar meinte, dass das Objekt der Begierde von einer Tasche in die andere überzugehen zu habe.

»Das kann nicht Ihr Ernst sein«, sagte Klara, »dass Sie meinen, ich würde Ihnen so einfach die Schatulle meiner Großmutter aushändigen. Wer auch immer Sie sind und was auch immer Sie antreibt, mir in diesen Zug gefolgt zu sein.«

Frau Simony entließ einen Seufzer und erkundigte sich: »Würden Sie mich ernster nehmen, wäre ich ein zwei Meter großer Schlägertyp?«

»Wenn Sie so fragen«, meinte Klara, »ja!«

»Das ist traurig, das von einer Frau zu hören. Aber gut, Sie sind jung, und wie alle Jungen verachten Sie genau jenes Alter, auf das Sie selbst so ungebremst zusteuern ... sollten Sie nicht vorher sterben.«

»Darum geht es nicht«, sagte Klara.

»Worum geht es nicht, ums Sterben?«, fragte die Chanel-Dame. »Na, vielleicht hilft Ihnen das.«

Während sie sprach, griff sie in ihre Tasche und zog eine Pistole hervor. Und zwar keineswegs irgend so eine kleine Damenpistole, verziert mit dem Emblem zweier rückseitig verhakter Cs, sondern eine Selbstladepistole mit der Zahl 17 aus der Produktion einer österreichischen Firma mit dem Namen Glock.

Die Art und Weise, wie die alte Dame diese Pistole in ihrer rechten Hand hielt, zeigte deutlich, dass sie dieses Instrument keineswegs zum ersten Mal auf jemanden richtete und gewiss wenig Skrupel hatte, wenn nötig, abzudrücken. Was sie auch andeutete, indem sie sagte: »Ich muss doch nicht etwa auf Sie schießen, um Sie zur Vernunft zu bringen.«

Klara wollte etwas antworten, da öffnete sich mit einem Mal die automatische Schiebetüre, und herein trat ein Mann, der bereits eine Zigarette in der Hand hielt. Und genau auf diese Zigarette war sein verliebter Blick gerichtet, nicht auf die Frauen, nicht auf die Waffe, die er längst durch die Glastüre hätte erkennen müssen. Aber er war ganz und gar auf den weißen Stängel konzentriert, der wie eine zur Röhre verdichtete Primaballerina zwischen seinen Fingern hervorragte.

Indem er nun hereinkam, geriet er zwischen die Frauen und genau in die Schusslinie, die aber nur mehr von theoretischer Bedeutung war, da Frau Simony geistesgegenwärtig – sie gehörte nicht zu den Kollateralschadenfetischisten – die Glock in ihr Chanel-Handtäschchen hatte fallen lassen. Während der Mann gedankenverloren sein Feuerzeug anhob.

Auch Klara bewies Geistesgegenwart. Sie war rasch aus der offenen Türe geflohen und bewegte sich eiligst von der Raucherkabine weg. Wobei sie aber nicht zurück zur ersten Klasse lief, sondern in die zweite geriet, in Richtung der Zugspitze, gewissermaßen Tokyo entgegen.

Als sie eine offene Toilette fand, trat sie ein und sperrte rasch ab. Sie atmete durch. Endlich hatte sie Zeit, die Angst zu spüren, die wohl dazugehört, wenn einem zum ersten Mal im Leben eine Waffe ins Gesicht gehalten wird.

Sie dachte sich: »Ein Glück, dass es noch Raucher gibt!«

Angst hin oder her, sie würde niemals die Schatulle hergeben. Jetzt schon gar nicht, wo offensichtlich geworden war, welch enorme Bedeutung sie besaß.

Klara griff nach ihrem Handy und wählte Georgs Nummer.

Sie holte ihn wohl aus seinem Schlaf, so wie er klang.

Sie sagte ihm, wo sie sei und dass er sofort kommen müsse. Es gehe um die Schatulle und dass sie wegen dieser Schatulle mit einer Pistole bedroht worden war.

Er fragte Klara, ob sie einen Witz mache. Und ob bereits die Proben zu Itōs *Woman at the Bath* begonnen hätten.

»Kommen Sie einfach«, bat Klara, »und befreien mich aus meinem Witz.«

»Okay«, sagte er und ließ sich von ihr beschreiben, in welcher der Toiletten sie sich eingesperrt hatte.

»Und achten Sie«, warnte Klara, »auf diese alte Frau, Frau Simony … die Frau, die bei uns im Flugzeug saß.«

Sie erklärte ihm, wieso er sich ausgerechnet vor dieser Person hüten sollte.

Georg blies hörbar durch die geschlossenen Lippen – wie Wind, der einen Vorhang zum Flattern bringt – und meinte: »Wahrscheinlich träume ich das.«

»Wahrscheinlich«, sagte Klara, »aber beeilen Sie sich trotzdem.«

Er legte auf.

Klara drückte den Knopf des Wasserspenders, aus dem kaltes Wasser floss, das sie sich mit den Händen ins Gesicht klatschte. Sie richtete sich auf und blickte in den Spiegel. Die Wassertropfen standen ihr wie eine kleine, durchsichtige Armee auf Wangen und Stirn. Die ersten Gefallenen tropften herab.

Klara dachte an das berühmte Foto von Man Ray mit den Glasperlen im Gesicht einer Frau: *The Tears*. Und fragte sich, ob sie denn ehrlich nichts Besseres zu tun hätte, als einen Vergleich mit Man Ray herzustellen, während draußen …

Es klopfte.

Rasch griff sie neben sich und entriegelte die Türe. Und bereute es sofort. Natürlich hätte sie zuerst fragen sollen, ob es Georg war, der da klopfte.

Aber zu spät. Die Türe glitt zur Seite.

Es war nicht Georg. Es war auch nicht Frau Simony. Aber es war jemand, der von Frau Simony instruiert worden war, wollte Klara nicht annehmen, dass in diesem Zug konkurrierende Gruppen hinter der Schatulle her waren.

Und auch ihn meinte Klara zu erkennen. War das nicht der Mann, von dem sie kurz zuvor gedacht hatte, wie besonders es sei, wenn heutzutage noch jemand mit einer Zeitung im Zug sitze? Und dessen Anblick ihr das Phänomen der Zeitreise ins Gedächtnis gerufen hatte sowie die Bedeutung einer Patrone in einem von Jean Cocteaus Filmen.

Er war ein Mann mit Anzug und Krawatte, der jetzt im Stehen sehr viel größer und muskulöser wirkte als hinter seiner Zeitung. Im Grunde war es absurd, da er gerade mittels dieser Zeitung auf sich aufmerksam gemacht hatte, anstatt sich hinter ihr zu verbergen. Aber wieso auch verbergen? Jedenfalls schien er keiner von den Zögerlichen. Und auch keiner, der eine Waffe bemühte, zumindest *noch* nicht, vielmehr fasste er mit seinem langen Arm einfach nach einem der beiden dünnen Träger von Klaras Tasche und riss sie ihr von der Schulter.

Klara gelang es, mit einer raschen Drehung eine Schlaufe um ihr Gelenk zu binden, sodass nun die Tasche – deren Zippverschluss zugezogen war – zwischen ihr und dem Mann hing wie eins dieser Kinder, die sich von ihren Eltern schaukeln lassen.

So waren die beiden für einen Moment merkwürdig verbunden, bevor der Mann nachließ, auf Klara zukam und sie ins Innere der Toilette drängte.

Sie wusste nicht, wie ihr geschah, doch mit einem Mal war der Angreifer hinter sie getreten und hatte dabei den Riemen der Tasche um ihren Hals gelegt. Er zog kräftig zu. Sie spürte, wie ihr augenblicklich die Luft wegblieb und sich das Lederband in ihre Haut grub und die Luftröhre verengte. Zudem drückte er ihr sein Knie in den unteren Rücken. Ihr rechter Arm hing unbeweglich in der Schlaufe, sie konnte bloß noch ihren linken Arm rühren und schlug hinter sich. Aber es wäre wohl nötig gewesen, irgendetwas Scharfes wie eine Scherbe in der Hand zu halten, um gegen den Mann etwas auszurichten. Leider war der Spiegel zu weit weg und völlig intakt. In ihm konnte sie sich jetzt sehen: ihr schmerzverzerrtes Gesicht, den kreisrund geöffneten Mund, aus dem bloß noch ein fernes Krächzen drang wie verklingender Steinschlag aus einer tiefen Höhle. Sie dachte sich noch: Was für ein hässlicher Anblick! Was für eine unwürdige Art, zu sterben!

»Wie oft«, fragte plötzlich eine Stimme aus dem Off, »darf

man einem Menschen das Leben retten, ohne dass es komisch oder peinlich wirkt?«

»Also zweimal auf jeden Fall«, antwortete eine andere Stimme aus dem Off.

Mag sein, dass Georg nicht der schnellste Mann auf der Welt war, aber er schien in bestimmten Situationen zu begreifen, dass es ein Fehler wäre, großartige Überlegungen anzustellen und sich zu viel Zeit zu nehmen. Zeit, die es nicht gab.

Als er die zu einem Spalt geöffnete Türe der Toilette sah und die gepressten Laute aus dem Inneren vernahm, schob er die Türe sofort zur Seite, trat ein, erkannte die Situation und brauchte keine einzige Sekunde, sondern bloß eine halbe, um zuzuschlagen. – Er war nicht nur nicht der schnellste Mann auf der Welt, sondern besaß auch sicher nicht den härtesten Punch. Gewiss keinen Punch wie der Kerl, auf den er schlug, der aber zurzeit vollends damit beschäftigt war, Klara zu erwürgen und sich der Tasche zu bemächtigen.

Ein gezielter Faustschlag mitten ins Gesicht eines Menschen, direkt auf die Nase, benötigt nicht die Kraft eines professionellen Faustkämpfers, um eine enorme Wirkung zu erzielen. Denn eine Nase kann man nicht trainieren. Ihre Verletzlichkeit ist bei allen Menschen die immer gleiche. Es geht nur darum, dass der, der zuschlägt, dies ohne jede Hemmung tut, gleich ob er ein Muskelprotz ist oder fünfzig Kilo wiegt.

Und das tat Georg, er schlug ohne Verzögerung und ohne Hemmung zu. Und traf punktgenau. Und war dabei mindestens so überrascht von sich, wie der, dem der Schlag galt.

Ein Schlag, der augenblicklich seine Wirkung tat. Der Mann ließ den Riemen der Tasche los und stürzte nach hinten, wobei er sich auch noch unglücklich den Hinterkopf anstieß. Ob es nun das war oder doch der Schlag ins Gesicht, was seine Ohnmacht bewirkte, oder beides zusammen, es geschah jedenfalls.

Klara rang nach Luft, als sei sie gerade durch die Meeresoberfläche hochgeschossen. Der Riemen glitt von ihrem Hals. Ihr Kopf schwenkte zur Seite. Sie sah sich jetzt wieder im Spiegel.

Und erkannte, wie etwas Leben und Form darin zurückkehrten, die Rundheit ihres Mundes wieder etwas Längliches annahm und der rötliche Schatten aus ihren Augenhöhlen verschwand.

Sie befreite sich aus der Schlinge und führte beide Riemen zurück auf ihre Schulter, sodass die Tasche in vertrauter Form an ihrer rechten Hüfte baumelte. Dann sah sie hinter sich, blickte hinunter zu dem Liegenden, unterdrückte das Bedürfnis, nach ihm zu treten, schaute dann zu Georg und meinte: »Das ist jetzt bereits das zweite Mal.«

Georg vermied jenen Spruch von wegen, dass alle guten Dinge … und meinte, es wäre sinnvoll, zurück in die erste Klasse und unter die Passagiere zu kommen. Frau Simony werde ja wohl kaum in einem vollen Waggon herumschießen.

So verließen die beiden den Toilettenraum samt dem darin liegenden Mann, schlossen die Türe und beeilten sich, in den »grünen« Wagen zu gelangen. Glücklicherweise ohne auf dem Weg auf die bewaffnete Chanel-Dame zu treffen. So kamen sie ungehindert zu ihren Plätzen. Frau Castelbajac war soeben erwacht und wollte wissen, wo die beiden gewesen waren.

Sie setzten sich, und Klara erzählte, was geschehen war. Wobei sie mit dem Satz endete: »Herr Salzer pflegt mich zu retten.«

»Meine Güte«, sagte Frau Castelbajac, »wir sollten auch für ihn in Itōs Film eine Rolle finden.«

»Bitte nicht«, sagte Georg, erfüllt von echtem Widerwillen. Er empfand sich als vollkommen talentlosen Menschen und sicher nicht mit der Gabe der Schauspielerei ausgestattet. Und das sagte er auch.

»Aber anscheinend mit der Gabe der Lebensrettung«, kommentierte Frau Castelbajac, obwohl sie kaum glauben konnte, was sie da hörte. Dann sagte sie zu Klara: »Jetzt zeigen Sie uns doch mal diese Schatulle. Das muss ja ein unglaubliches Ding sein.«

Klara zog den Zippverschluss zur Seite, als würde sie bei einer Autopsie die Brust öffnen, und holte aus der unheimlichen Tiefe dieser Tasche das rotsamtene, längliche Etui hervor.

Sie reichte es Frau Castelbajac, wobei Klara einen Moment

zusammenzuckte bei dem Gedanken, auch die Übersetzerin könnte gleich der kleinen alten Dame aus dem Flugzeug …

Frau Castelbajac tat aber nichts anderes, als die Schatulle von allen Seiten zu betrachten, drückte mehrmals den Knopf der Verriegelung und stellte schließlich die Unmöglichkeit einer Öffnung fest. Wollte man nicht grobe Gewalt anwenden.

»Es wird sich noch von selbst öffnen«, prophezeite Klara, ohne zu sagen, wie sie zu dieser Annahme kam. Fügte aber noch an: »Es macht Geräusche.«

»Was Sie nicht sagen«, meinte die Dolmetscherin und hielt sich das Objekt ans Ohr. »Richtig, hört sich an wie eine kleine Nähmaschine.«

Und das stimmte. Es war tatsächlich ähnlich dem Geräusch einer winzig kleinen Nähmaschine. Wie in einer Kindergeschichte, wenn Flöhe oder Käfer eine Schneiderei betreiben. Was auch immer die da zusammennähen.

Georg hingegen wurde nicht um seine Meinung gefragt. Immerhin sagte er, und das völlig zu Recht: »Wir sollten bis zum Ende dieser Fahrt zusammenbleiben.«

Und das taten sie auch. Der Mann mit der Zeitung und Frau Simony tauchten nicht wieder auf. Aber es war schon klar, dass sie es damit nicht bewenden lassen würden.

Klara trug ihre Tasche jetzt in der gleichen kontrollierten Weise am Körper, wie man ein Kleinkind gegen seine Hüfte presst.

So rasten sie in Höchstgeschwindigkeit auf Tokyo zu, leider ohne dass zwei alte Frauen, die Helga und Lilo hätten sein können, vorbeigekommen wären. Natürlich nicht, das war nicht zu erwarten gewesen. Aber Klara meinte eines begriffen zu haben, dass diese Fahrt nach Tokyo dazu diente, noch einmal das Fuji Museum aufzusuchen, noch einmal vor das Gemälde *Die blinde Köchin* zu treten, diesmal aber mit all dem neuen Wissen um die Entstehung des Bildes: wie wenig ihre Großmutter eine Köchin war, wie sehr aber blind.

Klara hoffte, mit Hashimotos Werk in eine neue Beziehung treten zu können. Denn schließlich vertrat sie die Überzeugung, dass Gemälde in einer gewissen Weise sprechen konnten, es aber nötig war, ihre Sprache zu verstehen. Die Sprache der Malerei als etwas Wortwörtliches.

Mal sehen, dachte sich Klara. Dabei drückte sie die Tasche fester gegen ihre rechte Seite.

Draußen rauschte die Landschaft vorbei gleich einem waagrechten Wasserfall.

18

Es blieb eine Stunde, bis sie Tokyo erreichen würden. Und natürlich hatte Frau Castelbajac ihren Auftraggeber Takashi Itō angerufen, der derzeit noch mit George Clooney zusammensaß und von diesem soeben die Zusage erhielt, für ein paar Sätze und ein paar Gesichtszüge lang im New Yorker Finale von *Woman at the Bath* den Museumswärter zu spielen.

Mit wenigen Worten beschrieb Frau Castelbajac, dass Klara von einer alten Frau mit einer Waffe bedroht worden war und ein Mann sie fast erwürgt hätte. Und dass all diese unglaublichen Ereignisse mit einer samtenen Schatulle zusammenhingen, die derzeit im selbst verschlossenen Zustand den akustischen Eindruck einer kleinen Nähmaschine machte.

Als Itō das hörte, war er einerseits begeistert, auch weil er meinte, er habe diesen Mann namens Georg unterschätzt – genauer gesagt überhaupt nicht wahrgenommen –, werde sich aber auch für ihn eine Rolle einfallen lassen. Gewiss nicht so tragend wie die von Klara und Ewan McGregor und auch nicht so pointiert wie die von Clooney, aber es wäre doch eine elegante Lösung, diesen Georg nicht als reale Figur, sondern als Figur in einem Gemälde auftreten zu lassen.

Zugleich jedoch war Itō geschockt von der Vorstellung, dass seine Hauptdarstellerin als Folge wirklicher Ereignisse verletzt oder gar getötet werden könnte. Oder aber sie aus Sorge um ihr Leben zurück nach Europa flüchtete.

Itō verkündete, sofort einen Leibwächter zu engagieren, der bereits kurz vor der Endstation an der Shinagawa-Station in den Zug einsteigen würde, um sich zu den dreien zu begeben und Schutz zu gewährleisten. Wobei dieser Schutz in erster Linie Klara gelten sollte.

Dann legte Itō auf. Im Hintergrund konnte Frau Castelbajac gerade noch hören, wie Clooney eine Bemerkung über das Wesen von Leibwächtern machte, was sie nachträglich wunderte, weil sie schließlich mit Itō Japanisch gesprochen hatte. War George Clooney des Japanischen mächtig?

Dann sagte sie: »Er schickt uns einen Bodyguard vorbei.«

»Wer?«

»Herr Itō natürlich. Er ist um Ihre Sicherheit besorgt.«

Georg meinte, das sei okay, dann bräuchte er beim nächsten Mal nicht den Retter zu spielen.

»Glauben Sie nur nicht«, sagte Klara mit einem Lächeln, in das soeben der Ernst einbog, »sich auf die faule Haut legen zu können.«

Frau Castelbajac verzichtete darauf, Georg mitzuteilen, dass Itō in der Tat plane, auch für ihn eine Rolle im Film zu entwickeln. Georg würde noch früh genug einsehen müssen, dass, wer einmal in Itōs Überlegungen geriet, schwerlich aus ihnen herauskam. Man bedenke: George Clooney in einer Nebenrolle.

Die Shinagawa-Station lag nur sieben Kilometer vor dem Bahnhof Tokyo. Hier stiegen viele Passagiere aus, aber nur ein einziger ein. Eigentlich sah er mehr aus wie ein Fotomodell als wie ein Bodyguard: ein schlanker, mittelgroßer, mit einem perfekt sitzenden grauen Anzug bekleideter junger Japaner, dessen angenehm zarte und geordnete Gesichtszüge alles andere versprachen als Gewalt und Verderben. Sein dunkles Haar war halblang und verfügte über eine gewollt lässige Unordnung, wie vom Wind ganz leicht zerzaust, aber ein Wind direkt vom Friseur oder vom Haargel.

Jedenfalls war das der Mann, den Itō schickte. Er trat in den Waggon ein, überblickte die Situation, setzte sich auf den freien Gangplatz neben der am Fenster sitzenden Frau Castelbajac und stellte sich mit seinem Namen vor: Henry Osada. Er sprach ein ungemein gepflegtes Englisch, wie man das auch von den bezahlten Begleitern reicher Damen kannte. Gut vorstellbar, dass er ähnlich wie diese ein exzellenter Tänzer war.

Aber klar, die Frage war, was er tun würde, wenn eine Pistolenkugel dahergetanzt kam.

Klara beeilte sich ihm zu erklären, dass sie noch heute ins Tokyo Fuji Art Museum müsse. Darin bestehe eine absolute Notwendigkeit, der Besuch eines bestimmten Bildes.

Osada nickte in der verbeugenden Art seines Wesens und informierte Klara, in welchem Hotel Herr Itō Zimmer für sie und Georg habe reservieren lassen. Er sie aber selbstverständlich gleich nach dem Einchecken zu dem gewünschten Museum begleiten werde. Allerdings müsse er sie und auch Georg darum bitten, jegliche Eigenmächtigkeiten in den nächsten Stunden zu unterlassen. Er könne nur Personen schützen, die das auch wollten.

»Do you?«, fragte er Klara, der in erster Linie seine Bewachung gelten würde.

»I'm yours«, sagte sie. Das war vielleicht eine eigentümliche und etwas missverständliche Formulierung, aber Osada wusste, was Klara meinte. Freilich wollte er dann doch noch erfahren, worin Klaras Gefährdung und die ihres Begleiters begründet lag. Und was er über die möglichen Angreifer wissen müsse.

Klara beschrieb in aller Kürze, was geschehen war und warum eine Schatulle ihrer Großmutter, die sich in ihrer Handtasche befand, eine Rolle spielte. So dubios die Rolle auch sein mochte.

Osada verzog keine Miene. Besser gesagt, das Verziehen war ein schwacher Schatten auf seinem Gesicht, eine Andeutung, und erinnerte Klara an das letzte Foto in Roland Barthes' berühmtem Japanbuch *Das Reich der Zeichen*. Ein Buch, das sie vor der Abreise ebenfalls in die Untiefen ihrer Handtasche hatte gleiten lassen. Auf diesem Foto sieht man einen jungen Japaner mit einer traditionellen Kappe, dessen Mund ganz leicht geöffnet ist. Der Anflug einer Bewegung, von Barthes kommentiert mit: *... dem Lächeln nahe*.

Osada war vielleicht nicht dem Lächeln nahe, aber dem Zweifel. Oder besser gesagt, doch dem Lächeln nahe, aber eben einem zweifelnden Lächeln. Einen kurzen Moment bloß, dann verzog sich der Schatten, und die Maske seines Gesichts war wieder frei von jeglicher Regung.

Keine Frage, dass er seinen Auftrag unabhängig von Überlegungen zu irgendeiner Sinnhaftigkeit durchführen würde, der

Sinn lag im Schutz selbst. Weshalb er auch nicht etwa verlangte, die Schatulle zu sehen, und schon gar nicht empfahl, diese an einem sicheren Ort zu verwahren. Er begriff, wie sehr Klara die intuitive Überzeugung besaß, das einmal gefundene und nun vervollständigte Objekt bei sich behalten zu wollen. Und nicht etwa im Safe des Hotels zu deponieren, in das sie gleich nach der Ankunft in der Tokyo Station mit dem Taxi gebracht wurden. Ein modernes, erst 2020 errichtetes Hotel im Stadtteil Roppongi. Ein Hotel, in dem Itō abzusteigen pflegte und in dem er auch die letzten Nächte verbracht hatte. Sich allerdings nach seinem Essen mit Clooney sofort zum Flughafen begeben hatte, um wegen einer privaten Geschichte nach Hongkong zu reisen. Dort würde er zwei Tage bleiben und danach seine Küstenvilla in Nishiizu aufsuchen. Und zwar mit der recht strikten Anordnung an Frau Castelbajac, dass er bei seiner Ankunft Klara und Georg dort anzutreffen wünsche. Gleichgültig, wie ihr es gelinge, die zwei von dieser Schatullengeschichte abzulenken und auf das einer *Frau im Bade* gewidmete Filmprojekt einzuschwören.

Vom Flughafen aus rief Itō noch einmal Frau Castelbajac an und meinte, Hotel, Leibwächter, Zugreisen, das sei schließlich alles nicht umsonst. Er würde schon gerne auch ein wenig Profit daraus schlagen und nicht zusehen müssen, wie *seine* Violet Cox durch Japan reiste ohne Drehbuch.

Keine Frage, ein Manuskript konnte man natürlich überall lesen, dazu hätte Klara nicht in Itōs Villa sein müssen. Allerdings glaubte Itō fest daran, dass sich seine Protagonistin beim Studium des Drehbuchs in unmittelbarer Nähe zu Hachiguchis Holzschnitt befinden sollte, welcher in der zentralen Halle der Villa hing. Alle seine Hauptdarsteller und Hauptstellerinnen hatten in diesem Küstenhaus erstmals die Drehbücher zu einem neuen Film gelesen, kürzlich auch Ewan McGregor, der Thomas Cox in *Woman at the Bath*.

Castelbajac erwähnte im Telefonat mit Itō noch, dass Klara auf der Suche nach einer Insel sei, auf der sich ihre Großmutter möglicherweise befinde. So offenkundig dahergesagt und unbegründet der Hinweis von Hashimoto auch gewesen sei. Der Mann sei ein dämonischer Greis, der sich von Kois die Haut abschrubben lasse und gewaltige abstrakte Schinken malend auf seinen Tod warte.

»Mir egal, wie Sie das machen«, meinte Itō, »bringen Sie die beiden nach Nishiizu, das liegt immerhin auf einer Halbinsel.«

»Ich soll Frau Ingold also eine halbe Insel schmackhaft machen.«

»Ganz richtig«, sagte Itō und legte auf.

Konnte man sagen, dass Georg ein wenig gekränkt darüber war, dass nun dieser junge, maskenhafte und blendend aussehende japanische Bodyguard auf der Bildfläche der Geschichte erschienen war und ihm die Rolle des Retters streitig machte? Nein, denn das begriff Georg ganz gut, wie sehr seine eigene Rolle weit tiefer führte als die jenes hübschen Professionalisten, der absolut jeden beschützte, für dessen Schutz er bezahlt wurde. Georg verstand, wie sinnvoll und letztlich einer Fügung gemäß es war – eingedenk des Filmemachers Itō konnte man sagen: einer Regieanweisung gemäß –, dass Henry Osada als viertes Glied in der Kette zu ihnen gestoßen war.

In Tokyo angekommen, brachte sie ein von Osada angeforderter dunkler Van ins Hotel, wo jeder in sein Zimmer ging, um sich frisch zu machen.

Sich frisch machen! Das war so eine Formulierung, über die Georg schmunzeln musste. Es war ihm schon länger nicht mehr vergönnt gewesen, sich irgendwann einmal frisch zu fühlen. Das schien ihm geradezu das markanteste Zeichen des Alters, diese permanente und durch nichts, kein kaltes Wasser, keine Pille, keine Hautcreme, keine verdammte Dehnungsübung und am allerwenigstens durch ein paar Stunden Schlaf zu bekämpfende dauernde Unfrische.

Dennoch wollte er sich, verschwitzt, wie er war, kurz unter die Dusche stellen. Allerdings bemerkte Georg gleich, dass ihm zwei Dinge fehlten. Ja, ausgerechnet er, der sich eigentlich unter anderen nackten Männern nie wohlgefühlt hatte, erinnerte sich jetzt, wie gut das in Magome gewesen war, mit anderen zusammen im Regen auf einen verspäteten Bus zu warten (so schief dieses Bild sein mochte, wenn man bedachte, wie selten Verspätungen in Japan vorkamen, während im europäischen Raum halbe Kulturen auf Verspätungen aufbauten). Das andere, was er vermisste, war ein Hocker oder Schemel, um im Sitzen duschen zu können. Das freilich war zu lösen. Er nahm den kleinen Mülleimer und polsterte ihn mit einem gefalteten Handtuch, dann drehte er die Dusche an und stellte das Wasser auf jene Wärme, die mit lauwarm zu beschreiben nicht ganz richtig war. Eher eine Wärme, in der wie in schmalen Spalten eine gewisse Kälte steckte – ein schwarz-weißes Streifenbild von Regen.

Er setzte sich unter den Strahl, ließ seine Hände auf den Oberschenkeln nieder und schloss seine Augen. Saß da und wartete. Ein einsamer Mann im Regen, der eingesehen hatte, dass der ganze Sinn im Warten selbst bestand. Nicht auf jemanden oder etwas zu warten, ob das jetzt Gott oder ein Linienbus war. Nein, es war die ewige und fürchterliche Langeweile des Wartens, in welcher der Sinn steckte, aber auch die begütigende Leere im Kopf, wenn man das einmal begriffen hatte.

Er schlief nicht ein. Das hatte er ja schon im Zug erledigt. Aber er vergaß die Zeit. Weshalb er wieder mal zu spät kam. Denn schließlich hatte man sich zu einer exakten Stunde in der Lounge verabredet.

Klara, neben der Osada aufrecht und wachsam saß, blickte auf die Uhr beziehungsweise auf die leere Stelle an ihrem Handgelenk, wo in früheren Zeiten eine Uhr gewesen war, und meinte: »Sie scheinen ein Problem mit der Zeit zu haben, Georg.«

»Ja, verzeihen Sie. Sie entgleitet mir.«

»Gut. Gehen wir«, sagte Klara.

»Und Frau Castelbajac?«, fragte Georg, der die Dolmetscherin nirgends sehen konnte.

»Die hat noch anderes zu tun«, erklärte Klara. »Irgendwas mit George Clooney, wenn ich mich nicht verhört habe.«

»Lebt der überhaupt noch?«, fragte Georg.

»Seien Sie nicht kindisch«, meinte Klara und erhob sich.

Zu dritt verließen sie das Hotel.

Klara bestand darauf, dass man nicht den Wagen nahm, sondern zu Fuß hinüber zur Station Kanda spazierte und mit der Chūō-Linie nach Hachiōji fuhr, dem Vorort, in dem das Tokyo Fuji Museum lag. Für die letzten Stationen zum Museum würde man den Bus nehmen.

Eine gewisse Ironie ergab sich daraus, dass diese Fahrt, die größtenteils mit einer Schnellbahn absolviert wurde, eineinhalb Stunden dauerte. Nur eine halbe Stunde kürzer als die Reise entlang der Ostküste. Doch mit dem Auto wäre es auch nicht rascher gegangen, außerdem verlangte es Klara nach der Gedrängtheit des Öffentlichen. Als handle es sich um ein reinigendes Ritual, eine Art von Waschung. Sie wollte unter Leuten sein.

Wovon Henry Osada wenig begeistert war. Allerdings musste er froh sein, dass Klara nicht etwa auf die sehr europäische Idee gekommen war, zu Fuß zu gehen (9 Stunden) oder mit dem Rad fahren zu wollen (3 Stunden).

Jedenfalls stiegen sie zu dritt in die Schnellbahn ein, in der es wie erwartet recht eng zuging und man zuerst stehend, später sitzend beinahe eine Stunde aus dem Zentrum hinüber in die Peripherie fuhr. Klara kam es nach einiger Zeit so vor, dass Tokyo, sobald man die Vororte erreichte, eine verdichtete Form von Wuppertal darstellte, und auch die Schnellbahnlinie selbst, obwohl mit Schienen fest am Boden verankert, etwas Schwebendes annahm.[5] Jedenfalls hatte sie viel Zeit, die wechselnden Fahrgäste zu beobachten. Viele der jüngeren oft mit diesem Touch von Animefiguren: die Mädchen, als trügen sie magische Schwerter unter ihren kurzen Röcken, die Jungs, als bildeten ihre ganzen Körper die Schafte für ebendiese Schwerter.

Währenddessen schien Georg schon wieder in einen Halbschlaf verfallen zu sein. Osada wiederum praktizierte die Kunst, ohne seinen Kopf zu bewegen, alle Geschehnisse und Personen,

5 Oder es war umgekehrt und Wuppertal einfach ein Vorort von Tokyo mitten in Deutschland – ein Vorort als Überseegebiet. Was auch die für deutsche Verhältnisse ungewöhnliche Höflichkeit der Wuppertaler Bevölkerung erklären würde.

die sich in nächster Nähe befanden, zu registrieren. Aber nichts geschah, kein Mann mit Zeitung und keine alte Dame mit Chanel-Handtäschchen tauchten zwischen den Fahrgästen auf.

So erreichten sie den Bahnhof Hachiōji und fuhren mit dem Bus zur Station der Soka-Universität, von der es nur noch ein Katzen- oder Kranichsprung zu jenem Museum war, in dem natürlich fortgesetzt die Retrospektive Hashimotos gezeigt wurde und in dem noch immer eine *Bauernhochzeit* hing, auf der ein dritter Fuß fehlte.

Während sie das Museum betraten und Tickets lösten, bekam Georg einen Anruf aus Österreich, derart klar und deutlich, als würde die Anruferin gerade um die Ecke stehen. Es war die Personalchefin von *Alles Liebe,* Sylvia Martinek, die ganz sicher nicht um die Ecke stand, sondern in ihrem Wiener Büro und mit Georg etwas zu bereden hatte. Weshalb Georg den beiden anderen ein Zeichen gab und sich hinüber in das frankophile Café begab.

So waren Klara und Osada alleine, als sie den ersten Saal der Ausstellung mit Bildern Hashimotos betraten. Auch wirklich allein, weil offensichtlich alle Besucher beim Mittagessen waren oder anderswo Gemälde ansahen. Und auch kein Aufseher und keine Aufseherin sich zeigte.

Erneut kam Klara vor jenem bedeutenden Werk *Die blinde Köchin* aus dem Jahr 1965 zu stehen, von dem sie nun sicher sein konnte, dass es ihre Großmutter darstellte. Helga Blume, die bei der Entstehung dieses Bilds bereits im Begriff war, ihr Augenlicht einzubüßen, während ihre Funktion als Köchin reinen Modellcharakter besaß. Ein wenig wie bei einem anderen Gemälde Hashimotos, das den Titel *Der betrunkene Berg* trug und auf dem das dargestellte Objekt tatsächlich einen wankenden, taumelnden Eindruck machte, es sich aber um keinen Berg, sondern um einen Mann handelte, bergartig, das schon, mit einem wuchtigen, runden Körper und einem eigentümlich spitz zulaufenden Schädel, aber eben ein Mann und kein Berg.

Klara stand vor dem Bild ihrer Großmutter, hatte ihre rechte Hand gegen die von ihrer Schulter hängende Handtasche gedrückt, während ihr linker Arm angewinkelt war und sie ihre Hand wie ein warmes Kissen seitlich gegen den Bauch hielt. Soweit man sagen konnte, sie habe einen Bauch. Und so unnötig es war, sich in diesem warmen Raum ein Körperteil zu wärmen. Doch Itō wäre mit ihrer Haltung, wie sie da vor dem Bild stand, sehr zufrieden gewesen.

Was sagte ihr dieses Gemälde? Was sprach es? Klara horchte. Man könnte sagen, sie horchte in die Details hinein. So war sie etwa auf das Messer auf der linken Bildhälfte konzentriert, das aufrecht auf seiner Schneide stand, ohne dass eine Stütze sichtbar gewesen wäre. Eins dieser typischen japanischen Küchenmesser, die alle so anmuten, als seien sie für das Zerteilen von Walen hergestellt worden. Es verfügte über einen leicht ovalen Griff aus hellem, fleckigem Holz und einer rötlichen Zwinge, während sich auf der schiffbugartigen Stahlklinge eine charakteristische Maserung abzeichnete, die an die Strömungen eines Wildbachs erinnerte. Nahe dem Klingenhals waren Schriftzeichen zu erkennen, die Klara bei ihrem ersten Besuch völlig übersehen hatte. Ihr schien fast, dass diesmal zwar nicht die blinde Köchin zu ihr sprach, dafür aber dieses Messer, dessen Schneide auf eine Weise gemalt war, dass man die Schärfe geradezu spüren konnte. An der Haut spüren konnte. Jener gruselige Moment, wenn einem das mit so viel Liebe, Geduld und Durchtriebenheit geschliffene Messer allein mittels einer allersanftesten Berührung etwa des Unterarms signalisiert, wie einfach es wäre, mitten durch Haut, Fleisch und Knochen zu schneiden.

Diese Schneide war gemalt, als wäre sie lebendig.

Klara fröstelte.

Dann aber wandte sie sich zu Osada hin, der mit gefalteten Händen seitlich hinter ihr stand und sämtliche Aspekte und Möglichkeiten des Raums im Blick hatte.

Klara fragte ihn, ob er so freundlich sein könne, ihr die Bedeutung der Schriftzeichen auf dem Messer zu erklären, wobei sie in diesem Moment daran dachte, dass ja auch auf der Rückseite der Fotografie, die ihre Großmutter und Lilo Wagner vor dem Hintergrund eines Filmplakats zeigte, zwei japanische Schriftzeichen gewesen waren. Und wie diese die einzige echte Spur ergeben hatten.

Sollte sich das jetzt hier wiederholen?

Allerdings waren es gleich vier Zeichen auf dem Blatt dieses so ungemein lebendig im Gemälde stehenden Messers, zwei Kanjis und zwei Hiraganas.[6]

Osada, der näher herangetreten war, erklärte, dass es sich bei den Schriftzeichen traditionellerweise um die Signatur der Schmiede handeln würde. Die Signatur auf einem sogenannten *Deba*. Ein Messer, das aus vielen Lagen verschiedener Stahlsorten hergestellt wurde und vornehmlich der Zerlegung von Fischen diente, mit denen man aber auch durch das Fleisch von Rindern und Hühnern und die Körper von Rettichen schneiden konnte.

»The mourning island«, übersetzte Osada.

»Bitte!? Wirklich?« Klara erschrak heftig. Denn das war es doch, wonach sie gemäß Hashimotos Rat suchen sollte: nach einer Insel. Und dort, auf dem Messer, befand sich der Name einer Insel. Sie wiederholte ihn laut, allerdings auf Deutsch, kaum ihre Erregung unterdrückend: »Die Morgeninsel!«

Schwer, zu sagen, ob Osada Deutsch beherrschte, so wie schwer, zu sagen war, ob George Clooney sogar des Japanischen mächtig war. Aber so viel verstand Osada jedenfalls, dass er den Irrtum begriff, den Klara beging, indem sie sein »mourning« als »morning« verstanden hatte und darum den Namen nicht mit *Insel der Klage* oder *Klageinsel* oder mit *Die trauernde Insel* übersetzt hatte, sondern weit fröhlicher diese Insel in den Morgenstunden angesiedelt hatte.

6 Wobei sich der Eindruck der Lebendigkeit gar nicht aus einer naturalistischen oder gar fotorealistischen Darstellung ergab, denn das Messer war wie das ganze Bild ein deutlich gemaltes, kein Trompe-l'œil-Effekt zu erkennen, eher war das Messer expressiv überhöht. Es ging nicht darum, zu zeigen, wie ein Messer aussieht, sondern was ein Messer ist. Mehr seine Seele als seinen Körper zu offenbaren. Und doch blitzte die stählerne Schneide in einer realistischen Weise, die man als »blutigen Ernst« beschreiben könnte. – Das erinnerte durchaus an Hashimotos Fähigkeit, mittels eines goldenen Vierecks eine Katze lebendig werden zu lassen.

Darum sagte Osada, nun um noch mehr Prägnanz bemüht: »What I meant was the *mourning* island, the isle of grief.«

»Ach«, meinte Klara, »die trauernde Insel.« Und wollte wissen, wie dieser Name zu verstehen sei und wie er auf dieses Messer gelangt war.

Osada wiederholte, dass es sich um den Namen der Schmiede handle, die solche Messer herstellte. Eine kleine, aber berühmte Werkstatt, die tatsächlich auf einer Insel lag, die allerdings nicht »Trauerinsel« oder »Insel der Klage« hieß, sondern Aogashima, die »blaue Insel«, ein Brocken im Pazifischen Ozean, Teil des Izu-Archipels. Gut dreihundertfünfzig Kilometer südlich von Tokyo, ein kleines Eiland, auf dem keine zweihundert Menschen lebten.

Klara staunte. Das also wusste Osada praktisch im Handumdrehen. Beziehungsweise war es ihr verdächtig. Unverdächtig allerdings, dass ihr Bodyguard sein Wissen nicht verheimlichte. Und auch darlegte, dass, wenn man sich für die Geschichte japanischer Messer und Schwerter interessiere, man ganz sicher von dieser Schmiede Kenntnis habe sowie von dem entlegenen Ort, an dem diese Messer produziert wurden.

Die Schmiede war zu Beginn des 18. Jahrhunderts – die Zeit, als Tokyo noch Edo hieß und der ganzen Epoche ihren Namen gab – von einem Fischer der »blauen Insel« gegründet worden, der beschlossen hatte, seine eigenen Messer herzustellen, und damit eine Dynastie von Messer- und Schwertherstellern einleitete.

Nun wollte es die Legende, dass, nachdem 1785 im Zuge eines massiven Vulkanausbruchs auf Aogashima die überlebenden Bewohner ihre Heimat verlassen mussten und auf die nächstgelegene Insel Hachijō-jima übersetzten, der Enkel des Gründers der Schmiede, ein junger, verrückter und unerschrockener Mann, als Einziger zurückblieb, und das, obwohl noch zwei Jahre lang Eruptionen und Glutlawinen die Insel beherrschten und sich ein neuer Vulkan im alten Vulkan bildete. Dieser Mann sollte für die nächsten fünfzig Jahre als einziger Mensch auf Aogashima leben. In dieser Zeit begann er, seine Messer, die er trotz der widrigen Umstände weiter schmiedete, mit dem Namen *Nageki no shima* zu signieren, also *Die trauernde Insel.* Die Messer sollten nach der Neubesiedlung des Eilands ab den 1830er-Jahren den Ruf einer magischen Qualität erhalten und wurden heutzutage zu unerschwinglichen Preisen gehandelt.

Diese Messerschmiede existierte bis in unsere Zeit und galt unter Kennern als eine der besten Japans. Gute, scharfe Messer, die gut und scharf aussahen. Magisch auch dadurch, dass sie auf der südlichsten aller bewohnten Inseln des Archipels hergestellt wurden, diesem Brocken, der etwas von einer Gefängnisinsel besaß. Freilich ausgestattet mit Hafen und Helikopterlandeplatz sowie einer Schule, aber ohne Flughafen und Restaurantkette. Und bei Nacht mit einem der wohl besten Aussichtsplätze auf die Milchstraße und das Universum, dank einer sehr bescheidenen Anzahl von Straßenlaternen. Etwa im Vergleich zu Tokyo.[7]

Klara wollte von Osada wissen, was er ihr speziell über dieses eine auf dem Gemälde einer blinden Köchin abgebildete Messer sagen könne.

Osada verstand nicht gleich, denn er mochte ein Messerexperte sein, aber kein Kunstexperte und gewiss kein Kenner der Werke Hashimotos. Dann jedoch begriff er, las das Entstehungsdatum des Gemäldes, blickte wieder auf das Messer und meinte, er denke nicht, dass es sich bei dem dargestellten Objekt um eines aus den 1960er-Jahren handle, sondern um eines der historischen Messer, die in »fünfzig Jahren Einsamkeit« zwischen 1785 und 1835 entstanden waren und die auch allgemein als *Kanashimi no naifu* bezeichnet wurden, als die *Messer der Trauer*, während spätere Produkte dieser Schmiede bloß als Signatur den fiktiven Namen der Insel trugen, aber kaum noch selbst als trauernd oder klagend wahrgenommen wurden.

7 Für Uneingeweihte bemerkenswert ist auch der Umstand, dass diese wie gleichmäßig ausgestreute, sich in Südrichtung über den Pazifik dahinziehende Inselgruppe zur Präfektur Tokyo gehört. Bis hin zu einem 650 km vom ehemaligen Edo entfernten sogenannten Witwenfelsen, der in der Tat recht verwitwet aus dem Meer ragt. Das wäre also so, als würde irgendein Felsen bei Liestal im Kanton Basel-Landschaft zur Gebietskörperschaft von Wien gehören, so schwer es vorstellbar ist, die Schweiz und Österreich hätten etwas gemeinsam, und dass man also von einer Unterpräfektur Basel sprechen müsste.

Klara war verblüfft, weil ihr dieses gemalte Messer nicht speziell alt vorkam, zumindest keine zweihundert Jahre. Allerdings konnte man sagen, dass Messer, die eine gewisse Pflege und regelmäßige Schleifung erhielten, kaum das Ach und Weh menschlicher Alterung kannten und ewig jung schienen. Erst recht japanische Messer, die in vielen Haushalten eher den Rang hochgeschätzter Haustiere besaßen. Nicht wenige Nutzer vermuteten einen Geist in diesen Gerätschaften, und manches ausgediente Messer wurde ehrenvoll in einem speziellen Hügel begraben.

Osada argumentierte, dass es sich bei der Zwinge auf diesem Bild um ein rötliches Teil handle. Das könne natürlich einer expressiven Überhöhung dieser Malerei zu verdanken sein, wie sich ja das ganze Bild nicht unbedingt um eine reale Farbgebung bemühe. Allerdings sei bekannt, dass die Klingen aus dieser Schmiede, wie bei allen hochwertigen Debas, mittels Zwingen aus dunklem Büffelhorn fixiert werden. Mit einer Ausnahme. Im Falle jener historischen *Kanashimi no naifu* war ein rötliches Holz zum Einsatz gekommen, das der einsame Schmied in den fünf Jahrzehnten seiner Isolation auf Aogashima gesammelt und mit dem Körpersaft eines bestimmten Käfers getränkt hatte.

Man könne also davon ausgehen, dass es sich hier auf diesem Bild um ein *Messer der Trauer* handle. Aber natürlich sei er, Osada, kein Kunstkenner, der sagen könne, wieso ausgerechnet dieses alte Exemplar als Handwerkszeug einer blinden Köchin aus dem Jahre 1965 diene.

»Genau das ist der entscheidende Punkt«, sagte Klara. Sie rief es geradezu. »The reference to the island!«

Eine Aussage, die Osada nicht begriff, sich aber sein Nichtverstehen in keiner Weise ansehen ließ und wieder einen Schritt hinter Klara trat, weg von dem Bild.

Klara wandte sich zu dem zurückweichenden Bodyguard um und sagte, sie müsse unbedingt nach Aogashima.

Osadas Gesicht blieb ohne Ausdruck. Alles, seine Augen, sein Mund, sein Kinn waren purer Gegenstand. Bloß indem er seine linke Hand ganz leicht anhob – als würde ein Shuttle aus der

Sphäre des Unterleibs hochschweben –, deutete er an, dass es nicht an ihm sei, zu entscheiden, wohin er Klara folge.

Klara bemerkte seine minimale Handbewegung und verstand praktisch jedes Wort.

»Of course«, sagte sie, flüsterte es eher. Dann sah sie wieder hin zu dem Gemälde, holte ihr Smartphone aus der Tasche, klappte es auf und schoss mehrere Detailfotos von jenem zweihundert Jahre alten Messer auf Hashimotos Bild.

Natürlich fragte sie sich, wieso der alte Maler nicht einfach geradeheraus von der Bedeutung dieses Objekts im Bild gesprochen und stattdessen einen rätselhaften Inselhinweis gegeben hatte. Aber gut, vielleicht hatte es ihm einfach gefallen, sie auf diese Weise herauszufordern. Vielleicht auch war es simpler Zufall, und dieses Messer hatte – Inselbezug hin oder her, hohes Alter hin oder her – rein gar nichts zu bedeuten. Weshalb es völlig unnötig sein würde, die Strapazen und Kosten einer Reise nach Aogashima auf sich zu nehmen.

Und genau das sollte dann Frau Castelbajac einwenden, nachdem sich Klara zusammen mit Osada zu Georg ins Café begeben hatte. Georg, der sein Gespräch mit der Personalchefin von *Alles Liebe* bereits beendet hatte, wobei es um die Frage gegangen war, ob er nicht etwas früher zurückkommen könne, und er ehrlicherweise geantwortet hatte, dass es danach überhaupt nicht aussehe. Und da hatte er noch nicht einmal ahnen können, dass es demnächst auf eine Insel gehen sollte.

Jetzt war es Klara, die telefonierte, und zwar mit Frau Castelbajac, um ihr die Notwendigkeit einer Reise nach Aogashima zu erklären.

»Ich denke«, sagte die Dolmetscherin, »das ist der verzweifelte Versuch, Verbindungen herzustellen, wo keine sind.«

»Folge dem weißen Kaninchen«, entgegnete Klara, die deutlich spürte, in das Röhrensystem eines dubiosen Vertreters aus der Familie der Hasen geraten zu sein und jeglicher Spur folgen zu müssen.

Frau Castelbajac verstand die Anspielung, meinte aber, es sei lächerlich, einem der dümmsten aller Säugetiere hinterherzulaufen.

»Könnten Sie trotzdem so nett sein«, bat Klara, »uns einen Flug nach Aogashima zu organisieren? Ich verspreche auch, dass wir gleich danach zu Herrn Itōs Villa … wie heißt der Ort noch mal?«

»Nishiizu«, sagte Frau Castelbajac im Ton einer Verhaftung.

»Ja, dass ich danach sofort beginne, dieses Drehbuch zu lesen. Ich schwöre es.«

»Gut, ich rede mit Herrn Itō. Und sage ihm, dass Sie immerhin so weit sind, mit dem Schwören anzufangen.«

»Tun Sie das«, sagte Klara.

Am selben Abend saß man zu viert in einem Restaurant unweit des Hotels. Ein eher kleines, enges Lokal mit einer Wand aus Pflaumenweinflaschen und bierkistenartigen Sitzen. Der Raum hatte etwas von einer Falle, wollte man sich vorstellen, er würde von Bewaffneten gestürmt. Allerdings war dies Osadas Wahl, der die Besitzer kannte und wohl auch jeden Winkel des Lokals.

Man befand sich am hintersten Tisch, wo sich der Rauch von Zigaretten und der Rauch aus der Küche mit der gestauten Wärme zu einem massiven Block vereinten. Eine Wolke in der Art einer großen gekochten Kartoffel. Wie hatte jemand einmal bewertet: *Schrecklich stinkendes, kleines Lokal.* Aber in diesem schrecklich stinkenden, kleinen Lokal wurden ganz ausgezeichnete Yakitori serviert, gegrilltes Geflügel. Dazu Suntory-Bier vom Fass, Birnen in Speck, überhaupt alles Mögliche mit Speck Ummantelte, außerdem Tintenfisch, Algen, Sake. Erstaunlicher- und erfreulicherweise bestand ein Handyverbot, so als sei man im Schulunterricht. Georg, der ja weiterhin die Haltung vertrat, keine Außerirdischen essen zu wollen, somit auch keine Hühner, verspeiste die besten gegrillten Maiskolben seines Lebens.

Frau Castelbajac äußerte mit einem Seufzen, das mehr Französisch als Englisch oder Japanisch klang, dass sie für den nächsten Morgen Plätze für einen einstündigen Flug von Haneda zur Insel Hachijō-jima reserviert habe. Man müsse den 7:30-Flug nehmen, um rechtzeitig auf dem Hachijojima Airport zu landen und den einzigen Helikopterflug des Tages nach Aogashima antreten zu können. Dieser dauere gut zwanzig Minuten. Falls das Wetter mitmache, was dort nicht immer der Fall sei.

»Und wenn wir mit dem Schiff reisen?«, fragte Klara, als gebe es auf einem Schiff kein Wetter.

»Wäre zwar vier- oder fünfmal so billig, aber zehnmal so lang, zudem ungemütlich und riskant und jedes Wetter dreimal so spürbar. Und nachdem Herr Itō auch für diese Reise die Kosten übernimmt … Ihm ist wichtig, dass dieser kleine Ausflug nicht ewig dauert.«

Frau Castelbajac klang ungehalten, es stand eben nicht nur das Wetter im Pazifik auf dem Spiel, sondern nach den jüngsten Ereignissen offenkundig auch das Leben der Frau, die die Violet Cox verkörpern sollte.

Klara erklärte, dass man die Reise auf diese Insel ohnehin hätte antreten müssen. Denn wie sie heute Nachmittag gelesen habe, werde Aogashima mit seiner eindrucksvollen Doppel-Caldera von *One Green Planet* als einer der »13 amazing natural wonders you should see before you die« aufgelistet.

»Dreizehn, echt?«, fragte Georg und führte das bis zum Rand volle Glas Sake, das wie eine Brunnenfigur in einem Holzkästchen stand, an seine Lippen.

»Yes. Before you die«, betonte Klara und lächelte einen zarten Strich in die Luft.

Frau Castelbajac verdrehte die Augen. Und ärgerte sich über das Handyverbot in diesem Lokal. Denn sie spürte, wie ihr Smartphone mit dem tiefen Brummen einer ausdauernden Schwingung gegen ihren Oberschenkel drückte. Itō wahrscheinlich.

Von der Küche wehte es einen Schwall stark gewürzten verbrannten Lebens herbei.

Aber wie gesagt, das Essen war ausgezeichnet.

19

Natürlich war sich Klara der Gefahr bewusst, dass sie, indem sie die Reise antrat, möglicherweise die Leute, die hinter der Schatulle her waren, auch zu Helga und Lilo führen würde. Und damit zu den beiden Personen, die wohl am besten wussten, wie mit diesem kleinen, so künstlerisch anmutenden Objekt zu verfahren sei. Und die, wie es schien, genau darum vor so langer Zeit ihre Heimaten und Familien verlassen hatten.

Gewiss, auch Klara musste anerkennen, wie unwahrscheinlich es war, dass eine Vierundneunzigjährige und eine Sechsundneunzigjährige überhaupt noch am Leben waren, gar beide zusammen. Andererseits war das hier Japan mit seinem Hang, Menschen ein wenig länger am Leben zu lassen.[8] Nicht zu vergessen, der Maler Hashimoto, der durchaus in einer symbiotischen Verbindung zu den beiden Frauen zu stehen schien, auch er lebte noch immer, und das mit stattlichen achtundneunzig Jahren. So lange es auch her war, dass er die beiden Frauen gesehen hatte, schien er doch durch seine Kunst mit ihnen verknüpft, nicht zuletzt mittels eines Messers auf einem frühen Gemälde.

Klara musste es riskieren, die Insel zu besuchen, ganz gleich, was sie dort erwarten würde, und gleich, ob das jene »Interessenten« an der Schatulle auf den Plan rufen mochte. Immerhin hatte sie ja Henry Osada bei sich.

8 In der Statistik der höchsten Durchschnittsalter liegen noch vor Japan die Länder Monaco und Sankt Helena, aber das hat nichts zu bedeuten, dort leben unglaubliche Faulenzer, während Japan immerhin ein Industrieland ist. Gleich hinter Japan folgt dann Italien. Aber ist Italien denn ebenfalls ein Industrieland? Oder kann man Italien eher … Aber das wäre ein dummes Klischee, diese lebenslustigen Menschen in eine Faulenzerecke mit den Monegassen zu stellen, nur weil sie es ebenfalls verstehen, um den Tod herum einen etwas größeren Bogen zu machen.

Ein klein wenig hatte Klara erwartet, dass während des Flugs von Tokyo-Haneda hinüber auf die Insel Hachijō-jima erneut jene kleine japanisch-österreichische Chanel-Dame auftauchen würde, diesmal natürlich ohne Pistole und vielleicht auch nur der Wiederholung wegen und als Zeichen dafür, sich nicht so leicht abschütteln zu lassen. Aber sie war nirgends in dieser vollen Boeing 737 von All Nippon Airways zu sehen. Die übrigens über eine dreizehnte Reihe verfügte, allerdings Economy. Die vier Inselreisenden saßen vorne in der Businessclass, die von heftigen Gerüchen aus der Bordküche beherrscht wurde. Aber es waren bloß fünfundfünfzig Minuten, die man entlang des Izu-Archipels flog, bevor die Boeing in Bilderbuchmanier – das Wetter spielte mit – auf dem Hachijojima Airport landete und man dort in einen neunsitzigen Sikorsky-Hubschrauber umstieg. Wobei die vier die einzigen Fluggäste in diesem Hubschrauber amerikanischer Bauart waren. Was eigentlich egal sein sollte, aus welchem Land ein Hubschrauber stammt. Georg aber meinte allen Ernstes, von irgendwoher Wagners *Walkürenritt* zu hören. So war das mit Filmen, die einem nicht mehr aus dem Kopf gingen und einem das Leben untermalten.

So ruhig der Flug mit der Boeing gewesen war, der kurze, zwanzigminütige Ritt in der Sikorsky war geprägt von Böen und Luftlöchern sowie dem Eindruck, dass es sich bei den beiden dauerkichernden Piloten um japanische Versionen der zwei Alten aus der *Muppet-Show* handelte.

Darum war es bloß das halbe Vergnügen, aus der Perspektive eines betrunkenen Vogels hinunter auf diese traumhaft schöne Insel mit ihrem Vulkan im Vulkan zu sehen, wie dieser giftig grüne von einer Kliffküste umfasste Brocken da aus dem Meer ragte. Bevor man dann in Sturzflugmanier abwärtsflog und erst beim zweiten oder dritten Versuch mit einem heftigen Wumms auf der kreisrunden Landefläche im Norden der Insel aufsetzte. Die beiden Zyniker vorne in ihrem Balkon-Cockpit klatschten sich gegenseitig ab. Dabei wieherten sie wie Pferde auf Speed.

»Mit denen zu fliegen«, meinte Frau Castelbajac, während sie ihr Haar und ihr Kostüm in Ordnung brachte, »das würde ich gerne mal meinen Feinden wünschen.«

»Sie haben Feinde?«, fragte Klara.

»Als Übersetzerin, ich bitte Sie …«, erklärte Frau Castelbajac und ließ das Gesagte auf eine mysteriöse Weise so stehen, wie man ein tiefes Loch einfach stehen lässt und nicht wieder zuschüttet.

»Ich glaube«, kommentierte Georg, »das sind ehemalige Taxifahrer.«

Osada kommentierte nichts.

Grußlos und vom warmen Inselwind umweht verließen die vier den Landeplatz, vor dem bereits weitere todesmutige Passagiere auf den Rückflug warteten. In nächster Nähe befand sich das Dorf, das auf einer leicht ansteigenden Anhöhe gegen den Kraterrand gebettet lag und so wie die Insel hieß. Japans kleinste Gemeinde, die in einen Ostweiler und einen Westweiler unterteilt wurde. Was an das Ritual der großen Sumō-Turniere mit ihrem Ost- und ihrem Westflügel erinnerte.

Die vier waren von der Besitzerin der kleinen Pension, in der sie übernachten würden, Frau Fukui, einer noch jungen Frau von sehr robustem Äußeren, abgeholt und zu dem nur wenige Minuten entfernten Gästehaus gebracht worden. Von außen betrachtet besaß das Haus etwas Griechisches, wirkte ein wenig unfertig, wie in einer Arbeitspause entstanden. Während es im Inneren mit viel hellem Holz eher auf eine Selbstbausauna verwies, gleichermaßen warm und eng, aber nicht ungemütlich. Es schien ein freundlicher Geist in diesem Haus zu wohnen. Bei den Gästen, die hier im Laufe der Jahre abgestiegen waren, dürften nur wenige mit einer verbrannten Seele und einem dunklen Herzen dabei gewesen sein. Denn so was spürte man in einem jeden Hotelzimmer, wie viel Niedertracht oder Herzlichkeit einst hier gehaust hatte. Derartiges ließ sich nicht einfach wegputzen.

Zusätzlich zu der guten Atmosphäre gab es das Versprechen von kostenlosem Kaffee und Tee und drei Mahlzeiten am Tag, die man in einem Raum zu sich nahm, der das Zentrum der Selbstbausauna bildete und in dem sich … natürlich war es ein Zufall.

Aber an der Wand hing ein Kalenderblatt, darauf abgebildet: Hashiguchis berühmter Holzschnitt *Woman at the Bath*.

»Sagen Sie jetzt nicht«, meinte Frau Castelbajac zu Klara, »das sei ein Zufall.«

»Wieso sollte ich das glauben?«, antwortete Klara und erinnerte daran, dass schließlich sie es war, die auf dieser Reise bestanden hatte.

»Ich meine ja nur«, sagte die Dolmetscherin, »dass Sie sich dieses Zeichen zu Herzen nehmen sollten, Violet.«

»Derzeit noch Klara, bitte«, bat Klara.

Nachdem man das Gepäck untergebracht, sich umgezogen sowie unter Verbeugungen und dem Austausch von Komplimenten einen Begrüßungstee serviert bekommen hatte, stellte Klara der perfekt Englisch sprechenden Fukui-san die Frage, ob es hier im Dorf oder auf der Insel zwei alte Europäerinnen gebe. Oder zumindest die Erinnerung an zwei solche Frauen bestehe, die einmal auf Aogashima gelebt hatten.

Da war es mit der Freundlichkeit vorbei. Beziehungsweise tat Frau Fukui so, als habe sie die Frage nicht verstanden. Stattdessen sprach sie davon, dass es im Ort zwei Izakayas gebe, Kneipen, und dass man natürlich die diversen auf der Insel hergestellten Shōchūs probieren müsse, Branntwein aus Süßkartoffeln. Und man unbedingt der Salzfabrik einen Besuch abstatten solle, wo aus dem hochgepumpten Meerwasser das Hingya-Salz hergestellt werde. Das Schönste aber seien die Nächte. Nirgendwo auf der Welt sei man dank extrem geringer Luft- und noch geringerer Lichtverschmutzung dem Sternenhimmel so nahe.

»First we want to visit the famous knive maker«, erwiderte Klara, »you know, Nageki no shima.«

Das hatte sich Klara extra gemerkt, wie man die *Insel der Klage* und damit den Namen der auf Aogashima hergestellten Küchenmesser auf Japanisch aussprach.

Was aber nichts half. Denn erneut tat Frau Fukui so, als hätte sie Klara nicht verstanden. Alte Europäerinnen und die noch ältere Messerschmiede, das schien hier kein Thema zu sein. Dafür meinte sie, dass man heute Abend herzlich eingeladen sei, zum

Karaoke-Abend in die kleine, benachbarte Bar zu kommen. Dort werde dann auch der beste Shōchū ausgeschenkt.

Als die vier wenig später nach draußen traten, um sich hinüber zum Autoverleih zu begeben, fragte Klara, warum Frau Fukui sich dumm stelle. Dass sie doch sehr gut wisse, worum es gehe.

»Überhaupt nicht«, meinte Frau Castelbajac, »die Frau hatte keine Ahnung, wovon Sie sprechen. Zumindest keine Ahnung, welche Europäerinnen Sie meinen.«

Irritierenderweise konnte ihnen auch der Betreiber des Supermarktes, an den angeschlossen sich der winzige Autoverleih befand – Georg musste aus irgendeinem Grund an die Augsburger Puppenkiste denken –, nicht sagen, wo auf der Insel die eigentlich so berühmte Messerschmiede lag.

Dieser Umstand war Georg schon zuvor bei einem Blick auf die große Tafel der Tourismusbehörde aufgefallen, auf welcher »Orte von Bedeutung« sowohl auf Japanisch als auch in englischer Sprache angeführt waren, sogar noch die öffentlichen Toiletten sowie etwas, das sich *Police Box* nannte, wozu sich Georg vorstellte, dass man hier im Ernstfall nicht die Polizei rief, sondern ihr einen Brief schrieb. Im Grunde eine hübsche Geste, wenngleich zeitraubend. Allerdings begriff er später, dass es sich wirklich um eine kleine Polizeistation handelte, die wie vieles in dieser Ortschaft einen matchboxartigen Charakter besaß.

Jedenfalls war auf dieser Tafel alles Mögliche eingezeichnet, nicht aber eine Messerschmiede, die aus der *blauen Insel* eine *trauernde Insel* machte.

Google wiederum – auch so ein Produkt, das gut und gerne eine Idee aus der Augsburger Puppenkiste hätte sein können – kannte selbstverständlich sämtliche Deba-Messer aus der Produktion dieser Schmiede und listete die zum Teil horrenden Preise der auf Auktionen versteigerten, historischen *Kanashimi no naifu* auf. Es präsentierte die Messer auf allen möglichen Verkaufsportalen, auf Ausstellungen, in Museen, nicht zuletzt auf den Selfies von Leuten, die meinten, mit einem hübschen Messer vor der Brust irgendwie besser auszusehen. Es erwähnte die Bewertungen von Spitzenköchen wie anderen Köchen und erzählte mehrfach und, wie im Internet eigentlich gute Tradition, in völlig unterschiedlichen Versionen die Legende vom fünfzig Jahre allein auf der Insel lebenden Schmied. Doch auch Google offenbarte weder eine Webseite noch eine genaue Adresse der Schmiede, sondern verwies einzig auf den Namen der Insel. Das war ein Mysterium. Ja, das wäre gewesen, wie die Polizei anzurufen und von denen zu hören zu bekommen, dass man, wenn man Hilfe benötige, doch bitte einen Brief schreiben möge.

Nun, sie schrieben keinen Brief, sondern fuhren los. Ohne Navigationssystem, da die gesamte Insel »Aogashima-mura, Tokyo« war und es keine andere Adresse auf diesem Eiland gab, die zur Verständigung mit einem Navi hätte dienen können. Immerhin befand sich im Wagen ein Straßenplan, zudem eine ausführliche Sternenkarte für den Blick in den Nachthimmel, jedoch erneut keinerlei Eintragung eine Messerschmiede betreffend.

Am Steuer saß Frau Castelbajac, die ja nicht nur eine schlechte, sondern auch eine begeisterte Fahrerin war. Günstigerweise gab es im Moment so gut wie keinen Gegenverkehr, überhaupt sehr wenig Verkehr, dazu eine einzige Ampel auf der Höhe der Grundschule, die auch wirklich so aussah, als gehe sie selbst, die Ampel, noch in die Schule.

Neben der Fahrerin im Kleinbus saß Georg, während sich Klara und Osada im Fond befanden. Aber bereits nach einer halben Minute hielt Frau Castelbajac den Wagen an und ließ einen Mann einsteigen, der vor einer der beiden Bars im Ort gewartet hatte. Er roch nach Branntwein, aber ebenso nach frisch gefangenem Fisch und nach einem Rasierwasser von nadelholzartiger Strenge, was in dieser Kombination schlichtweg als *interessant* durchging.

Frau Castelbajac bat Georg, sich nach hinten zu setzen, hinter Klara und Osada in die letzte Reihe dieses miniaturisierten Sechssitzers, sodass er sich erneut etwas in die Enge getrieben fühlte. Doch der Mann, der nun neben der Dolmetscherin Platz nahm, musste unbedingt vorne sitzen. Er war es, der die Gruppe über die Insel leiten würde.

Frau Castelbajac war bei allem Genervtsein angesichts von Klaras Wünschen und den Nachfragen von Regisseur Itō eine perfekte Organisatorin, die noch von Tokyo aus einen ortskundigen Inselbewohner ausfindig gemacht und ihn für diesen Tag engagiert hatte. Dessen Stimme und Art zu sprechen erinnerten aufgrund einer gewissen Alkoholdichte an ein Interview, das der stark betrunkene Brendan Behan 1964 im Jahr seines Todes gegeben hatte. Gleich zu Anfang hatte er auf die Frage des Reporters, ob er sich von dem Unfall, den er kürzlich in Dublin hatte, vollständig erholt habe, geantwortet: »No, as a matter of fact I died.«

Klar, der Mann hier sprach nicht Englisch, sondern Japanisch, aber mit einem ähnlichen Witz und auch ähnlich undeutlich. Osada verstand ihn kaum, Frau Castelbajac hingegen sehr wohl. Sprache und Gesprochenes, hätte sie gesagt, auch von Betrunkenen, sei nun mal ihr Beruf.

Der Mann hieß Susa. Angeblich kannte sich keiner so gut auf dieser Insel aus wie er, vor allem was das Zentrum des inneren Vulkans betraf. Dieses war vollständig von einem Dschungel überwuchert, und es gab dort keine Wege oder Trampelpfade, während in der äußeren Caldera einige Straßen zu Farmen führten.

Was auch immer Susa mit Frau Castelbajac vereinbart hatte, es war wohl genau dieser tiefste Punkt der zentralen Caldera, an den er seine Gäste geleiten wollte.

»Ich kann auch nicht sagen«, erklärte Frau Castelbajac, »warum er uns dahin bringen will. Vielleicht einfach, weil er sich dort auskennt und wir nicht. Oder er meint, wir sind gelangweilte Touristen, die nach einem Abenteuer und nach Moskitos lechzen.«

Klara fand, es werde schon seine Richtigkeit haben.

»Ach so!«, sagte Frau Castelbajac. »Sie meinen, wir sollen dem weißen Kaninchen folgen?«

»Ja, folgen wir Susa-san.«

Der Angesprochene drehte sich kurz zu Klara um und blinzelte sie aus glasigen Augen an. In seinem Mund klaffte eine Zahnlücke, in die Klara gerne einen Goldzahn hineingefügt hätte.

Als Erstes fuhren sie auf der ruhigsten Hauptstraße der Welt und gelangten von der hoch gelegenen Stadt durch einen einspurigen Tunnel ins Inselinnere und hinunter zum Fuße des Maruyama-Kraters, der von Weitem betrachtet künstlich anmutete. Nicht so zerklüftet wie der äußere Krater, sondern regelmäßig, geordnet, wie von im Sandburgbau geschulten Kinderhänden glatt geklopft und hübsch begrünt. Letzteres war ja auch tatsächlich der Fall, da an den Hängen des Kraters präzise Reihen von Kamelienbäumen gepflanzt worden waren, während man den Kessel des Vulkans sich selbst überlassen hatte.

Um den Krater schlängelten sich diverse, schmale, dicht umwucherte Straßen. Susa-san winkte mit seinen Händen, sobald eine Abzweigung kam, wobei es an Frau Castelbajac war, sein uneindeutiges Winken eindeutig zu interpretieren. Aber es schien ihr Freude zu bereiten, ohne jeden Gegenverkehr und natürlich ohne die geringste Geschwindigkeitsbegrenzung wie auf Schienen zu fahren. Auf wahnsinnigen Schienen freilich.

Irgendwann jedoch war Schluss, und sie erreichten einen Rastplatz, wo sich erstaunlich viele Leute aufhielten, die an dieser Stelle in geothermischen Öfen ihr Mittagessen kochten. Denn das war kein gänzlich toter Vulkan. Er war wie einer dieser Leute, die bei aller oberflächlichen Freundlichkeit innerlich brodelten. Und man konnte es auch sehen, wie aus Erdlöchern und zwischen Felsgestein Rauch aufstieg.

Neben dem Rastplatz und den Kochstellen gab es zudem eine Sauna, die ebenfalls geothermisch betrieben wurde und von der Susa-san meinte, sie sei das Zentrum der Sonne, vielleicht auch der Hölle. Dabei war es auch im Freien nicht gerade kalt.

Und in jener beträchtlichen, wenngleich nicht höllischen Hitze begaben sich die fünf auf einem Fußweg hoch zum Grat des inneren Vulkans. Zuerst auf einem Betonweg, dann auf steinernen, von Farnen und Blätterwerk besetzten Stufen, bevor man schließlich einen Pfad entlang des Kraterrands erreichte.

Pfade, die in das Innere der Caldera führten, existierten nicht, sondern allein rücksichtslos wuchernde Natur. Aber es gab halt Susa-san, der mit der Plötzlichkeit eines Überfalls vom schwer erkennbaren Trailweg abzweigte und einfach nach unten losmarschierte. Hinein in den abschüssigen, dichten Dschungel. Zu alldem kam eine Luftfeuchtigkeit, die meinen ließ, Gott sei verkühlt und habe sich mit einem Handtuch auf seinem Haupt über die Erde gebeugt.

»Das ist schlimmer als auf dem Berg Nagiso«, beschwerte sich Frau Castelbajac, obwohl sie am wenigsten unter der Hitze litt. Aber sie fühlte sich nicht zuletzt darum unwohl, weil sie hier natürlich kein Kostüm tragen konnte, sondern in fester Wanderausrüstung unterwegs war. Sie war eine dieser Frauen, die sich nur im Eleganten zu Hause fühlte. Immerhin, so wie auch Susa-san trug sie weiße Handschuhe, was nicht die schlechteste Idee war, wenn man die Äste beiseiteschieben musste, um vorwärtszukommen. Und damit einen Rest von Anmut in die Wildnis trug.

Der Schweiß tropfte von den Körpern. Es roch nach der Süße des Blühens und der Modrigkeit des Verwesens. Und natürlich wurden die Eindringlinge von einer Unmenge Insekten umschwirrt, die noch an diesem Ort sein würden, wenn der letzte Mensch gestorben war.

Und wozu das alles?

Susa-san mochte betrunken sein, aber er wusste genau, was er tat. Er drückte die Äste und Farne und Lianen zur Seite und bildete den schmalen Gang, in den hinein ihm die anderen folgten, bis hinunter an die tiefste Stelle, dem absoluten Zentrum des Maruyama.

Auch dieser ebene Platz war zur Gänze vom Grün überwölbt, während das Licht gleichsam wie sich abschälende Haut durch das Dickicht hinunterbröselte, einiges beleuchtete, einiges im Dunkeln ließ.

Susa-san zeigte es mit weit ausholenden Gesten an: die Grundmauern eines Hauses, die vollständig von Pflanzen überwuchert waren. Kaum sichtbar, so sehr hatte die Natur sich ihrer bemächtigt. Und doch erkannte man eine Struktur. Diese geometrisierende Vorliebe des Menschen, mittels zweier Geraden eine Ecke zu bilden.

Susa-san schob mit seinen weißen Handschuhen ein dickes, feuchtes Blatt beiseite, sodass das stark vermooste Mauerwerk zu erkennen war. Daran angrenzend zeichnete sich die Form einer Grillgrube ab, eine Stelle, an der sämtliche Bäume gefällt worden waren, um hier Holzkohle verfeuern zu können. Wenn man genau hinsah, waren auch dunkle Flecken schwarzer Erde unter dem niedrigen Gebüsch auszumachen.

Dann aber … Klara dachte zuerst, es sei gewiss ein Irrtum, wenn sie die wenige Meter vom Feuerplatz entfernte weite Fläche, über die sich kathedralisch Büsche und Bäume bogen, als einen ehemaligen Tennisplatz zu erkennen meinte. Da waren weder Linien noch Überreste eines Netzes oder Netzpfosten zu sehen, auch schimmerte keinerlei roter Sand durch das Grün der Gräser. Und doch, der Platz schien genau von jener Größe, die den Abmessungen eines Tennisplatzes entsprach. Ein Zufall wohl. Wozu auch immer diese Fläche gedient haben mochte.

Susa-san trat über diesen »Zufall«, winkte mit den Händen und dirigierte die Gruppe zu einer kleinen Lichtung seitlich der Anordnung aus Haus und Feuerstelle, wo aus einem Meer von Farnen hochragend … man sah nur die oberen, verwitterten Kanten, aber es konnte kein Zweifel bestehen: zwei Grabsteine.

Klara war nahe herangetreten, und zusammen mit Susa-san schob sie die Farne zur Seite und gab den Blick auf die beiden Steine frei. Steine, die nicht die für japanische Gräber typische Säulenform aufwiesen, sondern bei denen es sich um grob behauene Findlinge handelte, die unverkennbar aus dem Felsgestein des Vulkans stammten. Darauf waren im oberen Bereich untereinander gesetzte Kanjis eingraviert, darunter waagerecht angeordnete lateinische Buchstaben. Die einen wie die anderen die Namen der beiden Verstorbenen bildend.

Klara hatte als Erstes auf den linken Grabstein gesehen und *Lilo Wagner* gelesen. Und erwartete nun, dass auf dem rechten der Name ihrer Großmutter geschrieben stand und sich damit das Verdrängte, gleichwohl erwartet Verdrängte bestätigte. Aber sie täuschte sich, da war nicht der Name Helga Blume in den Stein gemeißelt, sondern der Name eines Mannes, zumindest meinte sie, dass Ōgi Isao der Name eines Mannes war und gemäß der japanischen Schreibweise zuerst der Familienname angeführt war. Etwas, was ihr Castelbajac sogleich bestätigte.

»Und meine Großmutter, Helga Blume?«, fragte sie.

Frau Castelbajac fragte Susa-san. Der schüttelte den Kopf. Offensichtlich waren diese beiden Grabsteine die einzigen, die sich hier in der Tiefe des Kraters befanden. Unweit eines Hauses, dessen Überreste auf eine länger zurückliegende Zeit verwiesen. Mauern aus dem 19. Jahrhundert. Während die Grabsteine, in die zwar die Namen, nicht jedoch die Lebensdaten der Verstorbenen eingemeißelt waren, nicht so aussahen, als seien sie viel älter als vielleicht zwanzig Jahre. Zu deutlich waren die Inschriften zu erkennen. Und das angesichts einer Natur und Witterung, die hier gänzlich ungehindert von menschlicher Intervention agieren konnte.

»Fragen Sie Herrn Susa, was er über die Grabsteine und dieses Haus weiß. Über Lilo. Und was mit meiner Großmutter geschehen ist. Ich meine, er hat uns hierhergeführt. Doch wohl kaum, weil er das für die touristische Attraktion der Insel hält.«

»Als ich ihn beauftragt habe«, erklärte Frau Castelbajac, »da habe ich ihm schon gesagt, dass wir nicht kommen, weil wir ein zoologisches Interesse an der Vogelwelt von Aogashima haben.«

Richtig, man konnte sie hören, von überall, die Allgegenwart der Vögel. Sie übertönten noch die Geräusche sich reibender Blätter und den tausendfachen Flügelschlag schwirrender Mücken.

Die Dolmetscherin sprach zu Susa-san. Er wischte sich mit der Hand Schweiß von seiner Stirn, der wie schlagender Regen die Farne traf. Dann antwortete er.

»Er möchte«, übersetzte Frau Castelbajac, »dass wir uns heute Abend treffen. In der Kneipe neben unserer Pension. Dann wird er berichten. So sagt er. – Ich denke, er braucht dazu eine Flasche von diesem Kartoffelschnaps, den sie hier so lieben.«

Mag sein, dass Umeo Susa ein Säufer war. Aber Faktum war auch, dass er einundachtzig Jahre zählte, was man ihm bei aller Zerstörtheit nicht ansah. Zerstört ja, aber eher wie ein zerstörter Sechzigjähriger, der aus seiner Trinkerei eigentümlicherweise auch eine gewisse Kondition bezog. Denn immerhin war er es, der diesen Gewaltmarsch anführte und der nun auch die ganze Gruppe wieder aus dem Dschungel hinausleitete. Ohne ihn wäre man noch eine ganze Weile in diesem Kessel herumgeirrt wie in einer Schale Gemüsesuppe, in der alles ziemlich ähnlich aussah. Ausgenommen jene Grabsteine, die den tiefsten Punkt markierten, gleichsam der Stempel auf einer Keramik.

Auf dem Weg nach oben kam es Klara angesichts des Grabsteins, auf dem der Name ihrer »Großtante«, der hier begrabenen Lilo Wagner, stand, erstmals in den Sinn, wie merkwürdig es eigentlich war, merkwürdig und gefährlich, dass Helga und Lilo offensichtlich in all diesen japanischen Jahren ihre ursprünglichen Namen beibehalten hatten. Denn schließlich mussten sie doch an den Orten, die sie aufgesucht hatten, stets registriert worden sein. Sie hatten Genehmigungen benötigt, Mietverträge abgeschlossen, mit Behörden gesprochen, aber dabei jene Namen behalten, mit denen sie 1957 von der Bildfläche verschwunden waren.

Wie hieß Blume auf Japanisch? Sie fragte es Frau Castelbajac. *Hana*. Helga Hana also. Die vielleicht lebte. Und Wagner? *Wāgunā*. Lilo Wāgunā. Gestorben mit diesem Namen.

Sie erreichten den Kraterrand, gelangten zurück auf den Trampelpfad und kehrten schließlich zurück zu jener Raststation, an der das Auto geparkt stand und wo sich freundlicherweise auch die Vermieterin der Pension eingefunden hatte. Um nämlich das bestellte Mittagessen vorbeizubringen, das sie in Folien gewickelt in zwei der Kochtöpfe getan hatte, die in einen steinernen Kubus gefasst waren. So konnte der aufsteigende Dampf aus dem Inneren des Vulkans die Eier und den Fisch, den Reis und das in Plastikbeutel gepackte, mit Saucen vermengte Gemüse zum Kochen bringen.

Die vier begaben sich unter ein hölzernes Dach, um im Schatten geordneter Balken die Mahlzeiten zu sich zu nehmen. Nicht aber Susa-san, der wie viele Trinker kein großer Esser war und sich zu einem Mann, der gerade im kleinsten jemals erbauten Jeep vorbeifuhr, in den Wagen zwängte, um in die Stadt zu kommen. Es war nicht einmal ein Zeitpunkt für den Abend vereinbart worden, aber man wusste ja, wo man ihn finden würde.

So blieb das Essen, das ein Vulkan gekocht hatte. Es schmeckte ein wenig urzeitlich. Aber die scharfe Currysauce war phänomenal. Erneut rann der Schweiß wie glitzernde Sterne, die vom Himmel fallen.

20

Es war ein langer, anstrengender Tag gewesen, und alle außer Osada hatten sich am späteren Nachmittag auf ihre Zimmer zurückgezogen und etwas ausgeruht. Wann Osada schlief, war nicht ganz klar, denn er hatte auch die Nacht zuvor im Vorraum von Klaras Zimmer zugebracht, auf einem Stuhl sitzend, und dabei bloß sein Jackett über den Bügel gehängt, seine Krawatte geöffnet und den ersten Hemdknopf gelöst. Es schien, als zähle er – zumindest in der Zeit während eines Auftrags – zu den Sekundenschläfern.

Natürlich hatte auch Osada auf der Wanderung keinen Anzug getragen und war darüber ähnlich unglücklich gewesen wie Frau Castelbajac über ihren Kostümverzicht.

Später am Tag waren er und die Dolmetscherin wieder in ihre »Uniformen« geschlüpft, Klara und Georg aber erstaunlich leicht gekleidet, als man sich nach dem Abendessen auf den Weg in jene Kneipe begab, die einen schwer auszusprechenden Namen besaß. Einen, der angeblich die roten Backen des Pikachu-Pokémons zitierte. Die ganze Fassade des Hauses war durchgehend in Rot gehalten. Zudem gab es nicht wenige Leute, die meinten, Aogashima selbst stamme aus einem Pokémon-Spiel.

Drinnen in der kleinen, einfachen Stube saß am hintersten Tisch bereits Umeo Susa, vor sich ein Glas Bier. An der hölzernen Theke Einheimische, die ihre Suppen schlürften. Die Wände waren beklebt mit den Fotografien früherer Reisender. In einer oberen Ecke lief ein Fernsehgerät, dessen laut gestellter Ton sich im Wettstreit mit einer dröhnenden Klimaanlage befand.

Die vier setzten sich an den Tisch zu Herrn Susa. Frau Castelbajac bestellte den lokalen Shōchū, der bei dreißig Alkoholprozenten über eine gewisse süßliche Schärfe verfügte und der mit

Eiswürfeln serviert wurde. Was der Schärfe aber nichts anzuhaben schien.

Klara saß Susa gegenüber, sodass sie über ihm den Fernseher sah und nicht umhinkam, zu erkennen, dass es sich bei dem Film, der dort oben lief, und zwar in japanischer Synchronisation, um *Im August in Osage County* handelte.

Während ja soeben auch in Aogashima August war. Klara hatte den Film noch im Kino und danach einmal spät in der Nacht im Fernsehen und zuletzt bei einem sogenannten Streamingdienst geschaut (Kino in Zeiten des Biedermeiers). Sie mochte die gruselige Art, mit der Meryl Streep – hieß sie im Film denn nicht Violet? – eine tablettensüchtige, krebskranke und durch und durch fürchterliche Ehefrau und Mutter und Todkranke spielt. Klara wusste auch, dass die Streep in der Szene, die gerade lief, ihrer Tochter vorwirft, sie würde sich vernachlässigen und kein Make-up tragen. Weil nun mal, wie sie sagt, jede Frau ein Make-up brauche. Man solle keinem glauben, der etwas anderes behaupte. »Die einzige Frau, die hübsch genug war, ohne Make-up auszukommen, war Elizabeth Taylor. Und die trug es tonnenweise.«

Ja, daran erinnerte sich Klara, und ebenso daran, dass der von Sam Shepard gespielte alkoholkranke Ehemann, nachdem er T. S. Eliot zitiert hat, nämlich *Das Leben ist sehr lang*, konsequenterweise verschwindet und schließlich ertrunken aufgefunden wird.

Was ihr hingegen völlig entfallen war … Sie sah es jetzt, bei einem neuerlichen, geradezu magisch angezogenen Blick hoch zu dem flachen Gerät: wie da Julia Roberts auf dem Beifahrersitz eines Wagens hockt und auf die trostlose Landschaft von Osage County blickt und sich darüber beschwert, dass man für dieses öde Land die Indianer plattgemacht habe. Und dann schwenkt die Kamera hinüber zum Fahrer … zuerst schwer zu erkennen, weil er Bart und Brille trägt sowie einen merkwürdig braven Scheitel im Haar. Aber ja, das ist Ewan McGregor, der Roberts' Ehemann spielt. Das hatte Klara völlig vergessen. – Dass nun ausgerechnet McGregor auf dem Bildschirm auftauchte, erschien ihr vollkommen absurd. Darum, weil sie ja allen Ernstes an seiner Seite eine junge, schwermütige, bildverliebte Ehefrau spielen sollte.

Also gewissermaßen dieselbe eheliche Funktion übernehmen würde, die dort oben auf dem Bildschirm gerade Julia Roberts innehatte.

Klara lachte hell auf wie über einen schlechten Witz, schüttelte den Kopf, wandte sich dann Frau Castelbajac zu und fragte: »Wird er reden?« Sie meinte natürlich Susa, der verträumt und selbstvergessen und mit Feuchtigkeit in den Augen auf die kreisrunde Oberfläche von hellem Orange in seinem Bierbecher blickte.

Castelbajac, die neben Susa saß, hatte sich umgedreht und zu dem Fernseher hochgesehen und begriff nun das verrückte Lachen Klaras. Natürlich hatte auch sie Ewan McGregor erkannt, neigte sich nun aber zu Susa und holte ihn fragend aus seinem bierverliebten Zustand.

Susa blickte auf wie aus dem Schlaf gerissen, lächelte blöde und sagte etwas, was Castelbajac übersetzte. »Er meint«, sagte sie, »es sei eine milde Gabe der Götter, dem Menschen die Möglichkeit gegeben zu haben, sich auf eine lustvolle Weise zu zerstören.«

Das mochte ja sein, erwiderte Klara trocken, dennoch wolle sie erfahren, was Susa-san über das Haus und die Grabsteine unten im Kessel des inneren Vulkans wisse.

Also fragte ihn Frau Castelbajac in ihrem hübschen, französisch klingenden Japanisch.

Umeo Susa lachte kurz auf, wie von einem Witz getroffen, wurde dann jedoch ernst. Ein Schatten, den er selbst warf, verdunkelte seine Augen, während er sprach, immer wieder einen Schluck nehmend, aber durchaus wortreich. Die anderen hörten zu, Castelbajac ihn verstehend, Osada halb, während Klara und Georg nur den Klang seiner Worte vernahmen. Ein Klang wie Musik, die aus verbrannter Erde hochsteigt.

Und dieses Bild hatte durchaus seine Berechtigung.

Frau Castelbajac übersetzte längere und kürzere Abschnitte. Es war nicht so, dass Susa lallte, doch eine gleichmäßige Rede war es ebenso wenig, sondern gewissermaßen eine Erzählung mit Kurven und Pausen und dem Wechsel von Geschwindigkeit und scharfer Bremsung. In etwa so wie Frau Castelbajac ihre Autos zu lenken pflegte. Jedenfalls ging aus Susas Rede hervor, dass in den frühen 1980er-Jahren diese zwei Frauen auf der Insel aufgetaucht seien. Zwei Europäerinnen, die mit dem Schiff kamen, jede bloß mit einem Koffer, allerdings keine Touristinnen. Er selbst war da gerade erst aus Tokyo an diesen Ort geflüchtet. Wegen Spielschulden und auch menschlicher Schulden. Außerdem wollte er seinen Roman zu Ende schreiben, den er bis heute nicht zu einem Abschluss gebracht hatte.[9]

Die beiden Frauen waren in ein Haus am Rande der Ortschaft eingezogen, wobei man sagen konnte, dass eigentlich alles hier irgendwie am Rand lag. Schon damals hatte es diese Kneipe gegeben, und Helga und Lilo waren fast jeden Abend in das Lokal gekommen. Europäerinnen, die beide ein ausgezeichnetes Japanisch sprachen und wohl schon länger in Japan lebten. Angeblich hatte es, kurz nachdem sie aufgetaucht waren, mitten im April geschneit, auch wenn er, Susa, nichts davon bemerkt hatte. Aber manche berichteten von Schnee in der Nacht. Auf einer Insel im Pazifik.

Wie auch immer, es waren gesellige Frauen, die mehr Ahnung von der japanischen Kultur besaßen als die meisten Einheimischen. Von der einen hieß es, sie sei genau darum auf diese Insel

9 Das war auch Frau Castelbajac nicht bewusst gewesen, dass der Mann, den sie als Führer durch die Insel und auch als Führer durch die Geschichte der Insel engagiert hatte, eigentlich ein Schriftsteller war. Kein sehr bekannter, obgleich er in jungen Jahren eine vielversprechende Sammlung von Kurzgeschichten über den irischen Dramatiker Brendan Behan geschrieben hatte, danach aber nur noch durch seine Trunksucht und sein ruinöses Faible für illegale Glücksspiele aufgefallen war. In seinem Fall Pechspiele. Sowie durch die jahrelange, dann jahrzehntelange Ankündigung eines großen Romans. Beziehungsweise war mit seiner Flucht nach Aogashima selbst das in Vergessenheit geraten. – Natürlich war bemerkenswert, dass hier also gleich zwei Schriftsteller am Tisch saßen. Allerdings war dies ja bei Georg nie zur Sprache gekommen, zudem war er keine Sekunde erfolgreich gewesen und hatte den Traum vom großen Roman schon vor langer Zeit ausgeträumt. Susa hingegen konnte man gemäß Brendan Behans berühmtem Spruch als einen *drinker with writing problems* bezeichnen, der zwar nicht wirklich schrieb, aber niemals die Arbeit am großen Roman aufgegeben hatte. Auch wenn sie nur darin bestand, darüber zu reden.

Übrigens beherrschte Susa ein perfektes Englisch, natürlich eines mit irischer Färbung, hatte sich aber irgendwann geschworen, diese Sprache sein zu lassen. So wie man mit dem Rauchen aufhört, wenn schon nicht mit dem Trinken.

gekommen, weil sie ein altes Messer besaß, das noch aus der Schmiede jenes legendären Ooishi Hirokata stammte, der nach dem Vulkanausbruch Mitte des 18. Jahrhunderts ganze fünfzig Jahre alleine auf der Insel gelebt hatte. Es war dann sein Bruder, der die Linie Ooishi aufrechterhielt und als alter Mann mit seiner Familie nach Aogashima zurückkehrte, wo dessen erwachsene Kinder die Schmiede übernahmen.

Ob die Sache mit dem Messer wirklich stimmte, blieb unklar. Hörte sich eher wie ein Märchen an. Faktum hingegen war, dass Lilo und Helga – Susa-san sprach die Namen aus, als kaue er dabei an einem Stückchen sehr hartem Brot – in dieser Kneipe einen gewissen Isao Ōgi beziehungsweise Ōgi Isao kennenlernten und sich mit ihm anfreundeten.

Ōgi war kein ganz Unbekannter. Auf dieser Insel geboren, war er noch als Halbwüchsiger mit seinen Eltern nach Osaka gezogen, war in der dortigen Oberschule als Tennistalent erkannt worden und hatte es zu Beginn der 1970er-Jahre in die Daviscup-Mannschaft seines Landes gebracht, gewann die japanische Meisterschaft 1973 und schaffte es als erster Japaner mit seinem Doppelpartner ins Finale der French Open. Wobei er sich aber eine Verletzung zuzog, das Finale nicht zu Ende spielen konnte und von da an von einer Verletzungspause in die nächste geriet. Er beendete seine kurze Karriere, verdingte sich einige Zeit als Tennislehrer, kehrte dann jedoch auf die Insel seiner Kindheit zurück, wo es weder Tennisplätze noch das Bedürfnis der Bewohner nach solcher Betätigung gab. Sport war auf Aogashima kein Thema, keine Fußballmannschaft auf unebenen Flächen, kein Schwimmverein mit dem Logo einer Kliffküste, und die Pläne, einen Golfplatz zu errichten, waren bald fallen gelassen worden. Sumō im Fernsehen, das war's auch schon.

Und mit diesem Mann und ehemaligen Tennisstar, der auf der kleinen Grund- und Mittelschule den Sportunterricht leitete (im Grunde ein Judounterricht sowie eine Art pantomimisches Schattentennis), freundeten sich Helga und Lilo an. Woraus dann bald mehr als nur Freundschaft wurde zwischen den zwei Frauen und dem gut zwanzig Jahre jüngeren Mann. Das gefiel nicht allen im

Dorf, wie man sich vorstellen kann. Schon gar nicht den Älteren. Und schon gar nicht den Frauen, die den ausnehmend hübschen und dank dieser French-Open-Geschichte noch immer bewunderten Ōgi gerne bei sich anstatt im Bett der Europäerinnen gesehen hätten.

Zuerst wohnten die drei im Haus Ōgis, später zogen sie in eine Hütte, die sie tief unten im Kessel des Maruyama auf den Grundmauern eines Hauses errichteten, das jener legendäre Messerschmied einst gebaut hatte, nachdem sich der Vulkan beruhigt und der Schlackenkegel in der Mitte der Caldera verfestigt hatte. Es hieß, die drei hätten dort eine Schmiede eingerichtet, aber das war es nicht, sondern bloß eine kleine Grillgrube, vor allem aber einen Tennisplatz, einen Tennisplatz mitten in der Wildnis. Wo sie offensichtlich gerne eine Art gemischtes Doppel spielten und sich die Mischung daraus ergab, dass immer ein Paar gegen eine einzelne Person antrat und dabei eine permanente Rochade stattfand. Vor allem aber, so Susa, dürften Ōgi und die Frauen darum in das Zentrum der Insel gezogen sein, um in Ruhe ihre Dreierbeziehung zu leben. Worum sich natürlich die wildesten Geschichten rankten.

»Ai no korīda«, zitierte Susa den berühmtesten aller japanischen Skandalfilme, *Im Reich der Sinne*, der ja nur wenige Jahre vor Lilos und Helgas Auftauchen auf der Insel entstanden war. Allerdings, so Susa, sei die Liebe zwischen den dreien wohl nicht ganz so extrem und dramatisch-tödlich gewesen. Jedenfalls starben sie nicht daran. Daran nicht. Es war ein Gewitter, bei dem ein Blitz das Haus in Brand setzte, während sich Lilo und Isao darin befanden und der Tod sie ereilte. Nicht jedoch Helga, die wegen einer Besorgung im Dorf gewesen war. Und ihr danach nichts anderes übrig blieb, als die beiden geliebten Menschen zu begraben. Wobei es hieß, Helga hätte zusammen mit den beiden Toten auch dieses eine Messer aus dem 18. Jahrhundert beerdigt.

Dieses Messer, so Susa, müsse ein Vermögen wert sein, aber freilich wage es niemand, hinunterzusteigen und die Toten auszugraben auf der Suche nach einem historischen Deba. Das würde Unglück bringen. Und er selbst, Susa, wüsste bestens, was das bedeutet: Unglück. Dabei lachte er verbissen.

»Und Helga?«, fragte Klara. »Was ist mit Helga geschehen?«

Der Brand, erklärte Susa, habe sich im Jahr vor der Jahrtausendwende ereignet. Helga sei nach dem Tod von Lilo und Isao noch zwei Jahre auf der Insel geblieben und habe im Nebenhaus einer kleinen Autowerkstatt im Inneren der großen Caldera gewohnt. Eine Werkstatt, für die sie auch arbeitete und dabei einen ausgezeichneten Ruf als Mechanikerin errang. Es hatte geheißen, sie könne mit Autos reden. Sie selbst sagte, sie höre bloß zu. Es gab zwar einige, die meinten, sie sei irgendwie am Tod von Isao und Lilo schuld – ohne zu sagen, auf welche Weise denn –, aber jeder brachte sein Auto dorthin.

Dann war sie mit einem Mal verschwunden. Angeblich hatte man sie auf der Fähre gesehen, die hinüber nach Hachijō-jima fuhr. Andere behaupteten, sie sei an Bord einer Segelyacht gegangen, die am Hafen im Süden der Insel angelegt hatte. Sie war jedenfalls weg, ohne Nachricht, ohne Hinterlassenschaft, und kam nicht wieder.

Was blieb, waren zwei Gräber. Und er selbst, Susa, scheine der Einzige zu sein, der hin und wieder nach unten marschiere, um Inspiration für seinen Roman zu finden.

»Sie schreiben über die drei?«, fragte Klara.

Er sagte, er stelle sich gerne vor, wie das gewesen sei, als diese ungewöhnlichen Menschen dort lebten. Was nicht bedeuten würde, er arbeite an einem pornografischen Roman.

»Sondern?«, wollte Klara wissen.

Susa sah Klara zum ersten Mal wirklich in die Augen, denn sein Blick war die meiste Zeit auf die sich wandelnde Oberfläche seines Biers gerichtet gewesen. Jetzt aber schaute er Klara direkt an und begriff endlich, wer sie war beziehungsweise sein könnte. Denn das war ja noch gar nicht erläutert worden.

Mit einem mehrfachen Nicken stellte Susa die Ähnlichkeit der jetzt dreißigjährigen Klara mit der damals fünfzigjährigen Helga Hana fest.

Das war allerdings keine Antwort darauf, was für einen Roman genau er schrieb. Aber er hätte wohl geantwortet: einen verwunschenen Roman. Wobei der Titel dieses verwunschenen Romans einen sehr westlichen Titel trug: *Wie der beste Geiger der Welt sich in einem kleinen, bedeutungslosen Amateurorchester versteckte.*

Ja, es gab kürzere Titel.

Dabei hätte Susa gerne über diesen seinen unfertigen, mehr im Kopf als sonst wo existierenden Roman geredet. Doch von draußen waren jetzt die Geräusche eines sich nähernden Hubschraubers zu hören. Nein, es mussten zwei sein, weil das Kreiseln der Rotorblätter einen duettierenden Ton ergab, ineinandergreifende Rede und Widerrede.

Um diese Zeit?

Es war spät am Abend. Die Sonne soeben versunken wie verströmtes Eidotter. Kein Hubschrauber aus Hachijō-jima flog um diese Uhrzeit die Insel an. Es mussten andere sein. Aber welche anderen erhielten überhaupt die Erlaubnis ...? Nun, es zeigte sich bald, dass Erlaubnis nicht das Thema war. Auch setzten die beiden Helikopter gar nicht auf, sondern entließen zwei Teams nahe der Shōchū-Brauerei und damit nicht unweit jener Izakaya-Bar, die nach den roten Wangen eines Pokémons benannt war und aus der nun alle Besucher herausgeströmt kamen.

Man konnte durchaus erkennen, dass dort drüben keine Pfadfinder oder Notfallsanitäter eine Übung abhielten, dieser Landung haftete etwas Militärisches an. Diese ungemeine Aufgeregtheit. Dieser spürbare Wille, einen Schaden anzurichten. Die Welt ärmer zu machen.

Und auch hier wieder augenblicklich Georgs Eindruck, von irgendwoher Filmmusik zu vernehmen. Schon wieder ritten Walküren.

Was Georg zudem durch den Kopf ging, und zwar mit allergrößter Berechtigung, war, dass die Leute, die hinter einer verfluchten Schatulle her waren, sich diesmal nicht auf die Überzeugungskraft einer kleinen, bewaffneten alten Dame und eines Mannes mit Zeitung verlassen wollten. Diesmal würde es härter zur Sache gehen.

Und natürlich wusste auch Osada, dass das keine Übung war und kein Filmdreh, fasste Klara am Oberarm – sein Griff fühlte sich an, wie wenn Marmor zu leben beginnt – und zog sie hinüber zu dem Mietwagen, der vor der kleinen Pension geparkt stand. Frau Castelbajac und Georg folgten ihnen eilig. Susa hingegen machte keine Anstalten, den Ort wechseln zu wollen. Weshalb ihm Frau Castelbajac etwas zurief. Er zuckte mit den Schultern, doch er kam und drängte sich als Letzter in den Kleinbus, an dessen Steuer nun Osada saß. Das war die gute Nachricht.

Osada startete und fuhr los. Auf Straßen, über die sich die Dunkelheit legte wie Futter für den Teufel und an der bald auch keine Straßenlaternen mehr vorhanden waren, um das zu ändern. Zudem hatte Osada die Scheinwerfer ausgeschalten, um die verräterische Spur zweier heller Streifen zu vermeiden.

»Verdammt noch mal«, meinte Frau Castelbajac, die diesmal auf dem Beifahrersitz saß, »wohin flüchtet man auf einer Insel?« Und zu Klara gewandt: »Was machen Sie nur, dass gleich eine ganze Armee hinter Ihnen her ist.«

Georg meinte, es würde wahrscheinlich ausreichen, den Verfolgern irgendwie zu verstehen zu geben, dass man ihnen die Schatulle aushändigen wolle.

»Das wäre eine gute Idee«, sagte Frau Castelbajac.

Klara aber entgegnete, sie habe ganz sicher nicht den Aufwand dieser verrückten Reise auf sich genommen, um jetzt klein beizugeben.

»Sie wissen doch nicht einmal«, beschwerte sich Frau Castelbajac, »was mit dem Ding los ist.«

»Wir werden es erfahren, wenn wir meine Großmutter finden.«

Frau Castelbajac stöhnte hörbar, während Osada mit hoher Geschwindigkeit, aber versiert und immer wieder in den Rückspiegel sehend, auf der 236 gegen Süden hin fuhr. Und jetzt war er es, der mit Susa sprach.

Susa, der mit einem Mal ungemein nüchtern wirkte und dessen Sprache und Tonfall die ruinöse Fahrweise der Dolmetscherin verloren und sich der kontrollierten des Leibwächters angepasst hatten. Und der nun etwas erklärte. Osada nickte und fuhr in diesem Moment in jenen Tunnel, der hier das Äußere mit dem Inneren verband und etwas von einem Bergwerksstollen an sich hatte.

Gleich nachdem man aus dem Tunnel gefahren kam, waren

wieder die Hubschrauber zu sehen, die über der Mitte der Insel kreisten, vor dem Hintergrund dunkelsten Blaus, in dem die ersten Sterne leuchteten, kleine Pünktchen.

Das war also die schlechte Nachricht. Dass die Helikopter sich nicht etwa auf irgendein Schiff mit Landefläche draußen vor der Küste zurückgezogen hatten. Man konnte die breiten Lichtkegel sehen, die von den Fluggeräten ausgingen und helle Furchen über das Inselinnere zogen.

Osada bremste den Wagen und lenkte ihn im immer schwächer werdenden Halbdunkel über die enge Straße. Sein Ziel war der Hafen im Süden der Insel, wobei er nun von der Hauptstraße abzweigte – die sichtbar von den beiden Helikoptern *abgegrast* wurde – und auf eine östlich gelegene Nebenstraße bog, die sich weiter abzweigte, schmaler wurde, jedoch den Vorteil besaß, dichter umwaldet zu sein. Aber irgendwann war es einfach zu dunkel.

Susa sagte etwas, und dann wechselten er und Osada die Plätze.

Keine Frage, Susa war mitnichten nüchtern, während er jetzt den Wagen startete. Allerdings hätte er auf dieser Straße auch mit geschlossenen Augen fahren können, zumindest ohne Gegenverkehr. Und Gegenverkehr gab es ja nicht. Die wenigen Farmer und Farmerinnen, die hier lebten, waren längst mit ihrer Hühnersuppe oder sonst was beschäftigt.

Susa, der übrigens als junger Student in Europa nicht nur Brendan Behan in seinem Todesjahr begegnet war, sondern auch das Geigenspiel in Salzburg erlernt hatte, fuhr nun tatsächlich recht blind durch die Nacht und gelangte über eine Seitenstraße zurück auf die Hauptstraße, bevor diese in einen weiteren Tunnel mündete, der als letztes Verbindungsstück hinunter zum Hafen führte. Ein Hafen, bei dem es sich im Grunde um ein großes Stück Beton handelte, mit Anlegestelle und Kränen, die die Boote hochzogen und auf einer Anhöhe abstellten, da es wegen der oft rauen Bedingungen unmöglich war, sie im Meer zu verankern.

Der Subaru befand sich nur noch wenige Meter vor dem Tunnelmund, als mit einem Male von der Küstenseite her einer der Helikopter über die Kuppe geflogen kam, den Scheinwerferkegel gegen den Wagen gerichtet, sodass alle für einen Moment geblendet waren. Auch Susa, der die Augen schloss, aber nicht bremste.

Und dann der Schuss. Ein zweiter und dritter.

Der Wagen kam zum Stehen. Nicht nur der Wagen, auch ein Herz.

Zwei der Kugeln waren in der Karosserie stecken geblieben, ohne jemanden zu treffen, der erste Schuss aber war durch die Frontscheibe direkt in Umeo Susas Herz eingedrungen, um dort nichts anderes als Schaden anzurichten. Unwiderruflichen Schaden.

Am 26. August spät am Abend starb Umeo Susa und nahm auf diese Weise einen Großteil seines Romans *Wie der beste Geiger der Welt sich in einem kleinen, bedeutungslosen Amateurorchester versteckte* mit in den Tod. Dennoch würden später Teile dieses Romans in einem Hinterzimmer jener Kneipe, die der Wangenfarbe eines Pokémons gewidmet war, entdeckt werden und dem toten Autor zu einem Ruhm verhelfen, der sich freilich schwertat, ihn dort zu erreichen, wo sein Tod ihn hingeführt hatte.

Osada hatte Klara mit größter Eile aus dem Wagen befördert und drängte sie vorwärts zum Tunneleingang. Zugleich aber hatte er eine Waffe gezückt, die er wohl in seiner Funktion als Leibwächter überallhin mitführen durfte und die er nun gegen den Helikopter richtete. Mit einem ersten präzisen Schuss traf er den Scheinwerfer. Das Licht erstarb. Und in das sterbende Licht schoss er weiter Richtung des Helikopters, der rasch abdrehte, nur um in neuer Position einen ersatzweisen Schein auf die Szenerie zu richten.

Doch da hatten Osada und Klara bereits den schützenden Tunnel erreicht, auch Georg und Frau Castelbajac, die rasch gefolgt waren. Nur der Subaru und ein toter Schriftsteller, famoser Irlandkenner und Meister dieser Insel, blieben zurück.

Der Hubschrauber senkte sich wieder herab, um weitere Männer, eindeutig bewaffnet und mit Nachtsichtgeräten auf ihren Helmen – es waren nun halt in der Regel Männer, die sich dafür hergaben, auch wenn Frauen darunter sein mochten, das Geschäft des Tötens zu betreiben –, nach unten zu lassen.

»Hurry!«, rief Osada, packte Klara an der Hand und zog sie mit sich.

Zu viert liefen sie in die von kleinen Deckenleuchten gelblich rot erleuchtete Röhre, die nach einer kleinen Biegung in gerader Spur Richtung Küste und Hafen ging.

Frau Castelbajac rief etwas nach vorne zu Osada, der die kleine Gruppe anführte. Sie sagte, sie könne sich kaum vorstellen, dass man ungehindert aus diesem Tunnel wieder herauskäme, eher sei das hier die Mutter aller Fallen, ein an beiden Enden von verfluchtem Söldnerpack besetzter schmaler Schlauch.

»Hai!«, sprach Osada das wohl bekannteste japanische Vokabel aus, das nicht nur einfach *Ja!* oder die Bejahung einer Sachlage bedeutete, sondern als Füllwort den Gesprächspartner aufforderte weiterzureden, ohne dass damit zwingend eine Zustimmung zum Gesagten gemeint war.

Und Frau Castelbajac redete auch weiter, wobei sie jetzt ihre hohen Sandaletten ausgezogen hatte und barfüßig über den warmen Beton lief.

Sie verstummte, als Osada abrupt stehen blieb. In der Tat konnte man weiter vorne, wo sich der Bogen des Tunnelausgangs dunkelrandig abzeichnete, die Lichter des knapp über dem Boden schwebenden Helikopters sehen. Während von hinten das sich nähernde Gestampfe schwerer Stiefel herüberhallte.

Osada blickte sich um. Nein, er kannte die Stelle nicht, war noch nie hier gewesen, aber Susa musste ihm, bevor er gestorben war, etwas gesagt haben über diesen Tunnel, über einen bestimmten Punkt in diesem Stollen.

Und da war auch etwas!

Es war nur darum so schwer zu erkennen, weil es an einer Stelle lag, die eine Art von Mimikry bildete. Einerseits waren zwei der Deckenlichter ausgefallen, andererseits – und das war das Entscheidende – war das grob verputzte Mauerwerk fast schwarz von Wasser oder Schimmel oder Farbe. Von was auch immer, tiefschwarz eben. Und genau dort befand sich eine Öffnung. Eine Öffnung, die, wie die Kunstkennerin Klara es ausgedrückt hätte, an eines der *Black Paintings* von Ad Reinhardt erinnerte, dessen vollkommen schwarze Bilder bei äußerst genauer Betrachtung aus verschiedenen Nuancen von Schwarz bestanden und bei denen sich mittels einander überlagernder waagrechter und senkrechter Balken so etwas wie Eingänge in seine Gemälde bildeten.

Und auch hier war ein Eingang. Ein schwarzer Spalt im schwarzen Mauerwerk, minimal dunkler, ein länglicher pechschwarzer Streifen inmitten des eine Spur weniger schwarzen großen Fleckens. Ein Streifen, in den Osada jetzt einen nach dem anderen hineindrängte, um dann als Letzter … er schien kurz zu überlegen, ob er auf die entfernten Deckenleuchten schießen sollte, um die Stelle noch dunkler zu machen. Aber das wäre wie ein Hinweis für die sich nähernde Truppe gewesen. Er ließ es bleiben und verschwand ebenfalls in diesem *Black Painting*.

Ja, man stelle sich ein Gemälde vor, das vier Leute verschluckt.

Unendlich traurig nur, dass Susa nicht mehr dabei sein konnte. Er und sein Roman im Kopf.

Es war ein schmaler, vollkommen dunkler Gang, das schwärzeste Schwarz, Super-Reinhardt, das aber bald eine Aufhellung erhielt mittels eines rot strahlenden Leuchtbands, das die Kante einer Stufe anzeigte, wo sich auch ganz schwach die dahinter befindliche Türe abzeichnete. Eine Türe, die Klara, die zuvorderst in dieses »schwarze Gemälde« eingedrungen war, nun öffnete.

Im Grunde hatte sie etwas wie eine Notfallkaverne erwartet, aber bei dem Raum, in den die Gruppe nun eintrat, handelte es sich um eine lang gestreckte, düstere, mit Werkzeugen und Maschinen gefüllte Werkstatt, überall Stangen und Blöcke und Kisten und Stücke von Stahl. Auch zwei Katzen, die auf den gefährlich schrägen Stapeln flacher Hölzer saßen und zu den Eintretenden in einer Weise hinuntersahen, wie das Katzen gerne tun, als zweifelten sie an der Echtheit von Menschen.

Es herrschte ein ziemlicher Lärm, der wohl von der Entlüftung des Schmiedeofens kam, aus dem die Glut leuchtete und den Boden davor mit einem Licht bedeckte, wie ein letzter Rest jenes von der Sonne verteilten Dotters. In diesem Dotterlicht stand ein kleiner alter Mann … das dachte Klara sofort: *schon wieder klein, schon wieder alt.* Aber es war noch etwas anderes, was sie dachte, als sie diesen kleinen alten Mann sah, der bekleidet war mit langem Hemd und langer Hose, einer schwarzen Schürze und einem dunkelblauen Kopftuch über seinem weißen Haar, dazu Nike-Turnschuhe, die ausschauten, als hätte es Nike schon im Jahre 490 vor Christus gegeben.

Der Mann streute auf das Werkstück aus glühendem Stahl irgendein dunkles Pulver (eine Mischung aus Eisenoxyd und Borax, aber woher, um Himmels willen, hätte Klara das wissen sollen) und setzte darauf ein noch kaltes Stahlstück. Dann fügte er das längliche Teil wieder in die Feuerstelle.

Als Klara ihn sah, dachte sie sofort: Hashimoto.

Der alte Mann andererseits, der jetzt von seinem Ofen und seinem Werkstück hochblickte und Klara gewahrte, dachte: Helga Hana. Eben nur jünger. Aber klar, das konnte nicht Helga sein.

Klara wiederum begriff, dass gar nicht der Maler Hashimoto vor ihr stand, sondern nur jemand, der ihm sehr ähnlich sah. Und begriff ebenso, dass dies die Schmiede war, die man auf keinem Plan, keiner Beschreibung und nirgendwo im allwissenden Netz finden konnte und deren Messer dennoch von berühmten Sterneköchen für die besten überhaupt gehalten wurden.

Osada war als Letzter durch die Türe getreten, nicht ohne zuvor jenen rot leuchtenden Aluminiumstreifen von der Bodenkante entfernt zu haben. Dann schloss er die Türe. Keine Frage, die Verfolger besaßen Nachtsichtgeräte, aber man musste es ihnen nicht auch noch leicht machen.

Osada drängte sich nach vorn und sprach den alten Mann an. Klara hörte aus seiner Rede den Namen Susas heraus.

Der angesprochene alte Schmied blieb gelassen, griff mit einer langen Zange wieder nach dem Werkstück, dessen glühenden Teil er unter einen Trethammer hielt und ihm schlagend die annähernde Gestalt eines Messers verlieh. Die Skizze eines Messers. Eine Skizze, die er unter dem großen Pflock hervorholte und mit einem kleinen Hammer weiter bearbeitete. Osada musste schreien bei dem Lärm. Aber der Alte nickte und bejahte, als besitze er ein ausgezeichnetes Gehör. Und das tat er wohl.

Er betrachtete das aus weichem und hartem Stahl laminierte Stück von beiden Seiten, bevor er es zurück in den Ofen tat. Dann wandte er sich zu Osada hin, ging jedoch an ihm vorbei und sagte etwas zu Klara.

»Er will wissen«, übersetzte Frau Castelbajac, »ob Sie Helgas Schwester sind.«

Das war natürlich eine merkwürdige Frage, dennoch reizte es Klara, zu sagen, ja, richtig, sie sei Helga Blumes *kleine* Schwester, weil das eine Bezeichnung aus dem Japanischen war, die sie kannte: *Imōto*, und zwar von einem wahrhaft berührenden Computerspiel, das sie als Sechzehnjährige geliebt hatte (in der von den pornografischen Szenen befreiten Version). Doch Frau Castelbajac hatte bereits für sie geantwortet und wohl das korrekte Verwandtschaftsverhältnis festgestellt.

Der Mann grinste wie über einen Scherz, wobei unklar blieb, was er für den Scherz hielt, die eigene Frage oder die Antwort der Dolmetscherin.

Jedenfalls war er an diesem Ort der Sensei, der Lehrer, der Meister der Messer. Er war nicht Meister Hashimoto. Er war Meister Ooishi. Und er war ihnen behilflich.

Denn es war Eile angesagt, wollte man nicht hoffen, die Söldner draußen würden ewig den Tunnel hinauf- und hinunterlaufen, ohne den Eingang zur Schmiede zu bemerken und ihre Bemühungen in Verwunderung erschöpfen lassen.

Meister Ooishi nahm mit einer Zange das rot glühende Messer aus dem Ofen und legte es in die Asche aus Reisstroh, wo es langsam abkühlen würde. Dann führte er die Gruppe in den hinteren Teil des höhlenartigen Raums, wo kaum noch das Licht der kleinen, flackernden Deckenlampen, das Glitzern in den Augen der beiden Katzen und der Schein des Schmiedeofens hindrangen und der Raum in die Dunkelheit eines Ad-Reinhardt-Gemäldes zu sinken drohte.

Ooishi sah nicht nur Hashimoto in Gesicht und Statur ähnlich, sondern besaß auch ebensolche Pranken wie dieser. Hände, die im Laufe der Zeit wohl auch etwas von dem Damaststahl angenommen hatten. Mit ihnen schob er einen Blechkasten zur

Seite, als sei es ein Schrank aus Papier. Dahinter zeichneten sich vage die Haltegriffe einer senkrecht aufsteigenden Röhre ab, in die sich nun die Flüchtenden einer nach dem anderen begaben.

Klara trat als Vorletzte in den senkrechten Schacht ein, hinter ihr nur noch Osada mit seiner Waffe in der Hand. Klara wandte sich noch einmal zu Meister Ooishi um und fragte ihn, so wie er zuvor von ihr wissen wollte, ob sie die Schwester Helga Blumes sei, ob er den Maler Hashimoto kenne.

Bevor noch Osada, verärgert ob solcher Verzögerung, übersetzen konnte, antwortete ihr Ooishi. Denn offensichtlich hatte er den Namen verstanden. Erst seine Antwort konnte Osada übersetzen: »He says that Hashimoto is his brother. – So can we now go?«

Osada gab Klara einen leichten Stoß. Der »lebende Marmor« seiner Hand hatte jetzt etwas Flüssiges an sich. – Gab es das, flüssigen Marmor? Zumindest gab es ein an Wasserstrudel erinnerndes Marmormuster wie jenes, das sich über die gesamte Klinge eines Damastmessers zog.[10]

Klara zog sich die verlängerten Riemen ihrer Tasche über den Kopf, griff nach der metallenen Halterung und stieg den Schacht nach oben.

Beim Ausstieg aus der Röhre, hinaus ins Freie, befand sich eine ziemlich verwahrloste Aussichtsplattform, hinter der eine ebenso verwahrloste alte Hochstraße vorbeiführte. Allerdings hatte man von dieser Stelle einen großartigen Blick auf den Pazifik, über dem

---

10 Es ist übrigens ein reizvoller Umstand, dass die Analyse alter Damaszener-Klingen zu dem Ergebnis kam, dass es gewissen, bei der Herstellung hinzugefügten Verunreinigungen zu verdanken sei, dass der Stahl flexibler und widerstandsfähiger werde. Brüche verhindere. – Verunreinigungen also! Wie das vielleicht auch mit Krankheiten war, die in die Menschen eindrangen, aber unter guten Bedingungen – Heilkunst gleich Schmiedekunst – den Betroffenen flexibler und widerstandsfähiger machten. Wenn schon die Brüche nicht zu verhindern waren. Brüche der Knochen und der Seele. Was zu der Frage führte, ob die besonders robusten und besonders gelungenen Messer wirklich auch die glücklicheren waren. Und ob das nicht in erster Linie davon abhing, in welcher Küche und in welcher Hand so ein Messer letztlich landete. Um nicht zu sagen: endete. Was nützte es, das schönste Messer auf der Welt zu sein, aber in die Hände des elendiglichsten Menschen geraten zu sein?

sich soeben die Milchstraße planetariumartig ausdehnte und das Paradoxon gewaltiger Fülle inmitten gewaltiger Leere aufzeigte.

Der Bruder also. Das war etwas, was Klara erst etwas später erfahren würde, dass Hashimoto Sôseki ein Künstlername war und die immer wieder kolportierte Annahme, der berühmte Maler käme aus der Familie des noch berühmteren Entdeckers einer Krankheit, eine bewusste Fälschung darstellte. Beziehungsweise wie viele Fälschungen der Unterhaltung des Publikums diente. Doch der Maler Hashimoto stammte in Wirklichkeit aus jener Aogashimer Messerdynastie Ooishi. Aus der er sich allerdings gelöst hatte.

Klara würde später sagen: »Mein Gott, das war ein Hundertjähriger, der da herumgeschmiedet und uns zur Flucht verholfen hat.« Und dann meinte sie, als sei ausgerechnet das das Wichtigste und auch tatsächlich ein Argument: »Man bedenke die Qualität von Messern, die von einem Menschen diesen Alters geschaffen werden.«

Die vier standen auf der vom wilden Gras überwucherten, armselig betonierten Aussichtsfläche und blickten für einen kurzen Moment auf den sie überwältigenden Sternenhimmel.

Sollte das alles tatsächlich von einer Art Schöpfer kreiert worden sein, meinte Georg, könne man ihm die Fehlleistung bei der Erfindung des Menschen eigentlich verzeihen.

Wenn man gerade davon sprach! Unten am Hafen hatte der Helikopter auf dem linken der zwei Landungsstege aufgesetzt. Scheinwerfer erleuchteten den Platz, vor allem auch in Richtung der Tunnelöffnung. Über das gesamte Gelände liefen Mitglieder der bewaffneten Einheit. Aber niemand, der nach oben gesehen hätte, zu der von der Nacht eingedickten Aussichtsstelle. Allerdings konnte man vom Norden her das näher kommende Propellergeräusch des zweiten Hubschraubers hören. Vielleicht würde er den vorderen Tunneleingang ansteuern, vielleicht aber auch hierherfliegen, um das Gelände oberhalb der Röhre abzusuchen. Es war jedenfalls angeraten, sich davonzumachen.

Osada gab die Richtung vor. Die an die Dunkelheit sich gewöhnenden Augen erkannten die alte Straße, auf der man sich entlang des Hangs vom Hafen wegbewegte. Nach etwa dreihundert Metern kamen die vier an ein nicht ganz so steil abfallendes Felsstück, das in Rinnen und Wölbungen hinunter zum Geröllstrand führte. Das war zwar noch in Sichtweite zum Hafen, aber die einzige Stelle, an der man realistischerweise nach unten gelangen konnte. Danach kam wieder allein dichtes, abschüssiges Buschwerk rechts und links der Straße sowie ein stark abfallender Abbruch der Küste. Und Osada, der sich noch am Nachmittag die Topografie der Insel genau eingeprägt hatte, wollte unbedingt zum Ufer und nicht etwa entlang dieser alten Straße bis in den Nordteil der Insel zurück ins Dorf. Auf Aogashima zu bleiben, war keine Option. Zu viele Angreifer, zu kleine Insel! Die Tunnelröhre mochte nicht die Mutter aller Fallen gewesen sein, wie Frau Castelbajac behauptet hatte, die Insel als Ganzes war es schon.

Osada gab also die Richtung vor, hinunter zum Ufer zu steigen. Frau Castelbajac fragte ihn, was er dort wolle.

»Zum Meer«, antwortete er.

Das sei ihr schon klar, sagte sie. Allerdings frage sie sich, was er sich vorstelle. Hinaus in den Pazifik zu schwimmen? Um was zu tun? Zu ertrinken?

Osada schüttelte den Kopf. Sagte aber nicht, was die Alternative zum Ertrinken wäre, sondern begann, das felsige Stück abwärtszuklettern. Dahinter Klara, dann die anderen. Zuletzt Frau Castelbajac, die jetzt auf Französisch mit sich selbst sprach, ein sehr hübsches Französisch, auch bei der Benutzung diverser Schimpfwörter, etwa *putain!*, wobei als Unterton etwas wie *Poussin!* mitzuschwingen schien, der Name jenes Barockmalers delikater Landschaftsbilder. Aber wütend war sie, Frau Castelbajac, die noch immer gezwungen war, ihre Sandaletten wie Handschellen bei sich zu tragen, anstatt an den Füßen zu haben.

Doch alle vier schafften es, unverletzt zum Ufer zu gelangen.

Und dann sahen sie es, das Licht ein Stück draußen auf dem Meer. Zwanzig Meter entfernt, ein winziger Schein wie von einem Handy. Ganz kurz nur. Und im Erlöschen des Lichts zeichnete sich die leicht schaukelnde Gestalt eines Motorboots auf der Wasseroberfläche ab.

Osada stand als Erster am Bootsrumpf, bis zur Brust im Wasser, und half einem nach dem anderen, an Bord zu kommen. Bevor er sich selbst hochstemmte und an Deck eines Bootes gelangte, das vom Hersteller als »perfekt für die kleine Familie« beworben wurde.

Nun, das kann man wohl sagen, dass sie eine »kleine Familie« waren, mehr und mehr zusammengeschweißt durch die Bedrohungen, die sie erfuhren.

Es war ein sehr schlichtes Boot, mit einem mächtigen Außenbordmotor, der nun von der zierlichen Person vorne am Sitz des Steuerbords gestartet wurde. Und zwar auf niedrigster Stufe, sodass sich das Boot recht langsam, aber auch sehr leise in Bewegung setzte, um in nordöstlicher Richtung hinaus aufs Meer und aus dem Sichtbereich des Hafens zu gelangen.

Keiner sprach ein Wort. Frau Castelbajac und Klara begaben sich in die familiär kleine Kabine, in der ein Geruch von Dosennahrung schwer und klebrig hing. Georg und Osada verblieben zuerst einmal im auch nicht sehr großen Außenbereich, wo der kühlwarme Nachtwind ihnen die Feuchte aus der Kleidung blies.

Später kamen auch Klara und Castelbajac wieder heraus. Die Milchstraße über ihnen wirkte wie über schwarzen Tee geblasener Schaum.

So schossen sie zwar nicht in Schnellbootgeschwindigkeit, aber doch angetrieben von dem 80 PS starken elektrischen Außenborder in Richtung Hachijō-jima, in etwa die Fahrrinne benutzend, die auch die tägliche Fähre nahm. Denn davon war auszugehen, dass diese einundachtzig Kilometer entfernte und etwa in drei Stunden zu erreichende Nachbarinsel das Ziel sein würde.

Der Lärm, den der Motor nun verursachte, war beträchtlich, und es wurde kälter, weshalb man sich diesmal zu viert in die Kabine begab, während die junge Frau, die das Steuer bediente, sich eine Segeljacke überzog.

Und genau dieser jungen Frau galt natürlich die erste Frage, nachdem man dicht an dicht zu sitzen gekommen war.

Osada antwortete, dass die Frau draußen am Steuer seine Tochter sei.

Berechtigtes Erstaunen. Aber Osada erklärte es gleich in seinem gepflegten und gut verständlichen Begleitservice-Englisch. Dass er nämlich keinen seiner Aufträge ohne die Unterstützung seiner Tochter bewerkstellige. Sie seien ein Team, wobei er den sichtbaren und sie den unsichtbaren Teil bilde.

»Meine Güte«, meinte Frau Castelbajac, »wie alt ist denn das Kind?«

Aber Osada erwiderte, dass seine Tochter sicher kein Kind sei, sondern Mitte zwanzig.

Dann müsse er, sagte die Dolmetscherin, aber sehr jung Vater geworden sein.

Das war nun eigentlich nicht das Thema, auch nicht die Frage, inwieweit Osada zu jenen Leuten gehörte, die weit jünger aussahen, als sie waren. Faktum war, dass Osadas Tochter Misaki ihm bei allen seinen Aufträgen assistierte, indem sie eine Art von Rückendeckung bildete. Auch sie war im Shinkansen gesessen, auch sie war im selben Hotel in Tokyo abgestiegen und hatte in dem Restaurant gegessen, wo Georg die besten gegrillten Maiskolben seines Lebens genoss. Und sie war ebenso in dem Flugzeug gewesen, in dem ihr Vater und seine Schutzbefohlenen von Haneda nach Hachijō-jima geflogen waren. Dort aber hatte sie dann nicht den Helikopter genommen, mit dem die anderen weitergereist waren, sondern hatte nach Absprache mit ihrem Vater ein Motorboot gemietet, um die Reise über den Wasserweg anzutreten. Osada dürfte geahnt haben, wie sehr diese Insel ein Problem darstellen könnte und es darum besser wäre, sich die Möglichkeit einer Flucht über das Meer offenzuhalten.

Es hatte funktioniert. Und funktionierte ja nicht zum ersten Mal. Osada und seine Tochter waren ein ideales Gespann.

In der Ferne war das Glimmern der näher kommenden Insel Hachijō-jima zu erkennen. Ein kleiner Funken im großen Meer, der kontinuierlich anwuchs. Wie die filmische Aufnahme von etwas Verlöschendem im Rückwärtslauf.

21

Das kleine Motorboot legte problemlos und ohne dass irgendeine Armee aufgetaucht wäre, am Steg des Bootsvermieters am Yaene-Hafen an. Ein kleiner Hafen an der Westküste. Vom Boot wechselte die Gruppe in ein wartendes Taxi, das sie zu einem Hotel nicht unweit des Flughafens brachte. Ein Gebäude, das über den Charme einer verwahrlosten ehemaligen Residenz eines Drogenbarons verfügte. In der Empfangshalle hing eine elektrische Gitarre, auf der angeblich Keith Richards gespielt hatte. Das war kaum zu glauben, aber der jugendliche Rezeptionist hörte nicht auf, den Namen des berühmten Rolling-Stones-Gitarristen zu nennen und dabei auf das recht leger und gänzlich ungesichert von der Wand hängende Instrument zu zeigen.

Klaras Interesse galt aber nicht dieser *unglaubwürdigen* Gitarre, sondern der Tochter ihres Leibwächters, die sie sich im Lichte dieser Halle und eines gewissen Zur-Ruhe-Kommens endlich genau ansehen konnte.

Die zierliche Frau sah keineswegs wie ein Kind aus, sondern wie eine Frau etwa im selben Alter, in dem sich Klara befand. In Misakis hübschem, feinem Gesicht lag ein Zug von Schwermut. Oder war es Bitterkeit? Was ein gewaltiger Unterschied ist, wie zwischen einer Person, die über ein Erdbeben redet, und der, die eines erlebt hat und darüber schweigt.

Ja, eher Bitterkeit. Wodurch ihr Gesicht nur noch hübscher wurde. Wie ja auch eine Sonne mit Flecken hübscher aussieht als die Fadesse einer Sonne ohne Flecken.

Das Hotel war von Osada als sicher eingestuft worden, allerdings gab es nur zwei freie Zimmer mit jeweils drei Betten. Betten von westlicher Statur, also mit kurzen Beinen. Osada bezog zusammen mit Frau Castelbajac und Klara das eine, Georg mit

Misaki das andere. Diese Einteilung war Resultat der Vernunft, auch wenn Georg sich zuerst sperrte. Doch das war nicht an ihm, zu entscheiden, wer hier wo schlief.

Übrigens hatten alle ihre Ausweise und Smartphones und Kreditkarten bei sich und nicht etwa in der kleinen Herberge auf Aogashima zurückgelassen. Aber das war weniger Glück als Normalität. Man ließ seine Organe nicht einfach wo liegen.

Es war bereits weit nach Mitternacht, aber niemand wollte ins Bett, alle trafen sich noch einmal an der Bar. Wenn man das Bar nennen konnte. Die ganze Einrichtung hatte etwas Gebasteltes. Immerhin servierte ihnen der Rezeptionist Bier und Sake, die er aber nicht auf die gefährlich schiefe Theke stellte, sondern jedem in die Hand drückte. Während hinter ihm, über der Bar, ein Saxofon hing. Nur dass er diesmal nicht verriet, vom wem das Instrument stammte. Merkwürdig. Beinahe beunruhigend.

Was Klara weit mehr beunruhigte – freilich in Form der erregenden Spur, die ein weißes Kaninchen nach sich zog, gleichsam Führer wie Verführer –, war der Umstand, dass, als sie in ihre Tasche griff, um ihr Handy herauszunehmen, sie eine Ansichtskarte zu greifen bekam. Eine Karte, die zuvor ganz sicher nicht in dieser Tasche gewesen war.

Es kamen eigentlich nur zwei Personen infrage, die sie ihr heimlich zustecken hatten können. Umeo Susa und Sensei Ooishi. Ein jetzt toter Schriftsteller und ein hoffentlich noch immer am Leben seiender Messerschmied.

Bei genauer Betrachtung war es keine Ansichtskarte, sondern eine Einladungskarte, obgleich auf der Vorderseite durchaus eine Ansicht abgebildet war: das Foto eines tempelartig in die Breite gestreckten Gebäudes, verlassen und verfallen. Dabei handelte es sich, wie auf der in Englisch und Japanisch gehaltenen Werbeschrift auf der Rückseite zu lesen war, um das Hachijo Royal Hotel, das 1963 im Westen genau jener Insel, auf der man sich gerade aufhielt, errichtet worden war (nach anderen Quellen erst 1968, was eine fünfjährige Unschärfe ergab). Ein Komplex im Stile französischer Barockarchitektur mit Gärten und Statuen und Wasserspielen, wobei sich Klara eher an die großen *Zauberberg-*

Sanatorien aus dem 19. Jahrhundert erinnert fühlte, ergänzt um einen aztekischen Dschungeltouch. Nach einer wechselvollen Geschichte und mehrfachen Namensänderungen war das Grand Hotel 2006 geschlossen und sich selbst und der Natur überlassen worden. Die Mauern sahen aus, als seien sie ewig lang in einem Salzfass eingelegt gewesen. Dennoch hatte der Komplex als Ganzes nichts von seiner Grandezza verloren.

Wie nun auf der Rückseite zu lesen war, würde dieser verlassene und verwunschene Ort für zwei Vorstellungen lang zur Bühne eines der bekanntesten Zauberkünstler des Landes werden. Gyōja, so benannt nach dem angeblich 634 geborenen Asketen und Magier En no Gyōja. Von dem die Legende berichtete, er wäre seinem eigenen Skelett begegnet, dem Relikt aus einem früheren Leben, und hätte aus dessen knöcherner Hand eine Ritualwaffe, einen Donnerkeil, gelöst.

Ein solches buddhistisches Ritualobjekt hatte auch der Gyōja unserer Tage gerne während seiner Vorführungen bei sich und dirigierte damit seine Levitationen. Wobei es sich im westlichen, vor allem im europäischen Raum eingebürgert hatte, dass Gyōja unter dem ähnlich klingenden Namen Goya auftrat und im Hintergrund seiner Shows stets eine riesige Projektion von Francisco de Goyas Gemälde *Flug der Hexen* zu sehen war.

In Japan wie auch anderswo war Gyōja/Goya gleichermaßen populär wie umstritten, nicht nur weil er sich zu seinen erstaunlichen Kunststücken in keiner Weise äußerte, das taten auch andere nicht, sondern vor allem, da er nicht bereit war, seine Tricks als Tricks zu bezeichnen. Er ließ dies einfach dahingestellt, was suggerierte, er arbeite mit echter Magie.

Frau Castelbajac, der Klara die Karte gereicht hatte, erklärte es. Erklärte die Bedeutung Gyōjas, welcher bei seinen Zaubershows sowohl alte Dämonen als auch moderne Mangafiguren auf die Bühne brachte beziehungsweise durch die Lüfte schweben ließ, was bei aller frappierender Realität doch das Trickhafte durch sich selbst offenbarte. Illusionen, in die Gyōja Dinge einbettete, die dann wahrhaftig verblüfften. So hatte er etwa – fast wie nebenbei, während er einen Pandabär auf der Spitze eines waagrecht stehenden Samuraischwerts sitzen und gemütlich ein Stück Bambus kauen ließ – vor seinem Tokyoer Publikum die sechs Zahlen der kommenden japanischen Lottoziehung bekannt gegeben. Und genau diese Zahlen waren tatsächlich gezogen worden. Was dazu führte, dass eine Unmenge von Menschen sich den Jackpot teilten, weil sich Gyōjas Prognose natürlich herumgesprochen und ein paar Tausend Leute diese Zahlen getippt hatten. Spätestens seitdem galt Gyōja vielen als echter Magier, obgleich Gerüchte um Manipulationen die Runde machten (ohne dass irgendjemand sagen konnte, wie er das mit den Zahlen hinbekommen hatte. Dass er wiederum diese Zahlen nicht für sich selbst behalten und selbst gespielt hatte, zeigte eine gewisse gottgleiche Überlegenheit).

Doch in die Zukunft zu sehen, war nur das eine, noch lieber schien der Meister in der Vergangenheit seines Publikums zu schürfen. Indem er den Leuten Sachen erzählte, die sie selbst nicht wussten, in der Folge aber als eine lange verborgene oder verdrängte Wahrheit akzeptierten. Zudem hielten ihn viele für einen Wunderheiler, dabei hatte er niemals irgendjemand auf der Bühne gesund gemacht, Lahme zum Gehen gebracht und solchen Hokuspokus. Gleichwohl berichteten Besucher seiner Vorstellungen, dass es ihnen hinterher deutlich besser gegangen sei. Blutdruck, Leberwerte, Geschwüre. Auch das galt als geschicktes Marketing, derartige Gerüchte in die Welt zu setzen. Es wirkte jedenfalls. Die Leute kamen, um sich schwebende Krokodile anzusehen, aus deren Schnauzen Wolken von lilafarbenem Rauch strömten, und Tische, die sich auf offener Bühne in nackte Jünglinge verwandelten. Oder aber es fing mitten im Publikumsraum heftig zu schneien an (ach ja, offensichtlich sein Yuki-Onna-Trick), und sobald dieser Schnee auf den Leuten und dem Boden aufkam, verwandelte er sich in Kirschblüten. Das alles fand man aufregend oder betörend, aber letztlich hofften die meisten, so etwas wie die Lottozahlen zu erfahren oder dass es einem nachher einfach besser ging.

Und ausgerechnet dieser sagenumwobene Magier würde im verwunschen anmutenden Hachijo Royal Hotel seine Zauberkunststücke vorführen.

Derartiges kam vor, dass Gyōja mysteriöse Orte auswählte, um das Mysteriöse seiner Vorführungen noch zu steigern. Aber wie kam diese Karte nun in Klaras Tasche und vor allem *wieso?*

Klara bestand darauf, auf Hachijō-jima zu bleiben und am Abend des nächsten Tages die Zaubershow des Meister Gyōja zu besuchen. Weshalb sie Frau Castelbajac darum bat, Tickets zu organisieren. Entweder war es Susa oder Meister Ooishi gewesen, die ihr diese Karte zugesteckt hatten, um das »weiße Kaninchen« am Laufen zu halten.

»Wie lange wollen Sie das noch fortsetzen«, fragte die Dolmetscherin. »Bis wir alle tot sind?«

»Sie übertreiben«, meinte Klara.

»Ich übertreibe? Ist das Ihr Ernst?«, höhnte Frau Castelbajac. »Ach, dann liegt dort drüben auf Aogashima also nicht etwa ein toter Mann in einem zerschossenen Auto, der so freundlich war, uns über die Insel zu führen, und jetzt niemals mehr sein Buch wird beenden können.«

»Sie wissen so gut wie ich«, erwiderte Klara, »dass er damit so oder so nicht fertig geworden wäre.«

»Mag sein, aber er hätte sich sicherlich noch gerne eine Weile in diesem Glauben gewogen, oder?«

Sagte man das, überlegte, Klara, *gewogen?* Eher *wiegte* man sich in einem Glauben? Was aber, wenn man sich in einem wog? Und dabei das eigene geringe Gewicht ob solcher Hoffnung und Wünsche und Versprechungen erkennen musste. Großes Vorhaben, leider aber nur fünfzig Kilo auf der Waage. Ein Gewicht, das zu gering war, das Vorhaben aufzuwiegen.

Überlegte Klara, als sei ausgerechnet das jetzt das Problem.

»Was grübeln Sie denn?«, fragte Frau Castelbajac mit Ärger in der Stimme.

»Nichts«, antwortete Klara und meinte, dass der Tod Susas schrecklich sei und sie sehr gut verstehe, wenn jemand nun aus der Sache aussteigen wolle. »Auch Sie, Frau Castelbajac.«

»Itō würde mich feuern.«

»Na und? Sie werden wohl andere Kunden finden, oder?«

»Geschäftsleute, Diplomaten, Investoren – widerliche Leute.

Es macht schon mehr Freude, Dolmetscherin eines Mannes zu sein, der Christopher Walken gut aussehen lässt. Wenn Sie wissen, was ich meine.«

Was sollte Klara wissen? Wie schwierig es war, Christopher Walken gut aussehen zu lassen? Nein, wohl eher, wie aufregend das Leben an der Seite Itōs war und wie deprimierend etwa an der Seite des Mitglieds einer österreichischen Wirtschaftsdelegation.

Klara wandte sich an Georg, dem sie ebenfalls anriet, spätestens jetzt aus dieser Sache auszusteigen.

Georg war ein wenig betrunken von den Ereignissen sowie von der halben Flasche Sake, die er wie Wasser nach einem Langstreckenlauf getrunken hatte. Er blickte Klara aus kleinen Augen an und meinte, das hätte schon alles seinen guten Grund. Er kenne den Grund zwar nicht, sehe ihn nicht, würde aber doch mit den Beinen spürbar darauf stehen. In etwa. Jedenfalls bleibe er. Denn wie sagt man? Müdigkeit hin oder her, man möchte doch wissen, wie der Roman ausgeht.

»Susas Roman?«, fragte Frau Castelbajac spöttisch von der Seite. Aber da hatte Georg seine Augen bereits geschlossen und war im Sitzen eingeschlafen.

Und dort ließ man ihn auch. Er war nicht wirklich gefährdet, sobald Klara und damit auch ihre Tasche sich von ihm entfernt hatten. Begleitet von Osada ging sie in ihr Zimmer und Frau Castelbajac mit Misaki in das andere.

»Quels lits de merde!«, kommentierte Frau Castelbajac, nachdem sie sich an den Rand des einen »Scheißbetts« gesetzt hatte, was so aussah, als würde auch sie lieber im Sitzen schlafen, und zwar angezogen. »Quels lits de merde!«

Ein Gespenst, das in der Nähe war – und, obgleich in Japan spukend, nur Deutsch verstand –, meinte zu hören: *Wie sehr leidet doch das Meer!*

Und auch Georg litt. Zwar schlief er weiter, musste aber in dem Stuhl, in dem er halb lag, halb saß, immer wieder die Position wechseln. Manchmal hing sein Bein über der Lehne, dann rutschte er mit dem Rücken auf dem Sitzpolster hin und her, dann wieder fiel er ganz herunter, bevor er sich im sakegetränkten Halbschlaf hocharbeitete. Und dabei tatsächlich einen seiner sisyphusartigen Versagensträume träumte. Irgendwas Kleinliches, eine Briefmarke, die beim besten Willen nicht am Kuvert kleben blieb, ein fortlaufendes Missgeschick, das im Traum als fundamentale Katastrophe erlebt wurde.

Der Traum, der auf die unwillige Briefmarke folgte … das war natürlich traumtypisch, dass man den Moment, da ein Traum in einen anderen überging, nie bemerkte, sich nie fragte, wieso man plötzlich woanders war als gerade eben. Jedenfalls stand Georg nach der Sache mit der Briefmarke mit einem Mal in einem Zimmer mit eigentümlich hässlichen Tapeten. Und vor ihm eine Frau, die ein Kleid genau von der Farbe und dem Muster dieser hässlichen Tapeten trug und das Kleid vor dem Hintergrund der Tapete fast nicht auszumachen war. Sehr wohl aber das Gesicht der Frau, das von großer Bestimmtheit und Schärfe war, in dieser Schärfe jedoch eine ungemeine Grazie einsaß. Wie man das von Tieren kennt, die als gleichermaßen schön wie gefährlich gelten. Schlimmes Klischee, sicherlich, aber der träumende Georg badete geradezu in diesem Klischee, während er jetzt mit dieser Frau im Tapetenkleid zu diskutieren und bald heftig zu streiten anfing. Dabei hätte er nicht sagen können, worum es eigentlich ging, was natürlich kein Alleinstellungsmerkmal eines Traums war. Jedenfalls wurde der Streit immer aggressiver, das Gesagte immer abfälliger und beleidigender. Irgendwann griff Georg reflexartig neben sich. Und als er schaute, wonach er da eigentlich gegriffen hatte, sah er, dass es eine Katze war. Keine echte Katze, natürlich nicht, sondern eine Keramikkatze, allerdings von der Größe einer echten. Und diese Keramikkatze warf er nun mit voller Wucht in Richtung der Frau und traf sie damit mitten im Gesicht. Die Katze zerschellte, zuerst im Gesicht der Frau, dann auf dem Boden.

Auch wenn im Traum nicht wirklich gesprochen wird, sondern das Gesprochene wie Luft ist, die man weder sieht noch hört, aber eben einatmet, meinte Georg zu verstehen, wie die Frau schrie:

»Verdammt, du Schwein, du hast mir mit der Katze die Nase gebrochen!«

In diesem Moment wachte er auf. Quer über den Lehnen liegend. Natürlich mit einem Rückenschmerz, der so unangenehm war, dass Georg einen Laut ausstieß, der war wie der Orgasmus von Klingonen. Rasch wechselte er die Position und fand zurück in eine normale Sitzhaltung.

Es war taghell. Das Licht bildete verschiedene Schneisen, die durch die hohen Fenster drangen, darin der Staub in Wirbeln tanzte.

Georg erhob sich, dehnte seinen Körper und dachte an den eben geträumten Traum. Ja, richtig, in diesem Traum hatte er mit einer Katze aus Keramik geworfen, im wirklichen Leben aber … Mitunter war das wirkliche Leben so viel grotesker und tragischer und erbärmlicher als all unsere Träume.

Denn Georg kannte den Grund für diesen Traum, gewissermaßen das Material, aus dem sich der Traum geformt hatte. Das lag gut dreißig Jahre zurück. Er war damals mit Antonia zusammen gewesen, einer gleichaltrigen Frau von großer Schönheit und beträchtlicher Intelligenz. Das war die Zeit, als er sein Schreiben endlich aufgab und zum Gründer einer Konditoreikette wurde. Antonia gehörte zu einer Gruppe von Leuten, die in dieses Projekt investierten. Und hatte in der Folge begonnen, auch in eine Beziehung mit Georg zu investieren.

Obgleich Georg die Partnerschaften in seinem Leben ungern als Lieben bezeichnete, sondern mehr als ein zeitweiliges Geschehen, war das in Antonias Fall anders gewesen. Ihr Wesen hatte ihn verzaubert, vor allem, wie sehr sie alles beherrschte, in beiderlei Sinne. Ihre Fähigkeiten, aber auch wie sie ihr Umfeld dominierte. So in Königinnenmanier, nur eben modern. Und doch stritten die beiden ständig, weil Georg sich Antonias Dominanz zu entziehen versuchte. Er bewunderte ihr Beherrschen von allem und jedem und verdammte es bei sich selbst. Dabei waren ihre Streitereien nicht ohne Würde und Witz, wie man vielleicht sagt: gutes Drehbuch. Und keiner von ihnen wurde gewalttätig, nicht einmal in einem gestischen Sinn. Ihre Körper blieben bei alldem erstaunlich ruhig, während ihre Wörter die Sache erledigten. An diesem einen Abend jedoch … Antonia hatte Georg einen faktischen Fehler nachgewiesen, wie sie das gerne tat, was darum so ärgerlich war, weil dieser Fehler eigentlich bedeutungslos war, ein simpler Zahlendreher, der Georg dennoch in eine schwächere Position beförderte. Das kannte man aus jeder Talkshow. Einer sagte 2022 statt dem richtigen 2021 oder brutto statt netto (okay, das war schon schwerwiegender) oder vertauschte den *accent aigu* mit dem *accent grave*, konkav mit konvex, einen Picasso mit einem Braque, und schon ging seine vielleicht im Grunde richtige Argumentation den Bach runter. Die, die nie Fehler machten, jede Zahl auswendig kannten, Leptonen und Bosonen auseinanderzuhalten verstanden, niemals Richard Burton mit Robert Burton verwechselten oder John Ford mit Richard Ford, die triumphierten selbst noch mit der dümmsten Anschauung.

Antonias Triumphgeste ob Georgs Fehler und die Art, wie sie wieder einmal erklärte, die Sachliche von ihnen beiden zu sein – sie die Vernünftige, er der Choleriker, sie, die sich mit einem jedem verstand, er mit niemandem –, das alles verursachte ihm einen geradezu kindlichen Zorn. Denn nie ist der Zorn beträchtlicher als in der Kindheit, wenn ständig Ungerechtigkeiten auf die verletzbare Seele einprasseln.

Das Schicksal wollte es, dass ausgerechnet in diesem Moment, da sie stritten, Antonias Katze, ein Russisch-Blau-Kater, vom Kasten hinunter auf Georgs Schulter sprang. Das tat der Kater, der für seine Rasse ein ziemlich hohes Gewicht besaß, ab und zu. Er meinte es nicht als Angriff, sondern als Zwischenstation auf dem Weg zum Teppichboden. Und hielt sich auch nie sehr lange auf dieser Schulter auf. Diesmal aber lange genug, dass Georg ihn mit wütendem Griff zu fassen bekam und das fauchende Wesen in Richtung Antonia schleuderte.

Ein Affekt, keine Frage. Weder wollte Georg die Katze noch Antonia verletzen, aber der Zorn, den er empfand, war gewissermaßen der Treibstoff, der diesem Wurf die nötige Energie verlieh. Und der Kater äußerst unglücklich in Antonias Gesichtsmitte landete. Ein Faustschlag hätte nicht weniger wirksam sein können.

Faktum war, dass Antonias Nase brach. Nichts, was nicht repariert werden konnte und ja auch wurde. Doch was Antonia weit mehr verletzte als der Umstand der gebrochenen eigenen Nase – sie hatte, und das ist kein Witz, ohnehin eine kleine Korrektur geplant –, war der Bruch der rechten Vorderpfote ihres Katers. Glücklicherweise ein geschlossener Bruch. Aber offen oder geschlossen, es war das, was sie Georg niemals würde verzeihen können. Und wenn er etwas einsah, dann das. Sie trennten sich, und es war die einzige Trennung in Georgs Leben, die ihn mit echter Trauer erfüllte. Und die er auch nie wirklich verschmerzte.

Was Georg nun, da er im staubigen Sonnenlicht dieser heruntergekommenen Hotellounge stand, belustigte und dank der Belustigung versöhnte, war das bereits angesprochene Phänomen, dass sein Traum so viel glaubwürdiger war als das tatsächliche Ereignis, das diesen Traum ausgelöst zu haben schien. Eine echte Katze in der Wirklichkeit, wobei ausgerechnet das Echte zur Unglaubwürdigkeit führte. Demgegenüber eine künstliche Katze im Traum, deren Keramikkörper so viel besser passte zum Unglück eines Nasenbeinbruchs.

Er grinste still, während er aus seiner Liegestatt hochkam und sich hinauf zu den Duschen begab, aus seiner verschwitzten Kleidung glitt, in den noch leeren Raum trat, auf einem der Schemel aus weißgrauem Plastik Platz nahm und im Regen sitzend auf einen Bus wartete, der nicht kommen würde.

22

Ein wenig erinnerte es an den Tag in Magome, als sehr viel mehr Besucher als üblich in das kleine Dorf eingefallen waren, um einigen Sumō-Stars und ihren Herausforderern aus dem Amateurlager beim Ringen zuzusehen.

Der Flughafen lag recht nahe, und man konnte das Gebrüll der Maschinen hören, die an diesem Vormittag Hachijō-jima anflogen. Darunter viele Chartermaschinen, die eine Menge Gäste auf die Insel brachten, die die Hotels und Gästehäuser füllten, auch viele Privatquartiere, die an diesen Tagen ihre Zimmer vermieteten.

Natürlich kamen sie alle, um am Abend dieses oder des Folgetages eine Vorstellung von Meister Gyōja zu besuchen. Bei seinen Shows glich kaum eine der anderen, weil er stets den Ort und die Räumlichkeiten miteinbezog. Zudem war er ein Virtuose der Improvisation. Indem er etwa, wenn ein Kunststück zu scheitern drohte, ein ganz anderes daraus machte, das Scheitern verwandelte. Einmal war es geschehen, dass sein Markenzeichen, jener auf einem Schwert sitzende Pandabär, ins Wanken geriet, von der Spitze der Klinge rutschte und wie auf einer unsichtbaren Schiene abwärtsglitt. Sichtlich ein Missgeschick, so erschrocken, wie das Tier schien. Meister Gyōja aber nützte die Situation, um mit einem einzigen gestreckten Zeigefinger seiner linken Hand den Sturz des Bären zu bremsen und ihn sanft auf dem Boden aufzusetzen. So wirkte es.

Das war etwas, was sich Klara kurz nach dem Erwachen auf einem Youtube-Video angesehen hatte. Osada war da bereits angezogen in einem Stuhl gesessen. Klara hätte gar nicht sagen können, ob ihr Leibwächter überhaupt im Bett gewesen war oder nicht ohnehin die ganze Nacht in diesem Stuhl verbracht und sich bloß in Häppchen von Sekunden und Minuten etwas Schlaf geholt hatte.

Jedenfalls stand sie jetzt auf und erfrischte sich an einem kleinen Waschbecken, das hinter einem Paravent angebracht war und aus dem ein derart dünner Strahl von lauwarmem Wasser drang, dass sie meinte, sich mithilfe eines durchsichtigen Wollfadens das Gesicht zu reinigen und die Haare glatt zu streichen.

Als sie damit fertig war, schlüpfte sie in ein frisches, knielanges Sommerkleid, ärmellos mit weißen Blümchen auf kardinalrotem Grund, ein Kleid, das ihren zarten, drahtigen Körper umgab wie stoffgewordenes Parfüm.

Das war natürlich etwas ganz anderes als ihre obligate Aufseherinnenkleidung. Aber die lag ja in ihrem Koffer auf Aogashima, während ihr dieses Sommerkleid von Osadas Tochter Misaki zur Verfügung gestellt worden war.

Derart bekleidet, allerdings feste Sportschuhe an den Füßen, trat sie hinter dem Paravent hervor und bemerkte nun erst, dass auf einem der Paneele des mit fleckigem Reispapier versehenen Raumteilers ein kleines Plakat angebracht war. Ein an den Rändern ausgefranstes und eingerissenes Bild, auf dem eins der wohl berühmtesten Filmstills aller Zeiten zu sehen war: der Moment, da King Kong, brüllend und mit breiter Brust und weit über einer nächtlichen Skyline hochragend, in seiner linken Hand eine ohnmächtige Blondine hält. Das war wohl aus jenem Schwarz-Weiß-Film aus dem Jahre 1933, der den Mythos dieses Wesens begründete. Unter dem Bild stand ein Schriftzug auf Japanisch. Klara bat Osada, der sich gerade von seinem Stuhl erhoben hatte, er möge ihr den Text übersetzen.

Osada kam näher, runzelte die Stirn ob Klaras Interesse an diesem alten, zerfetzten Plakat, führte dann aber sein Gesicht nahe heran. So nahe, dass Klara einen kurzen Moment überlegte, ob ihr grandioser Leibwächter vielleicht kurzsichtig war, diesen absurden Gedanken aber gleich wieder verwarf.

»I don't want the truth – I want fantasy«, sagte Osada.

Klara wollte wissen, wie er das meine. Er antwortete ihr, dass genau das hier unter dem King-Kong-Bild stehen würde.

Klara fragte sich, wer das nun eigentlich von sich gab, diese Forderung nach Fantasie anstatt der Wahrheit. Sagte es der Affe? Dachte es die junge ohnmächtige »weiße Frau«? Sprach es jemand aus dem Off, der sich lieber riesige Monster zusammenreimte, als sich einer banalen Wahrheit zu stellen? Natürlich musste Letzteres der Fall sein, dennoch fand Klara, es sei eine hübsche Vorstellung, dass die Produkte der Fantasie selbst es waren, die sich durch diesen Spruch bestätigten.

Sie machte ein Foto von dem vergilbten Plakat. Sie wollte sich daran erinnern, wenn ihr wieder mal die Wahrheit auf die Nerven ging und sie bei der Fantasie Zuflucht nahm.

Jetzt aber wartete das Frühstück. Zu dem sich bereits Frau Castelbajac und Misaki eingefunden hatten. Nur Georg brauchte wieder mal eine Ewigkeit, bevor er von der Bushaltestelle in den Frühstücksraum fand, wo er dann den mit Abstand schlechtesten Kaffee seines Lebens trank. Ein Filterkaffee, von dem man hätte meinen können, das verwendete Pulver stamme von Kaffeebohnen, die ursprünglich als Grabbeigabe irgendeines toten Äthiopiers aus dem 9. Jahrhundert dienten. Moderig und muffig und von einer Bitterkeit, der auch mit drei Löffeln Zucker nicht beizukommen war. Allerdings, und das war auch eine Wahrheit, war es kein schwacher Kaffee, dessen Bohnen etwa in den vergangenen zwölf Jahrhunderten an Kraft eingebüßt hätten. Eher solche, die Tote zum Leben erwecken, nicht nur Äthiopier.

Die anderen verzichteten auf den Kaffee, dessen Geruch trotz der morgendlichen Wärme den Raum in einer Weise erfüllte, wie gesagt wird: Es kommt Schnee. Stattdessen genoss man Reis und Misosuppen, eingelegte Pflaumen und kleine Häppchen von kaltem Fisch, dazu Grüntee und Yakult, ein fermentiertes Magermilchgetränk. Alles köstlich! Das fand auch Klara, die in Japan den Reiz frühen Essens für sich entdeckt hatte.

Währenddessen füllte sich das Hotel, wobei einzig und allein jener Rezeptionist vom Vorabend die Gäste empfing und auf die Räume verteilte. Offenkundig mehr Leute als Betten, weshalb es laut und heftig zuging. Wie wohl auch in anderen Häusern. Es war zu spüren wie ein kleines Beben. All die Menschen, die da am

Flughafen aus den Maschinen stiegen und zu ihren Unterkünften eilten, die fast ausnahmslos auf der Ebene zwischen den beiden Vulkankegeln lagen. Zwischen dem sogenannten Westberg und dem sogenannten Ostberg (nicht wie in Aogashima, wo ein Vulkan im anderen steckte wie eine Fee in einer Puppe).

Bereits am Vormittag sahen sich Klara und die anderen das alte, verfallene Hotel an, das bei aller Angekratztheit und seinem vom Salz der Luft gepökelten Zustand nicht baufällig wirkte, was ja auch von Vorteil war, wenn man bedachte, dass etwa zweitausend Menschen heute Abend darin zusammenkommen würden, um Gyōjas Zauberkunststücke oder auch echte Magie zu bestaunen.

Über dem Eingang des Hotels hing ein riesiges Rollbild, darauf jener auf einem Samuraischwert sitzende ikonische Pandabär zu sehen war. Und vor dem Gebäude flanierten zahlreiche Menschen, die bereits Stunden vor der Vorstellung die Anlage besuchten und die überwucherten Wege, den gesprungenen Beton, aus dem Gras und Pilze wuchsen, wieder ein wenig frei traten.

Natürlich war Osada auch an diesem Ort hellwach und befand sich in ständiger Nähe zu Klara. Dabei hatte er nicht nur die Umherziehenden und die Landschaft im Blick, sondern ebenso den Himmel, der wolkenlos und tiefblau das Meer zu spiegeln schien. Osada wollte nicht ganz ausschließen, dass der paramilitärische Trupp aus zwei Helikoptern auch auf dieser Insel landen würde. Aber es waren einfach nur die Passagierflugzeuge, die wie zur Musik von Tschaikowskys *Schwanensee* auf das Eiland niederkamen, und glücklicherweise nicht die Hubschrauber zu Wagners pompös-militärischem Ritt der Walküren.

Die Hitze war erbärmlich, feucht, wie sie war. Georg stand der Schweiß im geröteten Gesicht wie die gemalten Tautropfen auf den Stillleben Alter Meister. Er konnte nur staunen, dass Osada einen dunklen Anzug und dazu Krawatte trug und die Haltung eines Mannes einnahm, der einen Kühlschrank in seinem Herzen besaß.

Frau Castelbajac hatte einen orangefarbenen Sonnenschirm aufgespannt, unter dem sie aussah wie frisch aus dem Ofen. Osadas Schwester trug eine Schirmmütze, während Klaras Kopf gänzlich ungeschützt blieb. Dabei war sie der hellste Typ hier. Dennoch ziemlich unverwundbar, wie es schien.

So wanderte die Gruppe inmitten des Stroms fotografierender Touristen umher. Man betrachtete das Gebäude, den verwilderten Garten, die alten, verrosteten Autos am Wegrand, fantastische Blüten, glänzende Schmetterlinge, die verwitterten Skulpturen. Später spazierten sie entlang der Küstenstraße, mit Blick auf ein umtriebiges Meer und auf den einen wie den anderen Vulkan: der eine als gleichmäßiger Kegel, Fuji, der andere ein wenig hingeworfen, nun auch von einer einzigen, aus dem Himmel geschlüpften Wolke bedeckt.

Das war schon merkwürdig, dieses touristische Verhalten, während Klara und ihre Begleiter eben noch von einer schwer bewaffneten Eliteeinheit verfolgt worden waren und es einen Toten gegeben hatte.

Der Abend kam. Er kam mit einer frischen Brise, die sich zwischen all die aufgewärmten Häuser und erhitzten Menschen drängte, sie aber mehr streifte als durchdrang. Es war eine Brise, an die man sich bloß anlehnen konnte, mehr nicht.

Zweitausend Menschen verließen ihre Unterkünfte – nicht wenige aufgrund von Überbuchungen in einem etwas gequetschten Zustand – und begaben sich zum Hachijo Royal Hotel, das im Dämmerlicht des Abends einen silbrigen Eindruck machte. Allein gebrochen von dunkelgelben Streifen, die von Spots auf die mächtige Fassade geworfen wurden und mittels leichter Bewegungen den Eindruck von Feuersäulen entstehen ließen. Eine erste Illusion.

Das gläserne Portal stand offen, und die Leute strömten in das zwischen marmorner Pracht und dem Elend der Zeit schwankende Gebäudeinnere. Es sah aus, als seien die Belegschaft und die Gäste im Zuge irgendeiner Katastrophe sekundenschnell zu Asche zerfallen, nicht aber die herrliche Empfangstheke, der weiße Stuck, die monumentale Treppe, die barocken Luster, die Gegenstände, auf denen sich nun all die Asche und der Staub verteilt hatten.

Dann jedoch folgte die vollkommen zerstörte, vom Schimmel befallene Mykonosbar mit den herunterhängenden Tapeten und Polstermöbeln, deren fleckiger Stoff ein Rot besaß, in dem eine Geschichte von Stephen King einzusitzen schien. Es war also in keiner Weise für diesen Abend etwas aufgeräumt oder gar renoviert worden, sondern vielmehr der Verfall mittels weiterer Scheinwerfer in ein hellgoldenes, barockes Licht getaucht worden.

Es gab abgesperrte Bereiche, dort wo der Boden oder die Plafonds durchgebrochen waren, aber auch eine vollkommen intakte Sushibar, die aussah wie aus einem Völkerkundemuseum. Die beiden Restaurants *Venus Garden* und *Pandora's Box* sowie die verschiedenen Küchen bestätigten den Eindruck eines märchenhaft-plötzlichen Verschwindens von Belegschaft und Gästen. Überall waren gestapelte Teller und Gläser zu sehen, ineinander gestelltes Teegeschirr von edelster Art, und nirgends – und das war nun ungemein typisch für Japan – auch nur ein Hauch von Vandalismus. In zwanzig Jahren keine Inseljugendlichen, die sich in diesen Räumlichkeiten ihren Frust von der Seele geschlagen, gekotzt oder gesprayt hatten, keine Altwaren- oder Antiquitätenhändler, die sich am luxuriösen Geschirr oder den Möbeln bedient hätten. Freilich kam niemand von den Besuchern, die an diesem Abend durch die Küchen des Hotels schritten, auf die Idee, die Kühlschränke öffnen zu wollen, in denen sich möglicherweise zwanzig Jahre Gelagertes und in Folge gekappter Stromleitungen wohl nicht mehr hundertprozentig Tiefgekühltes befand.

In den Badehäusern der Frauen wie der Männer, den Onsen, war der Dschungel wild eingedrungen und gab den Bassins den Eindruck einer Zoolandschaft für Flusspferde. Und wie sehr die Flusspferdassoziation – Klara hatte sie – an diesem Abend ihre Berechtigung besaß, würde sich noch zeigen.

Viele der weiblichen Gäste trugen traditionelle Gewänder, wie ja die ganze zweitausendköpfige Gesellschaft absolut feierlich gekleidet war. Es hatte etwas von der Zeit, als dieses Gebäude errichtet worden war und auch der Mittelstand ein wenig Jetset in die eigenen Auftritte brachte. (Denn was wäre Publikum anderes als die Bestätigung der Realität der Bühne? So wie Gott Bestätigung findet durch die Existenz des Menschen. Seine ganze Schöpfung wäre ohne betrachtendes Publikum völlig sinnlos.)

Beim Gang durch die Räume und Gänge wurde bald klar, wie sehr hier ein unheimliches, wenngleich logisches Unverhältnis herrschte. Einerseits die fast unzerstörten Zimmer mit ihren gemachten Betten, den alten Fernsehgeräten, Taschenlampen an Wandhalterungen, den Vorhängen an den Fenstern – lauter Räume, die nur auf neue Gäste zu warten schienen. Andererseits jene vollends kollabierten Zimmer, in die die Natur eingedrungen war: zersplitterte Fenster, Farne, Luftwurzeln, das Primat der Pilze, des Schimmels vorzugsweise. Die den Stürmen, dem Regen, den Dämonen des Wetters zugewandte Front. Eine ins meteorologische Unglück verliebte Gebäudeseite.

So wurden die Gäste von mehreren Smoking tragenden Führern durch die Räume geleitet, auch in den großen Veranstaltungsbereich samt Bühne und Bühnentechnik, der allerdings für die beträchtliche Anzahl an Besuchern doch zu klein gewesen wäre. Wie auch ein weiterer Festsaal in japanischem Stil, der vollständig mit erstaunlich sauberen, weißen Tatami-Matten ausgelegt war.

Sämtliche Gäste wurden ganz nach oben geleitet und gelangten nach draußen auf eine der vier gewaltigen Terrassen, die auf der rechten wie der linken Gebäudeflanke und den zur Küste zeigenden, auskragenden Blöcken aufsaßen. Wobei das Publikum von heftiger Gitarrenmusik angelockt wurde. Klänge jenes ehemaligen Gitarristen der Visual-Kei-Band X Japan, der seinen Namen stets kleingeschrieben hatte: hide. Ein Song mit dem Titel *In Motion*, der erst nach dem mysteriösen Tod des Musikers veröffentlicht worden war. Dieser Song lief eine ganze Weile in einer Dauerschleife, während die Besucher auf die weiten Flächen der Terrassen strömten. Aber man vernahm nicht nur das Gitarrenspiel und die Stimme des 1998 im Alter von dreiunddreißig Jahren verstorbenen Musikers, sondern man konnte ihn auch sehen, in seinem bekannten Outfit: pinkfarbenes, igelig hochstehendes Haar, dunkel geschminkte Augen (ein hübscher Hauch von Alice

Cooper), roter Lackanzug und eine gelbe, mit roten Herzen überklebte E-Gitarre.

Er schwebte riesengroß über der hoch aufragenden Kuppel des zentralen Gebäudeteils, natürlich als Hologramm. Auf solche Weise war der Superstar schon mehrfach nach seinem Tod auf Konzerten von X Japan zu sehen gewesen. Das war also nicht weiter ungewöhnlich und vor allem eine Frage der Rechteverwertung virtueller Bilder.

Wenn man sich nun aber ein wenig auskannte – und wer, wenn nicht Frau Castelbajac, hätte sich in japanischen Angelegenheiten ausgekannt –, dann zeigte sich bei alledem doch ein für Meister Gyōja typisches Kunststück. Denn das mochte zwar eine simple holografische Rekonstruktion sein, doch der hier gespielte Titel war ja erst vier Jahre nach dem Tod des Musikers veröffentlicht worden. Hide hatte ihn niemals live gespielt. Und dennoch, die Griffe auf der Gitarre, die Bewegung seines Mundes, das rhythmische Mitgehen seines Körpers entsprachen vollkommen dem gespielten, aus den Lautsprechern dringenden Solotitel *In Motion*. Das war selbst auf einige Entfernung bestens zu erkennen. Freilich konnte auch das einer geschickten Manipulation zu verdanken sein. Und doch war das Staunen beträchtlich, denn die meisten der Besucher waren alt genug, um den Superstar noch zu Lebzeiten und live erlebt zu haben. Abgesehen davon, dass hide selbst jungen Japanern, die erst nach seinem Tod auf die Welt gekommen waren, als Kultfigur und Held des Unkonventionellen diente. Als lebendig gewordene und so gesehen unsterbliche Animefigur.

Sehr bezeichnend für Gyōja, der gerne mit mystischen Figuren des Gestern wie des Heute arbeitete, sich einer solchen Gestalt zu bedienen und sie auferstehen zu lassen.

Die Show würde also im Freien, in luftiger Höhe des mächtigen Komplexes stattfinden, auf dessen vier Dachterrassen sich im Moment alle zweitausend Ticketbesitzer versammelt hatten, darunter Klara und ihre Begleiter. Das war zweifellos ein Risiko gewesen, wie jede Freiluftveranstaltung. Aber der Abendhimmel war von reinstem dunklem Blau, auf dem sich erste Pünktchen von gestochen scharfem Licht abzeichneten. Ohnehin gab es Leute, die der Meinung waren, Gyōja hätte Macht über das Wetter, weshalb er so viele seiner Shows im Freien abhielt. Nicht zuletzt, um solcherart zu beweisen, auf die Möglichkeiten einer Bühnentechnik verzichten zu können. Zumindest in der Lage zu sein, diese Technik nach draußen zu verlagern und damit auch gleich den Nachthimmel in seine Show miteinzubeziehen. Heute ebenso die beiden Vulkane, die gleichsam die verlängerten Arme der zwei Gebäudeflanken bildeten.

Der tote pinkfarbene Rockstar hide hatte sich in Form von großen, aufsteigenden Seifenblasen in Richtung des abendlichen Firmaments aufgelöst, während der Magier und Illusionist Gyōja unter dem Applaus des Publikums an der Brüstung jenes höchsten Gebäudeteils erschien, von dem der zentrale Kuppelbau aufragte. Von dort stieg er, bekleidet mit einem einfachen weißen Anzug, auf ein hohes Podest, um von allen Seiten bestens gesehen zu werden.

Klara stellte fest, wie sparsam und simpel seine Gesten und Bewegungen waren. Ein Donnerkeil in seiner Hand fehlte. Auch blieb er völlig ohne Assistenten oder Assistentinnen, die eventuell von seiner Person hätten ablenken können (wie das Zauberer und Illusionisten gerne taten, was gewissermaßen zur Erfindung einer Frau mit sehr langen Beinen geführt hatte).

Oben auf der Kuppel, dort, wo sich soeben ein toter Superstar verabschiedet hatte und zu den Sternen aufgestiegen war – ein Stern unter Sternen, wie das Bild gewiss sagen wollte –, drang nun aus einem kugelförmigen, nach oben hin offenen Aufsatz violetter Rauch. Rauch, den Gyōja mit der knappen Geste eines Dirigenten und der Fähigkeit herbeigezauberten Windes zur Seite wehen und sich auflösen ließ.

Die meisten hatten dahinter wohl jenen emblematischen Pandabär erwartet, der auf dem ebenen Schnitt des Kugelkörpers erscheinen würde. Aber es war kein Panda, es war ein Flusspferd. Und dieses hatte nun rein gar nichts von einem Hologramm, sondern mutete ungemein real an. Immerhin, die Öffnung des Kugelkörpers war groß genug, dass man sich vorstellen konnte, wie auf einer Hebebühne im Inneren der Kugel dieses Tier hochgefahren worden war. Um nun in solcher Höhe und der bekannten Manier anscheinend absoluten Gleichmuts ein lebendes Dekor zu bilden. Irgendein Heu oder Gras im Mund zermalmend, während auf dem hinteren Teil seines Rückens ein Vogel saß. Einer mit langem Hals und gelbem Schnabel. Ein Reiher, der sich streckte, die Flügel ausbreitete, den Kopf zum Nachthimmel reckte und schließlich abhob, in größer werdenden Kreisen um das Flusspferd flog und dabei alle Aufmerksamkeit auf sich zog. Und das, obgleich sein Auftritt der wahrlich am leichtesten erklärbare war.

Aber man erwartete sich etwas von ihm, was über seine natürliche Flugfähigkeit hinausging. Und tatsächlich, mit einem plötzlichen Knall, als sei der Vogel in der Luft explodiert, zerteilte er sich in gut zwei Dutzend Artgenossen, die nach anfänglichem Durcheinander zwei geordnete Gruppen bildeten, die jeweils in V-Formation davonflogen. Die einen zum südöstlichen Vulkankegel, die anderen zum nordwestlichen. Auch ein wenig getragen vom frenetischen Jubel des Publikums.

Ein Publikum, das für einen Moment das brav still stehende Flusspferd vergaß, derart waren die Blicke den Reihern gefolgt. Und als alle wieder Richtung der Kuppelspitze sahen, war das Flusspferd verschwunden, und statt ihm stand nun Meister Gyōja dort und sprach durch das Mikro seines Headsets. Dank der Lautsprecher wurde das verwunschene Hotel, die ganze Anlage von seiner Stimme eingehüllt. Eine Stimme wie aus durchscheinendem Papier, aber Papier, das man auch mit einer Nadel nicht hätte durchstoßen können. Natürlich sprach er Japanisch, und Frau Castelbajac erklärte, dass er von seinem Namensgeber erzählte, jenem Asketen und Magier des japanischen Altertums, der dem eigenen Skelett begegnet war.

Doch mitten in der Rede war er mit einem Mal verschwunden und tauchte praktisch zeitgleich auf der Brüstung einer der von den Zusehern gefüllten Terrassen auf. Und zwar an der äußersten Kante des rechten Blocks, gut fünfzig Meter entfernt von der Stelle, an der er sich gerade noch befunden hatte. An der neuen Position geradezu greifbar für das umstehende Publikum.

Dort auf der Kante stehend war hinter ihm nur noch der Abgrund. Aber dass der Zauberer hätte fallen können, wäre selbst den Skeptikern undenkbar erschienen. Gyōja war ganz sicher kein Mann der Zufälle und Unfälle. Wenn er scheiterte, dann nur um das Scheitern zu verwandeln.

Ein Zufall war es freilich, dass Klara und die anderen sich ganz in der Nähe jener Stelle befanden, an der Gyōja soeben aufgetaucht war und mit großer Selbstverständlichkeit einfach weiter seine Geschichte erzählte. Somit konnte Klara den Illusionisten sehr genau sehen, sein auf eine vornehme Weise zerfurchtes Gesicht, wie altes Holz mit Sprüngen, jedoch lackiert, sodass auch die Sprünge glänzten. Der ganze Mann wirkte wie eine wertvolle Antiquität. Seine Bewegungen waren so knapp wie bedächtig, während er hingegen – so schien es – mit einer Geschwindigkeit, mit der eigentlich Licht derartige Dinge zu tun pflegt, von der Position auf der Brüstung verschwand und auf dem gegenüberliegenden Gebäudeteil im Südosten in gut sechzig Metern Entfernung wieder Form annahm. Bevor er dann ein weiteres Mal vor den Augen der staunenden Zuseher sich in Luft auflöste und mit seiner Stimme von Reispapier (auch wenn solches Papier kein einziges Körnchen Reis in sich trägt) genau zwischen den beiden Blöcken erneut sichtbar wurde. Also in der Luft stehend. Tief darunter die vergammelten Bassins und die zerbröckelnden Brunnenfiguren. Er schien aber nicht zu schweben, eher wirkte es wie ein Balancieren. Ohne jede Unsicherheit, aber eben doch wie auf einem Seil.

Das war doppelt trickreich, den Trick anzudeuten, aber als etwas gänzlich Verborgenes. Anstatt auf übernatürliche Weise zu schweben, stand er auf einem Seil, das niemand sah. Das war so typisch Gyōja. Und typisch auch, dass er währenddessen weiterredete, als wäre sein Gerede das eigentlich Wichtige. Über Legenden zu sprechen und wie sehr sie einer Kultur Futter gaben. Futter im Sinne von Nahrung wie auch im Sinne einer Füllung, einer Polsterung. Damit die Kultur es bequem habe. Nicht zu hart, aber auch nicht zu weich. So in etwa übersetzte es Frau Castelbajac.

Und in der Art ging es weiter, eine Verblüffung geriet in die nächste, während der Abendhimmel sich zum Nachthimmel wandelte. Es hätte kaum jemanden gewundert, hätte Gyōja etwas an der Position einzelner Sterne geändert und ein neues, spezielles Sternbild geschaffen. Doch es waren dann die beiden Vulkane, die er in seine Zauberkunst miteinbezog.

Er hatte sich mitten unter die Leute gezaubert, wo er für alle gut hörbar mit einzelnen Personen sprach, um ihnen Sachen aus ihrem Leben zu erzählen, die sie zuerst verneinten, nach einigem Nachdenken aber zugeben mussten, dass alles so war, wie Gyōja sagte. Als handle es sich um eine zeitlich ungemein verdichtete Psychoanalyse. Dann aber fuhren aus den weit entfernten Kratern gigantische Lichtsäulen hoch. Erneut Technik, simple Lichttechnik. Allerdings lösten sich aus diesen Lichtsäulen kleine weiße Pünktchen, die näher kamen und nach und nach als Formation weißer Reiher erkennbar wurden. Eine Formation vom Westberg kommend, eine vom Ostberg. Im Licht der Scheinwerfer trafen die Tiere genau über dem Hotel zusammen, flogen umeinander her, verwirbelten sich ineinander, immer schneller, immer wilder, kaum noch eins vom anderen zu unterscheiden, bis mit einem gewaltigen Knall, ganz so wie zu Beginn, aus dieser Verwirbelung … ein einzelner Vogel schlüpfte.

Dieser eine Reiher segelte ruhig herab, ein paarmal über die zweitausend Gäste kreisend, bevor er ganz nach unten flog, hinein in die vom Dschungel überwucherte Parkanlage, wo sich auch eine riesige bröckelnde Poollandschaft befand. An deren küstennahem Ende stand ein steinerner Pavillon, auf dessen Dach, hell erleuchtet, nun wieder das Flusspferd von zuvor zu sehen war. Beziehungsweise *ein* Flusspferd, denn die menschliche Fähigkeit, das eine Flusspferd vom anderen zu unterscheiden, hält sich in Grenzen. Ganz sicher musste es sich um ein zweites Flusspferd handeln, wenn es schon derselbe Reiher war, der sich in diesem Moment auf dem Rücken des massigen Eineinhalbtonners niederließ.

Das konnten nicht alle auf den Terrassen erkennen, weil einige zu weit hinten standen, aber auch dies gehörte zu Gyōjas Aufführungspraxis, dass manches, was geschah, im gleichen Moment zur

Erzählung innerhalb des Publikums wurde. Und sich auf diese Weise noch während der Show eine Legende bildete. Das, was gesehen wurde, und das, was die anderen gesehen hatten und weitererzählten (und auch die Skeptiker durften sich an der Erzählung beteiligen. So entstand etwa nach der Aufführung das Gerücht, bei dem Flusspferd auf dem Pavillondach habe es sich nicht um ein anderes, zweites Flusspferd gehandelt, sondern um ein männliches Walross, somit nicht einmal eine besonders gute Täuschung. Wegen der Flossen statt Beinen und der auffälligen Stoßzähne. Andere wiederum sprachen von einem See-Elefanten. Und dann gab es die, die genau das besonders überzeugend fanden, ein Flusspferd zurück in die Kugel befördert und dann als Walross oder See-Elefant auf das Dach des Pavillons gezaubert zu haben. Für die meisten freilich blieb das Flusspferd ein Flusspferd, gleich, wo es gestanden hatte. Vor allem der Reiher selbst – ein Gesellschafter von Flusspferden – hätte doch die Täuschung bemerken müssen).

In dieser Art des Illusionismus – man könnte sagen, eine Art von *Trompe-l'œil*, gemalte Wirklichkeit – ging es noch eine Weile weiter, bevor Gyōja auf die kugelige Spitze der Kuppel zurückkehrte, um sich von seinem Publikum zu verabschieden. Welches nun aber fürchtete, leer auszugehen, weil bei aller Großartigkeit des Gezeigten Gyōja nichts in der Art von Lottozahlen hatte verlautbaren lassen.

Doch während er sich gerade daranmachte, auf gänzlich konventionelle Weise an einer metallenen Leiter nach unten zu steigen, die freilich wie aus dem Nichts hochgefahren war, wandte er sich nochmals seinem Publikum zu und erklärte, er würde seinen verehrten Zusehern und Zuhörern dringend davon abraten, sich am 28. September dieses Jahres – das war fast genau in einem Monat – in Tokyo aufzuhalten.

Dazu lächelte er auf eine bittere Weise, die eigentlich niemand auf die Entfernung sehen konnte. Und doch meinten viele dieses Lächeln, diesen bloßen Anflug eines bitteren Lächelns zu erkennen, besser gesagt zu spüren.

Es war erneut recht charakteristisch für den Magier, dass er diese Weissagung nicht weiter konkretisierte. Allein die Warnung aussprach, sich an diesem bestimmten Tag keinesfalls in der japanischen Hauptstadt aufzuhalten, also in keinem der dreiundzwanzig Bezirke. Eine weitere Erklärung, worin dieser Rat begründet lag, blieb aus.

Ein Erdbeben? Ein Attentat? Ein Flugzeugabsturz? Oder war es viel diffiziler, indem Gyōja erkannte, dass für eine bestimmte Person hier im Publikum Tokyo an diesem einen Sonntag eine große Gefahr bedeutete. Und weil er nun diese eine Person aus der Menge nicht herausgreifen und benennen konnte oder wollte, eben eine Warnung an alle ausgab. Was dann erst recht seine Größe beweisen würde, weil in einem solchen Fall seine Weissagung ja unbewiesen bliebe, indem das Unglück eines Einzelnen *nicht* eintrat. Zumindest wenn dieser Einzelne die Prophezeiung ernst nahm.

Und keine Frage, kaum jemand aus dem zweitausendköpfigen Publikum würde diese Warnung ignorieren, so wie kaum jemand die kommenden Lottozahlen *nicht* gespielt hätte, hätte Gyōja sie verraten.

Er stieg also die Leiter herunter zu jener kleinen Terrasse am Fuße des Kuppelgebäudes. Dort angekommen zog er sein Sakko aus und warf es in die Luft. Das weiße Jackett verwandelte sich noch in der Bewegung in einen weißen Reiher – definitiv ein zweiter Reiher, weil der andere schließlich noch immer auf dem Rücken des Flusspferdes saß. Wohin nun auch der aus dem Jackett geschlüpfte große Vogel flog, um neben seinem Artgenossen auf dem Flusspferdrücken zu landen.

Und Gyōja? Nun, das Publikum hatte natürlich gebannt die Metamorphose des weißen Jacketts beobachtet und war dann dem Flug des Vogels gefolgt. Wobei fast jeder überzeugt war, es handle sich um einen weiblichen Reiher, der da neben einem männlichen aufsetzte. Oder umgekehrt. Als man dann aber wieder hinüber zum Kuppelgebäude sah, war der Magier verschwunden. Wahrscheinlich war er ganz einfach durch eine der Türen des Baus getreten. Und doch sah es aus, als hätte er sich an einen gänzlich anderen Ort gezaubert.

Applaus brandete auf. Aber der Meister kam nicht mehr zurück.

Nach und nach löste sich die Gesellschaft auf, die Besucher begaben sich ins Innere des Hotels, stiegen vom Personal angeleitet die Treppen abwärts und verließen das Gebäude nach vorne hin zum großen Vorplatz oder zur Rückseite Richtung Küste, dorthin, wo sich die Poollandschaft ausbreitete.

Einige suchten den Pavillon auf, auf dem das Flusspferd gewesen war. Aber wo auch immer es sich befand, nicht mehr auf diesem Dach. Und auch die Reiher waren fort, wenn sie denn je wirklich existiert hatten. Und nicht bloß *gemalt* gewesen waren.

Natürlich hatte Frau Castelbajac Gyōjas Orakel übersetzt, seine Warnung, sich am letzten Sonntag des kommenden Septembers in Tokyo aufzuhalten. Und auch gleich angefügt: »Aber das haben wir schließlich auch gar nicht vor, Frau Ingold, nicht wahr?«

»Ich weiß nicht«, hatte Klara gemeint und war sich dabei ernstlich unsicher gewesen.

Jetzt aber, nachdem man an der Küstenseite aus dem Gebäude getreten war und zwischen den alten, bröckelnden Brunnenfiguren stand, ein Glas Sekt in der Hand, das jeder Besucher am Ausgang erhalten hatte, fiel es Klara ein, wieso sie zuvor gezögert hatte. Sie erinnerte sich an die Einladung jenes engelsgleichen Sumō-Ringers. Das Kuvert, das sie von dessen Gehilfen erhalten hatte und das wohl – sie hatte es ungeöffnet zu all den Sachen in ihre Handtasche getan – eine Einladung zum großen Herbstturnier beinhaltete. Dem Aki-Basho, das im Ryōgoku Kokugikan stattfand, der großen Tokyoer Sumō-Halle. Zwischenzeitlich wusste Klara, dass dieses Basho-Turnier am zweiten Sonntag im September beginnen und am letzten Sonntag dieses Septembers mit dem Finale enden würde.

Und daran dachte sie jetzt und sagte es auch.

Frau Castelbajac schüttelte nicht zum ersten Mal den Kopf, sprach von Zufall, vor allem aber davon, dass Klara doch wohl nicht vorhabe, dieses Turnier vom ersten bis zum letzten Tag zu besuchen, wenn überhaupt.

»Eigentlich«, sagte Klara, »hatte ich vor, genau an diesem Tag, dem Finaltag, hinzugehen. Wenn dieser Ringer …«

»Kakeya«, erinnerte die Dolmetscherin.

»Genau. Ich dachte mir, wenn Kakeya dann noch im Rennen um den Titel ist … Jedenfalls ist das der Tag, an dem ich nach Tokyo wollte.«

»Wenn Sie nicht anderswo mit Dreharbeiten beschäftigt sind«, sagte Frau Castelbajac mit einiger Müdigkeit in der Stimme.

»Wer weiß«, meinte Klara. Um gleich darauf Frau Castelbajac zu fragen, ob sie versuchen könne, ein Treffen mit Meister Gyōja zu ermöglichen.

»Wann denn? Jetzt?«

»Das wäre gut«, antwortete Klara.

»Ich glaube kaum«, meinte die Dolmetscherin schnippisch, »dass er seine Fans empfängt.«

»Sagen Sie ihm …«

»Er wird auch mich nicht empfangen.«

»Erzählen Sie einem der Aufpasser, die ihn dort drinnen abschirmen, dass uns Sensei Ooishi, der Meister der Messer, hergeschickt hat.«

»Das können Sie doch gar nicht mit Sicherheit wissen.«

»Sagen Sie es trotzdem. Versuchen Sie es, bitte. Sonst hat es doch gar keinen Sinn gehabt, hier gewesen zu sein. So hübsch es ist, ein paar Reihern beim Fliegen zuzusehen.«

»Na ja, und eine Warnung bezüglich Tokyo erhalten zu haben«, erinnerte Frau Castelbajac, trank ihr Glas Sekt aus (in Wirklichkeit war es ein Sparkling Sake, ein mit Kohlendioxid versetzter Sake) und stellte das Glas am Rande des Bassins ab. Welches so aussah, als lebten darin jene Krokodile, die in Gyōjas Zaubershow gleichfalls kurz zu sehen gewesen waren. Mit einem Seufzer begab sich die Dolmetscherin hinein in die große Empfangshalle.

Im Grunde gab es wohl nichts, was diese Frau als Dolmetscherin nicht hinbekommen hätte, von Tickets bis hin zur Übersetzung eines auf dieser Insel einstmals gesprochenen Dialekts aus dem Altjapanischen. Ein Dialekt, den aktiv niemand mehr beherrschte – außer Frau Castelbajac selbst.

Allerdings war sie selbst ziemlich verwundert darüber, dass sie, als sie wieder zu Klara und den anderen zurückkam, sagen konnte, Gyōja würde Klara tatsächlich empfangen. Sie alleine.

Das war wiederum etwas, was der gleichermaßen erstaunte Osada nicht ganz zulassen konnte. Er begleitete Klara ins Gebäude, wo ein Sekretär des Magiers wartete, der die beiden durch einen langen abgesperrten Flur führte, an dessen Ende sich ein Zimmer befand, in das sich der Zauberer nach der Vorstellung zurückgezogen hatte.

Der Sekretär und Osada blieben vor der Türe, während Klara eintrat.

Es war ein großer, von jeglicher Zerstörung verschonter Raum, in dessen Mitte Gyōja in einem roten Stuhl saß und eine Zigarette rauchte. Einen Moment dachte Klara, dass der Aschenbecher in Armhöhe in der Luft schwebte. Aber so war das eben, wenn man einem Illusionisten begegnete und sich bei schlechtem Licht Unsinn einbildete. Der Aschenbecher war auf eine dünne Metallstange montiert, die wie ein Pfeil im Teppichboden steckte.

Gyōja bat Klara in einem Englisch, das eine britische Schulbildung nahelegte, einen von den kleinen Plastikklappsesseln zu nehmen und sich zu ihm zu setzen. Sie müsse laut reden, er höre nicht mehr sehr gut, würde es aber hassen, sich ein Hörgerät zuzulegen. Außerdem sei er müde von der ganzen Herumturnerei, die sein Job mit sich bringe. In der Tat verwendete er dieses Wort: *Job.*

Auch er wirkte jetzt, ganz aus der Nähe betrachtet, eher hundertjährig. Und lange nicht so frisch wie kürzlich der Messerschmied Ooishi. Kaum zu glauben, dass dieser Mann soeben noch …

Er fragte, was er für Klara tun könne.

Sie zog die Einladungskarte aus ihrer Tasche und reichte sie ihm. Dazu erklärte sie, auf der Suche nach ihrer Großmutter zu sein, und beschrieb in knappen Worten, wie sie dazu kam, ausgerechnet hier, mitten im Pazifik, nach ihr zu suchen. Und wie sie zu dieser Karte gekommen war. Dabei schummelte sie ein wenig und sagte, der Schmied sogenannter trauriger Messer, Meister Ooishi, hätte sie ihr gegeben. Und ganz gewiss nicht, weil er bloß Werbung für die heutige Veranstaltung machen wollte. Klara behauptete, gerade eine Geschichte zu durchleben, in der es keine Zufälle gebe und ein Ding ins andere greife. Sie durchlebe eine Kette. Und diese Einladungskarte hier sei das jüngste Glied der Kette.

Gyōja wirkte nicht so, als verstehe er, was Klara da von sich gegeben hatte. Vielleicht, weil er es akustisch nicht richtig aufnahm oder aber nicht begriff, was Klara mit einer Kette sagen wollte. Sie verwendete nicht das Wort *chain*, sondern *necklace*, was ja zu ihrer Großmutter und der vielen Kunst in dieser Geschichte auch viel besser passte.

Gyōja blickte etwas verloren auf die Karte in seiner Hand, die das Gebäude zeigte, auf dem er diese unglaubliche Vorstellung hingelegt hatte. Die Rückseite sah er gar nicht an, sondern bog mit seinen Händen den Karton nach oben und unten, nach rechts und links. Es wirkte völlig sinn- und hilflos. Dann reichte er ihn wieder Klara und erhob sich.

Er sagte, er müsse los. Draußen stehe ein Hubschrauber, der ihn zu seinem Quartier bringe, drüben auf Aogashima, wo ein alter Freund von ihm lebe. Und er wolle die Piloten nicht warten lassen, auch wenn das schreckliche Kerle seien, die beim Herflug den Eindruck gemacht hatten, ihre Flugscheine in der Lotterie gewonnen zu haben.

Klara wollte etwas sagen, aber da war Gyōja – nun doch wieder erstaunlich rasch – schon in einer dunklen Ecke verschwunden, wo eine Türe ins Freie führte. Hinein in den Dschungel, auf einen schmalen Weg, der an einem improvisierten Hubschrauberplatz endete.

Klara blieb noch eine Weile sitzen und betrachtete die Karte. Hielt sie sich vors Gesicht, drehte sie ein wenig. Und jetzt sah sie es. Sah, was sie vorher nicht gesehen hatte und was zuvor auch ganz sicher nicht zu sehen gewesen war. Dass nämlich die Ansicht des Hachijo Royal Hotels, wenn man den Karton kippte, zu einem anderen Bild wurde. Ebenfalls einem Grandhotel, ebenfalls verfallen, aber einem ganz anderen. Einem anderen an einem anderen Ort.

Das war also ähnlich jenen dümmlichen Scherzkarten, bei denen eine Frau einmal angezogen, dann nackt war, einmal Christus am Kreuz die Augen geschlossen, dann wieder geöffnet hatte, der Löwe einmal brüllte, dann nicht. Ein sogenannter Flip-Effekt, wobei dieses Druckverfahren auch einen Morph-Effekt ermöglichte, bei dem derselbe Löwe sich durch das Bewegen der Karte zu einem Tiger verwandelte. Oder das Biest in eine Schöne.

Oder ein Hotel in ein anderes Hotel.

Im Falle dieser sogenannten Wackelbilder verfügten Ausgangsbild und Zielbild günstigerweise über die gleiche oder zumindest eine ähnliche Größe. Und genau das war auch hier der Fall. Das eine Hotel lag größenmäßig fast identisch über dem anderen, bloß dass dem eben entdeckten ein Kuppelaufbau fehlte. Aber so wie das Hachijo Royal Hotel von einem gefräßigen Dschungel umgeben war, war dieses zweite Hotel von einem Wald und von Büschen dicht umschlossen. Beide hingegen befanden sich im Zustand des Verfalls und des Verlassenseins. Das eine stand hier auf Hachijō-jima, während das andere wohl in weiter nördlichen Breiten zu finden war und um einiges früher als in den 1960er-Jahren errichtet worden sein dürfte. Eher zu Beginn des zwanzigsten Jahrhunderts. Kein Neohistorismus, sondern Späthistorismus.

Wie hieß es in der Werbung für solche Karten? *Die Magie des Lentikulardrucks.*

Und dieser vollkommen durchschaubaren Magie verfiel Klara soeben, auch wenn unerklärlich blieb, wie der alte, müde, schwerhörige Illusionist es hinbekommen hatte, aus einer in beiderlei Bedeutung des Wortes *einfachen* Ansicht eine zweifache zu machen. Oder war es wirklich möglich, dass die Besonderheit dieser Karte Klara und Georg und den anderen zuvor nicht aufgefallen war? Und auch hier wieder Gyōja gar nicht richtig gezaubert hatte, sondern mittels seiner bloßen auratischen Präsenz eine Person etwas erkennen ließ, was sie zuvor schlichtweg übersehen hatte?

Klara trat aus dem Raum, begab sich an Osadas Seite, und zusammen verließen sie das Gebäude, kehrten zurück zu den anderen.

Später im Hotel, in dem es zuging wie auf einem Bahnhof und die fünf in einer Ecke seitlich der Bar um einen winzigen Tisch Platz gefunden hatten, ließ Klara die Karte im Kreis herumgehen. Und auch Georg und Frau Castelbajac waren erstaunt, hätten schwören können, dass dieses fotografische Papierbild noch tags zuvor nichts anderes als das Hachijo Royal Hotel gezeigt hatte, sicherlich kein zweites, das sich praktisch hinter ersterem verbarg.

Aber eines konnte Georg mit großer Gewissheit sagen und sagte es auch: »Das ist auf dem Semmering.«

»Wie meinen Sie das?«, fragte Klara.

Georg erklärte, er kenne die Gegend des Semmeringgebiets recht gut, hätte dort immer wieder mit seinen Eltern die Sommer verbracht, manchmal auch die Winter zum Skifahren, seine Eltern seien Semmeringfanatiker gewesen. Und auch wenn er selbst schon lange nicht mehr in diesem Gebiet an der südlichen Grenze Niederösterreichs gewesen sei, er erkenne die Gegend, wenn er sie auf einem Foto sehe. Vor allem erkenne er die einst so berühmten Hotels, die in der Zeit um die Jahrhundertwende entstanden waren, als diese Gegend den feinen Leuten als Sommerfrische und Kurort gedient hatte. Das Südbahnhotel und das Hotel Panhans und … Georg sagte, er wisse nicht mehr genau, wie es heiße, aber bei dem Hotel, das hier in Abwechslung mit dem Hachijo Royal Hotel einmal auftauche, dann verschwinde, wieder auftauche, wieder verschwinde, handle es sich um jenes dritte von den großen Grandhotels, die um 1900 auf dem Gebiet der niederösterreichischen Semmeringregion errichtet worden waren.

»Wie sicher sind Sie?«, fragte Klara.

»Da besteht für mich kein Zweifel«, sagte er und meinte, das lasse sich schließlich leicht überprüfen.

Und es stimmte. Ein Blick ins Internet zeigte, dass es sich bei jenem dritten Hotel um das 1909 erbaute sogenannte Kurhaus Semmering handelte und dass es absolut mit dem Hotel auf dem Bild übereinstimmte. Ein Grandhotel, das eine ähnlich wechselvolle Geschichte besaß wie jenes hier auf der Insel und einiges durchgemacht hatte. Vom luxuriösen Kurhotel zum Heereslazarett, Erholungsheim für Bundesbedienstete, Spekulationsobjekt eines Bauunternehmers und einer Skandalbank, um irgendwann von einem kasachischen Konsortium übernommen zu werden. Was sich alles anhörte, als würde jemand von einem gruseligen Pflegeelternpaar zum nächsten gereicht werden. 2019 war es dann erneut verkauft worden, um in einen Dornröschenschlaf zu geraten und auf eine angebliche Renovierung und Neuvermarktung zu warten.

Der Zustand des Gebäudes auf der folierten Karte schien jedenfalls der aktuelle zu sein. Nicht so verfallen wie das Hachijo Royal, aber sichtbar unbewohnt und in baulicher Traurigkeit, weit entfernt von der Funktion einer physikalisch-diätetischen Höhenkuranstalt, als welche dieses Haus einst errichtet worden war.

Wenn jemand meinte, es sei bemerkenswert, dass Georg sofort dieses Hotel und diese Gegend erkannt hatte, erstaunte es doch eher, dass nicht Klara selbst es gewusst hatte. Für einen Wiener oder eine Wienerin war der Semmering eine Art von Hausberg oder Hauslandschaft in neunzig Kilometer Entfernung von der Stadtgrenze. Auch dank der wahrscheinlich schönsten Bahnstrecke der Welt, der Semmeringbahn. Eine Teilstrecke der Südbahn, die man von Wien aus nahm, um in diese Gegend zu gelangen. Ausflüge zu machen, wie das hieß, wenn man nicht ohnehin dort seinen Urlaub verbrachte, im Winter wie im Sommer, ein wenig schnuppernd an dem, was einst mondän gewesen war und in die Architektur der Villen und Hotels für ewig eingesickert schien. Als hätte überall die große Dame Alma Mahler ein wenig den Duft von Parfüm zurückgelassen.

Und darum meinte Georg zu Klara, dass sie eigentlich sofort hätte erkennen müssen, wo dieses Gebäude steht.

»Wieso?«, entgegnete sie. »Für so was habe ich schließlich Sie.«

Richtig, er hatte vergessen, dass er ja hier war, um nützlich zu sein.

Der Semmering also.

Frau Castelbajac ahnte Schlimmes. Und sie ahnte es zu Recht, weil Klara augenblicklich darum bat, die Abreise nach Tokyo für den nächsten Tag und von dort dann einen Flug nach Österreich zu organisieren.

»Nein«, sagte die Dolmetscherin.

»Was nein?«

»Ich verstehe«, sagte Frau Castelbajac, »dass Sie sich dieses Hotel in dieser Gegend … wie heißt die?«

»Semmering«, half Georg.

»Also dieses Semmeringhotel ansehen wollen. Aber das muss warten. Wir müssen jetzt nach Nishiizu, damit sie in Itōs Villa endlich einen Blick in das Manuskript werfen können.«

»Stimmt, die badende Frau«, sagte Klara, als hätte sie auf die ganz vergessen. Auf die Frau, die sie nach Itōs Wunsch und Vorstellung spielen sollte, nur weil sie auf eine bestimmte Art vor einem bestimmten Gemälde gestanden hatte.

»So ist es, Frau Ingold«, sagte die Dolmetscherin, »die badende Frau. – Von mir aus müssen Sie diese Rolle wirklich nicht annehmen und brauchen sich auch nicht die Mühe anzutun, neben Ewan McGregor vor der Kamera zu stehen, aber ich will, dass Sie morgen vor diesem Manuskript sitzen und es sich ansehen.«

Klara meinte, auch wenn es nur eine dumme Ausrede war, dass möglicherweise ihr Englisch gar nicht reiche. Das Manuskript sei doch sicher in Englisch verfasst.

»Bin ich jetzt Übersetzerin oder nicht?«, entkräftete Frau Castelbajac auch die dumme Ausrede.

Klara musste einsehen, dass der Semmering warten musste. Was auch immer dort zu entdecken war. Aber dass man etwas entdecken würde, davon war sie überzeugt, zu sehr griff eins ins andere. Zu sehr schien das Prinzip zu bestehen, dass hier nicht gewürfelt wurde. Sondern dass vielmehr absichtsvoll eine bestimmte Fläche des Würfels nach oben zeigte.

Im Moment zeigte jene Fläche nun mal die Notwendigkeit an, am nächsten Morgen die Reise nach Nishiizu anzutreten. Derzeit trug Gott eindeutig die Züge einer schwedisch-französischen Dolmetscherin.

Man ging schlafen. Auch Georg, zumindest suchte er heute sein Bett auf. Während Osada erneut in einem Stuhl in Klaras Zimmer Stellung bezog und sich fünkchenweise einem Schlaf hingab, der so winzig war, dass man daraus nicht einmal den Traum eines kleinen weißen Kaninchens hätte destillieren können.

23

»Was für ein Monster!«

Das war Klaras erste Reaktion, als man sich mit dem Wagen, der die fünf Personen vom Flughafen Shizuoka nach Nishiizu beförderte, Itōs Villa näherte. Eine Villa, die am Rande der kleinen Stadt auf einen mächtigen Felsvorsprung gebaut worden war.

Wie hatte der Name des Gebäudes gelautet? *Haus der vergebenen Sünden*, oder? Klara fand, dass das Haus selbst eine Sünde darstellte. Nicht der Hässlichkeit wegen. Es war auf eine sachliche Weise elegant. Mit seinen drei ineinandergreifenden kubischen Baukörpern, aus denen drei verschobene Etagen und diverse stark begrünte Freiflächen erwuchsen. Die heftige Bepflanzung stand in reizvollem Kontrast zum blendenden Weiß der glatten Mauern. Aber das ganze gewaltige Ding griff einfach viel zu stark ins Landschaftliche ein, beanspruchte ein Übermaß an Raum und Luft, umso mehr, als es hieß, es sei für einen einzelnen Mann gebaut worden. Wollte man nicht sagen, es sei für ein einzelnes Bild gebaut worden, denn die Haupthalle im Zentrum des Gebäudes diente allein einem gerahmten und verglasten Exemplar von Hashiguchis 1915 entstandenem Holzschnitt *Woman at the Bath.*

Entgegen der meisten anderen Räumlichkeiten in diesem Haus verweigerte sich diese Halle dem grandiosen Meerblick, da sie trotz zweier gläserner Wände vollkommen ummauert war. Sie verfügte über einen Holzboden, der die Struktur von Tatamimatten imitierte, aber eigentlich Parkett darstellte. Während das auf verschlungenen Wegen ins Innere dringende Licht zu absolut jeder Tageszeit den Eindruck einer abendlichen Dämmerung schuf. Und dabei ein unveränderlicher rötlicher Schein auf der badenden Frau lag.

Außer dem Bild gab es nur noch ein Sofa, das Philippe Starck speziell für diesen musealen Ort entworfen hatte und das so wirkte, als sei es die Quelle des Dämmerlichts.

Das Sofa strahlte ein wunderbares Abendrot aus und diente einerseits dazu, sich in einiger Entfernung vor das Bild *Woman at the Bath* zu setzen, andererseits ein auf einem kleinen Beistelltisch abgelegtes Manuskript in aller Ruhe lesen zu können.

Itō war noch nicht im *Haus der vergebenen Sünden* angekommen, weshalb Frau Castelbajac die Gäste durch ein gläsernes Portal in den lang gestreckten Vorraum führte. Es gab hier kein Personal, nur zwei hoch entwickelte Haushaltsroboter namens Laurel und Hardy, obgleich sie vollkommen identisch aussahen und man also nie wusste, ob da gerade Laurel oder doch Hardy vorbeiglitt. Itō hatte sich die beiden angeschafft, nachdem er den Film *Aya* (im Englischen *Body*) gedreht hatte. Eine Geschichte, in der die Beziehung eines Robotermädchens zu einem alten Mann behandelt wird. Die Androidin verliebt sich rettungslos in die Tätowierungen des Greises. Ein Liebesdrama, an dessen Ende ein Mord aus Eifersucht steht, begangen von der künstlichen Schönheit, die die Untreue der Menschen nicht erträgt.

Kein gutes Omen eigentlich, aber Laurel und Hardy waren so verlässlich wie unaufdringlich, ihre Namen bloß Itōs persönliche Huldigung an das Komikerduo, aber keinerlei Hinweis auf Chaos und Unfug und fliegende Torten. Sollten hier je Torten fliegen, die beiden Roboter würden sie beseitigen wie Schnee vom Gehweg. Wenn es denn hier je schneien sollte. Also wenn denn je Yuki Onnas vorbeikommen sollten.

Die Roboter waren zum Empfang erschienen, hatten sich verbeugt und waren gleich wieder gegangen. Ohne ein Wort zu sagen. Sie sahen übrigens wirklich gut aus. Ihnen fehlte das Spielzeughafte wie auch das Lächerlich-Pantomimische, trotz ihres Schweigens. Sie waren so elegant wie das Haus selbst.

Allerdings war es dann doch Frau Castelbajac, die den Gästen ihre Zimmer zuwies. Zimmer, die es zur Genüge gab. Alles sehr einfach, aber ungemein edel. Als sei's ein Kloster für Milliardäre. Jedoch nirgends ein Hinweis auf Dinge wie *Hier schlief Liam Neeson*. Natürlich, Hollywoodstars kratzen ihre Namen nicht in die Leisten exquisiter Futons. Sondern drücken ihre Hände gerne in frischen Beton, was in anderen Zusammenhängen als Vandalismus interpretiert wird.

Gleich nachdem man auf einer der Terrassen gestanden und auf das bei untergehender Sonne hübsch verblühende Meer gesehen hatte, führte Frau Castelbajac Klara in die große Halle. Deren künstliches Licht stimmte in diesem Moment so völlig mit dem Abendlicht im Freien überein, so wie man sagt, auch eine falsche Uhr gehe zweimal am Tag richtig.

Die Dolmetscherin begleitete Klara ein Stück in die Halle, wies auf das Manuskript auf dem kleinen Tisch neben dem Sofa und war auch schon verschwunden.

Klara stand eine Weile vor dem Bild der japanischen Badenden und kam nicht umhin, sich bereits wie in einer Filmszene zu fühlen. So, als stehe irgendwo eine Kamera, die sie beobachtete und die in jener voyeuristischen Weise an ihrem Körper, an ihrem Gesicht, ihrem Haar entlangfuhr, wie das dann auch ein potenzielles Publikum tun würde.

Klara betrachtete die Schöne auf dem Bild, diese ungemeine Ruhe und Würde der Haltung. Eine Haltung, die praktisch aus einer durchgehenden Linie bestand. Die ganze Frau wirkte auf Klara wie eine einzige perfekte Linie. Umgekehrt zum Prozess der Abstraktion, wenn zum Beispiel aus einem Baum – siehe Piet Mondrian – irgendwann ein vollkommen abstraktes Bild wurde, das den Baum nur noch wie einen Geist in sich trug. Oder als einen Schatten, den man nicht sah, der bloß als Möglichkeit im Zuge von Sonnenschein bestand. Hier aber war aus einer vollkommen abstrakten Linie heraus das Bild einer Frau entstanden.

Diese Badende hielt einen kleinen, blau und weiß gestreiften Lappen in der Hand, den sie über einer Schale auswand. Klara meinte das Geräusch zu hören, das entstand, wenn die Tropfen aus dem Tuch zurück ins Wasser klatschten. Wie Regen am Ende seiner Kraft.

Nachdem sie minutenlang vor dem Bild gestanden hatte, begab sie sich in die Mitte des Raums, dorthin, wo das Sofa stand, auf dem sie Platz nahm.

Es war schon ein bemerkenswertes Licht. Als sei der gläserne Raum vollständig mit Vorhängen verdeckt, sodass einzig und allein gefiltertes Sonnenlicht Einlass fand. Doch da waren keine Vorhänge.

Klara nahm das kleine architektonische Wunder hin wie einen Trick, während sie im Falle der Ansichtskarte, die zwischen zwei Hotels wechselte, zwar ebenfalls einen Trick vermutet hatte, aber im Trick das Wunder einer Bestimmung.

Endlich griff sie nach dem Manuskript, auf dessen Frontseite handgeschriebene japanische Schriftzeichen standen, während auf der zweiten Seite der englische Titel von Bild und Film folgte und auf der dritten eine erste Beschreibung der beiden Hauptfiguren und deren Lebenssituation. Kein Roman, sondern wie bei Filmdrehbüchern üblich eine knappe Charakterisierung. Wobei zur ersten Nennung der männlichen Hauptfigur in den Computerausdruck mit Handschrift der Name Ewan McGregor gefügt worden war, bei der Nennung der Violet Cox der Name Klara Ingold. Offensichtlich hatte Itō noch rasch die Unabwendbarkeit seiner Entscheidung festhalten wollen.

Und so vertiefte sich Klara – deren Englisch immerhin gereicht hatte, *Ulysses* im Original zu lesen, und zwar nicht nur wie viele andere bloß den Titel – in die einleitende Beschreibung des Ehepaars Thomas und Violet Cox. Er, der berühmte Arzt und Onkologe und vielfach Verheiratete und Geschiedene, sie seine neue, gut fünfundzwanzig Jahre jüngere Frau, die er … nein, er hat ihr nicht das Leben gerettet, auch wenn das alle glauben und sich bei diesem Mann etwas anderes als Lebensrettung gar nicht vorstellen können. Vielmehr hat er Violet als Verkäuferin in einem Blumenladen kennengelernt, in den er gegangen war, um sich über den Strauß bestellter, leicht verwelkter Rosen zu beschweren, den man ihm zugeschickt hatte. Stimmt, das war nicht die erste Beziehung, die ihr Zustandekommen einer Beschwerde verdankte.

Zunächst aber sind die beiden in Tokyo bei jenem Kongress, auf dem Thomas Cox eine revolutionäre neue Behandlungsmethode im Kampf gegen den Krebs präsentiert. Nicht nur irgendeine Verbesserung, sondern einen Quantensprung. Und ausgerechnet in diesem Moment, als er seine Rede vor der versammelten Fachwelt hält und sich mit dem Geschick des charmanten und versierten Vortragenden auf den Kulminationspunkt seiner Erkenntnis wie auf einen Urknall zubewegt, steht Violet auf. Sie befindet sich natürlich in der Mitte der ersten Reihe, flankiert von zwei Nobelpreisträgern, während ihr Mann seinerseits auf den Nobelpreis zusteuert. Und doch steht sie einfach auf. Steht auf und verlässt den Saal. Thomas Cox redet weiter. Seine Stimme bleibt unverändert, er lässt sich keine Sekunde aus der Ruhe bringen, zumindest keine ganze Sekunde, während durchaus Unruhe durch die Reihen der Zuhörenden geht.

Violet verlässt den Saal und dann auch das Gebäude und beginnt durch die Stadt zu wandern, so wie man sagt, jemand irre ziellos durch die Gegend. (Itō hatte an dieser Stelle notiert, dass er das Durch-die-Stadt-Irren in Schwarz-Weiß und im Stile der Franzosen filmen wolle, wen auch immer er mit »Franzosen« im Sinn hatte, da es ja nicht einmal klar war, ob er damit auf Resnais, Godard und Truffaut anspielte oder einfach alle Franzosen meinte, die je filmend und fotografierend durch ihr schönes Land gezogen waren.)

Tokyo jedenfalls im französischen Stil. Bevor dann Violet nach einer ewigen Marschiererei zufällig vor den Eingang des Fuji Art Museums gerät und völlig erschöpft das Gebäude betritt und mit keinem einzigen Yen und ohne Kreditkarte in der Tasche von einem verständnisvollen Museumswärter hineingelassen wird (nein, es ist noch nicht Clooney, und doch ist dieser japanische Aufseher gleichsam die Vorzeichnung für den am Ende des Films kurz, aber eindrucksvoll auftretenden George Clooney in der Rolle eines Aufsehers im Metropolitan Museum).

Dort im Fuji Art Museum gelangt Violet in den Raum mit Hashiguchi Goyōs berühmtem Holzschnitt *Woman at the Bath*, vor dem sie stehen bleibt und nicht mehr loskommt. Vollkommen gebannt auf diese Badende blickend, in die sie sich verliebt. In deren Anblick sie sich verliebt.

Es ist immer der Anblick, der betört. Selbst noch bei Leuten, die hundertfünfzig Kilo wiegen und denen eine mächtige Falte unterm Kinn hängt, die aber dennoch über einen wilden Reiz verfügen. Siehe Rubens.

Nun, die Frau auf dem Bild ist weder leicht noch schwer, sondern verfügt über die Gabe der Ausgewogenheit, einer vollkommenen Balance. Kein Mittelmaß, sondern der Schnittpunkt zwischen den Extremen, also jedes Extrem beinhaltend und es zugleich beherrschend. Eine perfekte Frau, die aber alle Schwächen andeutet.

Erst an dieser Stelle im Manuskript, ausgerechnet in einem Moment, da die Figur der Violet Cox still und andächtig und unheimlich verliebt vor diesem 1915 entstandenen Holzschnitt steht, fügt der Regisseur die Bemerkung ein, Violet Cox würde hinken. Das sei ihr großes Trauma, diese gewisse Verkrüppelung ihres linken Fußes. Nur eine leichte Verbiegung oder Verdrehung nach innen, die aber doch zu einem Ungleichgewicht im Stehen und einer hinkenden Bewegung im Gehen führt. Nicht eklatant, dennoch unverkennbar, in keiner Weise zu korrigieren. Weder durch eine Behandlung noch durch eine Technik des Gehens.

Ein Makel, der Violet seit einem Unfall in ihrer Kindheit begleitet. Und ein Makel ist es nicht, weil er ihre Schönheit gefährdet, die unverbrüchlich ist, sondern weil dieser Makel sie aus der Normalität zieht. Ihr seit der Jugend das Gefühl gibt, ein Freak zu sein. Und das ist keineswegs übertrieben.

Violet Cox steht da also vor diesem Bild, in das sie sich soeben verliebt, während die Kamera, die im Verlauf des gesamten Herumirrens durch Tokyo es vermieden oder einfach nicht geschafft hat, ihr Hinken einzufangen, es ausgerechnet nun im Stehen verdeutlicht.

Itō schreibt an den Rand: *The ghost in the camera.*

Klara war fassungslos. Sie, die nie schwitzte, jetzt schwitzte sie. In ihr war eine gewaltig aufsteigende Hitze. Schweiß stand auf ihrer Stirn wie Raureif am Morgen.

Da war ein Zittern, das aus ihrem Kopf kam.

Wie war das möglich? Wie war es möglich, dass sie selbst es

derart verdrängt hatte? Wie konnte man sein eigenes Bein, mit dem man tagtäglich zusammen war, derart verdrängen? Nicht das Bein an sich, natürlich nicht, aber doch die Eigenart dieses Beins. Die leichte Verkrüppelung, die zu einer Drehung nach innen und einem Hinken führte, genau in der Art und Weise, wie Itō es bei Violet Cox beschrieben hatte, nur dass sie, Klara, mit diesem Defekt bereits auf die Welt gekommen war und ihn nicht wie Cox einem Unfall als Kind verdankte. Wobei Klara allerdings als Jugendliche genau so etwas den anderen zu erzählen pflegte, es habe ein Unfall, ein Bergunfall, ein schwerer Sturz beim Skifahren zu diesem Handicap, diesem Hinken geführt – weniger ein Nachziehen des Beins als ein leichtes Kippen nach links, das sie praktisch mit jedem Schritt auffangen musste, sich selbst im Gleichgewicht haltend.

Es war ihr so viel besser erschienen, von einem dramatischen Unfall zu erzählen, einem Sturz außerhalb der regulären Piste – eine Dummheit, gewiss, und doch eine faszinierende Dummheit –, als von einem Geburtsfehler zu sprechen, den man nicht einmal selbst verschuldet hatte, sondern einfach mit dem Eintritt ins Leben vom Schicksal gezeichnet worden war.

Die völlige Unschuld war erstaunlicherweise so viel demütigender als der begangene Fehler.

Mit diesem Handicap hatte sie ihr ganzes Leben zubringen müssen. Und zu sagen, es hätte ihrer Schönheit keinen Abbruch getan, wäre nicht ganz richtig gewesen. Der heranwachsende Mensch ist in der Grausamkeit der Betrachtung gefangen, der Betrachtung durch andere wie durch sich selbst, sowie der unerbittlichen Fokussierung auf einen Makel. In gewisser Weise war Klara im ersten Abschnitt ihres Lebens vollkommen auf ihr Hinken konzentriert gewesen, nicht auf ihr hübsches Gesicht – ein Modigliani-Gesicht, um es in der Sprache der Kunst zu sagen: antik und modern zugleich –, nicht auf ihre von graziler Strenge geprägte Schlankheit, schon gar nicht auf ihre Klugheit. Wer kann sich mit sechzehn schon was von seiner Gescheitheit kaufen? Und so klug war sie auch wieder nicht, um die Wut auf sich selbst und auf ihre Verunstaltung bändigen zu können. Eine Wut, die aber durchaus zu einer großen Zahl von sexuellen Kontakten führte, Partner und Partnerinnen, die Klara stets nach kürzester Zeit von sich stieß. Unter dem Vorwurf des Ekels, gleich, was ihr Gegenüber sagte oder nicht sagte. Und Klara letztlich nicht einmal hätte sagen können, ob sie ihren eigenen Ekel oder den vermuteten Ekel der anderen Person meinte.

Irgendwann hatte sie aufgehört. Nicht nur mit den aus lauter Wut gespeisten, kurzlebigen Beziehungen, sondern auch damit, an ihr Bein zu denken. Sie hatte begonnen, es vollkommen zu verdrängen, so erstaunlich es sein mochte, die Eigenart eines ganzen Körperteils zu vergessen. Sie hatte die leichte Deformation und das daraus resultierende »Problem des Gehens« aus ihrer Selbstsicht verbannt. Und es fiel ihr auch dann nicht auf, wenn sie etwa Morgen für Morgen durch den Park joggte.

Nicht, dass das beim Laufen sich noch verstärkende Hinken verschwunden wäre wie die Tiere und Gegenstände in Meister Gyōjas Zauberkunststücken, aber Klara bemerkte es einfach nicht mehr. Wie sie auch die Männer und Frauen nicht mehr bemerkte, die sich zumindest nach ihrem Modigliani-Gesicht und der Strenge ihres Körpers verzehrten (wie man ja auch sagen konnte, dass es zu Gyōjas Finesse gehörte, seine Tiere und Gegenstände und sich selbst nicht *wirklich* zum Verschwinden zu bringen, sondern bloß den Blick des Publikums abzulenken, hin zu einem Ort, wo das Tier, der Gegenstand oder er selbst gerade *nicht* standen. Beziehungsweise erfüllte die Manipulation eine Erwartungshaltung des Publikums, welches gekommen war, um sich zu wundern, und gerne übersah, wenn eigentlich rein gar nichts verschwand und noch weniger auftauchte).

Klara griff sich an ihr linkes Bein, fuhr über Knie und Unterschenkel und spürte die nach innen führende Drehung und Krümmung, etwas, das ihr in all den vergangenen Jahren … *nicht aufgefallen war*, nein, das hätte es nicht getroffen. Vielmehr hatte es sich um einen Umstand jenseits ihrer Wahrnehmung gehandelt.

Regisseur Takashi Itō hatte es sehr wohl realisiert. Natürlich. Er hatte also nicht nur gemeint, dass die junge europäische Frau, die da im Fuji Art Museum stand und einen Monet betrachtete, es in der gleichen Weise tat, wie die Figur der Violet Cox es tun würde. Ihm war ebenso bewusst gewesen, wie sehr die reale Frau dort drüben mit der fiktiven seines Drehbuchs die gleiche Form der Behinderung teilte. Auch wenn sie stand und nicht ging. Aber er sah es und sah es erst recht, als sich Klara dann von dem Gemälde wegbewegte.

Für Itō musste es gewesen sein wie ein göttlicher Fingerzeig.

Während es für Klara nun die vollkommene Einsicht in das Verdrängte war. Durchaus wie der Blick in eine Schatulle, deren Inhalt für fremd und nie zuvor geschaut gehalten wird, man dann aber begreift, dass sich darin die Kette des eigenen Lebens befindet.

Klara erhob sich und bewegte sich auf das Bild zu. In erster Linie, um die eigene Bewegung, das so lange geleugnete Hinken zu spüren. Nicht allein verblüfft, wie sehr eine solche Verdrängung überhaupt möglich war, sondern auch ein Stück weit versöhnt mit dem Unumkehrbaren. Das für alle sichtbar war, auch wenn niemand sie darauf angesprochen hatte (und wenn jemand in den vergangenen Jahren doch eine diesbezügliche Bemerkung gemacht hatte, etwa einer ihrer Kollegen im Museum, so hatte sie es überhaupt nicht verstanden oder gemeint, die Rede sei von einer anderen Person und einem anderen Bein).

Klara musste in diesem Moment an einen Satz denken, auf den sie während ihres Studiums gestoßen war und der sie ungemein beeindruckt hatte, der Satz eines Augustinermönchs aus dem 15. Jahrhundert, den sie als fundamentalen Wegpfeiler für ihr Leben erkannte. Nämlich alleine zu sein und in nichts auf der Welt die Hoffnung zu setzen. *Sei einsam wie der Sperling auf dem Dache.*

Ja, richtig, ein Sperling war sie. Ein besonders hübscher, der halt etwas hinkte und einsam über die Erde wandelte. Einsam, aber nicht allein. Derzeit sogar mit einem Leibwächter ausgestattet, der soeben dabei war, das *Haus der vergebenen Sünden* zu überprüfen und alle Eventualitäten zu bedenken.

Klara kehrte zurück zu dem Starck-Sofa, setzte sich und nahm wieder das Filmscript zur Hand.

Sie las noch, als längst die Nacht über die Landschaft und das Haus gekommen war:

Da ist sie also, Violet Cox, die den ganzen restlichen Tag in diesem Museumsraum verbringt, stehend, dann auf einer Bank sitzend, unentwegt in das Bild vertieft, wie auch vertieft in die Leute, die vor dieses Bild treten und für einen Moment dessen Teil werden, eben nicht *Maler und Modell*, sondern *Modell und Betrachter*. Und Violet sich dabei vorstellt – nicht ohne ein Gefühl der Eifersucht –, wie all diese Betrachter für einen magischen Augenblick spürbar nahe mit der Badenden vereint sind. Was diese Betrachter nicht ahnen können, allein Violet, die hinter ihnen steht.

Es ist dann ein Securitymann, der eigentlich für die Veranstalter jenes Symposiums arbeitet, auf dem soeben Thomas Cox Geschichte schrieb, welcher Violet in diesem Museum und diesem Raum aufstöbert und sie in das Hotel bringt, in dem ihr Mann wartet.

Die Szene zwischen den Eheleuten im Hotelzimmer ist geprägt von einer unheimlichen Kälte, bei der die Zuseher sich wünschen sollen, so etwas wie körperliche Gewalt würde stattfinden, nur um dieser Kälte die unerträgliche Starre zu nehmen. Ein Aufbrechen der gletscherartigen Beziehung zwischen dem Mann, der soeben dabei ist, die Menschheit zu retten, und seiner jungen Frau, die beim besten Willen nicht erklären kann und erklären will, wieso sie im Moment seines Triumphs die Peinlichkeit ihrer Flucht beging und was sie eigentlich in diesem gottverdammten Museum am Ende der Stadt verloren hatte.

Er macht ihr Vorwürfe wie ein Arzt, der einer Kranken ihren hinfälligen Körper vorwirft. Violet kontert mit schwindsüchtiger Gleichgültigkeit. Dann machen sie sich fertig für ein Abendessen, zu dem der Rektor einer Universität eingeladen hat. Zu dem Kreis der Geladenen gehört auch ein Minister der Regierung, dem mehr Macht zugeschrieben wird als dem Premier des Landes.

Bei diesem Essen im obersten Stockwerk eines luxuriösen Appartementhauses im Zentrum Tokyos sind etwa ein Dutzend Gäste anwesend, die von einer kleinen Gruppe von Personal bedient werden. Im Vorraum mehrere Leibwächter besagten

Ministers, der aus einer der reichsten japanischen Familien stammt, ein Mann von knisternder Arroganz, von dem erwartet wird, dass er demnächst den von Krankheit gezeichneten Premier stürzt.

Da sitzt also die Politik und die Wirtschaft Japans am Tisch, wohl auch irgendein sauberühmter Schriftsteller, und mit Thomas Cox der Medizinnobelpreisträger des nächsten Jahres, so viel ist sicher.

Und da sitzt auch eine Frau, deren Anblick Violet einen Stich versetzt. Es ist die Frau auf dem Bild. Anders gesagt, hier sitzt eine Frau in einem dunklen Kostüm, Tochter jenes Ministers, die auf eine verblüffende Weise jener von Hashiguchi Goyō 1915 porträtierten, sich im Bad waschenden jungen Frau ähnelt. Wobei Ähnlichkeit ein viel zu schwaches Wort ist. Und man es ja auch umgekehrt sehen könnte, dass hier eine Frau angezogen am Tisch sitzt, die genau hundertzehn Jahre zuvor – nackt und im Bad kniend – vom Meister des Holzschnitts porträtiert worden war.

An dieser Stelle des Scripts verweist eine englischsprachige Notiz Itōs auf die Parallele zu Alfred Hitchcocks wegweisendem Film *Vertigo*, indem Itō den Namen der damaligen Hauptdarstellerin eingefügt hat: Kim Novak. Kim Novak, die in Hitchcocks *Vertigo* eine Frau spielt, die besessen von einem Gemälde scheint, das ihre Urgroßmutter darstellt. – Die handschriftliche Anmerkung Itōs besagt, er habe für eine kleine, aber wunderbare Nebenrolle in seinem Film die Zusage Kim Novaks erhalten, noch einmal vor die Leinwand zu treten.

Klara war erstaunt, weil sie dachte, Kim Novak sei längst tot, wie ja Hitchcock tot war und natürlich auch der in diesem Film auftretende James Stewart und eigentlich alle, die in diesem Geniestreich mitgespielt hatten. Aber offensichtlich nicht Kim Novak. Und tatsächlich, ein rascher Blick ins Internet bestätigte das Noch-immer-am-Leben-Sein der Schauspielerin. Sodass also in Itōs künftigem Meisterwerk *Woman at the Bath* nicht nur George Clooney, sondern auch Kim Novak in einer winzigen Nebenrolle auftreten würde, was den Film jetzt schon zu einer Sensation machte.

Aber zurück zur Geschichte.

Violet Cox meint also in der Tochter des Ministers – auch sie Ärztin, die von den Medien als nächste Gesundheitsministerin des Landes gehandelt wird – jene Frau zu erkennen, die auf einem ikonischen Holzschnitt zu sehen ist. Ein Bild, in das sich Violet soeben verliebt hat. In das Bild und in die Frau auf dem Bild, während ihr die reale Person hier am Tisch wie ein Betrug erscheint. Wie sich auch in *Vertigo* alles als ein Betrug herausstellt.

Und dann geht es los. Wie aus heiterem Himmel. Ein Himmel, der sich rasch verfinstert. Das Appartement wird gestürmt, ein Trupp Bewaffneter dringt an mehreren Stellen ein. Die Leibwächter des Ministers sind wie vom Erdboden verschluckt (Klara musste augenblicklich an Meister Gyōjas Zauberkünste denken). Der Minister wird von einem der Angreifer mit einem präzisen Schuss in den Kopf getötet, während die Tochter des Ministers, Thomas Cox und auch Violet von den militärisch auftretenden Angreifern entführt werden.

Das war der Punkt, an dem Klara Schluss machte und das Script fürs Erste schloss und zurück auf den Tisch legte. Es war spät geworden, und sie merkte, wie ihre Augen schmerzten. Aber es war auch so etwas wie das Bedürfnis nach einem Cliffhanger. Zumindest für eine Nacht lang die Geschichte in der Luft hängen zu lassen, abzuwarten, welche Funktion die Entführung in dieser Geschichte besaß und wieso es ausgerechnet die japanische Ärztin und der englische Arzt waren, derer sich die Entführer bemächtigt hatten, während sie einen toten Minister zurückließen. Und welche Rolle dabei Violet spielte.

Klara verließ den Raum in der leicht hinkenden Weise, die ihr jetzt zwar nicht mit jedem Schritt bewusst war, sie aber doch in der Art eines Symbionten begleitete. Die Behinderung war weniger ein Teil von ihr selbst als vielmehr ein unvermeidbarer Partner, dessen Wirt sie war.

Draußen wartete Osada, der Klara hoch zu einer der Terrassen führte, auf denen ein Abendessen hergerichtet worden war. Nichts Japanisches, nur vegane Burger, allerdings äußerst exquisite vegane

Burger mit einem Belag von leicht salzigem Blattgold. Die wohl von einem Cateringservice angeliefert worden waren. Wollte man nicht annehmen, Laurel und Hardy hätten sie fabriziert, was dann aber doch zu futuristisch gewesen wäre.

Es wurde nicht viel gesprochen, eine große Erschöpfung hatte sich aller bemächtigt, und man ging bald zu Bett. Jeder war froh um sein eigenes Zimmer. Selbst Osada, der sich aber immerhin Wand an Wand zu Klara befand, quasi in Hörweite. Und das in einem Haus, welches ohnehin als eines der sichersten in Japan galt. Dabei war Itō ja bloß ein Regisseur und weder Drogenboss noch eine politische Größe wie jener fiktive Minister, der in seinem Film mit einem Kopfschuss erledigt werden sollte. Aber Itō war nun mal ein Freund häuslicher Technik. Beziehungsweise eines *denkenden* Hauses, das er selbst gerne auch als *nachdenkliches* Haus bezeichnete. Wozu nicht zuletzt die Eigenschaft gehörte, nur Leute einzulassen, die dafür vorgesehen waren. Die KI, die dieses Haus betreute, war nicht ohne Fantasie und Eigenmächtigkeit, aber sie verstand die Wünsche ihres Herrn zu respektieren. Und sie verstand, die Hardware – also das Haus – in eine raffinierte Festung zu verwandeln.

24

Als Klara erwachte, fiel ihr Blick durch ein Fenster, das teils die obere Wand, teils den Plafond zum Freien hin öffnete. Sie erkannte auf der Krone eines der Bäume, die die Terrasse vor ihrem Zimmer urwaldhaft umgaben, einen Vogel, der auf einem schwingenden Ast auf- und abschaukelte, während weit über ihm im morgendlich blauen Himmel ein Flugzeug eine weiße Linie hinter sich herzog. Irgendwann hob der Vogel ab und fügte sich in eine Brise, die vom Meer herkam und auf der er wie auf einer Welle ritt. Es war deutlich zu sehen, wie sehr es ihm ein Vergnügen bereitete, zuerst die Position zu halten, geradezu ein Standbild, bevor er sich fallen ließ, um dann mit raschem Flügelschlag wieder in die alte Lage des Im-Flug-Stehens zu gelangen. Über ihm das Flugzeug.

Klara hätte weder sagen können, was für ein Vogel das war, noch, was für ein Flugzeug, aber sie erkannte den gewaltigen Unterschied zwischen der verspielten Grazie des Vogels – der dann bald die gar nicht verspielte Grazie der Nahrungssuche folgen würde – und dieser Flugimitation durch die von Menschenhand geschaffene Maschine. Die ja niemals hätte entwickelt werden können, hätte nicht das Vorbild eines Vogels bestanden. Weshalb man annehmen konnte, dass der, dem wir die Welt verdanken, die Erfindung des Flugzeugs vorausgesehen hatte und trotz aller Verschmutzungstendenzen guthieß, weil er sonst den Vogel nicht hätte erfinden dürfen. Vom Menschen mit seiner Kopierwut ganz abgesehen.

Klara jedenfalls war in diesem Moment völlig hingerissen von diesem Tier und seinem versierten Tanz in der Luft und dachte sich, dass ein Flugzeug bei aller monströser Technik eine recht bescheidene Nachahmung des Vogelflugs darstellte.

Okay, der Airbus A350 flog mit 15.700 Kilometern um einiges weiter nonstop als die mit einem Sender ausgestattete Pfuhlschnepfe mit der einfallslosen Bezeichnung *E7*, die es auf 11.600 Kilometer gebracht hatte. Aber das war eben bloß eine Frage der Distanz, nicht der Anmut. Wenn man den Flugstil der Schnepfe mit dem des Airbus verglich. Das wäre gewesen, wie ein Selbstporträt van Goghs jenem Mann gegenüberzustellen, der leibhaftig van Gogh war. Die Kunst war ungleich großartiger als die Realität. Und die Natur ungleich großartiger als die ihr nachhechelnde Technik.

Einerseits widerstrebte Klara eine Idealisierung der Natur – so hielt sie gerade Hunde für besonders dämlich und ihre Nähe zum Menschen für eine Krankheit der Natur –, andererseits konnte sie sich jener Originalität der ursprünglichen Erfindung aller Dinge nicht entziehen, so wie sie sich der Überlegenheit der Kunst gegenüber der Realität nicht entziehen konnte. Kein Mensch kam, im wahrsten Sinne, an das Bild heran, das man sich von ihm machte.

Der Vogel flog davon. Das Flugzeug verschwand. Klara erhob sich aus ihrem Bett.

Erhob sich, zog sich einen von Laurel oder von Hardy bereitgelegten Trainingsanzug über, den man auch für die zweite Haut von Jil Sander hätte halten können, und begab sich in die untere Etage, wo sich ein gewaltiger Wohnraum zum Meer hin mit ausgedehnter Terrasse öffnete. Und wo im Freien das Frühstück in Form eines kleinen Buffets angerichtet war, eine Mischung aus Französisch und Japanisch gleich einem kulinarischen Übersetzungsprogramm von *Langenscheidt Cooking*.

Am weit gestreckten Tisch saß, mit Blick zum Meer, eine einzelne Person. Klara konnte sie zunächst nur von hinten sehen, was für sie die so vertraute Haltung eines Mannes vor einem Gemälde ergab. Das Gemälde war die Landschaft aus Meer und Himmel, wobei im Meer noch ein wenig Nacht steckte und im Himmel schon ganz viel Tag und es sich bei dem Mann vor dem Bild der Natur weder um Georg noch um Osada handelte.

Es war der Besitzer dieses Hauses, Takashi Itō, der offensichtlich noch in der Nacht oder früh am Morgen angekommen war und der nun an diesem Tisch saß und auf das Gemälde sah, das ein wenig an den von Yves Klein signierten Himmel über Nizza erinnerte. Welcher freilich später am Tage signiert worden war als dieser japanische Morgenhimmel, dessen gedämpfte Farben einem Holzschnitt glichen. Aber das war wohl mehr eine Assoziation angesichts des Holzschnitts drüben in der zentralen Halle, dem Herz dieses Gebäudes.

Itō saß da und rauchte eine Zigarette. Er wirkte müde und verträumt, und in seinen Wangen waren tiefe Furchen eingegraben. Es war deutlich zu sehen, dass er zum Frühstück nie etwas anderes als eine Zigarette zu sich nahm. Filterlose Gitanes. Die hübsche blaue Packung auf dem Tisch, die gleichsam aus dem Himmel herausgefallen schien, mutete an wie ein Zeitreisender. Als sei sie direkt aus den verrauchten 1970er-Jahren auf diesen Tisch gelangt. Und als hätte die Zigarette eben noch die Lippen von Romy Schneider oder Michel Piccoli geschmückt.

Jetzt bemerkte Itō, dass Klara neben ihm stand. Er sah zu ihr hoch, betrachtete sie einen Moment lang, als versuche er, die Linse einer Kamera schärfer zu stellen – oder ganz im Gegenteil, irgendeinen Weichzeichner einzusetzen –, dann glitt ein kleines Lächeln in seinen Blick, und er bot Klara mit einer knappen Geste an, sich doch bitte ihm gegenüber hinzusetzen. Gewissermaßen vor den Hintergrund des Meeresbildes zu treten.

»Darf ich Ihnen Kaffee oder Tee bringen?«, fragte er in perfektem Deutsch und erhob sich von seinem Platz.

Jetzt war Klara schon etwas erstaunt und erkundigte sich nach dem Offensichtlichen: »Sie sprechen Deutsch?«

Er nickte und wiederholte seine Frage nach Tee oder Kaffee und welcher Art von Tee, wenn nicht doch Kaffee.

»Einen Espresso, wenn möglich«, sagte Klara.

»Selbstverständlich«, meinte Itō, ging hinüber zu dem französisch-japanischen Übersetzungsprogramm und machte sich an einem Kaffeeautomaten zu schaffen. Keine Spur von Laurel und Hardy. Vielleicht schliefen sie noch nach einer Nacht heinzelmännchenartigen Aufräumens und Säuberns. Gelehnt an ihre Ladestationen wie betrunkene Pferde.

Klara fragte sich, wieso Itō sich eine Dolmetscherin leistete. Denn es war anzunehmen, dass er neben dem Deutschen ebenso das Englische beherrschte, allein wenn man bedachte, dass das Drehbuch in Englisch verfasst worden war. Und welche Sprachen Itō sonst noch konnte? Diese aber fallweise nicht zur Anwendung brachte und stattdessen seine Frau Castelbajac arbeiten ließ, mit der er sich ausschließlich in Japanisch zu unterhalten pflegte. War das sein Trick, oder war es eine Art von Umweg oder Ornament, mit dem er so manche Kontakte einleitete? Eben auch damals, als er sich im Fuji Art Museum in Tokyo entschloss, ihr, Klara, die Rolle der Violet Cox anzubieten?

Nachdem er ihr die kleine Tasse Espresso hingestellt und sich selbst wieder gesetzt hatte, sagte er: »Sie werden die Violet spielen, nicht wahr?«

»Ist es, weil ich hinke?«

Er wusste natürlich, was sie meinte. Erklärte aber, es wäre ziemlich armselig, wäre dieser Umstand der einzige, der sie dazu prädestiniere, die Violet Cox zu verkörpern. Nein, sie passe perfekt, und ganz gewiss nicht nur ihr linker Fuß. Abgesehen davon, dass ein Film über einen linken Fuß bereits existiere.

Und dann sagte er, er habe sich die Figur der Violet Cox keineswegs ausgedacht, sondern sie von einer realen Person gewissermaßen abgezeichnet.

»Und wieso nehmen Sie dann nicht die reale Person für diese Rolle?«, fragte Klara.

»Weil sie tot ist. Und ich auf der Suche nach jemandem bin, der sie ersetzen kann. Der also lebt.«

»Das ist kein gutes Omen«, meinte Klara.

»Hängen Sie denn so am Leben?«, stellte Itō völlig ernsthaft die Frage.

»Nein, eigentlich nicht, Sie haben recht«, antwortete Klara und führte die Tasse an ihre Lippen. Die Geruchsfahnen des schwarzen Kaffees drangen wie zwei kleine Gewitter in ihre Nase. Der Espresso war bitter und viel zu stark. Aber er wirkte.

»Ich kenne das Ende des Films noch nicht«, sagte sie und erklärte, wie weit sie mit dem Manuskript gekommen sei.

»Dann erzähle ich Ihnen den Rest«, antwortete Itō kurzerhand.

Und das tat er, während er sich eine neue Gitanes anzündete. Er beschrieb, wie sich die drei Entführten, das Ehepaar Cox und jene Tochter des nun toten Ministers, die so verblüffend Hashiguchi Goyōs *Frau im Bad* ähnelt, in einem Raum wiederfinden, der voll ist mit Kunstwerken. Berühmten Kunstwerken, die nicht nur darum berühmt sind, weil sie von bedeutenden Künstlern stammen, sondern auch, weil sie im Zuge spektakulärer Überfälle und Einbrüche entwendet wurden. So hängt dort das wohl bedeutendste aller je verschwundenen Gemälde, nämlich Rembrandts *Christus im Sturm auf dem See Genezareth*, das beim geheimnisumwitterten und selbst von Netflix geadelten Kunstraub von Boston gestohlen wurde, wofür auch nach dreißig Jahren erfolgloser Ermittlungen eine italienisch-amerikanische Familie der Cosa Nostra verantwortlich gemacht wird. Aber man ist ja weder in Italien noch in Amerika, sondern natürlich noch immer in Japan. Und neben dem Rembrandt hängen dort ebenso Picassos *Le Pigeon aux Petits Pois* sowie ein Matisse und ein Renoir, die aus gänzlich anderen und späteren Raubzügen stammen. Nicht zuletzt auch moderneres Diebesgut, etwa ein *Balloon Dog* von Jeff Koons und eine Fett-Plastik von Joseph Beuys, kein Hase, sondern eine Godzilla-Figur, wobei man meinen sollte, dass sich Beuys niemals mit diesem japanischen Monster beschäftigt habe. Und doch ist es unverkennbar ein Beuys (das Absurde daran ist, dass dieser völlig unbekannte, aber echte Beuys-Godzilla aus einer geheimen Sammlung stammt, was die Sammlung aber nicht vor einem Diebstahl schützen konnte).

In einer Ecke des Raums leuchtet die japanische Übersetzung für *Citizen Kane* auf: 市民ケーン. Wahrscheinlich eine geraubte Skulptur von Joseph Kosuth (wollte man nicht annehmen, ein Künstler sei beauftragt worden, all dies Diebesgut mit einer passenden Installation zu versehen).

Itō beschrieb in der Folge, dass sich bald herausstellen würde, dass alle diese Kunstgegenstände wie auch die in mehreren Safes gelagerten Objekte, die für irgendeine Nation oder Gemeinschaft von identitätsstiftender Bedeutung sind, dazu benutzt werden, überall auf der Welt Personen oder Staaten zu erpressen. Beziehungsweise inhaftierte Mitglieder diverser krimineller Organisationen dadurch freizubekommen, indem man im Austausch für ihre Freilassung oder vorzeitige Begnadigung ein bestimmtes Gemälde oder Objekt jenen Staaten und Institutionen und Sammlungen zurückgibt, denen dieser Gegenstand einst entwendet wurde. – Wer wollte nicht seinen Rembrandt zurück? Auch wenn dieser eine selbst nach dreißig Jahren noch immer hier hängt und wohl auf einen »Gefangenenaustausch« wartet, der dann auch wirklich der Bedeutung dieses Gemäldes gerecht wird.

In diesem Zusammenhang sind Thomas Cox und die wahrscheinlich zukünftige japanische Ministerin für Gesundheit, Arbeit und Soziales, Kanako Kanno, gleichermaßen als »Objekte« zu verstehen, die man plant gegen zwei inhaftierte Mitglieder einer erst jüngst aus einer Abspaltung entstandenen Yakuza-Organisation auszutauschen. Eine Organisation, die sich *Mishimas* nennt, nach dem japanischen Schriftsteller Yukio Mishima, der den Samurai-Geist hochhielt und 1970 nach einem gescheiterten Putschversuch innerhalb der Streitkräfte den traditionellen Seppuku beging.

Der Anführer dieser aus Kōbe stammenden Yakuza-Gruppe, ein klein gewachsener, drahtiger und ungemein eleganter Mann im Stile Mishimas selbst, ein Snob, der sich für einen Revolutionär hält, behandelt die drei entführten Personen mit höchster Fürsorge, während er keinen Zweifel an seiner Brutalität lässt (wobei Itō eine Demonstration dieser Brutalität – das Abschneiden mehrerer Finger eines Untergebenen wegen einer Lappalie – allein mittels der Reflexion in den Augen von Violet und Kanako zu zeigen plant. Und ebenso, wie verschieden sich diese gewalttätige Handlung in den beiden Augenpaaren jeweils widerspiegelt: mit einer Erschütterung bei Violet und einer ausdruckslosen Beobachtung bei Kanako).

Der Tod des Ministers und Konkurrenten des amtierenden

Premiers scheint zuerst einem Irrtum zu verdanken zu sein, erweist sich dann aber als absichtsvoll und auftragsgemäß, wie eben auch das Überleben Kanako Kannos und das von Thomas Cox. Der Mediziner wird überhaupt zum wertvollsten »Objekt« in diesem Spiel und Geschäft, da er zwar auf dem Tokyoer Symposium eine grundlegende Beschreibung seiner bahnbrechenden Behandlungsmethode und die spezielle Wirksamkeit einer völlig neuen Substanz beschrieben hat, aber die genaue Zusammensetzung des Mittels noch für sich behielt – und auch sonst niemand sämtliche Details kennt, selbst seine Mitarbeiter nicht.

Wieder einmal ist da eine Formel im Kopf eines paranoiden Mannes, die ihn ungleich wertvoller macht als der bloße Umstand, ein Mann von vielen zu sein.

So soll also Thomas Cox für das eine und Frau Kanno für das andere Yakuza-Mitglied als Faustpfand dienen.

Allerdings benötigen die geheimen Verhandlungen um die Freilassung von Cox und Kanno gegen die Freilassung der Kriminellen einige Zeit, und derweil sind die drei Entführten »Gäste« jenes Mafiachefs, der einem kaisertreuen, samuraihaften und gangsterartigen Schriftsteller huldigt, der zu Lebzeiten ein Star war.

Und Violet? Nun, sie besitzt natürlich so gut wie keinen Wert, und niemand wäre bereit, sie gegen was oder wen auch immer einzutauschen. Ihre Entführung entspringt tatsächlich einem Missverständnis. Doch jener oberste Yakuza, der den Namen Bushi trägt, was einfach das Wort für Krieger ist, verliebt sich in Violet, die hingegen sich allein für Kanako interessiert, diese Frau, die ihr wie aus einem berühmten Bild gestiegen erscheint. Violet versucht ernsthaft, eine Verbindung zwischen Kanako und der Frau auf dem Holzschnitt von 1915 herzustellen. Wie auch eine eigene Beziehung zu Kanako. Die aber zeigt ihr die kalte Schulter und wendet sich in ihrer auf eine kontrollierte Weise leidenschaftlichen Art Thomas Cox zu, der wiederum einzig dem abweisenden Verhalten seiner Ehefrau verfallen scheint.

So entsteht hier mitten in einer Entführung und politischen Intrige ein Beziehungsgeflecht von vier Personen. Ein Geflecht, in dem niemand bekommt, was er möchte, und alle ins Unglück stürzen.

Während da also die Verhandlungen zwischen japanischer Regierung und der Verbrecherorganisation laufen – Itō zitiert mehrfach Bilder aus Fritz Langs *M*, es wird erstaunlich viel in diesem Film geraucht –, und es auch zu der obligaten Verfolgungsjagd in einem Schnellzug kommt, zerfleischen sich die Liebenden. Die Sache eskaliert. Während einer Szene im Waschraum, in der Kanako Kanno vollständig zu jener *Frau im Bad* wird, versucht Bushi sie zu töten, wird aber von Violet daran gehindert, die ihm die Scherbe eines zerbrochenen Gefäßes in den Bauch rammt. Die Scherbe einer Schale, über der Kanako eben noch ein nasses Tuch ausgewunden hat, eine Schale, die natürlich vollkommen jener auf dem berühmten Holzschnitt gleicht.

Schwer verletzt greift Bushi nach einer Pistole, mit der er auf Violet schießt. Doch die Kugel trifft nicht sie, sondern den sich in die Flugbahn werfenden Thomas Cox.

Als sich Violet zu ihrem sterbenden Mann kniet – der nun also das Geheimnis einer revolutionären neuen Behandlungsmethode mit ins Grab nimmt –, da meint er zu hören, wie sie sagt: »I will never forget you.« Was sie aber wirklich sagt, ist: »I will never forgive you.« Wobei die tatsächliche Stimme und die bloß gehörte ineinander verschmelzen, Wahrheit und Einbildung eins werden.

Was vergibt sie ihm nicht? Ihr den Tod genommen zu haben, der mittels dieser Pistolenkugel für sie bestimmt gewesen war?

In diesem Augenblick dringt ein Polizeikommando in das herrschaftliche Yakuza-Quartier ein. Es kommt zu einer für Itōs Filme typischen Zeitlupenszene, wenn ausgerechnet im Moment allergrößter Rasanz und Gewalt die Handlungen in sanfter Langsamkeit ablaufen, begleitet von Händels Concerto grosso. Am Ende befreit das Kommando die beiden überlebenden Frauen.

Jahre später. Violet sitzt in einem New Yorker Café gegenüber dem Metropolitan Museum, über dessen Portal ein riesiges Transparent eine große Retrospektive von Hashiguchi Goyōs Holzschnitten verkündet. Violet sieht aber in diesem Moment hinauf zu dem Fernsehgerät, welches in einer Ecke des Lokals hängt und in dem man soeben ein Treffen des amerikanischen Präsidenten mit der japanischen Premierministerin verfolgen kann, der ersten Frau in diesem Amt, Kanako Kanno. Es geht sicherlich um Geld und um die Chinesen und um die Bedeutung der mitgereisten Wirtschaftsdelegation, aber auch um den Besuch jener Ausstellung, die dort drüben im Metropolitan soeben ihre Pforten eröffnet hat.

Violet erhebt sich, verlässt das Café und begibt sich hinüber zum Museum. Vergisst aber ihre Tasche, was sie erst merkt, als sie im Eingangsbereich vor dem Ticketschalter steht. Ihr wird schwindelig angesichts der eigentümlichen Parallele zu ihrem Besuch Jahre zuvor im Fuji Art Museum. Sie wankt ein wenig. Und auch hier – jawohl, Auftritt George Clooney – nähert sich ein Museumswärter, fasst ihren Arm, um sie zu stützen. Sie erklärt ihm, ihre Tasche vergessen oder verloren zu haben. Sein Lächeln ist wie eine Zeichnung in der Luft. Er führt sie zu einem Nebeneingang und lässt sie mit einer Geste, als befreie er eine Märtyrerin aus einer Fesselung, in die Ausstellung hinein. Dabei gibt er kein einziges Wort von sich (sodass Clooney zum ersten Mal in der Geschichte des Kinos keinerlei Synchronisation erfährt).

Natürlich ist sie auf der Suche nach jener *Woman at the Bath*, findet den Holzschnitt aber nicht, was eigentlich ganz unmöglich ist. Erschöpft kommt sie auf einer Museumsbank zu sitzen, schließt ihre Augen, wie um in eine andere Welt zu tauchen. Als sie sie wieder öffnet, bemerkt sie eine alte Dame neben sich, uralt, das weiße Haar nach hinten zu einer muschelartigen Schraube gedreht. Die alte Frau im vornehmen Kostüm blickt verträumt geradeaus (und natürlich wird sie von Kim Novak gespielt, deren von Botoxbehandlungen zur Maske gefrorenes Gesicht Regisseur Itō durch ein plötzliches Aufblühen der Gesichtsfarben seine alte Würde zurückgibt. Und richtig, auch Kim Novak sagt kein einziges Wort).

Violet folgt dem Blick der alten Frau. Und da ist es, das Bild einer Badenden. Und vor diesem Bild steht eine in die Betrachtung versunkene Frau. Violet und mit ihr ein jeder Zuseher und eine jede Zuseherin erkennt es: Sie selbst, Violet, steht vor diesem Bild und befindet sich im Blickfeld einer alten Frau, die im Metropolitan sitzend *Woman at the Bath* betrachtet.

In der letzten Einstellung greift sich Violet Cox ans Herz. Aber diese Einstellung sieht aus wie mit einem Stichel in eine Holzplatte geritzt.

»Wenn Guillermo Cabrera Infante einst gemeint hat«, erklärte Itō, während er eine neue filterlose Gitanes an der fast abgebrannten alten entzündete, »Hitchcocks *Vertigo* sei nicht nur der einzige große surrealistische Film, sondern auch das erste romantische Werk des 20. Jahrhunderts, so möchte ich mit *Woman at the Bath* den zweiten großen surrealistischen Film und den letzten romantischen des 20. Jahrhunderts schaffen.«

»Wir befinden uns aber bereits im 21. Jahrhundert«, erinnerte Klara mit einem Zwinkern, das Itō ihr im Film niemals erlaubt hätte.

»Das tun wir«, sagte er. Was aber nicht heißen müsse, dass das auch für diesen Film gelte. Sosehr der Film im Jetzt spiele, atme er den Geist einer vergangenen Epoche. »Außerdem stammen wir alle aus dem vorigen Jahrhundert. Sogar Sie.«

»Da war ich Kind«, erwiderte Klara.

»Ganz genau«, meinte Itō, »Sie sind ein Kind des 20. Jahrhunderts. Und das ist ein Glück. – Also, Frau Ingold, werden Sie die Rolle der Violet Cox übernehmen? Sagen Sie Ja.«

Sie sagte Ja. Erklärte aber, sich zuvor, und zwar baldmöglichst, für einige Tage nach Österreich begeben zu müssen.

»Noch immer die Sache mit Ihrer Großmutter?«, fragte er.

»Ja, meine Großmutter.«

»Wie alt ist die Dame?«

»Vierundneunzig.«

»Wenn Sie sie finden, bringen Sie sie mit, ich finde sicher eine Rolle für sie. Aber lassen Sie sich nicht ewig Zeit. Und nehmen Sie das Script mit und bereiten sich vor. Ich möchte demnächst zu drehen beginnen. Solange es noch geht. Und solange Ewan noch

Zeit hat. Ich werde sicher nicht vierundneunzig. Er vielleicht schon, ich nicht.«

Sagte der Regisseur und tat einen langen, genussvollen Zug aus seiner Zigarette.

Was Klara nicht wissen konnte und Itō nicht verriet, war, dass er das Prinzip, das er bei George Clooney und Kim Novak anwandte, nämlich einst oder aktuell berühmte Schauspieler, ja Superstars, in sprachlosen Nebenrollen auftreten zu lassen, noch dadurch zu verstärken gedachte, indem er für die Statistenrollen in seinem Film – etwa die Kriminellen der Yakuza-Bande, die bloß für Sekunden auftauchen und im Kugelhagel der Polizei sterben – den Musiker Bono, den Philosophen Ichirō Yamaguchi, den Mangaka Hajime Isayama sowie (hineinkopiert) den 2014 verstorbenen Philip Seymour Hoffman engagieren wollte.[11]

Was Klara jetzt aber interessierte, war etwas ganz anderes. Sie fragte Itō, woher er eigentlich sein perfektes Deutsch habe.

»Weiß ich nicht mehr«, gab Itō zur Antwort.

Mehr sagte er nicht dazu, denn in diesem Moment erschien Frau Castelbajac, und Itō verfiel augenblicklich in seine Muttersprache, von der er im Folgenden nicht mehr abließ und weswegen die Dolmetscherin alles übersetzen musste. Selbst als dann Georg sowie der Leibwächter und dessen Tochter erschienen.

Man frühstückte. Frau Castelbajac übersetzte.

Über ihnen kreiste ein Vogel. Wahrscheinlich derselbe, den Klara durch das Fenster ihres Schlafzimmers erblickt hatte.

Es wirkte so, als gehöre dieser Vogel zu Itōs Schauspielern. Ein Vogel gespielt von Sylvester Stallone. Also ein eher alter Vogel, aber irgendwie humorvoll. Und wagemutig. Und verrückt.

11 Jahre später würde es zur Wikipedia-Seite von *Woman at the Bath (film)* auch eine eigene Seite mit der Überschrift *Celebrities in supporting roles in ›Woman at the Bath‹ by Takashi Itō* geben.

25

Erneut saß Klara in einem Airbus. Diesmal aber kein 319er wie kürzlich auf dem Weg nach Helsinki, als dem zwischen Nüchternheit und Aberglauben schwankenden Georg die aus 319 resultierende Quersumme 13 aufgefallen war. Und als eine ältere, japanisch aussehende Dame die Freundlichkeit besessen hatte, Georg aus der Nachbarschaft zweier mafiaartig anmutender Männer zu befreien. Obgleich die beiden wahrscheinlich völlig harmlos gewesen waren, während sich die Chanel-Dame als das Gegenteil ihrer Erscheinung erwiesen hatte.

Heute handelte es sich um einen Airbus mit der Typenbezeichnung A350, woraus die gänzlich unschuldige und keinerlei Schrecken oder Hoffnung auslösende Quersumme 8 resultierte. Jene Acht, die man erst umlegen musste, um so etwas Bedeutendes wie die Ewigkeit zu erhalten.

Mit diesem 8er-Airbus reiste Klara quasi in die Vergangenheit, auch wenn es sich nur um einige Stunden handelte. Aber sosehr es ein Klischee sein mochte, nämlich dass Österreich ganz grundsätzlich in der Vergangenheit liege, so entsprach es doch der Realität, dass alles dort, selbst das Allermodernste und geradezu irrsinnig Neue, einen leicht modrigen Geruch besaß. In der Art, wie Bruce Willis es einmal in einem Zeitreisefilm ausgedrückt hatte, als er meinte, er sehe überall Leute, die schon tot sind. Und das war etwas, was am stärksten in der österreichischen Innenpolitik spürbar wurde. Und natürlich in den Museen und den Theatern, die den eigentlichen Boden dieses Landes bildeten, in das Klara soeben zurückkehrte. Und dabei gezwungen war, den Umweg über München zu nehmen, als sei's ein Vorspann.

Das Dröhnen und Brummen des Flugzeugs, dazu kalte Luft aus den Düsen, welche schmeckte wie bis ins Unendliche zerhackte Eiswürfel, die eine kurze Weile in einem mit Jack Daniels verrührten Glas Tomatensaft gelegen hatten, das alles passte ausgezeichnet zum Eindruck, in einer Zeitmaschine zu sitzen.

Wobei Klara nicht alleine war. Auf der einen Seite der Dreierreihe, zum Fenster hin, saß Georg. Auf der anderen, zum gefährlicheren Gang hin, Osada. Osada, der Bodyguard, der seiner Physiognomie wegen in Österreich viel weniger unauffällig würde agieren können als noch in Japan, während Georg am kommenden Montag wieder in seiner Konditorei stehen durfte. Denn es war ein Samstagmorgen, an dem sie soeben in die Vergangenheit flogen. Die veranschlagte Zeit der Suche nach Klaras Großmutter war so gut wie vorbei. Immerhin, man würde nach fünfzehn Flugstunden und einem zweistündigen Zwischenstopp in München noch am selben Tag in Wien ankommen.

Dass Osada mit an Bord war, geschah natürlich in Itōs Auftrag, der Wert darauf legte, dass seine Hauptdarstellerin bis zum Beginn der Dreharbeiten, und dann auch noch bis zum Ende der Dreharbeiten, unversehrt blieb. Darum durfte der Leibwächter weiterhin nicht von Klaras Seite weichen und sollte sie auch an den Ort begleiten, den das eine Bild einer Wackelkarte vorgegeben hatte: den Semmering. Eine Gegend, die im Übrigen als Kulminationspunkt dessen gelten konnte, was als Vergangenheit in der Gegenwart bezeichnet wurde. Als wäre ein Roman von Adalbert Stifter vor fünf Minuten geschrieben worden.

Wo sich hingegen Osadas Tochter und Mitarbeiterin Misaki aufhielt, war ungewiss. Nicht für Osada, aber eben für alle anderen. Sicher war, dass sie fortgesetzt in den Schutz Klaras eingebunden blieb. Vielleicht bereits vorgeflogen war, um das Terrain zu erkunden. Das österreichische Terrain.

Man befand sich auf Flughöhe irgendwo über China. Georg schlief, während Osada einer Büste mit dem Titel *Aufmerksamkeit* glich und Klara ihren Laptop aufgeschlagen hatte. Neben dem Computer lag jene Karte, die im biegsamen Wechsel einmal ein Inselhotel und dann ein Berghotel zeigte.

Klara recherchierte über jenes denkmalgeschützte Kurhotel am

Semmering wie über die ganze geschichtsträchtige Gegend (wobei fast alle Semmering-Geschichten etwas Anekdotisches besaßen. Die Anekdote ist wie eine Zwillingsschwester der Legende: ein wenig verlogen, aber auf eine gute, lustvolle Weise).

Als nun Klara durch ein Meer von Bildern trieb, die das Internet über den Semmering mit seinen Gebäuden und seiner Landschaft, den Skipisten und Wanderwegen und der schönsten aller Eisenbahnstrecken feilbot, da sah sie es.

Dieses eine Foto stach mit aller Wucht in Klaras Augen und löste eine heftige Explosion in ihrem Kopf aus.

Sprung ins Volle.

Das war der Titel zu diesem Bild. Also nicht Yves Kleins Titel von 1960, der »in die Leere« meinte, und auch nicht der von Helga Blume aus dem Jahre 1957, der »ins Leere« führte, aber ein recht deutlicher Verweis auf das eine oder das andere.

Allerdings stammte dieses Foto hier, dessen dazugehörigen Artikel Klara soeben aufgerufen hatte, aus dem letzten Jahr. Darauf war nicht eine einzelne Frau zu sehen, die gerade von einem Wuppertaler Balkon springt, nein, es waren sieben Frauen, die sich ikarusartig und mit langen weißen Gewändern von einer hölzernen Brüstung katapultierten, die unverkennbar zu den lang gezogenen Balkonreihen jenes 1909 errichteten Semmeringer Kurhotels gehörte.

Es waren ältere, genauer gesagt greise Frauen, die in leichter Abstufung des Abstoßens und mit ausgebreiteten Armen vom Geländer abhoben.

Der betreffende Artikel erklärte es. Es handle sich um die Fotomontage einer Kunstaktion, für die mehrere hochbetagte Bewohnerinnen eines nahe dem Hotel gelegenen Altersheims vor die Kamera getreten waren. In welcher Weise genau, wurde nicht gesagt, sondern natürlich auf die Parallele zu jenem berühmten Bild von Yves Klein verwiesen. Der Name Helga Blume fiel nicht. Aber auch kein anderer Name eines einzelnen Künstlers oder einer einzelnen Künstlerin, sondern nur der des Altersheims, *Haus Taubengruß*, welches sich anlässlich eines Jubiläums zu dieser Aktion entschlossen hatte.

Eigentlich hatte diese Einrichtung ursprünglich »Traubengruß« geheißen, war im Zuge eines Schreibfehlers aber um ein »r« gebracht geworden. Wobei der Semmering weder für seine Tauben noch für seine Trauben berühmt war. Doch der Name bestand nun mal. Weshalb der Sprung vom Balkon der sieben Damen im Zuge des fünfundsiebzigjährigen Bestehens dieses Altersheims nicht nur einen kunsthistorischen Verweis barg, sondern auch auf die Flugfähigkeit der namensgebenden Vögel anspielte. Während der Titel des Bildes – das Volle statt dem Leeren nehmend – eine positive Umdeutung von Alter und Tod darstellte. So zumindest die Interpretation des Verfassers des Artikels.

Klara vergrößerte das Bild und betrachtete die Gesichter der sieben Frauen eins nach dem anderen. Aber soweit sie das sagen konnte, war ihre Großmutter nicht darunter. Zumindest nicht so, wie sie sich vorstellte, dass Helga jetzt aussah, jetzt aussehen müsste mit vierundneunzig Jahren.

Keine Frage, dieses Altersheim, das laut Plan am Fuße des sogenannten Pinkenkogels lag, praktisch in Sichtweite des am Wolfsbergkogel gelegenen verlassenen Kurhotels, würde Klaras Ziel sein. Weshalb sie noch vom Flieger aus versuchte, für den gleichen Tag ein Quartier in der Nähe des Hotels oder des Altersheims zu reservieren. Doch die wenigen, in alten Villen untergebrachten Ferienwohnungen waren ausgebucht, und im Kurhaus Semmering war aus bekannten Gründen nichts zu haben. Weiter oben am Semmering hätte es durchaus freie Zimmer gegeben, aber Klara entschied sich, drüben im Ort Payerbach, im sogenannten Looshaus anzufragen. Womit also nicht das berühmte Looshaus in Wien am Michaelerplatz gemeint war, sondern ein kleines Hotel am Kreuzberg, das freilich ebenfalls von jenem Pionier der modernen Architektur stammte. Dem Mann, der das Ornament und das Verbrechen in einem Atemzug genannt hatte und der das Haus am Kreuzberg einst als Landvilla für einen Fabrikanten entworfen hatte.

Es gab allerdings nur mehr ein einziges freies Zimmer mit einem Doppelbett und einer Art Kinderbett. Dieses Kinderbett war eigentlich ein elegant in die Nische zwischen Wand und Einbauschrank gefügtes Sofa, wurde aber gerne zum dritten Bett umgelegt und erinnerte dabei an die Liegestatt einer von der neuen Sachlichkeit beseelten Prinzessin. Während das daneben gelegene Doppelbett wie geschaffen schien für die aus zwei Personen bestehende Entourage jener Majestät.

Und so gesehen auch wie geschaffen für Klara und ihre beiden Begleiter.

Jedenfalls waren die Betreiber dieses erstaunlich günstigen Hotels bereit, die drei Gäste noch spät in der Nacht zu empfangen. Denn Klara hatte keineswegs vor, Zeit zu verlieren. Sobald man gegen acht Uhr am Wiener Flughafen am Rand des Ortes Schwechat gelandet war, wollte sie mit Osada und Georg die einstündige Reise nach Payerbach antreten. Sodass man am Sonntagvormittag vom Kreuzberg die fünfzehn Minuten hinüber zum Wolfsbergkogel fahren konnte, um ein Altersheim aufzusuchen, in dem sieben Bewohnerinnen lebten, die im Jahr zuvor, 2024, ein Pariser Foto von 1960 nachgestellt hatten, vielleicht aber auch ein Wuppertaler Foto von 1957.

Spätestens am Montagabend wollte Klara dann zurück in Wien sein, um Dienstagfrüh ordnungsgemäß ihren Job im Kunsthistorischen Museum anzutreten. Was eigentlich lächerlich war, wenn man bedachte, dass sie demnächst an der Seite von Ewan McGregor vor der Kamera stehen würde.

Georg hingegen sollte bereits Montagmorgen wieder in jener Konditorei arbeiten, die er einst mitbegründet hatte. Und das wollte er unbedingt. Anstatt irgendeine komische kleine Rolle in Itōs Film zu übernehmen oder gar Opfer von Leuten zu werden, die hinter einer Schatulle her waren und sich dabei zu einem militärisch anmutenden Einsatz auf einer Insel hatten hinreißen lassen. Ein Vorfall, über den übrigens rein gar nichts in den Medien zu finden war. Wie nie geschehen.

Aber was alles in der Welt besaß nicht genau diese Eigenart, wie nie geschehen zu sein? Oder so, als sei das Geschehene bloß eine Erfindung aus einem Roman oder Film. Oder stamme aus dem Kopf eines Träumenden.

Es war kurz nach neun, in der Ferne trieb ein Gewitter dahin wie eine gewaltige flackernde Glühbirne. Mit dem kleinen Mietwagen erreichten die drei soeben das auf neunhundert Metern Meereshöhe gelegene, dicht umwaldete Looshaus.

Das zum Hotel gehörende Restaurant war noch gut besucht, allerdings alle Gäste bereits mit ihren Nachspeisen und angeblich der Verdauung förderlichen Digestifs beschäftigt.

Die Angestellte, von der sie im Vorraum empfangen wurden, war etwas irritiert, weil sie ein Ehepaar mit Kind erwartet hatte. Sie machte jedoch ob des Umstands, dass eine Frau und zwei Männer dieses Dreibettzimmer bezogen, kein großes Theater und überwand die Überraschung mit einer kleinen Einführung in die Geschichte und Bedeutung des Hauses. Dabei bot sie auch an, dass die neuen Gäste nach dem Bezug ihres Zimmers, wenn sie sich beeilten, noch im Restaurant bedient werden könnten. Was auch wirklich geschah, indem die drei in dem zwischen Sachlichkeit und wirtshäuslicher Gemütlichkeit sich einpendelnden Gastraum Platz nahmen. Gleich neben der hohen, auf eine Terrasse führenden zweigeschossigen Fensterfront, durch die gut sichtbar die flackernde Glühbirne näher kam. Und in der Tat, noch während Klara ein Hühnergeschnetzeltes, Osada das für einen Japaner, der nach Österreich kam, unvermeidbare Schnitzel und Georg, der Schwachhungrige, eine Frittatensuppe serviert bekamen, ging draußen das Unwetter los. Das war wie üblich auf dem Land ungemein spürbar. Der Regen musste sich nicht wie in der Stadt erst durch die Häuserschluchten fressen, um dann halb erschöpft die Fenster lieblich zu beschlagen, sondern knallte mit aller Wucht gegen die von Streben strukturierte Loos'sche Fensterfront.

Und während man aß und dazu einen feinen Sauvignon blanc trank, der drüben vom Neusiedler See herkam, der Wein, vielleicht auch das Gewitter, trommelten fette Tropfen gegen die Scheiben. Immer wieder wurde die nächtliche Landschaft im Zuge eines Blitzes hell erleuchtet, was aussah wie auf einem schwarz-weißen Negativfilm.

Und es hatte ja tatsächlich etwas von einem Film. Draußen war der Grusel, der Horror, die Gewalt, sehr nahe zwar, aber doch durch die Scheibe gesehen wie etwas Erfundenes, hier drinnen hingegen die Realität gastronomischer Geborgenheit.

Osada war mit einer Kellnerin ins Gespräch gekommen, die offensichtlich gerade Japanisch lernte. Und die ihn dazu überredete, nach seinem Schnitzel noch eine Vorspeise als Nachspeise zu nehmen, nämlich eine sogenannte Haussulz, von der die Kellnerin behauptete, und zwar auf Japanisch, sie sei die beste auf der Welt und er, Osada, müsse sie unbedingt probieren.

Diese Haussulz wurde mit roten Zwiebeln serviert – so ein Rot, das wie leicht berauscht Richtung Rosa schwankte – sowie mit steirischem Kürbiskernöl, das die Farbe von Motoröl besaß, welches dünn über eine grüne Fläche gleitet. Der Anblick der Fleischteile, die sichtbar gefangen in einer Masse von Gelatine steckten, verursachte Georg eine leichte Übelkeit, der bloße Anblick. Während jedoch Osada begeistert war. Mehr noch als vom Schnitzel. Man kann vielleicht aber auch sagen, dass er ebenso von jener Kellnerin begeistert war, die ihm diese Speise freundlich aufgedrängt hatte. Das konnte Klara deutlich spüren. Und es irritierte sie, weil sie es diesem Mann einfach nicht zugetraut hätte, sich mitten in seiner Arbeit, und er war ja mitten in der Arbeit, von dieser jungen Frau und ihren angeblichen Japanischkenntnissen ablenken zu lassen.

Es irritierte, verunsicherte und erfreute sie. Sollte Osada also ausgerechnet in dem Moment unkonzentriert sein, wenn wieder mal eine Chanel-Dame oder irgendwelche Söldner zuschlugen, dann würde es wenigstens einen guten Grund haben. Abgesehen davon war ja auch Georg an ihrer Seite. Obgleich er nicht hätte mitfahren müssen. Doch Georg erkannte diese gewisse ästhetische Notwendigkeit – ästhetisch, nicht moralisch –, seine Rolle als Begleiter bis zum Schluss durchzuhalten.

Georg, der bemüht war, nicht weiter auf die Haussulz zu sehen, auf dieses in die Geleemasse eingeschlossene tote Tier. Er bestellte sich einen Kräuterschnaps und einen Espresso. Was ein wenig war, wie ein Sedativ mit einem Amphetamin zu kombinieren. Und er unterhielt sich mit Klara. Sie hatten in letzter Zeit wenig miteinander gesprochen. So erfuhr er erst jetzt, dass Klara endgültig zugesagt hatte, neben Ewan McGregor in *Woman at the Bath* zu spielen.

»Ich weiß«, sagte sie, »wie verrückt das klingt. Aber ich stecke einfach schon zu tief drinnen, um aus dieser Verrücktheit noch herauszukommen.«

Er nickte und meinte, dass er sie vermissen werde. Also dort im Kunsthistorischen Museum in Wien, wenn er vor Jacob van Ruisdaels *Der große Wald* stehen und im Anblick der gemalten Landschaft seine Mittagspause verbringen würde.

»Ach«, meinte sie, »die Dreharbeiten werden nicht ewig dauern, und ich glaube nicht ernsthaft, dass ich in weiteren Filmen auftreten werde. Es ist ja auch nur, weil ich hinke.«

Georg legte seine Stirn in Falten. Er verstand nicht.

Sie erklärte es ihm. Erklärte ihm diese gewisse Parallele zwischen ihr und Violet Cox.

»Das allein wird es wohl nicht sein«, meinte Georg.

»O doch«, sagte sie und ergänzte: »Itō wird kaum einen zweiten hinkenden Film drehen.«

»Also, der Film hinkt doch nicht«, erwiderte Georg.

»Sie haben recht«, sagte Klara, »das ist wohl der Wein. Und die Zeitumstellung. Ich werde mich niederlegen und versuchen, zu schlafen. Das war ein unendlich langer Tag.«

»Das war eine unendlich lange Woche«, meinte Georg.

»Man kann sagen, dass wir im wahrsten Sinne reif für dieses Altersheim sind.«

Klara erhob sich und ging nach oben. In Begleitung Osadas, dem die Kellnerin in einer Weise nachsah, als schaue sie über den Rand ihrer Brille. Nur, dass sie keine Brille trug.

Georg blieb noch eine Weile, trank im Wechsel Kaffee und Schnaps und bestellte sich dann einen abschließenden Grappa, bevor er sich ebenfalls nach oben begab. Hinauf in das Dreibettzimmer mit seiner mahagonifurnierten Täfelung und den wiesengrünen Balken entlang des Plafonds, dazu ein Blick aus dem Fenster, hinaus in die vom Gewitter verlassene dunkle Nacht.

Es brannte noch Licht, gelbliches Licht, das unter einer Wandleiste hervorströmte. Klara hatte sich in das für eine Prinzessin bestimmte Kinderbett seitlich der Wand gelegt, gerade auf dem Rücken liegend, die Hände über der Decke verschränkt, mit geschlossenen Augen. Georg dachte sich: Gütiger, wie eine Tote.

Eine Tote mit Handtasche, wie gesagt werden muss. Die Handtasche, die Klara praktisch nicht mehr aus der Hand gab oder von der Schulter nahm und jetzt in den Spalt zwischen sich und der Wandvertäfelung gepresst hatte. Die Tasche, in der sich neben den üblichen Kosmetika, einer Lupe, einem Notizheft, Damenbinden, Sonnenbrillen, Handy, Nähzeug, Kopfwehtabletten, Postkarten geliebter Gemälde und einer zerfledderten Ausgabe von Roland Barthes' *Das Reich der Zeichen* natürlich auch das Foto ihrer vom Wuppertaler Balkon springenden Großmutter sowie das japanische »Bardot-Foto« von 1962 befand. Vor allem aber die mysteriöse, nicht zu öffnende Schatulle. Wie auch das Päckchen Sencha-Tee von Frau Hashi aus Magome und nicht zuletzt die Einladung zum Aki-Basho, dem großen Herbstturnier der Sumō-Ringer, das ausgerechnet an jenem Sonntag in Tokyo enden würde, vor dem Meister Gyōja eindringlich gewarnt hatte.

Osada saß angezogen auf einer Seite des Doppelbetts, mit aufrechtem Oberkörper gegen das Polster gelehnt, die Füße und Schuhe auf einem über dem Leinen ausgebreiteten Handtuch und las in einem Buch. Zumindest schaute er in das Buch hinein, war jedoch spürbar jederzeit bereit, aufzuspringen und seinem Job nachzukommen.

Georg begab sich in das winzige Badezimmer, putzte sich die Zähne mit einer Mischung aus Nachlässigkeit und Heftigkeit und kehrte schließlich zurück in den Raum.

Er öffnete kurz das Fenster und streckte seinen Kopf hinaus. Die vom Regen erfrischte Luft hüllte ihn ein wie eine Decke von feuchtem Moos.

Auf diese Weise erfrischt legte er sich ins Bett und dachte, wahrscheinlich nicht einschlafen zu können.

Und während er das noch dachte, war er auch schon weg.

Wie lange war er weg? Drei Stunden etwa. Dann erwachte er. Er spürte den Druck auf seiner Blase. Das hatte er davon, wenn er am Abend so viel trank.

Er erhob sich aus dem Bett. Das Zimmer war vollkommen dunkel, aber noch dunkler die Fläche im Fensterrahmen, dahinter der dichte Wald lag und so gut wie alles Licht verschluckte. Während im Zimmer selbst ein Rest alten, schwachen Lampenscheins gleich einem wabernden Etwas in der Luft stand.

Zumindest konnte Georg den Boden erkennen und gelangte zur Türe. Eigentlich verfügte dieses Zimmer – im Unterschied zu ein paar anderen in diesem Haus, das ja nicht als Hotel, sondern als Landvilla errichtet worden war – durchaus über ein eigenes WC, aber das war Georg irgendwie entfallen. Er hatte als Kind des Öfteren bei seiner Großmutter übernachtet, deren Wohnung zu den letzten in Wien gehörte, bei denen sich die Toilette noch auf dem Gang befand. Und darum gleich mehreren Hausbewohnern zustand. Etwas, was dem acht-, neun-, dann zehnjährigen Georg einen großen Schrecken beschert hatte, weil er immer fürchtete, wenn er auf dieser Toilette saß, von einem der anderen Benutzer überrascht zu werden. Dabei war die Türe natürlich verriegelt, aber allein das Rütteln an ihr, während er selbst sich in der schwächsten Position befand, die man als Mensch einnehmen konnte, war ihm stets ein Graus gewesen. Ein Graus und ein Grauen. Genau darum zog man sich ja zurück, wie es heißt.

Er öffnete die Türe, bemerkte im Lichtschein, der ins Zimmer fiel, dass Osada seine Haltung beibehalten, aber die Augen geschlossen hatte, schloss die Türe und trat hinaus in den schwach erleuchteten Flur.

Er suchte eine Weile herum, wankte schlaftrunken auf der Galerie umher, geriet in das obere Stockwerk, wo die Zimmer tatsächlich ohne eigene Toiletten waren, und entdeckte im dunklen Flur die Türe der Gangtoilette. Fand jedoch den Lichtschalter nicht, weshalb er sich in völliger Dunkelheit auf den Lokus hockte. Derart sitzend, eingehüllt in das perfekte Schwarz, als steckte er diesmal in einem von Arnulf Rainer dunkel übermalten

Black Painting von Ad Reinhardt, wäre er beinahe eingeschlafen. Schlief vielleicht auch tatsächlich ein, schreckte dann hoch, betätigte die Spülung und verließ mit nach vorne gestreckten Armen, gleichsam das schwarzschwarze Bild durchdringend, den kleinen Toilettenraum.

Sich am rot glänzenden Geländer festhaltend, gelangte er wieder nach unten, versäumte aber sein Zimmer mit der Nummer 3, das in Landhauszeiten das »Zimmer des Sohns« gewesen war, und geriet auf die ins Erdgeschoss hinabführende Treppe. Um schließlich in die große Halle einzutreten, in der das Restaurant untergebracht war. Allerdings … er musste sich wirklich die Augen reiben. Klar, das war noch immer derselbe Raum, in dem er Stunden zuvor mit Klara und Osada gesessen und seine Frittatensuppe gegessen hatte. Doch sämtliche Sessel und Tische waren verschwunden. Was noch zu erklären gewesen wäre. Allerdings standen gegen den Hallenausblick hin nun schwere Polstermöbel um einen kleinen runden Tisch, und auch die Kaminnische im rückwärtigen Teil war in einer Weise eingerichtet, wie Georg es auf einer im Vestibül ausgehängten Fotografie gesehen hatte, die diesen zentralen Raum in den 1930er-Jahren zeigte. Und genau so wie auf diesem Foto sah jetzt diese zweigeschossige, von einer Galerie umlaufene Wohnhalle aus, nicht nur die ganze herrschaftliche Einrichtung, sondern ebenso die Farbgebung, beziehungsweise das Fehlen von Farbe, da alles in diverse Abstufungen von Grau gehüllt war. Die Fensterfront stand weit geöffnet und wies hinaus ins Freie, das nicht wie oben im Zimmer pechschwarz war, vielmehr einen hellen Nebel bildete, der dem Innenraum das nötige Licht schenkte, um etwas zu erkennen. Und Georg erkannte alles, die Einrichtung von 1930, und auch, dass dort in einem der schweren, tief liegenden Fauteuils eine Person saß. Rauch stieg auf. Zigarettenrauch. Dabei war dies hier ein als absolut rauchfrei ausgewiesenes Hotel. Aber gut, das galt für das heutige Hotel, nicht für das einstige Landhaus.

Georg näherte sich der rauchenden Person. Es war eine kleine Frau, klein und alt, aber mondän, wie sie da die Zigarette hielt, als sei's ihr untreuer Ehemann, den sie in eine Zigarette verwandelt hatte und ihn auf diese Weise gleichermaßen genoss wie auch erledigte.

»Verdammt, Sie!«, sagte Georg, als er die Frau erkannte. Genau genommen erkannte er die kleine Chanel-Handtasche, deren Schlinge um den freien Arm der Frau führte, die mit einem Lächeln zu Georg hochsah.

»Sie wissen schon«, meinte Georg, »dass in diesem Haus Rauchen verboten ist.«

»Und Sie wissen doch sehr genau«, erwiderte die alte Dame, deren japanoides Gesicht kurz aufzuleuchten schien, durchaus im Stile eines jener Blitze von zuvor, »dass Sie sich in einem Traum befinden, oder? Und dass wir uns gerade in einer Epoche aufhalten, als das Rauchen noch lange nicht der Hysterie von Leuten zum Opfer fiel, deren Ziel es ist, dass wir alle älter werden und dann auch noch gesund sterben, ohne dass sie sagen können, wozu eigentlich.«

»Wie Sie meinen«, sagte Georg und setzte sich der Chanel-Dame gegenüber. Er fühlte sich ungemein müde. Wäre gerne eingeschlafen. »Und was machen wir hier?«

»Es ist *Ihr* Traum«, antwortete die Frau.

»Schieben Sie die Schuld nicht auf mich«, beschwerte sich Georg. »Sie sitzen hier und rauchen. Außerdem ist es kalt. Wir sollten die Terrassenfenster schließen.«

»Damit Sie sich über den Gestank meiner Zigarette aufregen können? Nein, wirklich nicht.«

»Trotzdem, ich mache zu«, sagte er, stand auf und versuchte, die Fenstertüren zu schließen, was aber nicht funktionierte.

Die Chanel-Dame lächelte wissend und fragte: »Ist Ihnen das je gelungen, im Traum etwas zu schließen oder zu öffnen?«

»Nein, Sie haben recht«, antwortete Georg und setzte sich zurück auf seinen Fauteuil. Beinahe hätte er die Frau um eine Zigarette gebeten. Wollte dann aber wissen, wieso sie eigentlich hinter der Schatulle her sei. »Ist es etwas Persönliches?«

»Nichts Persönliches«, sagte sie. »Es ist ein Auftrag.«

»Sind Sie nicht zu alt für so was?«

»Meinen Sie, man sollte sich mit achtzig zum Sterben hinlegen? Und dann möglicherweise noch zehn Jahre so herumliegen und warten? Ich meine, wenn man schon gezwungen ist, alt zu werden.«

»Sie könnten auch … Worum geht es überhaupt bei diesem Ding, bei dieser ganzen Jagd? Wenn sogar schwer bewaffnete Fallschirmjäger zum Einsatz kommen.«

Mit denen, sagte die Chanel-Dame, habe sie nichts zu tun. Das sei eine andere Fraktion. Leute, die nichts tun könnten ohne lautes Getöse. Auch wenn das Getöse geheim bleibe. Nein, das Springen aus Hubschraubern sei nicht ihre Sache.

»Noch einmal«, drängte Georg, »worum geht es denn?«

»Na, was denken Sie, wenn diese ganze Geschichte in einem Altersheim enden soll?«

»Das Alter?«

Sie nickte. Meinte aber: »Nein, die Zukunft.«

»Wieso, weil wir alle in einem Altersheim enden?«

»Nicht alle.«

Indem sie das sagte, zog sie ein langes Messer aus der Tasche. Ein Messer, das große Ähnlichkeit mit jenem *Kanashimi no naifu* besaß, *Messer der Trauer*, welches auf dem Gemälde zu sehen war, das eine blinde Köchin zeigt.

»Das ist nicht Ihr Ernst«, meinte Georg erstaunlich gelassen.

»Wie ich schon einmal sagte, es ist *Ihr* Traum. Es ist *Ihre* Furcht, die diesen Traum nährt und gestaltet und ihm seine Form gibt. Ich bin hier nur Gast. Und – wenn Sie so wollen – ausführendes Organ.«

Sie beugte sich etwas nach vorn und stieß ihm ohne Umstände das Messer in den Bauch.

Mit einem kurzen Stöhnen wachte er auf. In vollkommener Dunkelheit. Jemand rüttelte an der Türe. Stimmt, die Toilettentüre. Nicht die seiner Kindheit, sondern die im wunderschönen, denkmalgeschützten Semmeringer Looshaus.

Georg erhob sich, zog seine Pyjamahose hoch und öffnete die Türe. Der Gang war jetzt hell erleuchtet. Vor der Toilette wartete ein großer, breiter Mann mit dem Gesichtsausdruck des Vorwurfs. Er sah aus wie ein Gewichtheber oder Ringer, aber so wie

Gewichtheber oder Ringer im letzten Jahrhundert ausgesehen hatten. Slawisch, auch wenn sie keine Slawen waren. So hätte Kafka ausgesehen, wäre er groß und mächtig und ein Profisportler gewesen.

Georg drängte sich wortlos an dem Mann vorbei, in Richtung seines Zimmers. Dabei hielt er sich unbewusst die Hand auf den Bauch, dort, wo die Chanel-Dame zugestochen hatte.

II

26

Tom Bernstein konnte sich nicht erinnern, je in diesem Museum gewesen zu sein. Obwohl er doch sein halbes Leben in Hamburg zugebracht hatte. Allerdings stammte er nicht aus dem Norden Deutschlands, sondern aus dem Süden, aus einer Stadt, in deren Museen er ebenfalls nie gewesen war. Die Kunst war einfach nicht sein Ding, dabei war er keineswegs ungebildet. Er hatte einsehen müssen, auch in seinem Gewerbe nicht umhinzukommen, ein berühmtes Gemälde von einem gänzlich unberühmten zu unterscheiden, also etwa ein superteures Bild von Jackson Pollock im Drip-Painting-Stil von irgendeinem bedeutungslosen Getröpfel, das sich zufällig auf der Unterlage einer Maler- und Anstreicherfirma gebildet hatte.

Er kannte sich aus, aber es fehlte ihm gänzlich das Verständnis dafür, weder für eine getröpfelte Moderne noch für die Alten Meister, die ihm tatsächlich alt erschienen, vollkommen obsolet in ihrer Betrachtung einer Zeit, die die ihre gewesen war, aber eben nicht die seine.

Hingegen empfand er die Bilder des Malers Edvard Munch, die da in einem ausgesprochen weißen und hellen Raum der Hamburger Kunsthalle hingen, gar nicht so schlecht. Weil sie auf ihn weder den Eindruck der Übergewichtigkeit der alten Schinken machten, noch diese gewisse Mager- und Schwindsucht der aktuellen Kunst besaßen, einer Avantgarde, die im Entstehen begriffen auch schon verflogen war.

Nein, dieses eine zentrale Bild mit dem Titel *Madonna* gefiel ihm, auch wenn er sich dachte, dass es sich bei der Porträtierten wohl eher um eine Prostituierte oder irgendeine die Unkeuschheit symbolisierende Figur handeln müsste. Dabei konnte er nicht ahnen, dass es höchstwahrscheinlich eine norwegische Schriftstellerin gewesen war, die Munch Modell gestanden hatte, tatsächlich eine exzessiv erotische Frau, die einige Jahre nach Entstehung dieses Gemäldes von ihrem eifersüchtigen Liebhaber erschossen wurde.

Weit oben an der Wand, links der Madonna, über einem Gemälde mehrerer am Meer stehender Mädchen, stand geschrieben: *Um 1900: Zeitenwende.* Und darunter in Englisch: *Around 1900: A Turning Point.*

Ah ja, er befand sich also in einem Raum der Zeitenwende, auf dessen Bank er gegenüber der Madonna Platz genommen hatte. Wobei ihm der englische Begriff – *ein drehender Punkt* – das Gefühl vermittelte, jemand sei, soeben im Jahre 1900 angekommen, derart erschöpft und desillusioniert, dass er augenblicklich eine Wende vollzog, um zurückzukehren in die alte Zeit. Wie bei einem dieser sinnlosen Marathons, wenn man nach der Hälfte wieder umdrehen musste.

Faktum war, dass er nicht aus Interesse an der Kunst an diesen Ort gekommen war, sondern man ihn hierherbestellt hatte, um einen möglichen Auftrag zu besprechen.

Neben ihm, auf der linken entfernten Ecke der Museumsbank, saß eine junge, knochige Frau mit zerrissenen Netzstrümpfen und einem löchrigen T-Shirt mit der Aufschrift *Auch Veganer fressen Scheiße*, allerdings trug sie superschicke High-End-Kopfhörer über dem zerfransten, tiefschwarz gefärbten Haar. Die erkannte er nämlich, die Kopfhörer. Sowenig er sagen konnte, ob ihre Schuhe, die aussahen wie aus einem Frankensteinepos der Stummfilmzeit, teuer oder billig waren, so wusste er sehr wohl um den verrückten Preis, den man für derartige Magnetostaten-Kopfhörer am Ende der Höhe hinzulegen hatte.

Tom Bernstein hob seinen Arm und blickte auf seine auch nicht ganz billige Armbanduhr. Natürlich wurde sein Name nicht englisch ausgesprochen wie der des berühmten Dirigenten, sondern deutsch, wie das auch nicht ganz unbekannte fossile Harz. Und das war nun ein Name, der wirklich gut zu diesem Mann passte, wenn man an die häufigen Einschlüsse im Bernstein dachte. Der Mann war massig und kompakt, alles an ihm war breit, aber er wirkte eben auch so, als stecke in ihm ein kleines

Objekt fest. Ein unglückliches Objekt, für ewig eingesperrt in diesem kräftig gebauten, an manchen Stellen ein wenig schwammigen Körper. Wobei er, der jüngst fünfzig geworden war, ungemein schnell sein konnte, wenn er denn wollte oder musste.

Musste er im Moment aber nicht, weshalb er sich recht gemächlich neben der jungen Frau mit den Dreitausend-Euro-Kopfhörern niedergelassen hatte und sich einen Moment überlegte, ob es sich bei ihr allen Ernstes um den Auftraggeber handeln könnte, der dann also eine Auftraggeberin wäre.

Sie schaute ihn von der Seite an. Er spürte es, während er starr auf Munchs *Madonna* sah. Er spürte ihren Blick in einer Weise, als würden die Zähne eines Kamms über seine linke Wange streifen. Was nicht wirklich unangenehm war, aber dennoch eine feine Spur geröteter Linien verursachte.

Die junge Frau murmelte etwas in das Mikro an ihrem Hals und erhob sich.

Jemand anderer nahm exakt an der Stelle Platz, wo sie gesessen hatte.

»Sie sind früh dran«, sagte die Stimme des Mannes, der sich soeben zu Bernstein gesetzt hatte.

»Fünf Minuten, richtig«, antwortete Bernstein, ohne seinen Blick von der *Madonna* zu nehmen. »Aber wenn Sie meinen, das disqualifiziert mich, kann ich gerne wieder gehen. Abgesehen davon, dass ja auch Sie selbst zu früh dran sind.«

»Ich hatte es nur festgestellt«, sagte der Mann, »weil so was heutzutage selten vorkommt. Der Eindruck von Pünktlichkeit entsteht in den meisten Fällen nur noch, wenn alle gleichzeitig zu spät kommen.«

Bernstein wandte seinen Kopf in Richtung des Sprechenden, wobei er mit einem Seitenblick registrierte, dass das Kopfhörermädchen im Raum geblieben war, hinten bei der Hodler-Landschaft (ein echter Hodler war so gut zu erkennen wie echter scharfer englischer Senf, dessen Schärfe allein vom Senfmehl stammte). Es war offensichtlich, dass die Punkerin zu dem Mann gehörte, der ihn, Bernstein, an diesem Ort treffen wollte. War sie seine Leibwächterin oder einfach seine Sekretärin? Darum auch diese

Kopfhörer. Wahrscheinlich waren ihre Schuhe ebenso teuer, und die zerfetzte Strumpfhose stammte von Vivienne Westwood. Designer Clothing.

So jung diese Frau schien, so alt war der Mann, der sich Bernstein zugewandt hatte und Bernstein ihm. Der Alte war groß gewachsen und hager, wirkte jedoch total schief, wie aus einer Halterung gerutscht, und schien auch gleich umzukippen. Aber er fiel nicht, sondern blieb bloß in einer bedrohlichen Schieflage. Seine Haut war gelbgrau und faltig, sein Gesicht wie zerknülltes Papier. Aber er besaß unglaubliche Augen. So stechend blau, dass man Farblinsen hätte vermuten können. Es tat fast weh, in diese Augen zu schauen, gewissermaßen das Letzte an diesem Mann, was noch mehr dem Diesseits als dem Jenseits angehörte.

Es war die Anwältin genau dieses Mannes gewesen, der zunächst namenlos blieb, welche Bernstein zu dem Treffen veranlasst hatte. Denn darin bestand Bernsteins Beruf, sich um jene Probleme zu kümmern, die zum Beispiel genau solche Anwältinnen und Anwälte nicht zu lösen imstande waren. Nein, er war kein Killer, das nicht, aber er beherrschte schon die eine oder andere Methode, um ein vorgegebenes Ziel zu erreichen. Detektiv hätte es auch nicht getroffen. Er nannte es simplerweise *sein Handwerk*, verzichtete aber darauf zu erklären, worin genau es bestand. Er sagte gerne und würde es auch diesmal sagen: »Das brauchen Sie nicht zu wissen, wie ich das mache.«

Der alte, wirklich alte Mann, dessen Stimme bei aller Brüchigkeit in den Details als Ganzes jedoch unverbrüchlich klang – ein wenig wie bei den Sprüngen auf den alten Gemälden –, erklärte, Bernstein damit beauftragen zu wollen, ihm ein bestimmtes Objekt zu liefern.

»Muss ich dazu in dieses Museum einbrechen?«, fragte Bernstein, halb scherzend, halb befürchtend, der Ort sei aus gutem Grund gewählt worden.

Aber der gute Grund schien bloß einer Sentimentalität geschuldet. Der alte Mann mochte diese Ausstellungsräume, hatte, wie er erzählte, dem Museum mehrere wichtige Gemälde gespendet und fühle sich hier um einiges sicherer als in seinem Hamburger Büro oder seiner Hamburger Villa, wo er umgeben sei von Menschen, die die Minuten bis zu seinem Tod zählten.

»Das Schlimmste«, sagte er, »was Sie tun können, ist Kinder kriegen, die dann auch Kinder kriegen. Haben Sie Kinder?«

Bernstein verneinte.

»Vernünftig von Ihnen. Nein, Sie müssen hier nicht einbrechen. Ich besitze praktisch den Schlüssel von diesem Gebäude. Was ich von Ihnen möchte, ist, dass Sie mir eine sehr spezielle Schatulle besorgen, die sich derzeit im Besitz einer Frau Ingold befindet. Sie gehört mir, genauer gesagt etwas, das sich in dieser Schatulle befindet. Ich will nur, dass Sie mir zurückholen, was mir vor langer Zeit genommen wurde, auch wenn ich es nicht mehr werde nutzen können, wie ich es einst hätte nutzen können.«

»Dann sagen Sie mir doch bitte«, ersuchte Bernstein, »was ich wissen muss.«

Und das tat der alte Mann.

Es wurde eine lange Geschichte, und sie lag lange zurück. Der alte Mann hatte, als er ein junger Mann gewesen war, in Finnland gelebt, wo er im Norden des Landes auf die Welt kam – dort, wo die Bevölkerungsdichte mittels einer Farbe von sehr hellem, fast farblosem Urin dargestellt wird. Aber noch als Schüler, und zwar als hochbegabter, war er kurz nach dem Krieg nach Tampere umgezogen und dann, mit einem Stipendium ausgestattet, nach Helsinki.

Das waren also die frühen Fünfziger, als er in der finnischen Hauptstadt Physik studierte und mit einer Arbeit über die Darstellung von Wellenpaketen in der Quantenmechanik Aufsehen erregte. Zuerst bei einigen Professoren, dann bei Leuten, die mehr an der Praxis als an der Theorie interessiert waren. Der sowjetischen Praxis, um genau zu sein.

Es war die Zeit nach dem Krieg, als sich Finnland zwar zwischen den Blöcken als neutral erklärte, der Einfluss der Sowjetunion jedoch bedeutend war. Zuerst unter der Politik Präsident Paasikivis, ab 1956 noch stärker unter Urho Kekkonen. Und genau darum waren es eben nicht nur die Finnen, sondern auch die Russen, die sich für diesen jungen Physiker interessierten.

Er hatte damals den Namen Enmvik getragen, eigentlich Envik, aber es hatte ihm eine gewisse Freude bereitet, ein »m« in seinen Namen zu schmuggeln. Ein »m«, das nicht nur auf den Anfangsbuchstaben von *matematiikka* verwies, sondern ursprünglich auf eine Wellenlinie zurückging, die das Wasser symbolisierte. Und mit Wellen hatte Enmvik sich nun wahrlich beschäftigt und meinte praktisch jede Antwort aus dem Wasser beziehen zu können.

Man lud Enmvik 1954 nach Moskau ein und bot ihm die Möglichkeit, ihm, dem erst Dreiundzwanzigjährigen, eine Gruppe von Wissenschaftlern anzuführen, die gewisse paranormale Phänomene untersuchen und in Einklang mit wissenschaftlicher Machbarkeit bringen sollte. Beide Großmächte hofften, Überlegenheit auch dort zu entwickeln, wo der Verstand an seine Grenzen stieß. Und es somit eines Verstandes bedurfte, der sich von solchen Barrieren nicht abhalten ließ. Weshalb Enmvik, der in keiner Weise ein Anhänger des Arbeiter-und-Bauern-Staats war … nun, in der einen Weise eben schon, dass man ihm unbegrenzte Mittel zur Verfügung stellte, um seine Forschung, seine Experimente vorantreiben zu können. Und es waren nun mal die Sowjets, die das taten.

Fast jede Forschung ist die Entdeckung von etwas ganz anderem als dem, was man zu finden oder zu lösen erhofft hat. Wofür die Fähigkeit nötig ist, das Unerwartete hinter dem Erwarteten zu erkennen, das Nebenprodukt neben dem Hauptprodukt, und wie sehr das Nebenprodukt zur eigentlichen Erkenntnis führt.

So kam es, dass man im Zuge der Untersuchung von Gehirnwellen auf etwas anderes stieß als das ursprünglich Angestrebte, bei dem es sich um eine Waffe handeln sollte. Denn das war im Osten wie im Westen großer Wunsch der Militärs, den einzelnen Menschen in ein tödliches Instrument zu verwandeln, tödlicher als jene Finger, mit denen Gewehre abgefeuert oder die Cockpits von Langstreckenbombern bedient wurden, und effektiver als von Langeweile, Blutdurst oder Devotion getriebene junge Männer. Noch war von Robotersoldaten keine Rede, sondern davon, die Soldaten selbst in Roboter zu verwandeln. Und sie mithilfe einer Gerätschaft dazu zu befähigen, elektromagnetische Wellen von fataler Wirkung auszusenden.

Jeder Mensch, so Enmvik damals, wäre wie eine kleine Sonne mit einer unglaublichen Menge an Energie. Während er selbst, schließlich auch nur ein Mensch, sich gerne der Ausrede bediente, etwa der, dass die Forschung, die er hier betreibe, irgendwann auch der Medizin von Nutzen sein könnte. In jeder Waffe stecke auch das Potenzial für Heilung. Jedenfalls versuchten er und sein Team, Apparaturen zu entwickeln, die diese Energie in einem waffentechnischen Sinn umzusetzen verstanden. Geräte, die damals in den 1950er-Jahren eine verblüffende optische Ähnlichkeit mit den heutigen Virtual-Reality-Brillen besaßen.

Letztlich war es darum gegangen, aus einer elektromagnetischen Entladung der Nervenzellen ein elektromagnetisches Feld mit hoher Frequenz zu erreichen, das über die »Brille« verstärkt und gebündelt auf einen möglichen Kontrahenten gerichtet wurde. Und deren ganze Steuerung allein mittels Gedankenübertragung funktionieren sollte. Sodass die Gedanken des Angreifers imstande waren, den Grad der Zerstörung zu bestimmen: alles zwischen bloßer Verwirrung, Betäubung und Tötung des Kontrahenten. Indem man etwa dachte *Ich mag dich nicht* und das Gegenüber allein durch die Wahl der Worte aus dem Gleichgewicht geriet und das Bewusstsein verlor. Und man sich darum vorstellen konnte, was geschah, wenn der gleiche Angreifer sich überlegte: *Ich mag gerne zusehen, wie es dich zerfetzt.*

Das, was dann aber mittels dieser Geräte – die man aus irgendeinem ominösen Grund *Gorsky* oder *Gorsky-Brille* nannte[12] – erreicht wurde, war etwas völlig anderes. Denn sosehr die Messun-

12 Angeblich war die Brille nach jenem Kosmonauten benannt worden, der eineinhalb Jahrzehnte später – so die Legende – von Neil Armstrong im Zuge von dessen erfolgreicher Mondlandung 1969 mit einem *Good Luck, Mr. Gorsky* bedacht wurde. Wobei es bald hieß, ein Kosmonaut dieses Namens habe nie existiert. Erst Mitte der Neunzigerjahre folgte das Gerücht, es sei in Wirklichkeit ein Nachbar aus Armstrongs Jugendzeit gemeint gewesen, dessen Frau auf das Verlangen ihres Mannes nach Oralverkehr hin erklärt habe, er bekomme diesen erst, wenn das Nachbarskind auf dem Mond spaziert sei. Was nun wirklich eine gute Geschichte ist, angeblich von Armstrong selbst stammt, die Wahrheit allerdings die ist, dass niemals ein Nachbar namens Gorsky existiert hat. Aber sehr wohl ein Kosmonaut dieses Namens, der als Versuchsperson an den Experimenten unter Enmvik in den Jahren 1954 und 1955 teilnahm.

gen zwar eine Strahlung anzeigten, die vom Angreifer ausgehend die Zielperson traf, waren die Auswirkungen minimal, ganz gleich, was für wütende oder mörderische Gedanken die Person sich dachte, die die Gorsky-Brille bediente.

Was jedoch fast alle Testpersonen berichteten, war, dass, noch während sie durch das Gerät sahen, auf dessen innerem Bildschirm sich das zu attackierende menschliche Ziel in einem bläulichen Schwarz-Weiß abzeichnete, immer wieder völlig andere Bilder für Sekunden aufschienen. Diese zumeist in kräftigen Agfa-Color-Farben. Bilder, die rein gar nichts mit dem Raum und der Situation zu tun hatten, in der man sich befand, manchmal einfach Landschaftsbilder, dann Bilder von Häusern und Straßen, ziemlich verschwommen, impressionistisch, verwackelt, aber doch eindeutig Bilder realer Orte.

Weshalb Enmviks Team begann, Kameras in die Gorskys einzubauen, um jene auf den inwendigen Bildschirmen geisterhaft auftauchenden Bilder festhalten und untersuchen zu können. In der Tat Standbilder, die in keinem Zusammenhang mit der Testsituation zu stehen schienen. Bei einem der Straßenbilder gelang es trotz der Verschwommenheit festzustellen, dass es sich nicht um eine Straße in Moskau, sondern in Berlin handelte, wobei ein eiligst in Berlin aufgenommenes Foto der realen Straße einen wesentlichen Unterschied zu der auf dem Gorsky-Bild aufzeigte. Etwas, was man sich als eine *Verzerrung* bei der Gedankenübertragung erklärte. Denn dass Gedanken diese Bilder projizierten, schien die naheliegendste Erklärung.

Nach und nach kam jedoch der Verdacht auf, dass diese Verzerrungen auf etwas Zukünftiges verwiesen. Auf dem verschwommenen Gorsky-Bild jener Berliner Straße konnte man die Aufschrift auf dem Schild eines Ladenlokals entziffern, einer Schneiderei mit Namen Busch, während das Schild der realen Berliner Straße als Ladenbesitzer einen Schneider Kroiß auswies. Es sollte sich herausstellen, dass jener Herr Kroiß tatsächlich plante, im nächsten Jahr seinen Laden zu verkaufen, und dass sich unter den Interessenten ein aus dem Bayerischen stammender Schneidermeister namens Busch befand. Auch wenn noch andere Personen an dem

Laden interessiert waren, ließ das Foto dieser Berliner Straße, das aus dem Gorsky einer russischen Testperson stammte, eigentlich nur einen Schluss zu: nämlich, dass dieses Bild aus der Zukunft stammte. Aus der nahen Zukunft zwar, da Herr Kroiß gleich im darauffolgenden Jahr sein Geschäft abgeben wollte, aber eindeutig aus der Zukunft. Auch die Analysen anderer Gorsky-Fotos führten zu der Annahme, sie zeigten einen Ort und eine Situation, die in der Zukunft lagen. Selten etwas Dramatisches und darum auch schwer zu verifizieren, umso mehr, da es sich eben immer nur um Sekunden, Stunden, Tage oder auch wenige Jahre in der Zukunft zu handeln schien. Man wunderte sich über die gewisse Harmlosigkeit der stets verschwommenen Bilder: Landschaften, spielende Kinder, Straßenmotive, eine gewisse biedermeierliche Atmosphäre, keine Kriegsbilder, keine Straßenschlachten, keine Aufnahmen bedeutender Leute oder eben demnächst bedeutender Leute, im Übrigen auch kein einziges Bild, das eindeutig russischer Erde zugeordnet werden konnte, was am meisten verwirrte und den Druck auf jene erhöhte, die dieses ganze Projekt zu verantworten hatten.

Weshalb Enmviks Team auf die glorreiche Idee kam, die Testpersonen einem erhöhten Stress auszusetzen. Also nicht die Zielpersonen, die ja weiterhin die Position potenzieller Gegner einzunehmen hatten, sondern die Träger der Gorsky-Brille. Stress im Zuge einer physischen Schmerzzufügung wie auch einer psychischen, indem etwa das ursprüngliche Experiment, also der Angriff auf einen anderen Soldaten, dahin gehend geändert wurde, dass nun Frauen, Tiere und alte Menschen als Zielobjekte ausgewählt wurden. Bloß Kinder nicht.

Das alles brachte jedoch nichts. Führte allein zu einer Verrohung des Experiments.

Dann aber kam dieses eine Bild. Es unterschied sich von allen anderen. Vor allem war es ungemein klar, gestochen scharf. Alles darauf war überdeutlich zu erkennen. Ein Foto im Foto.

Auf dem aus der Gorsky-Brille einer Testperson stammenden Farbfoto war ein Schwarz-Weiß-Foto zu sehen. Ein gerahmtes, verglastes, an irgendeiner hellgelb gefärbten Wand hängendes Schwarz-

Weiß-Bild, das in der rechten unteren Ecke beschriftet und signiert war. Und vor allem datiert. Das war der entscheidende Punkt: die Datierung *3. 9. 1957*. Während das Bild aus dem Gorsky-Apparat am 2. März 1955 aufgenommen worden war. Somit lag die Entstehung der gerahmten Fotografie zwei Jahre und sechs Monate in der Zukunft. Neben dem Datum war zudem eine handschriftliche Signatur zu erkennen, *Helga Blume*, sowie in der gleichen leserlichen Handschrift der Titel des Bildes: *Sprung ins Leere*. Und genau das war auf der Fotografie auch zu sehen, eine Frau in knielangem Rock und heller Bluse, die sich mit ausgestreckten Armen vom Geländer eines Balkons abstößt und über einer Straße ins Leere fliegt.

Bei dieser Fotografie schien es sich um ein Kunstwerk zu handeln und nicht etwa um das journalistische Dokument eines Unfalls. Wobei mit einiger Wahrscheinlichkeit die Frau auf dem Foto jene war, die dieses Foto auch signiert hatte, Helga Blume. Sowenig sie selbst den Auslöser des Fotoapparats hatte bedienen können. Aber so, wie sie da flog, mit flatternder Bluse, während ihr zum Zopf gebundenes Haar eine geradezu absichtsvoll wirkende Kurve beschrieb, wurde sie wahrlich ihrem Namen gerecht: eine Blume, eine fliegende Blume. Und zwar eine fliegende Blume zweieinhalb Jahre in der Zukunft.

Bei der Testperson, die das Bild dieses Fotos praktisch aus dem eigenen Kopf heraus geschaffen hatte, handelte es sich um einen jungen Moskauer Studenten der Agrarwissenschaften, der sich bei der Befragung durch Enmvik weder als Kenner moderner Fotografie noch als Bekannter einer Frau namens Blume erwies.

Das Foto selbst war von Enmvik entwickelt worden. Und erstaunlicherweise hielt er diesen ersten echten Beweis für die »Zukunftsfähigkeit« des Gorsky-Apparats vor seinen Mitarbeitern zurück. Denn zu dieser Zeit, im Frühjahr 1955, war Enmvik bereits von einem amerikanischen Agenten kontaktiert worden, der ihm das Angebot unterbreitete, für den Westen zu arbeiten. Die Amerikaner dachten fälschlicherweise, Enmvik sei gegen seinen Willen nach Moskau gebracht worden und sehne sich nach Flucht. Tat er aber nicht. Dennoch erwog er dieses für ihn alles andere als ungefährliche Überlaufen, wobei seine weiterhin bestehende finnische Staatsbürgerschaft an der Gefährlichkeit nichts änderte. Aber letztlich war es so, auch wenn das banal klingt, dass er Moskau einfach nicht mochte, sich in dieser Stadt unwohl fühlte, so wie er sich auch in Helsinki immer unwohl gefühlt hatte. Er fand, es sei an der Zeit, eine andere Stadt zu versuchen, sosehr ein solches geradezu arrogantes »Ausprobieren von Orten« in Zeiten des Kalten Krieges sein Leben in Gefahr bringen konnte.

Er kehrte unter einem familiären Vorwand nach Finnland zurück, reiste in den hohen Norden, jenen Landstrich von hellstem Urin, aus dem seine Familie stammte, wo er allerdings untertauchte und erst Wochen später wieder auftauchte. Diesmal in einer kleinen Ortschaft des Schwarzwaldes. Man hatte ihn, der perfekt die deutsche Sprache beherrschte, mit neuem Namen und neuer Identität ausgestattet.

Aus Enmvik war Morlock geworden, Conrad Morlock, ein westdeutscher Name, der allerdings häufiger in den Vereinigten Staaten vorkam. Sodass das »M«, jener Buchstabe, der aus einer dem Wasser geweihten Wellenlinie hervorgegangen war, diesmal den Anfang seines neuen Namens und damit seines neuen Lebens bildete.

M wie Morlock!

Mit diesem neuen Namen zog er aus dem Schwarzwald nach Heidelberg, wo er offiziell als Assistent an der Philosophischen Fakultät arbeitete, obgleich er sich spöttisch dachte, dass sich angesichts seiner tatsächlichen Forschung eigentlich die Theologische Fakultät angeboten hätte. Jene Forschung, die er in einem geheimen Labor der Amerikaner fortführte. Letztlich an nichts Geringerem arbeitend als an einer Zeitmaschine.

Zu welchem Zweck Morlock zuerst einmal eine Apparatur wie die in Moskau nachbauen musste. Vor allem aber wollte er herausbekommen, wer genau die Frau auf dem Foto war. Er wollte Helga Blume finden, die in zweieinhalb Jahren von einem Balkon springen, zumindest eine diesen Eindruck erzeugende Montage herstellen würde. Und die aus irgendeinem Grund, wenn nicht aus purem Zufall, mit jenem Moskauer Agrarstudenten verbunden war, aus dessen Kopf dieses Bild der Zukunft stammte.

Helga Blume also. Klar, das war vor der Zeit der Suchmaschinen, aber mithilfe eines Agenten, der Morlock in Heidelberg zugeteilt war, stellte sich bald heraus, dass es sich bei der Frau dieses Namens um eine in München lebende österreichische Malerin handelte. Nicht gerade eine Berühmtheit. Eine Malerin ohne Katalog oder den Eintrag in einen Katalog. Aber eben ganz sicher jene Frau, die sich irgendwann in den beiden nächsten Jahren entscheiden würde, neben ihren gemalten Bildern auch Fotomontagen herzustellen, um dann schließlich in schönster Weise den Eindruck zu vermitteln, von einem Balkon ins Leere zu springen.

Morlock wollte diese Frau aufsuchen, wollte nach München fahren und sich die Person ansehen, die als der erste echte Beweis für die Möglichkeit der Zeitreise gelten konnte. Wovon die Russen nichts wissen konnten, da sie dieses Bild nie gesehen hatten und derzeit nicht viel mehr in der Hand hatten als ein paar verschwommene Straßenbilder, bei denen etwas nicht stimmte. Aber keine Frage, der KGB war auf der Suche nach Envik. Sie nannten ihn jetzt wieder Envik, hatten ihm das »m« entzogen, konnten sich allerdings auch denken, ihn unter diesem Namen, mit oder ohne »m«, nicht mehr aufzuspüren.

Morlock fuhr an einem Dezembertag des Jahres 1955 nach München und suchte die Adresse der Familie Blume auf, die ihm sein Verbindungsmann mitgeteilt hatte. Sie, Helga, die Malerin, Mitte zwanzig, die mit ihrem Ehemann, einem Heizungsmonteur, und der einjährigen Tochter in einer kleinen Wohnung im Westend lebte. Über dieser Wohnung, auf dem Dachboden des Hauses, hatte Frau Blume ihr Atelier. Und an die Türe dieses Ateliers klopfte Morlock an jenem eiskalten Dezembertag. Er gab sich als Kunstsammler aus, der behauptete, von ihren Arbeiten gehört zu haben, die er sich nun ansehen wollte. Dabei stellte er sich mit seinem richtigen Namen vor, soweit man sagen konnte, Morlock sei sein richtiger Name. Woraufhin Frau Blume sofort meinte, ach ja, Morlocks, die unterirdisch lebenden Wesen aus H. G. Wells' Roman *Die Zeitmaschine*.

»Ich bin keine Mehrzahl«, erwiderte Conrad Morlock. Allerdings war ihm schon klar, wieso ihm die Amis genau diesen alten deutschen Namen gegeben hatten.

Helga Blumes Gemälde lösten bei ihm wenig Begeisterung aus. Nachkriegsmalerei eben. Gewissermaßen ein Nachholen der Moderne. Dennoch kaufte er ihr eins der Bilder ab und blieb in Kontakt zu ihr. Was nicht allein damit zusammenhing, dass diese Frau für ihn die Bestätigung war, wie sehr der Gorsky funktionierte – und er nannte dieses Gerät auch unter amerikanischer Führung nach einem russischen Kosmonauten –, sondern schlicht, weil ihm diese Frau gefiel. Diese Frau aus der Zukunft. Sie war überhaupt die erste Person, die bei ihm, dem Gleichaltrigen, ein Interesse auslöste. Was bis dahin allein für die Wissenschaft und Forschung gegolten hatte. Forschung ist Sex, hatte Enmvik einst unverblümt gesagt, und das sah auch Morlock so. Doch diese Frau ließ ihn nicht los. Er sie schon, als Mann. Aber nicht als Kunstsammler, denn sie musste froh sein, wenn er hin und wieder nach München kam und eine ihrer Arbeiten erstand. Sie hatte das Geld nötig.

Und tatsächlich entledigte sich Helga bald der Malerei und fing an, Objekte, Collagen und Fotomontagen zu schaffen. In diesen Bereichen entwickelte sie eine Qualität, die weit über das hinausging, was ihr in der Malerei gelungen war. Es war gleichsam ein Quantensprung. Wobei sie selbst das merkwürdige Gefühl hatte, dass dieser »Quantensprung« mit dem Besuch jenes Kunsthändlers namens Conrad Morlock eingesetzt hatte. Sie verstand es selbst nicht. Nur weil er etwas gekauft hatte? Etwas Mittelmäßiges, bevor er dann auch etwas Großartiges kaufte?

Währenddessen setzte Morlock in Heidelberg seine Forschung fort, kam aber nicht wirklich weiter. Der Sex war kein guter. Es mochte an den Gorsky-Apparaturen liegen oder an den Testpersonen. Die Bilder, die vermutlich aus der Zukunft stammten, waren fürchterlich verwaschen, mitunter ließen sich kaum noch Gegenstände erkennen. Ganz gleich, wie sehr man die Versuchspersonen traktierte, wie gering oder groß der Stress war, dem sie ausgesetzt wurden. Das Abstrakte und Verworrene mochte symbolisch gesehen ganz gut für die kommende Zeit stehen, eignete sich aber nicht, weise Entscheidungen für ebendiese Zukunft zu treffen. Etwa einen bestimmten Krieg ausnahmsweise doch sein zu lassen.

Auch wenn es Unsinn war, meinte Morlock, es liege an Heidelberg, im Grunde eine wunderschöne Stadt und eine großartige Uni, aber letztlich war er mit Heidelberg so unzufrieden, wie er das zuvor mit Moskau und Helsinki gewesen war. Weshalb er um Versetzung bat und es die Amerikaner tatsächlich arrangierten, dass er an einen anderen Ort kam. Und man seinem Wunsch entsprach, nach München zu gehen, wo er erneut in der Philosophischen Fakultät unterkam.

Wichtig war ihm, in Helga Blumes Nähe zu bleiben. Er beschloss, das Gorsky-Gerät an ihr auszutesten. Wenn er schon nicht in der Lage war, erneut mit jenem Moskauer Agrarstudenten zu arbeiten. Also suchte er Helga in ihrem Atelier auf und weihte sie ein. Weihte sie in seine Forschung ein, wobei er nicht aufhörte, sich als Liebhaber ihrer Kunst auszugeben. Was er verschwieg, war der Umstand, sie, Helga, auf einer erst im nächsten Jahr entstehenden Fotomontage gesehen zu haben und allein aus diesem Grund auf sie gestoßen zu sein.

Sie lachte ihn aus. Hielt das für Unsinn, natürlich. Und hätte ihn gerne hinausgeworfen. Hätte es gerne für den absurden Versuch einer Annäherung gehalten, nachdem es ihm mit dem Kauf ihrer Bilder nicht gelungen war. Aber trotz all ihres Unglaubens, trotz allen Kopfschüttelns, sie spielte mit. Vielleicht war es einfach, weil sie nicht von dem Gedanken wegkam, wie sehr ihre Kunst sich verändert hatte, nachdem sie Morlock kennengelernt hatte. Sie sagte: »Vielleicht kann ich es ja für meine Arbeit gebrauchen.«

»Ganz sicher sogar«, antwortete Morlock und erklärte ihr, wie das Gerät funktionierte und ursprünglich als Waffe entwickelt worden war. Weshalb es weiterhin einer Zielperson bedürfe, auf die diese Brille gerichtet sei.

»Das werde ich machen«, bot er an, »ich bin das Zielobjekt.«

»Und was, wenn es funktioniert?«, fragte Helga. »Ich meine, wenn dieses Ding als Waffe funktioniert und nicht als Zeitmaschine. Was dann?«

»Keine Sorge«, meinte Morlock, was nicht gerade auf die wissenschaftlichste aller Erklärungen hinauslief. Andererseits ist »keine Sorge« überhaupt die Basis aller wissenschaftlichen Arbeit.

Wie auch immer, sie tat, was er verlangte, schob sich das Gerät vor ihr Augenpaar und dachte, ein derartiges Objekt nachbauen zu wollen, als Kunstwerk. Eine ganze Zeitmaschinen-Serie zu entwerfen. Etwas zu schaffen, was bereits so früh in ihrem Leben den Höhe- und Endpunkt ihres Werks darstellen würde. Sie meinte zu spüren, dass sie nicht sehr alt werden würde. Was doppelt tragisch war und sich doppelt schrecklich anfühlte, weil sie eben erst Mutter geworden war.

Helga konnte nicht wissen, wie sehr sie mit ihrer Vorahnung, dass bald alles zu Ende gehen würde, recht hatte, aber in einer völlig anderen Weise. Und wie wenig dabei ihr Tod das Problem sein würde.

Helga blickte durch eine Sichtscheibe auf den in bläuliches Grau getauchten, vor einer Wand ihres Ateliers stehenden Conrad Morlock, den sie auftragsgemäß mit negativen Gedanken bedachte.

Und während sie also harmlose Beleidigungen auf Morlock abfeuerte, war da mit einem Mal dieses farbige Bild auf der Scheibe, genau dort, wo gerade noch das Zielobjekt zu sehen gewesen war. Ein Bild, das eine Frau zeigte. Eine junge Frau in einem rot gepunkteten Kleid. Sie steht auf einem Balkon. Sie trägt einen hellen Strohhut, der einen milden Schatten über ihr Gesicht legt. Mit ihren Händen, die in weißen Handschuhen stecken, stützt sie sich am Geländer des Balkons auf. Sie erinnert ein wenig an Grace Kelly. Ja, sie besitzt ein Kelly-Gesicht, so eine Art elegante wie höfliche Überlegenheit.

Drei, vier Sekunden, dann war das Bild dieser Frau auch wieder verschwunden.

Zeit genug jedoch, dass die in die Gorsky-Brille integrierte winzige Kamera dieses Standbild fototechnisch festhalten konnte, es bannte, sodass nach der Entwicklung eine genaue und eingehende Betrachtung möglich wurde.

»Das ist irre«, meinte Helga, als sie die Fotografie sah, »oder einfach ein Trick von Ihnen.«

»Kein Trick«, sagte Morlock.

»Aber ich kenne die Frau nicht«, versicherte Helga.

Morlock hätte gerne geantwortet, er kenne die Frau auch nicht, aber er kenne den Balkon. Und das war absolut der Fall. Den Balkon und die Fassade hinter dem Balkon, das Haus und die Straße. Denn sosehr Balkone und Häuser sich ähneln mochten, bestand für Morlock kein Zweifel, dass es sich um denselben Balkon und dasselbe Haus wie auf dem Foto handelte, das Helga Blume im September des kommenden Jahrs beim Sprung ins Leere zeigen würde.

Aber das sagte er nicht, sondern erklärte nur, dass dieses Foto ein weiterer Beweis für die Tauglichkeit seiner Apparatur sei.

»Selbst wenn es *kein* Trick ist«, meinte Helga, »woher wollen Sie wissen, dass dieses Bild aus der Zukunft stammt? Ich finde, dass weder der Balkon noch die Frau sehr futuristisch aussehen. Wobei ...«

Sie gestand, dass der Rock, den die Frau auf dem Bild trug, doch etwas ungewöhnlich war. Was sie dabei nicht ahnen konnte, war, dass diese Art von Rock, der sogenannte Ballon-Look, erst im kommenden Frühjahr 1957 von Hubert de Givenchy erfunden werden sollte, indem der Modeschöpfer einen Petticoat-Rock am Saum durch ein Band zusammenraffen und eine gewisse ballonartige, die Hüften kaschierende Wirkung erzielen würde.

»Ja, das müssen wir dann herausfinden«, sagte Morlock.

»Was wollen Sie herausfinden?«

»Wer diese Frau ist und wo das ist, wo sie da steht. Also an welchem Ort sich der Balkon befindet.«

»Genau genommen«, meinte Helga, »stammt dieses Bild aus meinem Kopf, oder?«

»Genau genommen ja«, sagte Morlock und lächelte auf eine Weise, in der Wissen und Nichtwissen sich zu einer Krümmung verbanden.

Klar, das war, lange bevor man sich auf dem virtuellen Globus eines amerikanischen Software-Unternehmens über die Welt bewegte und dabei nicht nur von oben herab auf die Erde sah, sondern sich auch männchen- und weibchengleich durch Straßen der Städte und Orte bewegte. Doch indem Morlock das Foto aus Helga Blumes Kopf stark vergrößerte, konnte er in der Spiegelung der gläsernen Balkontüre ein Schild erkennen, das oberhalb des Eingangs eines gegenüberliegenden Straßenlokals angebracht war.

Also schon wieder ein Ladenschild, das weiterhalf.

Ein Schild, auf dem für bergische Fleisch- und Wurstspezialitäten geworben wurde und das den Namen einer Metzgerei auswies. Und damit wurde die Sache plötzlich sehr einfach, weil das Bergische Land zwar recht ausgedehnt rechts vom Rhein liegt, sich aber eine Metzgerei dieses Namens allein in der Stadt Wuppertal aufspüren ließ, in der Luisenstraße. Und somit musste sich auch der Balkon mit dieser Frau, die einen Rock trug, den erst im kommenden Jahr ein französischer Couturier auf den Markt bringen würde, in dieser Straße befinden.

»Okay«, sagte Morlock, »was halten Sie davon, nach Wuppertal zu reisen?«

»Wozu? Um mir die Frau aus meinem Kopf anzusehen?«, fragte Helga und lachte, wandte sich dann aber zur Seite, um ihre in diesem Moment erwachte einjährige Tochter aus dem Kinderbett zu holen. Ein Bett, von dem schwer zu sagen war, ob es zuerst ein Kunstobjekt gewesen war, das zum Gitterbett wurde, oder aber umgekehrt, sodass also die kleine Britta in einem Werk der Avantgarde ihren Mittagsschlaf zu halten hatte.

Dieses Kind war natürlich dabei, als sie zu dritt – Morlock, Helga und die Einjährige – in einem schwarz glänzenden Opel Kapitän die Reise nach Wuppertal antraten. In einer Zeit, als wirklich niemand etwas dabei fand, wenn die Erwachsenen im Wagen rauchten, während hinten auf der Rückbank – noch vor Erfindung des Dreipunkt-Sicherheitsgurtes – ein Kleinkind herumkugelte. Was Blumes Ehemann, der Heizungsingenieur, dazu sagte, blieb völlig unklar. Er war viel unterwegs, er war im Grunde einer dieser unsichtbaren Männer der 1950er-Jahre, die von irgendeiner Arbeit vollkommen verdeckt und begraben schienen. Während Morlock der Philosophischen Fakultät der Ludwig-

Maximilians-Universität rein gar nicht abging. Dort wurde er ohnehin für einen Agenten der Amerikaner gehalten.

Sie fuhren die gut sechshundert Kilometer in die Stadt an der Wupper mit ihrer weltberühmten, metropolen Hochbahn, übernachteten in einer kleinen Pension in Solingen, bevor sie am folgenden Tag nach Wuppertal hineinfuhren und in die nach einer Preußenkönigin benannte Straße gelangten. Vor das Haus gegenüber einer Metzgerei. Ein Haus mit einem einzigen Balkon, der sich im ersten Stockwerk des dreigeschossigen klassizistischen Baus befand. Jedoch ohne Frau. Der Balkon war leer, das Haustor unverschlossen, *unangeschnallt*, wie zu dieser Zeit üblich. Aber niemand, der die Wohnungstüre im ersten Stock geöffnet hätte.

Als man dann aber am Nachmittag ein weiteres Mal vor dieses Gebäude trat, befand sich tatsächlich eine Frau auf dem Balkon. Sie trug allerdings keinerlei Kleid oder Kostüm oder gar einen Rock aus der Zukunft, sondern eine Uniform: die WKP-Uniform einer Angehörigen der Weiblichen Kriminalpolizei, wie es sie damals noch gab. Und neben ihr ein Mädchen, ein vielleicht fünfjähriges Kind mit blonden Zöpfen, dünn und fröhlich. Die beiden waren damit beschäftigt, eine Pflanze umzutopfen. Das kleine Mädchen hatte eine Gießkanne in der Hand und bemühte sich, die Pflanzen zu wässern. Es tropfte vom Balkon wie Regen bei Sonnenschein. Und die Sonne schien ja. Es war wirklich schade, dass nicht der Maler Spitzweg aus der Vergangenheit vorbeikam, um diesen Anblick von Mutter und Kind auf dem schönsten aller Wuppertaler Balkone festzuhalten.

Stattdessen die Frage nach der Zukunft.

Wobei so ganz direkt stellte Morlock die Frage nicht, vielmehr winkte er nach oben, nannte seinen Namen und den von Helga und erklärte, man komme extra aus München.

»Und wozu?«, fragte die Frau vom Balkon herunter.

»Um Sie zu sehen. Es ist wichtig.« Es war Helga, die das gesagt hatte. Und es war sofort klar, dass ihre Worte so viel mehr Wirkung auf die Frau dort auf dem Balkon hatten als das, was von Morlock kam.

Die Frau, die sich als Lilo Wagner vorstellte, während ihre

fünfjährige Tochter rief, sie sei Emma, kamen hinunter auf die Straße. Helga hatte die kleine Britta im Arm, die mit der größten Begeisterung auf das Mädchen Emma sah. Wie das eben ist, wenn die Kleinen nur noch Augen für die etwas Größeren haben.

Man begab sich um die Ecke in ein kleines Café, um dort Platz zu nehmen.

Morlock begann recht unmittelbar von der Entwicklung seiner Gorsky-Brille zu sprechen und wie Helga Blume zur Testperson wurde und sich auf dem Bildschirm für Sekunden das Bild einer Frau auf einem Balkon abgezeichnet hatte.

Bevor noch Lilo Wagner ob solchen Unsinns aufstehen und sich abwenden konnte, zog Morlock das Foto aus seiner Tasche und legte es vor Lilo auf den kleinen runden Marmortisch, um den herum die drei saßen, während die Kinder daneben auf dem Boden hockten und die Große der Kleinen anhand zweier Murmeln die Welt erklärte. Also zumindest Erde und Mond.

Lilo betrachtete das Foto ungläubig und sah sich um, als suche sie nach einer versteckten Kamera. Allerdings sollte eine diesbezügliche Sendung erst in fünf Jahren ins deutsche Fernsehen kommen.

Sie blickte erneut auf das Bild und fragte, was das solle.

Morlock versuchte es ihr zu erklären, wobei er nun – und das war auch für Helga neu – von Moskau sprach, wo die Entwicklung der Gorsky-Brille begonnen hatte und wie dort erstmals ein deutliches Bild entstanden war. Ein Bild, nun ja, ein Bild, das Helga Blume zeigte, wie sie auf ebendiesem Balkon steht.

Morlock erwähnte zwar den Umstand des Balkons, nicht jedoch, auf welche Weise Helga im September 1957 von der Brüstung springen würde. Er wollte sie nicht etwa dazu bringen, eine Fotomontage zu schaffen, die er ihr zuvor beschrieben oder ihr gar gezeigt hatte. Er wollte, dass die Zukunft ohne seine »Ankündigung« eintreten konnte.

Natürlich beschwerte sich Helga darüber, erst jetzt davon zu erfahren. Und wollte das Foto sehen. Aber Morlock gab vor, es in Moskau zurückgelassen zu haben.

Die drei saßen um diesen Tisch, und zumindest die beiden Frauen fragten sich, ob sie das alles nur träumten. Aber sie träumten es nicht. Das Foto in der Mitte des Tisches zeigte eindeutig Lilo Wagner, so wie Helga sie für einen Moment auf der Innenscheibe der Gorsky-Brille gesehen hatte. Und darum anzunehmen war, dass auch jenes Foto in Moskau existierte. Dachten sie.

Doch Lilo Wagner wehrte sich jetzt gegen das Unbegreifliche, indem sie sagte: »Ich besitze einen solchen Rock doch gar nicht.«

Genau das sei der Punkt, erklärte Morlock, obgleich auch er natürlich nicht wissen konnte, dass Röcke dieser Art, nach einer Kreation von Hubert de Givenchy, im nächsten Frühjahr auf den Markt kommen würden. Und doch sagte er: »Diesen Rock werden Sie in der Zukunft tragen.«

»In welcher Zukunft, Himmelherrgott?«, fragte Lilo.

»Bald«, vermutete Morlock.

»Wenn das stimmt, was Sie sagen«, meinte Lilo, die jetzt langsam ihre Fassung wiederfand, »brauche ich nur Frau Blume zu verbieten, je meinen Balkon zu betreten. Da wird es auch keine Zukunft geben. Nicht auf diesem Balkon.«

»Genau darüber forsche ich doch. Die Frage ist, lässt sich die Zukunft verändern? Ist sie ersetzbar? Können wir einen Fehler vermeiden, wenn wir wissen, in welcher Weise er stattfinden wird?«

»Das frage ich mich jeden Tag«, sagte Lilo. Und an Helga gewandt, dabei auf das Foto auf dem Tisch zeigend: »Und das ist wirklich von Ihnen? Aus Ihrem Kopf?«

Helga nickte. Wobei sie es schaffte, zugleich mit dem Kopf zu schütteln. Aber es war schon klar, dass dieses Kopfschütteln ihrem Nicken galt. Somit die Wahrheit meinte.

»Und es geht sicher nicht um Geld?«, fragte Lilo. »Denn darum geht es doch in der Regel. Ich kann Ihnen aber versichern, ich bin nicht reich.«

»Ich bin es genauso wenig«, sagte Helga.

Beide Frauen blickten in diesem Moment zu Morlock.

Im Moment war auch er nicht reich, allerdings spürte er deutlich, dass er es in Zukunft sein würde. Dass genau darin seine eigentliche Bestimmung bestand, im Reichtum. Dieser würde ihn nicht glücklich machen, warum sollte er das auch? Glücklich hätte ihn gemacht, wäre Helga Blume seine Frau geworden. Aber stimmt, nicht nur war sie mit diesem Heizungsmechaniker verheiratet, an dem sie freilich nicht sehr interessiert schien, ebenso war sie leider auch an ihm, Morlock, als Mann vollkommen desinteressiert. Dabei sah er gut aus. Doch wer und was sah nicht alles gut aus?

Morlock spürte deutlich, wie sehr diese beiden Frauen sich auf Anhieb verstanden und wie sehr dieses Verstehen ihn ausschloss. Obwohl die beiden sich ohne ihn nie begegnet wären. Faktum war, dass an diesem Nachmittag und an dem Abend, der folgen würde und der dann tatsächlich in der Wohnung Lilo Wagners stattfand, die beiden Frauen zu Freundinnen wurden.

Lilo Wagner war ebenfalls verheiratet und ihr Mann der Vater von Emma. Doch auch er war unterwegs. Er hatte als Architekt soeben seinen ersten großen Auftrag an Land gezogen, ein Schwimmbad in der Schweiz, und genau dort hielt er sich im Moment auf.[13]

Was war es, was die beiden Frauen verband? Die Künstlerin und die Polizistin. Da war einmal der erstaunliche Umstand, dass die eine die andere in ihrem Kopf getragen hatte, ohne sie zuvor gesehen zu haben. Aber es war eben auch so etwas wie eine augenblickliche Verliebtheit zwischen den beiden. Also wahrhaftig eine Liebe auf den ersten Blick, als die eine auf dem Balkon stand und die andere auf der Straße und sie einander sahen. Lilo, die an

---

13 Es ist ein purer Zufall, aber einer von der Art, der im Universum zu verblüffenden Gebilden führt, dass Helga Blumes Mann, der ja nicht selbstständig war, sondern als Heizungsmechaniker für eine große, international tätige Firma arbeitete, sich zur selben Zeit an genau derselben Baustelle eines Schweizer Schwimmbads befand. Wo sich die beiden Männer aber kein einziges Mal über den Weg liefen, und wären sie sich über den Weg gelaufen, was hätte es ihnen bedeuten sollen? Und auch Helga und Lilo wurde dies nicht bewusst, da sie an dem Nachmittag und Abend nicht viel über ihre Männer sprachen, vielleicht ihre Berufe erwähnten, aber gewiss nicht, wo der eine und wo der andere sich gerade aufhielt, um ein modernes Schwimmbad in die Schweizer Landschaft zu stellen. Der eine für die Form zuständig, der andere dafür, dass Wasser und Räume eine angenehme Temperatur aufwiesen.

Grace Kelly erinnerte, und Helga, die den luziden Schick Audrey Hepburns besaß. Natürlich verfügten die beiden über ihre eigene Ausstrahlung und waren keine Kopien berühmter Schauspielerinnen, aber wenn man sie sah, musste man an die Kelly und an die Hepburn denken und stellte sich auch gleich die Frage, ob die beiden Hollywoodgrößen jemals gemeinsam in einem Film gespielt hatten. Die Antwort war: hatten sie nicht. Allerdings waren sich die beiden bei den Oscars genau im März dieses Jahres 1956 begegnet, so wie Lilo und Helga sich im Schatten und Licht eines Wuppertaler Balkons nur wenige Monate später begegneten. Und man sagen kann, dass Lilo und Helga anschließend daran sehr wohl gemeinsam in einem Film spielten, in einem Film, der ihrer beider Leben wurde.

Ihre Liebe war allerdings keine erotische. Zumindest schliefen sie nicht miteinander, sondern waren sich in einer Freundschaft verbunden, die gleichsam als Liebe daherkam. Wie man ein Kind liebt, die Natur, vielleicht Gott, wenn man an ihn glaubt und ihn sich nicht als Monster denkt. Oder als schlimmen Architekten.

Morlock spürte an diesem Abend deutlich, wie unnötig und störend er im Gespräch der beiden war, ein Gespräch, das sich immer wieder auch um die Mode drehte. Denn der Mode waren beide, die Künstlerin wie die Polizistin verfallen. Auch ihren Kindern, naturgemäß, aber die Mode war das Band zwischen ihnen, diese Möglichkeit, mittels jener zweiten Hülle, jener zweiten Haut zu einer Schönheit aufzusteigen, die nun mal nackt nicht zu erreichen war. Darin waren sich die beiden Frauen einig, wie sehr die Mode neben aller Dummheit und Lächerlichkeit des Äußerlichen dazu führte, eine Würde zu entwickeln, die in der Lage war, den Menschen zu erlösen. Auch die Männer, die ja ebenfalls besser oder schlechter gekleidet sein konnten. Die aber weit weniger Erlösung anstrebten. Das sah man den Männern an, sagte Helga einmal. Männer würden sich gerne so kleiden, als trügen sie ihr Unglück spazieren. Männer würden immer so aussehen, als gingen sie auf ein Begräbnis. Ja, als lebten sie auf einem Begräbnis.

So kam es, dass die beiden in Kontakt blieben, sich schrieben und sich gegenseitig mit ihren Kindern besuchten, Lilo nach München kam, Helga nach Wuppertal, oder man sich auch an einem Ort namens Sonderriet traf. Ein Ortsteil von Wertheim, weil die zwei festgestellt hatten, dass genau dort die Mitte zwischen Wuppertal und München lag und es nicht bloß ein Moment der Gerechtigkeit, sondern auch der Romantik war, sich in diesem Kaff zu verabreden. Sowenig zu dieser Zeit die Mode dort ein Thema war. Aber es war eben die Mitte. Und das gefiel ihnen.

Währenddessen setzte Morlock seine geheime Forschung fort und arbeitete offiziell als Gastdozent an der Philosophischen Fakultät, wobei er tatsächlich eine Vorlesung hielt, und zwar über den finnischen Philosophen und Journalisten Johan Vilhelm Snellman und dessen Verhältnis zu den Hegel-Schülern Reiff und Strauß, vor allem aber über Snellmans Förderung eines finnischen Nationalbewusstseins. Das war nun wiederum recht gewagt, dass Morlock auf diese Weise seine Tarnung als ein aus dem Schwarzwald stammender Deutscher aufbrach, indem er ausgerechnet die Symbolfigur des Finnentums und also seiner finnischen Heimat zum Thema seiner Vorlesungen machte. Und dabei sogar Anklang fand. Er galt als witzig, provokant, literarisch, und nicht wenige seiner Studenten meinten, er rede wie ein Physiker. Und zwar einer dieser Physiker, die die Realität infrage stellen.

Es war geradezu eine »Wunde« in seiner Tarnung. Höchst unklug, aber er wollte es so.

Natürlich kam Morlock zur Überzeugung, dass es an der Zeit sei, Helga Blume ein weiteres Mal einem Gorsky-Test zu unterziehen, vor allem aber, dies ebenso mit Lilo Wagner zu versuchen. Denn die Tests, die er zusammen mit seinem Team an verschiedenen Freiwilligen vornahm, führten immer wieder zu Bildern von geringer Aussagekraft. Verwaschen, verschwommen, die Zukunft als ein Strudel aus Farben und Formen, manches erinnerte an Kaleidoskope, anderes an die Gesichtsfeldausfälle einer altersbedingten Makuladegeneration. Nichts war wirklich von Bedeutung. Weshalb Morlock Helga und Lilo damit auf die Nerven ging, sich einem allein von ihm geleiteten Test zu unterziehen. Sie lehnten ab. Sie ahnten wohl, dass es nicht gut sein konnte, wenn sie diese Sache weitertrieben. Andererseits war es natürlich so, dass sie sich ohne Morlock und diese obskure Gorsky-Geschichte niemals kennengelernt hätten.

Morlock blieb lästig, und im August 1957 war es dann so weit, dass er die beiden erneut in Wuppertal traf, wo Helga soeben mehrere Wochen mit ihrer Tochter in der Wohnung der Wagners verbrachte. Er versprach den beiden Frauen, sie ein letztes Mal kontaktieren zu wollen, danach sei Schluss, danach werde er vergessen, ihnen je begegnet zu sein.

Im Übrigen ist zu sagen, dass die Amerikaner, die Morlock in den Westen geholt, ihn mit einer Schwarzwaldbiografie, einem Universitätsjob, einem Geheimlabor und einem höchst lukrativen Salär ausgestattet hatten, ihm im Nacken saßen. All die verwaschenen, verschwommenen und verzerrten Bilder einer dubiosen Zukunft waren nicht das, was man von ihm erwartet hatte. Wenn er nicht bald etwas Handfestes lieferte, würde man … Sein Mittelsmann drückte es so aus: Er könne gerne wieder mit den Russen zusammenarbeiten, wenn ihm das lieber sei.

Ja, er musste liefern.

Als er da an einem sommerlich warmen Augusttag nach Wuppertal kam und in die Luisenstraße einbog, sah er oben am Balkon eine Frau. Nicht Helga, die da gerade von der Brüstung abhob und ins Leere sprang, denn das würde ja erst im nächsten Monat geschehen. Nein, es war Lilo, und, ja, sie trug einen der neuen Röcke im Ballonstil. Was bei ihr überhaupt nicht plump oder aufgeblasen oder füllig wirkte. Dieser eben erst im Frühjahr auf den Markt gebrachte Rock verlieh ihr etwas ungemein Luftiges und Leichtes und auch Schwebendes, als würde ein andauernder feiner Luftstrom unter dieses Gewebe fahren. Jedenfalls sah Lilo in diesem Moment absolut genau so aus, wie Helga sie im Jahr zuvor auf der Innenseite der Gorsky-Brille wahrgenommen hatte: ihr Grace-Kelly-Gesicht eingeschattet von einem kleinen Strohhut, die Hände in dünnen, weißen Stoffhandschuhen, mit denen sie sich am Geländer aufstützte.

Es mochte eine allerbanalste Alltagsszene sein, aber für Morlock war es die Erfüllung eines Versprechens. Ein weiterer Beweis für das Funktionieren seiner Zeitmaschine.

Lilo gab augenblicklich ihre Haltung auf, als sie Morlock bemerkte, wie er da die Luisenstraße heruntermarschiert kam. Sie fühlte sich ertappt. Und zwar zu Recht. Immerhin hatte sie sich soeben punktgenau in das Bild der Zukunft gefügt.

Später am Abend, nach einem gemeinsamen Essen, bat Morlock Lilo, sich die Gorsky-Brille aufzusetzen. Nur dieses eine Mal. Für ein Bild. Für einen Blick in die Zukunft.

»Sie werden sehen, bei mir wird alles verschwommen sein«, sagte Lilo, die um die üblichen Resultate seiner Versuche wusste. »Aber ich mache es, damit Sie endlich Frieden geben. Endgültig.«

Und sie tat es. Sie blickte durch die Brille und schaute auf den im bläulichen Grau ein wenig gealtert wirkenden Conrad Morlock und hatte kein Problem, sich ein paar hässliche Worte und Formulierungen für diesen Mann als Ziel auszudenken.

Doch dann … zrrrrup? Wie ein Blitz. Zwei, drei Sekunden nur. Und auch der Blitz der Kamera, die das Bild aufnahm, welches sich auf der Innenseite der Brille gebildet hatte. Und das Morlock noch in derselben Nacht in einem kleinen Labor in Wuppertal entwickelte, während Lilo mit keinem Wort erwähnte, was sie gesehen hatte. Sondern nur darauf bestand, nie wieder diese Brille aufzusetzen.

Es war kein hübsches Bild, das Morlock entwickelte, wahrlich nicht. Kein Balkon-Bild. Vielmehr sah man darauf einen Mann, der in einem Sessel saß, der wie das fürchterlichste aller Möbel anmutete. Wie ein Zahnarztsessel, der in einen elektrischen Stuhl umgebaut worden war. Der Mann darauf war weder gefesselt, noch zeigte er Spuren einer körperlichen Verletzung, aber sein Gesichtsausdruck – die Falten in seinem noch jungen Gesicht, kreuz und quer, mehr wie ein ausgestrichenes, von bösen Korrekturen übersätes Gesicht – verriet die psychische Qual, der er ausgesetzt war. Es war das Gesicht von jemandem, der aufgegeben hatte. Der nicht mehr darum flehte, in Ruhe gelassen zu werden. Der ohne Hoffnung war.

Der Raum selbst war gekachelt. Das ganze Bild war wie alle Gorsky-Bilder in Farbe, doch die Farben darin wirkten ausgelaugt, als seien auch sie am Ende ihrer Kräfte.

Von der Seite, aus dem Off, von einer unsichtbaren Hand gehalten, ragte ein Schild in das Bild hinein, darauf ein Datum geschrieben stand: *3. 5. 1958*.

Morlock erkannte den jungen Mann auf dem Foto sofort. Natürlich, denn es war schließlich eine seiner Moskauer Versuchspersonen. Nicht irgendeine, sondern die, die all das ausgelöst hatte. Jener Student der Agrarwissenschaften, dem als Erstem ein Gorsky-Bild von großer Klarheit gelungen war: das Bild eines Fotos, welches, signiert und datiert und betitelt, eine Frau beim Sprung ins Leere zeigt.

Morlock begriff sofort die Bedeutung dieses Bildes. Es war unverkennbar, dass seine ehemaligen Mitarbeiter unter neuer Leitung herausgefunden haben mussten, was es mit diesem jungen Mann – Morlock konnte sich nicht einmal an seinen Namen erinnern – auf sich hatte. Dass er als einzige Testpersonen in der Lage war, klare, erkennbare, gestochen scharfe Bilder zu produzieren. Um es künstlerisch zu sagen: keine Abstraktion, kein Informel und kein Action Painting, sondern ein im wahrsten Sinne fotorealistischer Abdruck zukünftiger Wirklichkeit.

Und noch eines war klar: dass jene drei Personen, die als bislang einzige zu solcher Prägnanz befähigt waren, in einer Beziehung zueinander stehen mussten. Diese mochte zufällig sein oder auch nicht, aber sie bestand. Der junge Student konnte in die Zukunft Helgas sehen, Helga konnte in Lilos Zukunft sehen und Lilo wiederum in die des jungen Studenten. Die drei hatten sich zuvor nicht gekannt, lebten an verschiedenen Orten, eine Österreicherin, eine Deutsche, ein Russe, und schienen in keiner Weise durch weit entfernte verwandtschaftliche Verhältnisse verbunden, und doch bildeten sie ein Dreieck. Soweit man das sagen konnte, das mit dem Dreieck und das mit der Verwandtschaft.

Das Gorsky-Bild, das von Lilo stammte und den auf einem unsagbar horriblen Stuhl sitzenden Studenten ein Jahr in der

Zukunft zeigte, bedeutete, dass die Russen demnächst eine Verbindung ihrer Versuchsperson zu den beiden Frauen herstellen würden. Dass sie begreifen würden, wie sehr die drei ein Konglomerat darstellten, das man als Zeitmaschine begreifen konnte. Denn auch wenn die bisherigen Bilder immer nur eine der drei Personen zeigten, würde man versuchen, Bilder von politischer und gesellschaftlicher Bedeutung aus ihnen herauszufördern. Bilder vom Krieg, von Umstürzen, fallenden Mauern, neuen Zäunen, von Aktienkursen, von Erfindungen, Wahlergebnissen, vielleicht auch mal den einen oder anderen Lottoschein oder den Gewinner einer bestimmten Weltmeisterschaft.

Morlock konnte diesen Umstand nicht mehr vor seinen Auftraggebern geheim halten. Er wartete noch eine Weile, dann legte er das Material vor, welches bewies, wie gut seine Gorsky-Brille funktionierte, wenn sie von den richtigen Personen getragen wurde. Allerdings hatte er durch eine Manipulation des Fotos, das Helga Blume beim Sprung ins Leere zeigt, deren Namen getilgt und meinte, ihn und den von Lilo verschweigen zu können. Er ahnte ja, wie sehr die beiden Frauen zum Objekt der Begierde werden würden. Zugleich zeigte sich nun auch seine für Wissenschaftler so typische Naivität. Es war, verdammt noch mal, Kalter Krieg, und dieser besaß eine ungemeine Hitze.

Es wurde Morlock mehr als deutlich klargemacht, welche Bedeutung seine Entdeckung habe und dass es unabdingbar sei, die Identität der beiden Frauen bekannt zu geben. Umso mehr, als sich ja wohl die Russen ebenfalls auf deren Spur befänden. Man bräuchte die beiden Frauen, und man würde auch diesen Moskauer Studenten benötigen. Wie man eben bei einer Maschine über sämtliche Teile verfügen müsse. Was denke er sich, was er hier tue? Ein Auto ohne Räder verkaufen?

Vielleicht sprach sein Verbindungsmann nicht von einem Auto, vielleicht sprach er von einem Pferd ohne Beine, was auch immer, Morlock musste die Namen und Wohnorte der beiden Frauen nennen. Zwei Frauen, von denen man sich erwartete, das Schicksal der Menschheit vorauszusagen. Um von diesen Voraussagen ausgehend Korrekturen vornehmen zu können. Denn daran glaubten offensichtlich beide Großmächte unbedingt, an die Veränderbarkeit des Schicksals. An eine gewisse Elastizität der Zukunft, wenn man sie denn kannte. Die Großmächte führten sich wie größenwahnsinnige Künstler auf, die alles konnten und alles durften, um ihrer Auffassung von Schönheit zum Sieg zu verhelfen. Denn es war nicht wirklich ein Kampf der Ideologien, es war ein Kampf um Schönheit. Gleich, worum es ging, und gleich, wie viele Menschenleben es kostete. Egal, ob es um die Vormacht im All oder die Vormacht auf dem Land und zu Wasser und vor allem in den Köpfen der Menschen ging. Es war wie der Wettstreit zweier Maler um das größte und schönste und überwältigendste Gemälde. Und man kann vielleicht sagen, dass die Geheimdienste so etwas wie die Werkstätten dieser »Staatskünstler« waren.

Eine Werkstatt, für die Morlock arbeitete und nun also die Namen Blume und Wagner nennen musste. Allerdings noch am selben Tag Helga in ihrem Atelier aufsuchte, um sie zu warnen. Und als er da in diesen von sommerlicher Wärme aufgeheizten, stickigen Dachboden trat, sah er es: das gerahmte, verglaste Foto an der Wand, darauf der Wuppertal-Balkon, von dem Helga gerade in der anmutigsten Weise einen *Sprung ins Leere* wagt.

»Sie sind aber nicht wirklich gesprungen, oder?«, fragte Morlock.

»O ja, aber Lilo hat mich aufgefangen.«

Das war natürlich eine absurde Lüge und *erinnerte* daran, dass drei Jahre später Yves Klein in fast identischer Weise von einem Pariser Balkon springen würde und die Legende es wollte, dass er in einer von seinen Judofreunden gehaltenen Matte landete. Es war in der Tat eine betörende Vorstellung, wie die ungemein grazile Helga in ihrer weißen, flatternden Bluse in die Arme der auf der Luisenstraße stehenden Polizistin Lilo fiel.

Einen Moment war Morlock dieser »Lüge« verfallen, lächelte, allerdings in der Art eines Verrückten, schüttelte sich, schüttelte quasi das Lächeln von sich und begann, Helga die ganze Wahrheit darzulegen. Wie sehr dieses Bild hier an der Wand, das bereits 1955 auf der Gorsky-Scheibe des jungen Moskauer Studenten zu sehen gewesen war, all das auslöste, was geschehen war und was noch geschehen würde. Und dass darum die Russen ihr und Lilo auf der Spur seien, und die Amerikaner sowieso.

»Mein Gott, Sie hätten Ihren dummen Mund halten müssen«, sagte Helga, »diese Männer, CIA, FBI, was weiß ich, die werden aus mir und Lilo eine verteufelte Zeitmaschine machen. Und sagen Sie jetzt bitte nicht, dass wir doch in einem freien Land leben und nirgends Menschen verschwinden. Oder denken Sie, diese Leute werden mit uns freundlicher verfahren als die Russen mit diesem Studenten in Moskau?«

Morlock wandte ein, dass sie, Helga, besagtes Bild doch gar nicht gesehen habe.

»Ja, aber Lilo. Was denken Sie denn? Sie hat einen jungen Mann erblickt, der nicht mehr wie ein junger Mann aussah, sondern wie ein Schlachtvieh in einer Apparatur. Niemand sollte in die Weltpolitik geraten. Nicht als Soldat, nicht als Zivilist und nicht in Form einer Zeitmaschine. Sie hätten uns das nicht antun dürfen.«

»Das hätten Sie sich doch denken können«, sagte er etwas hilflos.

»Was hätte ich mir denken können? Dass Sie für einen Geheimdienst arbeiten? Zuerst für den einen und dann für den anderen? Im Ernst? Sie meinen, ich bin selbst schuld. – Und stimmt, ich hätte Sie nie in dieses Atelier lassen dürfen. Ich hätte Ihnen niemals glauben dürfen, dass Sie sich für meine verfluchte Malerei interessieren.«

»Was Sie derzeit machen, ist aber umwerfend gut«, meinte Morlock, als wäre das jetzt von Bedeutung und als sei's sein eigener Verdienst. Dabei zog er mit einer ausholenden Bewegung seines gestreckten Arms eine imaginäre Linie entlang jener Wand, auf der Helga Blumes neueste Fotomontagen zu sehen waren. Und davor, frei im Raum stehend, auf schmalen Sockeln, mehrere schatullenartige Objekte. Diese hatten bei aller Modernität etwas Romantisches und Schmuckartiges an sich, viel schwarzer und roter Samt, viel Gold, eingefügte, leicht bearbeitete *Objets trouvés*: Uhren, Füllfederhalter, Patronen, Zahnräder, auch eine mit Gold beschichtete Brille in einem Brillenetui[14] … Genau, es handelte sich um Helga Blumes Zeitmaschinen-Serie.

Und das war nun mehr als passend, all das Gold und das Schmuckartige und das Filigrane, wenn man nämlich bedachte, dass sich in Morlocks Gorsky-Brille …

Darüber hatte er nie gesprochen, wie er einiges gerne für sich behielt. Nicht mit den beiden Frauen, nicht mit seinen Mitarbeitern in den Labors in Heidelberg und München.

Es handelte sich um die Batterie in der Gorsky-Apparatur. Eine kleine, goldene, perfekt geschliffene Kapsel, die man für den Schmuckteil eines Ohrrings hätte halten können. Faktum war, dass diese Kapsel beziehungsweise diese und ein zweites Exemplar von einem sowjetischen Forscherteam in den späten 1940er-Jahren im Bigach-Krater in Ostkasachstan entdeckt wurden, eingeschlossen in ein faustgroßes Stück Meteorit. Die beiden Kapseln Tatjana 1 und Tatjana 2 (offensichtlich der Vorname einer der Expeditionsteilnehmerinnen) erwiesen sich aber bald als *ne vzlomat'*, als unknackbar. Harte Nüsse, wie jemand sagte. Die beiden Objekte, die aus einem völlig unbekannten Material bestanden, hielten jeglicher Durchleuchtung stand, waren durch keinerlei Krafteinwirkung aufzubrechen, verfügten über eine nur schwache magnetische Wirkung und schienen im Grunde ziemlich sinnlos zu sein. Außerirdisch zwar, aber sinnlos. Vielleicht Kunsthandwerk, was dann immerhin ein Beweis für eine extraterrestrische Existenz gewesen wäre, aber mehr auch nicht. Diese beiden Dinger taten einfach nichts anderes, als sich zu sperren.

Lange bevor der Science-Fiction-Schriftsteller Larry Niven auf Arthur C. Clarkes berühmtes 3. Gesetz – nach dem jede hinrei-

14 Auf der Rückseite dieses Etuis hatte Helga mit ihrer zugleich eigenwilligen wie erstaunlich leserlichen Handschrift – und mit derselben Goldfarbe wie auf dem Brillenglas – den Titel *Die Befreiung der Brille von ihrer Beschlagenheit* notiert. Das konnte man nun so oder so interpretieren, oder einfach als einen bewussten Nonsens. Bemerkenswert ist, dass fünfundsechzig Jahre später Zürcher Wissenschaftler mittels einer hauchdünnen Goldbeschichtung auf Brillengläsern ein Verfahren entwickelten, um das Problem beschlagener Brillen aus der Welt zu schaffen. – Zufall? Sicherlich! Andererseits, wer, wenn nicht Kunst und Literatur wären in der Lage, in die Zukunft zu schauen?

chend fortschrittliche Technologie von Magie nicht zu unterscheiden sei – seinerseits mit einem eigenen Gesetz konterte, nämlich, dass jede hinreichend fortschrittliche Magie von Technologie nicht zu unterscheiden sei, hatte Morlock, als er noch Enmvik war, eine ganz ähnliche Behauptung aufgestellt. Und genau darum kamen ihm Tatjana 1 und Tatjana 2 gerade recht.

Er hatte von den beiden Objekten gehört, die sich als gleichermaßen großartig wie bislang zwecklos erwiesen hatten und die in irgendeinem Archiv Staub ansetzten (auch wenn die Wahrheit darin bestand, dass sie vollkommen staubfrei blieben, jegliches Staubkörnchen einen Bogen um diese Objekte machte). Er beantragte ihre Anlieferung, um sie in die Gorsky-Apparate einzubauen, die zu diesem Zeitpunkt einfach nur ein ziemlich ineffektives Waffensystem darstellten. Was ihm erstaunlicherweise ohne große Schwierigkeiten gestattet wurde. Er nannte die zwei Tatjana-Objekte »Batterien«, gleichermaßen einen Energiespender wie den militärischen Begriff meinend, und schuf in den Gorsky-Brillen kleine seitliche Nischen in der Form winziger Urnengräber, in die er die Batterien fügte. Was er da tat, war vollkommen esoterisch. Sein Team fragte sich, ob er den Verstand verloren habe oder ob das ganz einfach typisch finnisch sei. Tatsächlich hoffte er auf eine magische Wirkung, die von diesen Objekten ausgehen könnte. Und genau das war dann auch der Fall. Allerdings eben nicht, indem die zu einem Strahl gebündelten Gehirnwellen endlich etwas mehr bewirkten als bloß eine leichte Übelkeit der Zielperson, sondern indem jene Bilder auf den Innenseiten der Brillen auftauchten und ein gänzlich neues Feld eröffneten.

Als Enmvik sich entschloss, das Angebot der Amerikaner anzunehmen, und sich unter einem Vorwand in die finnische Heimat begab, dort untertauchte und gänzlich verwandelt im Schwarzwald wieder auftauchte, hatte er nicht nur das Gorsky-Foto aus dem Kopf eines Moskauer Studenten in seiner Tasche, sondern auch eins der Tatjana-Objekte. Ob 1 oder 2, konnte er nicht sagen, da die beiden vollkommen identisch waren, die perfektesten Zwillinge, die die Welt je gesehen hatte, so wenige Menschen auch wirklich in den Genuss gekommen waren. Nun jedoch waren die zwei getrennt. Warum aber Enmvik, bevor er Morlock wurde, nur eine der beiden Tatjanas mitgenommen hatte, das konnte er auch nicht sagen. Vielleicht meinte er, es genüge im Sinne eines Gleichgewichts des Schreckens, dass sowohl Ost als auch West in Zukunft über eins dieser Objekte verfügten. Vielleicht aber war es ganz anders, und der Grund einfach der übliche: Eile und Schlampigkeit.

Der Grund für das, was nun aber kam, war wohl noch üblicher als Eile und Schlampigkeit, nämlich Dummheit. Indem er meinte, Helga retten zu können, die er ja noch immer liebte, nach der er sich noch immer sehnte und die er ganz sicher nicht in irgendeinem Labor der Amerikaner oder der Russen verkommen sehen wollte. Wie es jetzt wohl dem Moskauer Studenten erging oder zumindest in naher Zukunft ergehen würde. Weshalb er es für klug hielt, Helga diese Kapsel auszuhändigen. Er erklärte ihr deren ungeheure Bedeutung für das ganze Gorsky-Projekt. Dass ohne die magische Wirkung dieser aus dem All stammenden Kapsel die Gorsky-Brillen nichts anderes wären als ziemlich untaugliche Strahlenpistolen. Oder wie man dieses erbärmliche Kriegswerkzeug auch immer bezeichnen wollte.

Er gab Helga die Tatjana-Kapsel gleich einem Pfand und sagte, wie leid ihm das alles tue, und ging.

Bereits am nächsten Morgen bereute er seine Handlung. Was hatte er sich denn gedacht? Dass Helga jetzt einen Deal mit den Amis zur Herausgabe des kleinen Objekts aushandeln könnte und man sie und Lilo dann ganz sicher in Frieden ließe? Oder dass er selbst das Verschwinden der Kapsel würde vertuschen können? Bullshit! Er rief Helga an, wollte die Kapsel zurückhaben und eine neue Strategie besprechen. Aber sie hob nicht ab. Und als er versuchte, sie in ihrem Atelier aufzusuchen, war sie dort ebenso wenig anzutreffen wie in der kleinen darunterliegenden Wohnung. Auch der Heizungsmonteur schien wieder einmal unterwegs zu sein.

Keine Frage, Helga musste noch am Vortag oder am gleichen Morgen mit ihrer Tochter München verlassen haben. Vielleicht aber auch gar nicht Richtung Wuppertal, sondern an diesen winzigen Ort – wie hieß der doch gleich? –, wo sie und Lilo sich in der absoluten Mitte zu begegnen pflegten.

Aber so war es nicht. Helgas zweijährige Tochter Britta befand sich bei Freunden der Familie. Und von dort würde Helgas Mann, der noch immer oder schon wieder in der Schweiz mit der Heizanlage dieses Schwimmbads beschäftigt war, die Kleine abholen, nachdem deren Mutter am 21. September verschwunden war. Und zur selben Zeit auch deren beste Freundin Lilo Wagner. Die ebenso ihre sechsjährige Tochter zurückließ, im Kindergarten beziehungsweise bei ihrer Mutter, wo dann der gleichfalls aus der Schweiz zurückgekehrte Vater, jener Architekt, eintraf und von da an der beste Vater wurde, den man sich denken und wünschen konnte. Ganz im Gegensatz zum Vater der kleinen Britta, die ihn kaum noch zu Gesicht bekam und ihre Mutter eben gar nicht.

Es wirkte überstürzt, dass die zwei Frauen von einem auf den anderen Tag verschwanden, und grausam, dass sie dabei ihre beiden kleinen Kinder zurückließen, doch Morlock begriff sofort deren Motive und begriff ebenso, wie richtig sie damit lagen. Er wusste um die Methoden und Begehrlichkeiten der Geheimdienste, der einen wie der anderen. Was leider auch ihn selbst betraf. In jedem Fall verstand er, wieso Helga und Lilo auf diese Weise untergetaucht waren, radikal und konsequent, um nicht nur sich selbst unangreifbar zu machen, sondern auch ihre Familien. Denn die Familie, zumindest die Kinder, das war ja schon immer das verletzlichste Glied im Leben eines Menschen. Doch wenn es den beiden gelang, unauffindbar und unerreichbar zu sein, wie sollte man ihnen drohen können?

»Ich hatte damals ein wirklich ernstes Problem, nachdem die beiden zusammen mit der Tatjana-Kapsel verschwunden sind«, sagte der Mann, der im selben Jahr wie Helga Blume auf die Welt gekommen war, jetzt also vierundneunzig Jahre alt sein musste, geboren als Envik, sich dann in Moskau ein zusätzliches »m« genehmigt hatte, um in Deutschland zu Conrad Morlock zu werden. Ein Name, den er nach der Heirat mit seiner ersten Frau, einer irischen Balletttänzerin, aufgab und zu einem Mann namens

Murphy wurde. »Ich musste«, sagte er, »meinen amerikanischen Freunden etwas anbieten, damit sie mir nicht, wenn ich das so sagen darf, den Schädel abrissen.«

Murphy erklärte, im Zuge der Gorsky-Forschung auf einige Aspekte gestoßen zu sein, die schließlich zur gezielten Verstärkung von Lichtwellen führten. Lichtwellen statt Hirnwellen. Etwas, das 1960 offiziell zur Erfindung des Lasers durch die US-Amerikaner führte, ohne dass man anfangs so richtig einen Nutzen darin erkennen konnte. Aber der Nutzen sollte sich zeigen. Der Nutzen zeigte sich immer irgendwann.

»Ich bin aus dieser Geschichte ganz gut herausgekommen«, sagte Murphy, »indem ich bei der Entwicklung und Produktion einiger Erfindungen aus den frühen Sechzigern beteiligt war. Nicht nur, dass ich überlebt habe, es hat mich auch vermögend gemacht. Übrigens ebenso meine Investitionen in den Dreipunktgurt, den sich ein schwedischer Volvo-Ingenieur ausgedacht hat. Sie wissen, das hat gedauert, bis sich das durchsetzen konnte. Aber es hat sich gelohnt. Wie ich schon sagte, der Nutzen zeigt sich irgendwann immer.«

»Und die beiden Frauen?«

»Unglaublich, aber die zwei haben es wirklich geschafft, sich in Luft aufzulösen, zusammen mit der Kapsel. Das war natürlich in den späten Fünfzigerjahren leichter als heute. Aber wie ich nun weiß, haben die beiden sich nicht damit begnügt, ins nächste Dorf oder in die nächste Stadt zu ziehen, sondern praktisch in ein Dorf auf der anderen Seite der Welt. In einen gut 12.500 Kilometer entfernten Ort in Japan. Dabei hatten sie sogar ihre Namen behalten, was auf eine gewisse Weise raffiniert war. Denn genau unter diesen Namen hat man sie natürlich *nicht* gesucht. Wo sie heute sind, wenn sie noch leben, so alt wie ich, Lilo sogar zwei Jahre älter … ich weiß es nicht. Allerdings ist mir bekannt, dass Helgas Enkelin – Gott weiß, welcher Dämon oder Engel sie dazu verführt hat – sich auf die Suche nach ihrer Großmutter gemacht hat. Und keine Ahnung, wie sie an das Ding herankam, aber sie hat die Kapsel gefunden. Nicht ihre Großmutter. Aber die Schatulle und die Kapsel. Also, ich denke, die Schatulle ist bloß der

Schmuck, die Hülle, das Ornament, das die Kapsel umgibt. Und jetzt können Sie mich ruhig sentimental und senil schimpfen, und das Erste bin ich ganz sicher, das Zweite wahrscheinlich. Allerdings ein seniler Großaktionär, auf dessen Tod zu viele Leute schon viel zu lange warten. Jedenfalls kann ich es mir leisten und will es mir leisten, diese Kapsel zurückzuholen.«

»Und dann?«

»Sehen Sie, ich war immer der Experimentator, nicht das Experiment. Ich hatte nie die Gorsky-Brille im Gesicht, um zu schauen, welches Bild der Zukunft sich mir offenbaren würde. Verwaschen oder glasklar. Und wen oder was ich sehe. Das will ich jetzt nachholen. Solange mein Herz noch schlägt.«

»Sie sehen aus, als könnten Sie noch hundert werden.«

»Schwindeln Sie nicht, ich sehe aus, als wäre ich aus einem Grab auferstanden.«

»Aber Ihre Augen ...«

»Meine finnischen Augen, das stimmt. Blau wie Wasser, wenn es gefriert. Sagte meine erste Frau, die Balletttänzerin. Blau wie der schreiend helle Himmel auf den Heiligenbildern von Giovanni Battista Salvi, erklärte meine zweite, eine depressive Soziologin. Während Helga, glaube ich, einfach nur meinte, es sei ein *böses* Blau. Sie war die Künstlerin, sie musste es wissen.«

Dabei lachte er ein betont teuflisches Lachen.

»Was ich zudem sagen wollte ...« Und dann erwähnte Murphy doch noch die erstaunliche Eigenschaft der Tatjana-Kapsel, nicht nur Staubkörnchen an sich vorbeizuleiten, sondern eigentlich jegliches fliegende oder herbeischwebende Objekt, sodass etwa ein Insekt, das sich der Kapsel näherte und darauf zu landen versuchte, in der Art eines Swing-bys, einer Schwerkraftumlenkung, an der Kapsel vorbeigeführt wurde und mit veränderter Geschwindigkeit weiterflog. Auch Versuche, ein Projektil zielgenau auf diese Kapsel abzufeuern, scheiterten, da die Projektile ebenfalls einen Bogen um die Kapsel machten. Eine simple Berührung durch menschliche Hand hingegen führte zu keinerlei Abwehr oder Ablenkung. Was so irritierend war wie der Umstand, dass man erst im Zuge von Enmviks Gorsky-Experimenten auf die Swing-by-Eigenschaften der beiden Kapseln gestoßen war.

Verständlich jedenfalls, dass nicht nur der magische Einfluss auf die Gorsky-Brille die tatjanasche Kapsel so begehrenswert machte, sondern auch deren Umlenkungsfähigkeit heranschießender Objekte. Ein Phänomen, das Murphy später, als er längst nicht mehr über die Kapsel verfügte, sich aber theoretisch noch immer mit ihr beschäftigte, als Kallimachos-Phänomen bezeichnete. Und zwar nach einer literarischen Figur namens Spiridon Kallimachos, ein ungemein dicker Privatdetektiv, an dessen fettem Leib sämtliche Kugeln vorbeizufliegen pflegen und er solcherart als unverwundbar gilt. Fett, keuchend, schwitzend, aber einfach nicht umzubringen. Den meisten Lesern dieses Romans kam das absurd und aus der Luft gegriffen vor, aber Murphy hielt es für überaus passend, die realen Fähigkeiten der Tatjana-Kapsel nach diesem fiktiven griechischen Detektiv zu benennen.

Murphy blickte hinter sich und gab der Frau mit dem T-Shirt, dessen Aufschrift auch Veganern keinerlei Trost zugestand, ein Zeichen.

Und an Tom Bernstein gewandt: »Sie nehmen den Auftrag doch an, oder?«

Bernstein nickte.

»Meine Sekretärin«, erklärte Murphy, »wird Sie mit den Details vertraut machen. Das Honorar bestimmen Sie selbst. Ich habe keine Zeit für solche Nebensächlichkeiten.«

Also doch seine Sekretärin.

Murphy erhob sich und ging, ohne zu grüßen. Nicht Richtung Ausgang, sondern Richtung des 19. Jahrhunderts, auf diese Weise in der Vergangenheit verschwindend. *A Turning Point.* Während sich seine Sekretärin wieder zu Bernstein setzte und ihm ein Kuvert in die Hand drückte. Sie schob ihre superteuren Kopfhörer hinter sich, sodass diese wie eine Kette ihren Nacken zierten, und erklärte, dass sich im Kuvert alle relevanten Informationen bezüglich des Aufenthalts von Klara Ingold und der Tatjana-Kapsel befinden würden.

»Japan also«, sagte Bernstein.

»Ich glaube nicht«, sagte die Sekretärin, »dass Sie so weit reisen müssen.«

»Schade, ich fliege gerne«, sagte Bernstein. Aber das war eine Lüge. Er wollte es einfach nur gesagt haben.

»Ja, schade«, meinte die Sekretärin und fragte nach Bernsteins Honorar.

Er nannte eine unanständige Summe. Sie zuckte nur mit den Schultern und erkundigte sich nach dem Konto, auf das dieser Betrag zu überweisen sei.

»Erst wenn ich fertig bin. Immer erst, wenn ich alles erledigt habe. Das schulde ich meinem Ruf.«

»Ganz wie Sie mögen«, sagte sie, erhob sich und verließ ebenfalls den Saal. Jedoch nicht in Richtung des Ausgangs und ebenso wenig wie ihr Chef das 19. Jahrhundert aufsuchend, vielmehr betrat sie auf der gegenüberliegenden Seite die Moderne des 20. Jahrhunderts. Aber gut, auch die war Vergangenheit.

Bernstein sah ihr nach, als beobachte er eine schwarze Schneeflocke, die sich in den Sommer verirrt hatte.

Dann öffnete er das Kuvert.

27

Bernstein saß an einem der hinteren Tische. Als einziger Gast in diesem gut besuchten Restaurant war er alleine. Vor sich ein Glas Weißwein. Neben dem Wein lag das Kuvert. Bernstein, durchaus ein Freund des Herzhaften und Hausgemachten, hatte zuvor eine in Butter gebratene Forelle genossen.

Soeben kam die Kellnerin und servierte ihm den bestellten Schnaps, wobei er das Kuvert ein wenig auf die Seite schob. Er hatte den Inhalt noch im Museum sitzend studiert und war nur zwei Stunden später in den Zug nach Wien gestiegen, wo er übernachtet hatte und am nächsten Morgen mit einem Mietwagen an einen Ort namens Payerbach gefahren war. Um dort, auf dem sogenannten Kreuzberg, ein Zimmer im Hotel Looshaus zu beziehen. Ein kleines Zimmer, das zwar belegt gewesen war, aber auch das gehörte zu seinem »Handwerk«, aus einem belegten Zimmer ein freies zu machen und dann als neuer Gast im einzig richtigen Moment aufzutreten und eine Lücke zu schließen, wo diese gerade erst entstanden war.

Denn es war von einiger Bedeutung, in diesem und nicht in einem anderen Haus der Gegend Quartier zu beziehen.

Er konnte von seinem Platz aus – indem er seinen Blick an den vielen Köpfen anderer Gäste vorbeilavierte – die drei Personen sehen, die soeben erst angekommen waren und sich jetzt zu einem späten Abendmahl eingefunden hatten. Er wusste von allen dreien, wer sie waren. Da war in erster Linie natürlich Klara Ingold, die auf der Suche nach ihrer Großmutter jene wundersame Kapsel entdeckt hatte. Wo und wie auch immer. Sie besaß sie jedenfalls. Zumindest sagten das die Unterlagen, die in dem Kuvert waren. Und in welchen auch die beiden Männer an der Seite Ingolds benannt wurden. Welche Rolle der eine, Georg

Salzer, spielte, schien jedoch ziemlich unklar. Der Mann war Verkäufer in einer Konditoreikette, und zwar ausgerechnet in einer, die er selbst mitbegründet hatte. Er war aber nicht etwa der Mann oder Partner Ingolds, seine Begleiterrolle rätselhaft. Möglicherweise einfach nur eine Nebenfigur, wie das manchmal geschah, dass Nebenfiguren erstaunlich lange in der Hauptgeschichte blieben. Im Falle des anderen Mannes war die Sache insofern zweifelsfrei, als es sich um einen japanischen Leibwächter handelte, Henry Osada, und seine Aufgabe darin bestand, Frau Ingold und nicht etwa die Nebenfigur zu beschützen. Erstaunlich hingegen, dass Klara Ingold, von Beruf Aufseherin im Wiener Kunsthistorischen Museum, sich die Dienste eines Bodyguards leisten konnte und wollte. Noch dazu eines Bodyguards, der sie nicht nur in Japan, sondern auch auf dem Flug nach Österreich begleitet hatte. Ein Mann, der nicht gerade billig war und eher dafür bekannt, für Leute aus dem Filmbusiness zu arbeiten. Seltener für Museumsangestellte. Das war recht eigentümlich. Aber was an dieser Geschichte wäre nicht eigentümlich gewesen?

Eine wesentliche Direktive betreffs Bernsteins Auftrag ergab sich daraus, die Kapsel in seinen Besitz zu bringen, nicht aber, bevor sich herausgestellt hatte, wieso Frau Ingold zusammen mit ihren beiden Begleitern an diesen Ort gekommen war. Denn zum Urlauben waren die drei gewiss nicht angereist. Die Vermutung lag nahe, dass diese Gegend in einem Zusammenhang mit jener Person stehen musste, die vor achtundsechzig Jahren gemeinsam mit ihrer Freundin den Weg der Flucht und des Verschwindens gewählt hatte: Helga Blume.

Das bedeutete also, dass er, Bernstein, zunächst einmal nichts anderes tun würde, als in der Nähe der drei zu bleiben, was im Augenblick hieß, ihnen beim Essen zuzusehen. Zwei guten Essern, Osada und Ingold, und einem schlechten Esser, Salzer, der da in seiner Suppe herumlöffelte. Während Bernstein selbst natürlich zu den guten Essern zählte und sich soeben zu einer gerollten Mohn-Palatschinke hatte überreden lassen. Er sagte sich oft, dass, wenn das Essen nicht wäre, das Leben überhaupt keinen Sinn ergebe. Mehr Sinn als etwa der Job, den er hier erledigte, dies aber nur, um finanziell in der Lage zu sein, Essen zu bestellen, gutes Essen.

Draußen zog soeben ein gewaltiges Gewitter herauf. Es war höllisch laut vom Donner, und die Scheiben der Fensterfront standen unter dem Beschuss prasselnden Regens. Bernstein gab der jungen Kellnerin durch einen Fingerzeig zu verstehen, noch einen weiteren Schnaps zu ordern. Zwetschge. Die Kellnerin nickte kurz und wanderte weiter zu dem Tisch der drei, wo sie sich sichtlich angeregt mit dem japanischen Bodyguard unterhielt, in welcher Sprache auch immer. Ein Gespräch jedenfalls, das dazu führte, dass der Mann, der Osada war, anstatt der erwartbaren Nachspeise eine mit roten Zwiebeln und braunem Öl verzierte Haussulz serviert bekam. Bernstein konnte es gut sehen, weil die Frau ja von hinten kam und den Teller mit den in klarem Aspik ziemlich bernsteinartig einsitzenden Fleischstückchen an ihm vorbeitrug und vor Osada abstellte. Nicht ohne erneut irgendwas zu erzählen, lachend, freundlich, dabei ihren linken Arm adrett in die Hüfte gestützt.

Bernstein ärgerte sich, weil er eigentlich bereits vor dem Japaner seinen zweiten Schnaps bestellt hatte. Welchen er, nachdem die Kellnerin endlich zurückkam, erneut orderte. Er hätte gerne gesagte *Heute, wenn möglich!*, hielt sich aber zurück.

Er blieb noch eine ganze Weile an seinem Tisch, trank, studierte die Unterlagen aus seinem Kuvert und recherchierte in seinem Handy. Dort im Internet, wo die erfahrbare Welt wie ein Eintopf aus Tratsch und Klatsch, aus Gerüchten und Gerüchen, aus wankenden Wahrheiten und gefestigten Halbwahrheiten zusammengefasst war und ewig vor sich hin köchelte. Alles war schon völlig durchgekocht und weich und ganz sicher nicht etwas, was man als »harte Fakten« bezeichnen konnte. Aber selbst dieses durchgekochte Zeug lieferte ein Bild. Ein Bild, das man sich machen konnte. Etwa von den dreien, die dort drüben saßen und sich jetzt erhoben, um nach oben in ihre Zimmer zu gehen: der Leibwächter, die Museumsaufseherin und der Konditoreiangestellte. Alle drei in einem Zimmer, so weit war Bernstein bereits informiert, ohne sich das in einem erotischen Verhältnis vorzustellen, sondern einzig in einem praktischen. Vor allem bezüglich des Leibwächters.

Die drei bewegten sich durch den Raum und kamen dabei nahe an ihm vorbei. Er blickte zur Seite, aber in der Seitwärtsbewegung registrierte er die drei Personen wie Linien auf einer Karte. Und er bemerkte, dass Klara Ingold ein wenig hinkte. Bemerkte aber gleichfalls, wie geschmeidig sie dabei blieb. Es war ein Hinken, das etwas Melodisches besaß.

Er war jetzt der letzte Gast, das Gewitter draußen war einem milden Getröpfel gewichen. Er bestellte eine allerletzte Zwetschge, dann ging auch er auf sein Zimmer. Ein Zimmer mit Dusche, jedoch ohne Toilette, klein, aber immerhin von Loos erdacht und durchdacht. Aber genau das störte Bernstein, weil hier schon wieder die Kunst den Menschen bestimmte, sich ihm aufdrängte, ihn degradierte. Weil die Kunst ja immer sagt: *Schau, wie schön ich bin!* Er wollte aber nicht schauen, sondern schlafen. In diesem für ihn etwas zu kurzen Bett, allerdings ein Doppelbett, weshalb er sich querlegen konnte, dabei jedoch die Spalte zwischen den Matratzen wie ein beängstigendes Luftloch in seinem Rücken wahrnahm. Er schlief trotzdem ein, wobei in einem seiner Träume eine Art flüssiges Schwert über seinen Rücken gezogen wurde und dabei eine Wunde entstand, die sich öffnete und schloss, öffnete … geradezu langweilig.

Es war noch Nacht, als er mit drängend voller Blase erwachte und einige Momente brauchte, um zu begreifen, dass er die Suche nach einer Toilette aus seinem Zimmer nach draußen verlagern musste. Er trat auf den Flur und entdeckte eine Türe mit dem gängigen Schild, stellte aber fest, dass sie versperrt war. Er drückte die Klinke. Nur um zu zeigen, dass er hier stand und wartete. Wobei er sich dachte: *Verdammt, wie früher bei den Telefonzellen.*

Er wartete weiter. Dann endlich vernahm er das Geräusch einer Spülung. Die Türe öffnete sich, und im Rahmen stand der Mann, der Georg Salzer war. Bernstein bemühte sich um einen Gesichtsausdruck des Ärgers, aber in Wirklichkeit war er darauf aus, auf dem Gesicht des Mannes dessen Geheimnis und dessen Schwäche zu erraten. Denn jeder besaß das eine wie das andere.

Salzer wich dem Blick aus und bewegte sich tonlos an Bernstein vorbei. Bernstein sah ihm kurz hinterher. Auch die Art des Gehens verriet einen Menschen. Keiner ging wie der andere. Jeder besaß einen Gang, der sein spezielles Unglück symbolisierte.

Dann begab Bernstein sich in die Toilette und begriff, dass Salzer soeben aus der völligen Dunkelheit dieses kleinen, nützlichen Raums getreten war, und in der Tat war ja zuvor keinerlei Lichtstreifen unter der Türe zu sehen gewesen. Das war es wohl. Georg Salzer war ein Mann, der das Dunkle bevorzugte. Er war ein Herbst- und Wintermann.

Bernstein trat ein, saß eine Weile auf dem vorgewärmten Sitz wie auf einer Kunststoff gewordenen Erinnerung, tat, was zu tun war, und betätigte hernach ebenfalls die Spülung. Deren Geräusch hatte etwas von einem Bach-Chor, der trotz Kircheneinsturz unbändig weitersingt.

Bernstein kam aus der Toilette und kehrte in sein Zimmer zurück, legte sich aber nicht gleich wieder ins Bett, sondern trat einige Stufen hinauf zu einem mit Tisch und Stuhl ausgestatteten Fensterplatz und sah nach draußen. Ein ferner Tag schickte ein erstes Licht, und Bernstein gewahrte drüben auf dem Parkplatz den anderen Mann, Osada, der soeben eine Zigarette rauchte. Osada, das erkannte Bernstein an dessen Haltung, war weder ein Winter- noch ein Sommermann, überhaupt kein Mann der Jahreszeiten, sondern ein Maschinenmann. Einer, dem es gleichgültig sein konnte, ob es kalt oder warm war. Der nie fror und nie schwitzte und immer einen Anzug trug, nie mehr anhatte und nie weniger. Wäre hier der Nordpol oder das Tal des Todes gewesen, er wäre auf die gleiche Weise auf diesem Platz gestanden, um auf die gleiche Weise eine Zigarette zu rauchen.

So hatte Bernstein Klara Ingolds Begleiter zumindest einmal thermologisch klassifiziert (wobei er übersah, dass auch Salzer ein Anzugmann war, frierend, schwitzend, aber dabei so gut wie immer ein Jackett tragend, nur halt nicht, wenn er um vier in der Nacht aufs Klo ging). Bernstein legte sich wieder ins Bett und schlief noch einmal ein, bevor ihn um Punkt sechs Uhr sein Handy weckte.

Er konnte nicht ausschließen, dass die anderen früh aufstanden und früh losfuhren. Und als er dann kurz nach sieben nach unten in den Restaurantraum trat, der im Morgenlicht eines gewittergereinigten wolkenlosen Himmels stand, saßen die drei bereits an ihrem Tisch. Überhaupt schien das hier eine Frühaufsteherkolonie zu sein. Fast alle Hotelgäste im Raum. Das übliche wanderfreudige Volk.

Bernstein bestellte sich einen Espresso und ein Croissant, das er aber nicht anrührte, sondern allein dessen interessant asymmetrische Form studierte. So gerne er aß, nicht in der Früh, wenn ihn stets eine kleine Übelkeit überfiel. Und soweit er sehen konnte, waren auch Ingold und Salzer keine großen Frühstücker, nur Osada, der erneut von jener jungen Kellnerin bedient wurde und eine recht gewaltige Eierspeis serviert bekam. – Stimmt, jetzt hätte man einwenden können, dass Osada, wenn er ein von Temperaturen völlig unabhängiger, maschinenhafter Mann war, doch … Aber vielleicht war es ja Tarnung und Show, seine sichtliche Freude an den Genüssen einer Kultur, die anders als seine eigene zum Übermaß und zur Übertreibung neigte. Vielleicht aber war es simpler Appetit, gleich ob Mensch oder Maschine.

Als die drei sich erhoben und das Haus verließen, stand auch Bernstein auf und folgte ihnen. Ohne aber in Eile zu geraten. Schlimm genug, dass er im nächtlichen Flur Georg Salzer begegnet war. Denn er selbst war rein äußerlich leider nicht ganz unauffällig. Ältere Leute meinten, er sei der Typ Gert Fröbe. So etwas wie der Schrank im Raum.

Schrank hin oder her, er bewegte sich in der gemächlichen Art eines Menschen, der der Landschaft wegen an diesen Ort gekommen war, trat aus dem Haus und blickte hinüber zum Parkplatz, wo die drei soeben mit ihrem Wagen losfuhren. Sein eigener stand nicht unweit davon. Er ging nach unten, stieg ein und folgte dem weißen Seat. Er selbst saß in einem Mercedes, von dem man ebenfalls hätte sagen können, er schaue aus wie Gert Fröbe.

Nach einer kurzen Abfahrt ging es auf einer Straße hinüber zur Ostseite des Kreuzberges, bevor der Seat Richtung Süden abbog, Richtung der Gemeinde Breitenstein und von dort weiter auf eine Erhöhung namens Wolfsbergkogel.

Die Fahrt dauerte gut eine Viertelstunde. Der Seat hielt gegenüber einem Skulpturenpark. Die drei stiegen aus und marschierten auf einem Wanderweg hinein in den Wald. Und Wald gab es hier jede Menge. Saftigen, grünen Wald, der Anfang September nicht wie andernorts von der Sommerhitze gleichsam zerdrückt und ausgebleicht wirkte, sondern frisch, prospektartig.

Bernstein parkte seinen Wagen ein Stück weiter und folgte den dreien. Günstigerweise waren auch andere Leute unterwegs, die sich zu einem bekannten Aussichtspunkt namens *20-Schilling-Blick* begaben.

Dieser Blickplatz, von dem aus man hinunter auf ein gewaltiges Viadukt schauen konnte, das auf der vorletzten Ausgabe des österreichischen Zwanzig-Schilling-Scheins zu sehen gewesen war, war es aber gar nicht, was die drei anpeilten. Sie zweigten zuvor nach rechts ab und gelangten auf einen Weg, der hinüber zu einem monumentalen alten Gebäude führte. Ein sichtlich verlassener Komplex im Zustand des Verfalls mit verbarrikadiertem Untergeschoss. Ein Hotel aus alten Zeiten, vor dem Ingold, Salzer und Osada jetzt standen und zur Fassade hochsahen.

Es handelte sich um die Südwestansicht des ehemaligen Kurhauses Semmering, das irgendwelche Investoren nun *Grand Semmering* nannten, wie Bernstein aus seinem Smartphone erfuhr, während er in einiger Entfernung im Schatten einer Baumreihe stand. Ein Gebäude, das sich zwischen Historismus und Moderne bewegte beziehungsweise stillstand und das Bernstein an seine eigene Großmutter erinnerte, von der es geheißen hatte, sie sei eine Frau wie ein Ballsalon.

Aber was taten die drei hier? Sie schauten konzentriert zu den hölzernen Balkonen hoch, die in langen, präzisen Reihen die Stockwerke beherrschten. Waren sie denn nur gekommen, um eine Architektur zu bestaunen? Wollten Sie das Gebäude kaufen? Der Konditoreiangestellte und die Museumswärterin?

Das Gebäude zu betreten war offenkundig verboten, Warnschilder deklarierten den Ort als Baustelle.

Nach einer Weile gingen die drei wieder zu ihrem Wagen, stiegen ein und fuhren ein Stück die Straße zurück, bogen dann aber hinter dem Skulpturenpark ab, um eine Anhöhe hochzufahren und nach einer erneuten Kehre vor einem Gebäudekomplex zu halten. Eine Anlage wohl aus den 1970er- oder 1980er-Jahren und von ausgesuchter Hässlichkeit. In einem Gelb, das nur eine Spur dunkler war als jenes Gelb von sehr hellem Urin, das die Bevölkerungsdichte von Enviks Geburtsort versinnbildlichte.

Dementgegen verfügte dieser ehemalige Appartementkomplex über eine recht große Bevölkerungsdichte. Bernstein konnte es lesen, auf dem Schild zur Auffahrt, dass es sich bei dieser Anlage um ein Altersheim handelte, um die Pensionistenresidenz *Haus Taubengruß*.

Auf dessen Parkplatz nun der weiße Seat stand, während sich Frau Ingold und ihre beiden Begleiter bereits im Gebäudeinneren befinden mussten.

Bernstein parkte seinen Wagen am anderen Ende des Platzes und wartete eine ganze Weile, dann stieg er aus, um ebenfalls das Haus, das eine Taube grüßte, zu betreten.

Gleich im Eingang befand sich eine kleine Rezeption, die aber unbesetzt war, und auch sonst hielt niemand Bernstein davon ab, tiefer in das Gebäude vorzudringen. Vorsichtig und umsichtig, um nicht erneut über Salzer zu stolpern oder Klara Ingold direkt in die Arme zu laufen.

So gelangte er in einen mit greisen Menschen und Personal gefüllten großen Aufenthaltsraum. Es war laut, und die Hitze im Raum stand wie eine Armee strammer Luftgeister.

Und dann sah er sie, nur Klara. Er sah sie durch eine große, weite Sichtscheibe am Ende des Raums, dahinter sich eine Küche befand, in die sie soeben eingetreten war. Eine moderne Küche. Mit einem massiven, zentralen Block, vor dem eine Person stand, ungemein dünn, dünn und drahtig. Allein ihr Rücken war zu sehen. Ihre Bewegungen verrieten, dass sie vor einem Topf stand und darin rührte. Und auf diesen Rücken bewegte sich Klara Ingold zu.

Noch einmal blickte sich Bernstein um. Ihn wunderte, dass Osada und Salzer nirgends zu finden waren. Dann aber bemerkte er, dass die beiden draußen auf der Terrasse standen, die an die Längsseite des Raums anschloss. Sie waren im Gespräch mit einer Frau, die recht unverkennbar die Leiterin dieser Einrichtung sein musste. Gleich ob Ministerin, Kindergartendirektorin oder die Chefin eines Altersheims, die Gestik solcher Frauen erinnerte an eine Schere, die entlang der Linien eines Musterbogens gleitet.

Es schien, als habe Klara Ingold darauf bestanden, alleine zu sein, um die Küche betreten und sich der kochenden Person, dünn wie ein Faden, nähern zu können. Allerdings war gut zu erkennen, dass sich Osada in einer Weise positioniert hatte, die es ihm ermöglichte, durch zwei Scheiben hindurch einen verlässlichen Blick auf seine Schutzbefohlene zu haben.

Bernstein bewegte sich tiefer in den Raum hinein, um besser sehen zu können, was dort drüben in der Küche vor sich ging. Da spürte er mit einem Mal eine Hand an seinem Unterarm. Er blickte auf diese Hand. Sie schien geradezu gläsern. Graugelb und fleckig und faltig. Aber wie aus Glas, dahinter man das schwindende Fleisch erkennen konnte.

»Da bist du ja!«, sagte die Greisin, zu der diese Hand gehörte und die in einem Rollstuhl saß, trotz der Hitze im Raum mit Pullover und Decke. »Endlich! Komm, Bub, setz dich!«

Was sollte er tun? Sich losreißen? Alle Aufmerksamkeit auf sich ziehen? Ohnehin war das ein guter Platz, um von hier aus den Küchenraum zu beobachten. Weshalb er mit seiner freien Hand einen Stuhl heranzog und Platz nahm. Die Hand der alten Frau, kalt wie Eis, aber staubtrocken und bei aller Faltigkeit glatt, blieb auf seinem Unterarm. Ihre Kraft war erstaunlich.

Die Frau begann zu reden. Er hörte kaum zu, sein Blick ging zur Küche. Er sah, wie die kochende Person sich zu Klara Ingold hindrehte. Und erkannte, dass es eine Frau war, eine alte Frau, aber von der Art der Balletttänzerinnen, die nie aufhörten, elegant zu sein. Sie trug eine dunkle Brille. Wie sie jetzt mit Klara Ingold sprach und mit ihren beiden Händen über das Gesicht der Jüngeren fuhr, als forme sie das ohnehin Vorhandene, ließ keinen Zweifel, dass sie blind war. Dann drehte sie sich wieder zu ihrem Herd und kochte weiter.

Himmelherrgott, eine blinde Köchin! Eine blinde Köchin, bei der es sich höchstwahrscheinlich um Ingolds Großmutter Helga Blume handelte.

»Wird auch Zeit, dass Sie sich sehen lassen. Ihre Mutter wartet schon eine Ewigkeit auf Sie.«

»Nicht so streng sein mit meinem Buben, Fräulein Ingrid«, sagte die Greisin und blickte mit feuchten Augen hoch zu der Pflegerin, die neben Bernstein getreten war und ihn mit einem finsteren Blick bedachte.

»Er hat halt viel zu tun als Finanzbeamter«, erklärte die alte Frau.

Gott Gütiger, Finanzbeamter! Dabei konnte sich Bernstein nicht sicher sein, ob er dem herzlosen Sohn der alten Dame tatsächlich ähnlich sah oder eigentlich gar nicht und die Greisin bloß so senil war, praktisch jeden für ihren Sohn zu halten. Vielleicht aber begriff sie durchaus, dass Bernstein nicht ihr Sohn war, nahm jedoch willig das Schicksal an, das ihr diesen Mann zugeführt hatte, was auch immer er im Taubengruß verloren hatte.

So waren sich Bernstein und die Alte zu Diensten. Die Frau redete in einem fort über die Verhältnisse im Heim, wollte auch gar nicht wissen, wie es denn grad auf dem Finanzamt zugehe und was die Kinder gerade machten et cetera, sondern schimpfte über ihre Mitbewohnerinnen und über die harten Betten und die Unbeugsamkeit der Heimleiterin. Die sei eine Hexe und habe wahrscheinlich ein Verhältnis mit dem Hausmeister, den man neuerdings Facility Manager nennen müsse – sie sprach das englische Wort perfekt aus –, was ein lächerlicher Begriff für diesen Bauernschädel und Dorftrottel sei.

Und während sie redete und Bernstein hinüber zur Küche schaute, drückte sie seinen Arm ein weniger fester, wohl um sich seine Aufmerksamkeit mittels Schmerz zu sichern. Er sah also für einen Moment zu ihr hin, und dabei fiel sein Blick rechts an ihrem dünnen, wie elektrisch aufgeladenen weißgoldenen Haar vorbei auf die Längswand des Raums. Dort hing ein Foto, und zwar ein großes, das zu einer Länge von gut zwei Metern aufgeblasen und auf ein Tableau kaschiert worden war. Ein Foto als Kunstwerk. Und dieses Kunstwerk zeigte sieben alte Frauen, die sich soeben vom Geländer eines Balkons abstießen und in langen weißen Gewändern und mit ausgebreiteten Armen in den Abgrund stürzten. Wobei es aussah, als würden sie schweben oder fliegen. In großen Lettern stand am unteren Bildrand *Sprung ins Volle*.

Bernstein hatte augenblicklich erkannt, wo dieses Bild aufgenommen worden war, also zumindest, dass es sich bei dem Balkon um einen von denen handelte, die drüben am alten Kurhotel dekorative Reihen bildeten und der Fassade eine optische Festigkeit verliehen. Dass die alten Frauen tatsächlich gesprungen waren ... nun, es handelte sich bestimmt um eine Fotomontage. Aber eine höchst gelungene, das musste er zugeben. Auch die Greisin, die gerade auf ihn einredete, war auf dem Bild zu sehen, springend, fliegend, während sie ja hier und jetzt im Rollstuhl saß und sich in seinen Arm verkrallte.

»Aber das Essen«, erklärte sie, »ist großartig, das muss man zugeben.«

Auch wenn dies, sagte sie, ganz sicher nicht der Verdienst der Heimleiterin sei, dieser Hexe, die es mit dem Hausmeister treibe, sondern natürlich der Köchin.

»Die blinde Köchin, nicht wahr?« Bernstein machte jetzt endlich auch mal seinen Mund auf.

Die Greisin blickte für einen Moment hinüber zur Küche, als sei das mit der Blindheit völlig neu für sie, meinte dann aber: »Na und? Sie macht das beste Rindsschnitzel, das du dir denken kannst. Sie ist ja nicht auf der Zunge blind, sondern in den Augen.«

»Aber sie hat doch sicher mehrere Hilfen.«

»Den Koch von früher und seine Leute haben wir rausgeworfen, das macht jetzt alles die Helga, und, ja, ein paar von den Betreuerinnen arbeiten mit. Die Zwiebeln schneiden und so.«

Dann stimmte es. Dort drüben stand die Frau, so alt wie Murphy, vierundneunzigjährig, die im Jahr ihres Verschwindens das Bild eines Wuppertaler Sprungs erschaffen hatte. Und wenn sie hier die famose Köchin war, dann war sie sicher auch für das riesige Bild an der Wand verantwortlich, auf dem sie sich praktisch selbst zitierte.

Bernstein blickte wieder hinüber zur Küche, während seine »Mutter« unter dem schraubstockartigen Druck ihrer linken Hand nun doch zu der Frage kam, wie es denn auf dem Finanzamt zugehe. Ihr wäre ja lieber gewesen, er hätte sein Studium beendet und wäre Jurist geworden. Finanzämter hätten bei aller Notwendigkeit etwas Mittelalterliches an sich. So eine Art Wegelagerei.

»Jetzt übertreibst du, Mama«, sagte Bernstein, während er fortgesetzt den Küchenraum beobachtete und sah, wie Klara Ingold ihrer Großmutter ein kleines schwarzes Objekt überreichte. Dabei konnte es sich eigentlich nur um jene Schatulle handeln, in deren Besitz zu gelangen Murphy ihn beauftragt hatte.

Bernstein konnte sehen, wie die blinde Köchin die Schatulle in eine Tasche ihrer Schürze gleiten ließ und wie sich jetzt die beiden Frauen, Enkelin und Großmutter, umarmten. Und wie ähnlich sich die beiden sahen. Das konnte er selbst auf die Entfernung erkennen, auch wenn die Köchin nicht hinkte und die Enkelin nicht blind war.

In diesem Moment der Beobachtung fühlte Bernstein, dass er selbst beobachtet wurde. Er spürte es wie Tropfen von Regen, die auf Kopf und Stirn und Wangen aufsetzen und dort zerplatzen. Er wusste genau, dass der, der ihn im Visier hatte, Osada war. Der möglicherweise noch immer auf der Terrasse stand, vielleicht aber in den Raum getreten war und nun feststellte, dass hier derselbe Mann saß, den er im Hotel gesehen hatte, am Abend und am Morgen im Restaurant.

Bernstein reagierte blitzschnell, indem er sich zu der alten Dame beugte und seine Hand auf die ihre legte und sagte, wie schön es sei, dass er endlich die Zeit gefunden habe, sie zu besuchen, und wie gut es sei, feststellen zu dürfen, wie rüstig sie noch war.

»Red keinen Stumpfsinn«, keifte sie.

»Aber ich bitte dich, dahinten auf dem Foto …«

»Glaubst du denn, ich bin wirklich gesprungen?«

»Es könnte doch sein, dass man ein Netz aufgespannt hatte.«

Noch einmal sagte sie, er solle nicht so dumm reden, sie wisse auch nicht, wie Helga das hinbekommen habe mit dem Foto, eine blinde Köchin sei ja nicht ungewöhnlich, aber eine blinde Fotografin …

»Du kannst jetzt wirklich meine Hand loslassen«, sagte die alte Frau nach einer Weile, »das tut langsam weh.«

Er nahm seine Hand herunter, während sie aber die ihre fortgesetzt auf seinem Unterarm ließ und der Druck nicht etwa schwächer wurde.

Bernstein wagte es, den Blick aufzurichten und schaute hinüber zur Terrasse, wo jedoch niemand mehr stand. Und drüben in der Küche war jetzt allein die blinde Köchin zu sehen, die wieder mit ihren Töpfen und Schüsseln und einem gewaltigen Mixer beschäftigt war. Klara Ingold und ihre beiden Begleiter schienen hingegen mit der Leiterin des Heims in einen anderen Teil des Gebäudes gewechselt zu sein.

Bernstein griff nach der Hand der alten Frau und versuchte, sie von seinem Unterarm herunterzubekommen.

»Willst du deiner Mutter verbieten, dich lieb zu haben?«, beschwerte sich die Alte und grinste diabolisch.

»Tut mir leid, das Finanzamt ruft!«, sagte er frech und benötigte einige Kraft, um die gläserne Hand von sich zu lösen.

»Ungezogen bist du!«

Die Betreuerin, die gerade einem Hundertjährigen die Fingernägel schnitt, sah warnend herüber.

»Schachmatt!«, rief in diesem Moment eine alte Frau mit feuerrotem Haar – auch sie eine der sieben ins Volle springenden Damen. Ihr gegenüber saß ein junger Pfleger, der recht verdutzt auf das Schachbrett blickte.

Glücklicherweise war nun alle Aufmerksamkeit im Raum auf die hochbetagte Schachspielerin gerichtet, eine alte Russin, in der Tat ehemalige Großmeisterin, die soeben den jungen Pfleger in fünf Zügen schachmatt gesetzt hatte. Alle sahen hinüber, und sämtliche Damen, die eindeutig in der Mehrheit waren, bewegten sich in irgendeiner Weise Richtung des Schachtischs, um ihrer Mitbewohnerin zu gratulieren.

In Wirklichkeit jedoch hatten es die Greisinnen auf den jungen Pfleger abgesehen. Auch die Frau, die sich eben noch als Bernsteins Mutter ausgegeben hatte.

Mit einiger Vehemenz und ohne jede Hilfe erhob sie sich aus dem Rollstuhl und bewegte sich schrittsicher hinüber zum Schachbrett, um das herum die Bewohnerinnen und das Personal sich versammelt hatten.

Mehrere Hände lagen Mitleid vortäuschend auf den Schultern des unterlegenen Pflegers.

Ein Glück für Bernstein, der völlig unbemerkt blieb, als er seinen Platz verließ, sich hinüber zur Küche mit der weiten Sichtscheibe begab und durch die gläserne Türe trat. Ein weiteres Glück für ihn, dass die blinde Köchin nicht mehr vor der mächtigen Kücheninsel aus Stahl und dunklem Holz stand, darüber eine Dunstabzugshaube hing, die aussah, wie frisch von der NASA geliefert. Vielmehr war die Köchin in den rückwärtigen Teil dieser für ein Altersheim erstaunlich luxuriösen Großraumküche gewechselt, um auf einer kleineren Nebeninsel Büschel von Kräutern zu hacken. Das war eine Stelle, die vom Aufenthaltsraum aus nicht zu sehen war, somit auch Bernstein nicht, wie er hinter die blinde Köchin trat, keineswegs auf Zehenspitzen. Auf Zehenspitzen wäre viel zu auffällig gewesen bei einer Blinden mit mutmaßlichem Spezialgehör. Nein, er stellte sich mit absoluter Selbstverständlichkeit hinter sie, wie es wohl der Facility Manager dieses Hauses getan hätte, murmelte ein »Alles in Ordnung, alles gut, liebe Frau Blume!« und fasste mit raschem Griff in die seitliche Tasche ihrer Schürze, in der sich die Schatulle befand.

Oder hätte befinden sollen. Denn da war nichts. Seine Hand glitt ins Leere, wollte man nicht sagen, sie sei ins Leere gesprungen.

Ebenso rasch, wie er seine Hand wieder herauszog, hatte sich die Frau mit dem schmalen Gesicht, der hochgesteckten Frisur ihres reinweißen Haars und der dunklen Brille vor ihren toten Augen zu Bernstein hingedreht. Mit der einen Hand hatte sie sein

Geschlecht gepackt, und zwar mit derselben Heftigkeit, mit der eine andere Frau zuvor seinen Unterarm gehalten hatte, was ungleich angenehmer gewesen war. Mit der anderen hielt sie ihm die Schneide ihres Messers an die Kehle. Und was für ein Messer!

Bernstein kannte sich mit solchen Geräten aus. Mit Waffen überhaupt, auch wenn er selbst keine trug. Aber eben oft die Leute, die er zur Räson bringen musste. Das würde ihm hier mit dieser alten, eigentlich uralten, aber äußerst entschlossen sich anfühlenden Frau kaum gelingen.

Er hatte sogleich begriffen, dass es sich bei dem Messer – dessen scharfe Schneide eben noch einen Strauß Petersilie zerteilt hatte und sich jetzt wie ein zu allem fähiger Liebhaber an die Haut seines Halses schmiegte – um ein Deba handelte. Ein japanisches Hackmesser, das sich vor allem für das Zerlegen von Fischen eignete und selbst die Form eines Fisches besaß. Allerdings meinte Bernstein zu erkennen, dass das nicht irgendein im Handel erhältliches Deba war. Das Holz der Zwinge, dessen markante rote Färbung vom Körpersaft eines auf einer japanischen Insel heimischen Käfers stammte, sowie die alte Signatur auf dem Klingenblatt gaben Anlass zu der Vermutung, dass es sich um eines jener mythenumrankten historischen Messer aus dem 18. Jahrhundert handelte, ein *Kanashimi no naifu,* ein *Messer der Trauer.* Ein Werkzeug, das auch nach zweihundert Jahren und gewiss infolge der einen oder anderen Schleifung bestens geeignet war, Bernsteins Halsregion einen unheilbaren Schnitt zuzufügen.

Dennoch versuchte Bernstein, die Ruhe zu bewahren, auch die Ruhe in seinem schmerzenden Geschlecht, und sagte einfach die Wahrheit: »Ich bin wegen der Schatulle hier.«

»Und wer schickt Sie?«, fragte die blinde Köchin mit einer Stimme, die wie das Licht einer alten Laterne zwischen ihren dünnen Lippen hervordrang. Eine alte Laterne, die noch immer funktionierte und auch noch hübsch anzusehen war.

»Murphy schickt mich«, antwortete Bernstein.

»Ich kenne keinen Murphy.«

»Natürlich nicht. Als Sie ihn kannten, hieß er Morlock.«

»Morlock! Im Ernst?«

Bernstein nickte.

»Der Mann muss jetzt uralt sein«, stellte die Köchin fest.

»Nun, er ist so alt wie Sie, wenn ich das sagen darf.«

»Sie sind ganz schön mutig«, meinte Helga Blume und drückte einen Moment etwas fester die Stelle, wo sein Geschlecht war. Nur eine Spur. Aber die Spur entlockte Bernstein ein kleines Stöhnen.

Dann jedoch ließ die Frau ganz von seinem Unterleib ab. Und zog auch das Messer zurück. Hielt es sich aber so gegen die eigene Brust, wie um es jederzeit in alle Richtungen stoßen zu können. Dass sie dabei gar nicht sehen konnte, wohin sie es stieß, war ein schwacher Trost für einen Gegner.

»Was will der Alte von mir?«, fragte Helga Blume. »Ich hatte ihn schon fast vergessen. Und wieso jetzt Murphy?«

»Der Name seiner ersten Frau«, sagte Bernstein und erklärte, dass Morlock es unter dem Namen Murphy zu einer Menge Geld, wenn schon nicht zu einer Menge Glück gebracht habe. Und er kürzlich davon erfahren habe, eine Klara Ingold sei bei der Suche nach ihrer Großmutter in den Besitz nicht nur einer bestimmten Schatulle, sondern vor allem einer darin befindlichen Kapsel von erstaunlicher Wirkung gelangt.

»Und was sind Sie, Morlocks Kampfhund?«

Bernstein blieb sachlich und erklärte, nicht die moralischen oder unmoralischen Beweggründe seiner Kunden zu bewerten, sondern Aufträge mit Diskretion zu erfüllen.

»Meinen Sie Diebstahl?«

»Ich meine eher, etwas zurückzubringen, wenn mein Auftraggeber meint, es gehöre ihm.«

»Also genau genommen gehört es den Russen. Und ich erinnere mich, dass Morlock es mir damals freiwillig gab. Zu meiner Sicherheit, wie er zuerst großspurig verkündete.«

»Das mag sein, aber Herr Murphy sieht es wohl anders.«

»Was will er überhaupt damit? Es zu guter Letzt doch noch den Amis zustecken?«

»Ich wäre nicht diskret, würde ich das beantworten.«

»Ich kann's mir ohnehin denken. Er will es selbst ausprobieren. Dafür hat er ja immer nur andere eingesetzt. Mich zum Beispiel. Und weil er über neunzig ist und höchstwahrscheinlich am eigenen Leben wie an einer steinhart gewordenen Brotkrume knabbert, will er es nun doch einmal versuchen und durch eine Gorsky schauen. Hat er ja sicher nachgebaut. Bringt aber nichts ohne die Kapsel.«

»Da könnten Sie recht haben«, sagte Bernstein, dem die alte Frau zu gefallen anfing. Umso mehr, seit sie das Messer von seiner Kehle genommen hatte.

»Meine Enkelin ...«, sagte Helga Blume, »übrigens koche ich gerade für sie und ihre beiden Freunde und würde das gerne fortsetzen. Können wir uns darauf einigen, dass Sie mir nicht noch einmal in den Rücken fallen?«

»Selbstverständlich«, sagte Bernstein und tat einen symbolischen Schritt rückwärts.

Die blinde Köchin wandte sich wieder dem Schneidebrett zu, schob die gehackte Petersilie zur Seite, fügte Stücke geschälten Knoblauchs auf die frei gewordene Stelle und setzte ihre Zerkleinerungsarbeit fort. Sie stand nun also wieder mit dem Rücken zu Bernstein. Er betrachtete diesen Rücken der Vierundneunzigjährigen gleichsam wie ein Rätsel ewiger Vitalität. Ein Rücken, der gut und gern auch einer viel jüngeren Frau hätte gehören können. Wie auch sämtliche Bewegungen der Köchin – etwa das aus dem lockeren Arm gesetzte Auf und Ab des Messers – alterslos schienen. Bernstein dachte sich, dass, wenn er diese Frau mit einer Pflanze vergleichen müsste, er sagen würde: Bonsai. Nicht, weil sie klein war und ihr Wuchs begrenzt, und nicht nur, weil sie so lange in Japan gewesen war, sondern weil alles an ihr ungemein kultiviert, harmonisch und konzentriert wirkte. Ja, eine Bonsaifrau.

»Diese Kapsel«, sagte Blume, während sie begann, mit der seitlich gelegten Messerschneide aus den sehr klein gehackten Stückchen den Saft herauszupressen, »hat offensichtlich wieder einige Interessenten auf den Plan gerufen.«

Sie erklärte, ihre Enkelin und deren Begleiter seien auf der Insel Aogashima von schwer bewaffneten Eliteeinheiten angegriffen worden.

»Sehe ich aus wie eine Eliteeinheit?«, fragte Bernstein kokett.

Sie wandte sich kurz um und fragte ebenso kokett: »Woher soll ich wissen, wie Sie aussehen?«

Meinte dann aber, sie verstehe schon. Anstatt hier mit Bomben und Granaten einzudringen, habe er sich hereingeschlichen.

»Ich wiege hundertzehn Kilo. Schleichen ist nicht meine Spezialität.«

»Ich hätte Sie schwerer geschätzt«, sagte Blume und strich den im eigenen Saft schwimmenden Knoblauch vom Brett in eine Schüssel. »Wenn Murphy, oder wie auch immer er jetzt heißt, die Kapsel will, in Ordnung, dann hat das alles ein Ende. Aber dafür muss er auch bezahlen.«

»Ich vermute«, sagte Bernstein, »das wird sich machen lassen. Geld scheint nicht das Problem. An wie viel dachten Sie?«

»Also, zuerst dachte ich daran, mir versichern zu lassen, dass man meine Enkelin in Zukunft in Ruhe lässt. Sie besitzt die Kapsel ja gar nicht mehr.«

»Das ist absolut verständlich. Und von meiner Seite aus gesehen würde ich sagen: Ich weiß nicht, wer Ihre Enkelin ist.«

»Gut. Zumindest, wenn Murphy das auch so sieht. Und dann sagen Sie ihm, ich möchte, dass er dieses alte Kurhotel drüben auf dem Wolfsbergkogel … Sie wissen, wovon ich spreche?«

»Ja, weiß ich.«

»Ich will, dass er den derzeitigen Eigentümern ein Kaufangebot unterbreitet, das diese nicht ausschlagen können. Und dass er das ganze prachtvolle Gebäude in den Besitz unseres Altersheims überträgt. Und ebenso für die nötige Renovierung sorgt. Wird er das tun? Kann er sich das leisten?«

»Das herauszufinden, dazu reicht ein rasches Telefonat.«

»Dann telefonieren Sie, und ich koche fertig und esse mit den Kindern. Wir sehen uns in drei Stunden. Draußen im Garten. Bei der Skulptur.«

»Welcher Skulptur?«

»Da gibt es nur eine. Die goldene Katze. Nicht zu übersehen.«

»In Ordnung«, sagte Bernstein, wandte sich um und ging. Nicht, ohne für einen Moment die horrible Vorstellung zu entwickeln, wie ein zweihundert Jahre altes, aber superscharfes und auch noch mystisch aufgeladenes *Messer der Trauer* in seinem Rücken landen könnte.

Er verließ die Küche und marschierte durch den großen Aufenthaltsraum. Vorbei an der alten Dame, die jetzt wieder im Rollstuhl saß und ihn zu sich zu rufen versuchte. Er ignorierte das Schimpfwort, mit dem sie ihn, den undankbaren Sohn, bedachte und trat rasch in einen langen Flur, wo er sein Smartphone aus dem Jackett zog und nach Deutschland anrief.

Unter der angegebenen Nummer meldete sich eine Frauenstimme, wahrscheinlich die Sekretärin *against veganism*, die sich erklären ließ, worin Helga Blumes Vorschlag bestand.

»Wir hatten Sie beauftragt«, sagte die Sekretärin, »die Schatulle zu besorgen, und nicht, uns ein Angebot zu übermitteln, das uns Millionen kosten wird. Für wen arbeiten Sie eigentlich?«

»Verbinden Sie mich einfach mit Murphy.«

Doch der war ohnehin bereits in der Leitung. Er sagte: »Sie lebt also. Helga lebt.«

»Eine rüstige Person«, erklärte Bernstein. »Sie ist blind, und sie kocht. Sie scheint mir die geheime Chefin von diesem Laden hier zu sein, einem Altersheim. Kein sonderlich hübsches, darum wohl die Idee, gegenüber in dieses alte Nobelhotel umzuziehen. Damit die Damen dort vom Balkon springen können.«

Das mit dem Balkon verstand Murphy natürlich nicht. Bernstein erklärte es. Stellte einen Bezug her zwischen dem *Sprung ins Leere* von 1957 und dem *Sprung ins Volle*, der kürzlich mit derselben Raffinesse einer Fotomontage absolviert worden war.

»Denken Sie, sie wird mich empfangen? Helga.«

»Ich könnte das zu *Ihrer* Bedingung machen, Herr Murphy«, sagte Bernstein. »Dann kann sie Ihnen die Kapsel selbst aushändigen.«

»Sie hat sie also.«

»Ja, die Enkelin hat ihr das Objekt übergeben. Weshalb Frau

Blume auch dringend einfordert, Klara Ingold in Frieden zu lassen.«

»In Ordnung. Sehen Sie zu, dass ich Helga treffen kann. Dann kriegt sie auch das Haus.«

»Haus ist ein schwaches Wort für diesen prächtigen Kasten.«

»Wie auch immer, ich sagte es bereits, Geld spielt keine Rolle. Je mehr ich davon ausgebe, umso weniger kriegen meine verfluchten Kinder und deren verfluchte Kinder. Ich werde sofort die Verhandlung über den Ankauf veranlassen. Versprechen Sie das Helga. Sie kriegt das Haus.«

Weil er noch genügend Zeit hatte, spazierte Bernstein ein wenig die Straße hoch und gelangte zu einem weiteren leer stehenden Prachtbau, dem Südbahnhotel, dem ersten errichteten Hotel in der Region des Semmerings. Genauso leer und verwunschen und filmreif wie das Kurhotel drüben am Wolfsbergkogel (in der Tat, so las Bernstein in seinem Handtaschendämon, hatte dieses Gebäude einen bekannten Regisseur zu einem bekannten Film inspiriert, erstaunlicherweise aber weder zu einem Horrorfilm noch zu einer Romanze, der kleinen Schwester des Horrorfilms, sondern zu einer Komödie).

Bernstein fragte sich, wieso Helga Blume sich nicht dieses noch etwas näher zum Altersheim gelegene ehemalige Grandhotel ausgesucht hatte, um Murphy ein paar Millionen aus der Tasche zu ziehen, denn teuer waren wohl beide Gebäude. Vielleicht aber war es eine ästhetische Entscheidung, da das Südbahnhotel dem historistischen Heimatstil verpflichtet war und man den Eindruck einer zu groß geratenen, verschachtelten Playmobilburg gewinnen konnte. Während das Kurhaus Semmering letztlich die gleiche bonsaiartige Haltung besaß wie Helga Blume und bei aller Schönheit funktionalistisch und übersichtlich in der Landschaft stand. Selbst angesichts seiner Größe eben auch irgendwie die Miniatur von etwas sehr viel Größerem.

Als er dann am Nachmittag wieder im Altersheim ankam, strebte er dem hinteren Außenbereich zu, dabei einen Durchgang nehmend, der seitlich am großen Aufenthaltsraum vorbeiführte, sehr darauf achtend, dass ihn die Frau, die ihn für ihren Sohn hielt oder halten wollte, nicht noch einmal erwischte. Nicht noch einmal die Chance bekam, seinen Arm zu packen.

Ungepackt erreichte er den von einer Gruppe von Kirschbäumen locker umstellten und halb im Schatten liegenden kleinen Park, der über drei Bänke verfügte und in dessen Mitte eine goldbeschichtete, schmale Säule stand. Wie hatte Blume gesagt? Goldene Katze! Das war in der Tat verblüffend, dachte sich der Kunstfeind Bernstein, wie sehr diese hellgelb glänzende, frei stehende Plastik, die die Form eines senkrechten, sich ganz leicht neigenden Kreiszylinders besaß – also eigentlich vollkommen abstrakt war, mit bloß minimalen Einbuchtungen an der einen oder anderen Stelle –, die Gestalt einer aufrecht sitzenden goldenen Katze wiedergab.

»Das stammt von einem guten Freund von mir«, sagte Helga Blume, die von hinten herangetreten war, und zwar um einiges unauffälliger als zuvor Bernstein bei ihr. »Ein Freund, der eine ganze Weile auf die kleine Kapsel aufgepasst hat, um die sich alles dreht.«

»Ein japanischer Freund, nehme ich an«, sagte Bernstein.

»Richtig. Und der ist sogar achtundneunzig und lebt noch.«

»Ein paar Leute in dieser Geschichte«, stellte Bernstein fest, »werden ganz schön alt.«

»Ja, manche wollen oder können nicht sterben«, meinte Blume, »Leute, die Kunst machen, sowieso. Da heißt es dann immer: Bitte, lieber Gott, nur noch ein Bild, nur noch ein Roman, nur noch ein Film.«

»Sie glauben an den lieben Gott?«

»Natürlich nicht. Aber daran, dass diese Bettelei einen am Leben hält. – Aber gut, wir sind nicht hier, um über Kunst, sondern über Geld zu sprechen, sosehr manche Kunst im Geld erstickt. Also, was sagt Ihr Auftraggeber?«

»Er wäre einverstanden. Ganz gleich, was es kostet, dieses

Gebäude zu kaufen und herzurichten und in Ihren Besitz beziehungsweise in den dieses Heims zu übertragen. Ich glaube, ich kann sagen, dass Herr Murphy seine Familie hasst und froh ist um jeden Anlass, sein Erbe zu verringern. Allerdings hätte er einen Wunsch.«

»Der da wäre.«

»Er will Sie sehen. Er will, dass Sie ihm persönlich die Schatulle übergeben. Oder auch nur die Kapsel in der Schatulle. Das ist seine Bedingung.«

»Als könnte er Bedingungen stellen. Er kann die meinen erfüllen, mehr nicht.«

»Nun, er bittet Sie herzlich.«

Sie runzelte die Stirn. Dann lächelte sie. Nein, sie lächelte nicht, aber sie war nahe daran, zu lächeln. Sie sagte: »Gut, soll er kommen. Sobald er etwas in der Hand hat. Das Hotel betreffend. Etwas, das von seiner Hand in unsere Hand geht.«

»Er wird sich freuen, das zu hören.«

»Werden Sie gut für das bezahlt, was Sie hier tun?«, fragte Blume.

»Was tue ich denn?«, fragte er zurück.

»Mich bezirzen.«

»Meinen Sie wirklich ... was ist das überhaupt für ein Wort?«

»Circe, eine Zauberin aus der griechischen Mythologie.«

»Die Zauberin sind Sie«, erklärte Bernstein. Und dann sagte er: »Ja, er bezahlt mich gut. Und ich bin sicher, so wie die Sache jetzt läuft und er Sie aufsuchen darf, ist es ihm sehr viel lieber ...«

»Lieber, als mich niederschlagen und ausrauben zu lassen?«

»Das war nie der Plan«, versicherte Bernstein. Aber ganz richtig war das wohl nicht.

»Na gut«, sagte Helga Blume, »geben Sie ihm Bescheid. Ich muss jetzt gehen. Die Küche wartet. Nach dem Mittagessen ist vor dem Abendessen. Und das findet bei uns sehr früh statt.«

Sie ließ das Gesagte kurz wirken, ergänzte dann aber: »Damit wir nachher noch genügend Zeit für unsere Schnäpse und Liköre haben. Bevor wir in den Schlaf fallen, der in unserem Fall ja immer etwas von einem angekündigten Tod besitzt. Wer weiß schon, ob er wieder aufwacht?«

Bernstein nickte und wandte sich um, dabei strich er unabsichtlich – also vielleicht nicht ganz unabsichtlich – mit der Hand über die Oberfläche der metallenen Skulptur. Für einen Moment meinte er, ein Schnurren vernommen zu haben.

Grinsend ob der eigenen Einbildungskraft verließ er den Park, verließ das Heim, setzte sich in seinen Gert-Fröbe-artigen Mercedes und fuhr davon.

III

28

Klara war schon beim Wagen, wandte sich dann aber zu Osada und erklärte, sie müsse noch einmal zurück, sie habe etwas vergessen, was sie ihre Großmutter fragen wolle.

Osada sagte, er komme mit. Woraufhin Klara erwiderte, dass sein Schutz nun eigentlich nicht mehr nötig sei. Genau genommen müsste man jetzt ihre Großmutter bewachen, der sie immerhin die Schatulle übergeben habe. Komplettiert um eine goldene Kapsel und fest verschlossen.

»My job is to protect you«, sagte Osada ernst. »And only you.«

»I know«, sagte Klara, seufzte, meinte aber: »Give me some privacy, please. This place is secure.«

»No place is secure«, entgegnete Osada, entsprach aber so weit Klaras Wunsch, als dass er am Eingang zum Altersheim stehen blieb, von wo er den gesamten Vorplatz übersehen konnte. Wer hier kam und wer hier ging. Etwa jener junge Pfleger, der soeben gegen eine fünfundneunzigjährige Russin in fünf Zügen verloren hatte und sich nun zu Osada stellte und ihm eine Zigarette anbot.

Osada nahm an. Sie rauchten wortlos und blickten Richtung Norden. Der Rauch aus ihren Zigaretten hatte eine gewisse Ähnlichkeit mit den Wolken, die über den blauen Himmel zogen. Was nicht ganz stimmte. Und zwar die Einschränkung, es handle sich um eine *gewisse* Ähnlichkeit. Ein Standfoto hätte nämlich bewiesen, dass für eine Sekunde die Rauchwolken aus den Zigaretten vollkommen exakt den Wolken oben am Himmel entsprachen, in der Art kleiner grauer Schatten. Aber da war leider niemand, der im richtigen Moment ein Foto geschossen hätte. So blieb das Wunder – wie eigentlich die meisten Wunder – völlig unerkannt.

Nicht unerkannt blieb dann etwas anderes.

Als sich Klara durch den Aufenthaltsraum hinüber in die Küche begab, erklärten ihr dort zwei Küchenhilfen, die eben den Geschirrspüler einräumten und die Töpfe reinigten, Helga sei draußen.

»Wo draußen?«, fragte Klara.

Eine der beiden wies in Richtung einer metallenen Türe, auf der ein Foto der Heimleiterin angebracht war, auf das irgendjemand mit Filzstift zwei Teufelshörner aufgemalt hatte. Durch diese solcherart dekorierte Türe trat Klara in einen länglichen Lagerraum, an dessen Ende eine Glastüre auf den rückwärtigen Teil des Grundstücks hinausführte. Zu der Stelle, wo ein kleiner Park angelegt war. Bäume und Rosen.

Durch die Scheibe sah Klara ihre Großmutter, die sich im Gespräch mit einem Mann befand. Gewiss kein Heimbewohner, eher ein kräftiger Pfleger. Einer von diesen Männern, die mit Leichtigkeit Hundertjährige aus ihren Betten auf Rollstühle zu hieven verstanden und was sonst noch zu hieven war. Dann aber meinte sie zu erkennen, dass es derselbe Mann war, den sie auch im Hotel gesehen hatte. Und der ihr aufgefallen war, weil sein Gesichtsausdruck, aber auch sein langer, breiter, lichtbrauner Spitzbart sowie der gleich einer Halskrause gebundene weiße Seidenschal sie an eins der Gemälde erinnerte, das zu beschützen *ihre* Aufgabe war, und zwar Dirck Dircksz van Santvoorts Darstellung des Bürgermeisters von Prag. Dieser Bürgermeister hing zusammen mit seiner Gemahlin als Doppelporträt in einem Raum der niederländischen Malerei im Kunsthistorischen Museum.

Der Anblick dieses Mannes von heute, der an einen Mann von gestern gemahnte, hatte Klara wiederum ins Gedächtnis gerufen, dass sie ja noch immer für ein Museum arbeitete, in welchem sie übermorgen wieder sein würde. Und wie sehr es sie freute, zu ihren Gemälden zurückzukehren.

Während sie also im Schatten des Lagerraums stand, hinausblickte und überlegte, ob der Mann draußen tatsächlich derselbe »Bürgermeister von Prag« war, den sie heute Morgen beim Frühstück gesehen hatte, fiel ihr eine weitere Ähnlichkeit auf. Nämlich wie sehr die goldglänzende Stele, die von ihrer Position aus betrachtet genau zwischen dem Mann und ihrer Großmutter von einem weißen Steinsockel aufragte, an das Gemälde einer goldenen Katze im Atelierhaus Hashimoto Sōsekis erinnerte. Also die gleiche eigentümliche Fähigkeit besaß, vollkommen abstrakt und ohne den geringsten gegenständlichen Hinweis zu sein und dennoch den Eindruck zu vermitteln, hier habe jemand ungemein markant eine Katze wiedergegeben.[15]

Klara verblieb in dem kleinen Raum und beobachtete, wie die beiden miteinander sprachen. Sie konnte sich schwerlich vorstellen, dass hier gerade das Menü für das Abendessen abgeklärt wurde. Nein, es musste sich um die Schatulle handeln, die sie ihrer Großmutter vor Stunden überreicht hatte. Fast wie ein Kind oder Tier, wie etwas Lebendiges, das lange Zeit in der Vergangenheit wie in einem Kälteschlaf festgesteckt hatte und nun in der Gegenwart erwacht war. Die Schatulle genauso wie die Beziehung zwischen ihr, Klara, und ihrer Großmutter, eine nie gelebte und soeben erweckte.

Sie hatte sie endlich gefunden, die Frau, die 1957 von einem Wuppertaler Balkon gesprungen war. Um dann im Japanischen unterzutauchen. Die nach dem Tod ihrer geliebten Freundin Lilo Wagner auf Aogashima und den Jahren danach, als sie bereits erblindet war, dennoch begonnen hatte, als Assistentin des Magiers Gyōja zu arbeiten, den sie auf einer Fahrt in einem Shinkansen kennengelernt hatte. Da war sie bereits eine alte Frau gewesen.

---

15 Stimmt, man könnte von einer Ähnlichkeitsorgie parallel zur Beweisorgie von Tatorten sprechen, aber die Übereinstimmung der Zigarettenwölkchen Osadas und des im Schach unterlegenen Pflegers mit den tatsächlichen Wolken am Himmel war hundertprozentig, nein tausendprozentig, während Bernsteins Gemeinsamkeiten mit dem Porträt des Bürgermeisters von Prag, einem gewissen Casanova del Monte Turris, recht oberflächlich waren – Bart, Halsschmuck, ein charakteristischer Blick – und allein dazu dienten, Klara an ihren Job in Wien zu erinnern und wie zufrieden sie eigentlich mit diesem Job war. Während ihr nun eine Filmrolle an der Seite Ewan McGregors drohte. Die Ähnlichkeit zweier goldener Katzen wiederum war allein dem Umstand zu verdanken, dass sie schlichtweg vom selben Künstler stammten. Welcher versucht hatte, denselben Gegenstand, nämlich eine Katze, einmal als Bild und einmal als Skulptur festzuhalten. Und die Welt damit zu erstaunen, dass ihm das auch ohne die Darstellung von Schwanz, Ohren und Barthaaren gelang.

Aber noch immer mit einem Zauber ausgestattet, der auch den Zauberer verzauberte. Der zuvor nie eine Assistentin gehabt hatte, sie war seine erste und letzte gewesen.

Eine blinde Assistentin war natürlich so viel beeindruckender gewesen als eine sehende. Ihre Blindheit wurde geradezu als notwendiger Aspekt vor allem der magisch unerklärlichen Phänomene im Werk Gyōjas angesehen. Dazu kam, dass sich unter der weißen Schminke ihr Gesicht zu einer Maske wandelte, auf der die europäischen Züge ins Japanoide glitten. Besser gesagt kristallisierten. Allerdings begleitete sie Gyōja ausschließlich auf Tourneen innerhalb Japans, nie anderswo. Sobald er nicht Gyōja, sondern Goya war, musste er ohne sie auskommen.

Es war dann Anfang 2020, als es während einer Aufführung auf einem Berg in Sapporo zu einem schweren Unfall kam, einem Unfall, der sich nicht mehr in etwas anderes verwandeln ließ und bei dem mehrere Tiere starben. Man gab der Frau, Gyōjas blinder Assistentin, die Schuld. Was ganz einfach nötig war, um den Mythos des Meisters zu erhalten. Denn dieser Mythos war das Geschäft.

Helga nahm die Bürde auf sich, auch weil sie darin so etwas wie ein Ende sah, ein japanisches Ende, an das sich aber noch ein Nachspiel, ein österreichisches Nachspiel, anschließen würde. Und um dieses Nachspiel vollziehen zu können, reiste sie nach all den Jahren, knapp neunzigjährig und doch in irgendeiner Blüte stehend, einer Spätblüte, zum ersten Mal wieder nach Europa. Mied allerdings die alte Heimat Wien und auch die alte Heimat München, fuhr nicht einmal nach Wuppertal oder an einen kleinen Ort genau in der Mitte, sondern begab sich an den Ort ihrer Kindheit, auf den Semmering. Dort war sie immer wieder mit ihren Eltern gewesen, bevor den Menschen der Krieg dazwischengekommen war. Denn genau das ist der Krieg, eine Unterbrechung vom Leben, zumindest für die direkt Betroffenen. Manche kommen aus dieser Unterbrechung nicht mehr heraus, das sind dann die Toten. Andere überstehen die Unterbrechung mit einem Ballast aus Todesangst und gestohlener Zeit. Zeit, die nachgeholt werden muss.

Als der Krieg zu Ende ging, war Helga vierzehn gewesen und wusste mit der Eindringlichkeit einer sinnlichen Botschaft, dass sie Künstlerin werden würde. Und das war sie geworden und letztlich ein ganzes Leben lang geblieben. Auch indem sie den Mythos schuf, bei ihr und Lilo handle es sich um Yuki-Onnas, die es zuwege gebracht hatten, dass an einem 22. September 1962 in Magome Schnee gefallen war.

Natürlich war auch ihre Assistentenstelle beim Zauberer Gyōja eine Art unsichtbare Kunst gewesen (und sie war es, die aus diesem Mann, der anfangs wirklich bloß ein simpler Illusionist gewesen war, den Magier formte.. Letztlich konnte man sagen, dass Gyōja das Kunstwerk war, welches Helga Blume geschaffen hatte). Jetzt einmal abgesehen davon, dass sie Hashimoto Sōseki in einer Weise Modell gestanden hatte, die das Bild erst ermöglicht hatte. Und man nicht wie üblich von Maler und Modell sprechen musste, sondern von Modell und Maler.

Wahr war ebenso, dass Helga, als das Gemälde *The Blind Cook* entstand, alles andere als eine gute oder auch nur schlechte Köchin gewesen war, sondern gar keine, und es bevorzugt hatte, bekocht zu werden. Lilo war die gute Köchin gewesen. Freilich nicht blind.

Helga fuhr also direkt auf den Semmering und kam in diesem Altersheim unter, das die Tochter einer Freundin aus Jugendtagen gegründet hatte und von deren Tochter geleitet wurde – die Frau, die auf einem Foto in der Küche mit Hörnern dargestellt war. Im Gepäck hatte Helga nicht viel mehr als das historische Küchenmesser, das ihr Hashimoto geschenkt und das sie all die Jahre gleich einem Glücksbringer bei sich behalten hatte, und das sie nicht, wie es die Legende auf Aogashima wollte, zusammen mit ihrer Freundin und dem einstigen, von beiden Frauen geliebten Tennisstar begraben hatte.

Weil sie nun aber nicht tatenlos die Heimbewohnerin spielen wollte und es ihr passend erschienen war, ihr »Nachspiel« auf solche Weise zu inszenieren, erfüllte sie Hashimotos Gemälde, indem sie zur blinden Köchin wurde. Was ihr nach anfänglichen Missgeschicken und der einen oder anderen kochkünstlerischen Katastrophe immer besser gelang. Schließlich wurde sie derart perfekt, dass man den bisherigen Koch entließ und sie zur Chefin eines kleinen Küchenteams machte. Inwieweit ihr Talent als Automechanikerin und stilbildende Assistentin in der Zauberei diese Kochkunst begünstigte ... Nun, das war nicht immer leicht zu sagen, ob ein Talent sich in ein nächstes fügte oder ob nicht genau das Gegenteil der Fall war, siehe malende Schauspieler oder redende Fußballtrainer.

Jedenfalls erklärte Helga ihre verblüffende Kochkunst damit, es sei Lilos Geist, der in ihr erwacht war. Der Geist der Verwandlung. Denn in keiner Kunst war das Moment der Verwandlung stärker als beim Kochen, wenn die Zutaten bis zur Unkenntlichkeit verändert wurden. Welcher Kartoffelpuffer hatte je an eine Kartoffel denken lassen, welches panierte Schnitzel je an ein Stück Fleisch vom Kalb? Während jedes Stück Sushi eher einer winzig kleinen Damenhandtasche oder einem Lackschuh von Valentino glich als den Teilen, aus denen es bestand. Das Ziel einer Speise war es, als etwas anderes zu erscheinen als die Natur, aus der es hervorgegangen war. Und das sagte Helga, die gar nicht sehen konnte, was sie eigentlich tat.

Sie hatte übrigens auch eine Eigenkreation geschaffen, ein Pesto aus den Kräutern und Pilzen der Umgebung, wobei dieser Würzsauce eine kleine, feine halluzinogene Wirkung nachgesagt wurde, nichts Schlimmes, mehr etwas wie ein Schmunzeln auch im Angesicht von Not und Elend. Wobei es wiederum hieß, dass dafür gar nicht die Pilze und Kräuter, sondern eine Prise sehr fein gehackter Blätter eines Sencha-Tees verantwortlich seien, die Frau Blume in das Pesto untermischte.[16]

Dass Helga dann kürzlich doch wieder eine Fotomontage geschaffen hatte, die an die erinnerte, mit der alles begonnen

---

16 Es handelte sich um den gleichen Sencha-Tee, den Klara von Frau Hashi, der Wirtin des Ryokan in Magome, erhalten hatte. In Form eines in Stoff eingewickelten und mit einem lauchgrünen und lauchartigen Band verschnürten Päckchens. Und dazu hatte Frau Hashi geraten: »Just in case.« Ein Päckchen, das Klara noch immer in ihrer Handtasche mit sich trug, noch immer unbenutzt. Auf den bestimmten »Fall« wartend. Während Helga Blume, die blinde Köchin, »just in case« immer dann für nötig hielt, wenn sie ihr äußerst beliebtes Pesto zubereitete.

hatte, war einerseits einer puren Sentimentalität zu verdanken, andererseits wirklich als Werbeaktion für das Altersheim gedacht gewesen. Zudem sollte dieses Foto demnächst auf einer Auktion versteigert werden, nicht als Helga Blumes Arbeit, vielmehr als kollektives Werk der *Taubengrüßerinnen*, wie sich die am Bild beteiligten Damen des Altersheims nannten. Dass jedoch jenes ursprüngliche Foto aus dem Jahre 1957 noch immer existierte, erfuhr Helga erst von Klara. Denn Helga war davon ausgegangen, dass Hannes Urban, der damalige Besitzer der Münchner Gerüstfirma und ihr bester und verlässlichster Freund in jenen Tagen, dieses Bild zusammen mit ihrem Nachlass vernichtet hatte. Darum hatte sie ihn dringend gebeten, bevor sie in aller Eile und mit aller Konsequenz zusammen mit Lilo verschwunden war.

»Und der lebt wirklich noch?«, staunte Helga.

»Der ist so alt wie du«, sagte Klara, »aber er kocht nicht. Er ist mehr ein verwirrter Spaziergänger. Und es tut ihm leid, dass er deiner Anweisung nicht gefolgt ist. Aber schau, hätte er das nicht getan, könnte ich jetzt nicht vor dir stehen.«

Wobei es so schien, als hätte Hannes Urban die Schatullen-Objekte bei sich selbst aufgehoben. Denn schließlich hatte Klara keines davon in dem Münchner Nachlass gefunden, allerdings die goldbeschichtete Brille bemerkt, die sich der so greise wie unternehmungslustige Herr Urban im Altersheim aufgesetzt hatte. Und es sich dabei ja wohl um ein Kunstwerk Helga Blumes gehandelt hatte.

»Dann ist es also doch ein Glück«, meinte Helga, »dass sich der gute Hannes damals für eine Version von Max Brod gehalten hat. Was nicht bedeutet, ich würde mich für Kafka halten.«

»Aber anscheinend für Yves Klein«, sagte Klara, »oder eigentlich umgekehrt. Er kam ja nach dir auf die Idee, von einem Balkon zu springen.«

»Mein Gott«, blieb die blinde Köchin gelassen, »manches wiederholt sich und erreicht erst in der Wiederholung Berühmtheit.«

»Das ärgert dich nicht?«

»Mich ärgert, dass ich vor so vielen Jahren meine Familie verlassen musste. Aber das ist geschehen und nicht zu ändern.«

Sagte sie, während sie mit ihrem Messer durch ein Stück Fleisch schnitt, das sich in der Klinge gleich dem Porträt eines alten Niederländers spiegelte.

Die Sache mit dem neuen Foto, das siebenundsechzig Jahre nach Helgas Sprung von einem Wuppertaler Balkon entstanden war und auf dem sieben rüstige Damen im Freiflug zu sehen sind, war darauf ausgerichtet gewesen, das Augenmerk auf jenes Gebäude zu lenken, von dessen Balkonen die Frauen ins Volle sprangen. Und damit verknüpft die Hoffnung, das ehemalige Kurhotel würde dereinst nicht zum Nobelhotel für reiche Russen und reiche Ukrainer und reiche Usbeken oder sonst welche reichen Leute umgerüstet werden, sondern zum schönsten Altersheim, das die Welt je gesehen hatte. Ohne dass es aber nötig sein würde, in diesem Haus verrentete Millionäre zu vereinen. Was freilich ein naiver Traum war. Doch dieser naive Traum würde sich nun dank eines Millionärs, der ein Milliardär war, möglicherweise doch erfüllen (Millionär war eigentlich ein Begriff aus der Micky-Maus-Welt vergangener Tage).

Dass dies nun der Fall war, diese Erfüllung eines Traums vom Haus, das erfuhr Klara, nachdem sie gewartet hatte, bis der Mann sich von ihrer Großmutter verabschiedet hatte und gegangen war – wobei er sich einen kurzen Moment zu der goldenen Stele umwandte, als hätte er ein Geräusch wahrgenommen.

Helga erklärte ihrer Enkelin, wer der Mann gewesen war und worin sein Auftrag bestand. Und wie es ihr gelungen war, nicht zuletzt unter dem Einsatz ihres wunderbaren Deba-Messers, diesen Auftrag in ihrem Sinne umzugestalten.

»Soll sich Murphy die Schatulle doch holen«, sagte sie, »und uns dafür dieses Haus kaufen. Damit ich das noch erleben kann. Dafür würde ich, wenn's halt nötig ist, auch noch hundert werden.«

Das hatte Klara zwischenzeitlich begriffen, die Rolle dieses Mannes, dessen Erfindung einer Zeitmaschine so fatale Folgen für ihre Großmutter hatte. Und die Rolle, die wiederum die kleine goldene Kapsel spielte, deren mirakulöse Bedeutung für die Zeitmaschine bei Weitem noch davon übertroffen wurde, dass alles, was sich ihr mit einem gewissen Speed näherte, swing-by-mäßig herumgeleitet wurde. Und man sich also denken konnte, was die heutigen Entwickler von Waffen und Gegenwaffen von so einem Ding hätten lernen können.[17]

Aber Klara war aus einem ganz anderen Grund noch einmal zurückgekehrt. Zuvor beim gemeinsamen Essen mit Georg und Osada, als es Hühnergeschnetzeltes mit Paprikasauce gab – und zwar von einem Huhn, das allen Ernstes im kleinen Tierstall des Heims an Altersschwäche gestorben war, aber ganz ausgezeichnet schmeckte –, war es merkwürdigerweise nicht angesprochen worden. Auch wenn es das Naheliegendste war. Und darum war Klara zurückgekehrt und bat nun ihre Großmutter eindringlich darum, nach Wien zu kommen. Nicht, um Wien zu sehen, sondern jene Frau, die immerhin ihre Tochter war, Britta.

»Was soll das bringen?«, fragte Helga. »Sie muss mich hassen. Und das aus gutem Grund. Ich habe sie in einem Alter verlassen, da verlässt man kein Kind.«

»Du hast sie auf diese Weise geschützt.«

»Und wenn das nur eine Ausrede war?«

»Sag das nicht.«

»Britta wird es aber so sehen. Nein, ich glaube nicht, dass es eine gute Idee wäre, wenn wir uns sehen. Da gibt es nichts, was wiedergutzumachen wäre. Es ist eine Wunde, aber eine verschlossene. Kein Grund, sie zu öffnen.«

»Aber ich bin doch auch hier, und es ist gut, dich gefunden zu haben. Und dass sich alles irgendwie erklären lässt. So dubios es sein mag. Aber es erhält eine Form, etwas Greifbares, mit dem man leben kann.«

---

17 Was auch immer die Russen daraus gelernt hatten, die sich ja wohl noch immer im Besitz der zweiten Tatjana befanden. Nicht viel, schien es. Andererseits stellte sich bei jedem Unsinn und jeder Katastrophe die Frage, inwieweit sie eventuell gewollt waren und jemand sehenden Auges in sein Unglück marschiert war. – Wieso auch sollte ein Wesen, das sich unfähig zeigte, aus der Vergangenheit zu lernen, fähig sein, etwas aus der Zukunft zu lernen?

»Bei dir ist es etwas anderes«, sagte Helga. »Das Verhältnis zwischen einer Enkelin und ihrer Großmutter ist ganz anders als das zwischen Mutter und Tochter, selbst wenn es nie wirklich stattgefunden hat. Beziehungsweise gerade darum.«

Wenn eine Generation dazwischenliege, sagte sie, sei das wie eine Befreiung. Wie eine Pause in einem Spiel. Nach der Pause gehe es einfach sehr viel leichter weiter.

»Ich weiß nicht …«, meinte Klara leise.

»Ich schon«, erklärte Helga recht bestimmt.

»Wenn ich meiner Mutter alles erzähle«, sagte Klara, »und du aber nicht zu ihr kommst, wird sie erst recht glauben …«

»Erzähl ihr gar nichts«, bat Helga, »sag ihr, deine Reise wäre umsonst gewesen. Na, vielleicht nicht ganz umsonst, wenn man bedenkt, dass du jetzt an der Seite von Ewan McGregor in einem Takashi-Itō-Film auftrittst. – Meine Güte, man stelle sich das vor!«

Sie lachte und erklärte, sie müsse jetzt wirklich zurück in die Küche. Die »Damen« seien sehr ungehalten, wenn das Essen nicht pünktlich serviert werde.

»Und die Herren?«, fragte Klara, als wäre das jetzt wichtig.

»Männer«, sagte Helga, »werden im Alter ungemein friedlich. Die meisten wenigstens. Es ist eine gewisse Stupidität, die zu dieser Friedlichkeit führt.«

Dabei strich sie sanft über das Metall der Skulptur, neben der man ja noch immer stand.

Ein Geräusch klang an.

»Herrje, war das ein Schnurren?«, staunte Klara.

»Ja. Wenn man die Skulptur berührt … das war eine Idee von Sōseki, diese Darstellung einer goldenen Katze mit Sensoren auszustatten, die bei Berührung zu einem solchen *realistischen* Geräusch führen. – Ehrlich, ich fand das einen billigen Trick, der im Widerspruch steht zur faszinierenden Abstraktion dieser Figur. Die so radikal gegenstandslos ist und dabei alles besitzt, was eine Katze ausmacht. Und dann, oha, schnurrt sie wie eine Puppe, die Mama sagen kann, oder wie ein Plüschbär, der brummt. Peinlich!«

Aber na gut, meinte sie, es sei einfach angenehm, über das warme Metall zu streichen, das sich anfühle wie lebendig. Wie eine ungemein komprimierte, verdichtete Form von Fell.

»Das wollte ich dir noch sagen«, erinnerte sich Klara jetzt. »Hashimoto meinte, er verdanke dir nicht nur das großartige Porträt einer blinden Köchin, sondern auch das abstrakte Bild einer konkreten goldenen Katze. Und ich solle dir ausrichten, wie dankbar er dafür ist.«

»Ach was! Ich hatte ihm doch bloß eins der Fotos gezeigt, die ich noch in München gemacht habe. Eine Serie von Katzen. Ich weiß nicht einmal, warum ich ausgerechnet *die* auf meine Reise mitnahm. Meine Reise, die eine Flucht war. Jedenfalls war auch dieses eine Bild darunter, auf dem so ein Katzenviech bloß noch als ein verwaschenes rechteckiges Ding erscheint. Und das hat ihn wohl animiert. Aber was er daraus gemacht hat, ehrlich, das muss man ihm lassen, war dann wirklich genial.«

»Du bist genial«, sagte Klara und erwähnte noch einmal, dass sie, Helga, drei Jahre vor Yves Klein von einem Balkon gesprungen sei.

Helga lachte und erklärte, niemals Herrn Klein begegnet zu sein. Leider, sie hätte ihn gerne getroffen. Sie habe schon immer ein Faible für französische Männer gehabt.

»Davon gab's wohl nicht so viele in Japan«, sagte Klara mit einem Grinsen, das ihr Itō wieder mal verboten hätte.

»Ach was«, meinte Helga, »ich fand die japanischen Männer auch ziemlich in Ordnung. Isao natürlich, mit dem das Tennisspiel zu einem Akt der Liebe wurde. Und da war auch noch ein Schriftsteller auf Aogashima … Vorbei.«

Klara unterdrückte es, davon zu sprechen, wie überaus angemessen das Wort *vorbei* im Falle Umeo Susas war. Der Mann, der beim Angriff auf Aogashima getötet worden war und nicht mehr an seinem ewig unfertigen Roman würde arbeiten können. Zumindest nicht in der bekannten Weise.

Aber etwas anderes fiel ihr jetzt ein, was sie noch fragen wollte, auch wenn es nur eine Winzigkeit im Kosmos dieser aufwendigen Geschichte darstellte.

»Sag, Oma, wer hat eigentlich das Foto von dir und Lilo damals in Magome gemacht? Wo ihr vor der Wand steht, hinter euch das Poster mit der Brigitte Bardot.«

Sie holte jenes Foto aus ihrer Tasche und reichte es ihrer Großmutter.

Helga betrachtete es mit einem Ausdruck des Erinnerns und der Schwermut und meinte, es habe tatsächlich in Magome einen jungen Fotografen gegeben, der in der ganzen Gegend die Vermählungen und Geburten und die Toten fotografiert habe. Später dann aber über ihre Vermittlung auch zum Leibfotografen Hashimoto Sōsekis wurde und mit einer Serie von Bildern, die den Maler in masochistischen Posen zeigen, einige Aufregung und Berühmtheit erfuhr. Ein gewisser Kendo Hashi.

»Hashi?«, fragte Klara.

»Ja.«

Klara erzählte von der Besitzerin des Gästehauses in Magome, Frau Hashi.

»Gehen wir mal davon aus«, meinte Helga, »dass der Vater von Frau Hashis Mann dieses Foto geschossen hat, auch wenn vielleicht mehrere Familien in Magome so heißen. Aber es ist einfach schön, sich vorzustellen, wie alles miteinander verbunden ist und alles sich wiederholt.« Sagte sie und meinte: »Aber ich muss jetzt weiterarbeiten, mein Schatz.«

Sie gab ihrer Enkelin einen Kuss auf die Wange, wandte sich um und kehrte zurück in ihre Küche.

Heute Abend wollte sie Veganes servieren. Gleich, was manche T-Shirts darüber sagen.

Die Frau, auf deren T-Shirt alles Vegane auf eine Stufe mit den Schrecken des Althergebrachten gestellt wurde, saß am Steuer des offenen Sportwagens, der – sehr flach, sehr rot – am folgenden Tag die Straße zur Seniorenresidenz Taubengruß hochfuhr. Ihr tiefschwarzes Haar, das üblicherweise kreuz und quer stand, hatte im Zuge des Fahrtwindes eine geradezu lineare Struktur erhalten, etwas streng Frisiertes. Neben ihr auf dem Beifahrersitz die groß gewachsene, hagere Gestalt des Mannes mit der krummen Haltung und den stechend blauen Augen, dessen dünnes weißes Haar sich jeglicher Linearität widersetzte.

Herr Murphy natürlich. Es war übrigens gar nicht klar, ob er noch immer den Vornamen Conrad trug. Niemand nannte ihn beim Vornamen, auch seine Kinder und Enkel und Urenkel nicht, sondern sagten eben Vater oder Opa oder Uropa oder Onkel Murphy, während seine Frauen ja alle tot waren. Die Angestellten sagten freilich Herr Murphy, und seine Freunde, die aber eher Bekannte und Geschäftspartner waren, nannten ihn mitunter einfach *M*, was sich auf den vom Symbol einer Welle hergeleiteten Anfangsbuchstaben von Mathematik beziehungsweise *matematiikka* bezog, allgemein jedoch als Parallele zum fiktiven Leiter des Geheimdienstes MI6 und Vorgesetzten des unerträglich überlegenen James Bond missverstanden wurde. Doch Missverständnisse waren ohnehin das bestimmende Element im Leben dieses Wissenschaftlers und Geschäftsmanns, darunter auch die Anschauung, er sei ein Philanthrop, weil er wertvolle Gemälde an die Hamburger Kunsthalle gespendet hatte und zu den großen Förderern einer überdimensionierten Schmuckschachtel an der Elbe gehörte. Er hatte nicht aus Liebe zu den Menschen, sondern aus Liebe zur Kunst gehandelt und den Privilegien, die ihm im Zuge solcher Förderung zuteilwurden. Etwa in der Kunsthalle herumzuspazieren, als gehöre sie ihm.

Gleich nachdem Bernstein ihn am Vormittag des gestrigen Tages angerufen und vom Angebot der noch immer lebenden und nicht mehr nur auf einem Gemälde, sondern auch in Wirklichkeit als blinde Köchin agierenden Helga Blume berichtet hatte, hatte Murphy einen Abendflug nach Wien gebucht. Wohin er mit seiner Sekretärin gereist und im Hotel Bristol abgestiegen war, um am nächsten Tag in das gemietete und wie ein Findelkind vor dem Hotel abgestellte nagelneue Jaguar-Cabrio einzusteigen. Auch wenn Murphy, der noch ein Jaguar-Cabriolet aus dem Jahre 1968 besaß, fand, dass die heutigen Jaguars aussahen wie im Hirn eines Achtjährigen entstanden, der unbehindert von seinen desinteressierten Eltern sich dümmliche und brutale Actionfilme ansehen durfte.

Aber klar, das war ein starkes Auto, mit dem Murphys Sekretärin auf dem Weg zum Semmering deutlich mehr Wagen überholte, als selbst überholt zu werden – nur einmal, ausgerechnet von einem kleinen Fiat, der am steilen Hang eine mysteriöse Kraft entwickelt hatte.

Letztendlich brachte Murphys Sekretärin den Wagen vor dem Altersheim zum Stehen, was so aussah, als handele es sich um einen Staatsempfang.

Vor dem Eingang wartete die Leiterin, die offensichtlich in der einen oder anderen Weise eingeweiht worden war. Sie empfing Murphy und brachte ihn zu Helga Blume.

»Ich lasse Sie jetzt mit Ihrer alten Freundin alleine«, sagte die Chefin des Hauses an der Türe zur Küche und verabschiedete sich mit einem Lächeln wie ein Augenpaar voller Dollarzeichen

Helga stand wie üblich am mächtigen Block ihrer Kücheninsel und führte ihr *Messer der Trauer* durch die Körper mehrerer Fenchelknollen. Tief im Hintergrund der Küche saßen zwei Frauen vor einem Topf mit gekochten Kartoffeln, die sie schälten. Die beiden sahen aus, als warteten sie darauf, von van Gogh gemalt zu werden. Aber sie waren weit weg, und jede von ihnen hatte Kopfhörer aufgesetzt, wenn auch lange nicht so luxuriöse wie Murphys Sekretärin. Wobei es gar keine Frage war, welche Kopfhörer zu malen sich van Gogh entschieden hätte.

»Wir sind alt geworden«, sagte Murphy, nachdem sich Helga zu ihm umgedreht hatte. »Also, du sehr viel weniger als ich. Japan hat dir gutgetan.«

»Wollen wir nicht zur Sache kommen?«, meinte Helga und strich mit ihrem Finger über die Klinge des Deba-Messers, um ein Stück Fenchel zu entfernen. Als hätte sie die Unbehaglichkeit des Messers ob solcher Verunreinigung gespürt.

»So geschäftsmäßig?«, fragte Murphy.

»Was willst du? Dass ich dir sage, was es bedeutet hat, vor so vielen Jahren davongelaufen zu sein und eine einjährige Tochter zurückgelassen zu haben?«

»Das wäre nicht nötig gewesen.«

»Stell dich nicht dumm. Das war sehr wohl nötig. Die sind

noch immer auf der Jagd nach der Kapsel, die einen wie die anderen.«

»Du hast ja recht, Helga, und ich möchte das wiedergutmachen. Soweit es eben hier und jetzt möglich ist. Es handelt sich um das alte Hotel, nicht wahr? Diese gewaltige Bruchbude dort drüben.«

»Die Bruchbude ist ein Juwel, und es wäre schön, könnte das Juwel wieder erstrahlen. Ohne dass aber die Bande der üblichen reichen Schmarotzer dort einzieht.«

»So einer wie ich.«

»So einer wie du, ja. Darum unser Deal. Du ermöglichst, dass in diesem Gebäude Leute leben werden, die rein gar nichts besitzen außer ihr hohes Alter, einen gebeugten Körper und die Gewissheit, dass ein langes Leben harter Arbeit so gut wie nichts wert ist, wenn man diese Arbeit am falschen Ort vorgenommen hat. Am Fließband anstatt am Laufsteg, im Supermarkt anstatt am Aktienmarkt, im Haushalt anstatt beim Hauskauf. – Du willst die Schatulle? Also!«

»Ich will die Kapsel in der Schatulle.«

»Die Verpackung gehört dazu«, sagte Helga, wandte sich dem Küchenblock zu und tippte mit dem Finger an eine Stelle der Verkleidung aus schwarzem Holz. Da war kein Knopf, keine markierte Stelle. Es schien, als stoße sie in finsteres Nichts.

Aus diesem Nichts glitt automatisch eine Lade hervor. Helga griff hinein und holte die Schatulle hervor.

»Hier ist sie«, sagte Helga und hielt das längliche Objekt wie einen Sarg für eine Maus in die Höhe.

Murphy erklärte, sich natürlich noch nicht im Besitz des baufälligen Hotels am gegenüberliegenden Hang zu befinden, allerdings habe er seine Anwälte bereits damit betraut, den Eigentümern ein Angebot zu unterbreiten. Und zwar eines, das diese schwer würden ausschlagen können, wenn sie gut im Rechnen waren. Und das waren sie ja wohl. Denn um pure Liebhaber des alten Gebäudes dürfte es sich nicht handeln.

»Nicht so wie du«, schloss er an.

Helga aber meinte, sie müsse sich wirklich fragen, ob sie ihm vertrauen solle, ihm, der ihr zuletzt diesen Herrn Bernstein auf den Hals gehetzt habe.

»Deiner Enkelin, nicht dir«, sagte Murphy. »Und letztlich genau darum, um dich zu finden. Du weißt, dass du die einzige Frau warst, für dich ich je Interesse hatte. Das, was nachher kam, war eine Ausflucht.«

»Immerhin bist du mit deinen Ausflüchten nicht nur zu einem neuen Namen gekommen, sondern auch zu einigen Kindern.«

»Wenn du reich bist«, sagte er, »ist Familie ein größerer Horror, als wenn du arm bist.«

»Der größte Horror«, sagte Helga, »ist es, seine Familie zu verlieren.«

»Immerhin hast du eine Enkelin, die um die halbe Welt gereist ist, um dich zu finden.«

»Sie ist ein gutes Kind, ja, und ohne sie würdest du die Kapsel nicht bekommen. Und ich kein Altersheim für meine Leute. In einem Haus, das den Geist von Arthur Schnitzler und Franz Werfel atmet.«

Sagte sie und reichte Murphy die Schatulle aus einer Oberfläche aus rotem Samt, wobei es sich um ein Material handelte, das zu gewissen Tageszeiten und unter gewissen Lichtverhältnissen ins Schwarze zu kippen schien, wobei der Samt eine lederne Textur annahm. Das war fast so, als hätte Helga Blume bei der Herstellung der Objekthülle Mitte der 1950er-Jahre ihre Zauberkünste vorweggenommen, die sie dann an der Seite Meister Gyōjas zur Anwendung brachte. Etwas hoch entwickelt Magisches, das sich kaum noch von Technologie unterscheiden ließ und auch von allen dafür gehalten wurde. Wandelbarer Samt, mein Gott!

Und »Mein Gott!« sagte auch Murphy, der feststellte, dass sich die Schatulle beim besten Willen nicht öffnen ließ.

»Ein sehr spezieller Verschluss«, erklärte Helga Blume, »der aber erst wirkt, wenn der Inhalt komplett ist, und er ist ja komplett.«

Man darf hier vielleicht anfügen, dass hinreichend fortschrittliche Kunst weder von Magie noch von Technologie zu unterscheiden ist.

»Natürlich könntest du«, setzte sie fort, »die Schatulle mit einem Laser oder einfach mit der nächstbesten Metallsäge auseinanderschneiden oder aufbrechen, als wär's eine Nuss oder ein Sparschwein. Aber du weißt ja, dass Tatjana-Kapseln auf Gewalt irgendwie extrem reagieren. Nein, ich würde vorschlagen, du nimmst die Schatulle mit, legst sie in eins deiner Bankschließfächer, und sobald die Sache mit dem Hotel drüben erledigt ist, sage ich dir, wie du das Etui aufkriegst, ohne dass, ich weiß nicht was ... sich ein schwarzes Loch bildet, die Zeit stehen bleibt, du dich in Luft auflöst. Also? D'accord?«

Murphy nickte und drehte die Schatulle in seinen Händen wie etwas Verkohltes, das noch nicht ganz ausgekühlt war.

Es muss gesagt sein, dass dieses Schatullen-Objekt – und Helga hatte ihrer Enkelin natürlich davon erzählt – noch im Münchner Atelier entstanden war, aus der Zeitreise-Serie stammend. Darin hatten ursprünglich allein die Uhr, die Patrone und der Füller Platz gefunden, doch vor der Flucht nach Japan hatte Helga zwischen Uhr und Projektil eine winzige Nische geschaffen, in die sie passgenau die Tatjana-Kapsel fügen konnte. Durchaus vergleichbar den Vertiefungen in den Gorsky-Brillen, darin die »Batterie« bislang untergebracht gewesen war. Zudem hatte Helga den Verschluss in einer tresorartigen Weise verstärkt, sodass sich von nun an der Mechanismus – sobald die Kapsel eingelegt war – nur noch durch eine spezielle Art der Berührung öffnen ließ. Berührungen waren ohnedies ein wichtiges Element in Helga Blumes Kunstverständnis geworden. Alle ihre kleinen Objekte zeigten Merkmale der Verwandlung, sobald jemand sie anfasste. Oder es waren Wärme, Kälte, Sonneneinstrahlung, starke Gerüche und gewisse Klänge, die eine Form von Berührung verursachten. Worauf die Objekte reagierten.

Dass Helga und Lilo allerdings Schneefall an Orten und zu Zeiten bewirkt hatten, wenn dies als vollkommen unrealistisch gelten musste, war völliger Unsinn. Doch irgendwie war es ihnen gelungen, einen Ruf und bald einen vorauseilenden Ruf zu haben, der die Leute dazu trieb, sich Schneefall einzubilden, um dem Ruf der beiden gerecht zu werden. Wenn die Erwartungshaltung gar nicht durch den Akteur erfolgte, sondern vom Publikum selbst erfüllt wurde. Wie ja auch bei manchen Zauberkunststücken die Betrachter etwas sahen, was gar nicht vorhanden war, nur um sich eine Enttäuschung zu ersparen. Somit die Täuschung der Enttäuschung vorzogen.

Jedenfalls hatte sich die Kapsel so lange in der Schatulle befunden, bis sie einen noch sehr viel raffinierteren und verrückteren Platz erhielt – und die Kombination aus raffiniert und verrückt führt oft zu verblüffender Sicherheit. So war sie im Goldzahn jenes großen Malers untergekommen, der schuld daran sein sollte, dass aus Helga eine blinde Köchin wurde. Hashimotos Gemälde war somit auch nichts anderes als ein Blick in die Zukunft. Zumindest eine sich selbst erfüllende Prophezeiung. Vielleicht war Zukunft das ohnehin immer. Kein Krieg, der sich nicht angekündigt hätte und genau darum stattfand, weil er schon mal angekündigt war.

Dass sich sowohl die Schatulle als auch viele Jahre zuvor jenes Foto, auf dem die beiden Frauen vor einem Filmplakat mit Brigitte Bardot in Magome zu sehen sind, in der Wuppertaler Wohnung der Emma Salewski wiederfand, lag an Lilo Wagner. An ihrem Wunsch, so etwas wie eine Nachricht nach Hause zu schicken. Dorthin, wo ihr Mann und ihre Tochter waren. Wogegen sich Helga strikt ausgesprochen hatte. Und doch hatte Lilo 1962 dieses Foto aus Magome an ihren Mann geschickt, einzig und allein das Foto, ohne erkannt zu haben, dass der Fotograf den Namen des Orts auf die Rückseite des Bildes gekratzt hatte, wie er das bei allen seinen Aufnahmen zu tun pflegte. Später dann hatte Lilo auch Helgas kapsellose Schatulle heim nach Wuppertal gesendet. Als ein weiteres Zeichen, dass es ihr gut ging – denn ihr Mann, der Architekt, wusste um diese Objekte aus Helga Blumes Hand. Und dieses eine war ja tatsächlich Helgas Geschenk an Lilo gewesen und dann bei ihrer gemeinsamen Flucht zum Versteck für die Kapsel geworden.

Stimmt schon, der nüchterne Betrachter mag beklagen, dass hier gewisse Handlungen einiger Logik und Vernunft entbehren, und gerade Helga selbst war absolut dieser Meinung. Andererseits stammt das Fehlen von Logik und Vernunft geradezu aus der Ursuppe menschlichen Verhaltens. Das Irrationale geht wie bei einer Geburt aus aller Vernunft und Logik hervor. Und es wäre obszön, zu meinen, es sei ein hässliches Kind, nur weil es seinen Eltern nicht ähnlich sieht.

Dieses Irrationale sentimentaler Handlungen war aus dem Rationalen der Flucht entstanden und hatte letztlich dazu geführt, dass sich die beiden vierundneunzigjährigen Überlebenden vor dem Hintergrund einer ziemlich perfekten Küche gegenüberstanden: Murphy mit einer Schatulle in der Hand, Helga Blume mit einem alten Deba-Messer, und zwischen ihnen das Versprechen, welches zur Verwandlung eines alten Kurhotels in ein neues Altersheim und zum Öffnen des Objekts führen sollte, in dem die Kapsel schlummerte.

»Darf ich dich vielleicht zum Essen einladen?«, fragte Murphy.

»Das ist doch wohl ein Witz, so etwas die Köchin zu fragen.«

»Na, ich könnte auch fragen, ob *du mich* zum Essen einlädst.«

Sie überlegte. Dann sagte sie: »Die Damen werden sich freuen.«

»Welche Damen?«, fragte Murphy, der wohl ein Essen für zwei im Kopf hatte.

»Du wirst schon sehen«, sagte Helga und wandte sich wieder ihrer Arbeit zu, rief ihre beiden Gehilfinnen zu sich, die aus der Nähe betrachtet an Mannequins erinnerten, und trug ihnen auf, den Salat und den Fisch aus dem Kühlraum zu holen.

»Die sehen aus wie Mannequins«, stellte Murphy irritiert fest.

»Das sind Mannequins«, sagte Helga. »Jetzt geh aber. Um zwölf ist Essen. Wir essen immer um zwölf. Vorher ist zu früh, nachher zu spät. Und Pünktlichkeit eine Tugend.«

»Absolut«, sagte Murphy, verbeugte sich, wobei sein langer Hals und sein rosinenartiger Kopf über die Schatulle ragten, und verließ in der gekrümmten Haltung eines Bogens ohne Pfeil das Küchenreich der blinden Köchin.

29

»Das ist jetzt aber nicht Ihr Ernst. Sie ziehen mich auf, oder?«, klagte der Leiter der Personalabteilung des altehrwürdigen Museums, das vor allem für seine unglaubliche Bruegel-Sammlung bekannt war. Ihm gegenüber saß die Aufseherin Klara Ingold und beantragte soeben einen dreimonatigen unbezahlten Urlaub.

»Ewan McGregor!« Der Personalchef ließ den Namen des englischen Filmstars wie eine verbale Gloriole in die Höhe seines Büros aufsteigen. Dazu schüttelte er den Kopf und erklärte noch einmal, dass Klara sich offensichtlich einen Scherz mit ihm erlaube, er sich aber nach dem Sinn und Zweck eines solchen Scherzes frage.

Etwa eine Wette unter Kollegen?

Der Versuch, auf absurde Weise – nachdem er ihr gerade erst sehr kurzfristig eine freie Woche zugestanden hatte – gleich drei Monate einzufordern. Ohne Bezahlung, mag sein, aber bitte, sie könne doch nicht glauben, dass er ihr eine solche Geschichte abnehme.

»Ich bin nicht die erste Laiendarstellerin«, blieb Klara gelassen, »die in einem Film von Takashi Itō mitspielen soll.«

Und dann erzählte sie, dass ursprünglich Emma Watson und Lily Collins für diese Rolle im Gespräch gewesen seien.

»Aber die hinken beide nicht«, sagte sie und schlug ihre Beine übereinander, die jetzt wieder in der dunklen Leinenhose ihrer Aufseherinnenkleidung an Dichte und Länge und Abstraktion gewonnen hatten.

»Der Regisseur will Sie engagieren, weil Sie hinken?«, fragte der Personalchef und lachte verächtlich: »Was war das, was Sie mir zuletzt erzählt haben? Dass Sie Ihre vierundneunzigjährige Großmutter in Japan aufsuchen?«

»Ja, danke«, sagte Klara, »ich habe sie gefunden, nicht in Japan, aber auf dem Semmering. Ich glaube jedoch nicht, dass ich Ihnen das alles erzählen muss.«

»Vor allem muss *ich* nicht …«, setzte der Personalchef an.

In diesem Moment klopfte es, und der Direktor des Museums trat herein.

»Ich darf kurz stören«, sagte er in Richtung des Personalchefs und wandte sich dann Klara zu, der er die Hand entgegenstreckte.

»Ich habe es gerade eben erfahren«, sagte er, »großartig, meine Liebe, gratuliere! Ich hatte Herrn Itō am Telefon. Der Mann spricht ein ausgezeichnetes Deutsch, erstaunlich. Erstaunlich wie die ganze Sache. Das ist schon ein Ding, dass Sie die Hauptrolle in einem Film übernehmen sollen, in dem George Clooney und Kim Novak bloß in Nebenrollen auftreten.«

»Clooney?«, fragte der Personalchef und ließ eine weitere Gloriole aufsteigen. »Ich dachte, McGregor.«

»Stimmt, der auch«, sagte der Direktor und verriet nun, warum es stimmte und welche wunderbare Besetzung für *Woman at the Bath* vorgesehen sei. Und dass womöglich sogar Christian Bale in einer kleinen Rolle auftrete. Wovon Klara noch gar nichts wusste.

Klara, die jetzt erneut betonte, eigentlich nur einen unbezahlten Urlaub für die Zeit der Dreharbeiten beantragen zu wollen. Sie habe keinesfalls vor, ihren Job im Museum zu kündigen. Sie wolle auch weiterhin an diesem geheiligten Ort arbeiten, unbedingt. Sie könne sich schwerlich vorstellen, den Rest ihres Lebens auf die Gemälde des Kunsthistorischen Museums zu verzichten.

»Die Gemälde«, meinte der Direktor, »könnten Sie sich aber auch als Besucherin ansehen.«

Das sei etwas anderes, meinte Klara.

Und es war ja auch etwas anderes, der Beschützer eines Bildes zu sein oder die Person, vor der das Gemälde beschützt werden musste. Das war wie der Unterschied zwischen Tierwärter und Zoobesucher. – Eingedenk des berühmten Spruches, die Welt sei »divided into two classes, invalids and nurses«, war es Klara wichtig, weiterhin eine *nurse* zu bleiben und nicht zu den Invaliden zu wechseln, wenn sie das schon ein Stück weit in Itōs Film tun musste.

Jedenfalls, so der Direktor, würde es ihn außerordentlich freuen, dass eine Mitarbeiterin des Museums auf diese Weise ins Rampenlicht gerate. Das sei doch auch irgendwie eine Ehre für dieses Haus, umso mehr, als Itō offensichtlich das Verhältnis eines Menschen zu einem Kunstwerk thematisiere.

Er, der Direktor, sei ein unbedingter Fan der Werke Takashi Itōs und halte *Ende einer Schwalbe* für einen der besten Filme aller Zeiten. Aber keine Frage, es wäre dennoch begrüßenswert, wenn Klara nach Ende der Dreharbeiten als Aufseherin ins Kunsthistorische Museum zurückkehren würde. Sowenig er sich das vorstellen könne. Aber das sei ihre Entscheidung und die Tore des Museums würden ihr immer offenstehen. Unbezahlter Urlaub sei das Mindeste, was man ihr zugestehen könne.

»Nicht wahr?«, sagte er in Richtung des Personalchefs.

»Natürlich«, beeilte der sich zu bestätigen.

»Diese Woche bin ich aber noch hier«, sagte Klara, »das ist mir wirklich wichtig.«

»Selbstverständlich«, erklärten beide Herren geradezu im Gleichklang gesprochenen Synchronschwimmens. Mit diesem einen Wort eine hübsche Formation mit der Bezeichnung *Land des Lächelns* erzeugend.

Was sich freilich in dieser einen Woche als unmöglich erwies, war, dass Osada unmittelbar an der Seite Klaras bleiben konnte, während sie im Museum Aufsicht hatte. Das ging beim besten Willen nicht, auch für einen künftigen Filmstar nicht. Es hätte absurd gewirkt, verwirrend für Besucher wie für Kollegen, wenn die Bewacherin der Gemälde ihrerseits auf Schritt und Tritt bewacht würde. Abgesehen davon war die Gefahr eigentlich gebannt, dadurch dass Klara die Schatulle samt Kapsel weitergegeben hatte und auch ihre Großmutter Schatulle und Kapsel nicht mehr in Händen hielt. Allerdings war ungewiss, ob das auch allen bewusst war, den Amerikanern, den Russen, irgendwelchen Söldnern, die irgendein Waffen produzierendes Unternehmen auf den Weg geschickt hatte.

Weshalb Osada sich zwar während Klaras Arbeitszeit im Museum aufhielt, in ihrer Nähe blieb, aber nicht etwa einen mit Klara verwachsenen Schatten bildete, wie das noch in Japan und auf dem Weg zum Semmering der Fall gewesen war. Er fühlte sich recht unwohl ob solcher Distanz. Eine Distanz, in der geradezu bernsteinmäßig eingeschlossen das Moment der Verspätung drohte. Sollte Klara angegriffen werden, wie sollte er rechtzeitig zur Stelle sein? Weshalb er zusah, sich zumindest immer im gleichen Saal oder in einem der benachbarten Säle und Kabinette aufzuhalten und einen Blick auf die Person zu haben, die zu beschützen er bezahlt wurde. Oder einen Blick auf die Personen, die infrage kamen, das Gegenteil anzustreben.

Es wäre jetzt übertrieben gewesen, zu sagen, Osada hätte sich von den Gemälden ablenken lassen – nicht er, natürlich nicht –, es stimmte aber auch, dass er in dieser einen Woche eine Menge lernte über die sogenannten Alten Meister und in nicht wenigen Bildern Dinge erkannte, die sein eigenes Dasein widerspiegelten. All der Kampf, all der Schrecken, all der Pathos von Sieg und Niederlage, Himmel und Hölle und die Schönheit eines unnatürlich zusammengesetzten Straußes von Blumen. Nicht japanisch, nicht das Maß der Reduktion und pointierter Einfachheit, aber doch etwas, was Osada vorkam wie eine Vergangenheit, an der er beteiligt war. Wie der weit entfernte Ozean, während man selbst mitten in der Wüste steht, jedoch meint, das Salz in der Luft zu schmecken und gleich einem Käfertier mit fächerartig ausgebreiteten Flügeln ein winziges Tröpfchen Leben spendenden Taus aufzufangen. Ganz ähnlich, wie es Klara erging, wenn sie an das Japanische dachte, das ihr eine Woche lang begegnet war.

Nach dem Gespräch mit Personalchef und Direktor und der Zusage eines unbezahlten Urlaubes begab sich Klara in jenen Saal XII, wo sich wie üblich die meisten Besucher vor Vermeers *Malkunst* drängten, während ihr eigenes Augenmerk sofort Jacob van Ruisdaels Gemälde *Der große Wald* galt. Mit einer Handbewegung, als streiche sie über einen unsichtbaren Kopf, gab sie ihrem wachhabenden Kollegen das Zeichen, den Saal übernehmen zu wollen.

Der verabschiedete sich rasch in Richtung Dürer und ging in seine Mittagspause. Zugleich betrat Osada, vom benachbarten Kabinett kommend – in dem übrigens der Bürgermeister von Prag und seine Gemahlin hingen –, den Raum, bewegte sich leichtfüßig an Klara vorbei und begab sich ein kleines Stück hinüber zu Rubens, wo er sich umdrehte und von dort aus Klara im Blick behielt.

Klara war ein wenig enttäuscht. Sie hatte an diesem Dienstagmittag, dem ersten Arbeitstag dieser einen Woche in Wien – bevor sie zurück nach Japan gehen und in das Gewand und die Rolle und die Figur der Violet Cox schlüpfen würde – fest damit gerechnet, Georg in seiner alten Position als Mittagsmann zu begegnen und hinter ihm in die Landschaft schauen zu können.

Eine Landschaft, die sie nun ohne den *im* Bild stehenden Georg betrachtete, wobei sie sich auf eine unangenehme Weise ihrerseits beobachtet fühlte. Was sie im ersten Moment dem Umstand zuschrieb, dass ja drüben im Rubens-Saal Osada stand und gewiss nach ihr sah. Aber das war schon vorher der Fall gewesen und hatte sie nicht weiter gestört. Sie fragte sich, ob etwa jemand hinter ihr stand, und zwar so, wie sie selbst es zu tun pflegte. Sodass jetzt sie es war, die zum Gegenstand des Bildes gemacht wurde.

Georg vielleicht? Georg, der im Vermeer-Rudel versteckt gewesen oder aus dem Bürgermeister-von-Prag-Kabinett kommend hinter sie getreten war.

Sie drehte sich um. Aber da war niemand, kein Osada, kein Georg.

Sie wandte sich wieder zu dem Bild hin. Jetzt begriff sie. Da war etwas, das direkt *aus* dem Bild kam, direkt aus van Ruisdaels großer Waldlandschaft. Jemand oder etwas, das aus der Tiefe des Bildes heraus sie anblickte. Sie meinte, im linken unteren Bereich, ein Stück oberhalb des gemalten Baumstumpfs und jenseits des flachen Flusses, dort im dunklen Unterholz des Waldes, eine versteckte Figur wahrzunehmen. Eine Figur, die in der Beschreibung dieses Werks nicht vorkam. Sondern allein das auf dem Weg im Zentrum des Bildes spazierende Paar sowie der weiter vorne am rechten Wegrand sitzende Wandersmann. Wie hieß es im Katalog des Museums? *Die zwergenhafte Erscheinung der drei Wanderer verstärkt den majestätischen Eindruck der Natur.* Aber eben kein Wort über eine zwergenhafte vierte Figur, die da gut versteckt und mehr dämonisch als zwergenhaft im schwärzesten Teil des Bildes aus diesem hervorlugte, um einen etwaigen Betrachter ins Visier zu nehmen. Beziehungsweise kam es Klara so vor, als würde die dunkle Figur im dunklen Dickicht ganz speziell *sie* betrachten und auf irgendeine Weise auf sie zielen. Mit einem Bogen, vielleicht mit einer Pistole. Welche Pistolen waren zwischen 1655 und 1660 üblich gewesen? Waren da nicht die Steinschlosswaffen in Mode gekommen? Die das Luntenschloss abgelöst hatten, bevor sie ihrerseits vom Perkussionsschloss abgelöst wurden. Weil nicht nur die Menschen, sondern auch die Dinge dem Schicksal erlagen, etwas zu ersetzen, um dann selbst ersetzt zu werden. Weil keine Liebe von Dauer war.

Natürlich war das eine bloße Einbildung, und Klara schüttelte den Kopf, während über dem Ansatz ihrer Nase zwei Falten sichtbar wurden. Erneut etwas, was ihr Itō nicht hätte durchgehen lassen.

Sie beließ es jedoch dabei und erinnerte sich ihrer Funktion als Aufseherin, nahm den Blick vom Ruisdael-Gemälde und damit auch von der auf sie zielenden Person. Stellte sich aber kurz vor, wie es wohl sei, von hinten erschossen zu werden. Und dass Osada dann nicht mehr viel anderes würde tun können, als den Tod der Person festzustellen, die zu beschützen er beauftragt worden war.

Würde er dennoch das vereinbarte Honorar erhalten? Oder einen Abzug in Kauf nehmen müssen? Gar eine Pönale bezahlen? Abgesehen davon, was das für seinen guten Ruf als Personenschützer bedeutete. Wenngleich es natürlich nicht seine Schuld wäre, denn wäre es nach ihm gegangen, wäre sie nicht hier gestanden.

Derartiges überlegend und indem sie sich umdrehte, weg von der großen Landschaft hin zu Vermeers *Malkunst* …

Da stand sie, die kleine alte Dame mit dem japanischen Gesicht und der schwarzen Chanel-Handtasche, die sie sich vor die

Brust hielt. Zugleich griff sie mir ihrer rechten Hand in die Tasche.

»Sorry«, sagte Klara und lugte hinüber zu Rubens. Gern hätte sie jetzt Osada gesehen, oder wenigstens Georg, konnte aber weder den einen noch den anderen erblicken. Und erklärte: »Ich habe die Schatulle nicht mehr, ich schwöre.«

»Das ist schade«, sagte die Chanel-Dame, »ändert aber nichts daran, dass ich wenigstens einen Teil meines Auftrags erledige.«

»Wozu das denn?«, fragte Klara, die ja ahnte, was die Chanel-Dame da aus ihrer Chanel-Tasche ziehen würde. »Ohne die Schatulle bin ich der uninteressanteste und bedeutungsloseste Mensch der Welt.«

»Darum spielen Sie ja auch demnächst in einem Itō-Film die Hauptrolle, nicht wahr?«

»Ja schon, aber das beruht auf irgendeiner Art von Missverständnis«, erklärte Klara und sagte auch, dass dies rein gar nichts mit der Schatulle und der darin befindlichen Kapsel zu tun habe.

»Wie können Sie sich da so sicher sein?«, meinte die Chanel-Dame. »Jedenfalls ist es so, dass meine Auftraggeber Sie tot sehen möchten. So ist das in einer Welt der Paranoiden. Ich kann auch nichts dafür.«

Sagte sie und zog tatsächlich eine kleine Pistole aus ihrer Handtasche, die aber ganz sicher nicht aus dem 17. Jahrhundert stammte, eher schon aus der Zukunft.

Einen komischen kleinen Moment lang überlegte Klara, ob die dunkle, auf sie zielende Figur in Jacob van Ruisdaels großer Waldlandschaft möglicherweise nichts anderes gewesen war als eine Spiegelung oder auch nur Vorahnung der kleinen alten Chanel-Dame, die da vor ihr stand und auf sie zielte und wohl im nächsten Augenblick …

Doch da löste sich aus dem Pulk einer Gruppe italienischer Jugendlicher – es waren wirklich Italiener, die soeben gefährlich nahe an Vermeers *Malkunst* herangetreten waren und einen Alarm ausgelöst hatten – eine einzelne Person, eine junge Frau in einem kurzen weißen Stretchkleid und mit weißen Tennisschuhen und stürzte von hinten auf die schwarz gekleidete Chanel-Dame. Derart, dass für einen Atemzug der Eindruck einer schwarz-weißen Zeichnung entstand, etwa jenes berühmte Zebra-Bild des Op-Art-Pioniers Victor Vasarely, und man sagen konnte, alle schwarzen Streifen in diesem Bild stammten von der Chanel-Dame und alle weißen … ja, es war Misaki, Osadas Tochter und Mitarbeiterin. Fast hatte Klara sie vergessen. Und das galt offensichtlich auch für die Chanel-Dame, der Misaki mit einer gekonnten Technik die Pistole aus der Hand schlug, sodass die Waffe gleich einem sich drehenden Eisstock über das Parkett des Saals schlitterte und unterhalb einer *Flusslandschaft mit Schiffen bei Mondschein* genau auf Höhe des Mondscheins liegen blieb. Dort, wo eigentlich alle Waffen dieser Welt landen sollten, als pure Objekte im Lichte eines hinter terrestrischen Wolken hindurchleuchtenden Trabanten.

Erstaunlicherweise gelang es der Chanel-Dame jedoch, unter Misaki hinwegzutauchen und mit einer Bewegung, die sie wohl dem Judo verdankte, die aber doch an die Sitzpirouette aus dem Eiskunstlauf erinnerte, ihr mit dem rechten Fuß die Beine wegzuschlagen. Um gleich darauf in die Aufrechte zu gelangen und mit einer Geschwindigkeit, die etwas Verhextes besaß, an der *Malkunst* vorbei nach hinten in das Bürgermeisterkabinett zu verschwinden.

In diesem Moment war Osada aus dem Rubens-Saal herbeigeeilt, hatte die Waffe gesichert und war augenblicklich bei Klara gewesen, während Misaki sich daranmachte, der Chanel-Dame zu folgen. Die aber den Vorteil hatte, vom Bürgermeister-Kabinett nach zwei Seiten flüchten zu können.

Alles war derart schnell gegangen und bei aller Gewalt auch ziemlich geräuschlos – selbst noch das *eisige* Schlittern der Waffe hinüber in den Lichtschein einer Mondnacht –, dass nicht einmal die jungen Italiener etwas mitbekommen hatten und mit einigem Vergnügen einen zweiten Alarm vor Vermeers *Malkunst* auslösten.

Als wäre sie nicht gerade dem Tod entkommen, bewegte sich Klara auf die Gruppe Jugendlicher zu und erklärte in strengem und bestimmtem Ton »distanza per favore«. Die meisten der jungen Leute sahen aber zu dem groß gewachsenen Osada, der Klaras strengem Ton eine strenge Haltung beifügte und der ihnen vorkommen musste wie der Inbegriff aller Techniken waffenloser Vernichtung.

Und das war's dann. Die Jugendlichen zogen davon, und eine Gruppe älterer Touristen betrat den Saal, um sich ihrerseits vor dem Vermeer zu versammeln.

Osada verlangte von Klara, sofort ihre Arbeit zu beenden und das Museum zu verlassen. Umso mehr, als Misaki zurückkehrte und eingestehen musste, dass ihr die Chanel-Dame entkommen war. Wohin auch immer.

Doch Klara weigerte sich. Sie vermute, sagte sie, die Sache sei nun wirklich vorbei und die Chanel-Dame würde ihren Auftrag für gescheitert erklären. Der ja ohnehin, jetzt, da die Schatulle in anderen Händen war, bloß noch halb zu erledigen wäre.

Osada war fassungslos. Aber Klara blieb dabei. Und weil niemand außer den beteiligten Akteuren den Angriff mitbekommen hatte, auch nicht jener Museumsangestellte, der die Videokameras im Blick hatte, aber wohl allein auf die Italiener vor dem Vermeer gesehen hatte, blieb die Attacke auch ohne Konsequenzen. Zumindest solange Klara insistierte, weiterhin ihren Dienst zu versehen. Und das tat sie. Allerdings gestand sie Osada wenigstens zu, von nun an in ihrer unmittelbaren Nähe zu bleiben.

Und Georg? Was war mit ihm? Das beschäftigte sie mehr als die eigene Bedrohung, die sie ernsthaft für beendet hielt.

Es war Donnerstagabend – traditionellerweise der Tag, an dem das Museum bis 21 Uhr geöffnet hatte und die meisten Besucher drüben bei Bruegel waren. Dort, wo soeben ein Kunsthistoriker zusammen mit einem Philosophen und einem Satiriker coram publico über die *Bauernhochzeit* diskutierte, natürlich auch über das dritte Bein, aber ebenso ganz allgemein über Sinn, Zweck, Schönheit und Tragödie des Heiratens.

Klara, begleitet von Osada, war eine Weile für diese Veranstaltung eingeteilt gewesen, die um 19 Uhr begonnen hatte, wechselte sich aber nach einer halben Stunde mit einer Kollegin ab und gelangte turnusgemäß kurz nach acht Uhr in den Saal mit van Ruisdaels großer Waldlandschaft.

Und da stand er: Georg. Sie sah ihn von hinten. Und trat auch von hinten an ihn heran, keine Sekunde darum bemüht, ihn aus seiner Betrachtung herauszureißen. Ihn gar zu fragen, warum er vom Mittagsmann zum Donnerstagabendmann mutiert war. So, wie es war, war es richtig. Das alte Verhältnis war wiederhergestellt. Georg als der Betrachter und sie als die ihn im Bild Betrachtende. Wobei sie endlich begriff, wie sehr Georg auf eine vierte Figur in diesem Gemälde fixiert schien, den Mann im Dickicht wahrnahm, wenn es nicht doch eine Frau im Dickicht war. Genau hätte auch sie selbst das nicht sagen können.

Es blieb somit dabei, weder sie noch Osada traten näher an Georg heran oder machten sich ihm bemerkbar. Und Georg wiederum tat nichts anderes, als das Bild zu fixieren, sich offensichtlich in eine neue Routine begebend, die die Donnerstagabende betraf. Zehn Minuten später trat er aus dem Bild heraus und verließ den Raum.

Es war das letzte Mal, dass Klara den Mann sah, der ihr als erster von allen das Leben gerettet hatte.

30

Georg konnte Klara nicht sehen, aber er wusste genau, dass sie hinter ihm stand. Obgleich jetzt Donnerstagabend war und nicht einer der vielen Mittage einer Woche. So ganz genau hätte er auch nicht sagen können, wieso er sein Mittagssystem beendet und auf ein Donnerstagabendsystem umgeschwenkt war. Und daraus resultierend eine Menge Mittage anderswo erledigen musste und nur den Donnerstagabend mit der gleichen Konsequenz würde erfüllen können, mit der er Tag für Tag Törtchen und Küchlein, Biskuits und zartes Feingebäck in die Vitrine der *Alles-Liebe*-Filiale einordnete.

Vielleicht um Verwirrung zu stiften. Und damit meinte er nicht, Klara zu verwirren oder sich selbst oder die Kolleginnen in der Konditorei, die ja von seiner bisherigen Routine wussten, sondern eigentlich jene Gestalt, jene vierte Person in van Ruisdaels *großem Wald*, von der er fürchtete, sie noch einmal zu erblicken und noch einmal von ihr erblickt zu werden. Aber das war nicht der Fall. Was er sah, waren die gewohnten drei Wanderer im Zentrum des Gemäldes und dort im linken unteren Teil eine dunkle Waldstelle, aber gar niemanden, der aus ihr heraussah. Er war erleichtert, wenngleich auch ein wenig enttäuscht. Im Übrigen fühlte er sich stark gealtert. Diese eine Woche, diese eine japanische Woche hatte ihn gefühlsmäßig ein ganzes Stück näher an den eigenen Tod gebracht. Denn damit würde sein Leben ja enden, mit einem Tod, der so war, als würde jemand ein Stück Papier zerreißen. Ein beschriebenes Papier, das verworfen wurde, das vollgekritzelt sich als obsolet herausstellte und nichts mehr, keine Korrektur, kein noch so hübscher Kaffee- oder Rotweinfleck würde retten können. Makulatur. Papierkorb. Und diesem Papierkorb war er in dieser einen Woche einen verdammt großen Schritt näher gekommen. Was nicht allein damit zu tun hatte, dass er und die anderen etwa auf Aogashima von einer Söldnertruppe angegriffen worden waren, nein, diese ganze Woche war gewesen wie ein Sprung in der Zeit. In der Zeit nach vorn.

Er löste sich von van Ruisdaels Gemälde von 1655, vielleicht von 1660, vielleicht von irgendwann dazwischen, und verließ – ohne sich nach Klara umgedreht zu haben – den Saal, man könnte sagen, *den Wald*.

Er wusste, er würde Klara nicht wiedersehen, auch nicht auf die gerade erlebte Art des Im-Rücken-Spürens. Wenn er am nächsten Donnerstag wieder hier stehen und dann hoffentlich erneut nur drei und nicht vier Personen zählen würde, dann wäre Klara bereits in Japan und würde mit Itō und möglicherweise bereits mit Ewan McGregor das Manuskript von *Woman at the Bath* durcharbeiten. Und Klara würde, da war sich Georg sicher, nach diesen Wochen und Monaten der Dreharbeiten gewiss nicht wieder zu ihrem alten Job als Museumsaufseherin zurückkehren. Das mochte sie sich wünschen und einreden und hoch und heilig versprechen, aber es würde nicht geschehen, das wusste er.

Er verließ das große, wie ein verspielter Baukasten in der Stadtlandschaft stehende Museum und bewegte sich im Abendlicht hinüber ins sogenannte MuseumsQuartier, in den großen Innenhof, wo gerade eine Lesung unter freiem Himmel stattfand. Die Leute saßen in großer Zahl, dicht gedrängt, zu einem hübschen dunklen Klumpen vereint vor der Tribüne, auf der ein Moderator mit einer Autorin sprach. Die beiden waren berühmt, zumindest bekannt, das wusste Georg, auch wenn er sich im Moment nicht an die Namen erinnern konnte. Er ließ sich von einer Servicekraft einen der letzten Klappstühle reichen, die den Zuspätkommenden zur Verfügung standen. Diesen platzierte er an den äußersten Rand der letzten Reihe und fühlte sich behaglich angesichts dieser peripheren Position. Sie entsprach vollends dem, was er von sich hielt. Nicht etwa ein Außenseiter zu sein, denn dann wäre er ja nicht hier gesessen, sondern weit draußen zu sein und so etwas wie den Rand zu bilden. Und das war gut so. Pathetisch, aber gut.

Was dort vorne gesprochen wurde … Es ging wohl im Roman der Autorin um eine japanische Rugbymannschaft, die auf einer Tournee durch Europa verloren geht.

Es gibt keine Zufälle, dachte Georg. Schloss die Augen und wäre beinahe eingeschlafen.

31

Seit zwei Wochen befand sich Klara in Takashi Itōs *Haus der vergebenen Sünden* und arbeitete mit ihm zusammen – die meiste Zeit Deutsch sprechend – an der Figur der Violet Cox. In Englisch hatte man sich nur an den drei Tagen unterhalten, an denen Ewan McGregor vorbeigekommen war, um Klara kennenzulernen und mit ihr zusammen einige Szenen zu proben, die dann natürlich in Englisch vorgetragen wurden. Eine Sprache, der Klara ganz im Sinne Itōs eine zarte Brüchigkeit verlieh, aber nicht als Resultat eines Unvermögens, sondern eines Zweifels, der allem Gesagten galt. In einer Welt, die – entgegen Wittgensteins gut gemeintem Rat, mag möge das Unsagbare ungesagt lassen – den in der Sprache gefangenen Menschen dazu zwang, auch über Dinge zu reden, über die man *nicht* sprechen konnte.

Für diese Filmproben begab man sich in einen Spezialraum – eine Art Holodeck –, auf dem ein Tokyoer Hotelzimmer nachgebildet war, in dem die beiden Protagonisten jene Sequenzen einstudierten, die vor und nach dem Symposium spielten, vor und nach dem Verschwinden Violets und ihrem Besuch in einem Museum und ihrem Sich-Verlieben in ein Bild.

Was Klara ziemlich erstaunte, war, wie unscheinbar der weltberühmte und dank der Darstellung eines Jedi-Ritters so gut wie in jedem Zuseherhirn festsitzende Herr McGregor war. Solange er nicht spielte, sondern eben zuhörte, was Itō zu sagen hatte, oder das Gesagte kommentierte, Vorschläge machte, in den Pausen aß oder trank oder sich mit Klara unterhielt, gerne über Österreich, was offensichtlich zu den denkbar interessantesten Dingen gehört. Diese Frage, wie es sich denn anfühlt, in einem Land zu leben, von dem sich schwer sagen ließe, ob es vom lieben Gott oder doch eher von seinem Widersacher erfunden wurde, aber in jedem Fall aus einer Laune heraus, die man durchaus auch als Gedankenlosigkeit bezeichnen könnte. Ein Land als Unfall. Aber ein grandioser.

Sobald McGregor jedoch in den einzelnen geprobten Szenen die Figur des Arztes Thomas Cox verkörperte, erkannte Klara ihn als den, der ihr aus all den Filmen vertraut war. Als komme eine Maske zum Vorschein, die sich hinter dem Gesicht des Alltags verborgen hatte. McGregor sah sogleich sehr viel besser aus. Sowenig sympathisch die Figur des Arztes war, den er da spielte. Aber eben auf eine Weise unsympathisch, die faszinierte, wenn nicht betörte, jedenfalls die Kritiker überzeugen würde, das konnte man jetzt schon sagen. So blass der Schotte zwischen den Proben wirkte, wenngleich sympathisch blass, so erregend war er in der Wirklichkeit seiner unsympathischen Rolle.

Klara dagegen konnte schwerlich etwas anderes spielen als sich selbst. Wurde dabei aber von Itō in einer Weise geführt … Das mochte komisch klingen, aber Klara musste mehrere Male an eine Zirkusmanege denken, wenn man Löwen oder Tiger zwang, durch brennende Reifen zu springen. Die dabei nicht aufhörten, Löwen oder Tiger zu sein, aber gänzlich Unnatürliches leisteten. – Sowenig sich Klara als Wildkatze empfand, aber eben doch als jemand, der von Itō angehalten wurde, durch einen brennenden Reifen zu springen. Und das tat sie. Und irgendwie war es gut, wie sie es tat. Auch in den Szenen, die man ohne McGregor probte und in denen es allein darum ging, vor Hashiguchis Holzschnitt *Woman at the Bath* zu treten und sich in das Bild gleichermaßen wie in die Frau auf dem Bild zu verlieben. Wozu Itō bereits ein Stück Filmmusik komponiert hatte, gemäß seiner Strategie, immer zuerst die Musik zu entwerfen, die die Schauspieler leitete. Für Klara war die Musik das Feuer und das Script der Reifen.

Die Schwierigkeit bestand darin, dass in diesen Szenen nur das Bild einer Badenden und nur die Musik und nur Klara agierten – ja, alle drei agierten –, aber sonst niemand. Kein Dialog, auch kein innerer, keine Erzählstimme. Was Klara dabei fehlte, war vor allem eine Person *vor* dem Bild, beziehungsweise ein Betrachter *im* Bild, wie sie das als Aufseherin gewohnt war. Georg fehlte ihr. Aber es musste ohne ihn funktionieren.

Unklar war noch, wer die Tochter des Ministers spielen würde, jene zusammen mit Violet Cox gekidnappte Ärztin, die sich letztlich als japanische Premierministerin herausstellte und die eine verblüffende Ähnlichkeit mit der badenden Frau auf dem Holzschnitt aufwies, Kanako Kanno. Itō wünschte sich als Darstellerin Fujiko Yamamoto, die freilich genauso alt war wie Helga Blume, nämlich vierundneunzig. Von der Itō jedoch meinte, dass sie in ihren späten Zwanzigern eine große Ähnlichkeit mit der Frau auf dem Hashiguchi-Holzschnitt aufwies. Er hatte sich in Verhandlungen mit dem Sohn der Schauspielerin begeben, um die Rechte an ihrem Gesicht aus den 1950er-Jahren zu erhalten und diese in digitaler Weise in das Körper-Double, den Ghost-Actor der Kanako Kanno, einarbeiten zu können.

Doch der Sohn, ein bekannter Geschäftsmann, der die Interessen seiner greisen Mutter vertrat, sperrte sich gegen das Ansinnen. Weshalb Itō einen Agenten engagiert hatte, der einen Weg finden sollte, die Schauspielerin persönlich aufzusuchen und von der Bedeutung dieser Idee zu überzeugen. Vorbei an ihrem unwilligen Sohn.

Während der ganzen Zeit dieser beiden Arbeitswochen war auch Frau Castelbajac im Haus, die meistens in einem eigenen Büro saß und an einer Übersetzung arbeitete. Wer fehlte, waren Osada und Misaki, deren Auftrag beendet war, sobald Klara sich im Schutze des *Hauses der vergebenen Sünden* befand. Ein Haus als Villa als smarter Betonkasten auf den Klippen. Ein Haus, das Klara in diesen zwei Wochen tatsächlich nie verließ.

Dabei blieb es aber nicht.

Klara hatte ihr Versprechen nicht vergessen. Also eigentlich war es kein Versprechen, vielmehr hatte sie eine Einladung erhalten, die ihr vom Assistenten eines engelsgleichen japanischen Sumō-Ringers überreicht worden war. Dessen Kampfname – und nur der tat etwas zur Sache – Kakeya lautete. Die Einladung betraf das große Herbstturnier in Tokyo, das am zweiten Sonntag des Monats begonnen hatte und nun am letzten Sonntag des Monats enden würde. Allerdings war es Klara unmöglich gewesen, in den vergangenen zwei Wochen, in denen sie die meiste Zeit gar nicht Klara gewesen war, sondern Violet, nach Tokyo zu reisen. Es war nun aber so, dass Itō am letzten Wochenende des Septembers nach New York fliegen musste. Etwas Privates, über das er nicht sprach, dennoch handelte, also flog. Jedenfalls beschloss Klara dies dahin gehend auszunutzen, sich nach Tokyo zu begeben und den letzten, finalen Turniertag zu besuchen. Umso mehr, als sie in diesen zwei Wochen einiges über den Verlauf des Aki-Basho-Turniers erfahren hatte, denn auch Itō verfolgte die Ergebnisse. Immerhin hatte er in seinem Film *Chijō no otoko* (deutsch: *Mann am Boden*) die Geschichte eines nicht nur schwergewichtigen, sondern auch schwermütigen Sumō-Ringers erzählt.

Itō hatte Klara über die Begriffe und Rituale und das Wesen des Sumō unterrichtet, als gehöre das irgendwie zu ihrer Rolle der Violet Cox. Und darum wusste sie also, dass Kakeya, der sich rangmäßig im Mittelfeld der zweiundvierzig teilnehmenden Ringer befand und in keiner Weise als Favorit oder auch favorisierter Außenseiter in diese fünfzehn Tage gegangen war, dass ausgerechnet er um den Turniersieg rang. Zwar hatte er gegen den an oberster Stelle gelisteten Kämpfer im Range eines Yokozuna verloren, aber bis zum Samstag alle anderen der bislang dreizehn Kämpfe für sich entschieden. Falls er am letzten und vorletzten Turniertag gewann und der führende Yokozuna zumindest sein Duell gegen den im zweithöchsten Rang stehenden, allerdings derzeit schwächelnden Ōzeki verlor, wäre eine Pattstellung gegeben, und es würde zu einem sogenannten Kettei-sen kommen, einem zusätzlichen Kampf zwischen den beiden sodann gleichauf liegenden Ringern.

Samstagnachmittag brach Klara zu der zweieinhalbstündigen Autofahrt nach Tokyo auf, begleitet und chauffiert von Frau Castelbajac, allerdings unter deren Protest.

»Sie können sich vielleicht noch erinnern«, meinte die Dolmetscherin, »was Meister Gyōja über diesen speziellen Sonntag gesagt hat und dass man darum ganz sicher nicht ausgerechnet dann in Tokyo sein sollte.«

»Sie glauben doch gar nicht an so was wie eine Prophezeiung«, erwiderte Klara.

»Mag sein. Aber man muss es nicht herausfordern. Sie wissen schon, wie diese Sache mit Gott bei Blaise Pascal, dass es nicht schaden könne, an ihn zu glauben.«

Doch Klara meinte, es sei nun mal der letzte mögliche Tag, an dem sie der Einladung nachkommen könne. Abgesehen davon, dass Kakeya wirklich super im Rennen liege.

Umso weniger, entgegnete Frau Castelbajac, würde der gute Mann ihrer beider Anwesenheit bedürfen.

»Ach was!«, sagte Klara. »Kommen Sie! Uns wird schon nichts geschehen.«

»Das sagen ausgerechnet *Sie?!*«

»Immerhin lebe ich.«

»Ja, Sie schon.«

Mehr sagte Frau Castelbajac nicht, sondern holte jenes dunkelgrüne Kombicoupé aus der Garage, den Wagen, mit dem man auch in Magome gewesen war und die Fahrt zum Berg Nagiso unternommen hatte.

»Ein wenig vermisse ich ihn, Ihren Freund Georg«, sagte Frau Castelbajac, als sie den Wagen startete und in der für sie bekannten Art losfuhr. Als sei sie die einzige Person auf der Straße. Sie war einfach blind für den Umstand weiterer Vehikel, vergleichbar Busfahrern in manchen Gegenden Baden-Württembergs. Weshalb es ein weiteres Wunder zu nennen war, dass Klara und die Dolmetscherin völlig unbeschadet Tokyo erreichten und im selben auf eine tote Weise schicken Hotel im Stadtteil Roppongi abstiegen wie beim letzten Mal.

Noch während der Fahrt hatten sie aus dem Radio erfahren, dass Kakeya seinen Samstagskampf gewonnen hatte. Zwar hatte der führende Yokozuna ebenfalls gesiegt, aber die Chance, das Turnier zu gewinnen, blieb dem jungen Engel erhalten.

»Für mich ist das eher ein Hinweis, die Warnung des Zauberers ernst zu nehmen«, erklärte Frau Castelbajac.

»Sie sind eine Schwarzmalerin«, meinte Klara und lächelte.

»In Schwarz sind immerhin alle Farben enthalten«, sagte Frau Castelbajac und lächelte zurück.

Und da saßen sie also, im voll besetzten Ryōgoku Kokugikan, der Sporthalle der Sumō-Ringer, die wie ein zu groß geratener Schrein zwischen Hochhäusern und dem Edo-Museum thronte und in deren Innerem es brodelte und dampfte und die warme Luft von den zahllosen Fächern des Publikums in Drehung und Schwingung versetzt wurde. Es war ein Gesumme und Gesurre, aus dem einzelne Rufe wie Marschbefehle erklangen.

Die Zuseher saßen dicht gedrängt, nicht wenige mit Schutzmasken vor Mund und Nase, und befanden sich in erregter Erwartung des letzten Kampfes. Ein Entscheidungskampf, ein Ketteisen, der nötig geworden war, da Kakeya auch in seinem letzten Kampf siegreich gewesen war, während der bislang führende Yokozuna gegen den im zweiten Ost-Rang stehenden Ōzeki auf eine Weise verloren hatte, die man als unglücklich bezeichnen konnte, als einen Ausrutscher. Als sei ein Koloss über einen Marienkäfer gestolpert.

So hoch angesehen der Yokozuna war – der derzeit einzige in diesem höchsten Rang –, war dennoch deutlich zu spüren, dass das Publikum nicht nur eine Sensation durch den Außenseiter Kakeya erhoffte, sondern auf eine Demütigung des Champions hoffte. Diesem Riesen mit Knieproblemen. Denn das war im kürzlich verlorenen Kampf gegen den Ōzeki deutlich geworden, wie sehr diese Knie – diese in ganz Japan für ihre Anfälligkeit berühmten Knie – dem Yokozuna zu schaffen machten. Dass nun eine gewisse Schadenfreude beim Publikum mitschwang, war nicht zuletzt dem Umstand geschuldet, dass der Yokozuna mongolischer Abstammung war und schon so lange das japanische Sumō dominierte. Ein Stachel im Fleisch so mancher Zuseher. Während der engelsgleiche Kakeya aus Osaka stammte.

Es lag in der Luft, nicht nur das Bedürfnis, spannenden Sport zu sehen und sich den Sieg des Außenseiters zu wünschen, vielmehr herrschte bei aller Vornehmheit des Publikums und der vielen wie für eine Hochzeit, eine Teezeremonie oder ein Begräbnis gekleideten Frauen eine Stimmung des Krieges.

Nie hatte Klara so viele schöne junge und alte Frauen gesehen. Was für ein Unterschied zu den Frauen in europäischen Fußballstadien, die in den kümmerlich-hässlichen Trikots ihrer Vereine anmuteten wie hysterische Anhängsel ihrer von irgendetwas volltrunkenen männlichen Kollegen.

Eine solche weibliche Schönheit befand sich auch rechts von Klara, gleich in der ersten Reihe. Davor saßen nur noch die Schiedsrichter und einige Sumōtori. Eine Frau von unbestimmtem Alter in einem seidenen weißen Kleid, mit einem Gesicht, das dem Klischee entsprach, es sei mit einem von Tusche vollgesogenen Pinsel auf ein Stück Papier aufgemalt worden. In einer künstlerischen Manier, die ein paar Jahrhunderte lang trainiert worden war.

Zudem machte die Frau, die kniend auf ihrem blauen, flachen Polstersitz saß, einen schwebenden Eindruck. Natürlich schwebte sie nicht wirklich, aber Klara musste die Unhöflichkeit begehen, gleich zweimal zu ihr hinzusehen, um gewiss sein zu können, sich die Levitation nur einzubilden.

Auf der anderen Seite von Klara saß im traditionellen Fersensitz Frau Castelbajac, für die ebenfalls reserviert worden war und die es sich nicht hatte nehmen lassen, in einem prächtigen Kimono zu erscheinen. Wenn man schon so dumm war, sich entgegen Meister Gyōjas Warnung in Tokyo aufzuhalten, dann wenigstens gut gekleidet. In diesem Kimono sah sie aus, als hätte sie sich selbst ins Japanische übersetzt: grazil, gerade, erhaben, unnahbar. Wie aus einer vielschichtigen Blüte gewachsen.

Nach einer kurzen Pause betraten die beiden Kontrahenten die Arena. Aus dem Osten kommend der 1,92 Meter große und 174 Kilogramm schwere Champion. Er war bekannt für eine *Kimedashi* genannte Technik, bei der er die gestreckten Arme seines Gegners umklammerte und mittels Hebeltechnik und dem Vorteil der eigenen Größe diesen nach oben drückte und aus dem Ring schob, wenn nicht gar hob oder trug. Was mitunter den Anschein von etwas Sanftem an sich hatte, als bringe er seinen Gegner in Sicherheit.

Aus dem Westen in die Halle eintretend erschien zeitgleich Kakeya, sieben Zentimeter kleiner und ganze zwanzig Kilogramm leichter. Er wirkte, wie eigentlich meistens, etwas verunsichert. Der Blick in seinem hübschen Gesicht besaß dieses Zweifelnde, das jenen Menschen eigen ist, die sich fragen, was sie an einem bestimmten Ort eigentlich verloren haben. *Verloren* im wahrsten Sinne.

Aber klar, er war zum Kämpfen hier, um Erwartungen und Hoffnungen zu erfüllen und der Marienkäfer zu sein, über den der Champion erneut stürzen sollte.

Und so begann das Theater. Das Ritual. Das Hin und Her. Das Auf und Ab. Das Aufstampfen der spagatartig hochgeschwungenen Beine. Das Salz, das in hübschen Kurven in den Ring geschleudert wurde. Das Klopfen gegen den eigenen Gürtel. Und wieder Salz und wieder das Wegkehren des Salzes, schließlich das Einnehmen der Startposition, die unter dem Applaus des Publikums gleich wieder zurückgenommen wurde und sich die beiden Ringer in ihre Ecken begaben, um sich nasse Tücher reichen zu lassen und eine Waschung von Gesicht und Oberkörper vorzunehmen. Was sich wohl so manche Sportler anderer Sportarten wünschen würden: gewaschene Gegner.

Die beiden Sumōtori kehrten ein letztes Mal in den Ring zurück, warfen noch einmal Salz, gingen hinter ihren Startlinien in die Knie, klemmten sich die gestärkten Seidenstreifen ihrer Gürtel zwischen ihre mächtigen Hüften und Oberschenkel – Oberschenkel, auf denen man eine kleine Spielzeugeisenbahn mit Bäumchen und Häusern und einem Schwimmbad mit Sonnenschirmen hätte aufstellen können –, richteten sich noch einmal kurz auf und gingen wieder in die Hocke, die Hände knapp über dem Boden schwenkend.

Endlich setzte eine vollkommene Stille im Publikum ein. Und in diese Stille hinein, in die nicht viel mehr passte als der Seufzer eines schlafenden Babys, das hier irgendwo in den Armen einer Zuseherin oder eines Zusehers lag, erfolgte die mit so viel Ritual vorbereitete Explosion der beiden aufeinander zustürzenden Ringer. Ein gewaltiger Knall, als ihre Körper sich trafen.

Es war sofort klar, wie besonders dieser Kampf sein würde. Nicht etwa, weil der Außenseiter einen guten Tag und der Champion einen schlechten hatte, die Knie des einen hielten, die des anderen nicht, oder etwa eine besonders schöne Technik zur

Anwendung kam. Nein, es war ein minutenlanges, dramatisches *Beinahe*, welches den Kampf bestimmte. Wie der eine und dann der andere beinahe aus dem Ring trat, beinahe zum Fallen gebracht wurde, beinahe durch einen Beinfeger aus dem Gleichgewicht geriet und dies tatsächlich in ständigem Wechsel, fast wie abgesprochen. Dabei hatte sich der Gürtel Kakeyas unter dem Zug seines Gegners geweitet, sodass ein Teil quer über den Bauch gerutscht war. Eine Lockerung, die es dem Yokozuna zusätzlich erschwerte, seine überlegene Größe und Schwere auszunutzen. Außerdem war er einfach nicht in der Lage, seine Spezialtechnik anzuwenden, die zu unterbinden natürlich Kakeyas Strategie darstellte.

Und so sprangen und zappelten und schleiften und schoben sie sich über den Ring, in einem fortlaufenden, das Publikum zu lautstarker Atemlosigkeit zwingenden *Beinahe*.

Doch in dieses Beinahe hinein, und während die beiden in der Mitte des Rings in einer dachartigen Position des sich gegenseitigen Stützens befanden und sich der eine am Gürtel des anderen angedockt hatte, eilte der prächtig gekleidete Kampfrichter, der Gyōji, auf sie zu und gab durch eine Berührung ihrer Körper und einen lauten Ruf zu verstehen, sich nicht weiter zu bewegen, sondern gewissermaßen *zum Dach zu erstarren*.

Das taten sie, wobei augenblicklich alle Anstrengung und Kraft aus ihren Körpern floss und einer am anderen lehnte. Der Kampfrichter war hinter Kakeya getreten und versuchte, den Gürtel, dessen Endstück vollends aus der Schleife geraten war, wieder in seine korrekte Form zurückzubringen. Was mit einiger Schwierigkeit verbunden war. Unter dem Applaus des Publikums kam einer der Ringgehilfen nach oben, und gemeinsam arbeitete man daran, das Teil des Gürtels zurück in die Schlaufe zu befördern.

Und während Referee und Gehilfe zogen und zerrten und keuchten und schwitzten, als wären sie selbst im Kampf, kamen die beiden Sumōtori zu vollkommener Ruhe. Derart, dass sie entgegen dem anbefohlenen Erstarrtsein ein wenig ihre Arme aus der Position lösten und sie etwas tiefer und weicher setzten. Der Kopf des kleineren Kakeya ruhte auf der Brust seines größeren Kontrahenten, und ihre beider Blicke führten sanft ins Leere. (Auf späteren Standbildern von Fernsehaufnahmen dieses Kampfes konnte man meinen, zwei Liebende zu sehen. Jemand schrieb auch, es erinnere ihn an eine christliche Darstellung von Mutter und Kind.)

Endlich war es geschafft, der Gürtel saß wieder, wie er sitzen sollte, der Ringgehilfe verließ den Kampfplatz, und der Gyōji tat zwei Schritte weg von den Ringern, gab den Kampf jedoch nicht frei, da einer der seitlichen Kampfrichter den herunterhängenden rechten Arm Kakeyas beanstandete und dessen genaue Position im Moment der Unterbrechung des Kampfes beschrieb. Weshalb der Gyōji zu den Ringern zurückkehrte, Kakeyas Hand nahm und sie direkt am Gürtel des Yokozunas platzierte. Eindeutig die bessere Stelle. Zumindest für Kakeya.

Und dann ging es wieder los.

Begleitet von immer wieder aufbrandendem Applaus – der jetzt doch beiden Kämpfern galt, derart schienen sie verschweißt im Wechsel ihrer Aktionen – kam das Beinahe nun aber doch zu einem Ende. Allerdings bäumte es sich noch kurz zuvor zu monumentaler Größe auf, indem der Yokozuna seinen engelsgleichen Gegner mittels eines Wurfs über die Hüfte mit dem Oberkörper weit über die Umrandung brachte. Ihn wie auch sich selbst. Beide balancierten einbeinig auf der schmalen, strohigen Umrandung. Was für einen Moment so aussah, als würden sie Hand in Hand, genauer gesagt, Arm in Arm …

Ja, es sah aus wie auf einer Fotografie von Helga Blume, eine Variation zu ihrem Zyklus *Sprung ins Leere*, ein Zyklus aus vielleicht nur zwei Bildern, einmal mit einer Frau, zuletzt mit sieben Frauen, der aber in der Wirklichkeit real stattfindender Szenen vielfache Entsprechungen hervorrief. Eben auch jetzt.

Obgleich die beiden Ringer mit ihren massigen Oberkörpern über dem Abgrund schwebten, verblieben ihre Füße, jeweils nur einer, auf der Umgrenzung von Ballen aus Reisstroh. Und welcher Physik es auch immer zu verdanken war, keiner der beiden kippte aus dem Ring, vielmehr gerieten sie, wie von einer unsichtbaren Wand zurückgeworfen, wieder in das Innere der runden Fläche gestampften Lehms.

Der Schwung, den sie dabei erhielten, war zunächst ein ausgeglichener, beide betreffender. Allerdings kam der schwerere Yukozona in eine leichte Rückenlage. In diese Rückenlage legte sich Kakeya praktisch wie in ein senkrecht stehendes, etwas nach hinten geneigtes Bett. Und schob es an, das Bett.

Dabei wirkte er sehr viel kleiner, als er war, weil er sich geradezu in dieses Bett vergrub. Die ganze Szene erinnerte auf eine verblüffende Weise an einen Kampf aus dem Jahre 2023, als der damalige Yokozuna namens Terunofuji, auch er von ständigen Knieproblemen beeinträchtigt, in seinem dritten Kampf des Juliturniers in Nagoya gegen den nur 1,75 Meter großen, überaus quirligen Tobizaru auf die exakt gleiche Weise in Bedrängnis geriet.

In diesem Moment konnten es alle sehen, wie dem Champion die Knie versagten. Wie sein ganzer schwerer Körper der Schwäche dieser Knie unterlag. Er konnte sich kaum noch aufrecht halten. Es war mehr sein Wille als sein Körper, der verhinderte, dass er in sich zusammensackte. Er blieb aufrecht, das schon. Aber Kakeya schob ihn jetzt mit aller Kraft und all der Bösartigkeit an – Engel hin oder her –, mit der wir die Schwäche unseres Gegenübers als ein Geschenk betrachten. Gleich ob Gegner im Geschäftsleben oder Gegner in der Ehe oder Gegner im Ring oder Gegner im Streitgespräch. Ein Geschenk, das wir wie ein von der Vorweihnachtszeit schon ganz meschugge gewordener Viertklässler hier und jetzt und sofort und mit aller Wildheit aufreißen. Und das tat Kakeya und drückte den knieschwachen Yokozuna mit größter Vehemenz zuerst über die Umrandung der Kampffläche und dann auch vom Podest herunter. Dessen massiger Leib hob ab und flog ungebremst – vorbei an den beiden routiniert zur Seite weichenden Außenrichtern – hinein in die leider nicht zur Seite weichende erste Zuschauerreihe. Hätte es sich um einen herabbrechenden Felsbrocken gehandelt, die Wucht wäre kaum geringer gewesen.

Und noch während der Koloss stürzte, segelten die ersten blauen Sitzkissen in den Ring. Das Publikum ließ es sich nicht nehmen, jenes verbotene Ritual auszuüben, das zur Wirkung kam, sobald ein Yokozuna gegen einen niederrangigen Gegner verlor und daraus ein sogenannter Kinboshi resultierte, ein Goldstern. Immer mehr Kissen wurden in den Ring und nach unten geschleudert, während das Ringpersonal verzweifelt versuchte, sie einzusammeln. Der Himmel der Halle war blau von den durch die Luft kreiselnden flachen Polstern. Man konnte das Blau geradezu singen hören.

Klara sah den Mann auf sich zukommen. Genau in der Weise, wie es so oft beschrieben wurde, dass nämlich das sich nähernde Objekt in Zeitlupe auf einen zufliegt, während man selbst im Sekundenbruchteil des Geschehens wie eingefroren ist. Sie hatte also eine kleine Ewigkeit Zeit, festzustellen, dass der, der auf sie zustürzte, nicht der 154 Kilogramm schwere engelsgleiche Kakeya war, sondern es sich um die 174 Kilogramm des ranghöchsten Yukozona handelte. Und da nützte es natürlich nichts, dass dessen Knie weich wie Butter geworden waren, aber halt sonst nichts. Sie selbst blieb unbeweglich und erlebte die Annäherung des Körpers gleichsam als den größer werdenden Schatten eines Himmelskörpers, ein Schatten, der sie schließlich vollkommen eindeckte. Ein Schatten, der sie begrub und in eine lückenlose Schwärze einhüllte.

Ein Totengewand der Nacht, dachte sie noch. Und staunte, wie wenig Schmerz sie beim Aufprall des Körpers auf dem ihrem empfand. Eher etwas wie Genugtuung. Und Vereinigung. Nicht im sexuellen Sinn, sondern im Sinn des Daseins. Wie man das von Pilzen und Bäumen kannte.

Sie spürte, wie der Körper nach dem Aufprall über sie hinwegglitt, gleich einem schweren Flugzeug, das auf einem Feld landet und über dieses Feld hinausschießt, um auf anderen Feldern zu landen.

Klara lag auf dem Rücken, blickte hoch. Sie wähnte ein Meer blauer Blüten über sich, die von einem kräftigen Wind in Drehung versetzt wurden und wie Asche zu Boden fielen. Ja, sie meinte in einem Gemälde zu sein. Vielleicht ein Gemälde von Monet oder von Sisley oder von Turner, wenn die Natur ins Abstrakte überging, in eine Stimmung, die eher Musik als Wort war. Vielleicht aber auch genau umgekehrt, ein abstraktes Bild von Kandinsky, oder gar … ja eins der vollständig blauen Bilder von Yves Klein, jener Maler, dessen *Sprung in die Leere* drei Jahre nach Helga Blumes *Sprung ins Leere* entstanden war.

Genau, ein blaues Bild von Yves Klein, das über Klara schwebte und dessen Teil sie war, weil kein Bild ohne Betrachtung auskam. Ein abstraktes Bild, das zurückkehrte zur Natur fliegender Blüten.

Klara war glücklich, bevor nun auch sie, endlich, ins Leere stürzte.